छह
स्वर्णिम पृष्ठ

छह स्वर्णिम पृष्ठ

विनायक दामोदर सावरकर

प्रभात प्रकाशन

प्रकाशक • **प्रभात प्रकाशन प्रा. लि.**
4/19 आसफ अली रोड,
नई दिल्ली–110002

संस्करण • 2026
मूल्य • आठ सौ रुपए
मुद्रक • नरुला प्रिंटर्स, दिल्ली

CHHAHA SWARNIM PRISTHA
(Hindi translation of SIX GLORIOUS EPOCHS)
by Swatantrayaveer Vinayak Damodar Savarkar ₹ 800.00
Published by Prabhat Prakashan Pvt. Ltd., 4/19 Asaf Ali Road, New Delhi-2
e-mail: prabhatbooks@gmail.com ISBN 978-81-7315-685-4

यह सावरकर की वसीयत है

'छह स्वर्णिम पृष्ठ' वीर सावरकर के ८३ वर्ष के सुदीर्घ जीवन के अंतिम दशक की रचना है। इस पुस्तक का पहला खंड उनके देहावसान (२६ फरवरी, १९६६) के दस वर्ष पूर्व १० मई, १९५६ में प्रकाशित हुआ था और दूसरा खंड केवल तीन वर्ष पूर्व अप्रैल १९६३ में। सावरकर की लेखन-यात्रा बीसवीं शती के आँख खोलते ही प्रारंभ हो गई थी। स्वातंत्र्य वीर क्रांतिकारी के साथ-साथ वे एक इतिहास लेखक के रूप में भी प्रेरणा-पुरुष बन चुके थे। १९०९ में उन्होंने १८५७ की महाक्रांति को प्रथम 'स्वातंत्र्य समर' के नाम से प्रस्तुत किया, जिससे ब्रिटिश सरकार इतनी अधिक घबरा गई कि उस पुस्तक को प्रकाशन के पूर्व ही प्रतिबंधित होने का गौरव प्राप्त हुआ। उन्हीं दिनों सावरकर ने 'सिक्खों का इतिहास' भी लिखा था, किंतु उनके भूमिगत जीवन की दौड़-धूप के बीच उसकी पांडुलिपि ही कहीं खो गई। उनके द्वारा रचित इटली के प्रख्यात क्रांतिकारी देशभक्त मैझिनी का जीवन-चरित्र स्वतंत्रता सेनानियों के लिए प्रेरणास्रोत बना। सन् १९२५ में उन्होंने मुगल सत्ता को धराशायी कर लगभग पूरे भारत पर अपनी विजय पताका फहरानेवाले मराठों के 'स्वराज्य' स्थापना का इतिहास 'हिंदू पदपादशाही' नाम से प्रकाशित किया। इसके पूर्व, १९२२ में वे 'हिंदुत्व' शीर्षक से भारतीय राष्ट्रवाद का व्याख्या ग्रंथ प्रकाशित कर चुके थे। उन्होंने एक भी पंक्ति मनोविलास के लिए निरुद्देश्य नहीं लिखी। भारत की स्वतंत्रता ही उनके जीवन का एकमात्र लक्ष्य था। भारत के राष्ट्र-जीवन के सनातन प्रवाह को उसके शुद्ध रूप में समझना व बनाए रखना ही उनकी मुख्य चिंता थी। उस प्रवाह के मूल रूप को जानने, विदेशी आक्रमणों के सामने उसके पराभव और लंबी पराधीनता के काल में भी उसकी विकट संघर्ष-गाथा को जानने-समझने के लिए वीर सावरकर ने भारतीय इतिहास का गंभीर अध्ययन किया और यह अध्ययन उनके मन में गहरी पीड़ा एवं छटपटाहट छोड़ गया।

जीवन के अंतिम चरण में 'इतिहास के छह स्वर्णिम पृष्ठ' जैसा लगभग ५०० पृष्ठों का विशालकाय ग्रंथ उसी पीड़ा और छटपटाहट की अभिव्यक्ति है। सावरकर की इतिहास-दृष्टि वैज्ञानिक थी, मिथकों एवं लोककथाओं पर आधारित नहीं। इस पुस्तक के आरंभ में वे लिखते हैं—"इतिहास का मुख्य लक्षण यह है कि उसमें वर्णित और घटित घटनाओं के स्थल और काल का निश्चित रूप से निर्देश करना संभव हो और इन घटनाओं को यथासंभव देशी अथवा विदेशी साक्ष्यों का आधार प्राप्त हो।" इस निकष पर वे भारत में ऐतिहासिक काल का आरंभ छठवीं शताब्दी ईस्वी पूर्व में गौतमबुद्ध से ही मानते हैं। यहाँ सावरकर और पाश्चात्य इतिहासकारों की धारणा में कोई दूरी नहीं रह जाती। सावरकर भी पुराणों को विशुद्ध इतिहास मानने को तैयार नहीं हैं। यह प्रश्न उठाया जा सकता है कि पुराणों में सुरक्षित बुद्ध से पूर्व महाभारत युद्ध और महाभारत युद्ध के पूर्व मनु व इक्ष्वाकु तक की राजवंशावलियों की कथा को क्या हम अपने इतिहास से बाहर निकाल दें, जबकि एफ.ई. पार्जीटर जैसे विदेशी विद्वानों ने भी इन वंशावलियों को बहुत गंभीरता से लिया है और उन पर 'एंशिएंट इंडियन हिस्टॉरिकल ट्रेडिशन' (प्राचीन भारतीय ऐतिहासिक परंपरा) तथा 'डायनेस्टीज ऑफ दि कलि एज' (कलियुग की वंशावलियाँ) जैसे प्रगाढ़ शोधग्रंथ लिखे हैं?

'छह स्वर्णिम पृष्ठ' का विषय सावरकर ने विदेशी आक्रमणों के भारतीय प्रतिरोध को ही बनाया है। पहले पृष्ठ को वे यूनानी सिकंदर के आक्रमण के विकट प्रतिरोध को समर्पित करते हैं। दूसरा पृष्ठ 'द्विअश्वमेधयाजी' पुष्यमित्र शुंग द्वारा दूसरे यवन आक्रमण की पराजय को, तीसरे पृष्ठ में वे शक और कुषाणों की दासता से देश को स्वतंत्र करानेवाले संवत् प्रवर्तक विक्रमादित्य की व चौथे पृष्ठ में हूण आक्रमण को परास्त करनेवाले गुप्त सम्राट् स्कंदगुप्त की वीरगाथा को प्रस्तुत करते हैं। प्राचीन भारत की प्रतिरोध गाथाओं के चार स्वर्णिम पृष्ठ १३६ पृष्ठों में समाप्त हो जाते हैं। उसके बाद सावरकर ३१५ पृष्ठों में भारत पर मुसलिम आक्रमणों और उनके विरुद्ध भारतीय प्रतिरोध की रोमहर्षक कहानी को अत्यधिक पीड़ा और आक्रोश मिश्रित भाषा में प्रस्तुत करते हैं। यह उनकी पुस्तक का पाँचवाँ स्वर्णिम पृष्ठ है। केवल १८ पृष्ठों में 'अंग्रेज भी गए, हिंदू राष्ट्र का स्वातंत्र्य सिद्ध हुआ' अध्याय या छठे स्वर्णिम पृष्ठ में ब्रिटिश विस्तारण व दासता के विरुद्ध दो सौ वर्ष लंबे स्वातंत्र्य समर को समेट लेते हैं।

कभी-कभी मन में प्रश्न उठता है कि स्वाधीनता प्राप्ति के दस वर्ष बाद जब भारत के सामने प्राचीन सांस्कृतिक अधिष्ठान पर युगानुकूल पुनर्निर्माण की चुनौती

प्रमुख थी, तब भी सावरकर की इतिहास-दृष्टि केवल विदेशी आक्रमणों के प्रतिरोध पर ही क्यों केंद्रित थी? शायद यह प्रश्न उनके मन में भी उठा था और वे उसका उत्तर भी देते हैं—

"इस ऐतिहासिक कालखंड के जिन स्वर्णिम पृष्ठों की चर्चा मैं कर रहा हूँ, केवल उन्हें ही स्वर्णिम पृष्ठ की कसौटी पर मैं (क्यों) कसता हूँ? वैसे देखा जाए तो हमारे इस ऐतिहासिक कालखंड में काव्य, संगीत, प्राबल्य, ऐश्वर्य, अध्यात्म आदि अन्यान्य कसौटियों पर खरे उतरनेवाले सैकड़ों गौरवास्पद पृष्ठ मिलते हैं, परंतु किसी भी राष्ट्र पर जब परतंत्रता का प्राण-संकट आता है, जब शत्रु के प्रबल एवं कठोर पाद-प्रहार उसे रौंद डालते हैं (तब) उस शत्रु को पराजित कर उच्च कोटि का पराक्रम कर स्वराष्ट्र को परतंत्रता से और शत्रु से मुक्त करनेवाली तथा अपने राष्ट्रीय स्वातंत्र्य और स्वराज्य का पुनरुज्जीवन करनेवाली वीर जुझारू पीढ़ी और उसका नेतृत्व करनेवाले वीर, धुरंधर, विजयी पुरुष सिंहों के स्वातंत्र्य-संग्राम के वृत्तांतों से रँगे पृष्ठों को ही मैं 'स्वर्णिम पृष्ठ' कहता हूँ। कोई भी राष्ट्र अपने पर-जयी स्वातंत्र्य-युद्धों के वर्णनों से युक्त ऐतिहासिक पृष्ठों का सम्मान इसी प्रकार 'स्वर्णिम पृष्ठ' कहकर करता है।" (पैरा ७)

इतिहास के गंभीर अध्येता होने के नाते सावरकर का मन मुसलिम आक्रमणों एवं दासता के लगभग हजार वर्ष लंबी कालरात्रि में मुसलित असहिष्णुता, धर्मस्थलों के विध्वंस, स्त्रियों के अपहरण एवं बलात्कार, बलात् धर्मांतरण, विश्वासघात, कृतघ्नता, अमानुषिकता, नरमेध आदि की अनेकानेक हृदय विदारक घटनाओं का स्मरण करके इतनी गहरी वेदना और आक्रोश से भरा हुआ है कि वे बार-बार एक ही प्रश्न उठाते हैं कि हमारे हिंदू पूर्वजों ने 'शठे-शाठ्यं समाचरेत' के सिद्धांत को क्यों नहीं अपनाया? क्यों नहीं मुसलिम आक्रांताओं को उन्हीं की भाषा में जवाब दिया? क्यों हम सद्गुण-विकृति का शिकार बने रहे? क्यों हमने रोटीबंदी, लोटा-बंदी, बेटीबंदी, स्पर्शबंदी, शुद्धिबंदी और समुद्रबंदी की जंजीरों से अपने को बाँध लिया? क्यों हम इन अमानवीय राक्षसी मुसलिम कबीलों के विरुद्ध भी परोपकार, दया, अहिंसा, परधर्म-सहिष्णुता, शरणागत को अभय देना, शत्रु के प्रति उपकार का भाव, परस्त्री का अपहरण न करना, शत्रु-स्त्री के प्रति भी दया, अपने प्राण लेने आए हुए अपराधी को भी क्षमा करना जैसे श्रेष्ठ दैवी गुणों के आचरण पर डटे रहे? सावरकर इसे सद्गुण-विकृति मानते हैं। (पैरा ४२२)। वे पीड़ा भरे स्वरों में कह उठते हैं—"हे हिंदू जाति! तुम्हारे अध:पतन के लिए

कारणीभूत दुर्गुणों में यदि कोई प्रमुख दुर्गुण है, तो वे तुम्हारे ये सद्‌गुण ही हैं।" (पैरा ४६५)

सद्‌गुण-विकृति के अनेक उदाहरण देते हुए सावरकर पूछते हैं कि शिवाजी ने कल्याण के मुसलिम सूबेदार की पुत्रवधू को बेटी समान मानकर ससम्मान सुरक्षित वापस भेज क्यों दिया? क्यों पेशवा बंधु चिमाजी अप्पा ने पुर्तगाली किलेदार का पत्नी को वापस कर दिया? क्यों गुजरात के राजा सिद्धराज ने सोमनाथ मंदिर को बार-बार ध्वंस होने पर एक अरब व्यापारी को पुनर्निर्मित सोमनाथ मंदिर के सामने मसजिद बनाने की अनुमति दे दी? अनुमति ही नहीं दी, राजकोष से उस मसजिद के लिए अनुदान भी दे दिया? क्यों हमने मोहम्मद गौरी और नजीब खान रुहेले जैसे विश्वासघातियों को जीवित छोड़ दिया? क्यों काशी-मथुरा से लेकर रामेश्वरम् तक मुसलमानों द्वारा निर्मित मसजिदों को ध्वस्त नहीं किया? मुसलिम आक्रांता हमारी धार्मिक आस्थाओं को रौंदने के लिए हमारे मंदिरों को गोमांस फेंककर अपवित्र करते रहे और हम धार्मिक सहिष्णुता के अपने आदर्श के अंधानुकरण पर डटे रहे। हमने कभी उनकी मसजिदों की एक ईंट तक नहीं गिराई, कभी उन्हें सुअर का मांस फेंककर अपवित्र नहीं किया? सावरकर को शिकायत है कि मराठा सरदार पिंगले ने रणक्षेत्र में प्यास से व्याकुल निजाम की सेना को पानी पिलाकर जीवनदान क्यों दिया? स्वाभाविक ही, सावरकर की आँखें प्रतिरोध के इस लंबे इतिहास के ऐसे गौरवास्पद प्रसंग खोज रही है, जब हिंदू वीर 'सद्‌गुण-विकृति' के इस दोष से ऊपर उठ पाए हों। ऐसे इने-गिने उदाहरण उन्हें हर्षित करते हैं। विजय नगर के अंतिम सम्राट् रामदेव राय का वे गौरवगान करते हैं, क्योंकि उन्होंने मसजिदों का विध्वंस और कुरान का अपमान करके मुसलिम अत्याचारों का बदला लिया। सन् १२९८ में अलाउद्‌दीन खिलजी के गुजरात आक्रमण के समय बंदी बनाकर बलात् धर्मांतरित सुंदर हिंदू युवक, जो इतिहास में मुसलिम नाम 'नासिरुद्‌दीन खुसरो' के नाम से प्रसिद्ध है, उसे सावरकर शठे-शाठ्यं समाचरेत पर आधारित हिंदू प्रतिरोध का 'गौरवास्पद' उदाहरण मानते हैं। (पैरा ७०७)

समकालीन मुसलिम लेखकों के अनुसार इस खुसरो ने अपने सौंदर्य और मुसलिम सुल्तानों की समलैंगिक यौन-लिप्सा के कारण राजमहल में अपना पूर्ण वर्चस्व स्थापित कर लिया। वहाँ उसने कुरान की पुस्तकों को सब प्रकार से अपवित्र व अपमानित किया, राजमहल में हिंदू देवी-देवताओं की प्रतिमाओं को स्थापित कर दिया। मुसलिम लेखकों ने उसे 'नीच', 'पापी', 'नरकगामी' जैसी गालियों से संबोधित किया है। यह

कहना कठिन है कि इन वर्णनों में कितना सत्य है और कितनी अतिरंजना। सावरकर ने खुशरू खान के वर्णन को २४ पृष्ठ समर्पित किए हैं। वे पूछते हैं "हिंदुत्व की दृष्टि से गौरवास्पद और अविस्मरणीय तथा दिल्ली के 'मुसलिम राज्यकाल' में 'सुलतानों के सुलतान' के रूप में विख्यात, एक अर्थ में अलौकिक पुरुष खुशरू खान के विषय में क्या आप लोग कुछ जानते हैं? (पैरा ७०७)

गयासुद्दीन तुगलक द्वारा नासिरुद्दीन खुसरो को प्राणदंड देने वाली गाथा का वर्णन करके सावरकर इन शब्दों में खुसरो के प्रति श्रद्धांजलि अर्पित करते हैं :

"हे हिंदू सम्राट्' श्री धर्मरक्षक! तुम्हारा यह बलिदान हिंदू राष्ट्र के लिए एक ऐसा ही प्रेरणास्रोत है। तुम्हारे विषय में तुम्हारे समकालीन अथवा बाद की हिंदू पीढ़ियों ने कृतज्ञता का एक शब्द भी उच्चारित नहीं किया, तुम्हारा कोई भी स्मृति-चिह्न नहीं बना। हिंदुओं की इस कृतघ्नता का प्रायश्चित्त करने के लिए ही हमने इस ग्रंथ में तुम्हें यह स्वतंत्र प्रकरण अर्पित किया है।" (पैरा ७७०)

सद्गुण-विकृति से ऊपर उठने का ऐसा ही एक उदाहरण सावरकर राजपूत सेनापति दुर्गादास राठौड़ में पाते हैं, क्योंकि मुसलिम विध्वंस लीला की प्रतिक्रियास्वरूप दुर्गादास ने भी उनकी मसजिदों को सुअर का मांस फेंककर अपवित्र किया और उनका विध्वंस किया।

यह पूरा ग्रंथ एक श्रेष्ठ राष्ट्रभक्त अंत:करण की ऐसी ही भावनाओं को प्रतिध्वनित करता है। जब हम ऐतिहासिक तथ्यों के असामान्य अधिकारी सावरकर की ओजस्वी लेखनी से हिंदू वीरों के शौर्य और बलिदान का वर्णन पढ़ते हैं, तो हमारा मन गर्व से फूल जाता है, वीर भावना से भर जाता है, पर जब हम सावरकर द्वारा प्रस्तुत सद्गुण-विकृति के उदाहरण पढ़ते हैं, तो हमारा मन अपने पूर्वजों के प्रति हीन-भावना से भर उठता है, अपनी पराजय और लंबी पराधीनता के लिए उन्हें दोषी ठहराना चाहता है। पर दूसरे ही क्षण हमारे सामने प्रश्न खड़ा हो जाता कि इसलाम की जिस आँधी के सामने एशिया, उत्तरी अफ्रीका यहाँ, तक कि यूरोप के अनेक देशों की सभ्यता, संस्कृति जड़मूल से उखड़ गईं, वहीं अनेक बंदियों को बेड़ियों में जकड़ा, अदूरदर्शी, दुर्बलमना भारत अपने अस्तित्व को कैसे बचाए रख सका? क्यों हम गर्व से कहते हैं कि यूनान, मिस्र और रोम सब मिट गए, पर हमारा नामोनिशान अब तक बाकी है। भारत का प्राचीन सांस्कृतिक प्रवाह अजस्र, अखंड बह रहा है? ऐसा नहीं कि यह प्रश्न सावरकर के मन में न उठा हो। एक जगह वे पूछते हैं—"हिंदुओं के लिए परिस्थिति प्रतिकूल

होते हुए भी हिंदू समाज को संपूर्णतः नष्ट करने में मुसलमानों को यहाँ सफलता क्यों नहीं मिली?'' (पैरा ४८९)

हिंदू समाज की सामूहिक चेतना में वह कौन सा तत्त्व है, जो उसे अक्षय जीवन-शक्ति प्रदान करता है?

वस्तुतः हिंदू समाज के सामने यह प्रश्न हमेशा खड़ा रहा है कि उसके अस्तित्व की सार्थकता कहाँ है? वह क्यों जीवित रहे? क्या केवल भूगोल के लिए? क्या केवल जनसंख्यात्मक शरीर के लिए? या उन आदर्शों और जीवन-मूल्यों के लिए, जिनका उसके पूर्वजों ने लंबी तपस्या और ज्ञान-साधना के बाद साक्षात्कार किया था? उसका मन इस अंतर्द्वंद्व में उलझा रहा है कि उन आदर्शों पर अडिग रहते हुए वह बाहरी आक्रमणों के विरुद्ध अपनी अस्तित्व रक्षा कैसे करे? यह सत्य है कि इस अंतर्द्वंद्व का हिंदू समाज को भारी मूल्य चुकाना पड़ा है। भूमि और जनसंख्या के संकुचन के फलस्वरूप उसका भौतिक आधार लगातार छोटा होता गया है। महात्मा गांधी और स्वातंत्र्यवीर सावरकर को हम हिंदू समाज के इस अंतर्द्वंद्व की प्रतीकात्मक अभिव्यक्ति कह सकते हैं। इतिहास बार-बार यह प्रश्न पूछता है कि इन दो महापुरुषों में से हिंदू समाज ने गांधी का अनुयायी बनना ही क्यों अंगीकार किया? सावरकर जैसे तेजस्वी कर्तृत्वशाली व्यक्तित्व के पीछे वह खड़ा क्यों नहीं हो पाया? प्रखर देशभक्ति, साहस, बलिदान, मेधा-शक्ति, सशक्त लेखनी, ओजस्वी वक्तृत्व और कवित्व आदि सभी गुणों में सावरकर हमें गांधीजी से कहीं आगे दिखाई देते हैं। इन दो महान् व्यक्तियों का तुलनात्मक मूल्यांकन हमारा उद्देश्य कदापि नहीं है, किंतु इस प्रश्न का उत्तर पाना हिंदू समाज के सामूहिक मनोविज्ञान को समझने के लिए बहुत आवश्यक है। क्या हमारा उत्तर यह हो सकता है कि सावरकर की इतिहास-दृष्टि केवल राजनीतिक और प्रतिक्रियात्मक थी, जबकि गांधी ने उन जीवन-मूल्यों को व्यक्तिगत और सार्वजनिक जीवन में जीने की ईमानदार कोशिश की, जिन जीवन-मूल्यों को ही हिंदुत्व कहा जा सकता है और जिन्हें पूरे विश्व को देना ही हिंदू समाज का नियति द्वारा निर्धारित जीवन लक्ष्य है? शायद इसी जीवन लक्ष्य का स्मरण दिलाने के लिए स्वामी विवेकानंद ने कहा था—'पराधीनता की लंबी कालरात्रि को झेलकर भी भारत जीवित है, क्योंकि उसके पास विश्व को देने के लिए एक अमृतमय संदेश है।' किंतु इसका अर्थ यह कदापि नहीं है कि स्वातंत्र्य वीर सावरकर की इतिहास-दृष्टि व्यर्थ है। सावरकर और गांधी एक-दूसरे के विकल्प नहीं, पूरक हैं। वे हिंदू समाज के अंतर्द्वंद्व के दो चेहरे हैं। एक हिंदू समाज का आपद्धर्म है तो दूसरा

उसका सनातन धर्म। वस्तुतः 'इतिहास के छह स्वर्णिम पृष्ठ' जैसी उनकी रचना हमें स्मरण दिलाती है कि वह कालरात्रि कितनी भयानक और कितनी लंबी थी, इस कालरात्रि से गुजरकर भी हम यदि जीवित हैं, तो इसका पूरा श्रेय उन अनेक बलिदानी शूरवीरों को जाता है, जो हजारों साल तक विदेशी आक्रमणों की अनेक आँधियों के सामने सीना तानकर खड़े रहे हैं, जो हमें जीवित रखने के लिए अपने जीवन की आहुति दे-गए। जीवन के अंतिम चरण में लिखित 'छह स्वर्णिम पृष्ठ' पुस्तक को वीर सावरकर की भावी पीढ़ियों के नाम पवित्र वसीयत के रूप में ही शिरोधार्य करके बुद्धि और विवेक के साथ पढ़ा जाना चाहिए।

५ अप्रैल, २००९ —**देवेंद्र स्वरूप**

चैत्र शुक्ल एकादशी, सं. २०६६ विक्रमी

१७८, सहयोग अपार्टमेंट्स
मयूर विहार, फेज-I
दिल्ली

स्वर्णिम पृष्ठ

प्रथम

चंद्रगुप्त-चाणक्य

१. अद्यतन शोध के अनुसार हमारे देश के राष्ट्रीय जीवन के उषा-काल का प्रारंभ कम-से-कम पाँच हजार वर्षों से लेकर दस हजार वर्षों पुराना है। चीन, बेबिलोन, यूनान आदि किसी भी प्राचीन राष्ट्र के जीवन-वृत्तांत की भाँति हमारे इस प्राचीन राष्ट्रीय वृत्तांत का भी समावेश पौराणिक-काल में ही होता है। अर्थात् इसमें समाविष्ट इतिहास पर दंतकथाएँ, दैवीकरण तथा लाक्षणिक वर्णनों की कई परतें चढ़ी हुई हैं, फिर भी हमें यह नहीं भूलना चाहिए कि ये प्राचीन पुराण हमारे प्राचीन इतिहास के आधार-स्तंभ ही हैं। यह विशाल पुराण-वाङ्मय जिस प्रकार हमारे साहित्य, ज्ञान, कर्तृत्व और ऐश्वर्य का भी एक भव्य भंडार है, उसी प्रकार असंगत, अस्त-व्यस्त और संदिग्ध होते हुए भी हमारे प्राचीन जीवन-वृत्तांतों का भी असीम संग्रहालय है।

२. परंतु हमारे पुराण विशुद्ध इतिहास नहीं हैं।

३. इसलिए इस ग्रंथ में मैं उस पौराणिक-काल पर विचार नहीं करूँगा। मैं जिन स्वर्णिम पृष्ठों का निर्देश कर रहा हूँ, वे भारत के पौराणिक-काल के नहीं, बल्कि ऐतिहासिक-काल के हैं।

४. भारतीय इतिहास का आरंभ—इतिहास का मुख्य लक्षण यह है कि उसमें वर्णित और घटित घटनाओं के स्थल तथा काल का निश्चित रूप से निर्देश करना संभव हो और इन घटनाओं को यथासंभव एतद्देशीय अथवा विदेशी साक्ष्यों और सबूतों का आधार प्राप्त हो।

५. हमारे प्राचीन-काल के वृत्तांतों में बौद्ध-काल उपरिनिर्दिष्ट कसौटियों या लक्षणों पर लगभग खरा उतरता है। इसी कारण आजकल कई भारतीय तथा पाश्चात्य प्राच्यविद्याशास्त्री हमारे इतिहास का आरंभ बौद्ध-काल से ही मानते हैं। इन प्राच्यविद्यावेत्ताओं के सतत परिश्रम से नवीन शोधकार्य होने पर आज जिसे हम पौराणिक-काल कहते हैं, उसके भी कुछ भाग की गणना ऐतिहासिक-काल में होने लगेगी, परंतु तब तक हमें यही मानना होगा कि बौद्ध-काल ही हमारे इतिहास का आरंभ है।

६. किसी भी प्राचीन राष्ट्र के विशुद्ध इतिहास की गवेषणा निश्चित रूप से करते

समय विश्व के तत्कालीन अन्य राष्ट्रों के साहित्य तथा अन्य अभिलेखों में प्राप्त उल्लेख बड़े उपयोगी सिद्ध होते हैं। आज संसार में उपलब्ध असंदिग्ध ऐतिहासिक साधनों में भारत के जिस प्राचीन कालखंड को इतर राष्ट्रों के सुनिश्चित साधनों का आधार तथा साक्ष्य प्राप्त है, वह कालखंड सम्राट् चंद्रगुप्त के समय के आस-पास का है। कारण, जब सिकंदर ने भारत पर आक्रमण किया, तब से यूनानी इतिहास-लेखकों के, और उनके बाद चीनी प्रवासियों के प्रवास-वर्णन पर लेखों में तथा यात्रा-वृत्तांतों में उस काल में भारत में घटित घटनाओं की ऐतिहासिक कसौटी पर सिद्ध होनेवाले कई उल्लेख मिलते हैं।

७. कौन सा स्वर्णिम काल?—इस ऐतिहासिक कालखंड के जिन स्वर्णिम पृष्ठों की चर्चा मैं कर रहा हूँ, केवल उन्हें ही स्वर्णिम पृष्ठ की कसौटी पर मैं कसता हूँ? वैसे देखा जाए तो हमारे इस ऐतिहासिक कालखंड में काव्य, संगीत, प्राबल्य, ऐश्वर्य, अध्यात्म आदि अन्यान्य कसौटियों पर खरे उतरनेवाले सैकड़ों गौरवास्पद पृष्ठ मिलते हैं, परंतु किसी भी राष्ट्र पर जब परतंत्रता का प्राणसंकट आता है, जब शत्रु के प्रबल एवं कठोर पाद-प्रहार उसे रौंद डालते हैं; उस शत्रु को पराजित कर उच्च-कोटि का पराक्रम कर स्वराष्ट्र को परतंत्रता से और शत्रु से मुक्त करनेवाली तथा अपने राष्ट्रीय स्वातंत्र्य और स्वराज्य का पुनरुज्जीवन करनेवाली वीर, जुझारू पीढ़ी और उसका नेतृत्व करनेवाले वीर, धुरंधर, विजयी पुरुष-सिंहों के स्वातंत्र्य-संग्राम के वृत्तांतों से रँगे पृष्ठों को ही मैं 'स्वर्णिम पृष्ठ' कहता हूँ। कोई भी राष्ट्र अपने परजयी स्वातंत्र्य-युद्धों के वर्णनों से युक्त ऐतिहासिक पृष्ठों का सम्मान इसी प्रकार 'स्वर्णिम पृष्ठ' कहकर करता है। अमेरिका का ही उदाहरण लीजिए। अमेरिका ने इंग्लैंड को युद्ध में पराजित कर जिस दिन स्वतंत्रता प्राप्त की, उसी विजय-दिवस को अमेरिकी इतिहास का स्वर्ण-दिवस माना जाता है और उसे त्योहार की तरह मनाया जाता है। इस स्वातंत्र्य-युद्ध के इतिहास का पृष्ठ अमेरिकी इतिहास का स्वर्ण-पृष्ठ माना जाता है।

८. प्रत्येक विशाल और प्राचीन राष्ट्र पर परतंत्रता का महासंकट कभी-न-कभी आता ही है—राष्ट्र के रूप में अमेरिका का जन्मकाल अभी कल-परसों का ही तो है। इसलिए उसके चुटकी भर इतिहास में पारतंत्र्य का प्राणसंकट केवल एक ही बार आया हो और उसके 'युद्ध द्वारा' निवारण का एक ही स्वर्णिम पृष्ठ हो तो कोई विशेष आश्चर्य की बात नहीं है; परंतु चीन, ईरान, बेबिलोन, मिस्र, पेरू, मेक्सिको, यूनान, रोम आदि जो राष्ट्र हजारों वर्षों तक समर्थ और समृद्ध बने रहे, उनके विस्तृत राष्ट्रीय जीवन में प्रबलतर बाह्य शत्रुओं के आक्रमण से नष्ट होने के भीषण संकट कई बार आए हों—यह स्वाभाविक ही है। इनमें से कुछ राष्ट्रों ने ऐसे घोर प्राणसंकटों में भी स्वपराक्रम से पुनः-पुनः स्वतंत्रता प्राप्त कर ली और उन शत्रुओं के छक्के छुड़ा दिए। अपना राष्ट्रीय अस्तित्व और सामर्थ्य हजारों वर्षों तक अक्षुण्ण बनाए रखनेवाले इन राष्ट्रों के इतिहास

में समय-समय पर किए गए स्वातंत्र्य युद्धों और उनमें प्राप्त विजयों से भरे ऐसे अनेक स्वर्णिम पृष्ठ सम्मान पा रहे हैं। उस प्राचीन-काल में जो राष्ट्र उन्नत और समर्थ रहे, लगभग वे सारे राष्ट्र और राज्य आज नामशेष हो गए हैं, परंतु भारतीय इतिहास तो उस प्राचीनतम काल से आज तक अखंड बना हुआ है। आज केवल चीन ही पुरातन महान् राष्ट्र बचा हुआ है जो भारतीय महानता का पुरातन साक्षी है।

९. चीन और भारत—दोनों राष्ट्र अतिविस्तृत हैं और दोनों ने ही अति प्राचीन काल से आज तक अपनी स्वतंत्रता और सामर्थ्य सतत टिकाए रखी है। इसलिए इन राष्ट्रों पर अन्य अल्पजीवी राष्ट्रों की अपेक्षा अधिक बार परचक्र के प्राणसंकट आए हों तो कोई आश्चर्य नहीं है। 'चक्रनेमिक्रम' का अटल नियम उनपर भी लागू होता है। भारत पर जिस प्रकार शक, हूण, मुगल आदि विदेशियों ने अनेक बार आक्रमण किए, उसी प्रकार चीन पर भी इन्हीं लोगों ने तथा अन्य कई राष्ट्रों ने भी आक्रमण किए। हूणों के प्रलय से बचने के लिए ही चीन ने अपनी विश्व प्रसिद्ध दीवार—'The Chinese wall' का निर्माण किया था, परंतु चीन के शत्रुओं ने उसे भी लाँघकर या उसका चक्कर काटकर चीन को पदाक्रांत करने में कोई कसर नहीं छोड़ी। अधिकतर अंशतः, परंतु कई बार तो चीन भी संपूर्णतः विदेशी राजसत्ता के दुस्सह बोझ तले संत्रस्त होकर दबा पड़ा था, परंतु हर बार वह महान् राष्ट्र नवतेज और चैतन्य से पुनः-पुनः अनुप्राणित होकर उस विदेशी राजसता को उखाड़ फेंकने में सफल हुआ; अपना जीवन, सत्त्व और स्वतंत्रता अबाधित रख सका और आज भी एक स्वतंत्र, श्रेष्ठ तथा सामर्थ्यशाली राष्ट्र बना हुआ है। यही वास्तव में एक ऐतिहासिक 'आश्चर्य' है! भारत के इतिहास का मूल्यांकन करते समय भी हमें इसी मापदंड का उपयोग करना चाहिए, परंतु विदेशी—विशेषतः अंग्रेजी सत्ता के अधीन दबे हुए भारत में अनेक अंग्रेजों ने भारत का इतिहास इतने विकृत ढंग से लिखा और अंग्रेजी शासन द्वारा संचालित विद्यालयों-महाविद्यालयों में उस विकृत इतिहास का यहाँ की दो-तीन युवा पीढ़ियों से इतना अधिक पारायण कराया गया कि बाहरी जगत् के ही नहीं, अपितु भारत के हमारे अपने लोगों की भी निश्चत रूप से बुद्धि भ्रष्ट हो। 'हिंदुस्थान सतत किसी-न-किसी परसत्ता के अधीन दबा रहा।' 'हिंदुस्थान का इतिहास हिंदुओं के एक के बाद एक हुए पराजितों की सूची मात्र है।' स्पष्टतः ऐसे असत्य, अपमानजनक और दुर्भावनापूर्ण विधानों का प्रयोग विदेशी ही नहीं, अपितु कुछ देशवासी भी बेधड़क कर रहे हैं। उनका प्रतिकार करना स्वराष्ट्र के अभिमान की दृष्टि से ही नहीं, अपितु ऐतिहासिक सत्य की रक्षा की दृष्टि से भी अत्यंत आवश्यक कार्य है। इस प्रसंग में अन्य इतिहासज्ञों द्वारा जो कुछ प्रयत्न किए जा रहे हैं, उनका अधिकाधिक प्रचार कर उन्हें यथाशक्ति बढ़ावा देना हमारा कर्तव्य ही है। इसलिए जिन बाह्य आक्रमणकारियों ने बार-बार भारत पर आक्रमण किए और यहाँ पर राज किया, उन सब आक्रमणकारियों को युद्ध में पराजित कर और उनका विनाश कर अंत में

जिन्होंने हमारे हिंदू राष्ट्र को विमुक्त किया, उन हिंदू राष्ट्रविमोचक पीढ़ियों का तथा उनके प्रतीक के रूप में उन स्वातंत्र्य-संग्रामों के कुछ युग-प्रवर्तक वीरवरों का ऐतिहासिक शब्दचित्र यहाँ खींचने की मेरी योजना है।

१०. सिकंदर (अलेक्जेंडर) का आक्रमण—पूर्व में उल्लिखित भारत के ऐतिहासिक कालखंड में विदेशियों द्वारा किया गया पहला प्रसिद्ध आक्रमण सिकंदर (अलेक्जेंडर) का था। उस प्राचीन-काल में यूरोप के आज के इंग्लैंड, फ्रांस, जर्मनी आदि राष्ट्रों का तो जन्म भी नहीं हुआ था। रोमन साम्राज्य की नींव भी नहीं पड़ी थी। यूरोप में केवल ग्रीक (यूनानियों) की ही चर्चा थी। इन यूनानियों के छोटे-छोटे नगर-राज्य (City States) स्वतंत्र रूप से हुआ करते थे। उनमें स्पार्टा और एथेंस के नगर-राज्य काफी विकसित थे। इन छोटे-छोटे नगर-राज्यों पर जब उस समय के सुसंगठित, विस्तृत, एक-केंद्रित और बलशाली ईरानी साम्राज्य के अधिपति ने आक्रमण किया, तब वे (फुटकर नगर-राज्य) अल्पकाल भी टिक नहीं पाए। उन छोटे-छोटे यूनानी गणराज्यों (Republics) ने युद्ध करने का प्रयास किया; परंतु ईरानी साम्राज्य की विशाल सेना के सामने वे निरुपाय हो गए। इस कारण यूनानियों में तीव्र इच्छा उत्पन्न हुई कि हम भी ईरानियों की तरह अपने सारे फुटकर नगर-राज्यों को मिलाकर एक प्रबल ग्रीक राज्य स्थापित करें और एकजुट होकर शत्रु का सामना करें।

इसी महत्त्वाकांक्षा से मैसिडोनिया के ग्रीक राजा फिलिप ने अनेक छोटे गणराज्यों को जीता। उसका एकच्छत्र राज्य अभी बढ़ ही रहा था कि अचानक उसकी मृत्यु हो गई। तथापि उसके बाद राज्य का स्वामी बना उसका पुत्र—उससे शतगुणित महत्त्वाकांक्षी, विजयी और शूर सिद्ध हुआ। उसी का नाम था 'सिकंदर'। उसने समस्त यूनानी नगर-राज्यों में एक राष्ट्रीयत्व की नवचेतना का संचार किया और बाद में अत्यंत शक्तिशाली सेना तैयार कर यूनानियों के परम शत्रु ईरानी सम्राट् डेरियस पर आक्रमण किया। यूनानियों की इस सुसंगठित सेना ने सम्राट् डेरियस की बहुसंख्य, परंतु असंगठित विशाल सेना को बुरी तरह पराजित किया। अलबेल के युद्ध की पराजय ने तो ईरानी राजसत्ता को ही उखाड़ फेंका! सिकंदर अपनी विजयोदीप्त सेना के साथ ईरान की राजधानी पर चढ़ आया और उसे जीतकर उसने स्वयं को ईरान का सम्राट् घोषित कर दिया।

इस अपूर्व विजय से सिकंदर की राजतृष्णा और भी बढ़ गई। यूनान और ईरान के सुविशाल साम्राज्यों का सम्राट् पद प्राप्त करते ही सिकंदर को ऐसा लगा, मानो उसने स्वर्ग जीत लिया हो! 'मैं चाहूँ तो सारे जग को जीत सकता हूँ और इतिहास में अपना नाम जगज्जेता के रूप में विख्यात कर सकता हूँ।' इस प्रबल आत्मविश्वास का उन्माद उसपर छा गया। 'जिस प्रकार मैंने ईरान का और उससे भी प्राचीन बेबिलोन का साम्राज्य एक ही आक्रमण में पदाक्रांत किया, उसी प्रकार उसके समीपवर्ती देश भारत—वह देश जिसकी कीर्ति हम यूनानी लोग कई पीढ़ियों से सुनते आ रहे हैं—को भी मैं सहजता से

पदाक्रांत कर सकूँगा।'

इस दुर्दम्य महत्त्वाकांक्षा से प्रेरित होकर सिकंदर ने भारत पर भी आक्रमण करने का निश्चय किया। इस साहसी योजना के अनुसार उसने शीघ्र ही चुनिंदा, फुरतीले तथा नए शस्त्रास्त्रों से सज्जित यूनानी युवाओं का नया सैन्य-बल तैयार किया। उसमें एक लाख बीस हजार पदाति और पंद्रह हजार घुड़सवार सैनिक थे। अब तक एक के बाद एक लगातार विजय प्राप्त करनेवाले अपने इस महान् सेनापति और सम्राट् सिकंदर पर उसकी इस पराक्रमी और सदा विजयी रहनेवाली सेना की इतनी असीम श्रद्धा थी कि वे यूनानी सैनिक उसे एक अलौकिक दैवी पुरुष—'देवता'—ही मानते थे। सिकंदर भी स्वयं को 'झ्यू' (द्युः) देवता का पुत्र मानता और कहलवाता था।

११. भारत राष्ट्र का विस्तार—भारतीयों की बस्तियाँ और राज्य—लगभग ढाई हजार वर्ष पुराने उस काल में—सिंधु नदी के उस पार ईरान की सीमा से लगे हुए प्रदेशों तक फैला हुआ था। आज जिसे हम 'हिंदुकुश' पर्वत कहते हैं, उसे यूनानी लोग 'परोपनिसस' (Paropnisus) कहते थे। आज के अफगानिस्तान का नाम उस समय 'गांधार' था। हमारे यहाँ अफगानिस्तान का प्राचीन नाम 'अहिगणस्थान' था। हमारे यहाँ काबुल नदी का प्रचलित नाम 'कुभा' था। हिंदुकुश पर्वत तक के भूभाग में उस समय भारतीयों के छोटे-बड़े राज्य फैले हुए थे। यहाँ से लेकर सिंधु नदी के उस भाग तक, जहाँ पर सागर से संगम हुआ है, दोनों तटों पर वैदिक धर्मानुयायी भारतीयों की छोटे-बड़े स्वतंत्र राज्यों की लंबी श्रृंखलाएँ फैली हुई थीं। इन राज्यों में से अधिकतर राज्य गणराज्य (Republics) थे। उन्हें उस समय 'गणराज्य' कहते थे। उनका संविधान प्रजातांत्रिक प्रणाली का होता था। इनमें से दो-तीन राज्य ही ऐसे थे, जो राजतंत्रात्मक प्रणाली के थे। उनमें राजा पौरव (जिसे यूनानी लोग 'पोरस' कहते थे) का राज्य सबसे बड़ा था।

१२. डॉ. जायसवाल का ग्रंथ 'Hindu Polity'—लंदन में क्रांतिकारियों की प्रसिद्ध संस्था 'अभिनव भारत' के सन् १९०७ से १९१० तक सदस्य रह चुके विश्वविख्यात प्राच्यविद्याविशारद डॉ. जायसवाल ने अपने सुप्रसिद्ध ग्रंथ 'Hindu Polity' में सिंधु नदी के दोनों तटों पर सागर-संगम तक फैले हुए इन भारतीय गणराज्यों के अलग-अलग संविधानों का शोधपरक विस्तृत वर्णन किया है। यूनानी लोगों की यह पुरातन भावना है कि उनके पुराणों की भाँति उनके पूर्वज भी मूलतः आर्य वंश के थे। आर्यों की एक शाखा सिंधु नदी के तटवर्ती इसी गांधार प्रदेश से अलग होकर यूनान में जा बसी थी। सिकंदर ने अपनी सेना के साथ जब प्राचीन भारत के इस गांधार प्रदेश में प्रवेश किया, तब उसे कुछ ऐसे लोग मिले जो स्वयं को मूलतः यूनानी मानते थे। यद्यपि इन लोगों का यह छोटा सा समूह तब तक भारतीयों से घुल-मिलकर काफी एकरूप हो गया था, तथापि जब उनकी भेंट यूनानियों से हुई, तब उन्होंने उन्हें पहचानकर बताया कि वे उनके पुराने

भाई-बंधु हैं। सिकंदर को भी ऐसा लगा कि उसके प्राचीन पूर्वजों का मूल स्थान यहीं है। उसे और उसकी यूनानी सेना को अपनी इस प्राचीन 'पितृभूमि' के दर्शन से इतना हर्ष हुआ कि उन्होंने कुछ दिनों तक युद्ध बंद रखा और एक महान् उत्सव मनाया। यूनानियों ने अपने देवताओं को संतुष्ट करने के लिए अनेक यज्ञ और हवन किए।

१३. यूनानी देवताओं का वैदिक देवताओं से बहुत अधिक सादृश्य था। उनके देवी-देवताओं के नामों के उच्चारण भर अपभ्रंश होने के कारण बदले हुए थे। यूनानी लोग भी यज्ञ करते थे। देवताओं को हवन अर्पित करते थे। यूनानियों को 'आयोनियंस' भी कहते थे। 'आयोनियंस' नाम से ही 'यवन' शब्द बना।

१४. कदाचित् ये यूनानी लोग ययातिपुत्र 'अनु' के ही वंशज हों! क्या उनके नाम के अपभ्रंश रूप अन्वायन-अयोनियंस-आयोनियन क्रम से बदलते गए? खैर, यह तो शोध का विषय है, परंतु इतना सत्य है कि यूनानियों को हमारे भारतीय लोग आरंभ से ही 'यवन' नाम से जानते रहे हैं। संस्कृत साहित्य से यह बात स्पष्ट होती है। ग्रीक लोगों के 'आयोनियन' नाम से ही भारत में उनका नाम 'यवन' पड़ा होगा। उस काल में गांधार-पंचनद से लेकर सिंधुमुख तक कहीं भी बुद्ध का पता नहीं था।

१५. यहाँ पर एक और बात बता देना उचित होगा। वह यह कि पूर्व में उल्लिखित गांधार से पंचनद (पंजाब) तक और वहाँ से सिंधु नदी के दोनों तटों पर सागर-संगम तक फैले हुए भारत के जिस भूभाग से सिकंदर का संपर्क हुआ था, उसकी लोकस्थिति के विविध अंगों का वर्णन तत्कालीन यूनानी लेखकों ने किया है। इन सारे वर्णनों में वैदिक धर्मानुयायी भारतीयों के अनेक उल्लेख मिलते हैं, परंतु बुद्ध और बौद्ध पंथ का उल्लेख भूलकर भी कहीं नहीं मिलता। इस बात से तथा तत्कालीन अन्यान्य साक्ष्यों से यह स्पष्ट होता है कि उस समय तक भारत के शतद्रु (सतलज) पार के भू-प्रदेश में बौद्ध धर्म के अस्तित्व का कहीं चिह्न भी नहीं था। इसका अर्थ यह है कि बुद्ध की मृत्यु के बाद ढाई-तीन सौ वर्ष बीत जाने पर भी बौद्ध पंथ का यत्र-तत्र प्रचार केवल मगध प्रदेश में ही हुआ था। आगे के इतिहास के आकलन में यह बात ध्यान में रखना आवश्यक है।

१६. यवन अर्थात् यूनानी—'यवन' अर्थात् यूनानी; मुसलमानों को 'यवन' कहना ठीक नहीं है। विदेशी, विधर्मी आक्रमणकारी यूनानियों को तत्कालीन भारतीय 'यवन' नाम से जानते थे; परंतु इस कारण सारे विदेशी आक्रमणकारियों को 'यवन' कहना बहुत बड़ी भूल है। कारण, विदेशी और आक्रामक होते हुए भी यूनानियों की गणना सापेक्षत: तत्कालीन विद्याव्यसनी सभ्य जगत् में होती थी; परंतु उनके सैकड़ों वर्षों बाद जिन मुसलमानों ने भारत पर टिड्डी दल की भाँति आक्रमण किए थे, वे धर्मांध, जंगली और विध्वंसक राक्षसी प्रवृत्तियों के थे। ऐसे मुसलमानों को मुसलमान कहना ही उचित होगा। उन्हें 'यवन' कहने से उनको अकारण सम्मानित करने की और

'यवन' शब्द का अपमान करने की दोहरी भूल हम कर रहे हैं। मुसलमानों को म्लेच्छ तो कह सकते हैं, किंतु यवन नहीं।

१७. हम मूर्ख, पागल मुसलमान जैसा सिकंदर को समझते हैं, वह वैसा मुसलमान नहीं था। यहाँ अधिकतर मुसलमानों में प्रचलित एक भ्रामक धारणा भी बता दूँ। अलेक्जेंडर यूनानी नाम है, इसका पर्शियन या फारसी भाषा में 'सिकंदर' रूपांतरण हुआ था। फारस या ईरान पर जब यूनानियों का साम्राज्य था तब अनेक ईरानी लोगों ने सिकंदर के अलौकिक पराक्रम पर मुग्ध होकर अपने पुत्रों का नाम 'सिकंदर' रखा। ईरान के लोग आगे चलकर मुसलमान बने, परंतु तब भी उनमें अपने पुत्रों का नाम सिकंदर रखने की परिपाटी बनी रही। भारत के जबरदस्ती मुसलमान बने हुए लोगों ने भी इस परिपाटी को अपनाया। सिकंदर नाम की मूल कथा ज्ञात न होने के कारण भारत के हजारों मुसलमानों की यह दृढ़ धारणा है कि मोहम्मद, अली, कासिम आदि नामों की तरह सिकंदर भी मुसलिम नाम ही है। अर्थात् वह पराक्रमी था, इसलिए सिकंदर भी कोई मुसलमान महापुरुष ही होना चाहिए! अथवा वह मुसलमान था, इसीलिए वह इतना पराक्रमी और दिग्विजयी बन सका। इन धर्मांध, अनाड़ी, अज्ञानी, आत्मप्रशंसक मुसलमानों को यदि कोई यह बताए कि सिकंदर मुसलमान नहीं था; वह मुसलमान हो ही कैसे सकता है, जबकि इसलाम संप्रदाय के संस्थापक मोहम्मद पैगंबर का जन्म उसकी मृत्यु के लगभग एक हजार वर्ष पश्चात् हुआ था, तो ये गँवार मुसलमान उसे ही मूर्ख और पागल कहेंगे!

१८. उस समय सिकंदर के साम्राज्य की सीमा हिंदुकुश पर्वत तक आ पहुँची थी। सिकंदर जब अपनी प्रबल सेना के साथ वहाँ से आगे भारत की ओर बढ़ा, तब सर्वप्रथम उसने तक्षशिला पर आक्रमण किया। तक्षशिला के राजा अंबुज (आंभि) ने युद्ध किए बिना ही सिकंदर का आधिपत्य स्वीकार कर लिया। कुछ यूनानी लेखकों का कथन है कि तक्षशिला के इस राजा ने ही अपने प्रतिद्वंद्वी राजा पौरव (पोरस) का नाश करने के लिए स्वयं सिकंदर को आमंत्रण भेजा था। यदि यह सच है, तो भी आंभि को इस स्वजन-द्रोह का प्रायश्चित्त बिना युद्ध के यूनानियों की शरण में जाकर स्वेच्छा से भोगना पड़ा, यह सहज ही अनुमान लगाया जा सकता है।

१९. तक्षशिला का विद्यापीठ और एक विलक्षण संयोग—तक्षशिला में उस समय एक भारतीय विद्यापीठ था। उस विद्यापीठ में देश-विदेश के छात्र आकर अनेक शास्त्रों और कलाओं का अध्ययन करते थे। इतना ही नहीं अपितु देश-विदेश के अनेक राज्यों के राजकुमार वहाँ जाकर अनुशासन का पालन कर राजनीति और युद्धनीति की शिक्षा प्राप्त करते थे।

२०. यह एक विलक्षण संयोग था कि उधर जब सिकंदर ससैन्य भारत पर आक्रमण कर तक्षशिला राज्य को पराजित कर रहा था, तब इधर उसी तक्षशिला विद्यापीठ में, भवितव्यता जिसके हाथों भारतीय इतिहास का एक देदीप्यमान स्वर्णिम पृष्ठ लिखने

वाली थी, ऐसा एक तेजस्वी, स्फूर्तिशाली युवक राजनीति और युद्धनीति का अध्ययन कर रहा था या अपना अध्ययन लगभग पूर्ण कर चुका था। उस युवक का नाम था 'चंद्रगुप्त'। इसी तक्षशिला विद्यापीठ के परिवेश में विधिशास्त्र में अत्यधिक पारंगत, राजनीति धुरंधर, प्रौढ़ विद्वान् इस युवक को राष्ट्रीय क्रांति कार्य और राजनीति के पाठ पढ़ाता था। उस महा विद्वान् का नाम था—विष्णुगुप्त 'चाणक्य'!

२१. परंतु सिकंदर के आक्रमण से हुई प्रचंड उथल-पुथल में इन दो सामान्य से लगनेवाले व्यक्तियों की असामान्यता किसी को भी दृष्टिगत नहीं हुई। ये दोनों व्यक्ति सिकंदर के आक्रमण की सारी प्रचंड गतिविधियों का अध्ययन और अवलोकन सूक्ष्मता से कर रहे थे। भारत के समस्त राव-रावल, राजा-महाराजाओं के फुटकर छोटे-छोटे मुकुट पिघलाकर अपने मस्तक पर धारण करने के लिए सिकंदर भारतीय सम्राट् पद का जो महामुकुट उस रणभूमि में बना रहा था, उसे उस शत्रु के हाथों से छीनकर अपने उक्त युवा शिष्य के मस्तक पर रखने की एक महान् क्रांतिकारी योजना वह प्रौढ़ विद्वान् आचार्य मन-ही-मन बना रहा था।

२२. राजा पौरव से युद्ध—तक्षशिला के राजा अंबुज ने म्लेच्छ यूनानी सेना से युद्ध किए बिना ही सिकंदर का आधिपत्य स्वीकार कर लिया था। उसके इस कृत्य की सर्वत्र घोर निंदा हुई। क्षात्रधर्म को कलंकित करनेवाली राजा अंबुज की इस क्लीवता का विरोध कर उसका प्रतिकार करने के लिए आस-पास के सारे राजतंत्रात्मक राज्यों और गणराज्यों ने यूनानियों का सामना कर उनके साथ यथाशक्ति घोर युद्ध करने का दृढ़ निश्चय किया; किंतु दुर्भाग्य की बात यही थी कि उन सारे स्वतंत्र, परंतु छोटे-बड़े फुटकर भारतीय राज्यों को एक होकर, एक सेनापति के नेतृत्व में युद्ध करने की बुद्धि नहीं आई या फिर उसके (संगठित होने के) लिए उन्हें समय नहीं मिला। तक्षशिला पहुँचते ही सिकंदर ने समय गँवाए बिना तुरंत सारे भारतीय राजाओं को अपनी शरण में आने का आदेश दिया। जब तक्षशिला के समीपवर्ती राजा पौरव ने उसके आदेश का विरोध कर उसे युद्ध के लिए ललकारा तो सिकंदर ने तत्काल उसपर आक्रमण कर दिया।

२३. राजा पौरव का बल मुख्यत: उसके युद्ध-निपुण हाथियों और रथों के दल पर निर्भर था, जबकि सिकंदर की मुख्य शक्ति यूनानियों के रण-निपुण अश्वदल पर निर्भर थी। उनकी सेनाएँ वितस्ता (झेलम) नदी के दोनों तटों पर आमने-सामने खड़ी थीं। युद्ध प्रारंभ होने से पहले अकस्मात् प्रबल आँधी-तूफान के साथ भीषण वर्षा हुई, जिसके परिणामस्वरूप वितस्ता में भयंकर बाढ़ आ गई। परंतु सिकंदर ने धैर्य रखा और दूर-दूर तक खोजकर नदी के ऊपरी भाग में एक ऐसा स्थान खोज निकाला, जहाँ पर नदी का पाट चौड़ा होने के कारण पानी का बहाव कम था। उसने अपनी रणकुशल सेना और अश्वदल के साथ झटपट रातोरात उस स्थान से नदी पार की और पौरव की सेना

पर पिछाड़ी से अचानक आक्रमण कर दिया।

इस अनपेक्षित आक्रमण से पौरव की सेना की सारी व्यूह-रचना अस्त-व्यस्त हो गई। फिर भी राजा पौरव ने तुमुल युद्ध किया। परंतु घोर वर्षा के कारण रणभूमि में चारों ओर कीचड़-ही-कीचड़ हो गई थी। उसमें फँसने से राजा पौरव के हाथी और रथ—दोनों रण-साधन बेकाम और निष्प्रभावी सिद्ध हुए और सिकंदर के अश्वदल के तीव्र आक्रमण के आगे उसकी सेना को हार माननी पड़ी। उस घोर रण-क्रंदन में गजारूढ़ राजा पौरव स्वयं भी प्राणपण से लड़ते हुए घायल हो गया और सिकंदर द्वारा बंदी बना लिया गया। इस प्रकार अंशत: पौरव के दुर्भाग्य से और अंशत: सिकंदर के रणचातुर्य तथा साहस से यवनों की पूर्ण विजय हुई।

२४. प्रशंसक वृत्ति से नहीं, राजनीतिवश—राजा पौरव को बंदी बनाकर जब सिकंदर के सामने लाया गया, तब सिकंदर ने उससे पूछा, "तुम क्या चाहते हो? मैं तुम्हारे साथ कैसा बरताव करूँ?" पौरव ने उत्तर दिया, "जैसा एक राजा दूसरे राजा के साथ करता है!" इस देश के और यूरोप के अधिकतर इतिहासकारों ने यही लिखा है कि पौरव का यह स्वाभिमानी, धीरोदात्त उत्तर सुनकर सिकंदर अत्यंत प्रसन्न हुआ। उसने राजा पौरव को मृत्युदंड न देकर केवल अपना अधीनस्थ बनाकर छोड़ दिया और उसे उसका राज्य पुन: लौटा दिया। परंतु यह वर्णन गलत है, झूठ है। कम-से-कम पाठशालाओं की पुस्तकों में तो ऐसे मिथ्या स्तुतिवाक्य नहीं होने चाहिए!

२५. सिकंदर कोई भोला, भावुक भारतीय राजा नहीं था, जो स्वप्न में दिए हुए वचन की पूर्ति के लिए भी राज्य दे देता! वह भलीभाँति जानता था कि राजा पौरव की हत्या करने से या उसका राज्य छीनकर वहाँ किसी यूनानी 'क्षत्रप' (Governor) की नियुक्ति करने से स्वाभिमानी भारतीय जनपद यूनानियों के प्रति और भी अधिक द्वेष भाव रखते और विद्रोह कर उठते! सिकंदर का लक्ष्य तो अनेक शत्रुओं का सामना करते हुए भारत की प्रमुख राजधानी पाटलिपुत्र पहुँचकर उसे जीतना था। यह लक्ष्य केवल उसकी ग्रीक सेना के बल पर थोड़े ही प्राप्त होनेवाला था! तक्षशिला के राजा अंबुज की भाँति राजा पौरव को भी दिखावटी दया और उदारता से अपना अधीनस्थ और समर्थक बनाने से ही सिकंदर का भारत-विजय का सपना सच होने की अधिक संभावना थी। यह बात वह अच्छी तरह जानता था। इसलिए राजा पौरव के धीरोदात्त उत्तर से प्रसन्न होकर नहीं, अपितु अपने राजनीतिक स्वार्थ से राजनीतिकुशल सिकंदर ने पौरव को उसका राज्य लौटाया। यही नहीं, अपितु उसके आस-पास के छोटे-छोटे राज्य भी जीतकर उन्हें पौरव के राज्य में मिलाकर उसने एक विस्तृत प्रांत या सूबा बनाया और पौरव को ही उसका 'क्षत्रप' नियुक्त किया। पौरव ने भी 'वक्त पड़ा बाँका' के न्याय से सिकंदर का यह प्रस्ताव स्वीकार कर लिया। उसने राजधर्म का पालन कर विदेशी शत्रु से युद्ध करने का अपना कर्तव्य तो निभाया ही था। इसलिए

राजा पौरव ने 'तावत् कालं प्रतीक्षेताम्' की राजनीति के अनुसार सिकंदर का आधिपत्य स्वीकार कर अपने राज्य की रक्षा की। इस नीति पर भारतीयों को भी विषाद नहीं हुआ। आगे हम देखेंगे कि अवसर मिलते ही किस प्रकार 'क्षत्रप' पौरव ने सिकंदर का दाँव उसपर ही उलटा चला दिया!

२६. सिकंदर द्वारा यूनानी मँगवाना—पौरव के साथ युद्ध समाप्त होने पर सिकंदर ने आस-पास के छोटे-छोटे राज्यों को जीतकर वहाँ सुव्यवस्था स्थापित की तथा उनकी और आगे के प्रदेशों की लोकस्थिति की जानकारी प्राप्त की। हिंदुकुश से यहाँ तक के प्रदेश जीतने में उसकी मूल यूनानी सेना की जो क्षति हुई थी, उसे पूरा करने के लिए उसने यूनान और बेबिलोन के प्रांताधिपों से नया यूनानी सैन्य-बल मँगवाया। पुरानी यूनानी सेना के जो सैनिक घायल, अशक्त, विकलांग और निरुपयोगी हो गए थे, उन्हें उसने वापस स्वदेश भेज दिया।

२७. भारतीय यति और योगी—भारत के जीते हुए और जीतने लायक प्रदेशों की लोकस्थिति का पूरा वृत्तांत लाने के लिए सिकंदर ने अनेक जिज्ञासु दूत या गुप्तचर चारों ओर भेजे थे। उनके द्वारा प्राप्त समाचारों में वहाँ के अरण्यों, तपोवनों में रहनेवाले तपस्वियों, नि:संग अकेले विचरण करनेवाले तत्त्वचिंतक यतियों, योगियों और प्रव्रजितों के वर्णन होते थे। स्वयं सम्राट् सिकंदर को विद्वानों और दार्शनिकों के प्रति आकर्षण और लगाव था। वह स्वयं को महान् दार्शनिक अरस्तू (Aristotle) का शिष्य कहता था। यूनान देश में भी इन यतियों, योगियों, दार्शनिकों, संन्यासियों और ब्राह्मणों की ख्याति थी। वह ख्याति सिकंदर के कानों तक भी पहुँची थी। इस कारण उसे, ग्रीक भाषा में जिन्हें Gymnosophist (जिम्नोसोफिस्ट) कहा जाता था, उन भारत के संन्यासी ब्राह्मणों को, कम-से-कम उनमें से कुछ को देखने और उनके साथ संभाषण करने की प्रबल इच्छा थी।

सिकंदर ने अरण्यों से ऐसे ही कुछ तपस्वियों को बुलवाकर उनके साथ भेंट की और स्वयं तपोवनों में जाकर कुछ तपस्वियों से भेंट की। उन तपस्वियों की और सिकंदर जैसे अलौकिक सम्राट् की भावनाओं को जानने के लिए ऐसे प्रसंगों की कुछ कथाएँ यूनानी लेखकों के शब्दों में ही प्रस्तुत कर रहा हूँ।

२८. ऐसे ही एक यति से भेंट होने पर सिकंदर ने उससे पूछा—"मैं भारत-विजय कर सकूँगा या नहीं?" यह सुनकर वह यति चुप रहा, किंतु उसने एक ऐसा चमड़ा मँगवाया, जिसके दोनों सिरे या किनारे सूखकर और ऐंठकर धनुष की भाँति वक्र तथा कड़े हो गए थे। तब उसने सिकंदर से कहा, "यह चमड़ा सपाट बिछाकर तू उसपर अकेला ही बैठ।"

सिकंदर ने स्वयं और उसकी आज्ञा से उसके किसी अधिकारी ने उस चमड़े के वक्र सिरे को दबाकर उसपर बैठने की बहुत चेष्टा की, परंतु वह एक सिरा दबाता, तो

दूसरा कड़ा सिरा खट् से ऊपर उठ जाता और उस सिरे को बलपूर्वक दबाता तो पहला कड़ा, ऐंठा सिरा खट् से ऊपर उठ जाता। बहुत प्रयत्न करने पर भी उस चमड़े को सपाट बिछाकर उसपर अकेले बैठना उसके लिए संभव नहीं हुआ। उस ओर इंगित कर उस यति ने कहा—"तुम्हारे भारत-विजय अभियान की यही दशा होगी। तुम प्रदेश जीतते हुए आगे बढ़ोगे, तब तक पीछे जीते हुए प्रदेश तुम्हारे विरुद्ध विद्रोह कर, तुम्हारी सत्ता उखाड़ फेंकेंगे। उन्हें दंड देने के लिए तुम पीछे मुड़ोगे, तो आगे के जीते हुए प्रदेश तुम्हारा शासन अस्वीकार कर विद्रोह करेंगे और स्वतंत्र हो जाएँगे। इस प्रकार अखिल भारत का सम्राट् बनना तुम्हारे लिए असंभव है। इस अभियान में तुम सफल नहीं हो सकते!"

२९. 'डंडामिस' की फटकार—यूनानी लेखक, जिसे 'Dandamis' (डंडामिस) कहते हैं और जिसका शुद्ध संस्कृत नाम मुझे नहीं मिल सका, तक्षशिला में ऐसे एक संन्यासी ब्राह्मण की ख्याति सुनकर सिकंदर की उसे देखने और उसके साथ संभाषण करने की तीव्र इच्छा हुई। वह वयोवृद्ध, ज्ञानवृद्ध तपस्वी ब्राह्मण विरक्त अवस्था में विचरण करता था। कई आमंत्रण भेजने पर भी वह संन्यासी ब्राह्मण सिकंदर से मिलने नहीं आया। तब क्रुद्ध होकर सिकंदर ने सेक्रेटस नामक अपने एक अधिकारी को उस सर्वसंगपरित्यागी ब्राह्मण के पास इस आदेश के साथ भेजा—'जो प्रत्यक्ष 'ज्यूज' (संस्कृत द्युः) देवता का पुत्र है, ऐसे जगज्जेता सम्राट् सिकंदर ने तुम्हें बुलाया है। यदि तुम नहीं आओगे, तो वहीं तुम्हारा शिरच्छेद कर दिया जाएगा।'

यह धमकी सुनकर वह ब्राह्मण खिलखिलाकर हँस पड़ा। उसने उत्तर दिया—'सिकंदर जैसा और जिस अर्थ में 'ज्यूज' देवता का पुत्र है, वैसा ही और उसी अर्थ में मैं भी उसी 'द्युः' देवता का पुत्र हूँ। सिकंदर का जगज्जेता होने का दंभ व्यर्थ है। उसने तो अभी व्यास नदी का तीर भी नहीं देखा है। उस पार जिन शूर भारतीयों के राज्य हैं और उनसे भी आगे जो मगध का प्रबल साम्राज्य है, उनके साथ युद्ध करने के बाद यदि सिकंदर जीवित शेष रहता है, तो वह जगज्जेता है या नहीं—इसपर विचार करेंगे। सिकंदर मुझे भूमि और धन का लालच दे रहा है। जाकर उससे कहो कि मुझ जैसे संन्यासी ब्राह्मण ऐसी वस्तुओं को तुच्छ समझते हैं। मुझे जो कुछ चाहिए, वह सब मेरी मातृभूमि मुझे माता की ममता से दे रही है। सिकंदर मेरा सिर कटवा देगा, तो अधिक-से-अधिक यही होगा कि वह सिर और शेष धड़ जिस मिट्टी से बना है, उसी में मिल जाएगा। परंतु वह मेरी आत्मा का हनन नहीं कर सकता। मेरी आत्मा अमर है, अच्छेद्य है। सिकंदर से कहो कि जो लोग सत्ता और स्वर्ण के दास हैं और मृत्यु से डरते हैं, उन्हीं को ऐसी धमकियाँ दे! हमारे सामने सिकंदर जैसे मर्त्य मानव की ये धमकियाँ गीदड़भभकियाँ होती हैं, क्योंकि सच्चा संन्यासी न स्वर्ण के वश में होता है और न ही मृत्यु से डरता है। जाओ, मैं नहीं आता।'

३०. डंडामिस ने सिकंदर के अधिकारी को जो तेजस्वी उत्तर दिया था, उसमें से केवल कुछ वाक्य ही ऊपर उद्धृत किए गए हैं। ग्रीक लेखकों ने वह तेजस्वी उत्तर विस्तार से लिखा है। प्लूटार्क (Plutarch) ने ही इन कथाओं का वर्णन किया है। डंडामिस की इस कथा को लिखते हुए उसके इस स्वाभिमानपूर्ण, तेजस्वी उत्तर से अत्यंत अभिभूत होकर कुछ ग्रीक लेखकों ने लिखा है—"जिस सिकंदर ने अनेक राष्ट्रों को जीता, उस जगज्जेता सिकंदर को भी परास्त करनेवाला या धूल चटानेवाला यदि कोई इस विश्व में था, तो वह वही वृद्ध, नंगा भारतीय ब्राह्मण संन्यासी ही था।"

३१. सिकंदर का ब्राह्मणों को मृत्युदंड—सिकंदर को उसके दूतों द्वारा प्राप्त जानकारी से यह ज्ञात हुआ कि ये संन्यासी, योगी और यति यद्यपि प्राय: अकेले भटकते हैं, तथापि उनकी निर्भय, निस्संग और निस्पृह वृत्ति के कारण, भारतीय गणराज्यों के हों या राजतंत्रात्मक साम्राज्यों के हों, सभी राज्यकर्ताओं पर उनके राजनीतिक मतों का अधिक प्रभाव पड़ता है। इन संन्यासी ब्राह्मणों की जिह्वा की धार भारतीय क्षत्रियों के खड्ग की धार के समान ही तीक्ष्ण होती थी। वह यूनानियों के अन्यायपूर्ण आक्रमणों का तीव्रता से प्रतिकार करती थी और भारतीय जनता के हृदय में सिकंदर के विरुद्ध प्रकट रूप से या गुप्त रूप से प्रक्षोभ उत्पन्न करती थी।

यह बात ध्यान में आने पर प्रारंभ में सिकंदर के मन में इस जिम्नोसोफिस्ट वर्ग के प्रति जो जिज्ञासापूर्ण आकर्षण था, उसका रूपांतरण अब इन संन्यासी ब्राह्मणों के प्रति तीव्र द्वेष में बदल गया। सिकंदर ने ऐसे कुछ ब्राह्मणों को पकड़कर फाँसी पर चढ़ाया। ऐसे ही एक ब्राह्मण का सिर काटने से पहले जब उसे पूछा गया कि उसने अमुक राजा को यूनानियों के विरुद्ध क्यों भड़काया? तब उस ब्राह्मण ने दृढ़ता और निर्भीकता से उत्तर दिया—"मेरे जीवन का यह सिद्धांत है कि जीवित रहना है तो सम्मान से जीवित रहो, अन्यथा सम्मानपूर्वक मर जाओ!" (Plutarch, IXIV)

३२. पौरव राजा को पराजित करने के बाद सिकंदर को स्वाभाविक रूप से ऐसा लगा कि उसकी इस महान् विजय से आस-पास के छोटे-छोटे गणराज्यों का धैर्य अपने आप नष्ट हो जाएगा और वे सब गणराज्य (Republics) शीघ्र ही उसकी शरण में आ जाएँगे; परंतु उसकी यह धारणा अधिकतर भ्रामक सिद्ध हुई। वितस्ता पार कर वह जैसे-जैसे आगे बढ़ता गया, उसे मार्ग में आए अधिकांश छोटे-बड़े गणराज्यों के साथ युद्ध करना ही पड़ा। उन्होंने रणदेवता का आह्वान किए बिना सहजता से सिकंदर का आधिपत्य स्वीकार नहीं किया। यूनानियों की बहुसंख्यक प्रबल सेना ने यद्यपि उनमें से अधिकांश राज्यों को जीत लिया था, फिर भी इन सतत युद्धों के कारण यूनानी सेना बहुत त्रस्त और तनावग्रस्त हो गई थी।

३३. ग्रीक ग्रंथकारों ने ऐसे कई युयुत्सु भारतीय राज्यों और गणराज्यों के साथ हुए सिकंदर के युद्धों के वर्णन किए हैं। यहाँ उन्हें विस्तारपूर्वक या संक्षेप में भी बताना

उचित नहीं है। तथापि सारा भारत पदाक्रांत कर मगध के सम्राट् का मुकुट अपने मस्तक पर धारण करने के लिए आए हुए उस असामान्य, जगत् प्रसिद्ध सेनापति सिकंदर तथा उसकी प्रबल यूनानी सेना के साथ भारत की स्वतंत्रता के लिए जिन गणराज्यों ने अलग-अलग ही क्यों न हो, परंतु यथाशक्ति तुमुल और भीषण युद्ध किए और अंत में सिकंदर को भारत के आँगन से ही वापस लौट जाने के लिए बाध्य किया उनमें से कुछ विशेष राज्यों और गणराज्यों की चर्चा नमूने के लिए करना केवल कृतज्ञतावश आवश्यक है।

३४. सौभूति और कठ गणराज्य—सौभूति और कठ गणराज्य प्रजासत्तात्मक प्रणाली के थे और स्वतंत्र थे। डायोडोस्स नामक ग्रीक ग्रंथकार ने लिखा है कि इन गणराज्यों के सारे नगरों की राज्य-व्यवस्था और कानून अत्यंत हितकारी तथा प्रशंसनीय थे। (They were governed by laws in the highest degree salutary and their political system was admirable.) इनकी एक विशेषता यह थी कि प्रजा अधिकाधिक बलिष्ठ और सुंदर हो, इस हेतु से प्रजनन को व्यक्तिगत विषय न मानकर उन्होंने एक राष्ट्रीय कर्तव्य समझा और उसपर राज्यसत्ता का नियंत्रण रखा। वे शारीरिक सौंदर्य के भोक्ता थे। इसलिए विवाह के समय दहेज़ लेने की प्रथा उनमें नहीं थी। वधू-वरों का शरीर-सौष्ठव, सुंदरता और बलवान्, स्वस्थ संतति पैदा करने की उनकी क्षमता, ये गुण मिलने पर ही उनका विवाहबद्ध होना श्रेयस्कर माना जाता था। सुजनन का सिद्धांत उनके कानूनों में इतनी कठोरता से लागू रहता था कि बच्चे के जन्म के बाद तीन महीने के अंदर उसका स्वास्थ्य-परीक्षण राज्याधिकारियों द्वारा किया जाता था। यदि कोई जन्मत: विकलांग, किसी असाध्य रोग से ग्रस्त या विकृत होता तो उसे राजाज्ञा से निर्दयतापूर्वक मार डाला जाता था।

३५. यूनान के 'स्पार्टा' नामक गणराज्य में भी आनुवंशिकता (Heredity) सुधारने के लिए इसी प्रकार के कानून होते थे—यह विद्वानों को ज्ञात ही है।

३६. उस काल में और भी कुछ गणराज्य भारत में थे जो सौभूति और कठ गणराज्यों जैसे कठोर तो नहीं थे, फिर भी बलवान् और सुंदर प्रजा-निर्माण के उद्देश्य से कुछ नियमों का पालन अवश्य करते थे। इससे भी बहुत पूर्वकाल में वृष्णि गणों में भी उनके धुरंधर पुरुष बलवान् और सुंदर हों—इसका प्रयत्न निष्ठापूर्वक किया जाता था। इन वृष्णि गणों के विश्वविख्यात नेता श्रीकृष्ण के शरीर-सौष्ठव, सुंदरता और बलिष्ठता की ख्याति अजर-अमर है। श्रीकृष्ण के पुत्र भी अत्यंत सुंदर थे—ऐसा पुराणों में वर्णन है।

३७. आयुधजीवी गणराज्य—पंचनद (पंजाब) प्रदेश और सिंधु नदी के दोनों तटों पर उसके सर-संगम तक फैले हुए भारतीय गणराज्यों में से अनेक गणराज्यों को आयुधजीवी या शस्त्रोपजीवी कहा जाता था। उनकी विशेषता यह होती थी कि वहाँ के

समस्त पुरुषों को ही नहीं, अपितु बहुसंख्यक स्त्रियों को भी अनिवार्य रूप से सैनिक-शिक्षा दी जाती थी। युद्धकाल में पूरा राष्ट्र युद्ध कर सकता था। उनके संविधान भिन्न-भिन्न होते हुए भी मूलत: प्रजातांत्रिक प्रणाली के होते थे, यह हम बता ही चुके हैं। ये गणराज्य छोटे-बड़े थे, परंतु स्वतंत्र रूप से रहते थे।

३८. यौधेय गणराज्य—यह राज्य विशाल और उर्वर प्रदेश में फैला था, जहाँ अठारह से इक्कीस वर्ष की आयु के प्रत्येक युवक और युवती को अनिवार्य रूप से शस्त्रविद्या सीखनी पड़ती थी। इससे सारा पुरुष वर्ग ही नहीं, अपितु अधिकांश स्त्री वर्ग भी शस्त्रसज्ज होता था, जिसे विदेशी इतिहासकारों ने 'A nation in arms' शब्दों से संबोधित किया है और अपनी स्वतंत्रता के लिए प्राणपण से लड़ने की कीर्ति के कारण जिनके पराक्रम से लोग थर्राते थे, वह **'यौधेय गणराज्य'** इन आयुधजीवी राज्यों में प्रमुख माना जाता था। वह पंचनद प्रदेश में व्यास नदी के निचले हिस्से में फैला हुआ था।

३९. पौरव राजा के पराभव के पश्चात् आस-पास के गणराज्य और पहाड़ी कबीलों को युद्ध में जीतकर सिकंदर वितस्ता (झेलम) और चंद्रभागा (चिनाव) नदियों को पार कर बड़ी तेजी से व्यास नदी पार करने के लिए आ रहा है, यह समाचार सुनकर उसके निचले हिस्से में बसे हुए पराक्रमी यौधेय गणराज्य ने भी सिकंदर की शरण में न जाने और उसके साथ युद्ध करने की पूरी तैयारी कर ली। इतना सबकुछ हो गया, फिर भी मगध साम्राज्य का सम्राट् कहलानेवाले उस कायर महाराजा धनानंद की निद्रा भंग नहीं हुई। उस पराक्रमशून्य भीरु राजा ने इस वीर यौधेय गणराज्य को सिकंदर को वहीं पर पराजित करने में किसी भी प्रकार की सामरिक सहायता दी हो—ऐसा दृष्टिगत नहीं होता। फिर भी यौधेय गण अपने ही बल पर सिकंदर से युद्ध करने के लिए तैयार हुए।

४०. सिकंदर की भयभीत सेना—पंचनद प्रदेश की सिंधु, वितस्ता, चंद्रभागा नदियों को पार कर सिकंदर की सेना जब व्यास नदी के तट पर पहुँची तो उसे पता चला कि नदी के उस पार बसे हुए यौधेय गणराज्य की सेना अपनी स्वतंत्रता की रक्षार्थ युद्ध करने के लिए तैयार है। इस पराक्रमी सेना की कीर्ति यूनानियों तक पहुँच चुकी थी। इस यौधेय गणराज्य के आगे गंगातट पर बसे बड़े-बड़े राज्य युद्ध करने के लिए तैयार हैं—यह समाचार भी उसने सुना। इसलिए आज तक पंचनद में भारतीयों से सतत युद्ध कर थकी और ऊबी हुई उस यूनानी सेना को व्यास नदी पार कर यौधेय गणराज्य तथा अन्य भारतीय राज्यों से युद्ध करते हुए आगे बढ़ने का साहस नहीं हो रहा था।

४१. परंतु उनके उस जीत हासिल करनेवाले, धैर्यशील सम्राट् और सेनापति सिकंदर की राज्यतृष्णा और युद्धपिपासा लेशमात्र भी कम नहीं हुई थी। उसने ग्रीक सेना में घोषणा कर दी कि उसे व्यास नदी पार कर यौधेय गणराज्य को जीतकर मगध तक आगे बढ़ना ही है। उसकी इस जिद और आग्रह के कारण युद्ध से ऊबी उसकी चुनी हुई सेना में भी घोर असंतोष फैल गया। उसके यूनानी सैनिक छोटी टुकड़ियों में एकत्र

होकर गुप्त रूप से प्रस्ताव पारित करने लगे कि वे आगे जाना स्पष्ट रूप से अस्वीकार करेंगे! वे सिकंदर को प्रत्यक्ष 'ज्यूज' देवता का अजेय पुत्र मानते थे, परंतु अब उसकी राज्यतृष्णा से उन्हें भी घोर वितृष्णा होने लगी।

ग्रीक सेना में फैले इस असंतोष का पता चलते ही सिकंदर ने अपनी सेना को पुनः उत्तेजित करने के लिए उसके सामने एक भाषण दिया—"ग्रीक सेना अजेय है, यह कीर्ति जग भर में फैली है! उस कीर्ति पर ऐसा कलंक! भारत में प्रवेश करने के बाद आज तक आपने जो युद्ध किए, जो विजय प्राप्त की, वे सब छोटे-छोटे शत्रुओं के साथ थी। अब बड़े-बड़े शत्रुओं से सामना करना पड़ेगा। व्यास नदी के उस पार ही एक शस्त्रजीवी (आयुधजीवी) गणराज्य आपकी शरण में आकर आपसे युद्ध करने के लिए प्रस्तुत हुआ है। उसको सबक सिखाना ही होगा! यही नहीं, उसके आगे गंगा के किनारे पर बसे हुए अत्यंत उर्वर राज्यों को भी जीतकर आपको यूनानियों की दिग्विजय का डंका बजाकर सारे जग को सुनाना ही होगा।"

४२. सिकंदर द्वारा अपनी सेना को उत्तेजित करने के लिए किए गए उपर्युक्त भाषण का परिणाम उसकी अपेक्षा के अनुसार न होकर उसके ठीक विपरीत हुआ। आज तक जो युद्ध किए, उनसे अधिक भीषण संग्राम उन्हें अब करने होंगे—यह बात स्वयं सिकंदर के मुख से सुनकर यूनानी सेना अत्यंत भयभीत हुई। डॉ. जायसवाल ने अपने ग्रंथ 'Hindu Polity' में लिखा है— "The Greek army refused to move an inch forward to face the (Bharatiya) nations whose very name, according to Alexander struck his soldiers with terror."

४३. यौधेय गणराज्य से तत्काल युद्ध करना पड़ेगा—इस भय से तथा आगे के सारे भीषण संग्राम टालने के लिए यूनानी सेना ने व्यास नदी को पार करने से ही स्पष्ट रूप से अस्वीकार कर दिया। सिकंदर सेना के इस आज्ञाभंग से अत्यंत क्रोधित हुआ, परंतु वह जैसा धुरंधर योद्धा था, वैसा ही चतुर और धूर्त राजनीतिज्ञ भी था। समय और प्रसंग को पहचानते हुए उसने एकाएक कोई निर्णय नहीं लिया। वह चुपचाप क्रोध और निराशा से अपने खेमे में चला गया। उसने सबसे बोलना बंद कर दिया। तीन दिनों तक वह अपने खेमे से बाहर निकला ही नहीं—अकेले मन-ही-मन विचार कर उसने एक निराली योजना बनाई। तत्पश्चात् खेमे से निकलकर उसने अपनी सारी यूनानी सेना को एकत्र किया और उनसे कहा, "व्यास नदी पार कर आगे बढ़ने का विचार अब मैंने छोड़ दिया है। अब हम यूनान वापस जाएँगे।"

यह सुनते ही यूनानी सेना में हर्ष की लहर दौड़ गई। तब सिकंदर ने उनसे आगे कहा, "परंतु हम वापस कैसे जाएँगे? हम सीधे पीठ दिखाकर जिस रास्ते से आए, उसी रास्ते से वापस जाएँगे तो हमारे द्वारा जीते हुए ये सारे भारतीय राज्य 'जिते, जितं' कहते हुए विद्रोह कर उठेंगे। हम घबरा गए हैं, ऐसा समझेंगे। इसलिए पीठ दिखाकर जिस

मार्ग से आए, उस भूमि मार्ग से वापस न जाकर हम थोड़ा सा तिरछा मुड़ेंगे, सिंधु नदी के किनारे से हम समुद्र तक जाएँगे और फिर समुद्र मार्ग से ईरान वापस लौटेंगे। आगे जब हम पुनः भारत में आक्रमण करने आएँगे, तब गंगातट के राज्यों को भी जीतकर भारत-विजय का अभियान पूर्ण करेंगे।''

४४. सिकंदर ने भाषण के प्रवाह में कह तो दिया कि 'आगे जब हम पुनः भारत में आक्रमण करने आएँगे'…परंतु हे ग्रीक सेनानी, आगे यानी कब? गंगा-तट के राज्यों को जीतने की बात तो दूर, भारत के जिस सीमावर्ती प्रदेश को तुमने जीता है, उसके राज्य भी क्या तब तक तुम्हारी सत्ता को उखाड़कर फेंक नहीं देंगे और स्वतंत्र नहीं हो जाएँगे? और कहीं तुम्हारे उस 'आगे'… से पहले ही तुम स्वयं इस संसार से लुप्त हो जाओगे, तब? अरे, 'ज्यूज' का कुल भी देखते-देखते काल-कवलित हो सकता है, चाहे वह यूनान का ही क्यों न हो!

४५. भारत पर पुनः आक्रमण करने की सिकंदर की उन व्यर्थ की बातों की भारतीय Fymnosophist अर्थात् यतियों, योगियों ने जो खिल्ली उड़ाई थी, वह अप्रासंगिक या अनुचित नहीं थी।

४६. सिकंदर की वापसी—सिकंदर मुँह से भले ही बड़ी-बड़ी बातें करता रहा, परंतु व्यास नदी के उस पार के यौधेय आदि भारतीय सेनाओं के बल-विक्रम से यूनानी सेना भयभीत हो गई थी। इसी कारण सिकंदर को व्यास नदी पार करने का साहस नहीं हुआ। भारतीयों के पराक्रम से उसका युद्ध का उन्माद नष्ट हुआ। इसलिए सिकंदर वापस जाने पर विवश हुआ। वह स्वेच्छा से वापस नहीं जा रहा था, वह तो भारतीयों के सम्मुख बलहीन हुए यूनानियों की वापसी थी। इस ऐतिहासिक सत्य को छिपाने के लिए कुछ ग्रीक और यूरोपीय इतिहासकारों ने लिखा है—''यदि सिकंदर व्यास नदी पार कर आगे बढ़ता तो वह यौधेय गणराज्य को ही नहीं, अपितु मगध को भी पराजित कर सकता था। यौधेयों ने प्रत्यक्ष रणभूमि में युद्ध कर उसको पराजित नहीं किया था।'' इस प्रकार की बड़ी-बड़ी बातों का यौधेय आदि भारतीय रणवीरों की ओर से यह प्रत्युत्तर दिया जा सकता है—

'का कथा बाणसंधाने ज्याशब्देनैव दूरतः।
हुंकारेणैव धनुषः स हि विघ्नन् व्यपोहति॥'

४७. जो शत्रु केवल हमारी धनुष की टंकार सुनकर ही भयभीत होकर भागता है, उसके साथ क्या खाक युद्ध करेंगे!

४८. सिकंदर की यूनानी सेना की प्रत्यक्ष युद्धभूमि में भारतीयों से संग्राम करने की इच्छा को भी मगध आदि रणप्रतापी भारतीय अब शीघ्र ही पूर्ण करने वाले हैं। युद्ध के मैदान में वह चंद्रगुप्त अब उतरने ही वाला है। बस, थोड़ी सी प्रतीक्षा कीजिए!

४९. सिकंदर द्वारा बलशाली नौसेना का निर्माण—व्यास नदी से उसकी सेना की वापसी होने पर सिकंदर ने सिंधु नदी के जलमार्ग से सेना के साथ सिंधुमुख तक अर्थात् समुद्र तक जाने के लिए पाँच-छह सौ जलपोत बनवाकर एक बलशाली नौ-दल का निर्माण किया। इन जलपोतों पर सवार होकर वह अपने अस्त्र-शस्त्रों से सज्जित हजारों सैनिकों के साथ सिंधु नदी के जलमार्ग से यात्रा करने लगा। इस यात्रा के दौरान ही सिकंदर को बेबिलोन से मँगाई हुई दो ताजा-दम यूनानी सेनाएँ भी आकर मिलीं। उनको देखकर सिकंदर की थकी हुई पुरानी सेना भी फिर से उत्साहित और उल्लसित हो गई।

५०. तब तक सिकंदर को पीछे हटते देखकर उसके जीते हुए गांधार से व्यास नदी तक के प्रदेश में स्थित भारतीय जनपदों में भीतर-ही-भीतर यूनानी सत्ता के विरुद्ध एक बड़ा षड्यंत्र रचा जाने लगा था। उसका उल्लेख हम आगे करेंगे।

यहाँ पर इतना ही बताना पर्याप्त है कि 'मैं पुनः वापस आऊँगा, तब देख लूँगा!'—सिकंदर की इस धमकी को केवल एक राजनीतिक चाल समझकर, सिकंदर सिंधु नदी के जिस जलमार्ग से वापस जा रहा था, उसके दोनों तटों पर फैले हुए छोटे-बड़े भारतीय गणराज्यों ने उसकी यूनानी सेना का यथाशक्ति सामरिक प्रतिकार करने का निर्णय किया। यह निर्णय उन सारे स्वतंत्र फुटकर गणराज्यों द्वारा अलग-अलग विभक्त रूप में लिया गया था। सब राज्यों ने मिलकर, संगठित होकर, एक नेतृत्व में संयुक्त रूप से सिकंदर के साथ युद्ध कभी नहीं किया। इसलिए जिस प्रकार पूर्व काल में गांधार और पंचनद में उसने किया, उसी प्रकार एक-एक भारतीय गणराज्य को युद्ध में पराभूत करती हुई सिकंदर की सुसंगठित सेना अपनी वापसी के मार्ग पर आगे बढ़ती गई।

भारतीय सेनाओं के साथ किए गए इन फुटकर युद्धों से यद्यपि सिकंदर की सेना को भारी क्षति पहुँचती थी, तथापि वह निःशेष नहीं हो सकती थी। हर स्वतंत्र गणराज्य के अपने तक ही सीमित रहकर अकेले ही युद्ध करने की इस अलगाववादी प्रवृत्ति के उस समय कुछ थोड़े अपवाद भी थे। उनमें से जिनकी शत्रुपक्ष के ग्रीक इतिहास लेखक भी भूरि-भूरि प्रशंसा करते हैं और जिन्होंने सिकंदर को ग्रीक इतिहास के लिए अविस्मरणीय भयंकर आघात युद्धस्थल में पहुँचाया था, उन दो भारतीय गणराज्यों के सम्माननीय अपवादों का उल्लेख करना नितांत आवश्यक है।

५१. मालव तथा शूद्रक गणराज्य—मालव और शूद्रक सिंधु नदी के तट के पृथक्-पृथक् और स्वतंत्र गणराज्य थे। दोनों स्वतंत्र, शूर, अत्यंत स्वाभिमानी लोकसत्तात्मक पद्धति के राज्य थे। उनमें भी मालव गण अत्यंत प्राचीन काल से विख्यात था। इन गणों में कभी-कभी शत्रुता भी होती थी। तथापि जब सिकंदर की सेना रास्ते में आनेवाले हर गणराज्य को युद्ध में पराजित करती हुई जलमार्ग से वापस जा रही थी, तब उन दोनों गणराज्यों के राजनेताओं ने, अलग-अलग लड़ने में भारतीयों ने अब तक जो भयंकर

भूल की थी, उस राष्ट्रघाती भूल को सुधारने का दृढ़ निश्चय किया। उन्होंने स्वतंत्र रूप से अलग-अलग न लड़कर दोनों गणों की सेनाओं को सम्मिलित कर एक ही नेतृत्व में लड़ने का निर्णय लिया। केवल सेनाएँ ही एक नहीं हुईं, अपितु दोनों गणराज्यों के नागरिकों ने भी अपनी पुरानी शत्रुता भुलाकर अपना राष्ट्रीय और सामाजिक जीवन भी एकात्म, एकरूप करने के लिए परस्पर शारीरिक संबंध (विवाह से) जोड़े। दोनों गणों की जातियाँ आपस में मिल जाएँ, एकरूप, एकबीज हों, इस उद्‌देश्य से दोनों गणराज्यों के नागरिकों ने एक बहुत बड़ा सामुदायिक विवाह समारोह आयोजित किया। इस विशाल समारोह में न्यूनतः दो सहस्र युवक-युवतियों का परस्पर विवाह हुआ।

५२. मालव-शूद्रकों की इस संयुक्त सेना के साथ भयंकर युद्ध करते समय सिकंदर ने उनके गणराज्य के एक महत्त्वपूर्ण नगर पर घेरा डाला था। उस नगर का निश्चित नाम नहीं मिला, परंतु वह नगर राजधानी या उतने ही महत्त्व का होगा। नगरवासी बड़े धैर्य से, पूरी शक्ति से युद्ध कर रहे थे। दीर्घकाल तक घेरा डालने पर भी उस नगर को जीतना संभव नहीं हो सका। तब शीघ्रकोपी सिकंदर को यह विलंब असह्य होने लगा। उसने नगर की प्राचीर की तह पर सीढ़ियाँ लगाकर सीधे चढ़ने और आक्रमण करने की योजना बनाई।

५३. सिकंदर की सेना में इसके पूर्व में व्यास नदी पार करने के समय जैसा असंतोष फैला था, वैसा ही घोर असंतोष इस समय भी व्याप्त था। नए युद्धों को टालने के लिए ही हार स्वीकार कर यूनानी सेना सिंधु नदी के जलमार्ग से घर वापस लौट रही थी। उस मार्ग से लौटते हुए उसे लगातार दोनों तटों पर फैले भारतीय गणराज्यों के साथ युद्ध करने पड़े। यूनानी जानते थे कि उनके सेनापति सिकंदर ने असीम राज्यतृष्णा के कारण यह आक्रामक नीति अपनाई है, जिसके परिणामस्वरूप उन्हें आगे भी ऐसे ही तुमुल युद्ध प्राणपण से करने पड़ेंगे। इसलिए वे भयभीत और असंतुष्ट थे। इन शक्तिशाली मालव-शूद्रकों के साथ चले इस लंबे युद्ध से तो उनकी सहनशक्ति जवाब देने लगी थी।

५४. इसलिए उनका असंतोष अब चरम सीमा पर पहुँचा और वे खुलकर विद्रोह एवं अवज्ञा की भाषा बोलने लगे।

"When the Macedonian soldiers found that they had still on hand a fresh war in which the most warlike nations (गण) would be their antagonists, they were struck with unexpected terror and began again to upbraid the king in the language of sedition." (Curtius as quoted in 'Hindu Polity')

५५. इस विद्रोह के बावजूद सिकंदर ने अपनी सेना को शरण में न आनेवाले उस भारतीय नगर की अभेद्य प्राचीर के तटों पर सीधे सीढ़ियाँ लगाकर चढ़ने और शत्रु के प्रतिकार से बिना डरे तट से नगर के अंदर कूदकर प्रवेश करने की आज्ञा दी। उसकी

सेना यह अत्यंत साहसिक कार्य करने के लिए आनाकानी कर रही है—यह देखकर सिकंदर स्वयं तट से लगाई हुई एक सीढ़ी पर तेजी से चढ़ने लगा। उसके सैनिकों ने यह देखा तो वे भी उत्तेजित होकर तेजी से सीढ़ियाँ लगाकर तट पर चढ़ने लगे। तट पर चढ़ते ही सिकंदर ने सीधे वहाँ से नगर के अंदर रणभूमि में छलाँग लगाई! उसके पीछे-पीछे उसके सैनिक भी तट से कूदकर नगर में, रणभूमि में घुस पड़े। वहाँ भारतीय सेना के साथ उनका घोर युद्ध होने लगा।

५६. इतने में···

५७. इतने में एक भारतीय वीर (जिसका नाम उपलब्ध नहीं है) ने अपने धनुष की प्रत्यंचा से एक अत्यंत विषमय बाण छोड़ा और तुमुल युद्ध करते हुए आगे घुसनेवाली उस यूनानी सेना में, जहाँ उसके सम्राट् सेनापति का स्वर्णिम शिरस्त्राण चमक रहा था, वहाँ लक्ष्य कर उसने वह अमोघ बाण छोड़ा।

५८. वह बाण नहीं था, अपितु भारत का मूर्तिमंत प्रतिशोध ही था! सुप्रसिद्ध मराठी कवि मोरोपंत की एक आर्या में थोड़ा परिवर्तन कर कहें, तो कह सकते हैं—'तो शर गिरधत्वरसा, पविसा, रविसा स्मरारिसायकसा म्लेच्छ हृदंतरी घुसल वल्मीकामाजि नागनायकसा।' (अर्थात् गिरिधर के वर जैसा, अग्नि जैसा, सूर्य जैसा, स्मरारि (शंकर) के बाण जैसा वह बाण म्लेच्छ अर्थात् सिकंदर के हृदय में ऐसा घुसा, जैसे बिल में नागनायक (श्रेष्ठ नाग घुसा हो!)

५९. उस भारतीय वीर का छोड़ा हुआ वह अमोघ बाण सीधा सिकंदर के वक्ष में घुसा, जिससे वह मूर्च्छित होकर भूमि पर गिर पड़ा। यह देखते ही उसके एक सैनिक ने तुरंत उसे अपनी ढाल से ढक लिया। सिकंदर रणभूमि में धराशायी हुआ! घायल हुआ! इन समाचारों से उसकी सेना में हाहाकार मच गया। यूनानी सैनिकों ने बड़ी कठिनाई से घायल, मूर्च्छित सिकंदर को रक्तरंजित अवस्था में ही वहाँ से बाहर निकाला। वे उसे अपने शिविर में ले गए। उसकी छाती में घुसे विषबाण को बड़ी मुश्किल से बाहर निकाला जा सका। जब सिकंदर की चेतना लौटने लगी, तब जाकर उसकी व्याकुल सेना को कुछ धीरज बँधा! सिकंदर का घाव भरने में कई दिन लगे। तब तक वह रुग्ण-शय्या पर ही रहा था।

६०. उधर बेबिलोन से यूनान तक इस घटना का पहला समाचार यह पहुँचा कि भारतीय युद्ध में एक विषैले बाण से सिकंदर की मृत्यु हो गई! यह सुनकर गांधार और ईरान के कुछ भागों में विद्रोह के स्वर उभरे; परंतु 'सिकंदर केवल घायल हुआ था और अब वह पूर्णत: स्वस्थ है'—यह समाचार सुनते ही वह विद्रोह शांत हो गया।

६१. इस घटना का वृत्तांत सुनकर भारतवासियों ने, विशेषत: मालव-शूद्रकों के उन वीर गणराज्यों ने धन्यता और कृतकृत्यता का अनुभव किया, जो स्वाभाविक ही था। भारत के पौरव राजा को जब यूनानी सैनिकों ने युद्ध में घायल किया था, तब सिकंदर

को इतना गर्व हुआ था कि उसने यह दृश्य एक स्वर्णमुद्रा पर अंकित करवाया और उस नई मुद्रा को इस वीर कृत्य के स्मरणार्थ प्रचलित करवाया था। वह मुद्रा या सिक्का आज भी देखने को मिलता है। यूनानियों के उसी राजा को रणभूमि में धराशायी कर आज भारतीय वीरों ने उस अपमान का प्रतिशोध लिया था। असंख्य भारतीयों का भीषण रक्तपात करनेवाले उस सम्राट् सिकंदर को, उसका अपना रक्त बहाकर भारतीय वीरों ने व्यक्तिगत रूप से दंड दिया था।

६२. जिसके वक्षस्थल में अंदर तक भारतीय बाण घुसा है और इस कारण जो रक्तरंजित होकर रणभूमि में मूर्च्छित पड़ा हुआ है, ऐसे सम्राट् सिकंदर का चित्र अंकित की हुई किसी स्वर्णमुद्रा का प्रचलन मालव तथा शूद्रक गणराज्यों को भी करना चाहिए था। हो सकता है, उन्होंने वैसा किया भी हो।

६३. सिकंदर की रणनीति उसका विरोध करनेवाले अधिकतर राज्यों को निर्दयता से कुचलने की थी। परंतु किसी तुल्यबल प्रतिवीर से सामना होने पर पैंतरा बदलकर झट से सीधा, सरल बन जाने की कला में भी वह चतुर था। उसका स्वास्थ्य सुधरते ही उद्दंडता की भाषा छोड़कर उसने मालव-शूद्रक गणराज्यों के संयुक्त सेनापति के पास युद्ध-संधि का प्रस्ताव भेजा। उन गणराज्यों ने सौ प्रतिनिधियों का चयन कर उनका एक प्रतिनिधिमंडल इस संधि-प्रस्ताव पर विचार करने के लिए भेजा। उन सब प्रतिनिधियों के सम्मानार्थ सिकंदर ने अपने शिविर में एक भव्य समारोह का आयोजन किया था। मालव-शूद्रकों के वे सौ प्रतिनिधि जब यूनानी शिविर में आए तो वहाँ उनका भव्य स्वागत किया गया। विभिन्न इतिहासकारों ने उस प्रसंग के बड़े सरस और विस्तृत वर्णन दिए हैं, परंतु यहाँ मैं स्थानाभाव के कारण उनका उल्लेख संक्षेप में ही कर रहा हूँ। यूनानियों से भी असामान्य (Uncommon) दीर्घकाय, हृष्ट-पुष्ट, सुडौल देहयष्टि के, बहुमूल्य जरी के वस्त्र तथा रत्नों-मोतियों के आभूषणों से सज्जित वे सौ भारतीय वीर अपने सौ सुदृढ़, सज्जित स्वर्णरथों में बैठकर वहाँ पधारे थे। उनके साथ मूल्यवान् अलंकारों से सज्जित उत्तम हाथी भी थे। यूनानियों के मन में हाथी के लिए सदैव विशेष आकर्षण रहा है।

६४. इन्हीं शत्रुओं ने उसके प्राण लेने की चेष्टा की थी—यह चुभन मन में होते हुए भी सिकंदर ने उस समारोह में वीरोचित उदारता का परिचय देते हुए अपने भी राजवैभव का प्रदर्शन किया। उस प्रतिनिधिमंडल के सौ प्रतिनिधियों को दिए गए महाभोज में सौ स्वर्णपीठ (आसन) एक पंक्ति में रखे गए थे। भोज में उच्च कोटि के उत्कृष्ट मद्यों और पकवानों की प्रचुरता थी। विभिन्न क्रीड़ोत्सवों तथा गायन, वादन, नर्तन के अनेक सुंदर कार्यक्रमों का भी आयोजन किया गया था। अंत में सिकंदर और मालव-शूद्रकों के संयुक्त गणराज्य के बीच संधि प्रस्ताव पारित हो गया।

६५. उस काल के ग्रीक लेखकों ने इस संधि के बारे में जो विसंगत वर्णन किए

हैं, उनके समन्वय से इतना ही ज्ञात होता है कि यूनानियों तथा मालव-शूद्रकों के बीच चल रहे युद्ध को बंद करना दोनों पक्षों ने माना तथा सिंधु के जलमार्ग से वापस लौटनेवाली सिकंदर की सेना को यह संयुक्त गणराज्य किसी भी प्रकार का उपद्रव या हानि नहीं पहुँचाएगा—यह आश्वासन संयुक्त गणराज्य ने दिया। इन दोनों गणराज्यों में मालव गणराज्य के पराक्रमी अस्तित्व का उल्लेख भारत के भावी इतिहास में शकों के म्लेच्छ सत्ता के साथ हुए युद्धों में बार-बार आएगा। उससे यह अपने आप ही सिद्ध होता है कि वह मालव गणराज्य आगे भी कई सदियों तक विकसित और उन्नत था।

६६. भारतीय प्रतिकारकों की ऐसी कुछ और वीरकथाएँ, जिनके स्थल, काल का स्पष्ट उल्लेख न मिलने पर भी जिनका वर्णन किए बिना ग्रीक इतिहासकारों से भी नहीं रहा गया, उनमें से दो-तीन कथाएँ यहाँ पर उदाहरण के लिए प्रस्तुत कर रहा हूँ।

६७. मासागा का छापा—'मासागा' में सिकंदर के हाथों सात सहस्र सशस्त्र भारतीयों की एक वीर टोली पकड़ी गई। उसमें अनेक स्त्रियाँ भी थीं। सिकंदर ने उनसे कहा कि यदि वे लोग उसकी सेना में भरती होकर भारतीय शत्रुओं से युद्ध करेंगे तो वह उन्हें जीवनदान देगा, अन्यथा उन सबकी हत्या करेगा या सबको दास-दासी बनाकर ले जाएगा।

उस टोली के नेताओं ने यह प्रस्ताव मानते हुए उससे प्रार्थना की कि इस बारे में टोली के सब लोगों का एकमत हो, इसलिए आपस में विचार-विनिमय करने के लिए उन्हें एक रात का समय दिया जाए। इसके अनुसार सिकंदर ने उन्हें एक रात का समय दिया और उन्हें यूनानी शिविर के सामने नौ मील की दूरी पर स्थित एक पहाड़ी पर रात भर रहने के लिए जाने दिया। विंसेंट स्मिथ ने अपने इतिहास में लिखा है—"The Indians being unwilling to aid the foreigners in the subjugation of their countrymen desired to evade the unwelcome obligation."

उन भारतीयों ने उस रात की गुप्त सभा में निर्णय लिया कि अपने प्राणों की रक्षा के लिए यूनानियों जैसे विदेशी शत्रुओं से मिलकर स्वराष्ट्र को परतंत्र बनाने के लिए युद्ध करने का पापी कृत्य वे कदापि नहीं करेंगे और यूनानी पहरे से बचकर बड़े सवेरे ही वहाँ से भाग जाएँगे! इस सभा के बाद वे रात में थोड़ी देर विश्राम करने के लिए सो गए। परंतु उनकी इस योजना की जानकारी सिकंदर को तत्काल मिल गई। उसने अपनी यूनानी सेना के साथ इस निद्रित भारतीय टोली पर अकस्मात् छापा मारा तथा एकदम भयंकर मारकाट शुरू कर दी। तब उन सात सहस्र भारतीयों में पहले कुछ देर तो हाहाकार मचा, परंतु शीघ्र ही वे सँभल गए। उन्होंने शस्त्र-धारण कर व्यूह बनाया। उस व्यूह-रचना चक्र के मध्य के रिक्त स्थान में उन्होंने स्त्रियों और बच्चों को रखा और वे सारे भारतीय-वीर शत्रु पर टूट पड़े। उनकी अनेक स्त्रियाँ भी सामने आकर यूनानियों से प्राणपण से लड़ती हुई दिखाई दे रही थीं। अंत में यूनानियों की विशाल सेना द्वारा वे सब

मारे गए। परंतु मरते दम तक वे भारतीय वीर अपने राष्ट्र की स्वतंत्रता के लिए जूझते रहे।

६८. "The Gallant Defenders met a glorious death which they would have disclaimed to exchange for a life with dishonour." ('Early History of India' by V.A. Smith, Page 51)

६९. अग्रश्रेणी—'अग्रश्रेणी' नामक छोटे से, परंतु स्वतंत्र भारतीय गणराज्य ने भी सिकंदर की शरण में न जाकर, उसकी सेना जब सिंधु नदी से वापस लौट रही थी, तब उस प्रचंड नौ-दल के साथ क्षात्रधर्म के अनुसार प्राणपण से युद्ध किया। यूनानी सेना ने जब उनकी राजधानी पर आक्रमण किया, तब उन भारतीय योद्धाओं ने मार्ग में कई स्थानों पर मोर्चे बनाकर उन्हें रोका और उनके साथ पग-पग पर ऐसा विकट युद्ध किया कि सिकंदर अपने कई यूनानी सैनिकों की बलि चढ़ाकर ही उनके नगर में प्रवेश कर सका। "According to Curtius when those brave fellows could not further resist the odds, they (the Agrashrenees) set their houses on fire and their wives and children and all threw themselves into the flames!"

कर्टियस नामक यूरोपीय ग्रंथकार ने लिखा है कि अंत में जब उस बहुसंख्यक यूनानी सेना को हराना असंभव हो गया, तब उन वीर जुझारू अग्रश्रेणियों ने अपने घरों में आग लगाई और अपनी वीर स्त्रियों तथा बच्चों के साथ इस प्रचंड अग्नि में कूदकर भस्म हो गए! आज की भाषा में उन्होंने 'जौहर' किया।

७०. यही है वह जौहर—जय हर!—हमारे यहाँ सर्वसामान्य रूप से यह माना जाता है कि 'जौहर' की तेजस्वी प्रथा राजपूतों में ही प्रचलित थी, परंतु ऊपर ग्रीक लेखकों ने 'अग्रश्रेणी' लोगों के जो उदाहरण आश्चर्यचकित भाव से दिए हैं, उनसे यह स्पष्ट होता है कि 'राजपूत' नाम के उदय के पूर्व से हमारे भारतीय योद्धाओं के कुछ वर्गों में यह जौहर की तेजस्वी परंपरा चली आ रही थी। 'जौहर' शब्द अर्वाचीन काल का है। वह 'जय हर!' इस रण-घोषणा से निर्मित हुआ होगा। जहाँ मरण-मारण का घोर तांडव चलता है उस रणभूमि का, विलय का भारतीय देवता है 'हर' यानी महादेव! इसी कारण 'जय हर!' के तुमुल रणघोष के साथ भारतीय सेनाएँ सुधबुध खोकर लड़ती थीं। मराठों की भी रणगर्जना 'हर-हर महादेव!' ही थी। युद्ध की पराकाष्ठा करने पर भी जब परधर्मीय या विदेशी आततायी शत्रु से बचने की या मुक्ति पाने की सारी संभावनाएँ नष्ट हो जाती थीं, तब पराभूत होकर उस शत्रु के अधीन उसके दास-दासी बनकर रहने अथवा परधर्म स्वीकार कर जीवित रहने की अपेक्षा स्वधर्म, स्वराष्ट्र, स्वत्व इन सबके सम्मान का रक्षण करने स्वयं हौतात्म्य स्वीकारने का यह अग्न्यस्त्र, यह जौहर हमारे भारतीय युद्ध-तंत्र का अंतिम और अमोघ अस्त्र होता था। युद्ध करने की आयु के सभी वीर पुरुष जब रणभूमि में शत्रु से लड़ते हुए मारे जाते थे, तब उनकी सैकड़ों

वीरांगनाएँ अपने बच्चों को छाती से लगाए स्वयं जलाई हुई अग्नि की प्रचंड ज्वालाओं में 'जय हर', 'जय हर' का घोष करते हुए कूदकर भस्म हो जाती थीं! यही है जौहर! यह मात्र कहावत नहीं है। यह तो वीरश्री की, पराक्रम की, स्वत्वरक्षक क्षात्रधर्म की प्राणांतक पराकाष्ठा है!

७१. जिन-जिन वीरों ने इस प्रकार जौहर कर अग्नि के कवच धारण किए, उन्हें भ्रष्ट करना, दास बनाना या स्पर्श करना भी किसी सिकंदर, अलाउद्दीन या सलीम ही नहीं, अपितु प्रत्यक्ष शैतान को भी संभव नहीं होता था! उन अग्नि-ज्वालाओं के समीप आते ही शत्रु तीव्र दाह से हतबल, हताश और उदास होता था।

७२. भारत में कुछ स्थानों के वीरों तथा वीरांगनाओं ने ग्रीक सेना द्वारा पराभूत होकर मानहानि सहने की अपेक्षा अंतिम रणक्रंदन के पश्चात् सामूहिक रूप से अग्नि प्रवेश किया। उन अद्‌भुत दृश्यों को देखकर ग्रीक सैनिक आश्चर्यचकित हो गए—ऐसे कई वर्णन मिलते हैं। उपर्युक्त 'अग्रश्रेणी' नामक शूर जनपद की गणना उन्हीं में होती है।

७३. ब्राह्मणक जनपद—सिकंदर की नौ-सेना लड़ते-लड़ते जब सिंधु नदी के मुख के पास पहुँची तो उसका वहाँ बसे हुए स्वतंत्र भारतीय गणराज्यों से सामना हुआ। ये गणराज्य या जनपद स्वतंत्र और शूर होते हुए भी छोटे-छोटे थे। सिकंदर की विशाल, शक्तिशाली सेना के साथ तुल्यबल होकर युद्ध कर सके—ऐसा कोई राज्य नहीं था। फिर भी उनमें से ब्राह्मणक नामक जनपद ने विदेशी शत्रु की शरण में न जाकर उसके साथ यथाशक्ति युद्ध करने का निश्चय किया। डॉ. जायसवाल के अनुसार, पाणिनि ने जिस 'ब्राह्मणको नाम जनपद:' का उल्लेख किया है, वही यह जनपद है। पूर्व में पंचनद में युद्ध करते समय इस 'Philosopher' वर्ग के प्रति सिकंदर का विशेष रोष था, यह हम बता ही चुके हैं। उसी Philosopher (दार्शनिक) ब्राह्मण वर्ग का यह राज्य है—यह जानकर सिकंदर ने उनका निर्दलन अत्यंत कठोरता से कर प्रतिशोध लेने का दृढ़ निश्चय किया। Plutarch ने सिकंदर का जो चरित्र लिखा है, उसमें वह लिखता है—"These philosophers were specially marked down for revenge by Alexander as they gave him no less troubles than the mercenaries, they reviled the princes who declared for Alexander and encouraged free states (in India) to revolt against his authority." इस छोटे से जनपद ने अत्यंत स्वाभिमानपूर्वक अपनी स्वतंत्रता के लिए अंतिम क्षणों तक घोर युद्ध कर यूनानियों का प्रतिरोध किया!

७४. पट्टनप्रस्थ—जिसे आज मुसलमान लोग सिंध-हैदराबाद कहते हैं, उस नगर का नाम उस काल में पट्टनप्रस्थ था। संस्कृत में समुद्र के किनारे या किसी बड़ी नदी के मुख के तट पर बसे हुए नगर को 'पट्टन' कहा जाता है। पट्टन का अंग्रेजी अर्थ है 'Port'! अंग्रेजी का यह Port शब्द उस संस्कृत शब्द 'पट्टन' से ही बना हो—यह भी संभव है। सिकंदर जब समुद्र के तट पर पहुँचा, तब पट्टनप्रस्थ के इस छोटे से

राज्य को उसकी शरण में जाना स्वीकार नहीं था। परंतु वह यह भी जानता था कि सिकंदर की बलशाली विशाल सेना का सामना करने की सामर्थ्य उसमें नहीं है। इसलिए उस छोटे से जनपद ने एक तीसरा मार्ग अपनाया। उस सारे जनपद ने सामुदायिक रूप से देश-त्याग किया। अपने घर, संपत्ति, मातृभूमि सबकुछ त्याग कर वह स्वतंत्रताप्रिय जनपद अत्यंत दु:खित अंत:करण से दूसरे देश में जाकर बस गया।

७५. सिकंदर का स्वदेश लौटना—सिंधु नदी जहाँ समुद्र से मिलती है, उस समुद्र को 'सिंधुसागर' नाम से पुकारना उचित है। जिस प्रकार पूर्व भारत में जहाँ गंगा समुद्र से मिलती है उस सागर का ('गंगासागर' परंपरागत नाम है) उसी प्रकार इधर पश्चिम में 'सिंधुसागर' नाम शोभा देता है।

७६. सिकंदर का नौ-दल जब सिंधुसागर पहुँचा, तब उसने अपनी सेना के दो भाग किए। आज जिसे हम बलूचिस्तान कहते हैं, एक भाग को उस भू-मार्ग से ईरान वापस भेजा। सिकंदर की सारी सेना इस भारत-विजय अभियान में लड़ते हुए थककर अत्यंत त्रस्त हो गई थी। उसपर उस काल में बलूचिस्तान का यह भू-प्रदेश अत्यंत विकट, अरण्यमय, यूनानियों को अपरिचित और अज्ञात था। इसलिए इस ओर से गई हुई सिकंदर की सेना अत्यंत कठिन परिस्थिति में किसी प्रकार गिरती-लड़खड़ाती हुई ईरान पहुँची।

सेना के दूसरे भाग को साथ लेकर सिकंदर स्वयं समुद्र मार्ग से ईसा पूर्व सन् ३२५ में ईरान जा पहुँचा। पूर्व के समस्त ईरानी साम्राज्य का अधिपति अब सिकंदर ही था। इसलिए वह अपनी राजधानी बेबिलोन वापस गया। परंतु दो वर्ष पहले यहाँ से भारत पर जिस वीरश्रीयुक्त आवेश से उसने आक्रमण किया था, उसके अनुसार 'भारत सम्राट्' बनकर वह बेबिलोन वापस नहीं लौट सका! उसका बेबिलोन में पुनरागमन भारत सम्राट् की भाँति क्या, किसी भी सम्राट् की भाँति ठाठ-बाट से नहीं हुआ था। वह तो आधे-अधूरे युद्ध अभियान से लौटे हुए किसी थके-हारे, भग्नहृदय सेनापति की तरह वापस लौटा था!

७७. भारतीय साम्राज्य पर विजय पाना बाएँ हाथ का खेल नहीं—सिकंदर के इस मनोभंग का कारण यह था कि उस समय तक यूनानियों को उनके अपने देश से बहुत बड़ा और विशाल ईरान का साम्राज्य ही सर्वश्रेष्ठ साम्राज्य लगता था। जब उन्होंने सिकंदर जैसे अलौकिक सेनापति के नेतृत्व में ईरान पर आक्रमण किया और डेरियस का वह समस्त विशाल साम्राज्य दो-तीन लड़ाइयों में ही ताश के पत्तों के भवन की भाँति ढहकर उसके पैरों पर आ गिरा, तब इस अद्भुत विजय के बाद वीरश्री के उन्माद में यूनानी अपने इस सेनापति को देव सेनापति की तरह अजेय समझने लगे। सिकंदर भी इस गर्वोन्माद से अछूता नहीं रह सका। उसके मन में अपनी इस विजयी सेना के बल पर विश्व विजेता बनने की महत्त्वाकांक्षा उत्पन्न हुई। ईरान के आगे ही भारत था। इसलिए

ईरान के बाद लगे हाथ भारत को भी जीतकर 'भारत सम्राट्' बनने की आकांक्षा से उसने भारत पर आक्रमण किया। उसने सोचा कि भारतीय राज्य और साम्राज्य भी यद्यपि विशाल और अतिविस्तृत दिखाई देते हैं, तथापि ईरानी साम्राज्य की भाँति वे भी भीतर से खोखले और दुर्बल होंगे। ईरानी साम्राज्य की तरह उन्हें जीतना भी उसके बाएँ हाथ का खेल होगा!

७८. प्रत्यक्ष अनुभव इसके ठीक विपरीत था। भारत में उसे पग-पग पर कड़े विरोध का सामना करना पड़ा। यद्यपि भारत में हुए लगभग सभी युद्धों में उसकी विजय हुई, तथापि इन युद्धों को जीतने में उसकी और उसकी सेना की बड़ी दुर्दशा हुई थी! ईरान की तरह सारा भारत भी एक चुटकी में पदाक्रांत करने की यूनानियों की दर्पपूर्ण गर्वोक्तियाँ निष्फल तथा मिथ्या सिद्ध हुईं और अंत में भारत का केवल सिंधु-सीमा पर स्थित भाग ही जीतकर उसे स्वदेश लौट जाना पड़ा।

७९. इस प्रकार सिकंदर का मनोभंग और कुछ अंश तक मानभंग भी हुआ था; परंतु उस पराक्रमी सम्राट् का साहस कम नहीं हुआ था। सिकंदर के मन में अभी भी यह आकांक्षा थी कि जीते हुए भारतीय प्रदेश का सुप्रबंध कर उसे सीरिया, बेबिलोन और ईरान की भाँति अपने साम्राज्य में आत्मसात् कर लूँ और तब कालांतर में पुन: भारत पर आक्रमण करूँ।

८०. भारत के जीते हुए भागों में सिकंदर ने अपने क्षत्रप नियुक्त किए—हिंदुकुश से गांधार और तक्षशिला तक का प्रदेश, व्यास नदी तक का आधा पंचनद और वितस्ता के संगम से सिंधुमुख तक का, सिंधुतट का प्रदेश—इस सारे भूभाग को अपने साम्राज्य में अंतर्भाव करने की अधिकृत घोषणा सिकंदर ने कर दी। तक्षशिला के राजा अंबुज को उसने हिंदुकुश प्रदेश का अपना क्षत्रप (Governor) नियुक्त किया। पंचनद के क्षत्रप के रूप में राजा पौरव की नियुक्ति की। सिंधु-वितस्ता के संगम से सिंधुसागर तक फैले तीसरे भाग पर अपने दो विश्वासपात्र ग्रीक सेनानी—फिलिप और निकियान की नियुक्ति की। उनके अधीन यूनानी सैनिकों के चल-पथक भी नियुक्त किए। उसने भारतीय प्रदेशों में कुछ नए नगर बसाकर उनके यूनानी नाम रखे। अपनी पूर्व परिपाटी के अनुसार उसने 'अलेक्जेंड्रिया' नामक एक ग्रीक नामवाला नगर तक्षशिला के पास ही निर्मित किया था।

८१. सिकंदर की मृत्यु—सिकंदर जब भारत में जीते हुए प्रदेशों का इस प्रकार सुप्रबंध कर रहा था, उसी समय उसे पता चला कि उनमें से अनेक भारतीय जनपद अपने को विजित मानते ही नहीं हैं। सिकंदर जब सिंधुसागर के समीप था, उसी समय गांधार प्रदेश में भारतीयों ने उसकी सत्ता के विरोध में विद्रोह किया। इस विद्रोह को कुचलने के लिए वह गांधार में नई विशाल ग्रीक सेना भी भेजने वाला था, परंतु उसी समय पंचनद में भी उसकी सत्ता को उखाड़ फेंकने के लिए षड्यंत्र रचा जा रहा है—

ऐसा समाचार उसे मिला। अपनी सेना के साथ स्वदेश वापस लौटने से पूर्व ही ये चिंताजनक समाचार सिकंदर ने सुने थे। परंतु वह तत्काल कुछ उपाय न कर सका। भारत-विजय के अभियान में हुए अत्यधिक परिश्रम से न केवल उसकी सेना थक गई थी, बल्कि वह स्वयं भी तनावग्रस्त और अस्वस्थ हो गया था। ऐसे में उसका मद्यपान का व्यसन भी बढ़ गया था। इसलिए ईसा पूर्व सन् ३२३ में अर्थात् भारत से ससैन्य स्वदेश लौटने के बाद केवल डेढ़-दो वर्षों के अंदर ही अकस्मात् अस्वस्थ होकर यूनानियों का वह प्रतापी सम्राट् और सेनापति सिकंदर बेबिलोन में मृत्यु को प्राप्त हुआ।

८२. भारतीय राजनीतिज्ञों का राष्ट्रीय षड्यंत्र—सिकंदर जब सिंधु नदी के जलमार्ग से वापस लौट रहा था, तब पंचनद में यूनानियों के विरुद्ध राष्ट्र की स्वतंत्रता के लिए कुछ भारतीय राजनेता एक षड्यंत्र रच रहे थे। उस षड्यंत्र का उद्देश्य यूनानियों द्वारा जीते गए सीमा प्रदेशों को स्वतंत्र करना नहीं, अपितु एक प्रचंड आंतरिक राज्य-क्रांति का सूत्रपात कर समस्त भारत का राजनीतिक कायापलट करने का था। सिकंदर की मृत्यु नहीं होती, तब भी वे षड्यंत्रकारी नियोजित राष्ट्रीय राज्य-क्रांति का भीषण साहस अवश्य करते। तथापि सिकंदर की अकस्मात् हुई मृत्यु से इन भारतीय राजनेताओं को एक अनपेक्षित स्वर्ण अवसर प्राप्त हुआ और उन्होंने यूनानी सत्ता को उखाड़ फेंकने के लिए तत्काल विद्रोह किया।

८३. ग्रीक गवर्नरों का विच्छेद—ग्रीक सत्ता के मुख्य राज प्रतिनिधियों के रूप में सिकंदर ने भारत में निकियान और फिलिप की नियुक्ति की थी—यह हम ऊपर बता ही चुके हैं। सिकंदर की मृत्यु का समाचार मिलते ही इन दोनों गवर्नरों में से फिलिप को पकड़कर भारतीय विद्रोहियों ने उसका शिरच्छेद किया और उसकी छोटी सी यूनानी सेना की भी वही दुर्दशा कर उन्हें भी मृत्युदंड दिया। इसी समय शेष बचे दूसरे ग्रीक गवर्नर निकियान की भी किसी भारतीय विद्रोही ने हत्या कर दी। इसके साथ ही सिंधु के तटवर्ती जिन भारतीय राज्यों, गणराज्यों और पंथों ने सिकंदर का आधिपत्य स्वीकार किया था, उन सबने उसकी सत्ता को अस्वीकार कर अपनी राजनीतिक स्वतंत्रता की पुनर्घोषणा कर दी! जहाँ कहीं यूनानी बस्तियाँ, यूनानी ध्वज या यूनानी राज्य का कोई भी चिह्न दिखाई देता, वहाँ उसे तत्काल नष्ट कर दिया जाता। पंचनद से सिंधुसागर तक सिंधुतट की सीमारेखा पर स्थित जिस भारतीय भू-प्रदेश को सिकंदर ने जीतकर अपने यूनानी साम्राज्य में 'यावच्चंद्र दिवाकरौ' कहकर सम्मिलित किया था, वह सारा भू-प्रदेश सिकंदर की मृत्यु के केवल छह महीने के भीतर ही स्वतंत्र हो गया।

८४. सिकंदर ने यूनान, सीरिया, पर्शिया (ईरान), बेबिलोन, इजिप्ट (मिस्र) आदि कई देशों, राज्यों और साम्राज्यों को जीता। उसने वहाँ अपने नाम से कई नगर बसाए। ग्रीकों की बस्तियाँ स्थापित कीं। तत्पश्चात् उसके साम्राज्य का बँटवारा हुआ। उसके ग्रीक (यूनानी) उत्तराधिकारी बेबिलोन जैसे देशों में कई शतकों तक राज्य करते

रहे। आज भी उनमें से कई देशों में अलेक्जेंड्रिया नामक नगर अस्तित्व में हैं। सिकंदर का नाम तो सारे यूरोप के प्राचीन इतिहास में 'The Great' विशेषण के साथ ही लिखा गया है।

८५. परंतु भारत में क्या हुआ? सतत दो वर्षों तक अनेक युद्ध कर, लाखों भारतीयों और यूनानियों का रक्त बहाकर उसने जिन प्रदेशों को जीतकर उनको सदा के लिए अपने साम्राज्य में सम्मिलित किया था, उन सारे प्रदेशों ने सिकंदर की सत्ता, उसका ध्वज, उसकी ग्रीक बस्तियाँ, उसकी विजय का एक-एक चिह्न उखाड़कर नष्ट कर डाला। और यह सब उसकी मृत्यु के पश्चात् केवल छह महीनों के अंदर हुआ।

८६. अंत में स्थिति यह हो गई कि सिकंदर (अलेक्जेंडर) द्वारा निर्मित 'अलेक्जेंड्रिया' नगर का ही नहीं, अपितु स्वयं उसके नाम का भी परवर्ती भारतीय इतिहास में कहीं उल्लेख नहीं मिलता! मानो अलेक्जेंडर नामक 'दि ग्रेट' (The Great) विशेषण से विभूषित किसी यवन राजा का भारतीय सीमा पर कभी आक्रमण हुआ ही न हो। वैदिक, जैन या बौद्ध किसी भी प्राचीन भारतीय ग्रंथ में अलेक्जेंडर के नाम का उल्लेख भी अभी तक नहीं मिला है।

८७. विंसेंट स्मिथ ने अपने सुप्रसिद्ध ग्रंथ—'Early History of India' में लिखा है—

८८. "All these proceedings prove conclusively that Alexander intended the permanent annexation of those (Indian) provinces of his empire...But within three years of his departure from India (from 325 B.C. to 322 B.C.) his officers in India were ousted, his garrisons destroyed and all traces of his rule had disappeared. The colonies which he founded in India, no root. His campaign, though carefully designed to secure a permanent conquest was in actual effect no more than a brilliantly successful raid on a gigantic scale which left upon India no mark save the horrid sears of a bloody war India remained unchanged. She continued her life of splendid isolation and soon forgot the passing of the Macedonian Storm. No Indian author Hindu, Buddhist or Jain makes even the faintest allusion to Alexander or his deeds." (Page 110)

८९. विदेशी आक्रमणकारी सिकंदर के आधिपत्य से पंचनद से सिंधुमुख तक के भारतीय प्रदेशों को जिस भारतीय राजनीतिक राष्ट्रीय षड्यंत्र द्वारा केवल छह महीनों में स्वतंत्र किया गया, उस षड्यंत्र के प्रमुख नेताओं के नाम इतिहास में नहीं मिलते। परंतु उनमें से दो महापुरुषों के नाम भारतीय इतिहास में अजर-अमर हो गए हैं। सिकंदर जिस समय तक्षशिला पहुँचा, उस समय के वृत्तांत में हमने जिन दो पुरुषों के नामों का

उल्लेख किया है, वही ये दो महापुरुष हैं। प्रथम पुरुष है तक्षशिला के विद्यापीठ से युद्धशास्त्र की शिक्षा लेकर बाहर निकला हुआ तेजस्वी युवक चंद्रगुप्त और द्वितीय पुरुष हैं आर्य चाणक्य, जो पहले उसी विद्यापीठ में आचार्य थे और तत्पश्चात् इसी युवक चंद्रगुप्त को राज्य-क्रांति और राज्यशास्त्र के वस्तुपाठ प्रत्यक्ष रूप में सक्रिय रीति से सिखाते थे। भावी काल में यही दो महापुरुष सारे भारत का प्रकट नेतृत्व करने वाले हैं। इसलिए यहाँ उनका समुचित, सुदीर्घ परिचय देना आवश्यक है।

१०. चंद्रगुप्त की कुलकथा—विश्व के प्राचीन इतिहास के अधिकतर महापुरुषों के चरित्रों की भाँति चंद्रगुप्त और चाणक्य—इन दोनों महापुरुषों के चरित्रों पर भी दंतकथाओं और कल्पित-कथाओं के प्रगाढ़ पुट चढ़े हुए हैं। उनमें से अनेक कथाएँ, केवल मनोरंजन के लिए जो पढ़ना चाहते हैं, ऐसे व्यक्ति श्री राधाकुमुद मुकर्जी का 'Chandragupta Maurya and his Time' ग्रंथ अवश्य पढ़ें। चंद्रगुप्त और चाणक्य के बारे में वैदिक, जैन तथा बौद्ध वाङ्मय में बिखरी पड़ी अनेक कथाओं में से इन दोनों महापुरुषों के चरित्रों का ऐतिहासिक कसौटी पर खरा उतरनेवाला वृत्तांत ही हम यहाँ प्रस्तुत कर रहे हैं।

११. गौतम बुद्ध का जन्म जिस शाक्य जाति में हुआ था, उस शाक्य जाति पर एक बार महासंकट आने पर उनमें से कुछ टोलियाँ दूरवर्ती प्रदेश में जाकर बस गईं। शाक्य स्वयं को क्षत्रिय मानते थे, तथापि आपत्काल समझकर वे निर्वासित शाक्य-कुटुंब वहाँ आजीविका के लिए अन्य व्यवसाय करने लगे। वहाँ के जंगलों में मोर बहुतायत से मिलते थे। उन्हें पालने और बेचने का व्यवसाय ये शाक्य करने लगे। इसलिए उनका नाम 'मोरिया' पड़ा। वह उनकी 'उपजाति' ही बन गई। इस 'मोरिया' जाति का एक परिवार पुन: पाटलिपुत्र नगर के पास आकर रहने लगा था। उसकी 'मुरा' (मथुरा) नामक एक महिला को किसी कारण से पाटलिपुत्र के राजप्रासाद के अंत:पुर में प्रवेश मिला और वह नंद सम्राट् महापद्मनंद उपनाम धनानंद की दासी के रूप में वहाँ रहने लगी। उस मुरा दासी को नंद सम्राट् से जो पुत्र हुआ, वही आगे चलकर सम्राट् चंद्रगुप्त के रूप में विख्यात हुआ।

१२. जब चंद्रगुप्त सम्राट् बना, तब उसकी यह कुलकथा कलंकयुक्त है—यह सोचकर किसी ने कुछ ग्रंथों में ऐसा सुधार किया कि मुरादेवी नंद सम्राट् की दासी नहीं, विवाहिता पत्नी थी; अर्थात् चंद्रगुप्त दासीपुत्र नहीं, राज्ञीपुत्र था।

१३. कुछ ग्रंथों में दी गई एक तीसरी दंतकथा ने तो इन दोनों कथाओं पर पानी फेर दिया। लेखक ने लिखा है कि मुरा का नंद सम्राट् से किसी भी प्रकार का कोई संबंध नहीं था। उसे उसकी जाति के पति से ही जो पुत्र प्राप्त हुआ, वही चंद्रगुप्त है। चंद्रगुप्त ने आर्य चाणक्य की प्रेरणा और सहायता से तथा स्वपराक्रम से नंद वंश से सम्राट् पद छीनकर 'मौर्य' राजवंश की स्थापना की और अपने निर्धन, सामान्य तथा अप्रसिद्ध

माता-पिता का ऋण चुकाया।

१४. किसी भी मनुष्य की महानता या साधुता का निर्धारण उसके अपने प्रकट गुणों से न करके उसका जन्म किस वर्ण, जाति अथवा कुल में हुआ, इससे निर्धारित करने की कुप्रथा सभी समाजों में कम-अधिक मात्रा में पाई जाती है। इसलिए जैसे-जैसे समय बीतता जाता है, उस मनुष्य के कुलवृत्तांत के बारे में अनेक लोककथाएँ—कथा, काव्य, नाटकों से या मौखिक रूप में प्रचलित होती जाती हैं। चंद्रगुप्त की महानता या हीनता सिद्ध करनेवाली उपर्युक्त कथाओं के अतिरिक्त भी कई दंतकथाएँ हैं। परंतु उपर्युक्त कारणों से ही उनका उल्लेख करने का न यहाँ स्थान है और न प्रयोजन।

१५. यदि चंद्रगुप्त क्षत्रिय नहीं, दासीपुत्र था तो क्या हुआ? जिस तेजस्विता से महारथी कर्ण ने उसे सूतपुत्र कहनेवालों को—

'सूतो वा सूतपुत्रो वा यो वा को वा भवाम्यहम्।
दैवायत्तं कुले जन्म मदायत्तं तु पौरुषम्॥'

यह उत्तर दिया था, उसी तेजस्विता और स्वाभिमान से चंद्रगुप्त भी, उसका दासीपुत्र कहकर अपमान करनेवालों को, यह उत्तर दे सकता है कि म्लेच्छों की, उनके यूनानी सम्राट् और सेनापति सिकंदर के पैरों की धूल मस्तक पर लगानेवाले आप जैसे केवल नामधारी तथाकथित 'खानदानी' राज्ञीपुत्रों और क्षत्रियों की अपेक्षा उन यवनों को समर में धूल चटानेवालों में खड्गधारी गुणवान चंद्रगुप्त मैं ही सच्चा क्षत्रिय हूँ।

१६. मुरा का पुत्र होने से चंद्रगुप्त 'मौर्य' कहलाता था। मातृकुल से प्राप्त इस उपनाम का अभिमान रखते हुए चंद्रगुप्त ने सम्राट् पद प्राप्त होने पर भी अपने द्वारा स्थापित राजवंश का नाम 'मौर्य वंश' रखा और अपनी जननी मुरा देवी का नाम भारतीय इतिहास में चिरंतन और अमर किया। मौर्य सम्राट् मुरा देवी की 'मोरिया' (मोर-मयूर पालनेवाली) जाति को ही अपनी जाति मानते थे। मौर्य सम्राटों का कुलदेवता भी 'मयूर' ही माना जाता था। इसके लिए अब शिलालेखों का साक्ष्य भी मिला है। नंदनगढ़ में प्राप्त अशोक स्तंभ पर नीचे मयूर का चित्र उत्कीर्ण है। उसी प्रकार साँची के सुप्रसिद्ध स्तूप पर उत्कीर्ण सम्राट् अशोक की चरित्र गाथाओं में भी मोरों के चित्र अंकित मिलते हैं।

१७. मगध सम्राट् महापद्मनंद—इस समय मगध के विस्तृत साम्राज्य पर महापद्मनंद का राज्य था। अपने कई दुर्गुणों के कारण वह जनता में अत्यंत अप्रिय हो गया था। उसकी अपार धनतृष्णा को तृप्त करने के लिए जो कर देने पड़ते थे, उनके भार से प्रजा त्रस्त हो गई थी। उसमें घोर असंतोष फैल गया। उसकी धनतृष्णा का उपहास करने के लिए लोग उसे 'धनानंद' कहते थे (महापद्मनंद नहीं)। उसमें सम्राट् का एक भी गुण नहीं था। केवल पिछले सम्राट् का भाई होने के नाते वह सम्राट् बना था। जब सिकंदर ने भारत पर आक्रमण किया और साथ ही स्पष्ट रूप से यह घोषणा की कि मैं

सीधे मगध पर चढ़ाई कर, उसे जीतकर भारत-सम्राट् बनूँगा, तब उसी समय मगध के इस तथाकथित सम्राट् महापद्मनंद ने यदि उसका आह्वान स्वीकार कर पंचनद में ही उसका सामना किया होता और उसे पराभूत कर उस भारतीय भूभाग को यूनानियों के आधिपत्य से मुक्त किया होता या कम-से-कम यथाशक्ति वैसा प्रयत्न ही किया होता, तो उसके सम्राट् पद का कोई अर्थ हो सकता था; परंतु उसने कुछ भी नहीं किया। सिकंदर द्वारा किए गए इस घोर अपमान को उसने चुपचाप सह लिया। उसकी इस कायरता के कारण हर स्वाभिमानी, स्वराष्ट्राभिमानी भारतीय को उससे घोर वितृष्णा होने लगी थी। वह भीरु था, इसीलिए कपटी भी होता गया। वह निःस्वार्थी, राष्ट्राभिमानी राजनेताओं से द्वेष करता था। जनता में उनकी लोकप्रियता कम करने के लिए वह जनता के सामने उनका घोर अपमान करता था। किसी कर्तृत्ववान मनुष्य को देखते ही उसकी भृकुटी तन जाती थी।

१८. इसी सम्राट् महापद्मनंद से मुरा दासी को जो पुत्र प्राप्त हुआ था, वही चंद्रगुप्त है। चंद्रगुप्त की बाल्यावस्था की कुछ कथाएँ हैं, परंतु वे केवल थोड़ी सी दंतकथाएँ ही हैं। निश्चित निष्कर्ष केवल इतना ही निकला है कि चंद्रगुप्त जैसा तेजस्वी, स्फूर्तिशाली, साहसी, महत्त्वाकांक्षी किशोर जब दासीपुत्र होते हुए भी युवराज के अधिकार चाहता था, तब उस कायर, परंतु धूर्त सम्राट् महापद्मनंद को भय होने लगा कि उसके विरोधी राजनीतिज्ञों का प्रबल गुट इस उच्छृंखल दासीपुत्र का पक्ष लेकर कहीं उसे ही सिंहासन से पदच्युत न कर दे। उसके नंद वंश ने किस प्रकार छल-कपट से मगध के मूल शासक शिशुनाग राजवंश का उच्छेद कर राज्य प्राप्त किया था—यह महापद्मनंद अच्छी तरह जानता था। ऐसे ही किसी भयावह कारण से कुपित होकर सम्राट् महापद्मनंद ने किशोर चंद्रगुप्त को मगध राज्य से सीमा पार होने का दंड दिया। उसके आगे का वृत्तांत अज्ञात है।

इसके पश्चात् चंद्रगुप्त तक्षशिला विद्यापीठ में राजनीति, युद्धनीति आदि विद्याओं का अध्ययन करनेवाले राजकुमार विद्यार्थी के रूप में ही प्रकट होता है। तक्षशिला विद्यापीठ के महापंडित के रूप में विख्यात चाणक्य की सहायता से ही चंद्रगुप्त को उस विद्यापीठ में प्रवेश मिला—ऐसी कथा कुछ ग्रंथों में मिलती है, उसमें कुछ तथ्य अवश्य हैं। चंद्रगुप्त ने तक्षशिला विद्यापीठ में छह-सात वर्षों तक अध्ययन किया। उसके बाद सिकंदर का पूर्ववर्णित आक्रमण हुआ था। उस समय यूनानियों ने भारतीय राष्ट्र की जो घोर अवमानना की थी, उसका प्रतिशोध लेकर उनके द्वारा विजित भू-प्रदेशों को पुनः स्वतंत्र करने के लिए भारतीय राष्ट्रभक्तों और राजनीतिज्ञों ने आर्य चाणक्य के नेतृत्व में एक विशाल षड्यंत्र रचा था—यह हम पहले ही बता चुके हैं। आर्य चाणक्य के इस पट्टशिष्य चंद्रगुप्त का तेज इसी षड्यंत्र में प्रथमतः प्रस्फुटित हुआ था।

१९. इतिहास की एक अद्भुत अर्धघटिका—युवक चंद्रगुप्त ग्रीकों की सैन्य

रचना, व्यूह रचना और शस्त्रागार की विशेषताओं का अध्ययन स्वयं करने के लिए गुप्त रूप से छद्मवेश में यूनानी शिविरों में संचरण करता रहा होगा, क्योंकि एक बार सीधे राजा के शिविर में छिपकर निरीक्षण करते हुए ग्रीक रक्षकों ने उसे संदेह में पकड़ लिया था। सिकंदर तक जब यह समाचार पहुँचा तो उस ग्रीक सम्राट् ने उक्त अज्ञात साहसी भारतीय युवक को अपने सम्मुख बुलवाया। कुछ ग्रंथकारों के अनुसार, वह युवक पूर्व अनुमति लेकर ही सिकंदर से मिलने गया होगा।

१००. लगभग चालीस वर्ष की आयु का वह प्रतापी ग्रीक सेनापति सिकंदर और भारत का भावी सम्राट् और सेनापति, परंतु उस समय केवल बीस वर्ष का भटकता एक युवक चंद्रगुप्त जब आमने-सामने आए, तब कुछ क्षण एक-दूसरे को निहारते रहे! एक मध्याह्न का अस्तोन्मुख सूर्य और दूसरा उषाकाल का अपर उदयोन्मुख सूर्य ही मानो परस्पर सम्मुख खड़े थे!

१०१. उनकी यह भेंट अर्धघटिका भी नहीं हुई होगी। परंतु इतिहास में चिरंतन रूप से विस्मयजनक लगनेवाली वह अर्धघटिका अद्‌भुत सिद्ध हुई, यह सत्य है।

१०२. इस भेंट का उल्लेख लगभग सभी ग्रीक लेखकों ने किया है। परंतु इस भेंट में सिकंदर और युवक चंद्रगुप्त का क्या संवाद हुआ—इसके बारे में निश्चित जानकारी किसी ने भी नहीं दी है। एक-दो लेखकों ने केवल इतना ही लिखा है कि 'मगध के राजवंश से मेरा संबंध है' इस अर्थ का कोई वाक्य चंद्रगुप्त ने कहा था। कुल मिलाकर निश्चित रूप से केवल यही कहा जा सकता है कि चंद्रगुप्त ने सिकंदर के प्रश्नों के उत्तर स्वाभिमान और तेजस्विता से दिए थे। इन तेजस्वी उत्तरों से कुपित होकर सिकंदर ने उस युवक को तत्काल शिविर से बाहर निकाल देने की आज्ञा दी। उसके अनुसार, वह युवक तत्क्षण वहाँ से बाहर चला गया। कुछ समय पश्चात् सिकंदर के मन में कुछ और विचार आया और उसने उस युवक को पुन: अपने सामने लाने की आज्ञा दी; परंतु वह युवक इतनी तेजी से वहाँ से निकलकर लुप्त हो गया कि बहुत प्रत्यनों के बाद भी ग्रीक सैनिक उसे खोज नहीं सके।

१०३. आर्य चाणक्य की कुलकथा—आर्य चाणक्य ने ब्राह्मण कुल में जन्म लिया था। उनका मूल नाम 'विष्णुगुप्त' था। उनके मूल ग्राम 'चणक' के नाम से उसका नाम 'चाणक्य' पड़ा होगा; परंतु उनका 'आर्य चाणक्य' नाम ही प्रसिद्ध है। उनका तीसरा नाम 'कौटल्य' भी लोकप्रिय है। यह नाम उनके 'कुटल' गोत्रनाम से पड़ा होगा। वे उस समय के अधिकांश शास्त्रों में पारंगत थे। तक्षशिला विद्यापीठ में तथा भारतीय विद्वानों में उनकी कीर्ति महापंडित के रूप में थी। वे देखने में कुरूप थे, परंतु मगध साम्राज्य में आगे चलकर जो राज्य-क्रांति हुई, उसमें उनका नाम अखिल भारत में ही नहीं, अपितु तत्कालीन जागतिक राज्यमंडल के यूनान, मिस्र आदि देशों में भी चंद्रगुप्त के बाल्यावस्था के मार्गप्रदर्शक और तत्पश्चात् भारतीय साम्राज्य के महामात्य के रूप में

विख्यात हुआ। तब उनके पूर्वचरित्र के विषय में भी चंद्रगुप्त और सिकंदर की भाँति अनेक मिथ्या दंतकथाएँ लोगों में प्रचलित हुईं। चंद्रगुप्त और चाणक्य—दोनों की मृत्यु के पश्चात् कई शताब्दियाँ बीतने के बाद लिखे गए अनेक ग्रंथों, नाटकों और लोककथाओं में उनके अनेक उल्लेख, साधार हों या निराधार, मिलते हैं। जैन, बौद्ध और वैदिक वाङ्मय में पाए जानेवाले ये उल्लेख पूर्णत: विश्वसनीय नहीं हैं। एक संस्कृत नाटक में भी उनका जो चरित्र-चित्रण किया गया है, वह नाटकीयता लाने के उद्देश्य से कृत्रिम रूप से किया गया है। इसलिए चाणक्य की कुरूपता और दाँतों के विषय में आए विक्षिप्त वर्णनों को अथवा उन्होंने मार्ग में खेलनेवाले अज्ञात, ग्राम्य बालकों में से एक नटखट बालक चंद्रगुप्त का उसकी हस्तरेखाएँ देखकर केवल उनके मन में आया इसलिए भारत का भावी सम्राट् बनने के हेतु से चुनाव किया था, ऐसी कथाओं को 'गप' या कपोल कल्पना के अतिरिक्त कोई भी ऐतिहासिक महत्त्व नहीं देना चाहिए। फिर भले ही वे कथाएँ प्राचीन ग्रंथों में ही क्यों न लिखी हों। तथापि इसके मूल में क्या कुछ ऐतिहासिक तथ्य हैं—इसका पता अवश्य लगाना चाहिए।

१०४. आर्य चाणक्य की प्रतिज्ञा की विकृत आख्यायिका—चाणक्य से संबंधित ऐसी ही एक विकृत आख्यायिका की चर्चा यहाँ पर उदाहरणस्वरूप करना आवश्यक है। कारण आज भी वह शाक्य इतिहास में उसी विकृत रूप में पढ़ाई जाती है। वह आख्यायिका संक्षेप में इस प्रकार है—तक्षशिला विद्यापीठ में तथा उस पूरे प्रदेश में जब चाणक्य की ख्याति महापंडित के रूप में हुई, तब सम्राट् महापद्मनंद ने उन्हें आमंत्रित कर मगध के राजप्रासाद में 'दानाध्यक्ष' के पद पर नियुक्त किया। एक दिन जब वह इस उच्च पद पर कार्य कर रहे थे, तब नंद सम्राट् वहाँ निरीक्षण करते हुए आए। आर्य चाणक्य का दंतविहीन पोपला मुख और जन्मत: कुरूप शरीर देखकर सम्राट् ने उनका कुचेष्टापूर्वक उपहास किया। चाणक्य के लिए वह उपहास असह्य हुआ और उनका मुख संतप्त हो गया। नंद ने तत्काल उन्हें नीचे खींचकर, और कुछ ग्रंथों के अनुसार तो जोर से उनकी शिखा पकड़ते हुए खींचकर, पदच्युत कर राजप्रासाद से बाहर निकालने का आदेश दिया। तब उस तेजस्वी ब्राह्मण ने तुरंत शाप देते हुए कहा, "जब तुम्हें भी सिंहासन से इसी प्रकार नीचे खींचकर तुम्हारा और तुम्हरे नंद वंश का निर्दलन और सर्वनाश करूँगा, तब ही मैं इस शिखा में पुन: गाँठ बाधूँगा!" यह कठिन प्रतिज्ञा कर वे तत्काल राजप्रासाद से चले गए।

१०५. परंतु सम्राट् नंद वहाँ सौंदर्य विभाग का नहीं, धन विभाग का निरीक्षण करने आया था। अत: जिस महापंडित को स्वयं दानाध्यक्ष के उच्च पद पर नियुक्त किया था, उसे केवल उसकी कुरूपता के कारण उस उच्च पद के लिए नंद सम्राट् अयोग्य कैसे कहता? उस दानाध्यक्ष के लिए दैहिक सौंदर्य की नहीं, धर्मशास्त्र आदि की विद्वत्ता की आवश्यकता थी। परंतु इस आख्यायिका की असत्यता सिद्ध करनेवाला

यह तो केवल एक साधारण आक्षेप है। असली महत्त्वपूर्ण आक्षेप तो यह है कि नंद सम्राट् द्वारा किए गए इस वैयक्तिक अपमान के कारण ही चाणक्य उसके विरुद्ध विद्रोह कर उठे—ऐसा यह आख्यायिका सूचित करती है। अर्थात् यदि यह वैयक्तिक अपमान न होता तो चाणक्य नंद सम्राट् का एक राजनिष्ठ सेवक ही बने रहते! उसने जो भारतव्यापी प्रचंड राज्य-क्रांति की, वह भारतीय राष्ट्र को यवनों की दासता से मुक्त कर स्वतंत्र करने के लिए नहीं, अपितु केवल अपने वैयक्तिक अपमान का प्रतिशोध लेने के लिए की। ऐसा इस आख्यायिका से आभास मिलता है। इसीलिए यह आख्यायिका विकृत है।

१०६. जब शिवाजी एक राजनीतिक चाल के रूप में औरंगजेब का आधिपत्य स्वीकार कर उसके दरबार में गए, तब उस मुगल बादशाह ने उनका अपमान किया। तब प्रतिकार करने के कारण शिवाजी को बंदी बना लिया गया। परंतु शिवाजी अत्यंत चतुराई से वहाँ से भागकर स्वदेश लौटे; उन्होंने औरंगजेब के साथ स्पष्ट रूप से युद्ध प्रारंभ किया और अपना स्वतंत्र राज्य स्थापित किया। यह कथा कहकर यदि कोई ज्ञानी यह निष्कर्ष निकाले कि शिवाजी ने अपने व्यक्तिगत अपमान के कारण ही औरंगजेब से शत्रुता की थी; उनके मन में स्वधर्म की और स्वराष्ट्र की राजनीतिक स्वतंत्रता का कोई हेतु नहीं था, तो वह कथन जितना विकृत और विक्षिप्त होगा! उतना ही नंद सम्राट् ने वैयक्तिक रूप से उनका अपमान किया, इसीलिए चाणक्य ने नंद वंश का उन्मूलन कर वह भारतीय राज्य-क्रांति की थी—ऐसा सूचित करनेवाली यह आख्यायिका भी पूर्णत: असत्य ही नहीं, बल्कि विकृत और अधूरी भी है।

१०७. वास्तविकता क्या थी?—शिवाजी का अपमान हुआ, इसलिए उन्होंने औरंगजेब के विरुद्ध विद्रोह किया—यह असत्य है। वास्तव में हिंदुत्व के अभिमान से औरंगजेब की परधर्मीय सत्ता को उखाड़ फेंकने के लिए शिवाजी ने जो विद्रोह किया था, उसे देखकर औरंगजेब भयभीत हो गया और उसने शिवाजी का अपमान कर उन्हें बंदी बना लिया, यही सच्चा कार्य-कारण भाव है। इसी प्रकार आर्य चाणक्य उसे दुर्बल समझकर उसके हाथों से मगध की साम्राज्यवादी सत्ता छीन लेने के लिए एक राष्ट्रीय षड्यंत्र रच रहा है, यह गुप्त समाचार महापद्मनंद को पहले से ही ज्ञात था। इसीलिए नंद सम्राट् ने राजप्रासाद में चाणक्य का ऐसा घोर अपमान किया कि उस तेजस्वी ब्राह्मण ने तत्काल 'तुम्हारी प्रपीड़क सत्ता का उन्मूलन कर भारत का उद्धार करूँगा, तब ही मैं सच्चा चाणक्य कहलाऊँगा' इस आशय का उत्तर दिया। ऐसे कार्य-कारण भाव का यहाँ पर भी प्रतिपादन करना चाहिए। वही पूरी स्थिति से मेल खाता है।

१०८. इसका सबसे बड़ा प्रमाण स्वयं चाणक्य द्वारा रचित 'कौटिलीय अर्थशास्त्र' में मिलता है। इस ग्रंथ में ग्रंथकार का परिचय देते हुए उन्होंने लिखा है—

'चाणक्य इति विख्यातः श्रोत्रियः सर्वधर्मविद्॥
येन शस्त्रं च शास्त्रं च नन्दराजगता च भूः।
अमर्षेणोद्धृतान्याशु तेन शास्त्रमिदं कृतम्॥'

१०९. "जिसने नंदराज का उच्छेद कर उसके शासन में अध:पतित राष्ट्रीय शस्त्रशक्ति का, शास्त्रशक्ति का और भारतभूमि का उद्धार किया, उसने यह ग्रंथ लिखा है।" ग्रंथकार ने अपने वैयक्तिक अपमान का प्रतिशोध लेने के हेतु नंद का निर्दलन किया—इस आशय का एक भी शब्द इस परिचायक श्लोक में नहीं है। उन्होंने स्वराष्ट्र और मातृभूमि के उद्धार के लिए नंद का नाश किया—ऐसा स्वयं चाणक्य का ग्रंथ ही बताता है।

११०. इस नाटकीय भाषा में कथित तथ्यहीन आख्यायिका में सत्य का अंश केवल इतना ही है कि चाणक्य के राष्ट्रमूलक नंद-विद्वेष को नंद द्वारा किए गए घोर अपमान ने अधिक तीव्र बनाया होगा।

१११. चाणक्य की राजनीति का आरंभ—तक्षशिला के परिवेश से चाणक्य का संबंध सिकंदर के कई वर्ष पूर्व से था। सिंधु सीमावर्ती भारतीय प्रदेशों की राजनीतिक स्थिति का प्रत्यक्ष परिचय उन्हें प्राप्त था।

११२. भारत के इस सीमा प्रदेश से ही लगा ईरान जैसे शत्रु राष्ट्र का प्रचंड, संगठित, एककेंद्र और एकराष्ट्र साम्राज्य फैला हुआ था। ऐसे किसी भारत-विद्वेषी संगठित साम्राज्य का आक्रमण होने पर उस सीमा पार हिंदुकुश से पंचनद और सिंध तक फैले हुए हमारे स्वतंत्र तथा शूर, परंतु छोटे-छोटे अलग, विघटित राज्य और गणराज्य समरभूमि में एक अकेले कभी भी उसका सामना कर जीत नहीं सकेंगे, यह चाणक्य अच्छी तरह जानते थे।

११३. ग्रीक गणराज्य के विनाश का कारण—इसी समय यूनान में चाणक्य की उपर्युक्त धारणा का समर्थन करनेवाला एक प्रसंग प्रत्यक्ष घटित हुआ। ईरान के सम्राट् के आक्रमण ने जिन बिखरे हुए छोटे-छोटे यूनानी गणराज्यों को परास्त कर बरबाद कर दिया, उन्हीं सब गणराज्यों को जीतकर और संगठित कर जब फिलिप और उसके पुत्र सिकंदर ने यूनानियों का एक प्रबल साम्राज्य बनाया, तब वे ईरानी साम्राज्य को भी जीतकर मात दे सके थे। यह घटना चाणक्य की सूक्ष्म दृष्टि से छूटी नहीं थी।

११४. उन्होंने दृढ़ निश्चय किया कि भारत की स्वतंत्रता की रक्षा करने तथा उसे बलशाली एवं अजेय राजशक्ति बनाने के लिए उस शत्रुवत् विस्तृत साम्राज्य के रहते एक ही उपाय है कि छोटे-छोटे सभी राज्यों एवं गणराज्यों का विलय कर अखिल, अखंड भारत का एकच्छत्र, एकात्म, एककेंद्र तथा प्रबलतम साम्राज्य स्थापित करना होगा; परंतु उनके इस दृढ़ निश्चय का समर्थन कर उसे मूर्त रूप दे सके—ऐसा एक भी

राज्य या गणराज्य वहाँ के गांधार, सिंध आदि प्रांतों में नहीं था। चाणक्य ने उन सबकी शक्ति और प्रवृत्ति को भली-भाँति परखा था। इसलिए समस्त उत्तर भारत में पहले से ही साम्राज्य कहा जानेवाला जो एकमात्र राज्यसंगठन, राज्यशक्ति और साम्राज्य संस्था शेष बची थी, उस मगध साम्राज्य की ओर चाणक्य की दृष्टि गई। इस नियोजित भारतीय राज्य-क्रांति की प्रेरणा से अभिभूत होकर आर्य चाणक्य मगध राज्य की कुटिया से राजप्रासाद तक गुप्त रूप से छानबीन करने के लिए पुन: मगध आए। वे राजप्रासाद में प्रवेश पाने और मुक्त संचार करने का प्रयत्न कर रहे थे। तब तक नंद सम्राट् को केवल इतना ही ज्ञात था कि चाणक्य एक महापंडित है। इसलिए उन्हें दानाध्यक्ष के महत्त्वपूर्ण पद पर नियुक्त करने में नंद सम्राट् ने कोई संशय नहीं किया। उस पद को स्वीकार करने से चाणक्य को भी अपने षड्यंत्र रचने के कार्य में वांछित सहायता मिलती रही।

११५. कुछ समय पश्चात् नंद सम्राट् तक यह समाचार गुप्त रूप से पहुँचा कि चाणक्य केवल एक महापंडित ही नहीं, अपितु एक कूटनीतिज्ञ भी है और वह नंद के विरुद्ध कोई भीषण षड्यंत्र रच रहा है। तब उसने सबके सामने भरी सभा में चाणक्य का घोर अपमान किया और उन्हें पदच्युत कर, राजप्रासाद से निकालकर मगध राज्य से भी सीमा पार होने का दंड दिया। सीमा पार होकर चाणक्य पुन: तक्षशिला पहुँचे।

११६. इस बीच उस राष्ट्रभक्त के अखिल भारतीय साम्राज्य स्थापित करने के महान् कार्य की योजना के लिए एक अत्यंत अनुकूल घटना घटित हुई। वह यह कि नंद सम्राट् ने अपने दासीपुत्र चंद्रगुप्त को भी सीमा पार होने का दंड दिया और वह भी तक्षशिला पहुँचकर आर्य चाणक्य से मिला।

११७. चाणक्य और चंद्रगुप्त—दुर्बल और दुष्ट नंद सम्राट् को पदच्युत कर उसके स्थान पर यदि किसी बाहरी, अपरिचित पुरुष, भले ही वह अत्यंत गुणवान हो—को मगध सम्राट् के रूप में स्थापित किया जाता तो मगध का मंत्रिमंडल, भारतीय राजमंडल और परंपराप्रिय प्रजाजन सभी लोग उसका घोर विरोध करते; परंतु चंद्रगुप्त नंद सम्राट् का दासीपुत्र होते हुए भी राजपुत्र ही था। अत: उसका उस सिंहासन से जन्मसिद्ध रक्त-संबंध है, यह सर्वविदित था। इसके अतिरिक्त वह पराक्रमी और गुणवान भी था। अत: उपर्युक्त परंपराप्रिय शक्तियाँ भी उसका तीव्र विरोध करेंगी, यह आशंका बहुत कम, बल्कि नहीं के बराबर थी। यह बात कूटनीतिज्ञ चाणक्य के ध्यान में प्रारंभ से ही थी। उन्होंने चंद्रगुप्त का ही पक्ष लेकर उसको मगध सम्राट् का ही नहीं, अपितु भारतीय सम्राट् के पद पर स्थापित करने का दृढ़ निश्चय किया था।

११८. चंद्रगुप्त—चाणक्य के भारतीय साम्राज्य स्थापित करने के षड्यंत्रों का इस प्रकार सूत्रपात हो रहा था कि उसी समय चाणक्य ने जैसा तर्क किया था, वैसी अशुभ घटना उधर ईरान में घटित हुई। ग्रीकों के नव-साम्राज्य के नेता सिकंदर ने ईरान के विशाल साम्राज्य को जीतने के पश्चात् भारत पर आक्रमण किया। जैसाकि पूर्व में

वर्णन किया गया है, उस घोर संकट में भारतीयों ने सिकंदर का तीव्र विरोध कर यद्यपि उसको हराकर स्वदेश वापस जाने के लिए विवश किया था, तथापि वे उस संगठित, साम्राज्यीय यूनानी शक्ति को निर्णायक रूप से पराजित नहीं कर सके।

११९. इस अनिष्ट से इतना ही घटित हुआ कि चाणक्य आदि राष्ट्रीय द्रष्टा जिस सिद्धांत का प्रतिपादन करते थे, उस सिद्धांत से 'शत्रु के साम्राज्य की भाँति एककेंद्र, एकराष्ट्र और विस्तृत, पर संगठित भारतीय साम्राज्य की स्थापना के बिना इन परिस्थितियों में भारतीय स्वतंत्रता की रक्षा करना असंभव है'—इस सत्य से सीमावर्ती गणराज्य के लोकसत्ताप्रिय भारतीय भी वह ठोकर खाकर सहमत हो गए।

१२०. इस क्रांतिकारी प्रवृत्ति के प्रसार का पहला प्रसाद-चिह्न यह था कि सिंधु-सीमा के जिन भारतीय प्रदेशों को जीतकर सिंकदर ने उनका समावेश अपने साम्राज्यों में किया था, वे सारे प्रदेश सिकंदर की मृत्यु के बाद केवल छह महीने के अंदर सामूहिक रूप से विद्रोह कर उठे और शीघ्र ही स्वतंत्र हो गए। इस आश्चर्यजनक और अभिमानास्पद सामुदायिक विद्रोह का श्रेय प्रसिद्ध प्राचीन ग्रंथकार जस्टिन (Justin) स्पष्ट रूप से चंद्रगुप्त के नेतृत्व को देता है—"India after the death of Alexander had shaken as it were, the yoke of servitude form its neck and put his governors to death. The author of this liberation was Sandrocottus." स्यान्ड्रोकोटस अर्थात् चंद्रगुप्त! ग्रीक लेखक इसी प्रकार करते थे।

१२१. ग्रीक सेना के प्रतिकारार्थ—ग्रीक साम्राज्य की सेना भारत पर पुनः आक्रमण करेगी—यह निश्चित था। उसका मुकाबला करने के लिए चंद्रगुप्त-चाणक्य के नेतृत्व में उपर्युक्त सीमावर्ती भारतीय प्रदेशों का सामूहिक विद्रोह इस प्रकार सफल हुआ था। तथापि भारतीय साम्राज्य पर ग्रीकों के आक्रमण का संकट अभी भी मँडरा रहा है—यह चेतावनी चाणक्य के शिष्य समस्त राज्यकर्ताओं को देते रहे। चाणक्य और उसके शिष्यों ने सर्वत्र बड़े जोर-शोर से ऐसा प्रचार करना प्रारंभ किया कि 'सिकंदर स्वयं मरते दम तक यह प्रतिज्ञा करता रहा कि वह भारत-विजय के लिए पुनः भारत पर आक्रमण करेगा। उसकी मृत्यु के पश्चात् इस समय उसके सत्ताधारियों और सेनाधिकारियों में ग्रीक साम्राज्य के विभाजन के बारे में घोर संघर्ष चल रहा है। इस संघर्ष के बाद जो ग्रीक सेनापति भारतीय सीमा से लगे हुए बेबिलोन प्रदेश का राज्यकर्ता बनेगा, वह पहले से भी अधिक सामर्थ्य के साथ भारत पर अवश्य आक्रमण करेगा। आप लोग यदि इसी प्रकार बिखरे हुए राज्यों, गणराज्यों के रूप में असंगठित रहेंगे, तो इस आक्रमण का पहला भक्ष्य और बलि पुनः आप ही बनेंगे! परंतु यदि ग्रीक साम्राज्य में चल रहे इस यूनानी उपद्रव का लाभ हम लोगों ने उठाया और सिंधुसागर से गंगासागर तक का समस्त भारत एक प्रबल, एकच्छत्र साम्राज्य में विलीन किया तो ग्रीकों के यूनानी साम्राज्य से अधिक शक्तिशाली हमारा भारतीय साम्राज्य यूनानियों का पुनराक्रमण होने पर भी

उनके दाँत खट्टे किए बिना नहीं रहेगा! इसलिए सारे भारतीय एक होकर एकराष्ट्र का निर्माण करें!

१२२. मगध पर चंद्रगुप्त-चाणक्य की चढ़ाई—यूनान में चल रहे आपसी सत्ता संघर्ष से प्राप्त अवसर का लाभ उठाकर और एक क्षण भी व्यर्थ न गँवाकर चाणक्य की योजना के अनुसार सर्वप्रथम मगध पर आक्रमण करने के लिए चंद्रगुप्त और उसके अन्य अनुयायी सैन्य-निर्माण करने लगे। इस संबंध में कुछ स्पष्ट, परंतु थोड़े उल्लेख 'महावंश' जैसे कुछ एक ग्रंथों में मिलते हैं। उन उल्लेखों से तथा अन्य उपलब्ध आधारों से यह विदित होता है कि उस सेना में अधिकांश संख्या चाणक्य के एकराष्ट्र, भारतीय साम्राज्य-निर्माण के प्रचार से प्रभावित उद्दीप्त पर्वतीय, पंचनदीय और गणराज्यीय सैनिकों की ही थी।

इस विकट महाकार्य में सहायता प्राप्त करने के लिए चाणक्य ने स्वयं गुप्त रूप से जाकर वहाँ के एक महत्त्वपूर्ण राजा 'पर्वतेश्वर' अर्थात् पौरव से भेंट की थी—ऐसा उल्लेख मिलता है। भारत से सिकंदर की राजसत्ता ही नष्ट हो गई थी। अतः राजा पौरव भी अब यूनानियों का अधीनस्थ 'क्षत्रप' नहीं रहा था। चाणक्य के इस महाकार्य में केवल राजा पौरव ही नहीं, अपितु अन्य कई धनिक तथा समर्थ जन भी प्रत्यक्ष रूप से सहायक और सहभागी हुए थे—ऐसा ग्रंथों से स्पष्ट होता है। चाणक्य ने इस समस्त सेना का सेनापति चंद्रगुप्त को ही नियुक्त किया। पंचनद के जितने संभव हुए—उतने सब प्रदेशों में अपनी सत्ता स्थापित कर चंद्रगुप्त की सेना ने बड़े वेग से मगध पर आक्रमण किया। नंद की प्रपीड़क, आततायी और दुर्बल राजसत्ता से रुष्ट और त्रस्त होकर तथा चाणक्य द्वारा प्रचारित एकच्छत्र, अखंड भारतीय साम्राज्य के ध्येय से प्रेरित भारत की जनता तथा अन्य सत्ता केंद्र चंद्रगुप्त की सेना से, जैसे-जैसे वह लड़ती हुई आगे बढ़ती गई, वैसे-वैसे आकर जुड़ते गए।

१२३. इस चक्रवर्ती अभियान में चंद्रगुप्त और चाणक्य पर कई बार प्राणसंकट भी आए। एक बार तो उनकी सारी सेना शत्रुओं के विकट आक्रमण से बिखर कर इतस्ततः भाग गई। स्वयं चंद्रगुप्त और चाणक्य को भी प्राणरक्षा के लिए जंगलों में जाकर छिपना पड़ा। वहाँ एक रात उन्हें खुले आसमान के नीचे कठोर भूमि पर काटनी पड़ी। परंतु ऐसे किसी भी संकट से हतोत्साहित न होकर वे पुनः-पुनः अपनी सेना को एकत्र कर आगे बढ़ते गए और एक दिन मगध की राजधानी पाटलिपुत्र के परिवेश में आ पहुँचे।

१२४. कूटनीतिज्ञ चाणक्य के षड्यंत्रकारी दूतों ने गुप्त रूप से नंद की सेना और राजधानी में घुसकर उन्हें पहले से ही खोखला कर दिया था। उस आधार पर साहसी चंद्रगुप्त पाटलिपुत्र पर तीर की तरह टूट पड़ा।

१२५. महापद्मनंद का शिरच्छेद—राजधानी को चारों ओर से घेरकर कड़ी

नाकाबंदी करते हुए चंद्रगुप्त की सेना ने जब पाटलिपुत्र नगर में प्रवेश किया, तब वहाँ पर सर्वत्र घोर हाहाकार मच गया। चंद्रगुप्त स्वयं राजप्रासाद में घुसा; परंतु उस घोर अराजकता में महापद्मनंद पहले ही राजप्रासाद से भाग गया था। जब वह गुप्त मार्ग से राजधानी से बाहर भाग रहा था, तभी मार्ग में ही चंद्रगुप्त की सेना द्वारा पकड़ लिया गया और तत्काल वहीं उसका शिरच्छेद कर दिया गया।

१२६. सम्राट् चंद्रगुप्त की जय—महापद्मनंद के शिरच्छेद के पश्चात् तत्काल सर्वत्र चंद्रगुप्त के नाम की घोषणा मगध सम्राट् के रूप में कर दी गई। उसने अपनी माता के 'मुरा' नाम के अनुसार 'मौर्य' अभिधान या उपनाम धारण किया। इस कारण उसे तथा उसके राजवंश को इतिहास में 'मौर्य' नाम से ही जाना जाता है। सम्राट् पद पर अधिष्ठित होते ही उसने चाणक्य को अपने साम्राज्य का मुख्य अमात्य नियुक्त किया। यह घटना लगभग ई.स.पू. ३२१ में घटित हुई थी।

१२७. सिकंदर की मृत्यु ई.स.पू. ३२३ में हुई थी। उसके बाद केवल दो वर्षों के भीतर लगभग ई.स.पू. ३२१ में सम्राट् चंद्रगुप्त और आर्य चाणक्य, इन दोनों भारतीय महापुरुषों ने सर्वत्र अस्त-व्यस्त, विशृंखल और हतोत्साह हुए उत्तर भारत में पुनः स्वातंत्र्य और राज्यशक्ति प्रस्थापित करनेवाली यह प्रचंड राज्य-क्रांति यशस्विता से संपन्न कराई। उधर सिकंदर के ग्रीक साम्राज्य में उसके ग्रीक सरदार और सामंत आपसी युद्धों में ही अभी तक उलझे हुए थे। इस अनुकूल अवसर का पूरा लाभ उठाने के लिए चाणक्य ने एक क्षण भी विश्राम न लेकर तत्काल पूरे साम्राज्य में आंतरिक शांति और सुव्यवस्था स्थापित करने का कार्य प्रारंभ किया।

१२८. चाणक्य नीति का मूल सिद्धांत—किसी भी साम्राज्य की शांति और सुव्यवस्था, अंततोगत्वा उसका जो मूलाधार, दंडशक्ति है, उसपर निर्भर रहती है। यह चाणक्य की राजनीति का मूल सिद्धांत था। क्षात्रतेज, शस्त्रशक्ति समाज का केवल राजनीतिक अंग ही नहीं, वरन् समस्त सामाजिक जीवन का प्राण है। क्षात्रधर्म दुर्बल हो गया तो समझो कि सारे धर्म, शास्त्र, कलाएँ, राष्ट्र का समस्त जीवन ही डूब गया, नष्ट हो गया।

'सर्वे धर्माः प्रक्षयेयुर्विवृद्धाः क्षात्रे त्यक्ते राजधर्मे पुराणे।' बिना नींव के भव्य भवन की भाँति बिना शस्त्रशक्ति का साम्राज्य केवल हवा के तीव्र झोंके से ही ढहकर धराशायी हो जाएगा!' यह जिसकी राजनीति का प्रमुख सूत्र था, उस चाणक्य ने सर्वप्रथम उस नूतन साम्राज्य की रक्षा के लिए प्रबल, नियंत्रित, विजयी वृत्ति से ओतप्रोत प्रचंड सैन्य के निर्माण का कार्य युद्ध स्तर पर प्रबल वेग से किया, इतने वेग से कि केवल तीन या चार वर्ष की अल्पावधि में ही समस्त प्रजाजनों को सम्राट् चंद्रगुप्त की महाशक्ति का विश्वास हो गया तथा भारत के शत्रुओं के मन में उसका आतंक छा गया।

१२९. इस प्रकार गुप्त रूप से, तेजी से निर्मित चंद्रगुप्त की इस महासेना की

संख्या कितनी थी?

१३०. केवल चार-पाँच वर्ष पूर्व चंद्रगुप्त-चाणक्य ने जब पंचनद में स्वातंत्र्य प्राप्ति का और अखंड, एकच्छत्र, अखिल भारतीय साम्राज्य की स्थापना का गुप्त संकल्प किया था, तब उनका सैन्यबल अक्षरशः शून्य ही था! उस शून्य से आरंभ करनेवाले उसी सम्राट् चंद्रगुप्त के पास अब जो शस्त्रसज्ज, कटिबद्ध सेना थी, उसकी संख्या इस प्रकार थी—छह लाख पदाचारी, तीस हजार अश्वारोही, दो सहस्र गजारोही और चार सहस्र रथारूढ़ सैनिक।

१३१. इसी प्रबल सैन्यशक्ति के आधार और प्रभाव से चाणक्य ने उत्तर भारत के छोटे-छोटे स्वतंत्रता चाहनेवाले राज्यों, गणराज्यों और संघों को मिटाकर उनके कारण छाई हुई घोर अराजकता को दूर किया और पूरे साम्राज्य में शांति तथा एक केंद्रित सुव्यवस्था की स्थापना की। अंत में सिंधु नदी के इस पार के पंचनद, पर्वतीय प्रदेश और सिंध के देश आदि प्रदेशों का भी समावेश सम्राट् चंद्रगुप्त के मौर्य साम्राज्य में कर लिया गया।

१३२. इस प्रकार हमारा ऐतिहासिक काल में पहली बार सिंधु नदी के तट तक फैला एकसंघ भारतीय साम्राज्य देखकर किसी भी राज्यधुरंधर नेता को और भारतीय सम्राट् को कृतकृत्यता का अनुभव होता तो वह स्वाभाविक और शोभनीय था। परंतु...

१३३. सिंधु नदी नहीं, हिंदुकुश पर्वत है— ...परंतु चंद्रगुप्त-चाणक्य को भारतीय साम्राज्य की सीमा केवल सिंधु नदी के तट तक ले जाने में ही कृतकृत्यता का अनुभव नहीं हुआ था। उनकी प्रतिज्ञा थी अखिल और अखंड भारतीय साम्राज्य की स्थापना तथा उद्दंड म्लेच्छों का विनाश! परंतु उस काल में भारतीय राष्ट्र की सीमा सिंधु नदी के केवल इस पार के तट तक ही नहीं मानी जाती थी, अपितु उसका विस्तार सिंधु नदी के उस पार के गांधार आदि प्रदेशों तथा वेदविख्यात कुभा, क्रमू, सुवास्तु, गोमती (आज के अफगानिस्तान की क्रमशः काबुल, कुर्रम, स्वात, गुमल) आदि नदियों का समावेश कर हिंदुकुश पर्वत के वैदिक धर्मानुयायी अथवा भारतवंशीय जनपद वहाँ तक फैले हुए था। उनपर परंपरागत भारतीय राजाओं का राज्य होता था। भारत के उस हिम-शीतल प्रदेश के लोग सापेक्षतः अधिक गौर वर्ण के होते थे। इसलिए इस प्रदेश को 'स्वेतभारत' भी कहा जाता था। सिंधु नदी के इस पार तक पहुँचे हुए अपने साम्राज्य की संरक्षक सेना का यथायोग्य पूरा प्रबंध कर चाणक्य-चंद्रगुप्त की राष्ट्रीय महत्त्वाकांक्षा अब अपने उस साम्राज्य का ध्वज अखिल भारत की प्राकृतिक सीमा हिंदुकुश पर्वत के शिखरों पर किस प्रकार फहराया जाएगा—इस चिंता में, चिंतन में, योजना में और साधना में व्यग्र हो गई।

'यत्कांक्षन्ति तपोभिरन्यमुनयः, तस्मिन् तपस्यन्तमी।'

१३४. ग्रीक साम्राज्य का अंतर्संघर्ष और विभाजन— उसी समय यूनान में

यूनानियों के सत्ता के लिए चल रहे आपसी युद्धों का अंत थोड़े समय के लिए हो गया। सिकंदर के साम्राज्य का उनके बीच विभाजन हो गया। उसके अनुसार भारतीय सीमा से लगा हुआ बेबिलोन का यूनानी प्रदेश सिकंदर के एक शूर, युद्ध में निपुण सेनापति और सत्ताधिकारी 'सेल्युकस निकेटर' के हिस्से में आया। उसपर उसका संपूर्ण स्वामित्व और आधिपत्य स्थापित हुआ। यही नहीं, आगे हिंदुकुश पर्वत से लगा हुआ सिकंदर द्वारा विजित भारतीय प्रदेश भी उसके स्वामित्व के अधीन माना गया।

१३५. इस बीच सम्राट् चंद्रगुप्त ने सिकंदर द्वारा जीता हुआ पंचनद से सिंध तक का जो भारतीय प्रदेश अपने भारतीय साम्राज्य में समाविष्ट कर लिया था, उसे लौटाने की माँग ग्रीक नरेश सेल्युकस ने चंद्रगुप्त से की। प्रदेश की माँग करते समय सेल्युकस के ध्यान में यह नहीं आया कि अब यूनानियों का सामना पूर्व की भाँति किसी तक्षशिला के अंबुज राजा या किसी कायर, दुर्बल महामात्य से नहीं, वरन् राजा चंद्रगुप्त और महामात्य चाणक्य से था! उन्होंने सेल्युकस की उस उद्दंडतापूर्ण तथा अनुचित माँग को ठुकराते हुए उलटे उससे ही माँग की कि यूनानियों के आधिपत्य में जो गांधार से हिंदुकुश तक का भारतीय प्रदेश है, उसे वह तत्काल लौटा दे।

१३६. भारत पर सेल्युकस का आक्रमण—चंद्रगुप्त की माँग से अपमानित और कुपित सेल्युकस ने सिकंदर द्वारा शिक्षा प्राप्त युद्धनिपुण यूनानी सेना को लेकर ई.स.पू. ३१५ के आस-पास सिंधु नदी पार कर भारत पर आक्रमण किया। ई.स.पू. ३२९ में सिकंदर ने गांधार प्रदेश पर एक छोटा सा आक्रमण किया था। उसकी गणना न करें तो उसके ई.स.पू. ३२७ में सिंधु नदी पार कर पूर्व में किए गए विस्तार से वर्णित प्रथम आक्रमण के पश्चात् सिंधु नदी पार कर भारत पर किया गया यह दूसरा यूनानी आक्रमण था।

१३७. परंतु इस समय जब सेल्युकस सिंधु नदी पार कर आगे आया तो उसे सिकंदर को मिली भारतीय राज्यों, गणराज्यों की छोटी-छोटी फुटकर सेनाओं की तरह सेनाएँ कहीं भी दृष्टिगत नहीं हुईं। इस बीच के काल में चंद्रगुप्त-चाणक्य के प्रयत्नों और पराक्रम से भारत का जो राजनीतिक और सामरिक कायाकल्प हुआ था, उसे देखकर सेल्युकस आश्चर्यचकित हुआ और भयग्रस्त भी। उसने देखा कि सिंधु नदी के पंचनद के छोर से लेकर सिंधुसागर तक भारतीय राष्ट्र की संगठित, एकच्छत्र, एककेंद्र, एक-संचालित चतुरंग प्रबल सेना फौलादी दीवार की तरह उसे रोकने के लिए शस्त्रसज्ज खड़ी थी और उसका सेनापति था स्वयं चंद्रगुप्त!

१३८. उन दोनों सेनाओं का सामना होते ही उनके मध्य घमासान युद्ध आरंभ हो गया। ग्रीक सेना ने पराक्रम की पराकाष्ठा की, परंतु भारतीय सेना ने सिंधु-तट के किसी स्थान पर (उस स्थान का नाम भी कहीं उपलब्ध नहीं है) हुए दो-तीन युद्धों में ही उसे पराभूत कर उसकी इतनी अधिक दुर्दशा कर दी कि इस निर्णायक पराजय के

बाद सेल्युकस के पास विजयी चंद्रगुप्त की शरण में जाने के सिवाय कोई रास्ता ही नहीं बचा।

१३९. राजा पौरव की पराजय का प्रतिशोध—सिकंदर के नेतृत्व में यूनानियों ने राजा पौरव को पराजित कर जो अपमान और अत्याचार किए थे, उसका पूरा-पूरा प्रतिशोध चंद्रगुप्त की इस निर्णायक विजय द्वारा यूनानियों को पदाक्रांत करके भारत ने लिया था। उस विजयी सम्राट् चंद्रगुप्त की सारी शर्तें सेल्युकस को चुपचाप स्वीकार करनी पड़ीं।

१४०. इन शर्तों के अनुसार, यवन राजा सेल्युकस ने सिंधु नदी के इस पार के पंचनद से सिंध तक के सारे भारतीय प्रदेश पर अपना अधिकार जताना छोड़ दिया। यही नहीं, जब महामात्य चाणक्य ने उसे धमकाया कि सिंधु के उस पार का गांधार-हिंदुकुश तक का यूनानियों द्वारा विजित भारतीय प्रदेश भी भारत को लौटाए बिना यह युद्ध समाप्त नहीं होगा तो राजा सेल्युकस ने चुपचाप वह सारा प्रदेश विजयी सम्राट् चंद्रगुप्त को वापस लौटा दिया। इस प्रकार भारत पर आक्रमण करने के लिए बड़े गर्व से सिंधु पार कर आनेवाला राजा सेल्युकस और उसकी सहस्राधिक यूनानी सिकंदरी सेना परास्त होकर, सिर झुकाए सिंधु पार ही नहीं, हिंदुकुश पार चलती बनी!

१४१. भय बिनु होय न प्रीत—चंद्रगुप्त की इस विजय से उसके भारतीय साम्राज्य की सीमा सेल्युकस के ग्रीक साम्राज्य से मिल गई थी और इन दोनों साम्राज्यों के मध्य की सीमारेखा थी हिंदुकुश पर्वतशृंखला। इस भारतीय साम्राज्य के सामर्थ्य से और चंद्रगुप्त, चाणक्य आदि व्यक्तित्वों से यवनाधिपति सेल्युकस इतना अधिक प्रभावित हुआ कि उनका विरोध करने की अपेक्षा उनके साथ स्नेह-संबंध जोड़ने में ही यूनानियों का कल्याण है—यह उसकी दृढ़ धारणा बन गई। दूसरी बात यह थी कि सेल्युकस के साम्राज्य की अन्य सीमाओं पर जो राज्य थे, उनके अधिपति ग्रीक होते हुए भी सेल्युकस के शत्रु थे। उनके मन में भय उत्पन्न करने की दृष्टि से भी चंद्रगुप्त जैसे महाशक्तिशाली सम्राट् के साथ मैत्री करना सेल्युकस के लिए हितकारी था। इसलिए सेल्युकस ने सम्राट् चंद्रगुप्त के साथ सम्मानपूर्वक चिर मैत्री स्थापित की।

१४२. यही नहीं, इस राजनीतिक और राष्ट्रीय स्नेहबंध को दोनों राजकुलों के शरीर-संबंध द्वारा व्यक्तिगत स्नेह-संबंधों की आत्मीयता और दृढ़ता प्रदान करने के लिए सेल्युकस ने अपनी कन्या का विवाह चंद्रगुप्त से कर दिया।

१४३. ग्रीक राजकुमारी के उस अलंकृत कन्यादान से सम्राट् चंद्रगुप्त के देदीप्यमान यशोमंदिर पर मानो रत्नजड़ित स्वर्णकलश ही चढ़ा।

१४४. महामात्य चाणक्य का प्रभावी प्रबंध—उस स्वतंत्र, सुविशाल, अखंड साम्राज्य का सारा प्रबंध महामात्य चाणक्य ही करता था। यह प्रबंध उसने पात्रापात्र विवेकानुसार कितनी प्रबलता से, कठोरता से और साथ ही दयालुता से भी किया—यह

स्वयं उस राजकार्य धुरंधर पुरुष द्वारा रचित सुविख्यात ग्रंथ 'कौटिलीय अर्थशास्त्र' से तथा उस भारतीय साम्राज्य के भावी काल में न्यूनतः सौ वर्षों तक निरंतर बढ़ते गए और दूर-दूर तक फैलते गए अजेय प्रभाव से स्पष्ट रूप से विदित होता है। इसी प्रकार चंद्रगुप्त की राजसभा में सेल्युकस द्वारा नियुक्त ग्रीक राजदूत मेगास्थनीज द्वारा लिखे गए प्रतिवृत्त से भी इसका परस्पर ही प्रत्यय होता है कि चाणक्य के प्रभावी सुप्रबंध से पूरा राष्ट्र शांति, सुव्यवस्था, सुख और संपन्नता से कितना भरा-पूरा था।

१४५. कभी-कभी एक ही दिन में घटित किसी ऐतिहासिक घटना का प्रभाव अगले हजारों वर्षों का ऐतिहासिक भविष्य निर्धारित करता है। चंद्रगुप्त द्वारा हुए ग्रीकों के पराभव के परिणाम भी इसी प्रकार कितने दूरगामी थे—इस विषय में अंग्रेज इतिहासकार विंसेंट स्मिथ ने लिखा है—"चंद्रगुप्त द्वारा किए गए सिकंदर तथा सेल्युकस के आक्रमणों को विफल करनेवाले इस निर्णायक ग्रीक विजय के परिणामस्वरूप भविष्य में लगभग डेढ़ हजार वर्षों तक यूरोप का कोई भी राष्ट्र भारत पर आक्रमण नहीं कर सका।"

१४६. सेल्युकस से हुई संधि के अनुसार हिंदुकुश, हिरात से बलूचिस्तान तक के प्रदेश का समावेश करनेवाली भारत की उस दिशा की जो प्राकृतिक, सामरिक और वैज्ञानिक (Scientific) सीमारेखा है, जहाँ तक पहुँचने के लिए भविष्य में अंग्रेजी शासक भी लालच से विफल प्रयत्न करते रहे और जिस पर मुगल बादशाह भी कभी पूर्ण शासन नहीं कर सके, उस अखंड भारत की शास्त्रीय सीमारेखा को भारत के प्रथम सम्राट् चंद्रगुप्त ने दो सहस्र वर्षों से भी प्राचीन ऐतिहासिक काल में इस प्रकार पदाक्रांत किया था! ("...The first Indian Emperor, more than two thousand years ago thus entered into possession of that Scientific frontier sighed for in vain by his English successors and never held in its entirety even by the Monghul Monarch's of the 16th and 17th century." 'Early History of India' by V. Smith)

१४७. सिकंदर न विश्वविजयी, न भारतविजेता—उस प्राचीन काल में सारे यूरोप में केवल यूनानी सभ्यता ही एकमात्र विकसित सभ्यता थी। इसलिए आज के अधिकतर यूरोपीय राष्ट्र उसे अपनी सभ्यताओं की जननी मानते हैं। उस प्राचीन काल के सिकंदर जैसे प्रतापी ग्रीक सम्राट् का नाम आज भी यूरोप की जनता के लिए उनके किसी पराक्रमी पूर्वज के नाम की भाँति आत्मीयतापूर्ण प्रेरणादायी बना हुआ है। यूरोपीय इतिहास में उसे 'Alexander the Great' (सिकंदर महान्) कहकर संबोधित किया जाता है। उसके बारे में अनेक पौराणिक पद्धति की आख्यायिकाएँ उनकी शालेय पुस्तकों में सरस शैली में वर्णन कर युवा वर्ग को बताई जाती हैं, परंतु उस सिकंदर के और उसके उस ग्रीक साम्राज्य के तत्कालीन भारतीय प्रतिद्वंद्वी सम्राट् चंद्रगुप्त और महामात्य चाणक्य के नामों का भी पता कुछ इतिहासज्ञों को छोड़कर साधारण यूरोपीय शिक्षित

व्यक्ति को नहीं रहता। एक बार यूरोपीय जनता ऐतिहासिक विपरीतता की ओर दुर्लक्ष्य कर भी दे; परंतु दुःख यह है कि भारत में अंग्रेजी राज्य की स्थापना के बाद हमारे विद्यालयों में निर्धारित अंग्रेजों द्वारा लिखित पुस्तकों और अन्य साहित्य में भी सिकंदर की ऐसी अवास्तविक प्रशंसा वर्णित की गई है। उसकी महानता का अयथार्थ गुणगान किया गया है। पिछली तीन-चार पीढ़ियों से ऐसी अंग्रेजी शिक्षा प्राप्त करनेवाले हमारे शिक्षित वर्ग पर 'अलेक्जेंडर द ग्रेट' नाम को सुनते ही बड़ा रोमहर्षक प्रभाव पड़ता है; परंतु चंद्रगुप्त अथवा चाणक्य किस झाड़ की पत्ती हैं—इसका पता अधिकतर लोगों को नहीं रहता! यह ऐतिहासिक विरोधाभास और उसके फलस्वरूप होनेवाला जनमानस का दिशाभ्रम अब इसके आगे तो नहीं होने देना चाहिए। सिकंदर के विषय में प्रचलित पौराणिक शैली की दंतकथाओं को छोड़ दें, तब भी प्रत्यक्ष भारतीय इतिहास से संबंधित, सिकंदर की मिथ्या महानता और भारत की (मिथ्या) हीनता वर्णन करनेवाली आख्यायिकाओं का तो हमारे शालेय पुस्तकों और साहित्य से संपूर्ण उच्चाटन होना ही चाहिए। उदाहरणार्थ, यूरोप के शालेय पुस्तकों और साहित्य में सरस शैली में वर्णित तथा हमारे यहाँ भी अंग्रेजों द्वारा प्रचलित नीचे दी हुई ग्रीक आख्यायिका पढ़ें—

१४८. "यूनान आदि समस्त यूरोप की जनता में यह धारणा प्रचलित है कि सिकंदर विश्वविजेता था और उसने पूरे भारत को जीत लिया था। वह पराक्रमी पुरुष जब सारा जग जीतकर स्वदेश वापस लौटा तो जगत् में जीतने लायक कोई देश ही शेष नहीं रहा। इस निरुत्साहजनक अनुभूति से युद्ध की इच्छावाले उस सम्राट् को रोना आया!"

सिकंदर की दिग्विजय से संबंधित यह आख्यायिका यूरोप में ही नहीं अपितु भारत में भी बड़े सम्मानपूर्वक बताई जाती है। अब वह कितनी मिथ्या और हास्यापद है, यह इस पुस्तक में सिकंदर के विषय में दिए गए संक्षिप्त वृत्तांत से स्पष्ट रूप से विदित होता है। उस काल के चीन आदि शक्तिशाली राष्ट्रों की ओर तो सिकंदर गया ही नहीं था।

यह बात छोड़ भी दें, तब भी दिग्विजय करते हुए जब वह भारत पहुँचा और उसके मन में मगध के साथ समस्त भारत को जीतकर 'भारत सम्राट्' बनने की महत्त्वाकांक्षा का उदय हुआ, तब भारत पर आक्रमण की और भारत सम्राट् बनने की उसकी महत्त्वाकांक्षा की कैसी दुर्दशा हुई, इसका विस्तृत वर्णन हमने इस पुस्तक में पहले ही किया है। सिकंदर पराक्रमी था, विजेता था, परंतु जगज्जेता नहीं था। भारतविजेता तो कभी भी नहीं था। यदि वह पराक्रमी पुरुष सचमुच रो पड़ा होगा, तो अब जगत् में जीतने के लिए कोई देश नहीं बचा—इस दुःखद अनुभूति से रोया होगा, यह असंभव है, क्योंकि यह अनुभूति झूठी है, मिथ्या है, यह वह स्वयं भी जानता था। उसे रोना आया होगा तो इस अनुभूति से कि 'जिस भारत का सम्राट् होने की मेरी महत्त्वाकांक्षा थी, उस भारत को मैं मरते दम तक, अंतिम क्षण तक जीत नहीं सका! यही नहीं, अपितु उसका जो छोटा सा कोना मैंने

जीत लिया है (ऐसी मेरी धारणा थी), उसे भी विद्रोही भारतीय मुझसे छीन लेंगे—ऐसी परिस्थिति आती दिख रही है।' मैंने अपने गोमांतक काव्य में कहा है कि 'अन्य कुणाचा असो सिकंदर परंतु भारत जेता ना। अंगण ही न तये देखिले ककला ही ना कुणा-कुणा।।' (अन्य किसी के लिए भले ही सिकंदर महान् रहा हो, परंतु वह भारतविजेता नहीं था। उसने भारत का आँगन भी नहीं देखा था। किसी को उसका आकलन ही नहीं हुआ था।)

१४९. सवाई सिकंदर—महापुरुषों की तुलना सहसा नहीं करनी चाहिए। वे सब अपने-अपने ढंग से श्रेष्ठ होते हैं। परंतु यदि कोई ऐसे महापुरुषों की तुलना करते हुए किसी एक की व्यर्थ, मिथ्या प्रशंसा करे तो उसका निषेध और विरोध करना आवश्यक है। जब तक यूरोप ही सिकंदर का सम्मान 'अलेक्जेंडर द ग्रेट' कहकर गौरव कर रहा है और उसके तथा उसके ग्रीक साम्राज्य के यशस्वी प्रतिद्वंद्वी सम्राट् चंद्रगुप्त की अवहेलना कर रहा है, तब तक हम भारतीयों के लिए यह प्रतिपादन करना आवश्यक है कि दोनों में यदि तुलना ही करनी है तो 'यदि सिकंदर एक सिकंदर है तो चंद्रगुप्त सवाई सिकंदर है!' सिकंदर को उसके पिता फिलिप से भी पहले से जीते हुए प्रबल राज्य और सेना की पर्याप्त पूँजी मिली थी। उसके आधार पर उसने स्वपराक्रम से यूनानी साम्राज्य का निर्माण किया; परंतु चंद्रगुप्त का ऐसा कोई भी आधार नहीं था। उसके अधीन एक भी सैनिक नहीं था। उसके पिता ने उसे दंडित कर राज्य से बाहर निकाल दिया था। उसे केवल एक ही पुरुष का आधार था। वह पुरुष था आर्य चाणक्य। ऐसी विपरीत स्थितियों में चंद्रगुप्त ने शून्य से आरंभ कर अपनी सुविशाल, महाशक्तिशाली सेना का निर्माण किया। स्वयं सिकंदर के सेनापति सेल्युकस के आक्रमणों को विफल कर उनकी धज्जियाँ उड़ा डालीं और सिकंदर के साम्राज्य से भी बड़े तथा श्रेष्ठ भारतीय साम्राज्य का निर्माण किया।

१५०. काल के जिस पृष्ठ पर यवन विजेता सम्राट् चंद्रगुप्त की, इस सवाई सिकंदर की विजयी राजमुद्रा अंकित है, वही हमारे हिंदू राष्ट्र के इतिहास का प्रथम स्वर्णिम पृष्ठ है!

□

स्वर्णिम पृष्ठ

द्वितीय

यवनांतक सम्राट् पुष्यमित्र

१५१. सम्राट् चंद्रगुप्त मौर्य का देहांत ई.स.पू. २९८ में हुआ। तत्पश्चात् उसका पुत्र बिंदुसार राज सिंहासन पर बैठा। वह भी पराक्रमी था। उसने स्वयं 'अमित्रघात' (शत्रु का कर्वनकाल) उपाधि धारण की थी। चंद्रगुप्त की मृत्यु के बाद भी कुछ समय तक आर्य चाणक्य ही मौर्य साम्राज्य के महामात्य बने रहे। इसलिए उनकी प्रेरणा से सम्राट् बिंदुसार ने चाणक्य-चंद्रगुप्त के (पूर्व में परिच्छेद १२७, १२८, १३२ एवं १४९ में वर्णित) भारतीय साम्राज्य के भव्य ध्येय का जो एक उपांग चंद्रगुप्त की मृत्यु के समय अधूरा रह गया था, उसे भी पूर्ण करने का कार्य लगे हाथ अपने हाथों में लिया। उस भव्य ध्येय के अनुसार यवनों का संपूर्ण विनाश हुआ था। अखिल भारत स्वतंत्र हुआ था। उत्तरी भारत में एक अखंड, बलशाली, एकच्छत्र भारतीय साम्राज्य प्रस्थापित हुआ था; परंतु चंद्रगुप्त-चाणक्य की प्रतिज्ञा संपूर्ण भारत का एकच्छत्र साम्राज्य स्थापित करने की थी। इसलिए उत्तर भारत के उस मौर्य समाज में शेष दक्षिण भारत को भी विलीन कर लेना मौर्य सम्राट् का वर्तमान कर्तव्य ही था।

१५२. यद्यपि दक्षिणी भारत के तत्कालीन पृथक्-पृथक् राज्य हमारे भारतीय राज्य ही थे; सब स्वतंत्र और स्वयंपूर्ण थे, किसी भी परकीय सत्ता के, म्लेच्छों के उपद्रव से मुक्त थे, तथापि अखिल भारत को एकच्छत्र, एकतंत्र, एकराष्ट्र बनाने के लिए ये सारे दाक्षिणात्य पृथक् स्वतंत्र राष्ट्र स्वयं-प्रेरणा से उत्तर भारत के भव्य भारतीय साम्राज्य में विलीन हो जाते, यह उनका भी उस परिस्थिति में राष्ट्रीय कर्तव्य था।

१५३. दक्षिण-विजय के लिए प्रस्थान करने के पश्चात् सम्राट् सिकंदर ने साम-दाम-दंड-भेद सभी उपायों से वहाँ के अधिकतर राज्यों को अपने अधीन कर लिया। ''पूर्व समुद्र और पश्चिम समुद्र के बीच में स्थित सत्रह राजधानियों को उसने मौर्य साम्राज्य में समाविष्ट किया।''—ऐसा उल्लेख ग्रंथों में मिलता है। निष्कर्ष यह है कि चंद्रगुप्त-चाणक्य के अखिल भारतीय साम्राज्य के ध्येय के शेष बचे द्वितीय उपांग को भी पूर्ण कर सम्राट् बिंदुसार ने उत्तर-दक्षिण, पूर्व-पश्चिम युक्त समस्त भारतवर्ष को एकच्छत्र, एकराष्ट्र बनाया। इस वैशिष्ट्य के अतिरिक्त उस मौर्य साम्राज्य का एक और वैशिष्ट्य

यह था कि ऐतिहासिक मापदंडों से परखने पर भी तत्कालीन जगत् के समस्त राष्ट्रों में भारत ही सैनिक बल में भी सर्वाधिक (यूनान से भी अधिक) बलशाली राष्ट्र था।

१५४. चाणक्य के कुशल और दृढ़ प्रबंध के अनुसार निर्मित और शस्त्रसज्जित चतुरंग सेना की अजेय सामर्थ्य से चंद्रगुप्त के राज्यारोहण से सम्राट् अशोक के बौद्ध बनने के बाद भी, उसके देहांत तक लगभग सौ वर्षों की दीर्घ अवधि में, उस मौर्यकालीन अखिल भारतीय साम्राज्य को भूमि मार्ग या जल मार्ग से समुद्र पार कर, किसी भी सीमा का उल्लंघन कर विश्व का कोई भी शत्रु कुछ भी हानि नहीं पहुँचा सका।

१५५. पुण्यश्लोक अशोक—ई.स.पू. २७३ में सम्राट् बिंदुसार का देहावसान हुआ। उसके पश्चात् उसका पुत्र अशोक अपने ज्येष्ठ भ्राता का अधिकार अमान्य कर स्वयं सिंहासनारूढ़ हुआ। केवल भारतीय इतिहास में ही नहीं, अपितु पूरे विश्व के इतिहास में जिसके नाम का संकीर्तन 'पुण्यश्लोक नृपावलि' में किया जाना चाहिए, सम्राट् अशोक की ऐसी योग्यता थी। तथापि मैंने इस पुस्तक के प्रारंभ में परिच्छेद ७ से ९ तक स्वर्णिम पृष्ठ की जिन कसौटियों और विषय-क्षेत्र का निर्धारण किया था, उनके अनुसार यह सम्राट् अशोक के काल का पृष्ठ पूरा खरा नहीं उतरता। इसलिए यहाँ उसके राज्य काल की चर्चा अधिक नहीं करेंगे।

१५६. तथापि अशोक ने बौद्ध धर्म की दीक्षा लेने के बाद उस धर्म के अहिंसा आदि कुछ सिद्धांतों और आचारों का जो अतिरेकी सम्मान किया, उसका इतना हानिकारक परिणाम भारतीय राजनीति पर और भारत की स्वतंत्रता पर हुआ है कि सम्राट् के नहीं, अपितु मुख्यत: बौद्ध धर्म के संदर्भ में सिद्धांतों और प्रवृत्तियों का यहाँ पर तथा पुस्तक के अगले भाग में भी चर्चा करना आवश्यक है।

१५७. नमो भगवते बुद्धाय—बौद्ध धर्म की ऐसी कुछ राष्ट्रविघातक प्रवृत्तियों और उनके परिणामों की चर्चा करने से पहले मेरे मतों का विरोध न हो, इसलिए यहाँ आरंभ में ही मैं यह बताना अपना कर्तव्य मानता हूँ कि स्वयं बुद्धदेव के लिए तथा उनके बौद्ध धर्म के लिए मेरे मन में कुल मिलाकर अत्यंत आदरभाव है। भारतीय इतिहास में महान् और जागतिक कीर्ति की विभूतियों में जो एक से बढ़कर एक उत्तुंग हिमालय शिखर हैं, उनमें से एक उत्तुंग शिखर का नाम है 'भगवान् बुद्ध'! इसी आदरभाव से उनके शिष्यों की भाँति उनकी मूर्ति के सम्मुख विनम्र होकर मैं भी कहता हूँ—'नमो भगवते बुद्धाय'। जिस हिंदू राष्ट्र ने उन्हें जन्म दिया, वह हिंदू राष्ट्र भी आज केवल इसी कारण उन्हें श्रीविष्णु का नवम अवतार मानता है।

१५८. बौद्ध धर्म भारत में नामशेष क्यों हुआ?—सम्राट् अशोक के न्यूनत: तीन सौ वर्ष पूर्व से मगध और उसके आस-पास बौद्ध धर्म का अस्तित्व था। तब तक उसका प्रचार-प्रसार अधिकतर उपदेशों द्वारा मत-परिवर्तन से होता था। इसलिए उसका प्रसार भी मंद गति से चलता था। परिच्छेद १५ में हम बता चुके हैं कि सिकंदर-

सेल्युकस के काल तक पंचनद, सिंध, गांधार आदि प्रांतों में बौद्ध धर्म का नाम भी सुनाई नहीं देता था। यूनानियों को तो उसकी कुछ भी जानकारी नहीं थी। अधिकतर इतिहासकारों की यह मान्यता है कि बौद्ध धर्म वेद को प्रमाण न माननेवाला और सम्यक् रूप से निरीश्वरवादी धर्म होने के कारण तत्कालीन वैदिक धर्माभिमानी जनता ने उसका प्रबल विरोध किया और इस कारण से अंत में वह धर्म भारत में नामशेष हो गया। परंतु आज तक की यह दृढ़ धारणा पूर्ण रूप से सत्य नहीं है, क्योंकि गौतम बुद्ध ने ही अवैदिक या निरीश्वरवादी या शून्यवादी धर्मपंथ का प्रवर्तन किया, यह विधान ही मूलतः तथ्यहीन है।

बुद्ध के जन्म से पहले भी कम-से-कम पचास-साठ अवैदिक एवं निरीश्वरवादी धर्मपंथ भारत में प्रचलित थे। यह बात बौद्ध ग्रंथों को भी मान्य है। वैदिक और अवैदिक दर्शन तथा सिद्धांतों के विषय में उनके प्रचारकों में बौद्धिक वाद-विवाद होते थे। मत परिवर्तन से जिसको जो धर्मपंथ श्रेष्ठ लगता था, उसका वह अनुसरण करता था। बौद्ध काल से शंकराचार्य तक के काल में सैद्धांतिक और बौद्धिक संघर्षों के आघात से कुछ अंशों में बौद्ध धर्म का पराभव हुआ—यह सत्य है। तथापि वैदिक धर्माभिमानी ब्राह्मण, क्षत्रिय आदि जनता के हृदय में बौद्ध धर्म के प्रति, और विशेष रूप से उसमें आई हुई विकृतियों का ही अनुसरण करनेवाले बौद्ध-धर्मियों के प्रति, जो घोर घृणा उत्पन्न हुई, उसका मुख्य कारण केवल सैद्धांतिक और बौद्धिक ही नहीं बल्कि राष्ट्रीय और राजनीतिक भी है। इस बात पर हम यथाप्रसंग इस पुस्तक की सीमाओं में जितना संभव हो सकेगा, उतना प्रकाश डालेंगे।

१५९. अशोक ने वैदिक-धर्मियों पर बौद्ध धर्म बलपूर्वक लादा—बौद्ध धर्म स्वीकार करने के बाद अपने राज्य काल के उत्तरार्ध में सम्राट् अशोक के मन में बौद्ध धर्म का अभिनिवेश इतना अधिक संचारित हुआ कि तब तक जो केवल उपदेश से उस धर्ममत का प्रचार हो रहा था, उसे अपर्याप्त समझकर उसने अपने संपूर्ण साम्राज्य में वैदिक धर्म के मूलभूत, परंतु बौद्ध धर्म में निषिद्ध माने गए धर्माचारों को किसी घोर अपराध की तरह दंडनीय घोषित किया। यहाँ हम स्थानाभाव से दो-तीन ही उदाहरण देंगे। उसने यज्ञयाग को हिंसा-प्रधान कहकर उनपर पूरे राज्य में रोक लगाई! यज्ञसंस्था वैदिक धर्म का आद्य केंद्र है। यज्ञसंस्था के केंद्र के आस-पास ही, उसी की परिधि में वैदिक काल से भारतीयों की महान् संस्कृति का विकास और उन्नति होती रही। उन यज्ञों को अकस्मात् राजदंड के बल पर दंडनीय अपराध घोषित करने से अशोक के साम्राज्य में रहनेवाले अस्सी प्रतिशत ब्राह्मण, क्षत्रिय आदि वैदिक-धर्मियों में कितना क्षोभ उत्पन्न हुआ होगा, इसकी कल्पना ही करके देखें! वैदिक धर्म में मृगया या आखेट क्षत्रियों का एक कर्तव्य माना जाता रहा है। अशोक ने मृगया या आखेट को भी दंडनीय और निषिद्ध अपराध घोषित किया। उसपर लाखों लोगों का नित्य का जो मुख्य आहार

मछली और मुरगा था, उसे मारना भी निषिद्ध घोषित हुआ। यह भी छोड़ दीजिए, परंतु 'प्राणिहिंसा मत करो' इसके निरपवाद रूप से आचरण करने से अत्यंत दुर्बल और मनुष्याघातक सिद्ध होनेवाले बौद्ध सिद्धांत के अनुसार अशोक ने सघन वनों में विचरण करनेवाले और बार-बार मनुष्य बस्ती में आकर मनुष्यों का भक्षण करनेवाले सिंह-व्याघ्रादि क्रूर पशुओं की मृगया को भी दंडनीय अपराध घोषित किया। अशोक एक ओर ब्राह्मण, क्षत्रिय आदि वैदिक-धर्मियों के धर्माचरण पर इस प्रकार अत्याचारी पाबंदियाँ लगा रहा था और दूसरी ओर बड़े-बड़े स्तंभों तथा स्तूपों पर उपदेश उत्कीर्ण करवाता था कि 'सर्वधर्मियों के साथ सहिष्णुता का व्यवहार करो!' 'श्रमणों और ब्राह्मणों का सत्कार करो!' उसके इस कृत्य की स्पष्ट विसंगति उसके जैसे संयमशील, विवेकी महान् सम्राट् के भी ध्यान में नहीं आई थी, यह एक आश्चर्य है।

१६०. सम्राट् अशोक से पचास वर्ष पूर्व आर्य चाणक्य यह अच्छी तरह जान गए थे कि बौद्ध धर्म के कुछ सिद्धांतों और उपदेशों का राष्ट्रीय शक्ति और सामाजिक धारणा पर घातक और विपरीत परिणाम होगा। इसलिए मौर्य साम्राज्य का सारा राजप्रबंध जिस 'अर्थशास्त्र' पर आधारित था, उस अपने विख्यात ग्रंथ में उन्होंने संसार त्याग कर भिक्षु बननेवालों पर राष्ट्रीय दृष्टि से उपयुक्त कुछ प्रतिबंध लगाए थे। उदाहरणार्थ—चाणक्य का एक सिद्धांत इस प्रकार है कि 'कोई भी अल्पवयस्क स्त्री अपने माता-पिता तथा राजसत्ता की अनुमति के बिना सांसारिकता का त्याग कर भिक्षु संघ में प्रवेश नहीं कर सकती।' दूसरे एक सिद्धांत के अनुसार 'किसी भी पुरुष के लिए उसपर अवलंबित स्त्री-बालकों का उचित प्रबंध किए बिना भिक्षु होना प्रतिबंधित और निषिद्ध है।'

अशोक के काल में और उसके बाद ये प्रतिबंध लुप्त हो गए और किसी भी छोटे-बड़े व्यक्ति को संसार त्याग कर सीधे भिक्षुसंघ में प्रवेश मिलने लगा। इन भिक्षुसंघों में प्रवेश लेनेवाले हजारों लोगों को अन्न, वस्त्र, शय्या-निवास आदि सुविधाएँ धर्मार्थ नि:शुल्क प्रदान की जाती थीं और उनका सारा व्यय राजकोष से किया जाता था। ऐसे भिक्षुसंघों के लिए बड़े-बड़े विहार बनाने के लिए तथा उनमें रहनेवाले लाखों भिक्षुओं के उदर-निर्वाह के लिए अशोक अपने साम्राज्य के कोष से करोड़ों रुपए खर्च करता था, परंतु साम्राज्य का यह सारा राजकोष अधिकतर साम्राज्य की वैदिक-धर्मीय प्रजा की संपत्ति से, उससे प्राप्त होनेवाले करों से भरता था और उसका विनियोग इस प्रकार वैदिक धर्म-विरोधी बौद्ध धर्म के सार्वत्रिक प्रचार के लिए होता था। उसकी ही संपत्ति का उसके विरोधी पक्ष को प्रबल बनाने के लिए किया जानेवाला यह अपरिमित व्यर्थ व्यय वैदिक-धर्मीय प्रजा के लिए असह्य हुआ और उसका असंतोष बढ़ता गया। यह अत्यंत स्वाभाविक था।

१६१. साम्राज्य के शस्त्रबल पर ही कुठाराघात—राजदंड की शक्ति से अशोक अपने साम्राज्य में तथा उसके बाहर भी बौद्ध धर्म की अतिरेकी अहिंसा का जो प्रचार

अभियान चला रहा था, उसके कारण भारतीय साम्राज्य के मूल अस्तित्व पर ही कुठाराघात हो रहा था और वह उसके उपर्युक्त अन्य कृत्यों से भी राष्ट्रीय अस्तित्व और स्वातंत्र्य के लिए अधिक हानिकारक था। सब प्रकार का शस्त्रबल हिंसामय और पापकारक है। क्षात्रधर्म का आचरण करनेवाले हिंसक और अधर्मी हैं। अतः जो व्यक्ति अहिंसा की शपथ लेकर, शस्त्र त्याग कर, संसार त्याग कर भिक्षु बनेंगे और विहारों में बौद्ध धर्म के अनुसार जीवनयापन करेंगे, वे अधिक सम्मान पाएँगे, क्योंकि उनका भिक्षु वर्ग—राष्ट्र के संरक्षण के लिए लड़नेवाले और हताहत होनेवाले क्षत्रिय, वीर सैनिक वर्ग से अधिक उच्चकोटि का, पुण्यशील और पूज्य है—इस प्रकार का बौद्ध-धर्मोपदेश अशोक द्वारा और उनके द्वारा नियुक्त सहस्राधिक भिक्षुओं द्वारा दिया जाने लगा। फलस्वरूप सामान्य समाज में भी वीर-वृत्ति के शस्त्रधारी सैनिक की अपेक्षा परजीवी यायावर भिक्षु अधिक सम्माननीय और धर्माचारी माना जाने लगा।

१६२. अशोक स्तंभों पर और अन्य धर्मों में भी पाया जानेवाला एक निश्चित वाक्य उत्कीर्ण किया हुआ मिलता है—'शस्त्र-विजय से धर्म-विजय श्रेष्ठ है।' परंतु क्या वह धर्म-विजय इस ऐहिक जगत् में संभव है, व्यवहार्य है? अमृतपान करने से मनुष्य अमर होता है; होता होगा, परंतु वह अमृत इस ऐहिक जगत् में किस दुकान में मिलता है, उसका पता क्या कोई जानता है? क्या कोरे उपदेशों से कभी किसी का पेट भरा है?

१६३. जिस साम्राज्य की अपार सत्ता, संपत्ति और अन्य साधनों के आधार से सम्राट् अशोक भारत में और तत्कालीन परराष्ट्रों में भी भिक्षु भेजकर 'धर्म-विजय, शस्त्र-विजय की अपेक्षा श्रेष्ठ है' का उपदेश दे रहा था, वह उसका साम्राज्य भी क्या चंद्रगुप्त-चाणक्य द्वारा निर्मित प्रबल, अजेय चतुरंग सेना के शस्त्रबल से ही प्राप्त नहीं किया गया था? अशोक के सिंहासनारूढ़ होते ही यदि उस चतुरंग सेना के सारे सैनिक शस्त्र त्याग कर बौद्ध धर्म को स्वीकार करते और परजीवी भिक्षु बनकर विहारों में आराम से खर्राटे भरते रहते, तो क्या स्वयं अशोक पल भर के लिए भी सम्राट् पद पर आसीन रह सकता था?

भारत के आस-पास उस काल में अनेक ग्रीक राष्ट्र और उनसे भी आगे क्रूर, कठोर, हिंसक आयुधजीवी शक-कुषाण-हूण आदि राष्ट्र केवल भारत की चतुरंग, अजेय सेना के भय और आतंक से दूर-दूर तक छिपकर चुपचाप बैठे थे। वे सब-के-सब भिक्षुमय बने भारत पर व्याघ्र-सिंहों की भाँति टूट पड़ते और तब क्या वे अपने क्रूर नखों से अशोक की त्यक्तशस्त्र धर्म-विजय का ही गला घोंटकर उसका रक्तपान न करते?

१६४. इस 'यदि-तो' की चर्चा करने का कुछ प्रयोजन नहीं है। भारतीय क्षात्र-वृत्ति का संपूर्ण नाश करने का प्रयत्न करनेवाले अशोक के ही नहीं, अपितु जैसा मैंने

अपने 'संन्यस्त खड्ग' नाटक में वर्णन किया है, स्वयं भगवान् बुद्ध के ही उपदेशों का दुर्भाग्यपूर्ण दुष्परिणाम भारत को उसी काल में भोगना पड़ा है। उस दुर्भाग्यपूर्ण दुष्परिणाम का और वैदिक-धर्मीय जनता द्वारा किए हुए उसके यशस्वी प्रतिकार का अब हम वर्णन करेंगे।

१५६. धर्म के राजनीतिक परिणामों की चर्चा—यह वर्णन करते समय वैदिक धर्म अथवा बौद्ध धर्म के सिद्धांतों की या उनके कर्मकांड के यज्ञयाग-संन्यास आदि आचारों की पारलौकिक दृष्टि से छानबीन करने का हमारा कोई हेतु नहीं है। साथ ही ऐतिहासिक दृष्टि से सर्वांगीण परीक्षण या तुलना करने का भी हमारा उद्‌देश्य नहीं है। उन सिद्धांतों में से कौन से सिद्धांत आज विश्वसनीय हैं अथवा उन आचारों में से कौन से आचार आज भी अनुकरणीय हैं—यह प्रश्न भी यहाँ अप्रासंगिक होने के कारण हम उपस्थित नहीं करेंगे। इस पुस्तक में उन कालखंडों में इन सारे धर्ममतों के और उनके अनुयायियों के कृत्यों के भारत के तत्कालीन राजनीतिक जीवन पर जो राष्ट्रीय और राजनीतिक परिणाम हुए; उन्हीं की, केवल उन्हीं की चर्चा करना हमारा उद्‌देश्य है। कारण, ऐसे ऐतिहासिक विश्लेषण के बिना उस इतिहास के सूत्रों को सुलझाना असंभव है।

१६६. अशोक की मृत्यु के पश्चात्—अपनी धर्मनिष्ठा के अनुसार अंतिम क्षण तक लोक-कल्याण के लिए प्रयत्नशील इस पुण्यात्मा सम्राट् अशोक का देहावसान ई.स.पू. २३२ में हो गया। उसका अंत ही इस भव्यतम भारतीय मौर्य साम्राज्य के अंत का आरंभ सिद्ध हुआ। सम्राट् अशोक ने अपने राज्य काल के अंतिम पच्चीस वर्षों में अपना सर्वस्व, अपना तन-मन-धन बौद्ध धर्म के प्रचार के लिए अर्पित कर दिया था। अशोक के बाद उसके सिंहासन पर क्रमशः बैठनेवाले उसके सभी वंशज प्रामाणिक रूप से बौद्ध-धर्मीय थे और उसी के कारण शस्त्रशक्तिहीन, दुर्बल, केवल नामधारी राजा मात्र थे। उस अहिंसा-प्रधान बौद्ध धर्म के इन अतिरेकी अनुयायियों और राज्यकर्ताओं द्वारा इन चालीस-पचास वर्षों में साम्राज्य की शस्त्रशक्ति की जो घोर राष्ट्रघातक उपेक्षा की गई, उसके कारण मौर्य साम्राज्य की, विशेषतः उसके वायव्य दिशा के प्रदेशों की, सारी सैन्य-व्यवस्था और संगठन भंग होकर पूर्ण रूप से अस्त-व्यस्त हो गया। तब तक केवल मौर्य साम्राज्य के नाम के आतंक से दबकर चुप रहे भारत के शत्रुओं ने अशोक की मृत्यु के पश्चात् यह देखकर केवल तीस वर्षों के अंदर भारत पर पुनः आक्रमण करने का दुस्साहस किया।

१६७. भारत पर बैक्ट्रियन ग्रीकों का आक्रमण—सम्राट् चंद्रगुप्त ने सेल्युकस निकेटर को पराजित कर ई.स.पू. ३१५ के आस-पास यूनानियों को हिंदुकुश के उस पार खदेड़ दिया था (देखिए परिच्छेद १३६ से १४० तक)। उस काल में भारत की सीमा से लगे हुए हिंदुकुश के उस पार का जो बैक्ट्रिया नामक प्रदेश था, वहाँ सेल्युकस निकेटर ने अपना स्वतंत्र ग्रीक राज्य स्थापित किया था। यह राज्य पूर्णतः स्वतंत्र था और उसका

मूल यूरोपीय ग्रीक राज्य से कुछ भी संबंध नहीं रहा था। यदि कोई संबंध रहा भी हो तो वह संबंध परस्पर शत्रुता का ही था। इसलिए इन बैक्ट्रियन लोगों को 'एशियायी ग्रीक' ही कहते थे। बीते हुए लगभग सौ वर्षों में टूटती गई अनेक पीढ़ियों के कारण ये बैक्ट्रियन ग्रीक उनके सिकंदरकालीन जातिवंत पूर्वजों की तुलना में हीन अवस्था को पहुँचे थे। सिकंदरकालीन पूर्वजों का, मूल खानदानी ग्रीकों का तेज अब उनमें शेष नहीं रहा था; परंतु सिकंदर की एक ही इच्छा अभी तक उनके मन में जीवित थी और वह थी भारत-विजय की महत्त्वाकांक्षा! मौर्य साम्राज्य की शस्त्रशक्ति का उपर्युक्त विनाश देखकर उन बैक्ट्रियन ग्रीकों के हृदयों में पुन: वह भारत-विद्वेषी महत्त्वाकांक्षा उभर आई और उन्होंने अपने तत्कालीन राजा डेमेट्रियस के नेतृत्व में हिंदुकुश पार कर भारत पर आक्रमण किया। भारतीय सेना द्वारा विशेष मुकाबला नहीं किए जाने के कारण डेमेट्रियस ने कांबोज, गांधार आदि प्रदेशों को जीतकर सिंधु नदी भी पार कर ली। आगे सारा पंचनद (पंजाब) भी जीतकर वह यवन नरेश सीधे मगध पर आक्रमण करने के लिए अपनी सेना के साथ आगे बढ़ा। उसकी सारी ग्रीक सेना वीरता के दर्प और उत्साह से घोषणा करने लगी कि 'सिकंदर का स्वप्न था कि पाटलिपुत्र जीतकर वहाँ भारतीय सम्राट् के रूप में स्वयं को स्थापित करेगा। सिकंदर का वह भारतीय साम्राज्य की विजय का स्वप्न अब हम साकार कर दिखाएँगे।'

१६८. भारतीय वीर-वृत्ति का अकस्मात् ह्रास क्यों हुआ?—यह कितने आश्चर्य की बात है कि सौ-सवा सौ वर्ष पूर्व हिंदुकुश से पंचनद और सिंध तक के जिन प्रांतों में वहाँ के भारतीय क्षत्रियों ने, गणराज्यों ने, सैनिकों ने और जनता ने मिलकर सिकंदर-सेल्युकस आदि ग्रीक सेनापतियों और उनकी सेनाओं को पूर्णतया पराजित कर उन्हें पीछे खदेड़ा था, उन्हीं पराक्रमी भारतीय प्रदेशों को इन बैक्ट्रियन ग्रीकों जैसे दुर्बल और अध:पतित एशियायी ग्रीकों ने इतनी सहजता और सरलता से चलते-चलते जीत लिया! पग-पग पर विरोध कर लड़नेवाले भारतीय वीरों के भय से सिकंदर और सेल्युकस इन्हीं प्रांतों में युद्ध करते समय अपने शिविर में भी कभी सुख-शांति से सो नहीं सकते थे! परंतु ये द्वितीय स्तर के बैक्ट्रियन ग्रीक सेनापति आज अयोध्या के प्रासाद में सुख से सुरक्षित सो रहे हैं।

१६९. अशोक ने जब बौद्ध धर्म को स्वीकार किया, तब उसके तीस-चालीस वर्षों के बाद ही डेमेट्रियस का यह ग्रीक आक्रमण हुआ था। बीच के तीस-चालीस वर्षों में गांधार, पंचनद आदि उन जुझारू प्रदेशों में भारतीय वीर-वृत्ति का और प्रतिकार-शक्ति का अकस्मात् इतना अधिक ह्रास कैसे हुआ? ऐसी कौन सी विशेष घटना इन तीस-चालीस वर्षों में घटित हुई थी, जिसके परिणामस्वरूप भारतीय वीर-वृत्ति का यह ह्रास अपरिहार्य सिद्ध हुआ?

१७०. यह डेमेट्रियस के नेतृत्व में आक्रमण करनेवाला बैक्ट्रियन ग्रीक सैन्य

क्या सिकंदर-सेल्युकस की सेनाओं से अधिक पराक्रमी था? कदापि नहीं! वे स्वयं भी स्वीकार करते थे कि उनके सिकंदर, सेल्युकस आदि पूर्वज उनसे अधिक पराक्रमी और देवोपम योग्यता के थे। इसका अर्थ यह है कि ऐसे अधिक दुर्बल और हीन स्तर के यवनों ने इन भारतीय प्रदेशों को चलते-चलते सहजता से जीत लिया था, वह सिकंदर के काल से उनकी शक्ति बढ़ी थी; इसलिए नहीं, अपितु वहाँ के भारतीयों की ही प्रतिकार शक्ति और वीर-वृत्ति में भयंकर गिरावट आई, इसलिए जीत लिया था।

१७१. सिकंदर के ई.स.पू. ३२७ में हुए आक्रमण से डेमेट्रियस के लगभग ई.स.पू. २०० में हुए इस आक्रमण के मध्यांतर में भारतीयों की प्रतिकार-शक्ति और वीर-वृत्ति का ह्रास करनेवाली जो एक ही घटना हुई थी, वह घटना यही हो सकती है कि अशोक द्वारा बौद्ध धर्म स्वीकार करने के बाद राजदंड के बल से अप्रतिकारक, अहिंसक, शस्त्रबलनिंदक बौद्ध मतों का अधिकाधिक प्रचार उन प्रदेशों में भी किया गया था। दूसरी कोई इतनी महत्त्वपूर्ण घटना उस काल में घटित ही नहीं हुई थी। स्पष्टीकरणार्थ, इस विषय से संबंधित दो-तीन मुद्दों पर विचार करेंगे।

१७२. सिकंदर और डेमेट्रियस काल की भारतीय मनोवृत्ति—सिकंदर के काल में कांबोज, गांधार, पंचनद, सिंध आदि प्रांतों में जनता को बौद्ध धर्म के नाम का भी पता नहीं था (देखिए परिच्छेद १५)। वहाँ की जनता वीरपूजक, वैदिक-धर्मानुयायी थी। क्षात्र-वृत्ति का अभिमान रखनेवाले 'यौधेय' आदि गणराज्य बड़े गर्व से स्वयं को 'आयुधजीवी' (Nation in arms) अभिधान से गौरवान्वित करते थे (देखिए परिच्छेद ३७, ३८)। केवल क्षत्रिय ही नहीं, अपितु कुछ जनसंघों (राज्यसंघों) में तो स्त्री, पुरुषादि समस्त भारतीय नागरिक परशत्रु का आक्रमण होते ही सशस्त्र होकर रणभूमि में लड़ने जाते थे। दुर्भाग्य से यदि किसी युद्ध में 'जनसंघ' की पराजय होती थी तो वहाँ की भारतीय वीरांगनाएँ यवन शत्रु के हाथों बंदी बनकर जीने की अपेक्षा अपने वीर शिशुओं के साथ 'जौहर' करती थीं, अर्थात् अग्निकुंड में कूदकर भस्म हो जाती थीं। इसका विस्तृत वर्णन इसी पुस्तक में परिच्छेद ३७ से ७४ के बीच किया गया है। उस चाणक्य-चंद्रगुप्त काल के वैदिक-धर्मीय भारतीयों की स्वराष्ट्र संरक्षक वीर-वृत्ति की द्योतक एक ही बात और कहना यहाँ पर्याप्त होगा।

१७३. वैदिक-धर्मानुयायी आर्य चाणक्य के 'अर्थशास्त्र' नामक जिस ग्रंथ के अनुसार चंद्रगुप्त के भव्यतम भारतीय साम्राज्य का अधिकतर राज्य प्रबंध किया जाता था, उस ग्रंथ में भारतीय स्वातंत्र्य और भारतीय साम्राज्य के रक्षणार्थ आवश्यक क्षात्र-वृत्ति का बहुत अधिक गौरव माना गया है। चाणक्य के ग्रंथ के अनुसार ब्राह्मणों सहित सब वर्णों के लोगों को सेना में प्रवेश मिलता था—

'अमर्यादप्रवृत्ते च शत्रुभिः संगरे कृते।
सर्वे वर्णाश्च दृश्येयुः शस्त्रवन्तो युधिष्ठिर॥'

१७४. यह वैदिक-धर्मीय आर्यों की परंपरा ही थी। चाणक्य का कहना है कि साम्राज्य की ऐसी महासेना जब शत्रु पर आक्रमण करने के लिए समरभूमि में उतरती है, तब स्वयं सम्राट् को उस चतुरंग दल सेना को संबोधित कर इस प्रकार का भाषण करना चाहिए।

१७५. ''वेदेष्वप्यनुश्रूयते समाप्तदक्षिणानाम् यज्ञानामवभृथस्नानेषु या सा गतिः शूराणामिति। क्षणेन लाभप्यतियान्ति शूराः प्राणान् सुयुद्धेषु परित्यजन्ति। तुल्यभोगोऽस्मि, भवद्भिः सह भोग्यामिदं राज्यम्। परान् हन्तव्यम्।''

इसका भावार्थ यह है कि यज्ञ से जो सद्गति प्राप्त होती है, वही सद्गति शूरवीरों को रण में प्राप्त होती है। न्याय युद्ध में (सुयुद्धे) प्राणार्पण करनेवाले वीरों को तत्क्षण स्वर्ग की प्राप्ति होती है। मेरी ही तरह तुम सब भी इस राज्य का उपभोग करोगे। तब देखते क्या हो? शत्रु पर टूट पड़ो! उसका वध करो!

१७६. हो सकता है, इन्हीं ज्वलंत शब्दों से स्वयं सम्राट् चंद्रगुप्त ने भी सेल्यूकस पर आक्रमण करने के लिए प्रस्तुत अपनी अजेय भारतीय सेना को संबोधित कर उसका उत्साह बढ़ाया हो।

१७७. 'परित्राणाय साधूनाम् विनाशाय च दुष्कृताम्' अर्थात् सज्जनों के रक्षण के लिए और दुर्जनों के विनाश के लिए जो आक्रामक, न्याय्य, सशस्त्र युद्ध करना पड़ता है, उसे वैदिक धर्म 'हिंसक' मानता ही नहीं है। उसे तो वह 'धर्मयुद्ध' ही कहता है।

१७८. सिकंदर के काल में भारतीय स्वातंत्र्य के रक्षणार्थ यवन शत्रुओं से ऐसा ही 'धर्मयुद्ध' करने के लिए यवनों द्वारा पदाक्रांत सारे प्रदेशों में वैदिक-धर्मीय प्रचारकों ने वीरश्री की अग्नि सतत प्रज्वलित की थी। उनमें से कई ब्राह्मण संन्यासी प्रचारकों को पकड़कर सिकंदर ने मृत्युदंड भी दिया था! (देखिए परिच्छेद २१ एवं ७३)

१७९. सम्राट् चंद्रगुप्त की वीरश्री से परिपूर्ण भारतीय सेना ने यवन नरेश सेल्युकस को पराजित किया। तत्पश्चात् चंद्रगुप्त-चाणक्य ने हिंदुकुश तक फैले हुए भारतीय साम्राज्य की स्वतंत्रता और स्वायत्तता के रक्षणार्थ अपनी सीमाओं पर अपने तत्कालीन जगत् के सर्वाधिक शक्तिशाली सैन्य के फौलादी तट निर्मित किए। उनके उस प्रबल शस्त्रबल के आतंक और भय से ही हिंदुकुश से लगे हुए बैक्ट्रिया प्रांत में दबे हुए, छिपे हुए ग्रीक राज्यों ने लगभग अगले सवा सौ वर्षों तक कोई हलचल नहीं की। सम्राट् अशोक जब तक इस वीरवृत्तिपूजक वैदिक धर्म का अनुयायी था, तब तक यानी साधारणतः ई.स.पू. २५२ तक भारतीय मौर्य साम्राज्य की वायव्य सीमा का यह सेना-संभार उसी प्रकार शस्त्रसज्ज और अजेय था; परंतु—

१८०. अशोक ने बौद्ध धर्म स्वीकार करते ही यह सारी सुरक्षा अचानक भंग कर दी। जिस प्रकार गौतम बुद्ध अपने छोटे से शाक्य राज्य का त्याग कर स्वयं भिक्षु बने थे, उसी प्रकार यदि अशोक भी बौद्ध धर्म स्वीकार करते ही सम्राट् पद का त्याग कर स्वयं

भिक्षु बन जाता और सर्वत्र विचरण कर बौद्ध धर्म का प्रचार करता, तो भारतीय राष्ट्र पर कोई विशेष संकट नहीं आता। बौद्ध धर्म के प्रति अशोक की निष्ठा की भी पूरी परीक्षा हो जाती; परंतु अशोक अंतिम क्षण तक भारतीय साम्राज्य के सम्राट् पद का त्याग नहीं कर सका। इसके विपरीत उसने उस साम्राज्य को ही बौद्ध धर्म का एक प्रचारक मठ बना दिया! अर्थात् वायव्य दिशा के इन पर्वतीय प्रदेशों में भी 'धर्म-विजय, शस्त्र-विजय से श्रेष्ठ है,' 'अक्रोधेन जयेत क्रोधम्', 'अहिंसा परमोधर्मः', 'मा हिंस्यात्सर्वभूतानि' इत्यादि मूलतः वैदिक-धर्मीय तथा देश-काल-पात्रानुसार आचरण करने पर अत्यंत हितकारक सूक्तों का धुआँधार प्रचार बौद्ध धर्म के अनुसार निरपवाद सत्य के रूप में देश-काल-पात्र का विवेक त्याग कर होने लगा। अशोक के राजकोष से जिनका पालन-पोषण होता था, ऐसे बौद्ध भिक्षुओं के जत्थे-के-जत्थे इन प्रदेशों में 'शस्त्रबल महापाप है' ऐसा प्रचार करते हुए घूमते थे। साम्राज्य में अशोक द्वारा निर्मित 'धर्ममहामात्र', 'प्रांतीय अधिकारी', 'रज्जुक' आदि विश्वासपात्र राजकर्मचारियों के उच्च पद थे। उनपर केवल बौद्ध-धर्मियों की ही नियुक्ति होने लगी। इन सबको अशोक की आज्ञा थी कि वे बौद्ध धर्म के आचार और प्रचार को राज्य की ओर से यथासंभव पूरा प्रोत्साहन दें। गांधार, पंचनद जैसे सीमांत प्रदेशों में बौद्ध धर्म का प्रचार नागरिकों में ही नहीं, अपितु सैनिकों में भी जोर-शोर से होने लगा था। अर्थात् राजदंड के बल पर अहिंसा जैसे उपर्युक्त बौद्धमतों का प्रचार-प्रसार भारत में यत्र-तत्र जिस प्रचुर मात्रा में हो रहा था, उसी बड़ी मात्रा में उसके वायव्य दिशा के सीमावर्ती पर्वतीय प्रदेशों में शस्त्रबल और क्षात्र-वृत्ति का ह्रास होता गया।

बीस वर्षों तक इस प्रकार का वीरवृत्ति-निरोधक अराष्ट्रीय प्रचार करने के बाद अशोक की मृत्यु हो गई। उसके बाद राजसिंहासन पर बैठे उसके दुर्बल बौद्ध-धर्मीय वंशजों ने तो उन पर्वतीय सीमावर्ती प्रदेशों के संरक्षण के लिए सम्राट् चंद्रगुप्त के समय से बनी शस्त्रसज्ज भारतीय सेना की अजेय-फौलादी प्राचीर की उपेक्षा इतनी अधिक की कि उसकी नींव ही हिल गई और वह किसी रेत के दुर्ग की भाँति ढहकर नष्ट हो गई।

१८१. सारांश—सम्राट् अशोक तथा उसके वंशजों ने राजदंड के बल पर बौद्ध धर्म के शस्त्रबल निंदक और राष्ट्रीय स्वातंत्र्य के लिए अत्यावश्यक वीर-वृत्ति की अक्षम्य उपेक्षा करनेवाले मतों का पूरे साम्राज्य में जो एकांगी और अतिरेकी प्रचार भारत की जनता में किया; पूरे साम्राज्य का जो बौद्धमठीकरण और सैनिकों का जो बौद्ध भिक्षुकरण किया, उसके परिणामस्वरूप भारत के अत्यंत महत्त्वपूर्ण वायव्य सीमावर्ती पर्वतीय प्रदेशों की जनता में वीरश्री का ह्रास और भारत के प्रति दुर्दम्य राष्ट्राभिमान का नाश हो गया तथा इस आंतरिक क्षय से चंद्रगुप्त के समय से निर्मित और विख्यात तत्कालीन समस्त जगत् में सर्वाधिक शक्तिशाली मानी जानेवाली शस्त्रसज्ज भारतीय सेना का सर्वनाश हो गया! इसीलिए सिकंदर-सेल्युकस की ग्रीक सेना से बहुत निम्न

स्तर की बैक्ट्रियन ग्रीक सेना ने हिंदुकुश से पंचनद सहित सारे भारतीय प्रदेश बड़ी सरलता से चलते-चलते जीत लिये और वह मगध पर आक्रमण करने हेतु आगे बढ़ी।

१८२. उस समय सारी साम्राज्य सत्ता बौद्धों के हाथों में थी, परंतु उनका कोई भी राज्याधिकारी, प्रांताधिकारी अथवा बौद्ध-धर्मीय जनपद-समूह भारत की स्वतंत्रता छीनने के लिए आनेवाले इस यवन शत्रु से समरांगण में युद्ध करने के लिए आगे नहीं आया। भारत के इस राष्ट्रीय अपमान से उन्हें क्षोभ नहीं हुआ, लज्जा भी नहीं आई। प्रत्यक्ष मगध में अशोक का जो वंशज बौद्ध-धर्मीय राजा बृहद्रथ सम्राट् बना सिंहासन पर बैठा था, उसने तो इस यवन शत्रु के प्रतिकार के लिए एक पग भी आगे नहीं रखा।

१८३. यह भी हो सकता है कि इस निरपवाद 'अप्रतिकार' से वह बौद्ध राजा घर बैठे-बैठे ग्रीकों का हृदय जीतकर 'अक्रोधेन जयेत् क्रोधम्'—इस धम्मपद के सूक्त का यशस्वी प्रयोग कर रहा हो!

१८४. ग्रीकों पर राजा खारवेल का आक्रमण—ग्रीकों के इस परचक्र से भारत की स्वतंत्रता और राष्ट्रीय सम्मान को जो ग्रहण लगा था, उसकी राष्ट्रीय चिंता, लज्जा अथवा क्षोभ यद्यपि भारत के बौद्ध-धर्मियों को नहीं हुआ तथापि भारत के वैदिक-धर्मियों में सर्वत्र इस राष्ट्रीय अपमान और संकट से प्रचंड क्रोधाग्नि भड़क उठी। इस संकट का तत्काल समाधान करने के लिए दुर्भाग्य से वैदिक-धर्मियों का एक भी समर्थ राज्य उत्तर भारत में नहीं बचा था; परंतु सौभाग्य से अशोक की मृत्यु के पश्चात् दस वर्षों के अंदर ही दक्षिण के कलिंग (उड़ीसा) और आंध्र राज्यों के राजाओं ने बौद्ध-धर्मी मौर्य सम्राट् का आधिपत्य अस्वीकार कर अपने स्वतंत्र राज्य स्थापित कर लिये थे। ये दोनों राजा प्रतापी, वैदिक-धर्माभिमानी और भारत राष्ट्र के अभिमानी थे। दोनों ने शस्त्रसज्ज प्रबल सैन्यों का निर्माण किया था। ग्रीक म्लेच्छों ने सारा उत्तर भारत पदाक्रांत किया है और मगध का दुर्बल बौद्ध-धर्मी राजा उनका कोई भी प्रतिकार नहीं कर सका है, यह दु:खद समाचार सुनकर दक्षिण भारत के इन राज्यों की वैदिक-धर्माभिमानी जनता में प्रचंड प्रक्षोभ उत्पन्न हुआ। फलस्वरूप कलिंग के स्वतंत्र राज्य के पराक्रमी राजा खारवेल ने स्वयं डेमेट्रियस की ग्रीक सेना पर आक्रमण करने का निश्चय किया।

१८५. यवनों का विध्वंस और पराजय—राजा खारवेल ने अपने निश्चय के अनुसार अपनी प्रबल सेना के साथ प्रथमत: मगध पर आक्रमण कर उसे जीता। उसके बाद उसने अयोध्या के आस-पास डेमेट्रियस की यवन सेना का डटकर सामना किया। कलिंग की उस प्रबल सेना ने रणभूमि में यवन सेना का विध्वंस कर उसकी ऐसी दुर्दशा की कि डेमेट्रियस तत्काल पूर्ण वेग से पीछे हटता हुआ अपनी बची-खुची सेना के साथ पंचनद के उस पार चला गया।

१८६. राजसूय यज्ञ—यवनों को इस प्रकार भारत की पर्वतीय सीमा तक खदेड़ने

के बाद उनका पीछा करने के लिए अथवा उत्तर के सभी प्रदेशों का पक्का प्रबंध करने के लिए राजा खारवेल को अधिक समय नहीं मिला। उसे कुछ राजकीय कारणों से तत्काल कलिंग वापस आना पड़ा। उसने मगध के बौद्ध राजा बृहद्रथ को भी पदच्युत नहीं किया। कलिंग वापस आते ही उस पराक्रमी खारवेल राजा ने, भारत की स्वतंत्रता और सम्मान के रक्षणार्थ यवन शत्रुओं पर रणभूमि में जो महान् विजय प्राप्त की थी, उसकी घोषणा करने के लिए वैदिक-धर्मीय श्रेष्ठ राजाओं की परंपरा के अनुसार 'राजसूय' महायज्ञ किया। इस यज्ञ की विशेषता यह थी कि यह मुख्यतः राष्ट्रीय और राजकीय स्वरूप का था। अशोक द्वारा यज्ञयागादि कर्मकांडों पर बलपूर्वक संपूर्ण प्रतिबंध लगाए जाने के बाद लगभग पचास वर्षों तक पूरे भारत में वैदिक-धर्मी किसी भी प्रकार का यज्ञ समारोह नहीं कर सके थे, परंतु कलिंग और आंध्र में वैदिक-धर्मियों के स्वतंत्र, बलशाली राज्य स्थापित होते ही अशोक के वैदिक धर्माचरण पर लगाए गए उस बलात् प्रतिबंध की अवमानना स्पष्ट रूप से करके भारत के राष्ट्रीय शत्रु यवन म्लेच्छों को रणभूमि में पराजित कर वैदिक-धर्मियों द्वारा राजसूय यज्ञ का यह विशाल समारोह पचास वर्षों के पश्चात् प्रथम बार संपन्न हो रहा था।

१८७. ग्रीक राजाओं द्वारा पुनः आक्रमण—प्रतापी खारवेल राजा दक्षिण में स्वदेश वापस लौट गया है—यह देखते ही डेमेट्रियस के मगध पर आक्रमण के समय उसकी और उसकी ग्रीक सेना की जो घोर दुर्दशा हुई थी, उससे क्षुब्ध और क्रोधित, गांधार और कांबोज प्रांतों के मिनांडर नामक ग्रीक सेनापति ने फिर से सिर उठाया और चार वर्षों के भीतर ही पुनः नई सेना लेकर भारत पर आक्रमण कर दिया। डेमेट्रियस के आक्रमण की तरह ही ग्रीकों के इस आक्रमण का भी उन बौद्ध बहुल और मुकाबला करने में अक्षम बने हुए पंचनदादि प्रांतों में अथवा मगध के दुर्बल अशोकवंशीय राजा बृहद्रथ द्वारा कोई विशेष प्रतिकार नहीं हुआ।

१८८. ग्रीकों के प्रति बौद्ध की सहानुभूति—यवन सेनापति मिनांडर को उसके इस भारत-विजय अभियान में अनेक बौद्ध-धर्मीय भारतीयों की सहानुभूति प्राप्त होने लगी, क्योंकि वह स्पष्ट रूप से कहता था कि उसे बौद्ध धर्म के कई सिद्धांत अच्छे लगते हैं और वह शीघ्र ही बौद्ध धर्म स्वीकार करने वाला है। इसलिए 'ये ग्रीक लोग यहाँ केवल वैदिक-धर्मियों के विरुद्ध युद्ध करने आए हैं और उनका राज्य भारत पर होगा तो बुरा क्या होगा? वह तो हमारे बौद्ध-धर्मियों का ही राज्य होगा! ये ग्रीक लोग पराए, विदेशी हैं—यह सत्य है, परंतु हमें इस राष्ट्रवाद से क्या लेना है? हमारा बौद्ध धर्म तो जाति, राष्ट्र, वंश आदि के भेद मानता ही नहीं है।'

इस प्रकार के राष्ट्रघाती, भारत-विरोधी, दुर्बल विचारों का उपदेश अनेक प्रचारक भिक्षु भारत की बौद्ध-धर्मीय जनता को देने लगे। उनकी यह सहानुभूति भारत के कट्टर शत्रु मिनांडर के लिए अत्यंत प्रभावी रूप से सहायक और उपयोगी सिद्ध हुई। अतः

उसने भी अपने ग्रीक प्रचारकों द्वारा बौद्ध जनता में ऐसा प्रचार करना शुरू किया कि उसका यह आक्रमण, भारत के वैदिक-धर्मीय मगध के दुर्बल बौद्ध सम्राट् के हाथों से भारतीय साम्राज्य सत्ता छीनने के लिए जो भयंकर षड्यंत्र रच रहे हैं, उसे विफल कर उन्हें पराजित करने के लिए ही है। मिनांडर पंचनद आदि प्रदेशों को पुनः जीतकर अयोध्या पहुँचा। अपरिपक्वता और शीघ्रता के कारण डेमेट्रियस तथा उसकी सेना की जो दुर्गति हुई, वैसी उसकी भी दुर्गति न हो, इसलिए मिनांडर ने सोचा कि जीते हुए भारतीय प्रदेशों और राज्यों को संगठित करके तथा सैन्य संख्या बढ़ाकर ही मगध पर आक्रमण करना उचित होगा। इसके अनुसार सावधानीपूर्वक सारा प्रबंध कर वह अयोध्या में दृढ़ आसन जमाए उचित अवसर की प्रतीक्षा करने लगा।

१८९. पाटलिपुत्र में क्या स्थिति थी?—कलिंग के प्रतापी राजा खारवेल की विजय से उत्तर भारत के वैदिक-धर्मीय नेताओं और जनता में वीरश्री की लहर दौड़ गई थी। ऐसे में मिनांडर की ग्रीक सेना पुनः आक्रमण कर मगध की ओर आ रही है—यह समाचार उन्होंने सुना। उसी समय भारतीय बौद्ध जनता की स्वदेशद्रोही प्रवृत्तियाँ तेज हो गईं और वह भारत में राष्ट्रशत्रु ग्रीकों का बौद्ध राज्य स्थापित करने के लिए मिनांडर को अनुकूल तथा सहायक हो रही है यह स्पष्ट दिखाई देने लगा। तब यवनों का एकबारगी संपूर्ण सफाया करने के लिए प्रथमतः मगध के दुर्बल बौद्ध-धर्मीय सम्राट् 'बृहद्रथ मौर्य' को सिंहासन से पदच्युत कर वहाँ चंद्रगुप्त जैसे किसी पराक्रमी वैदिक-धर्मीय पुरुष को स्थापित करने के उद्‌देश्य से उत्तर भारत के राष्ट्राभिमानी नेताओं ने एक विशाल राज्य-क्रांति का षड्यंत्र रचा; परंतु उन सबके सामने मुख्य प्रश्न यह था कि इस राज्य-क्रांति का नेतृत्व कर यवनों का खात्मा कर सकनेवाला ऐसा वीर, पराक्रमी पुरुष कौन है?

१९०. पुष्यमित्र—मगध के उपर्युक्त राजा बृहद्रथ मौर्य के पास जो कुछ नाममात्र की सेना थी, उसमें एक सैनिक था पुष्यमित्र! पुष्यमित्र जन्मतः ब्राह्मण था। वह वैदिक धर्म और भारतीय राष्ट्र का कट्टर अभिमानी तथा निष्ठावान शिवभक्त था। उसके कुल का नाम 'शुंग' था। उसने अपने क्षात्र-तेज से मगध की उस सेना में इतना वर्चस्व प्राप्त किया था कि यवनों के आक्रमण की उस प्राणसंकट की स्थिति में राजा बृहद्रथ मौर्य ने निरुपाय होकर पुष्यमित्र को ही अपनी सेना का मुख्य सेनापति नियुक्त किया था। सेनापति पद प्राप्त होते ही पुष्यमित्र ने तत्काल मगध की सेना का शस्त्रबल और संख्याबल बढ़ाने का प्रयास शुरू किया। इस संयोग से समस्त वैदिक-धर्मीय, राष्ट्रभक्त जन सेनापति पुष्यमित्र की ओर आशा और अपेक्षा से देखने लगे। हर व्यक्ति उत्कटता से यह आशा करने लगा कि सेनापति पुष्यमित्र ही इस राज्य-क्रांति का नेतृत्व करे। सभी मानने लगे कि इस पीढ़ी में आज भारतीय साम्राज्य के परंपरागत सिंहासन पर आरूढ़ होने के लिए उस पराक्रमी पुरुष से अधिक योग्य व्यक्ति और कोई नहीं है।

१९१. कभी-कभी इतिहास में 'फलानुमेयाः प्रारम्भाः संस्काराः प्राक्तना इव' के न्याय से आगे घटित हुई घटनाओं से ही पूर्व काल में उन घटनाओं को घटित करने के लिए कूटनीतिज्ञों ने कौन से और कैसे षड्यंत्र रचे होंगे, इसका अनुमान लगाया जा सकता है। अगले परिच्छेदों में वर्णित मगध की इस राज्य-क्रांति की इतिहास-वर्णित घटनाओं से यह स्पष्ट होता है कि सेनापति पुष्यमित्र ने बहुत पहले से इस भावी राज्य-क्रांति के षड्यंत्र का नेतृत्व करना गुप्त रूप से स्वीकार किया होगा। यही नहीं, अपितु उसने अपने अधीनस्थ राज्य की सेना की और उसके प्रमुख अधिकारियों की भी प्रत्यक्ष या अप्रत्यक्ष रूप से इस क्रांति के लिए सहमति प्राप्त कर ली होगी।

१९२. बृहद्रथ मौर्य का शिरच्छेद—क्रांति की यह सारी पूर्व तैयारी चल ही रही थी कि एक दिन राजधानी पाटलिपुत्र में समस्त सेना के शस्त्र संचालन के विविध कार्यक्रमों का एक विशाल समारोह आयोजित किया गया। इस सैनिक समारोह का निरीक्षण करने के लिए स्वयं सम्राट् बृहद्रथ मौर्य वहाँ उपस्थित था। सेनापति पुष्यमित्र की आज्ञा के अनुसार वह चतुरंग दल सेना अपने कौशल का प्रदर्शन विविध रूप से कर रही थी। तभी अचानक उस स्थान पर, जहाँ बृहद्रथ बैठा था, कुछ कलह, कुछ संघर्ष होने लगा। उस संघर्ष या कलह के कारण का उल्लेख इतिहास में नहीं मिलता; परंतु उसके कारण क्षुब्ध होकर स्वयं सेनापति पुष्यमित्र ने उस नाममात्र के सम्राट् बृहद्रथ मौर्य पर आक्रमण कर वहीं तत्काल उसका शिरच्छेद कर डाला।

१९३. इस शिरच्छेद से अशोक के राजवंश का अंत हुआ। बौद्ध-धर्मीय मौर्य साम्राज्य समाप्त हुआ।

१९४. अकस्मात् हुई इस भीषण घटना से वहाँ पर एकत्र विशाल जनसमूह में खलबली मची, परंतु उस शस्त्रसज्ज सेना में से अथवा बृहद्रथ के समीप बैठे हुए राजपुरुषों में से किसी ने बृहद्रथ का पक्ष लेकर सेनापति पुष्यमित्र पर आक्रमण नहीं किया। इसके विपरीत वह शस्त्रसज्ज चतुरंग सेना अपने सेनापति पुष्यमित्र के नाम का जयघोष करने लगी।

१९५. कारण, अनेक सैनिक भी जो कार्य करने की इच्छा अपने मन में रखते थे, परंतु जिसे पूरा करने का उत्तरदायित्व लेने का साहस समस्त उत्तर भारत में किसी को भी नहीं हो रहा था, वह महासाहसी कार्य अर्थात् भारतीय साम्राज्य की स्वतंत्रता के रक्षणार्थ अपात्र सिद्ध हुए अशोक के वंशज बृहद्रथ मौर्य का शिरच्छेद अशोक की राजधानी में ही करने का अपरिहार्य राष्ट्रीय कर्तव्य सेनापति पुष्यमित्र ने कर दिखाया था।

१९६. भारतीय स्वतंत्रता की रक्षा के लिए जो साहस पूर्व में चंद्रगुप्त को करना पड़ा था, वही साहसपूर्ण कार्य आज पुष्यमित्र ने किया था।

१९७. सिकंदर के प्रथम आक्रमण के समय यूनानियों का प्रतिकार करने में असमर्थ सिद्ध हुए नामधारी सम्राट् महापद्मनंद का शिरच्छेद भारतीय स्वातंत्र्य के रक्षणार्थ

आर्य चाणक्य और सम्राट् चंद्रगुप्त को राष्ट्रीय कर्तव्य समझकर करना पड़ा था, उसी प्रकार ठीक उन्हीं कारणों से मगध के इस नामधारी बौद्ध सम्राट् बृहद्रथ मौर्य का शिरच्छेद सेनापति पुष्यमित्र को राष्ट्रीय कर्तव्य समझकर ही करना पड़ा।

१९८. सम्राट् पुष्यमित्र शुंग—यह घटना ई.स.पू. १८४ के आस-पास घटित हुई। इसके बाद तत्काल पाटलिपुत्र में वैदिक विधि-विधान से पुष्यमित्र का राज्याभिषेक हुआ और वह अशोक के सिंहासन पर आरूढ़ हुआ। इसी के साथ मौर्य राजवंश का अंत हुआ और सम्राट् पुष्यमित्र के शुंग राजवंश का प्रारंभ हुआ।

१९९. पुष्यमित्र द्वारा ग्रीकों पर आक्रमण—सम्राट् पुष्यमित्र ने सर्वप्रथम राजधानी पाटलिपुत्र और उसके आस-पास के सारे प्रदेश का सुव्यवस्थित तथा सुदृढ़ राज्य-प्रबंध किया। तत्पश्चात् उसने शक्तिशाली, रणोत्सुक चतुरंग-दल भारतीय सेना का निर्माण कर उसके साथ, अयोध्या में आसन जमाए बैठे हुए ग्रीक सेनापति मिनांडर पर आक्रमण किया। जब भारतीय सेना के शस्त्रबल के आगे रण में टिक पाना यवन सेनापति को असंभव लगने लगा, तब वह लड़ता हुआ अपनी सेना के साथ पंचनद की ओर पीछे हटने लगा; परंतु डेमेट्रियस की ग्रीक सेना का पीछा न कर पाने की जो भूल राजा खारवेल ने पूर्व में की थी, उसे न दोहराकर सम्राट् पुष्यमित्र ने इस बार ग्रीक सेना का पीछा पूरी शक्ति से किया। एक के बाद एक लगातार हुई पराजयों से और ग्रीक सेना की सारी व्यूह-रचना ही ध्वस्त हो जाने से अत्यंत शक्तिहीन हुए मिनांडर को पुष्यमित्र ने उसकी सेना के साथ सिंधु पार खदेड़ दिया।

इस तरह सिंधु सीमा तक का सारा भारत ग्रीकों की राजनीतिक दासता से मुक्त हुआ।

२००. ग्रीकों की जड़ें ही उखाड़कर फेंक दीं—भारत पर ग्रीकों का यही आक्रमण अंतिम सिद्ध हुआ। सम्राट् पुष्यमित्र द्वारा दी गई इस पराजय से ग्रीकों की शस्त्रशक्ति इतनी क्षीण हुई कि पुनः सिंधु पार कर भारत पर आक्रमण करने का साहस ही उनमें न रहा। सिकंदर के समय से भारत में उपद्रव मचानेवाले इन यवन शत्रुओं का सफाया इस प्रकार भारत ने सदा के लिए कर दिया।

२०१. ग्रीक सत्ता से मुक्त किए हुए सारे प्रदेशों को पुष्यमित्र ने अपने साम्राज्य में सम्मिलित कर लिया। उसने अपने पराक्रमी पुत्र अग्निमित्र को उज्जैन (उज्जयिनी) का मुख्य राजप्रतिनिधि नियुक्त किया। अग्निमित्र भी अपने पिता जैसा ही शूर और कर्तृत्वशाली पुरुष था। उसने अपने साम्राज्य की सीमा का विस्तार दक्षिण में विदर्भ देश तक किया, परंतु विदर्भ के राजा ने उसका आधिपत्य स्वीकार नहीं किया। इसलिए सेनापति अग्निमित्र ने विदर्भ राज्य पर आक्रमण किया और युद्ध में उसे पराजित किया; परंतु इस बीच विदर्भराज की कन्या मालविका अग्निमित्र के शौर्य आदि गुणों पर मुग्ध होकर उसके साथ विवाह करने को उत्सुक हो गई। तब विदर्भराज ने पुष्यमित्र से प्रार्थना

कर उसकी सहमति से बड़े समारोहपूर्वक अग्निमित्र के साथ मालविका का विवाह कर दिया। इसलिए उन दोनों राजकुलों में केवल स्नेह का ही नहीं, बल्कि रक्त का भी संबंध हो गया। कालिदास का सुप्रसिद्ध नाटक 'मालविकाग्निमित्रम्' इसी रमणीय कथावस्तु पर आधारित है।

२०२. पाटलिपुत्र नगर में अश्वमेध यज्ञ—ग्रीकों जैसे पुरातन, परकीय शत्रुओं का नि:शेष निर्दलन कर भारतीय साम्राज्य का पुनरुज्जीवन करनेवाले सम्राट् पुष्यमित्र को हमारी वैदिक परंपरा के अनुसार अब अश्वमेध यज्ञ करने का अधिकार स्व पराक्रम से ही प्राप्त हो गया था। सम्राट् पुष्यमित्र के इस अधिकार के विषय में विंसेंट स्मिथ ने सम्मानपूर्वक लिखा है—"The Yavanas and all other rivals having been disposed off in due course, Pushyamitra was justified in his claim to reign as the paramount power of North India and straightway proceeded to announce his success by a magnificent celebration of the Ashwamedha sacrifice at his capital." ('The Early Historly oh India', Page189)

२०३. सम्राट् पुष्यमित्र ने अश्वमेध यज्ञ करने का संकल्प किया है—यह समाचार सुनकर अल्पसंख्यक बौद्धों को छोड़कर समस्त भारतवर्ष में भारतीय राष्ट्राभिमान और हर्षोल्लास की लहर दौड़ गई। जिस अशोक ने राजदंड के बल पर वैदिक-धर्मियों का धार्मिक कर्मकांड करना बंद कर दिया था, उसी बौद्ध सम्राट् अशोक की राजधानी पाटलिपुत्र में वैदिक-धर्माभिमानी सम्राट् पुष्यमित्र का यह अश्वमेध यज्ञ हो रहा था। वैदिक-धर्मियों के धर्माचारों के स्वातंत्र्य पर अशोक द्वारा लगाए गए सारे प्रतिबंध अब समाप्त हो गए हैं, वह अश्वमेध यज्ञ मानो सम्राट् पुष्यमित्र द्वारा की जानेवाली इसकी प्रत्यक्ष घोषणा ही था।

२०४. सम्राट् पुष्यमित्र का पुत्र अग्निमित्र जिस प्रकार एक पराक्रमी, रणकुशल और कर्तृत्ववान राजपुरुष था, उसी प्रकार उसका पुत्र अर्थात् पुष्यमित्र का पौत्र वसुमित्र भी एक युवा, तेजस्वी और पराक्रमी राजपुत्र था। सम्राट् पुष्यमित्र ने जब अपना अश्वमेध का घोड़ा विजय-यात्रा के लिए छोड़ा, तब उसके पीछे-पीछे जाकर उसकी रक्षा करने का कार्य समवेत सेना के इसी युवा सेनानी पौत्र वसुमित्र को सौंपा था। उस विजयाश्व के स्वेच्छया संचारण में सिंधु नदी के तट तक किसी ने भी कोई बाधा नहीं डाली; परंतु सिंधु तट पर किसी यवन नरेश ने उस घोड़े को पकड़कर रोक लिया। अर्थात् उस समय के संकेतों के अनुसार उसने सम्राट् पुष्यमित्र के सार्वभौमत्व को चुनौती दी। तब उस युवा सेनानी वसुमित्र ने अपनी सेना के साथ उस यवन नरेश से युद्ध किया और उसको पूर्णतया पराजित कर विजयाश्व को मुक्त कर वापस लाया। जब एक वर्ष के पश्चात् उस अश्व को लेकर विजयी सेनानी वसुमित्र पाटलिपुत्र लौट आया, तब सर्वत्र कितना

आनंदोत्सव हुआ—इसका वृत्तांत स्वयं सम्राट् पुष्यमित्र द्वारा युवराज अग्निमित्र के पास निमंत्रण प्रेषित पत्र में लिखा है। उस पत्र का अधिकांश, उस सम्राट् की ही भाषा में लिखा हुआ मूल लेख सौभाग्य से आज भी उपलब्ध है। वस्तुत: कालिदास के नाटक 'मालविकाग्निमित्रम्' में यह मूल लेख लगभग ज्यों-का-त्यों मूल रूप में ही दिया गया है। इस नाटक का वह पत्र इतना सुंदर और रोचक है कि संभव हो तो हर व्यक्ति को उसे पढ़ना चाहिए। उस विजयपूर्ण स्वर्णकाल में प्रत्यक्ष सम्राट् पुष्यमित्र के विचारों का और जनसाधरण की भावनाओं का भी वह लेख एक जीवंत चित्रण है।

२०५. राष्ट्रीय विजयोत्सव—भारतवर्ष के महातपस्वी, यति, योगी, वेदविद्यापारंगत, क्षत्रियकुलावंतस राजवृंद, साम्राज्य के प्रमुख राज्याधिकारी, नगरश्रेष्ठी और ग्रामप्रमुख उस अश्वमेध यज्ञ के महान् समारोह में उपस्थित हुए थे। उस काल के पंडितों में महापंडित के रूप में विख्यात और आज भी पश्चिम के विद्वानों में जागतिक मान्यता प्राप्त पतंजलि भी उस अश्वमेध यज्ञ में उपस्थित थे। ऐसे महापुरुषों की सहभागिता और आशीर्वाद से उस अश्वमेध यज्ञ के समारोह को म्लेच्छों का मर्दन करनेवाले भारतीय विजयोत्सव की प्रतिष्ठा और शोभा प्राप्त हुई थी।

२०६. एशियायी ग्रीक वंश का संपूर्ण नाश—उपर्युक्त वर्णनानुसार जब से सम्राट् पुष्यमित्र ने साधारणत: ई.स.पू. १९० से १८० की अवधि में ग्रीक आक्रमणकारियों का पराभव कर उन्हें सदैव के लिए सिंधु के उस पार खदेड़कर भारत को स्वतंत्र किया, तब से ग्रीक वंश के ह्रास और विनाश का प्रारंभ हुआ। सिंधु के उस पार गांधार और बाह्लीक (बैक्ट्रिया) देशों में उनके कुछ छोटे-छोटे क्षीण होते जानेवाले राज्य थे, परंतु ईसवी सन् के पहले शतक के प्रारंभ में जब मध्य एशिया की शक जाति का प्रचंड, जुझारू जत्था ईरान, गांधार और बैक्ट्रिया (बाह्लीक) प्रांतों में आ धमका, तब उन खूँखार शकों के खड्गों से बचकर भागना वहाँ की ग्रीक जनता के लिए अत्यंत कठिन हो गया। बेचारे ग्रीक स्त्री-पुरुष अपने बाल-बच्चों के साथ प्राण बचाने के लिए आगे भागते, फिर रुकते, पुन: आगे भागते। इस प्रकार भागते-रुकते अंत में वे सिंधु को पार कर प्राणों की रक्षा के लिए भारतीय साम्राज्य में आ पहुँचे। उस समय वे केवल शरणार्थी, आश्रयार्थी थे। कहाँ वे ई.स.पू. ३२९ से ३२७ के बीच 'युद्धं देहि' की गर्जना करते हुए भारत पर आक्रमण करनेवाले सिकंदर और सेल्युकस के साथी यवन तथा कहाँ ये भारतीय पराक्रम के आगे शक्तिहीन, नतमस्तक हुए ईसवी सन् के प्रारंभ के 'भिक्षां देहि' कहकर भारत में घर-घर भीख माँगनेवाले उनके ही वंशज शरणार्थी ग्रीक!

२०७. उनकी वैसी दुरवस्था में भी पुराना शत्रुत्व भूलकर भारत ने उन्हें आश्रय दिया। भारतीयों की उदारता के फलस्वरूप वे ग्रीक लोग, जिसे जहाँ आश्रय मिला, वहाँ जाकर विभिन्न नगरों और प्रांतों में पृथक्-पृथक् होकर बस गए। इनमें से कुछ लोगों ने बौद्ध धर्म स्वीकार किया, तो कुछ ने वैदिक धर्म अपनाया। उस काल में अधिकांश

राज्य वैदिक-धर्मीय थे। इसलिए उनका व्यक्तिगत धर्म बौद्ध हो या वैदिक, वे मूलत: ग्रीक समाज के व्यक्ति किसी भी प्रकार से राजनीतिक उपद्रव नहीं कर सके। धीरे-धीरे वे अपनी ग्रीक भाषा भी भूल गए। भारतीय भाषाएँ और भारतीय रीति-रिवाज आत्मसात् कर वे इतनी तेजी से भारतीय समाज के साथ एकरूप होते गए कि उनके विवाह आदि संबंध भी भारतीयों के साथ ही होते गए। फलस्वरूप एक-दो सदी के अंदर ही उनके भीतर की, हम भारतीयों से अलग अन्य राष्ट्र के हैं, यह प्रेरणा देनेवाली अहंकारी ग्रीकत्व की भावना ही समूल नष्ट हो गई। गंगा के प्रवाह में जिस प्रकार नमक का ढेला घुल जाता है, उसी प्रकार उनका सारा ग्रीकपन ही भारतीय जीवन-प्रवाह में विलीन हो गया।

२०८. यवनों को आत्मसात् किया—तथापि इस विषय में एक महत्त्वपूर्ण विधेय (मुद्दे) पर हमारे लोगों का तथा अधिकतर इतिहासकारों का ध्यान आकर्षित नहीं हुआ है। अत: उस मुद्दे का उल्लेख यहाँ पर करना आवश्यक है। वह मुद्दा या विधेय यह है कि भारत पर आक्रमण करनेवाले विजयार्थी शत्रुओं को, चाहे वे यवन हों अथवा शक-हूण आदि या आगे आए हुए म्लेच्छ हों, उन्हें सैकड़ों वर्षों के संघर्ष के पश्चात् ही क्यों न हो, परंतु भारतीयों ने जीतकर, लीलकर, पचाकर अपनी संस्कृति में, समाज में समाविष्ट कर, आत्मसात् कर नि:शेष कर डाला। ऐसे प्रत्येक प्रसंग में यही सिद्ध हुआ है कि भारतीय पराक्रम ने आक्रमणकारियों की उठी हुई तलवारें तोड़कर उन्हें जब सशस्त्र संग्राम में पूर्णतया पराजित किया, तब ही वे सशस्त्र आक्रमणकारी शत्रु हमारी भारतीय संस्कृति और समाज में आत्मसात् करने योग्य हो सके। केवल शांति पाठ से नहीं, प्रभावकारी प्रबल शस्त्र पाठ से भी।

२०९. राष्ट्रद्रोह के पाप के लिए योग्य दंड—सम्राट् पुष्यमित्र ने बौद्ध भिक्षुओं को भीषण यातनाएँ दीं। उसने कुछ भिक्षुओं की हत्या की, कुछ मठों को ध्वस्त किया, ऐसे कुछ पौराणिक शैली के अतिरंजित उल्लेख पुराने बौद्ध ग्रंथों में प्राप्त होते हैं। यूरोपीय इतिहास लेखकों ने भी उन्हें अतिशयोक्तिपूर्ण बताकर इन उल्लेखों की उपेक्षा की है। तथापि कुछ इतिहासकारों ने ऐसा प्रतिपादन किया है कि इस अतिशयोक्ति के मूल में कुछ तो तथ्य अवश्य होगा; निस्संदेह पुष्यमित्र ने केवल धर्मद्वेष से बौद्धों पर अन्यायपूर्ण प्रतिशोध लेने के लिए कुछ अत्याचार किए होंगे। हमारे विचार से सम्राट् पुष्यमित्र ने अनेक बौद्ध-धर्मियों को अवश्य कठोर दंड दिया होगा; परंतु यह दंड केवल सैद्धांतिक और धार्मिक मतभेदों के कारण नहीं दिया था।

२१०. बौद्ध-धर्मीय शून्यवाद अथवा अज्ञेयवाद मानते थे, उनमें से कुछ लोग नास्तिक, अहिंसक या वेदनिंदक थे अथवा उनकी जप-तप की पद्धतियाँ वैदिक-धर्मियों से भिन्न थीं। इन कारणों से कभी बौद्धों पर सामुदायिकधार्मिक अत्याचार नहीं हुआ था। स्वयं गौतम बुद्ध के धर्म-प्रचार में कभी किसी ने बाधा नहीं डाली थी। उसे भी छोड़ दें

तो आगे चंद्रगुप्त के अखंड भारतीय साम्राज्य में वैदिक धर्मनिष्ठ आर्य चाणक्य के प्रधानमंत्रित्व काल में भी बौद्ध धर्म के अस्तित्व को तीन सौ वर्ष हो जाने पर भी कभी बौद्ध-धर्मियों पर अत्याचार होने की थोड़ी सी भनक भी चंद्रगुप्त की राजसभा में अनेक वर्षों तक रहे प्रख्यात ग्रीक राजदूत और लेखक मेगास्थनीज के कानों में नहीं पड़ी थी, वरना वह अपने इतिहासप्रसिद्ध प्रतिवृत्त में इसके बारे में अवश्य कुछ लिखता। मेगास्थनीज के प्रतिवृत्त में तो बौद्ध धर्म का कहीं नामोल्लेख भी नहीं है। वस्तुत: उस समय सिकंदर या सेल्युकस जैसे बलशाली ग्रीक सेनापतियों तथा उनकी सेनाओं के साथ तत्कालीन बौद्ध-धर्मियों ने राजद्रोहात्मक अथवा राजनीतिक स्वरूप के राष्ट्रघातक संबंध नहीं रखे थे। उनके लिए वह संभव ही नहीं था। इसलिए उसी प्रकार के अन्य अनेक पंथों की भाँति बौद्ध-धर्मीय भी चंद्रगुप्त और आर्य चाणक्य के वैदिक-धर्मीय साम्राज्य में पूरी स्वतंत्रता से अपने-अपने धर्मानुसार आचरण करते थे। यही नहीं, उपदेशों द्वारा अपने धर्म का यथासंभव प्रचार-प्रसार भी करते थे।

२११. सिकंदर-सेल्युकस के बाद डेमेट्रियस और मिनांडर के नेतृत्व में जब भारत पर ग्रीकों का पुन: आक्रमण हुआ और वे राष्ट्रशत्रु अयोध्या पहुँचकर वहाँ आसन जमाए मगध के राजसिंहासन पर भारत सम्राट् बनकर आरूढ़ होने की चेष्टा करने लगे, तब भारत के राष्ट्रीय स्वातंत्र्य पर आए घोर राजनीतिक संकट की स्थिति में इन भारतीय बौद्धों ने उन ग्रीक आक्रमणकारियों के प्रति सहानुभूति रखते हुए स्पष्टत: राष्ट्रद्रोह किया। यहीं पर यह भी बताना विषयानुकूल होगा कि जिसे बौद्ध-धर्मीय '**मिलिंद**' कहते हैं, उस ग्रीक सेनापति और नरेश मिनांडर ने जब बौद्ध धर्म को स्वीकार किया, तब भारतीय बौद्धों ने उस ग्रीक राजा को ही अपनी राजनिष्ठा बेची। उन्होंने उसे ही उसके द्वारा विजित भारतीय प्रदेशों का राजा माना। उस ग्रीक राजा की राजसभा में ये बौद्ध भिक्षु और विद्वान् ऐसे अभिमान तथा गर्व से विराजमान होते थे, जैसे किसी स्वकीय स्वराष्ट्रीय राजा की राजसभा में विराजमान हों।

भारतीय बौद्धों के इस प्रकार के भयंकर देशद्रोही कृत्य, उनके मठों में रचे जानेवाले स्वराष्ट्रघाती षड्यंत्र और राष्ट्रीय स्वातंत्र्य के विरोध में उनके द्वारा जनता में किया जानेवाला दुष्प्रचार उन सबका यशस्वी प्रतिकार करने के लिए ग्रीकों के साथ प्रत्यक्ष संग्राम के उस काल में सम्राट् पुष्यमित्र और उसके सेनाधिकारियों के लिए ऐसे राष्ट्रद्रोही कृत्य तथा प्रचार करनेवाले भारतीय बौद्धों को प्राणदंड देना था। उनके द्वारा रचित भारत-द्रोही षड्यंत्रों के केंद्र जो बौद्ध मठ थे, उनका ध्वंस करना अत्यावश्यक और अनिवार्य था। भारतीय स्वातंत्र्य और साम्राज्य के संरक्षणार्थ स्वदेशद्रोहियों को और परराष्ट्र से मिले हुए स्वराष्ट्रघाती शक्तियों को दिया गया वह न्यायपूर्ण राजनीतिक दंड था, वह बौद्ध-धर्मियों पर किया गया धार्मिक अत्याचार नहीं था। भारतीय साम्राज्य का प्रमुखतम दंडधारक जो सम्राट् था, वह ऐसे राष्ट्रघातक पापियों को—वे चाहे बौद्ध हों या

वैदिक-धर्मी—दंड दे, यह पुष्यमित्र की वैदिक-धर्मीय दंडनीति के अनुसार उसका राज-कर्तव्य था, धर्म-कर्तव्य था।

२१२. धर्मसहिष्णु कौन?—गतानुगतिक इतिहास-लेखकों में अशोक का सम्मान 'परधर्मसहिष्णु' कहकर करने की परिपाटी ही बन गई है; परंतु पुष्यमित्र के धर्म-स्वातंत्र्य प्रस्थापित करने के महत्कार्य का उल्लेख भी किसी देशी या विदेशी इतिहासकार ने नहीं किया। उलटे पुष्यमित्र ने बौद्धों पर धार्मिक अत्याचार किए—ऐसा कहनेवाली बौद्धों की पुराण कथाएँ उद्धृत कर उनके द्वारा प्रत्यक्ष या अप्रत्यक्ष रूप से कहने की परंपरा ही इतिहासकारों में चली आ रही है कि पुष्यमित्र परधर्मसहिष्णु कदापि नहीं था। हमें इन दोनों परंपराओं को नष्ट करना चाहिए। यदि कोई धार्मिक असहिष्णुता के लिए अधिक दोषी है तो वह अशोक ही है। कारण, उसने केवल प्रचार से ही नहीं, अपितु राजशक्ति के बल से वैदिक-धर्मियों के, अर्थात् तत्कालीन भारत की बहुसंख्यक जनता के यज्ञयाग, मृगया प्रभृति अनेक मूलगामी धर्माचारों को पूरे भारत वर्ष में दंडनीय घोषित कर प्रतिबंध लगाया था। परंतु अशोक का प्रतिशोध लेने के लिए भी सम्राट् पुष्यमित्र ने ऐसी कोई राजाज्ञा नहीं निकाली कि 'बौद्धों को अपने मठों में वैदिक पद्धति से ही सामुदायिक यज्ञ करने चाहिए!' अथवा 'प्रत्येक गृहस्थाश्रमी बौद्ध को अपने घर में वैश्वदेव यज्ञ करना ही चाहिए।' राष्ट्र-शत्रुओं से किसी भी प्रकार का राजनीतिक संबंध न रखकर अपने धर्मों या पंथों का प्रचार-प्रसार करनेवाले तथा उनके अनुसार आचरण करनेवाले वैदिक धर्म के अतिरिक्त अनेक धर्म और पंथ के लोग उस काल में भी भारत में पूर्णरूप से धार्मिक स्वतंत्रता तथा सुरक्षा का उपभोग कर रहे थे। सुविधाएँ निरुपद्रवी बौद्धों को भी पूर्ण रूप से मिलती थीं। अब यह संभव है कि विकट युद्धकाल में देशद्रोह जैसा घोर अपराध और पाप करनेवाले बौद्धों को पकड़कर कठोर दंड देते समय कुछ निरपराध लोगों को भी दंड दिया गया होगा; परंतु ऐसा नियम नहीं था, अपरिहार्य अपवाद था।

२१३. पुष्यमित्र ने जो महान् सत्कृत्य किया, वह यह था कि उसने भारतीय साम्राज्य में वैदिक-धर्मियों पर अशोक द्वारा लगाए गए राजनीतिक प्रतिबंधों को हटाकर पुनः धार्मिक स्वतंत्रता प्रस्थापित की। यदि कोई धार्मिक दृष्टि से असहिष्णु या पक्षपाती था, तो वह अशोक था, पुष्यमित्र नहीं।

२१४. इस संदर्भ में वैदिकों के बारे में किसी भी प्रकार की विशेष सहानुभूति नहीं होते हुए भी विंसेंट स्मिथ जैसे विदेशी, परंतु निष्पक्ष, संतुलित इतिहासकार ने जो लिखा है, वह पठनीय है।

२१५. भारतीय बौद्धों का अनेक प्रसंगों में भारतीय वैदिकों द्वारा घोर उत्पीड़न हुआ, इसका तथा भारतीय जनता में बौद्ध धर्म के प्रति तीव्र तिरस्कार और घृणा उत्पन्न हुई, जिससे अंत में भारत में बौद्ध धर्म पूर्णतः नष्ट और विलुप्त हुआ, इसका प्रमुख

कारण भारतीय बौद्धों द्वारा भारतीय स्वातंत्र्य और साम्राज्य के साथ बार-बार किया हुआ राष्ट्रद्रोही व्यवहार ही था। यद्यपि अन्य इतिहासकारों की तरह स्मिथ जैसे निष्पक्ष विद्वान् का भी ध्यान इस बात की ओर बिलकुल नहीं गया, तथापि मुख्य कारण न समझते हुए भी उसने अपने प्रसिद्ध ग्रंथ में बौद्धों के अन्य ऐतिहासिक कृत्यों की चर्चा करते समय धार्मिक असहिष्णुता के प्रश्न पर बौद्धों को ही दोषी ठहराया है। इस विषय पर उसके मूल लेख के कुछ वाक्य निम्नलिखित हैं—

२१६. "The memorable Horse Sacrifice of Pushyamitra marked the beginning oh Brahmanical (Vaidik?) re-action which was fully developed by centuries later, in the time of Samudragupta and his successors... Its credit may be given to semimythological stories oh Buddhist writers. Pushyamitra was not contented with the peaceful revivals of Hindu rites, but indulged in a savage persecution of Buddhism...It will be rash to reject this tale as wholly baseless, although it may be exaggerated... That such outbursts after all should have occurred is not wonderful if you consider the extreme oppressiveness of the Jain and Buddhist prohibition when ruthlessly enforced as they certainly were by some Rajas and probably by Ashok. The wonder rather is that persecutions were so rare. And that as a rule the various sects managed to live together in harmony and in the enjoyment of fairly impartial official favour." ('Early History oh India', Page 190-91)

२१७. सिकंदर के समय से बार-बार भारत पर आक्रमण कर यहाँ उपद्रव मचानेवाले यवनों की राजसत्ता, शस्त्रशक्ति और अंत में वांशिक अस्तित्व का ही सर्वनाश जिसने अपने प्रतापी खड्ग से कर डाला और इस अर्थ में जिस पर 'यवनांतक' उपाधि पूर्ण रूप से लागू होती है, उस सम्राट् पुष्यमित्र ने स्वयं मुक्त किए हुए भारत के साम्राज्य और स्वतंत्रता के छत्तीस वर्ष उत्तम रीति से संरक्षण, संगोपन और संवर्धन किए। तत्पश्चात् लगभग ई.स.पू. १४९ में उसकी मृत्यु हो गई।

२१८. जिस अर्थ में यवन विजेता सम्राट् चंद्रगुप्त की राजमुद्रा से अंकित पृष्ठ हमारे भारतीय इतिहास का प्रथम स्वर्णिम पृष्ठ है, उसी अर्थ में, उन्हीं मापदंडों से 'यवनांतक' सम्राट् पुष्यमित्र की राजमुद्रा से अंकित पृष्ठ हमारे भारतीय इतिहास का 'द्वितीय स्वर्णिम पृष्ठ' है।

□

स्वर्णिम पृष्ठ

तृतीय

शक-कुषाणांतक विक्रमादित्य

२१९. ग्रीकों के समूल उच्चाटण या उच्छेद के पश्चात् भारत पर, इतिहास में गणना के लायक कुछ मायनों में सिकंदर आदि यवनाधिपतियों के आक्रमणों से भी भयंकर और व्यापक जो परचक्र आया था, वह शक-कुषाणों का था।

२२०. यद्यपि शक और कुषाण—दोनों कुछ अंशों में परस्पर भिन्न जाति के लोग थे और उनकी आपस में घोर शत्रुता थी, तथापि उनमें इतना साम्य भी था कि भारतीयों जैसे भिन्न और अपरिचित राष्ट्र के लोगों को वे लगभग एक जैसे ही लगते थे। अत: उनकी जो वन्य, बर्बर टोलियाँ भारत पर एक के बाद एक आक्रमण करने आ धमकीं, उन सबको साधारण भारतीय जनता 'शक' नाम से ही जानती थी। भारतीय ग्रंथों में कुछ स्थानों पर कुषाणों का उल्लेख 'कुश' नाम से भी किया गया है। अत: हम उन दोनों का उल्लेख 'शक' नाम से ही करेंगे।

२२१. शक जाति के लोग बाह्लीक (बैक्ट्रिया) प्रदेश के उस पार मध्य एशिया में जंगली अवस्था में बड़े-बड़े समूह बनाकर रहते थे, उसके भी आगे का विस्तीर्ण प्रदेश कुषाण नामक वैसी ही वन्य जाति के लोगों से व्याप्त था और उसके भी आगे चीन देश के कुछ भागों को व्याप्त कर 'हूण' नामक समूह बनाकर भटकनेवाले, सदैव आपस में या दूसरों से लड़नेवाले, जंगली, क्रूर, परंतु शूर लाखों लोग रहते थे। उन शक, कुषाण और हूण जातियों के लोगों में आपस में बड़ा वैमनस्य और वैर रहता था। वे सदैव एक-दूसरे के प्रदेशों पर आक्रमण या युद्ध करते रहते थे।

२२२. ईसवी सन् से सौ-डेढ़ सौ वर्ष पहले इन लोगों के परस्पर वैमनस्य की भयंकर दावाग्नि इसके पूर्व कभी नहीं भड़की होगी, इतनी भयंकरता से प्रज्वलित होकर भड़क उठी थी। इनमें से चीन के प्रदेशों में रहनेवाले अत्यंत क्रूर, कठोर हूण लोगों ने मध्य एशिया में उनके पास रहनेवाले कुषाण लोगों पर आक्रमण कर उन्हें उनके प्रदेश से पश्चिम की ओर खदेड़ दिया। तब उन कुषाण लोगों ने उनके समीपवर्ती बाह्लीक (बैक्ट्रिया) प्रदेश के उत्तर में रहनेवाले शकों पर लगातार अनेक आक्रमण कर उन्हें नीचे दक्षिण में भगा दिया और उनके प्रदेशों में अपना राज्य स्थापित किया। इसलिए शकों ने बाह्लीक

प्रदेश पर आक्रमण किया। इस बाह्लीक या बैक्ट्रिया से लेकर पश्चिम में ग्रीक तक सिकंदर के समय से स्थापित छोटे-बड़े ग्रीक राज्य अभी तक जीवित थे, जिनकी स्त्रियाँ भी पुरुषों की भाँति शस्त्र लेकर घोड़े पर सवार होकर रणभूमि में युद्ध करती थीं। ऐसी शूर, परंतु क्रूर, कठोर शक जाति के असंख्य लोगों ने जब इन ग्रीक राज्यों पर लगातार अनेक आक्रमण किए, तब उन ग्रीक राज्यों की घोर दुर्दशा हुई। उन सारे ग्रीक राज्यों को ध्वस्त कर उस पूरे प्रदेश पर शक लोग छा गए, परंतु उनके शत्रु कुषाण लोग सौ वर्षों के भीतर ही वहाँ भी उनका पीछा करते हुए पहुँचे।

उन कुषाण लोगों का भी जीवन शकों के ही समान स्थायी नगर-ग्रामों से अधिक युद्ध-शिविरों में और घोड़ों पर सशस्त्र सवार होकर दौड़ते हुए ही व्यतीत होता था। उन कुषाणों ने शकों पर पुन: आक्रमण कर उन्हें बैक्ट्रिया प्रभृति प्रदेशों से भी भगा दिया और वहाँ भी अपनी राज्यसत्ता स्थापित की। तब नीचे खदेड़े गए इन असंख्य शकों को पीछे या तिरछे मुड़कर जाने का मार्ग भी शेष नहीं बचा और वे नीचे दक्षिण में बलूचिस्तान के प्रदेश में घुसे। वहाँ से बोलन दर्रे के मार्ग से उनके अनेक दल प्रचंड वेग से भारत में घुस आए और ट्डिडी दल की भाँति सिंध, काठियावाड़ (कच्छ) और गुजरात प्रांतों में फैल गए। मार्ग में लूटमार करते हुए, स्त्री-बच्चों समेत ग्रामों और नगरों का संपूर्ण विध्वंस करते हुए प्रचंड वेग से आगे बढ़नेवाले उन असंख्य घुड़सवारों ने उन सारे भारतीय प्रदेशों को अपनी टापों के तले रौंद डाला। उस काल में उन प्रदेशों में कोई भारतीय राज्य था अथवा नहीं या वे राज्य म्लेच्छों के इन भयंकर आक्रमणों का कोई प्रतिकार कर सके थे अथवा नहीं, इस विषय में इतिहास कोई निश्चित जानकारी नहीं देता। इस पुस्तक के परिच्छेद ७, ८, ९ के अनुसार, निश्चित विषय-सीमा के अंतर्गत न आने के कारण इस विषय की चर्चा यहाँ करने का कोई प्रयोजन नहीं है। यहाँ इतना ही बताना पर्याप्त होगा कि ईसवी सन् के आरंभ में भारत के बलूचिस्तान, सिंध, कच्छ, गुजरात और नीचे अपरांतक (कोंकण) के कुछ भाग में फैलकर उत्तर में उज्जयिनी तक के प्रदेश पर शकों ने अपनी सत्ता प्रस्थापित की थी और उनका पीछा करते हुए प्रचंड वेग से आनेवाले मध्य एशिया के कुषाण और हूण प्रदेशों के दबाव से ये शक लोग भारत का और कितना भाग पदाक्रांत कर उसे सहकुटुंब बनाते हैं, इस चिंता और भय से पूरा भारत संत्रस्त हो गया था।

२२३. स्वतंत्र दक्षिण भारत—ऐतिहासिक काल में दक्षिण भारत न्यूनाधिक एक सहस्र वर्षों तक म्लेच्छों के आक्रमणों से अलिप्त, स्वतंत्र, समर्थ और संपन्न था। हमारे इतिहास के उस प्राचीन कालखंड में परकीय शत्रुओं के अधिकांश आक्रमण वायव्य दिशा से ही होते रहे। अत: उनके विरोध का भार भी मुख्यत: हमारे उत्तर भारतीय राष्ट्र-बांधवों को ही वहन करना पड़ा। उन्होंने यह कर्तव्य भलीभाँति निभाते हुए राष्ट्र-शत्रुओं के छक्के छुड़ा दिए। इसलिए कोई भी परकीय शत्रु उस कालखंड में

विंध्याचल पार कर दक्षिण भारत में आ ही नहीं सका। पुरातन काल के एक अनिश्चित और क्षणभंगुर ईरानी आक्रमण की कथा छोड़ दें, तो साधरणत: ईसवी सन् से पाँच सौ वर्ष पूर्व तक उत्तर से कोई भी म्लेच्छ शत्रु विंध्य पार कर नीचे नहीं आ सका। इसलिए तब तक सारा दक्षिण भारत स्वातंत्र्य और साम्राज्य, सत्ता तथा संपत्ति का उपभोग अखंड रूप से कर सका था। कलिंग से लेकर पांड्य, चेर, चोल प्रभृति हमारे दक्षिण भारतीय प्रांतों के राज शासक दक्षिण भारत के तीनों ओर स्थित पश्चिम समुद्र, दक्षिण समुद्र और पूर्व समुद्र में अपने नौ-दल सदैव शस्त्रसज्ज रखते थे। अत: उन समुद्र-सीमाओं को पार कर भी उस काल में किसी भी परकीय म्लेच्छ शत्रु का नौ-दल भारत पर आक्रमण नहीं कर सका। यही नहीं, अपितु इसके विपरीत हमारी ये भारतीय सामुदायिक राजसत्ताएँ ही अपने प्रबल और विजय प्राप्त करनेवाले नौ-दल लेकर ब्रह्मदेश, स्याम से लेकर फिलिपींस तक सतत अपनी सत्ता, संस्कृति और वाणिज्य का प्रभावी प्रचार करती थीं।

२२४. वायव्य दिशा से आए परचक्रों का प्रतिकार हमारे उत्तर भारतीय वीरवरों ने वहीं-के-वहीं यशस्वी रूप से किया। इसलिए वे परकीय म्लेच्छ शत्रु नर्मदा तक पहुँच ही नहीं पाए। परंतु ये शक शत्रु बलूचिस्तान के बोलन दर्रे के मार्ग से निरंकुश रूप से आक्रमण कर पश्चिम में सिंध, कच्छ, गुजरात आदि प्रांतों में घुस आए। इसलिए उनके लिए नर्मदा पार करना अपेक्षाकृत सरल सिद्ध हुआ। फलत: दक्षिण भारत पर परचक्र की जो पहली काली छाया पड़ी, वह उन म्लेच्छ शकों की थी, परंतु वह भी कितनी क्षणिक, अल्पकालिक थी! उसका भी कारण था।

२२५. आंध्रों की हुंकार—सौभाग्य से इसी काल में दक्षिण में कलिंग और आंध्र दो वैदिक-धर्मीय तथा भारतनिष्ठ प्रबल शक्तियों का उदय हो गया था। शकों जैसा म्लेच्छ राष्ट्र भारत का सिंध से उज्जैन तक का प्रदेश पदाक्रांत कर वहाँ अपनी राजसत्ता स्थापित करे और उनका विरोध करने के लिए उत्तर भारत में कोई भी शक्ति आगे न आए, इस लज्जास्पद और विषादपूर्ण स्थिति से सारी भारतनिष्ठ जनता की भाँति आंध्र के जन भी संतप्त हो गए। उनमें से शकों की कुछ टोलियाँ नर्मदा पार कर अपरांतक (कोंकण) तक पहुँच गई थीं। इसलिए वहाँ तक फैले हुए आंध्रों के विस्तृत राज्य को भी संकट उत्पन्न हुआ था। इन सब कारणों से आंध्र की राजशक्ति ने शकों की पूर्ण पराजय और विनाश करने के लिए उनपर प्रबल सेना के साथ आक्रमण किया और उन शत्रुओं को भारत की ओर से समरभूमि में पहली बार ललकारकर नर्मदा के उस पार खदेड़ दिया। इसी समय उत्तर में आक्रमण कर उज्जयिनी तक पहुँचनेवाले शक-समूहों का सामना मालव और यौधेय गणों से हुआ।

उन दोनों गणराज्यों ने सिकंदर के आक्रमण के समय भी भारत की स्वतंत्रता की रक्षा करने के लिए कितने दुर्दम्य शौर्य से युद्ध किया था, इसका वर्णन हम पहले ही कर चुके हैं। इस प्रकार नीचे दक्षिण से आंध्रों ने और ऊपर उत्तर से यौधेयों तथा मालवों ने

शकों पर प्रबल आक्रमण कर उनकी आक्रामक प्रवृत्ति को ही कुचल डाला। उनकी प्रगति रुक गई। तब तक भारत में समस्त शकों की एकत्र, एककेंद्रित, संयुक्त और समर्थ कोई भी राजसत्ता स्थापित नहीं हो सकी थी। भारत के उपर्युक्त प्रांतों में उनके जो अलग-अलग फुटकर, स्वतंत्र राज्य स्थापित हुए थे, वे भारतीयों के इस दोहरे आक्रमणों के बीच फँस गए और उनका यशस्वी रूप से सामना करने में वे विफल रहे।

२२६. मालवों की जय—मालव और यौधेय गणों ने उज्जयिनी के आस-पास फैले हुए शक-राज्यों पर आक्रमण किया था। ई.स.पू. ५७ के आस-पास 'उत्तमभद्रा' को मालवों ने घेरा था—ऐसा उल्लेख मिलता है। शकों के उस समय के प्रसिद्ध राजा 'नहपान' और उसकी सेना ने युद्ध कर घेरा हटाने के लिए मालवों को विवश किया; परंतु मालवों की सेना ने तत्काल 'नहपान' और उसकी शक सेना को चारों ओर से घेर लिया। अर्थात् तब दोनों सेनाओं में तुमुल युद्ध हुआ। उसमें मालव गणों की सेना ने शौर्य की पराकाष्ठा की और युद्धभूमि में अजेय तथा दुर्दम्य समझी जानेवाली शक सेना का संपूर्ण संहार किया। यही नहीं, उनके रणधुरंधर राजा नहपान का भी वध मालवों ने इस युद्ध में किया।

२२७. मालव संवत्—मालवों द्वारा म्लेच्छ शकों पर प्राप्त की गई इस महाविजय से शकों की युद्ध की शक्ति और धैर्य इतना क्षीण हो गया कि सुसंगठित भारतीय सेना के साथ भिड़कर युद्ध करने का भय उनके मन में समा गया। उस युद्ध की दूसरी उल्लेखनीय विशेषता यह थी कि मावल गणों ने उनके द्वारा म्लेच्छों पर प्राप्त इस भारतीय कीर्ति की महान् विजय की चिरंतन स्मृति को अक्षुण्ण रखने के उद्देश्य से उस विजय के संवत्सर से एक नया संवत् प्रारंभ किया। उसका नाम उन्होंने 'कृत' रखा। तथापि उस निमित्त से उन्होंने संवत् की जो नई मुद्राएँ (सिक्के) प्रचलित कीं, उन मुद्राओं पर ब्राह्मी लिपि में 'मालवजय:', 'मालवानाम् जय:' 'मालवगणस्य' आदि अंकित थे।

२२८. यही आज का विक्रम संवत् है—हमारे देश में अनेक विख्यात सम्राटों ने अपने काल से अपने नामों के संवत् शुरू किए हैं। दिग्विजय करनेवाले राजाओं अथवा गणों को स्वयं को 'शककर्ता' कहलाने की परंपरा से प्राप्त अभिलाषा और अधिकार भी होता था। इसका एक परिचित आज के काल का उदाहरण यह है कि छत्रपति शिवाजी महाराज के भक्तों ने भी उनके नाम से 'शिव-शक' प्रचलित किया था। इन अनेक संवतों में से अधिकांश संवत् उन राजवंशों के अंत के साथ ही लुप्त हो जाते थे। तथापि उन अनेक संवतों में से जिन दो-तीन संवतों को राष्ट्रीय सम्मान प्राप्त हुआ, जिनको हमारे हिंदू जगत् ने अंशत: ही सही, अंगीकार किया, पिछले लगभग दो हजार वर्षों से आज तक हमारे व्यावहारिक ही नहीं, अपितु धार्मिक कृत्यों की भी कालगणना जिन संवतों में होती आ रही है, उन संवतों में इस मालव संवत् की गणना प्रमुखता से करनी चाहिए। कारण, यही मालव संवत् आगे चलकर विक्रम संवत् के नाम

से विख्यात हुआ है।

२२९. सुप्रसिद्ध इतिहासकार डॉ. जायसवाल ने अपने ग्रंथ Hindu Polity में इस मत का समर्थन किया है कि मालव संवत् ही विक्रम संवत् है। तथापि उनके मतानुसार, मालव संवत् को प्रारंभ से ही 'विक्रम संवत्' (विजय का संवत्) नाम दिया गया था; परंतु इसके आगे हम जिन घटनाओं का वर्णन करने वाले हैं, उनके अनुसार भारत से शक-कुषाणों का संपूर्ण उन्मूलन करनेवाला गुप्तवंशीय सम्राट् विक्रमादित्य जब उज्जयिनी का सम्राट् बना, तब उसके उपर्युक्त अखिल भारतीय राष्ट्रीय विक्रम को गौरव प्रदान करने के लिए इस मालव संवत् को ही 'विक्रम संवत्' नाम दिया गया। हमारी राय में यह दूसरा मत अधिक ग्राह्य है। वह संवत् अपने 'विक्रम संवत्' नाम से ही भारतीय राष्ट्र में इतना परिचित और लोकप्रिय होता गया कि पूरे उत्तर भारत के करोड़ों हिंदू आज भी अपने धर्मकृत्यों में उसी विक्रम संवत् का अनुसरण करते हैं।

२३०. विक्रम संवत् के विषय में मतभेद—यहाँ पर यह भी बताना आवश्यक है कि विक्रम संवत् की इस उत्पत्ति के विषय में इतिहासकारों में मतभेद है। बुद्ध के जन्म के प्रश्न पर भी विभिन्न इतिहासकारों द्वारा मान्य काल और तिथियों में सौ-पचास वर्षों का अंतर पड़ता है। कनिष्क के काल के बारे में भी यही स्थिति है। कुछ इतिहासकार उसके राज्यारोहण का वर्ष ई.स. ७८ मानते हैं, तो कुछ अन्य इसे ई.स. १२० मानते हैं। इस विक्रम संवत् के विषय में भी कुछ इतिहासकारों द्वारा प्रतिपादित तीसरा मत है कि विक्रम संवत् का कोई संबंध मालवगण संवत् से नहीं है। भारत में प्रविष्ट शकों के एक क्षत्रप राजा ओझोझ प्रथम ने ई.स.पू. ५८ में अपने नाम से एक संवत् शुरू किया। आगे जब गुप्तवंश के सम्राट् विक्रमादित्य ने शक-कुषाणों का सफाया कर महान् विजय प्राप्त की, तब रो लोग राजा ओझोझ के संवत् को ही 'विक्रम संवत्' कहने लगे। एक चौथा मत भी है, उसके अनुसार ई.स.पू. ५८ में विक्रमादित्य नामक एक पराक्रमी सम्राट् वहाँ राज करता था। उसने शकों पर महान् विजय प्राप्त की और उस विजय के स्मरणार्थ अपने नाम से यह 'विक्रम संवत्' शुरू किया; परंतु मालव गणों के 'मालव संवत्' से या शकराज ओझोझ के संवत् से उसका कुछ भी संबंध नहीं है; परंतु ऐसे किसी विक्रमादित्य का उल्लेख शिलालेखों आदि ऐतिहासिक साधनों में नहीं है अथवा उसके द्वारा 'विक्रम संवत्' के निमित्त से प्रचलित कोई भी मुद्रा आज तक उपलब्ध नहीं हुई है। इसलिए यह आख्यायिका अभी तक पौराणिक ही है, ऐतिहासिक नहीं।

२३१. यदि भविष्य में कोई नई मुद्रा या शिलालेख जैसा साधन उपलब्ध हो जाए और उसके द्वारा विक्रम संवत् की कोई अन्य उपपत्ति अधिक विश्वसनीय सिद्ध हुई, तो हम उसे ग्राह्य मानेंगे।

२३२. जो बात विक्रम संवत् की है, वही बात शालिवाहन शक की है। इस विषय में प्रथम मत के समर्थक कहते हैं कि भारत में कुषाणों का पहला राजा 'विभा

कैड्फाइसेस' था, जिसे हमारे लोग 'शक' ही कहते हैं। उसने ई.स. ७८ में जब राज्यारोहण किया, तब यह 'शक' संवत् शुरू किया; परंतु द्वितीय मत के समर्थकों के अनुसार ई.स. ७८ में 'विभा कैड्फाइसेस' का नहीं, अपितु उसके बाद के कुषाण राजा कनिष्क का राज्यारोहण हुआ था। सम्राट् कनिष्क ने अपने राज्यारोहण के स्मरणार्थ इस शक कालगणना का प्रारंभ और प्रचलन किया। आगे चलकर जब पैठण के शालिवाहन सम्राट् ने शकों को पदाक्रांत किया, तब उसने अपनी विजय के स्मृतिस्वरूप इसी शक को 'शालिवाहन शक' नाम दिया; परंतु इन दोनों मतों को अग्राह्य माननेवाले इतिहासकारों का तीसरा मत इस प्रकार है कि शालिवाहन शक का कनिष्क जैसे किसी भी कुषाण नरेश से कुछ भी संबंध नहीं है। ई.स. ७८ के आस-पास शालिवाहन नरेशों में से 'गाथा-सप्तशती' लिखनेवाले 'हाल' नामक राजा ने स्वयं गुजरात (सौराष्ट्र) के शक क्षत्रप पर एक महान् विजय प्राप्त की और इस विजय के स्मरणार्थ उसने इस 'शालिवाहन शक' का प्रारंभ और प्रचलन किया।

२३३. यहाँ इस विषय पर अधिक चर्चा न कर शक संवत् के बारे में ऊपर के संक्षिप्त उल्लेख से संबंधित इस विषय की दो-तीन महत्त्वपूर्ण बातों का उल्लेख करना ही पर्याप्त होगा। वे बातें इस प्रकार हैं—

२३४. इन संवत्सरों के विषय में इतिहासकारों के विभिन्न मतों में से किसी भी मत को ग्राह्य मानें, तब भी यह वादातीत सत्य है कि ये दोनों कालगणनाएँ भारतीयों द्वारा शक और कुषाणों पर रणभूमि में प्राप्त निर्णायक विजयों की ही द्योतक हैं।

२३५. 'शक' शब्द से 'संवत्' शब्द हमारी भारतीय कालगणना में अधिक स्वीकार्य है। वेदकाल से हमारे यहाँ संवत्सर और 'संवत्' शब्दों की कालगणना में योजना होती रही है। इस अर्थ में 'शक' शब्द प्रयुक्त किया हुआ सहसा दृष्टिगत नहीं होता। अर्थात् वह शब्द उस काल के शक-कुषाणादि आक्रमणकारी म्लेच्छ शत्रुओं के नाम का ही विकृत रूप होना चाहिए। 'विक्रम संवत्' नाम जिस प्रकार शुद्ध संस्कृतनिष्ठ है, उस प्रकार 'शालिवाहन शक' नाम संस्कृतनिष्ठ नहीं है। इसलिए अब इसके आगे हमें म्लेच्छ शत्रु शकों के नाम का 'शक' शब्द वर्जित कर अपने समस्त धर्मकृत्यादि प्रसंगों में 'संवत्' शब्द का प्रयोग करना चाहिए। उदाहरण के लिए 'शालिवाहन शक' के स्थान पर 'शालिवाहन संवत्'। आज हमारे धर्मकार्यों में रूढ़िगत दोषों के कारण 'शालिवाहन शकों' अथवा केवल 'शक'—इन म्लेच्छ शब्दों का उपयोग अनेक बार होता है; परंतु ऐसा न कर हमें इन म्लेच्छ शब्दों का बहिष्कार करना चाहिए।

२३६. विक्रम संवत् और शालिवाहन संवत्—दोनों राष्ट्रीय संवतों का संबंध भारतीयों द्वारा शक और कुषाणों पर प्राप्त विजय के स्मृति-गौरव से है। यह केवल एक चामत्कारिक संयोग नहीं, अपितु अत्यत अर्थगर्भित बात है। हमारे इतिहास में गुप्त सम्राटों जैसे बड़े-बड़े सम्राटों द्वारा प्रचलित अनेक संवत् उनके समय में विख्यात हुए

और उनके साथ ही लुप्त भी हो गए। केवल शक और कुषाणों पर भारतीयों द्वारा प्राप्त विजयों के स्मृति-चिह्न के रूप में ये दोनों संवत् ही चिरंतनत्व प्राप्त कर स्थायी हो पाए। इससे अनुमान लगाया जा सकता है कि हमारी तत्कालीन भारतीय जनता को शक-कुषाणों के इन निरंकुश, बर्बर, टिड्डी दलों जैसे आक्रमणों से डेढ़-दो सदियों तक कितने घोर उत्पात और उपद्रव सहने पड़े होंगे, अन्यथा इन शत्रुओं के राक्षसी उपद्रवों से और राजनीतिक दासता से भारतीयों को मुक्त करनेवाले, हमारे शालिवाहन और गुप्त सम्राटों के शक-कुषाणों पर प्राप्त विजय के स्मृत्यर्थ प्रारंभ किए गए विक्रम तथा शालिवाहन संवतों को, इतर अनेक संवत् लुप्त हो जाने पर भी इतना भारतीय महत्त्व प्राप्त नहीं होता और आज दो हजार वर्ष बीत जाने के बाद भी हम हिंदू इन दोनों संवतों का पालन राष्ट्रीय संवतों के रूप में नहीं कर रहे होते!

२३७. धर्म-विजय—जिस प्रकार मालव गणों ने शकों के राजा नहपान का वध कर उनके मालवा पर संभावित निरंकुश आक्रमणों पर पक्का प्रतिबंध लगा दिया था, उसी प्रकार उसी काल में उपर्युक्त वर्णनानुसार हमारी दाक्षिणात्य आंध्र सेना ने दक्षिण भारत से उत्तर की ओर आक्रमण कर गुजरात, सौराष्ट्र और सिंध प्रांतों में स्थित शक राज्यों को रणभूमि में परास्त कर उनकी दुर्दशा कर दी थी। शालिवाहन वंश के विलीनयांकुर, गौतमी-पुत्र शातकर्णी, वशिष्ठ-पुत्र मुलमाई आदि के समान पराक्रमी राजाओं ने उज्जयिनी तक फैले हुए शक राज्यों पर जो लगातार आक्रमण किए, उनसे—इस समरांगणीय प्रतिकार से संत्रस्त होकर अंत में उन शक-राज्यों ने शालिवाहन सम्राटों का आधिपत्य स्वीकार कर लिया। एक शिलालेख के अनुसार, शक राजाओं में से एक राजा 'रुद्र' ने अपनी कन्या का विवाह शालिवाहन राजा के साथ किया था। पूर्व में भी ग्रीक राजा सेल्यूकस ने अपनी कन्या का विवाह सम्राट् चंद्रगुप्त के साथ किया था।

२३८. हमें यह भी ध्यान में रखना चाहिए कि भारतीयों के साथ रणभूमि में हुए सतत युद्धों के कारण शकों के भारत में आए मूल शूर, युयुत्सु सैनिकों में से हजारों सैनिकों का संहार होता रहा, जिसके कारण शकों का संख्याबल भी क्षीण होता रहा।

२३९. इस प्रकार भारतीय प्रतिकार के सम्मुख जैसे-जैसे शकों की शस्त्रशक्ति क्षीण होती गई, वैसे-वैसे भारतीयों की प्रबल संस्कृति का प्रभाव उनपर अधिकाधिक पड़ता गया। शक शत्रुओं के साथ भारतीयों का जो संघर्ष लगभग सौ वर्षों तक चलता रहा था, उसके परिणामस्वरूप शकों ने भारतीय संस्कृति को मानो शरणागति ही लिख दी थी! शकों में से सामान्य जनों से लेकर राजवंश के लोगों तक सबने अपने मूल शकभाषीय नामों को त्यागकर सत्यसिंह, रुद्रसेन आदि भारतीय नामों को धारण किया। विशेष आश्चर्य इस बात का है कि बहुसंख्यक शकों ने वैदिक धर्म को स्वीकार कर लिया।

वैसे देखा जाए तो शक लोग हिंदुकुश पार कर जब से बलूचिस्तान, सिंध आदि प्रांतों में आकर बस गए, तब से उनका अशोक और मिनांडर के काल से वहाँ पर प्रचार

कर रहे बौद्ध भिक्षुओं के केंद्र तथा बौद्ध जनता के साथ सतत संबंध था। फिर उनके साथ घोर युद्ध कर उन्हें पराजित करनेवाले मालव, यौधेय गणराज्यों के तथा सातवाहनों के पराक्रमी सैन्य वैदिक-धर्मीय ही थे। बौद्धों ने उनका प्रतिकार सशस्त्र अथवा नि:शस्त्र—किसी भी प्रकार से नहीं किया था। ऐसी स्थिति में अधिक संभावना यह थी कि शक अपने शत्रुओं के वैदिक धर्म का तिरस्कार करते और अपनी सत्ता चुपचाप मान्य करनेवाले बौद्धों के धर्म को अंगीकार करते; परंतु हुआ इसके ठीक विपरीत। साधारण जनता से लेकर राजवंश के लोगों तक सारे शकों ने स्वेच्छा और अत्यंत रुचि से वैदिक धर्म को ही स्वीकार किया। इस चमत्कार का कारण अधिकतर यही रहा होगा कि शक मूलत: वीर, जुझारू (युयुत्सु) जाति के लोग थे। उनके साथ शूरता से युद्ध करनेवाले पराक्रमी वैदिक वीरों के प्रति, वे शत्रु थे तब भी उनके मन में आदरभाव उत्पन्न हुआ होगा और वैदिकों में वह क्षात्र-तेज स्फुरित करनेवाला उनका वह वैदिक धर्म ही उन्हें अपने जाति-स्वभावानुसार स्वीकार्य तथा ग्राह्य लगा होगा।

२४०. संस्कृत भाषा के लिए भी शकों के मन में प्रशंसनीय प्रीति उत्पन्न हुई थी। भारतीय सम्राटों का आधिपत्य स्वीकार करनेवाले जो दो-तीन प्रांतों के शक राज्य बचे थे, उनके शक राजाओं ने संस्कृत भाषा को यथासंभव पूर्ण प्रोत्साहन दिया। एक शक राजा ने तो संस्कृत को अपनी राजभाषा बनाकर सारा राजनीतिक कामकाज और लेखन-व्यवहार संस्कृत में ही करने का आदेश जारी कर दिया। भारत के अन्य छोटे-बड़े राज्यों के साथ उसका पत्राचार संस्कृत भाषा में ही होता था। शकों के सारे आचार-विचार भी बड़ी तेजी से भारतीयों के सामाजिक जीवन के साथ एकरूप होते गए।

२४१. कुषाणों पर आक्रमण—भारत जब इस प्रकार सामरिक और सांस्कृतिक क्षेत्रों में शकों पर विजय प्राप्त कर रहा था, तब उसकी हिंदुकुश की सीमा पर कुषाणों के समूह टिड्डी दलों की भाँति आ धमके थे। हूण लोगों ने आक्रमण करके उन कुषाणों को स्त्री-बच्चों सहित उनके प्रदेशों से खदेड़ दिया था। अत: मध्य एशिया से निष्कासित लाखों कुषाण स्त्री-पुरुषों की जुझारू टोलियाँ एशिया के दक्षिणी प्रदेशों में लूटमार, आगजनी, रक्तपात करती हुई प्रचंड वेग से घुस पड़ीं। हिंदुकुश के उस पार पूर्व में चीन की सीमा से लेकर पश्चिम में ग्रीस तक के सारे प्रदेशों में उन कुषाणों ने भयंकर आतंक मचाया। उनमें से कुछ टोलियाँ उनके पुराने शत्रु शकों का पीछा करती हुई उनके बैक्ट्रिया (बाह्लीक) प्रदेश को जीतकर उनके पीछे हिंदुकुश पार कर भारत की वायव्य दिशा के गांधार आदि प्रांतों में घुस आईं। उस काल में वहाँ पर स्थित छोटे-छोटे शकों के राज्यों को देखते-ही-देखते ध्वस्त कर वे कुषाण पंजाब में घुस आए और वहाँ पर उन्होंने अपना राज्य स्थापित किया। भारत में उनके इस राज्य के पहले राजा का नाम 'विभा कैडफाइसेस' था।

२४२. शकों के आक्रमणों का लगभग सौ वर्षों तक सफल रूप से प्रतिकार

कर युद्ध करते रहने में उत्तर के यौधेय, मालव आदि गणराज्यों की और दक्षिण के शालिवाहनों की शक्ति की परीक्षा हो रही थी। उसी समय शकों से भी क्रूर, शूर और रक्तपिपासु कुषाणों के आक्रमण का संकट भारत पर आया। इसी कारण पंजाब तक उनका प्रतिकार तत्काल कोई नहीं कर सका तथापि ऐसे संकट-काल में भी, इन निरंकुश कुषाणों के आक्रमणों पर अंकुश लगाने योग्य प्रतिकार, इसके आगे के प्रदेशों के भारतीयों ने किया। इसलिए कुषाणों की ये टोलियाँ पंजाब से आगे के भारतीय प्रांतों में प्रवेश नहीं कर सकीं।

२४३. सम्राट् कनिष्क—'विभा कैडफाइसेस' की मृत्यु के बाद कुषाणों के राजसिंहासन पर कनिष्क ने ई.स. ७८ में (कुछ इतिहासकारों के अनुसार ई.स. १२० में) आरोहण किया। उसकी महत्त्वाकांक्षा जैसी असीम थी, वैसा ही उसका पराक्रम भी उस काल में अतुलनीय था। उसके विषय में विस्तृत वृत्तांत देने का यहाँ प्रयोजन नहीं है; परंतु इस पुस्तक के विषयक्षेत्र की परिधि में आनेवाली कुछ घटनाओं की चर्चा करना आवश्यक है।

शक-कुषाणों के हिमालय के उस पार और इस पार की समस्त घुमंतू, जुझारू, लूटमार करनेवाली टोलियों को और पंजाब तक फैले हुए छोटे-छोटे राज्यों को जीतकर कनिष्क ने एक विशाल साम्राज्य स्थापित किया। वह स्वयं इस साम्राज्य का सम्राट् बना और उसने पुरुषपुर (पेशावर) को अपनी राजधानी बनाया। तत्पश्चात् उसने मालवा से सिंध तक फैले आंध्रों से हारकर उनका आधिपत्य स्वीकार करनेवाले शक राज्यों पर आक्रमण किया; परंतु शकों को पदाक्रांत करने के लिए पिछले लगभग एक सौ वर्षों से सतत युद्धरत भारतीयों की युद्धशक्ति पर्याप्त मात्रा में व्यय हो चुकी थी। ऐसे में कुषाणों के आक्रमण का यह नया विकट संकट अकस्मात् आने से उसका मुकाबला करना उनके लिए अत्यंत कठिन हुआ। एक-दो युद्धों में तो शालिवाहनों की सेना की भी घोर पराजय हुई। इसलिए अपने स्वयं के साम्राज्य के संरक्षण के लिए नर्मदा के उत्तर में स्थित सारी सेनाओं को दक्षिण में लाकर सुरक्षा का संपूर्ण प्रबंध करना शालिवाहनों के लिए आवश्यक हो गया।

तब तक कनिष्क ने मालव, गुजरात, सौराष्ट्र और सिंधु के सारे शक राज्यों को जीत लिया था। इसलिए वहाँ के शक राज्यों ने अब आंध्रों या शालिवाहनों का आधिपत्य अस्वीकार कर कनिष्क का आधिपत्य स्वीकार कर लिया। आगे बढ़कर आंध्रों पर आक्रमण करने के लिए कनिष्क की सेना ने नर्मदा पार कर दक्षिण में प्रवेश किया और अपरांतक (उत्तर कोंकण) का एक भाग जीत लिया; परंतु शालिवाहनों की एककेंद्रित सैन्यशक्ति और सामर्थ्य देखकर कनिष्क ने आगे बढ़ने का साहस न कर दक्षिण विजय का अपना अभियान वहीं पर स्थगित कर दिया। उसके बाद हिमालय के उस पार फैले हुए उसके राज्य पर जब चीन के सेनापति ने आक्रमण किया, तब उसका मुकाबला

करने के लिए कनिष्क एक विशाल सेना लेकर वहाँ गया। कई युद्धों के बाद उसने चीनी सेनापति को भी पराजित किया और चीनी साम्राज्य के मध्य एशिया में स्थित काशगर, चाशकंद तथा खोतान प्रदेश जीत लिए।

२४४. राष्ट्र के पौरुष की सच्ची कसौटी—किसी राष्ट्र के पौरुष और जीवन की सच्ची कसौटी क्या है? यहाँ इसकी चर्चा करने का मुख्य कारण यह है कि मध्य एशिया में हुए शक-कुषाणों के इस महाप्रलय से केवल भारत को ही आघात नहीं पहुँचा था, अपितु उन लाखों शस्त्रजीवी समूहों के प्रचंड उत्पातों ने चीन जैसे उस काल के बलिष्ठ और संगठित साम्राज्य को भी कुछ समय तक रणभूमि में संत्रस्त किया था; परंतु केवल शक और कुषाणों के आक्रमणों से तथा अन्य प्रसंगों में हुई तत्कालीन पराजयों के कारण 'चीन का राष्ट्र सदैव दुर्बल ही था और सदैव पराधीनता में सड़ते रहने से अधिक उसकी पात्रता ही नहीं थी'—ऐसा विधान करना जिस प्रकार मत्सरपूर्ण मूर्खता का होगा, उसी प्रकार भारत पर आए परचक्रों के कारण 'भारत का राष्ट्रीय जीवन पराजयों का एक पहाड़ा ही है!' हमारे कुछ शत्रुओं द्वारा किया गया यह विधान भी यही सिद्ध करता है कि उनकी मत्सर से विलुप्त हुई दृष्टि इतिहास का आकलन सम्यक् रूप से नहीं कर सकती।

२४५. किसी राष्ट्र पर कितने परचक्र आए, यह उस राष्ट्र के पौरुष की अंतिम कसौटी नहीं है, अपितु उन परकीय आक्रमणों के आघातों से वह राष्ट्र नष्ट हुआ या उसने राष्ट्रीय संघर्ष के अंतिम रण में उस आक्रमणकारी शत्रु को पदाक्रांत कर पराजित किया—इसी पर उस राष्ट्र के पौरुष की और जीवन-पात्रता की सच्ची कसौटी निर्भर करती है।

२४६. इस कसौटी पर भारतीयों और शक तथा कुषाणों के इस संघर्ष में कौन खरा उतरा और किसका नामचिह्न भी शेष नहीं रहा, यह अब हम देखेंगे।

२४७. कनिष्क और बौद्ध धर्म—कनिष्क ने मूल बौद्ध धर्म को नहीं, उसके नए कनिष्कीय संस्करण को स्वीकार किया। चीन तक आक्रमण कर अनेक युद्धों में व्यस्त रहते हुए भी कनिष्क का ध्यान आध्यात्मिक और सांस्कृतिक विषयों की ओर लगा रहता था। इसी अवधि में उसने बौद्ध धर्म को स्वीकार करने की घोषणा की थी। उसके अनुसार उसने अपने साम्राज्यों में विभिन्न स्थानों पर अनेक स्तूपों और विहारों का निर्माण कराया। अशोक के काल के समान ही कनिष्क के काल में भी बौद्ध धर्म में अनेक पंथ उत्पन्न हुए थे। इन पंथों में जो परस्पर वैमनस्य था, उसे समाप्त कर सारे बौद्ध पंथों के मतों में सहमति और एकसूत्रता लाने के लिए अशोक की तरह कनिष्क ने भी समस्त बौद्ध पंथों की एक महापरिषद् अथवा महासम्मेलन का आयोजन किया था; परंतु उसमें एकमत नहीं हुआ। हाँ, बौद्ध धर्म का अधिकांश कायाकल्प करनेवाले एक नए रूप का या नए 'महायान' का निर्माण हुआ। जो मूल बौद्ध धर्म में नहीं थे, परंतु

कनिष्क को प्रिय थे, ऐसे सर्वसंग्राहक मतों को इस नए 'महायान' पंथ में समाविष्ट किया गया। इससे असहमत अल्पसंख्य बौद्धों ने रुष्ट होकर 'हीनयान' नामक एक दूसरा पंथ स्थापित किया। कनिष्क ने हिमालय के उस पार फैले हुए अपने विशाल राज्य में भी इस नए महायान पंथ का विपुल प्रचार करवाया। कनिष्क द्वारा आमंत्रित इस महापरिषद् में संस्कृत भाषा को धर्मभाषा के रूप में महत्त्वपूर्ण मान्यता मिली थी। इसलिए इसके पूर्व में पालि-प्राकृत में लिखे गए बौद्ध ग्रंथों का रूपांतर अब संस्कृत में होनें लगा था। यही नहीं, 'बुद्धचरित्र' आदि कई ग्रंथ अनेक विषयों पर लिखे गए। कनिष्क के एशियायी साम्राज्य की शक-कुषाण प्रभृति जनता में भी पुराने और नए संस्कृत साहित्य तथा संस्कृति का प्रचार-प्रसार होने लगा। भारतीय संस्कृति ने शक-जगत् को भारतीय धर्म, भाषा, आचार, विचार इत्यादि उपांगों सहित आत्मसात् किया था; परंतु जेता बनकर आया हुआ यह कुषाण-जगत् भी स्वयं प्रेरणा से, स्वेच्छा से अब भारतीय संस्कृति का अंग बन गया।

२४८. बौद्ध धर्म भी एक भारतीय धर्म ही था। अत: सम्राट् कनिष्क ने जब बौद्ध धर्म को स्वीकार किया, तब भारत को ही यह सांस्कृतिक विजय प्राप्त हुई। यह जो हुआ, वह इष्ट ही था। तथापि ध्यान देने योग्य बात यह है कि कनिष्क ने जिस बौद्ध धर्म को स्वीकार किया था, वह गौतम बुद्ध या अशोक का शुद्ध, मूल बौद्ध धर्म नहीं था, अपितु बौद्ध धर्म का नया परिवर्तित कनिष्कीय संस्करण था। उदाहरणार्थ, स्वयं सम्राट् कनिष्क बौद्ध धर्म की दीक्षा लेने के बाद भी रुद्र जैसे वैदिक देवता की उपासना करता था। 'प्राणि-हिंसा मत करो' तथा 'शस्त्र-विजय सच्ची विजय नहीं है, धर्म-विजय ही सच्ची विजय है', इस प्रकार की घोषणाएँ कर शस्त्र-संन्यास लेनेवाले सम्राट् अशोक की अहिंसा को सम्राट् कनिष्क के बौद्ध धर्म में लेशमात्र भी स्थान प्राप्त नहीं था। एक ओर वह बौद्ध धर्म के नए 'महायान' पंथ का प्रचार-प्रसार कर रहा था तो दूसरी ओर वही बौद्ध कनिष्क विशाल सेनाएँ लेकर अपने शत्रुओं पर लगातार आक्रमण कर रहा था। स्वयं चीन का सम्राट् बनने की अभिलाषा से वह दस वर्षों तक रणभूमि के शिविर में सशस्त्र रहकर अनेक युद्ध करता रहा। अंत में उसकी इस युद्ध-पिपासा से त्रस्त होकर उसके सैनिकों ने विद्रोह करके अपने इस युद्ध सम्राट् का वध कर दिया। उसकी युद्ध-पिपासा शांत हुई।

२४९. एक और बात विचारणीय है। वह यह कि हिमालय के उस पार चीन के प्रदेश में बौद्ध धर्म का प्रसार करना कनिष्क के लिए कैसे संभव हुआ? प्रथम, उसने शस्त्र-विजय से वे प्रदेश जीत लिए थे। इसीलिए वहाँ इतनी शीघ्रता से धर्म-विजय करना उसके लिए संभव हुआ। उसने वहाँ सैकड़ों प्रचारकों को भेजा, अनेक विहार निर्मित किए और सहस्रों भिक्षुओं का पालन-पोषण किया। यह सब करना, उसके पास प्रबल राज्य अर्थात् शस्त्रबल था, इसीलिए संभव हुआ न!

२५०. सारांश यह कि 'शस्त्र-विजय श्रेष्ठ अथवा धर्म-विजय श्रेष्ठ' ऐसे एकांतिक विधान अयथार्थ होते हैं।

२५१. शस्त्रबल रहित धर्म-विजय पंगु होती है और धर्मबलहीन शस्त्र-विजय पाशवी होती है—यही सच है।

२५२. भारतीय बौद्धों का परंपरागत राष्ट्रद्रोह—सम्राट् कनिष्क का धर्म बौद्ध हो या वैदिक, वह अभारतीय कुषाण जाति का एक विदेशी आक्रमणकारी था और उसने भारत के पश्चिमोत्तर प्रदेश को जीतकर वहाँ बलपूर्वक अपना साम्राज्य स्थापित कर लिया था। उसका यह साम्राज्य भारत पर आया हुआ एक परचक्र ही था। वह भारतीय राज्य नहीं था। इसलिए उसका समूल नाश कर कुषाणों की दासता से उस प्रदेश को मुक्त और स्वतंत्र करवाने के लिए भारत की वैदिक-धर्मीय राष्ट्रभक्त जनता ने जिस प्रकार शकों के साथ प्राणपण से युद्ध किया था, उसी प्रकार अब कनिष्क के साथ भी वह युद्ध कर रही थी; परंतु उस समय भारतीय बौद्ध क्या कर रहे थे? वे उस म्लेच्छ शत्रु कुषाण सम्राट् कनिष्क को, उसके द्वारा बौद्ध धर्म स्वीकार करते ही उसको अपना सम्राट् मानकर, उसे अपनी सारी राजनिष्ठा बेचकर भारतीय राष्ट्र और उसके स्वातंत्र्य के लिए लड़नेवाली वैदिक-धर्मीय स्वराजनिष्ठ वीर जनता के साथ द्रोह कर रहे थे।

पूर्व में सम्राट् पुष्यमित्र के काल में बौद्ध धर्म को स्वीकार करनेवाले मिनांडर जैसे ग्रीक राजाओं से मिलकर भारतीय बौद्धों ने जिस प्रकार भारतीय स्वातंत्र्य के लिए लड़नेवाले राष्ट्रभक्तों के साथ द्रोह किया था, उसी प्रकार कुषाणों के परचक्र के संकट काल में भी कुषाण सम्राट् को अपनी निष्ठा बेचकर स्वराष्ट्र द्रोह करने में भारतीय बौद्धों को थोड़ी भी हिचक नहीं हुई या लज्जा नहीं आई।

२५३. यदि भारतीय बौद्ध म्लेच्छ शकों को पराजित कर अपना कोई भारतीय राज्य स्थापित करते तो उस राज्य के राजा को भी वैदिक राजाओं की तरह भारत को स्वतंत्र करने का श्रेय मिलता और वैदिक-धर्मीय सम्राट् पुष्यमित्र अथवा शालिवाहन सम्राटों के समान ही हम उस भारतीय बौद्ध राजा का भी सम्मान करते; परंतु भारतीय बौद्धों में वैसा राष्ट्राभिमान और साहस कहाँ था? शक-कुषाणों के साथ तत्कालीन भारतीय राष्ट्राभिमानी यौधेय, शालिवाहन आदि गणराज्य और राज्य लगभग सवा सौ वर्षों तक लगातार अनेक युद्ध करते रहे। उस काल में इन भारतीय बौद्धों ने इन म्लेच्छ शत्रुओं से भारत को स्वतंत्र कराने के लिए कुछ भी नहीं किया। उलटे उनके महाशक्तिशाली सम्राट् कनिष्क ने अंशतः बौद्ध धर्म को स्वीकार कर लिया और यह सारी बौद्ध जनता बड़े प्रेम से उसकी शरण में गई। वे उसे देवता मानकर पूजने लगे; उसके स्तुति-स्तोत्र गाने लगे। उसका म्लेच्छ कुषाण राज्य चिरकाल रहे—इसके लिए अपने विहारों में प्रार्थना करने लगे। अर्थात् उनके इस भारत-द्रोह के कारण भारतीय वैदिक-जनता में उनके प्रति घोर तिरस्कार उत्पन्न हुआ, जिसके परिणामस्वरूप भारत में सम्राट् पुष्यमित्र

के समय से ही बौद्ध धर्म का जो ह्रास होने लगा था, वह पतन कनिष्क जैसे सम्राट् का प्रबल आश्रय मिलने पर भी होता ही गया तो इसमें कोई आश्चर्य की बात नहीं है।

२५४. कनिष्क के पौत्र ने वैदिक धर्म स्वीकार किया—उपर्युक्त वर्णनानुसार सम्राट् कनिष्क जब चीन देश में युद्धरत था, तब उसके सैनिकों ने विद्रोह कर उसका वध किया। उसके वध के उपरांत तो भारत में बौद्धों की 'इतो भ्रष्टस्ततो भ्रष्ट:' जैसी दुर्दशा हो गई। कारण, कनिष्क के बाद उसके सिंहासन पर आरूढ़ उसका पुत्र सम्राट् हविष्क बौद्ध धर्म के प्रति अपेक्षाकृत उदासीन था। हविष्क की मृत्यु के बाद उसका पुत्र और कनिष्क का पौत्र जब शक-कुषाण साम्राज्य का अधिपति बना, तब उसने बौद्ध धर्म को त्यागकर बड़े समारोहपूर्वक वैदिक धर्म को स्वीकार किया। उसने अपना मूल नाम बदलकर शुद्ध संस्कृत नाम 'वसुदेव' धारण किया। अपने नाम की शिव और नंदी की प्रतिमाओं से युक्त नई मुद्राओं का प्रचलन किया।

२५५. साम्राज्य के खंड-खंड—सम्राट् कनिष्क की मृत्यु होते ही उसके भारतीय साम्राज्य की धज्जियाँ उड़ गईं। भारत में कनिष्क के राज्य का अधिक विस्तार उत्तर भारत में भी नहीं हो सका था। वह प्रबल तो था ही नहीं। भारत का पंजाब, सौराष्ट्र, मालवा, गुजरात और उत्तर कोंकण का कुछ हिस्सा—इनसे युक्त जो पश्चिमोत्तर प्रदेश पूर्व में शकों के अधीन था और उसके बाद आंध्रों द्वारा जीते जाने के कारण उन शकों को आंध्रों के अधीनस्थ शासित होना पड़ा था, उनको ही कनिष्क ने आक्रमण कर जीत लिया था। अब कनिष्क की मृत्यु के बाद उन शक राजाओं ने कुषाणों का आधिपत्य अस्वीकार कर अपने राज्यों को स्वतंत्र कर लिया। शालिवाहन राजाओं ने शक-कुषाणों के साथ चल रहे इन शतकव्यापी युद्धों में दक्षिण भारत की स्वतंत्रता को अबाधित रखा था। अब उत्तर-पूर्वी भारत के कनिष्क का आधिपत्य नाममात्र के लिए माननेवाले बड़े-छोटे भारतीय राज्यों ने भी उसकी मृत्यु के बाद कुषाणों का आधिपत्य अस्वीकार कर अपने को स्वतंत्र घोषित किया। पूर्व भारत के इन राज्यों में ही पाटलिपुत्र का भी एक छोटा सा राज्य था, जो उस उथल-पुथल में स्वतंत्र हो गया था।

२५६. अस्तंगत सूर्य का पुनः उदय—कोई सोचेगा कि ऊपर की पंक्तियों में पाटलिपुत्र को 'छोटा सा राज्य' गलती से कहा गया होगा। वस्तुत: इस कथन में कोई भूल नहीं हुई है। कारण, ज़िस पाटलिपुत्र के सिंहासन पर सम्राट् चंद्रगुप्त, अशोक, पुष्यमित्र आदि प्रतापी सम्राट् विराजमान हुए थे और जहाँ से कई शतकों तक आसेतु-हिमाचल भारतीय साम्राज्य का नियंत्रण और नेतृत्व किया गया, उस पाटलिपुत्र का सिंहासन सूर्य ईसवी सन् के प्रारंभ में हुए शक-कुषाणों के इस महाप्रलय में देखते-ही-देखते अस्तंगत हो गया था। तत्पश्चात् शक-कुषाणों के साथ सौ-डेढ़ सौ वर्षों तक चले भारतीयों के महान् युद्धों में पाटलिपुत्र या मगध के स्वतंत्र अस्तित्व का भी कहीं भास नहीं होता। कहीं का कोई नामधारी राजा पाटलिपुत्र की चारदीवारी में रहता होगा।

२५७. ई.स. ३०० के आस-पास इसी पाटलिपुत्र के छोटे से राज्य पर बुद्ध के ही समय से विख्यात मगध के लिच्छवि गणराज्य की सत्ता स्थापित हुई थी।

२५८. इस लिच्छवि गणराज्य के प्रमुख की कन्या कुमारदेवी का विवाह ई.स. ३०८ में एक प्रसिद्ध सामंत घराने के युवक चंद्रगुप्त के साथ हुआ। चंद्रगुप्त ने लिच्छवि गणराज्य की सहायता से आस-पास के प्रदेशों पर अपना स्वामित्व स्थापित कर ई.स. ३२० में पाटलिपुत्र में अपने स्वतंत्र राज्य की स्थापना की। इस चंद्रगुप्त का जो नाम सादृश्य प्रख्यात सम्राट् चंद्रगुप्त मौर्य से था, उसके कारण कोई भ्रम नहीं होना चाहिए, क्योंकि सम्राट् चंद्रगुप्त मौर्य कुल का था, जबकि यह होनहार युवक चंद्रगुप्त गुप्त-वंश का था; परंतु उसका पराक्रम सम्राट् चंद्रगुप्त की कीर्ति और नाम के समान ही था। उसने केवल दस-ग्यारह वर्षों के राज्यकाल में ही मगध, प्रयाग और अयोध्या के प्रांतों को अपने छोटे से पाटलिपुत्र के साथ जोड़कर उसका इतना विस्तार किया कि उसके नाम के साथ 'महाराज' अभिधान सार्थक हो! म्लेच्छ शकों की राजसत्ता का उन्मूलन कर भारतीय सम्राट् पद की महत्त्वाकांक्षा रखनेवाले अपने सुयोग्य पुत्र समुद्रगुप्त को अपना विशाल राज्य सौंपकर महाराज चंद्रगुप्त ने ई.स. ३३० में अपनी इहलीला समाप्त कर ली। उसके द्वारा प्रचलित गुप्त-वंश वैदिक धर्म का अत्यंत अभिमानी था और उनके उपास्य देवता श्री विष्णु थे।

२५९. सम्राट् समुद्रगुप्त—राज्यारोहण करते समय उत्तर भारत और दक्षिण भारत में जो विभिन्न छोटे-बड़े, स्वतंत्र, परंतु फुटकर राज्य थे, उन्हें जीतकर समुद्रगुप्त ने मौर्यकालीन चंद्रगुप्त-चाणक्य की भाँति एक प्रबल भारतीय साम्राज्य की स्थापना करने और उसकी प्रबल शक्ति के आधार से शक-कुषाणों के अधीन भारत के पश्चिमोत्तर प्रदेश को मुक्त और स्वतंत्र कराने के लिए उन म्लेच्छों पर आक्रमण करने का संकल्प किया था। उसके अनुसार उसने पहले कामरूप, नेपाल, समतट प्रभृति पूर्वोत्तर सीमा-राज्यों से लेकर विंध्य पर्वत तक का सारा प्रदेश जीत लिया। उसके बाद विंध्य पर्वत को लाँघकर उसने पूर्व दिशा से विशाल सेना के साथ दक्षिण में प्रवेश किया। दक्षिण के प्रमुख बारह राज्यों पर उसने विजय प्राप्त की।

वह अनेक राजाओं को युद्ध में पराजित कर बंदी बनाता था और जब वे उसका आधिपत्य स्वीकार कर लेते थे, तब उन्हें मुक्त कर उनके राज्य लौटा देता था। उसके इस उत्तर-दक्षिण दिग्विजय के, पराक्रम और यश के विषय में अनेक पाश्चात्य इतिहासकारों की लेखनी से भी धन्योद्गार निकले हैं। उन्होंने वहाँ प्रचलित भव्यतम उपमा देकर समुद्रगुप्त को 'The Hindu Napoleon' (हिंदू नेपोलियन) कहकर सम्मानपूर्वक गौरव प्रदान किया है।

इतनी विस्तृत दिग्विजय के बाद समुद्रगुप्त पाटलिपुत्र वापस लौटा। तत्पश्चात् अपने द्वारा विजित नए भारतीय साम्राज्य की घोषणा वैदिक धर्म के अनुसार करने के

लिए उसने बड़े समारोहपूर्वक विशाल अश्वमेध यज्ञ किया और वह चक्रवर्ती साम्राट् पद का अधिकारी बना। उसके बाद उसने शक और कुषाणों पर आक्रमण करने की संपूर्ण सिद्धि प्राप्त की।

२६०. कुषाणों की अंतिम शरणागति—समुद्रगुप्त के संभावित आक्रमण का समाचार पाते ही वायव्य दिशा के गांधार आदि भारतीय प्रदेश में कुषाणों के जो छोटे-छोटे राज्य अभी तक जीवित थे, उन्होंने भयभीत होकर सम्राट् समुद्रगुप्त की शरणागति स्वीकार की। कुषाणों को उस समय हमारे भारत में 'कुश' भी कहा जाता था। शरणागति के प्रतीक के रूप में इन कुशों ने अपने दूत भेजकर उनके साथ सम्राट् समुद्रगुप्त के पास कई बहुमूल्य उपहार भेजे। इस प्रकार लगभग डेढ़-दो शतकों के अविरत संघर्ष के बाद भारतीय खड्ग ने भारत में शेष कुषाणों की राजसत्ता का भी मूलोच्छेद कर डाला। इस प्रकार कुषाणों की समस्या का अंत सदा के लिए हो गया।

२६१. परिच्छेद २४३ एवं २४४ के अनुसार, कनिष्क के आक्रमण के बाद मालवा से सिंध तक फैले हुए जिन शक राज्यों ने आंध्रों का आधिपत्य अस्वीकार कर कनिष्क का आधिपत्य स्वीकार किया था और कनिष्क की मृत्यु के बाद उसे भी अस्वीकार कर अपने आपको स्वतंत्र कर लिया था, वे शक राज्य स्वयं प्रेरणा से समुद्रगुप्त की शरण में नहीं आए। इसलिए समुद्रगुप्त ने उन म्लेच्छ शक राज्यों पर आक्रमण करने का निश्चय किया।

२६२. सम्राट् समुद्रगुप्त का देहांत—उन म्लेच्छ शकों पर आक्रमण की तैयारी कर रहे सम्राट् समुद्रगुप्त की मृत्यु ई.स. ३७५ में अचानक हो गई। उसने आज्ञा दी थी कि उसके पश्चात् सम्राट् का पद उसके कनिष्ठ, परंतु तेजस्वी और सुयोग्य युवा पुत्र चंद्रगुप्त (द्वितीय) को दिया जाए; परंतु उसकी इस आज्ञा की अवहेलना कर उसका ज्येष्ठ पुत्र रामगुप्त ज्येष्ठत्व का अधिकार बताकर सिंहासन पर बैठ गया। वह इतना दुर्बल और कायर था कि मंत्रिमंडल और सेना के अधिकतर कर्तृत्ववान लोग मन-ही-मन उसका तिरस्कार करने लगे।

उसी समय रामगुप्त की दुर्बलता के प्रति जनता में भी क्षोभ उत्पन्न होने योग्य एक घटना घटित हुई। यद्यपि कुछ इतिहासकार इस घटना को केवल एक आख्यायिका मानते थे, तथापि जब विशाखदत्त, बाणभट्ट आदि प्राचीन ग्रंथकारों ने उसे सत्य माना है और अमोघवर्ष राजा के दानपत्र में भी उसका उल्लेख प्राप्त होता है एवं अर्वाचीन इतिहास में अलाउद्दीन-पद्मिनी प्रकरण में राजपूत वीरों ने भी ऐसे ही प्रसंग का सामना किया है, तब रामगुप्त के विषय में प्रचलित इस आख्यायिका के मूल में जो घटना घटी, वह अधिकांश रूप में सत्य होगी—इतिहासकारों का यह मत ही अधिक ग्राह्य है। वह घटना इस प्रकार हुई थी—

२६३. सम्राट् समुद्रगुप्त की मृत्यु के बाद जब रामगुप्त जैसा दुर्बल पुरुष सम्राट्

बना, तब उसके शत्रु शक-राजे निर्भय होकर इस भारतीय सम्राट् के साथ उद्दंडतापूर्ण व्यवहार करने लगे। इनमें से एक उद्दंड और अधम म्लेच्छ राजा ने सम्राट् रामगुप्त का उपहास करने के लिए उसके पास 'आज्ञापत्र' भेजा कि 'तुम अपनी सुंदर, तरुण पत्नी गृहदेवी को मेरे पास भेज दो, अन्यथा युद्ध के लिए तैयार हो जाओ!'

यह नीचतापूर्ण, अत्यंत अपमानजनक आज्ञापत्र पढ़कर मगध राज्य का सारा राजनीतिक वातावरण क्षुब्ध हो उठा; परंतु वह तथाकथित सम्राट् रामगुप्त इतना अधिक दुर्बल, कायर और निर्लज्ज था कि उसने केवल युद्ध टालने के लिए अपनी रानी गृहदेवी को उस शक-क्षत्रप के पास भेजने की तैयारी कर ली।

यह देखकर उसका छोटा भाई चंद्रगुप्त (द्वितीय) अत्यंत संतप्त हो गया। उसने रामगुप्त की स्पष्ट अवहेलना कर गृहदेवी को अपने संरक्षण में ले लिया। तत्पश्चात् उसने कूटनीति का अवलंबन कर उस शक-राजा के पास संदेश भेजा कि उसकी आज्ञा के अनुसार रानी गृहदेवी को उसके पास भेजा जा रहा है, परंतु स्त्री-सुलभ लज्जा के कारण वह एक बंद शिविका में आरूढ़ होकर ही आना चाहती है। उसके साथ दासियाँ भी ऐसी ही अवगुंठित बंद शिविकाओं में बैठकर आएँगी।

यह संदेश पाकर वह शक राजा अत्यंत हर्षित हुआ और उसने इस योजना के अनुसार रानी गृहदेवी को तत्काल भेजने का आदेश पुनः भेजा। तब चंद्रगुप्त स्वयं स्त्रीवेश धारण कर रानी गृहदेवी के स्थान पर शिविका में बैठा। अन्य शिविकाओं में चुने हुए वीर सैनिक स्त्रीवेश धारण कर दासियाँ बनकर बैठे। ये सारी बंद शिविकाएँ जब शक राजा की राजधानी में पहुँचीं तब हर्षोन्मत्त शक राजा स्वयं ही रानी गृहदेवी के स्वागत के लिए उसकी शिविका के समीप आया। तब अवसर का लाभ उठाकर रानी का वेश धारण किए हुए चंद्रगुप्त ने असावधान शक राजा पर अचानक आक्रमण कर अपने खड्ग से उसका तत्काल शिरच्छेद कर दिया। अन्य शिविकाओं में बैठे स्त्रीवेशधारी सैनिक भी तत्काल शस्त्र लेकर बाहर कूद पड़े। शक-राजा के शिरच्छेद का भीषण समाचार आस-पास के लोगों को ठीक से ज्ञात हो—इसके पहले ही चंद्रगुप्त और उसके सशस्त्र साथी शक-शत्रुओं के घेरे से दूर निकल गए।

२६४. यह अद्‌भुत, साहसिक कार्य संपन्न कर तथा अपने राष्ट्र और सम्राट् का घोर अपमान करनेवाले शक-राजा को अपने हाथों से मृत्युदंड देकर जब युवराज चंद्रगुप्त पाटलिपुत्र वापस लौटा, तब यह समाचार सुनकर सारी राजधानी और समस्त राष्ट्र हर्षित होकर उसका जयघोष करने लगा। दिवंगत सम्राट् समुद्रगुप्त की आज्ञा का उल्लंघन कर सिंहासनारूढ़ हुए कायर, दुर्बल रामगुप्त को पदच्युत कर चंद्रगुप्त को ही सम्राट् बनाने की माँग करती हुई प्रजा विद्रोह कर उठी। उस प्रक्षोभ में रामगुप्त का वध हुआ और चंद्रगुप्त को सम्राट् पद मिला। जिस रानी गृहदेवी को उसने अपने अद्‌भुत पराक्रम से म्लेच्छ शत्रु के हाथों अपमानित और कलंकित होने से बचा लिया था और उसके शील,

सतीत्व तथा सम्मान की रक्षा की थी, उसी रानी गृहदेवी (ध्रुवस्वामिनी) के साथ उसने (चंद्रगुप्त ने) विवाह किया। तत्पश्चात् अपनी बलशाली एवं शस्त्रसज्ज सेना को लेकर उसने शक राज्यों पर आक्रमण किया।

२६५. शकों के साथ अंतिम युद्ध—गुजरात से मालवा तक फैले हुए शक राज्यों ने कई स्थानों पर घोर युद्ध करके भारतीय सेना का मुकाबला किया, परंतु प्रत्येक युद्ध में भारतीय सेना ने अतुल पराक्रम से शक सेना को परास्त और ध्वस्त कर दिया। अंतिम युद्ध में तो शकों के अंतिम क्षत्रप सत्यसिंह के पुत्र क्षत्रप रुद्रसिंह का शिरच्छेद स्वयं सम्राट् चंद्रगुप्त ने रणभूमि में किया।

२६६. शकों की राजसत्ता का अंत—इस प्रकार शकों की सत्ता का संपूर्ण विनाश कर सम्राट् चंद्रगुप्त ने उनके अधीन सिंध, कच्छ, सौराष्ट्र, गुजरात, मालवा आदि प्रांतों को स्वतंत्र कर उनका समावेश अपने भारतीय साम्राज्य में कर लिया। शक राजाओं का इस प्रकार समूल उच्छेद करने के बाद जब सम्राट् चंद्रगुप्त ने उनकी राजधानी (प्राचीन काल की प्रख्यात नगरी) उज्जयिनी में विजय प्रवेश किया, तब वहाँ एक विशाल विजयोत्सव के रूप में राष्ट्रीय महोत्सव मनाया गया, जिसमें सम्राट् चंद्रगुप्त ने 'विक्रमादित्य' उपाधि धारण की। वहाँ पर पूर्वापर प्रचलित 'मालवा संवत्' को ही उसने शकों का संपूर्ण उन्मूलन करनेवाली अपनी इस महान् विजय के स्मरणार्थ अपना नाम देकर 'विक्रम संवत्' प्रारंभ किया। यह हमने परिच्छेद २२८ और २२९ में बताया ही है। उसने उज्जयिनी को ही अपने भारतीय साम्राज्य के पश्चिम भाग की राजधानी बनाया और वहीं सिंहासनारूढ़ होकर रहने लगा।

२६७. विक्रमादित्य ने म्लेच्छों पर जो महान् विजय प्राप्त की, उसके कारण पूरे भारतवर्ष ने वर्णनातीत गौरव और धन्यता का अनुभव किया। संपूर्ण भारत स्वतंत्र होकर अपने एकच्छत्र साम्राज्य के रूप में 'एकराष्ट्र' हुआ। शक-कुषाणों के नाश के लिए विगत डेढ़-दो सौ वर्षों से संघर्ष कर रहे यौधेय, मालव, विलीनयांकुर, शालिवाहन आदि वीरश्रेष्ठों को और उसके स्वयं के पिता तथा पितामह के पराक्रम को, यश-अपयश को एवं राष्ट्रीय आशा-आकांक्षाओं को इस प्रकार अंत में पूर्ण सार्थक हुआ देखकर स्वयं विक्रमादित्य को भी बड़ी कृतकृत्यता एवं धन्यता का अनुभव हुआ।

२६८. अंग्रेजी इतिहासकार विंसेंट स्मिथ भी इस विषय में कुछ अनिच्छा से ही सही, निम्नलिखित प्रशस्ति-वाक्य लिखता है—"We may feel assured that differences of a race, creed and manner supplied the Gupta monarch with special reasons for desiring to suppress the impure foreign (म्लेच्छ) rulers of the Western India. Chandragupta Vikramaditya although tolerant of Buddhism and Jainism was himself an orthodox Hindu, especially devoted to the cult of Vishnu, and as such could not but have experienced peculiar satisfaction in 'Violently uprooting foreign chieftains."

२६९. शक भी नामशेष हो गए—पूर्व में परिच्छेद २३९, २४० और २४१ में हम बता चुके हैं कि शकों ने वैदिक धर्म, संस्कृत भाषा और भारतीय आचार-विचारों को आत्मसात् कर लिया था। विक्रमादित्य ने जब उनकी राजसत्ता का भी संपूर्ण उन्मूलन अपने शस्त्रबल से कर लिया, तब उनका भारतीयों से भिन्न स्वतंत्र अस्तित्व 'शकत्व' ही समूल नष्ट हो गया। दो-तीन पीढ़ियों के अंदर ही कुषाणों की भाँति शक भी भारतीय जगत् में नामशेष हो गए।

२७०. भारत के इस ऐतिहासिक काल में अनेक सम्राट् हुए, परंतु शक-कुषाणों का अंत करनेवाले सम्राट् विक्रमादित्य के समान लोकप्रिय सम्राट् शायद ही कोई हुआ होगा। उसके राज्यकाल में फाहियान नामक जो चीनी प्रवासी भारत में आया था, उसने भी इसका सुंदर वर्णन किया है कि विक्रमादित्य के साम्राज्य में भारत किस प्रकार सुख, संतोष, संपन्नता और वैभव के परम उत्कर्ष पर पहुँचा था। आज भी भारत के सब प्रांतों में छोटे-छोटे ग्रामों में भी लोकगीतों, लोककथाओं और आख्यायिकाओं में 'राजा विक्रम' का नाम तथा उसकी न्यायशीलता का गुणगान बड़े प्रेम से किया जाता है। लगभग पैंतीस वर्षों तक अपने उस शक्तिशाली, एकच्छत्र भारतीय साम्राज्य का संरक्षण, संगोपन और संवर्धन करने के बाद ई.स. ४१४ में सम्राट् विक्रमादित्य की मृत्यु हो गई।

२७१. भारतीय इतिहास का जो पृष्ठ इस शक-कुषाणांतक सम्राट् विक्रमादित्य की राजमुद्रा पर अंकित है, वही हमारे भारतीय इतिहास का 'तृतीय स्वर्णिम पृष्ठ' है!

☐

स्वर्णिम पृष्ठ

चतुर्थ

हूणांतक यशोधर्मा

२७२. हूणों का जगत् पर आक्रमण (हूणों का विश्व विप्लव)—इस पुस्तक में इसके पूर्व भी हूणों का उल्लेख आया है। इन्हीं हूणों ने समस्त शक और कुषाणों को उनके मूल प्रदेशों से खदेड़कर भगा दिया था और उन सारे प्रदेशों को आच्छादित कर डाला था। अब शक-कुषाणों से भी महाभयंकर इन हूणों के महाप्रलय ने एशिया ही नहीं, अपितु यूरोप को भी हिला दिया था। तत्कालीन ज्ञात विश्व के चीन से लेकर रोम तक के समस्त स्थायी संगठित और सुसंस्कृत राज्य तथा राष्ट्र हूणों के विप्लव एवं आतंक से काँप उठे। उनका संख्याबल असीम था। उनके विप्लवकारी, विध्वंसक आक्रमण एक या दो प्रदेशों में ही नहीं, अपितु उस काल के समस्त ज्ञात विश्व में हुए थे।

२७३. हूणों की हजारों शस्त्रधारी स्त्री-पुरुषों से युक्त सेनाएँ अश्वारूढ़ होकर भाले तथा तलवारें चमकाती हुई जब अभियान पर निकलतीं, तो सामने आनेवाले सबका (स्त्री-बच्चों का भी) शिरच्छेद करती हुई, मार्ग के सारे ग्रामों और नगरों को आग लगाकर भस्म करती हुई, दिन में ही नहीं अपितु रात्रि में भी हिंस्र श्वापदों के समान भयंकर, कर्कश और उच्च स्वर में चीखती-चिल्लाती हुई, उनके आतंक से काँप उठे शत्रु प्रदेश में सतत दौड़ती दृष्टिगत होती थीं। जहाँ भी युद्ध होता, वहाँ युद्ध समाप्त होते ही काटे हुए शत्रुओं के सिरों की खोपड़ियों को निकालकर, उनकी कटोरियाँ बनाकर उन कटोरियों से मद्यपान करते हुए वे हूण विजयोत्सव मनाते।

२७४. हूणों का मूल प्रदेश चीनी साम्राज्य की सीमा से लगा हुआ था। अत: उनके भयंकर उपद्रवों से चीन के कई प्रांत उजड़कर वीरान हो गए। टिड्डी दलों की भाँति छा जानेवाले इन हूणों के महाविप्लव से अनेक वर्षों तक त्रस्त होने पर उसका स्थायी निवारण करने हेतु चीन के सम्राट् ने पूरे चीन देश को घेरनेवाली प्रचंड दीवार बनाने का निश्चय किया। उसी का मूर्त रूप आज भी सुप्रसिद्ध 'चीन की दीवार' है! जगत् के महान् आश्चर्यों में गिनी जानेवाली वह 'चीन की दीवार' हूणों के आतंक और भय का मूर्त प्रतीक ही है।

२७५. हूणों के जो अश्वदल मध्य एशिया को पदाक्रांत करते जा रहे थे, उन्हें

उनके 'आर्टिल' नामक एक सेनापति ने संगठित कर एशिया पार कर यूरोप पर आक्रमण किया। उन अगणित अश्वारोहियों की भिन्न-भिन्न सेनाओं को जहाँ कहीं से मार्ग मिला, वहाँ से घुसकर प्रथमतः एशिया में महाप्रलय कर डाला। घर एवं मंदिर, कुटीर एवं राजप्रासाद, विद्यापीठ एवं कलापीठ, ग्राम एवं नगर—जो भी कुछ मार्ग में दिखाई देता, उसे जलाकर भस्म कर डालते। उनके सामने आए हर व्यक्ति का शिरच्छेद कर डालते! एशिया को रौंदकर वे पोलैंड में घुसे। उसके बाद वे 'गांथ' लोगों पर टूट पड़े। उन्होंने रोमन साम्राज्य की कई सेनाओं का लगातार विध्वंस और विनाश किया।

इन क्रूर, बर्बर हूणों को विजय से विध्वंस ही अधिक प्रिय था। इसलिए उनके इन प्रचंड विध्वंसकारी आक्रमणों से समस्त यूरोप केवल पराभूत ही नहीं हुआ, अपितु रक्तस्रावित होकर ध्वस्त, वीरान हो गया। गिबन ने अपने सुप्रसिद्ध इतिहास ग्रंथ 'Decline and fall of the Roman Empire' में हूणों द्वारा की गई यूरोप की भीषण दुर्दशा का विस्तृत वर्णन किया है। हमारे यहाँ जिस प्रकार 'पिशाच' एक बड़ी गाली मानी जाती है, उसी प्रकार यूरोपीय भाषाओं में आज भी 'A Hun' (हूण) किसी अति दुष्ट व्यक्ति के लिए प्रयुक्त बड़ी गाली मानी जाती है। यूरोप पर हूणों का ऐसा घोर आतंक छाया था!

२७६. मध्य एशिया से जिस प्रकार हूणों की कुछ अश्वारोही सेनाएँ महाप्रलय मचाती यूरोप में घुसी थीं, उसी प्रकार अन्य कुछ अश्वारोही दल थोड़े समय तक हिमालय के आस-पास के प्रदेशों में आतंक फैलाते रहे। हिमालय के उस पार के शक-कुषाणों के शेष राज्यों और प्रजा का संपूर्ण सत्यानाश कर अंत में वे भारत की वायव्य सीमा के गांधार आदि प्रदेशों में आ धमके। उन्होंने चीन, एशिया और रोम के साम्राज्यों तथा राज्यों की जैसी दुर्दशा की, वैसे ही भारत को भी पूरा पदाक्रांत कर उसकी दुर्दशा करने हेतु अधीर ईर्ष्यायुक्त आवेश से इन हूणों के अश्वदल टिड्डी दल की भाँति गांधार प्रदेश को रौंदकर सिंधु के समीप आ धमके।

२७७. भारत के सौभाग्य से उस समय वहाँ पर ग्रीकों के आक्रमण के समय जैसा किसी कायर नामधारी सम्राट् धनानंद का साम्राज्य नहीं था अपितु अब वहाँ शक-कुषाणांतक सम्राट् विक्रमादित्य के पुत्र, क्षत्रिय कुलावंतस सम्राट् कुमारगुप्त का साम्राज्य था। भारत में उस समय शतकव्यापी गुप्तकालीन स्वर्णयुग चल रहा था। मौर्यकालीन स्वर्णयुग के अंत में सम्राट् अशोक ने अहिंसा के प्रभाव से शस्त्र-संन्यास लिया था, इसलिए भारत की सैन्यशक्ति अस्त-व्यस्त और दुर्बल हो गई थी; परंतु वैदिक-धर्मीय सम्राट् कुमारगुप्त ने इस प्रकार का आत्मघाती शस्त्र-संन्यास नहीं लिया था। इसलिए उसके साम्राज्य की सैन्यशक्ति दुर्बल और अस्त-व्यस्त नहीं, अपितु अत्यंत प्रबल और सुसंगठित थी। पूरे विश्व में प्रलयंकारी उत्पात करनेवाले हूणों जैसे महाभयंकर शत्रुओं का आक्रमण निकट भविष्य में भारत पर भी अवश्य होगा—इसके स्पष्ट चिह्न देखकर सम्राट् कुमारगुप्त ने अपने भारतीय साम्राज्य की सीमाओं के संरक्षण के लिए समर्थ,

सुसंगठित एवं प्राणपण से लड़नेवाली सेना तैयार कर रखी थी।

२७८. हूणों का संपूर्ण पराभव—हूणों का परचक्र गांधार प्रदेश पर आया है—यह समाचार सुनते ही सम्राट् कुमारगुप्त ने अपनी चतुरंग दल सेना को अपने पराक्रमी पुत्र स्कदंगुप्त के नेतृत्व में हूणों पर प्रत्याक्रमण करने के लिए भेज दिया। अगणित संख्याबल के आधार पर हूणों का एक विशिष्ट युद्धतंत्र बना था, जो उस समय तक अजेय सिद्ध हुआ था। उसी का प्रयोग कर वे भारतीय सेना के साथ युद्ध करने लगे। भारतीय सैनिक जैसे-तैसे हजारों अश्वारोहियों की एक हूण सेना का संहार करते, तब तक हजारों अश्वारोहियों की अनेक नई टुकड़ियाँ चारों ओर से, बिल से निकली चींटियों की भाँति, पंक्तियों में आने लगतीं। उनका नाश होते-न-होते और नई हूण टोलियाँ आक्रमण करती हुई पूरे प्रदेश को पदाक्रांत करतीं; परंतु ऐसे दुर्दम्य, निरंकुश, प्रबल म्लेच्छ शत्रुओं से कुमार स्कंदगुप्त की सेना ने अनेक वर्षों तक उनका संहार करते हुए इतना सतत और निरंतर युद्ध किया कि अंत में हूणों का वह अमित संख्याबल भी क्षीण हो गया और उनमें गुप्त साम्राज्य की सीमा में एक पग भी आगे रखने या बढ़ने का साहस नहीं रहा। जो थोड़ी सी शेष सेना लड़ रही थी, वह भी स्कंदगुप्त के आक्रमण, युद्ध-कौशल से शीघ्र ही पराजित होकर पीछे भागी और जिस मार्ग से आई थी, उसी मार्ग से जैसे-तैसे अपने प्राण बचाती हुई भारतीय सीमा के बाहर चली गई। इस प्रचंड पराजय से हूणों के मन में ऐसा आतंक छा गया कि अगले चालीस वर्षों तक उन्हें पुनः भारत की ओर आने का साहस नहीं हुआ।

२७९. विजयी वीर स्कंदगुप्त—इस प्रकार अनेक वर्षों तक विश्व के महान् साम्राज्यों को भी ध्वस्त करनेवाले हूणों जैसे भयंकर म्लेच्छ शत्रुओं से रणभूमि में सतत युद्ध कर उनका निर्णायक पराभव कर वह विजयी युवराज स्कंदगुप्त जब अपने पिता के पास पाटलिपुत्र वापस लौट आया, तब राजधानी में उसका अपूर्व सम्मान किया गया। उसके वृद्ध पिता सम्राट् कुमारगुप्त को तो अपार हर्ष हुआ। उसने इस असाधारण विजय की राष्ट्रीय घोषणा करने हेतु वैदिक परंपरा के अनुसार एक विशाल अश्वमेध यज्ञ का आयोजन किया।

२८०. स्कंदगुप्त सम्राट्-पद पर आसीन—कुछ वर्षों के पश्चात् ई.स. ४५५ में वृद्ध सम्राट् कुमारगुप्त का देहावसान हुआ। उसके बाद उसका प्रतापी पुत्र स्कंदगुप्त सम्राट् पद पर आसीन हुआ। मुख्यत: स्थानाभाव और दूसरे उसके जीवन और महान् कर्तृत्व के बारे में अन्य उल्लेखनीय घटनाओं का वृत्तांत यहाँ पर कुछ अप्रासंगिक होने के कारण हम छोड़ रहे हैं।

२८१. इस बीच यूरोप पर आक्रमण करनेवाले हूणों के कर्तृत्ववान, पराक्रमी सेनापति नार्टिल के समान पराक्रमी खिंखिल नामक नेता ने एशिया की समस्त हूण सेनाओं को एकत्र किया और एक संगठित केंद्रराज्य स्थापित करके स्वयं उसका राजा

बना। भारत में हुए हूणों के घोर पराभव का प्रतिशोध लेने और समस्त भारत को जीतने के उद्देश्य से उसने अपनी इस संगठित विशाल हूण सेना को लेकर पुनः भारत पर आक्रमण किया। यह घटना सम्राट् स्कंदगुप्त के राज्यकाल के उत्तरार्ध में हुई थी।

२८२. भारत पर हूणों का दूसरा प्रबल आक्रमण—हूणों ने इस द्वितीय भारत-विजय अभियान में भारतीय साम्राज्य की वायव्य सीमा का संरक्षण करनेवाली भारतीय सेना को पहले ही आक्रमण में एक-दो स्थानों पर पराजित किया और पीछे हटाया। यह समाचार मिलते ही वृद्ध सम्राट् स्कंदगुप्त राजधानी से पंचनद तक स्वयं सेना लेकर हूणों का प्रतिकार करने के लिए आया। जब वह हूणों द्वारा पराजित अपनी साम्राज्यीय सेना का पुनर्संगठन कर हूणों पर पुनः आक्रमण करने की तैयारी करने में व्यस्त था, तब इधर पाटलिपुत्र में, उसका सौतेला भाई पुरगुप्त राजसिंहासन छीनने के लिए षड्यंत्र रच रहा था। यह ज्ञात होने पर भी अपने व्यक्तिगत स्वार्थ को त्यागकर वह प्रखर राष्ट्रप्रेमी सेनापति सम्राट् स्कंदगुप्त वहीं पर म्लेच्छों से युद्ध करता रहा। गृहकलह के कारण यदि वह अपनी साम्राज्यीय सेना को वहीं छोड़कर राजधानी वापस आ जाता तो उसकी सेना का धैर्य शीघ्र ही नष्ट हो जाता और हूणों की क्रूर सेनाएँ बाँध फूटने पर तेजी से फैलनेवाले बाढ़ के पानी की भाँति पूरे पंजाब में और अधिकांश उत्तर भारत में फैलकर उसका विध्वंस कर डालतीं। इस आशंका से वह वृद्ध सम्राट् वहीं रणशिविर में रहकर शत्रु से जूझता रहा।

२८३. इस प्रकार उस वृद्ध, वीरवंतस सम्राट् स्कंदगुप्त ने अपने राष्ट्र के संरक्षणार्थ युद्ध करते हुए रणशिविर में ही ई.स. ४७१ में प्राण त्याग दिए। सम्राट् हो तो ऐसा!

२८४. सम्राट् को खड़े-खड़े ही मरना चाहिए—रोमन साम्राज्य के उत्कर्ष के काल में हुए एक सुप्रसिद्ध रोमन सम्राट् के विषय में एक कथा इस प्रकार प्रचलित है कि वह अपने राजप्रासाद में मृत्युशय्या पर पड़ा था। अकस्मात् हाथ में खड्ग लेकर वह खड़ा हो गया। यह देखते ही उसके राजवैद्य और परिचारक इस आशंका से कि उसे सन्निपात हुआ है, घबरा गए और 'हाँ-हाँ, महाराज, आप यह क्या कर रहे हैं?' कहते हुए उसे पुनः शय्या पर सुलाने लगे। तब अंतिम श्वास छोड़ने से पहले उस सम्राट् ने उनसे कहा—"दूर हो जाओ, रोम के सम्राट् को शय्या पर लेटे-लेटे नहीं मरना चाहिए। रोम के सम्राट् को अपने पाँवों पर सीधे खड़े होकर, रणसज्ज मुद्रा में खड़े-खड़े ही मरना चाहिए।" (Roman Emperor must die standing.)

२८५. ऐसी ही तेजस्विता से म्लेच्छ शत्रुओं के साथ युद्ध करते हुए भारत का यह महान् सम्राट् एक साधारण सैनिक की भाँति रणशिविर में दिवंगत हो गया। पूर्व में अपने यौवनकाल में उसने इन्हीं दुर्दम्य टिड्डी दल जैसे हूणों को सीमा पार खदेड़ दिया था। अब वह वृद्धावस्था में भी उन्हीं अत्यंत प्रबल राष्ट्र शत्रुओं के साथ समरभूमि में युद्ध करता रहा। उपलब्ध सारे राजविलास का त्याग कर उस महान् योद्धा सेनापति ने

अपने जीवन के न्यूनतः पंद्रह-बीस वर्ष भारतीय साम्राज्य और स्वातंत्र्य के रक्षणार्थ रणशिविर में अत्यंत कठिन, कष्टप्रद अवस्था में व्यतीत किए। उस काल में उसे अत्यधिक कष्ट सहने पड़े थे, परंतु वे सारे कष्ट सहकर उस विस्तृत भारतीय साम्राज्य की रक्षा करते हुए उसने अंत में देह त्याग किया, वह भी अपने राष्ट्र के संरक्षणार्थ, राष्ट्रशत्रुओं से किसी सैनिक की भाँति युद्ध करते हुए, सुदूर पंचनद प्रांत के एक रणशिविर में! राजधानी के राजप्रासाद में नहीं! सम्राट् हो तो ऐसा!

२८६. जिन पचास वर्षों में हूणों ने एक ओर चीन के प्रदेशों को ध्वस्त और दूसरी ओर एशिया तथा रोमन साम्राज्य तक के प्रदेश को पदाक्रांत कर डाला, उन्हीं पचास वर्षों में इस प्रबल शत्रु के समीपवर्ती भारत पर बारंबार आक्रमण करने पर भी सिंधु नदी तक के एक कोने के अतिरिक्त कहीं भी स्थिरता से उसके लिए पाँव जमाना संभव नहीं हो सका, तो वह केवल सम्राट् स्कंदगुप्त और उसकी भारतीय सैन्यशक्ति के प्रताप से ही था, अन्यथा हूणों ने विजयोन्माद में सारे एशिया और यूरोप की जो भीषण दुर्दशा की थी, वैसी ही घोर दुर्दशा वे सारे भारत की भी कर देते। हूणों का पूरी तरह सफाया होने से पहले ही सम्राट् स्कंदगुप्त की मृत्यु हो गई। परंतु उसके प्रताप से ही पूर्व का रणोन्माद नष्ट हो जाने से क्षीणबल बने हूणों का सफाया कर सकनेवाली अधिक शक्तिशाली वीरों की पीढ़ी भारत में शीघ्र ही रणभूमि में अवतरित होने की संभावना उत्पन्न हुई।

२८७. इसलिए विक्रमादित्य जैसे किसी भी दिग्विजयी सम्राट् को जितनी श्रद्धांजलि अर्पण करेंगे, उतने ही गौरव, अभिमान और राष्ट्रीय कृतज्ञता से हम सम्राट् स्कंदगुप्त की स्मृति-समाधि को श्रद्धांजलि अर्पण करेंगे।

२८८. सम्राट् स्कंदगुप्त की मृत्यु के बाद—सम्राट् स्कंदगुप्त की मृत्यु के बाद उसके जीवनकाल में ही उसके विरुद्ध विद्रोह करनेवाला उसका सौतेला भाई पुरगुप्त मगध के सिंहासन पर सम्राट् बन बैठा, परंतु उसमें थोड़ा सा भी कर्तृत्व और पराक्रम नहीं था। स्कंदगुप्त की मृत्यु होते ही उसके नाम और पराक्रम के भय से वायव्य सीमा पर ही रुके हुए हूणों के टिड्डी दल अपने राजा खिंखिल के नेतृत्व में भारतीय प्रदेश में आ घुसे। खिंखिल की मृत्यु के बाद तोरमाण नामक एक पराक्रमी पुरुष हूणों का राजा बना। उसके राज्यकाल में हूणों की विध्वंसक और अत्याचारी प्रवृत्तियों को पूर्ण प्रोत्साहन मिला और उन्होंने लूटमार तथा आगजनी से कांबोज, गांधार और पंजाब प्रांत में महाविनाश किया। उन्होंने तक्षशिला के जगप्रसिद्ध विद्यापीठ का भी विध्वंस किया। हूणों ने वहाँ के सहस्राधिक मूल्यवान् ग्रंथों की होली जलाई।

२८९. किसी राष्ट्र के पास यदि शस्त्रबल का आधार न हो तो उसके साहित्य और संस्कृति का भी परशत्रु कैसा सर्वनाश करते हैं—इसका एक और प्रत्यक्ष उदाहरण देखिए।

२९०. (इस बीच) मध्यांतर में उधर ईरान पर टूट पड़ी हूण सेना ने संपूर्ण ईरान देश पदाक्रांत कर ई.स. ४८४ में ईरान के राजा फीरोज को पकड़कर मार डाला। इस प्रकार ईरान की समस्या सुलझने से वहाँ युद्ध कर रहे हजारों हूण सैनिक खाली हो गए और अब तक उनके लिए अजेय बने भारत की भी वैसी ही दुर्दशा करने के लिए भारत में प्रवेश कर तोरमाण की सेना में सम्मिलित हुए। इस प्रकार तोरमाण का सैन्यबल जब अकस्मात् बढ़ा, तब उसने ई.स. ५११ के आस-पास पंजाब से आगे बढ़कर उज्जयिनी के समवेत पूरे मालवा प्रांत को जीत लिया। तोरमाण की मृत्यु के बाद उसका पुत्र मिहिरगुल हूणों का राजा बना। पराक्रम और क्रूरता—दोनों में वह अपने बाप से बढ़कर था।

२९१. मिहिरगुल रुद्र देवता का उपासक बना—आश्चर्य की बात यह है कि भारत के वायव्य प्रदेश में प्रवेश करने के पश्चात् हूणों में वैदिक-धर्मीय देवता रुद्र (शिव) की उपासना का प्रसार बड़े वेग से हुआ था। बौद्ध धर्म के प्रति हूणों के मन में पहले से ही तिरस्कार का भाव था। उनका नया राजा मिहिरगुल भी इसका अपवाद नहीं था। वह वैदिक रुद्रदेवता का एकनिष्ठ भक्त था और बौद्ध धर्म तथा बौद्धों का कट्टर द्वेष्टा था। उसके बारे में विंसेंट स्मिथ ने लिखा है—"The savage Invader who worshipped as his patron deity Shiva, the God of destruction, exhibited ferocious hostility against the peaceful Buddhistic cult and remoreselessly overthrew their Stupas and Monasteries which he plundered of their treasuries."

२९२. वैदिकों का स्वराष्ट्राभिमान और बौद्धों का राष्ट्रद्रोह—इस पुस्तक के परिच्छेद १८१ से १८६ तक, १८८-१८९ से १९८ तक और २५२, २५३ में हमने वैदिकों की राष्ट्राभिमानी और बौद्धों की राष्ट्रद्रोही प्रवृत्तियों के बारे में जो विधान किए हैं, उनको पाठकगण संदर्भ के लिए एक बार पुनः पढ़ें। बौद्धों की राष्ट्रद्रोही और वैदिकों की राष्ट्राभिमानी प्रवृत्तियों का विरोध स्पष्ट करने के लिए तथा हमारे विधानों की सत्यता सिद्ध करने के लिए हूणों के राजा मिहिरगुल का यह प्रकरण किस प्रकार अत्यंत उपयुक्त है, यह देखिए।

२९३. भारत पर आक्रमण करनेवाले हूणों का राजा मिहिरगुल वैदिक-धर्मीय रुद्रदेवता का कट्टर उपासक था और वह वैदिकों से द्वेष करनेवाले भारतीय बौद्धों पर अनन्वित अत्याचार कर रहा था; परंतु इस कारण से वैदिक-धर्मीय राजाओं अथवा जनता ने उस परकीय हूण राजा का राजनीतिक दासत्व स्वीकार नहीं किया अथवा उसके साथ मिलकर भारतीय बौद्धों पर होनेवाले अत्याचारों को प्रोत्साहन नहीं दिया। चूँकि मिहिरगुल स्वधर्मीय होते हुए भी राजनीतिक दृष्टि से परकीय था। इसलिए उसे भारत का राष्ट्रशत्रु मानकर उसके अधीनस्थ भारतीय प्रदेशों को राजनीतिक दृष्टि से

मुक्त और स्वतंत्र कराने के लिए उसके साथ शत्रुत्व ही किया। वैदिक-धर्मियों में भी तक्षशिला के अंबुज या कन्नौज के जयचंद जैसे कुछ राष्ट्रद्रोही व्यक्ति पूर्व काल और उत्तर काल में भी हुए; परंतु कुल मिलाकर वैदिक समाज सदैव म्लेच्छ राजाओं से कट्टर शत्रुता ही करता आया था। भारतीय स्वातंत्र्य और साम्राज्य के संरक्षण के लिए उनके साथ घनघोर युद्ध भी करता आया था। अंग्रेजी इतिहासकार स्मिथ भी वैदिकों के इस तेजस्वी राष्ट्राभिमान का किंचित् कुत्सित भाषा में ही सही, बारंबार उल्लेख किए बिना नहीं रहा। वैदिक-धर्मीय हिंदू किसी भी म्लेच्छ राजसत्ता के जन्मजात शत्रु होते हैं, ऐसा मानकर वह लिखता है—"These foreign tribes Shakas, Pahlavas and Yavanas at the time settled in Western India as the lords of a conquered native population were the objects of hostility of the Vaidik King Vilivayankur II ...He recovered the losses which his kingdom had suffered at the hands of the intruding foreigners and utterly destroyed the power of (the Shaka king) Nahpan. The hostility of the Andhra (Vaidik) monarch was stimulated by the disgust felt by all Hindus, and especially by the followers of the orthodox Bramhanical system at the outlandish foreign barbarians."

२९४. शायद भारत के अंग्रेजी साम्राज्य के कट्टर शत्रु भी वैदिक हिंदू ही थे, इसका प्रत्यक्ष अनुभव शल्य इतिहासकार स्मिथ के उपर्युक्त वाक्यों में व्यक्त हो रहा है।

२९५. राजा यशोधर्मा (यशोवर्मन)—मगध का सम्राट् पद अयोग्य और दुर्बल व्यक्ति पुरगुप्त को मिलते ही अन्य राजे-महाराजे उसका आधिपत्य अस्वीकार करने लगे। गुप्त साम्राज्य के अधिकतर अधीनस्थ राजा अब स्वतंत्र रूप से अपने प्रदेशों में राज्य करने लगे। उन स्वतंत्र पृथक् भारतीय राज्यों में सर्वत्र म्लेच्छ हूणों की मालवा तक फैली राजसत्ता का आतंक छाया हुआ था। यद्यपि उनमें से प्रत्येक स्वराष्ट्राभिमानी वैदिक भारतीय को ऐसी चिंतायुक्त उत्कंठा लगी हुई थी कि हूणों का उच्छेद कब होगा। उज्जयिनी में प्रत्यक्ष विक्रमादित्य के सिंहासन पर मिहिरगुल जैसे म्लेच्छ राक्षस को आसीन देखकर अधिकतर लोगों के हृदय क्रोध और तिरस्कार से भर उठते थे, तथापि हूणों के विरुद्ध स्वयं अकेले आक्रमण करने का साहस उन पृथक् राज्यों में से एक को भी नहीं था। कोई यह प्रश्न भी नहीं उठा सकता था।

२९६. ऐसे समय में, इसी कठिन प्रश्न का समाधान निकालने की प्रतिज्ञा प्रकट रूप में करनेवाला एक साहसी वीर पुरुष आगे आया। वह कोई नामधारी महाराजाधिराज नहीं था। वह तो 'महाराज' भी नहीं था। वह था मालव प्रदेश का एक अपेक्षाकृत छोटा सा राजा 'यशोधर्मा' (यशोवर्मन)। उसका साहस, राष्ट्राभिमान और महत्त्वाकांक्षा म्लेच्छों के 'राजाधिराज' कहलानेवाले बलशाली शासक मिहिरगुल को उज्जयिनी के सिंहासन

से नीचे उतारकर हूणों का निर्दलन करने के लिए स्वयं रणभूमि में युद्ध करने लायक उत्तुंग और विशाल था।

२९७. वैदिक राजाओं का संयुक्त मोर्चा—उसने सर्वप्रथम आस-पास के अधिकांश स्वतंत्र भारतीय राज्यों को हूणों के विरुद्ध युद्ध करने के लिए प्रेरित, एकत्र और संगठित कर एक संयुक्त युद्ध-योजना बनाई। मगध के राजा बालादित्य ने भी उस योजना को समर्थन दिया। तब यशोधर्मा के नेतृत्व में उन सब राजाओं ने हूणों के विरुद्ध विद्रोह कर चारों ओर से एक साथ उसपर आक्रमण करना प्रारंभ कर दिया। हूणों पर आक्रमण करने का जो साहस उस समय का कोई भी राजा अकेले नहीं कर सका, वह साहस और आवेश इस संयुक्त भारतीय सेना में उत्पन्न हुआ और वह रणभूमि में हूणों की प्रबल सेना का विध्वंस करने लगी।

२९८. हूणों का निर्णायक पराभव—अंत में सेनापति यशोधर्मा ने अपनी सेना को लेकर हूणों के राजा मिहिरगुल की मुख्य सेना पर आक्रमण किया। इन दोनों सेनाओं का आमना-सामना ई.स. ५२८ के लगभग मंदसौर या कोरूर में हुआ था। उनके बीच हुए विकट युद्ध में भारतीय सेना के पराक्रम से हूणों की व्यूह रचना भंग हो गई और वह अस्त-व्यस्त होकर ध्वस्त हुई। उनका अब तक काल की भाँति उन्मत्त बना हुआ राजा मिहिरगुल जीवित पकड़ा गया और विजयी सेनापति यशोधर्मा द्वारा बंदी बना लिया गया।

२९९. राजा यशोधर्मा के नेतृत्व और पराक्रम से हूणों पर प्राप्त हुई इस अभूतपूर्व विजय का दुंदुभि-नाद पूरे भारत में गूँजने लगा। हूण जाति ने और स्वत: मिहिरगुल ने भारतीयों पर अब तक जो अत्याचार किए थे, उनका प्रतिशोध लेने और उसे अपने पापों का दंड देने के लिए सेनापति यशोधर्मा ने राजा मिहिरगुल के शिरच्छेद की आज्ञा दी थी।

३००. बालादित्य की उदारता या स्वार्थपरता?—राजा यशोधर्मा ने दुष्ट मिहिरगुल का वध करने की आज्ञा दी है—यह ज्ञात होने पर मगध के राजा बालादित्य ने आग्रह किया कि मिहिरगुल का वध न कर उसे जीवित ही मगध नरेश को सौंपा जाए। बालादित्य उस संयुक्त भारतीय मोर्चे का एक महत्त्वपूर्ण घटक था। अत: उसका मन रखने के लिए सेनापति यशोधर्मा ने मिहिरगुल को उसके हाथों सौंप दिया। मिहिरगुल द्वारा गुप्त रीति से कोई स्वार्थ-साधन करने के उद्‌देश्य से हो अथवा वधयोग्य राष्ट्रशत्रु को भी जीवनदान देना (साँप को दूध पिलाना) अलौकिक उदारता का कृत्य है, भारतीयों की रग-रग में व्याप्त इस दुष्ट व्यसन जैसी मान्यता के कारण हो, बालादित्य ने उस राष्ट्रशत्रु मिहिरगुल को जीवनदान दिया। यही नहीं, उसे वापस वायव्य सीमा पर बचे हुए उसके गणराज्य में लौट जाने की अनुमति भी दी। अर्वाचीन काल में पृथ्वीराज चौहान ने मुहम्मद गोरी को जीवनदान देकर यही भयंकर भूल दोहराई थी।

३०१. 'पय:पानं भुजङ्गानां केवलं विषवर्धनम्'—अपने प्राण बचाकर

मिहिरगुल यहाँ से जो भागा, तो सीधा कश्मीर पहुँचा। वहाँ उसने गुप्त रूप से हूण सेना को पुन: एकत्र कर कश्मीर के राजा की हत्या की। गांधार का भी राज्य जीतकर उसने वहाँ की प्रजा पर अनन्वित अत्याचार किए। विशेषत: बौद्धों का जो कुछ भी 'बुद्धप्रस्थ' (मठ, विहार, स्तूप आदि) उसे दिखा, उसे उसने नष्ट कर दिया। उसने अनेक बौद्धों का शिरच्छेद भी किया।

३०२. 'शस्त्र-विजय से धर्म-विजय श्रेष्ठ है' के भ्रामक नशे में रहनेवाले भारतीय बौद्धों को स्वकीय शस्त्रबल के आधार के बिना शत्रु के शस्त्रबल के सम्मुख धर्म का तो जीवित रहना असंभव होता ही है, प्रत्यक्ष भी जीवित रहना असंभव होता है, यह पाठ प्रत्यक्ष रूप से पढ़ाने के लिए ही संभवत: नियति ने मिहिरगुल को जन्म दिया हो!

३०३. तथापि मिहिरगुल का प्रतिशोध लेने का जो एकमात्र साधन उन बेचारे दुर्बल और संत्रस्त बौद्धों के पास बचा था, उसका पूरा-पूरा उपयोग उन्होंने किया। अंत में जब मिहिरगुल अपनी मौत से ही स्वाभाविक रूप से मरा, तब उसके मृत्यु के क्षण का वर्णन बौद्धों ने अपने पुराणों में इस प्रकार किया है—''जब वह हूण राक्षस मिहिरगुल मरा और बुद्धद्वेष के घोर अपराध के कारण अनंत यंत्रणाएँ भोगने के लिए वह क्रूरकर्मा अक्षय नरक में गया, तब उस धक्के से पृथ्वी दुभंग हो गई, प्रलयकाल जैसी भीषण गर्जना के साथ वर्षा हुई, पशु-पक्षी संत्रस्त होकर चीखते-चिल्लाते हुए वन-वन भटकने और भागने लगे, अन्य भी उत्पात हुए!''

इस इहलोक में जिसका बाल भी बाँका न कर सके, उसे अंत में परलोक में अक्षय नरक में घोर कष्ट और यंत्रणाएँ भोगने के लिए हमने बाध्य किया और प्रतिशोध लिया—ऐसा काल्पनिक समाधान मानने के अतिरिक्त ऐसे दुर्बल लोग और कुछ कर भी नहीं सकते; परंतु क्या उन अहिंसक बौद्धों का यह समाधान भी 'हिंसक' ही नहीं था? इसे कारुण्य कहें या भीषण क्रूरता?

३०४. उज्जयिनी में विजय-प्रवेश—हूण राजा मिहिरगुल के पूर्ण पराभव के पश्चात् यशोधर्मा ने पंचनद प्रदेश से हूणों का समूल उच्छेद किया। पंचनद को स्वतंत्र कर वहाँ पर भारतीय राजसत्ता का स्थायी प्रबंध कर राजा यशोधर्मा अपनी विजयी सेना के साथ मालवा वापस लौटा, जिसे उसने हूणों के सत्तापाश से स्वयं मुक्त किया था। उस विक्रमादित्य के समय से सम्मानित भारत की सुप्रसिद्ध उज्जयिनी नगरी में उसने बड़े समारोहपूर्वक विजय-प्रवेश किया। अब वह 'राजा' नहीं रहा था, अपितु 'महाराजाधिराज' हो गया था। भारतीयों द्वारा हूणों पर प्राप्त इस विजय के स्मरणार्थ उसने दो कीर्ति-स्तंभों का भी निर्माण कराया। तत्कालीन भारतीयों को उस विजय से कितने गौरव का अनुभव हुआ था, इसके वे स्तंभ आज भी साक्षी बने हैं!

३०५. हूणों का आगे क्या हुआ?—और क्या होगा? यवन (ग्रीक), शक, कुषाण, पर्शियन आदि पूर्व के परकीय आक्रमणकारियों की जो गति हुई थी, वही गति

अंत में हूणों की भी हुई। ई.स. ५४० के आस-पास मिहिरगुल की मृत्यु हुई। उसके बाद सिंधु के उस पार के वायव्य प्रदेश में जो थोड़े-बहुत हूण बचे थे, वे भी एक-दो पीढ़ियों में ही समाप्त हो गए। वैदिक-धर्मीय राजाओं ने उनके हाथों से राजसत्ता छीनकर पुनः हिंदुकुश तक अपने हिंदू राज्यों की स्थापना की। हिंदू राष्ट्र का शस्त्रबल उनके शस्त्रबल से अधिक प्रभावी सिद्ध होते ही राजसत्ता नष्ट होने के बाद वही क्रूर, नृशंस हूण अब गऊ की भाँति निरीह बन गए। डॉ. जायसवाल ने लिखा है—"The Huns were fully crushed within a century by the successive (Hindu) dynasties." हिंदू राष्ट्र के साथ लगभग सौ वर्षों तक चलनेवाले इस महासंग्राम में हूणों का जो प्रचंड संहार हुआ, उसके फलस्वरूप उनका संख्याबल भी अब बहुत घट गया था। जो थोड़े से हूण बचे थे, वे स्वयं- प्रेरणा से भारतीय धर्म, भाषा और आचार-विचार स्वीकार कर एक-दो पीढ़ियों में ही भारतीयों में इतनी पूर्णता से विलीन हो गए कि उनके अंदर हूणत्व का कोई आभास या चिह्न भी शेष नहीं रहा।

३०६. हूणों पर भारतीयों द्वारा रणसंग्राम में प्राप्त की गई इस निर्णायक विजय के दूरगामी परिणामों के संबंध में विंसेंट स्मिथ ने ऐसा आशय व्यक्त किया है—"After the defeat of Mihiragul and the extinction of the Hun power on the Oxus, India enjoyed immunity from foreign attack for nearly five centuries." अर्थात् राजा यशोधर्मा ने मिहिरगुल का निर्णायक पराभव किया और उधर वक्षु (oxus) नदी के पार भी हूणों की राजसत्ता का अंत होने के बाद लगभग पाँच सौ वर्षों तक भारत पर कोई बाह्य संकट नहीं आ सका। अर्थात् लगभग पाँच सौ वर्षों तक पारियात्र पर्वत (हिंदुकुश पर्वत) से गांधार, कश्मीर, पंजाब, सिंध से लेकर कन्याकुमारी तक भारत में सर्वत्र वैदिक हिंदुओं के स्वतंत्र राज्य थे। सारा भारत स्वतंत्र, संपन्न, समर्थ और सुखी था।

३०७. ऐतिहासिक प्राचीन खंड का समारोप—ई.स.पू. ६०० से लेकर ई.स. ७०० तक के साधारणतः एक हजार तीन सौ वर्षों के सुदीर्घ ऐतिहासिक कालखंड को यदि प्राचीन खंड और उसके आगे के कालखंड को अर्वाचीन खंड कहा जाए, तो इस पुस्तक के विषयक्षेत्र से संबंधित प्राचीन खंड के विवेचन का यहीं पर समारोप करना उचित होगा। इस प्राचीन कालखंड के जो ऐतिहासिक विधेय या मुद्दे (Points) हमारे तरुणों और सर्वसामान्य पाठकों के हृदयों पर स्पष्ट रूप से अंकित होना आवश्यक थे, परंतु आज भी जिनपर पर्याप्त ध्यान नहीं दिया गया, ऐसे कुछ महत्त्वपूर्ण मुद्दों का सरल, संक्षिप्त विवरण हम इस समारोप में दे रहे हैं।

क. इस प्राचीन कालखंड में कोई भी विदेशी सत्ता कभी भी संपूर्ण भारत को जीत नहीं सकी। इस वस्तुस्थिति की ओर अधिकतर परकीय अथवा स्वकीय लोगों का ध्यान नहीं जाता। कुछ लोग तो उस ओर जानबूझकर ध्यान नहीं

देते। 'भारत पर सिकंदर का आक्रमण', 'भारत पर शकों का आक्रमण' जैसे शीर्षक पढ़ते ही सर्वसाधारण विदेशी या स्वदेशी पाठक की भी एक ऐसी विपरीत धारणा बनती है कि इन शत्रुओं ने समस्त भारत पर आक्रमण कर उसे जीतकर उसका स्वातंत्र्य छीन लिया था। ऐसी भ्रमपूर्ण धारणा के कारण अनेक शत्रु और हितशत्रु इस प्रकार के आक्षेप लेते हैं और ऐसे सिद्धांत प्रतिपादित करते हैं कि भारतीय राष्ट्र अर्थात् हिंदू राष्ट्र का संपूर्ण जीवन ही पराधीनता में व्यतीत हुआ है। उनके ये मूर्खतापूर्ण या दुष्टतापूर्ण आरोप और अपसिद्धांत पूर्णतः अहेतुक, अज्ञानमूलक अथवा सहेतुक ईर्ष्यामूलक होते हैं। यह स्पष्ट करने के उद्देश्य से ही यह पुस्तक लिखी गई है। इसमें अब तक किए हुए वर्णन के अनुसार यह स्पष्ट है कि—

ख. नेपाल से पूर्वी समुद्र तक पूरा पूर्वोत्तर भारत और पूरा दक्षिण भारत अर्थात् हमारे सुविशाल भारतवर्ष का लगभग तीन-चौथाई भाग इस एक हजार तीन सौ वर्षों के प्रदीर्घ कालखंड में पूर्ण रूप से स्वतंत्र था। उसपर भूमिमार्ग या जलमार्ग से कोई भी आक्रमण नहीं हुआ।

ग. शेष पश्चिमोत्तर भाग में, अर्थात् लगभग एक-चौथाई भाग में जो बाह्य संकट आए, उनमें से यवन एक बार पंजाब से अयोध्या तक छा गए थे और शक-कुषाणों ने कुछ काल तक पंजाब से गुजरात तक के पश्चिमोत्तर भाग को जीत लिया था। हूण तो पंजाब से उज्जयिनी तक ही फैल सके थे। अंत में हिंदू राष्ट्र ने इन सब शत्रुओं की कैसी दुर्दशा की थी, उसका संक्षिप्त वर्णन हमने पहले ही किया है।

घ. उस काल के इतिहास में तत्कालीन जगत् के एशियाई अथवा यूरोपीय राष्ट्रों में क्वचित् ही कोई राष्ट्र ऐसा होगा, जो ऐसे भयंकर शत्रुओं का निर्दलन कर इतने प्रदीर्घ काल तक इतनी यशस्विता के साथ अपना राष्ट्रीय स्वातंत्र्य और अस्तित्व अबाधित बनाए रख सका।

ङ. उस प्राचीन काल में यवन, शक, हूण आदि के बाह्य संकट केवल हिंदू राष्ट्र या भारत पर ही आए थे—ऐसा नहीं है। उनमें से कुछ संकटों ने तो तत्कालीन जगत् के अधिकतर राष्ट्रों को ध्वस्त कर डाला था। यही नहीं, अपितु कई राष्ट्र नामशेष कर डाले थे। उनके भारत पर हुए आक्रमणों की चर्चा और तुलना करते समय इस बात को ध्यान में रखना चाहिए।

च. वे सारे आक्रमणकारी जब-जब आए, तब-तब हिंदू राष्ट्र को भी उसी प्रकार नामशेष करने की ईर्ष्या से प्रचंड शस्त्रबल और संख्याबल के साथ भारत पर टूट पड़े थे; परंतु इन सारे यवन-शक-कुषाण-हूण आदि आक्रमणकारियों के शस्त्रबल को हिंदू राष्ट्र ने सर्वप्रथम समराग्नि में भस्मसात् किया और तब

उनकी म्लेच्छीय बर्बरता को यज्ञाग्नि में शुद्ध कर उन्हें आत्मसात् कर डाला। इतनी पूर्णता से आत्मसात् किया कि भारत को नामशेष करने आए हुए इन शत्रुओं का अस्तित्व ही नहीं, अपितु नाम भी शेष नहीं रहा।

३०८. क्षण भर के लिए ऐसी कल्पना करें कि उपर्युक्त प्राचीन कालखंड में आकाश से पृथ्वी का निरीक्षण करनेवाला, परंतु तत्पश्चात् पृथ्वी की ओर झाँककर भी न देख सकनेवाला कोई देवदूत आज पुनः हिमालय के किसी उच्च शिखर पर आकर वहाँ से भारत का पुनः निरीक्षण करने लगे; परंतु इस बीच बीते हुए काल की घटनाओं की उसे कुछ भी जानकारी न होने के कारण वह यदि उस शिखर पर से ही प्रश्न करे—'महोदय, पूर्वकाल में एक बार इस भारत में यवन (ग्रीक) नामक जाति के लोगों का एक कोने में राज्य था। क्या आज भी उस जाति के वंशजों में से कुछ लोग यहाँ रहते हैं?' तो इस प्रश्न के उत्तर में 'हाँ, मैं उन यवनों का ही एक वंशज यहाँ खड़ा हूँ,' ऐसा कहनेवाला एक भी व्यक्ति आज भारत में बाकी नहीं बचा है!

यदि उस देवदूत ने पुनः प्रश्न किया—'महोदय, किसी समय इसी भारत के एक भाग में शक और कुषाणों के राज्य थे। क्या उनके वंशजों में से कोई आज भी यहाँ पर रहता है?' तो इसके उत्तर में 'जी हाँ, मैं उनका ही वंशज शक हूँ', या 'मैं उनका ही वंशज कुषाण हूँ' ऐसा कह सकनेवाला एक भी व्यक्ति आज इस देश में मिलना असंभव है। यदि उसने पुनः प्रश्न किया—'महोदय, उस काल में सारे जगत् में संत्रास और आतंक फैलानेवाले हूण नामक जाति के क्रूर लोग रहते थे, जो भारत में भी युद्ध करते हुए उज्जयिनी तक घुस आए थे और वहीं रहने लगे थे। उन हूणों के वंशजों में से तो कुछ व्यक्ति यहाँ अवश्य बचे होंगे? ऐसे क्या कोई सज्जन यहाँ हैं?' इसके उत्तर में 'जी हाँ, मैं उनका ही वंशज हूण हूँ' ऐसा विश्वासपूर्वक कह सकनेवाला एक भी मनुष्य इस देश में शेष नहीं रहा है।

३०९. परंतु अंत में यदि वह देवदूत आश्चर्यचकित होकर पुनः प्रश्न करता है—'महोदय, अब इतना ही बताइए कि क्या उस प्राचीन काल में यवन-शक-कुषाण-हूण आदि प्रबल आक्रमणकारियों का निर्दलन कर इस देश में राज्य करनेवाले उन प्रसिद्ध हिंदू जाति के लोगों का वंशज कोई हिंदू यहाँ पर शेष बचा है?' तो इसके उत्तर में—'जी हाँ, मैं उनका वंशज हिंदू ही हूँ', ऐसी अत्यंत अभिमान से घोषणा करनेवाले तीस कोटि (आज एक सौ कोटि) जनों का जन-अरण्य, एक पूरा-का-पूरा हिंदू राष्ट्र आज भी इस देश में उठ खड़ा होगा।

३१०. इस प्राचीन कालखंड के अंतिम शतक में या शताब्दी में अधिकांश जगत् को ध्वस्त और आतंकित करनेवाले क्रूर हूणों को भी पदाक्रांत कर उनका निर्दलन करनेवाले हूणांतक राजा यशोधर्मा के पराक्रम से उद्दीप्त पृष्ठ ही हमारे हिंदू राष्ट्र के इतिहास का 'चतुर्थ स्वर्णिम पृष्ठ' है!

□

स्वर्णिम पृष्ठ

पंचम (पूर्वार्द्ध)

प्रकरण—१

महाराष्ट्रीय पराक्रम का उच्चांक : अटक पर भगवा ध्वज फहराया गया!

३११. प्रस्तावना—हिंदू राष्ट्र के इतिहास के 'छह स्वर्णिम पृष्ठ' नामक यह जो ग्रंथ हम लिख रहे हैं, उसका विषयक्षेत्र इस ग्रंथ के प्रारंभ में परिच्छेद ४ से ९ तक व्यक्त किया है। उस अनुरोध से यह ज्ञात होता है कि साधारणत: ईसवी सन् की आठवीं शताब्दी से लेकर अठारहवीं शताब्दी के अंत तक चल रहे सतत, प्रदीर्घ और प्रचंड हिंदू-मुसलिम संघर्ष का ब्योरेवार विस्तृत इतिहास लिखना इस ग्रंथ का मूल उद्देश्य नहीं है, अपितु हमारे मत से उस महासंग्राम का और उस कालखंड का हिंदू राष्ट्रीय दृष्टिकोण से जितनी मर्मज्ञता, यथार्थता और निर्भयता से समीक्षण होना आवश्यक है, परंतु जो आज तक किसी ने नहीं किया है, वह समीक्षण करना ही यहाँ पर हमारा मुख्य उद्देश्य है।

३१२. कारण, हिंदू राष्ट्र के हित के लिए वह आज भी अत्यंत आवश्यक और हितकर है।

३१३. हमारे इतिहास के दो खंड—हमारे विचार से हमारा विशुद्ध इतिहास घटनाक्रम के अनुसार दो कालखंडों में विभाजित होता है। पहला भाग या कालखंड ईसवी सन् के सात सौ वर्ष तक का प्राचीन भाग है और दूसरा सात सौ वर्ष के पश्चात् का अर्वाचीन भाग है। उसके अनुसार हमने अब तक प्राचीन भाग की अर्थात् ई.स. ७०० तक के कालखंड की समीक्षा कर उसके चार स्वर्णिम पृष्ठों का वर्णन किया। अब हम अर्वाचीन भाग की अर्थात् ई.स. ७०० के बाद के कालखंड की समीक्षा करते हुए उसका वर्णन करेंगे।

३१४. यह समीक्षा करते समय आधारभूत महत्त्वपूर्ण फुटकर घटनाओं का आवश्यकतानुसार ब्योरेवार उल्लेख किया जाएगा और कालक्रम निर्देश भी यथासंभव

ध्यानपूर्वक किया जाएगा; परंतु कालक्रम का विवरण अन्य कई इतिहास-लेखकों के छोटे-बड़े इतिहास-ग्रंथों में सहजता से उपलब्ध है। इसलिए यहाँ उसके लिए स्थान देना अनावश्यक है। इस कारण प्रस्तुत समीक्षा में सन्, शक, संवत् आदि कालानुबंध के क्रम को इतना महत्त्व न देकर जिन विधेयों पर चर्चा करनी आवश्यक है, उनके विषयानुबंध के क्रम की ओर मुख्य रूप से ध्यान दिया जाएगा।

३१५. हिंदू-मुसलिम महासंग्राम का अभूतपूर्व दोमुँहा संघर्ष—इस अर्वाचीन इतिहास के आरंभ में भारत पर मुसलमानों द्वारा लगातार एक के बाद एक हिंदू राष्ट्र के साथ जो अनेक युद्ध किए गए, उनमें से एक दोमुँहा या दोहरा संघर्ष हिंदू राष्ट्र के इतिहास की एक अभूतपूर्व दुर्घटना थी। कारण, ऐतिहासिक काल में मुसलमानों के पूर्व में भारत पर यवन, शक, हूण आदि जिन विदेशी लोगों ने आक्रमण किए, उन सबका मुख्य उद्देश्य भारत को जीतकर यहाँ अपनी राजसत्ता स्थापित करना था। इस राजनीतिक लालसा के अतिरिक्त कोई अन्य सांस्कृतिक या धार्मिक शत्रुता का मुख्य कारण उनके आक्रमणों के पीछे नहीं था। इस नए इसलामी शत्रु के मन में उन प्राचीन शत्रुओं की तरह एक महत्त्वाकांक्षा तो हिंदू राष्ट्र की राजसत्ता छीनकर पूरे भारत में मुसलिम साम्राज्य स्थापित करना तो थी ही, साथ में उन प्राचीन शत्रुओं में से किसी के स्वप्न में भी कभी नहीं आई होगी, ऐसी एक ज्वलंत धार्मिक महत्त्वाकांक्षा भी इसलाम के उस आक्रमण के पीछे कार्य कर रही थी।

उन्हें आक्रमण करने के लिए सतत प्रेरित और उद्दीपित करनेवाली और उनकी राजनीतिक महत्त्वाकांक्षा से कई गुना अधिक राक्षसी एवं विनाशकारी उस दूसरी धार्मिक महत्त्वाकांक्षा के उन्माद में हिंदू राष्ट्र का आधारभूत हिंदू धर्म और हिंदुत्व को ही नष्ट कर तलवार के बल पर अपना मुसलिम धर्म इस पूरे हिंदू जगत् पर लादने के लिए समस्त एशिया के ये लाखों मुसलमान आक्रमणकारी अनेक राष्ट्रों से बाहर निकलकर अनेक शतकों तक भारत पर टूटते रहे थे।

३१६. ईसाइयों का अत्याचारी आक्रमण—मुसलिम आक्रमणों की इस संकट परंपरा के साथ ही ईसाइयों के आक्रमणों की विपत्ति भी भारत पर आई। ईसवी सन् की पहली सदी में दक्षिणी भारत के मलाबार प्रांत में घुसे सीरियन क्रिश्चियंस को छोड़ दें, तो भी लगभग पंद्रहवीं सदी में यूरोप से पुर्तगीज, डच, फ्रेंच, ब्रिटिश आदि ईसाई राष्ट्र पश्चिम की ओर के समुद्री मार्ग से आक्रमण कर भारत पर मानो टूट पड़े। उनका वह ईसाई आक्रमण भी इसलामी आक्रमण के समान ही राजनीतिक और धार्मिक दोहरे स्वरूप का और वैसा ही राक्षसी भी था। उन्होंने भी लाखों हिंदुओं को बंदूक की नोक पर भ्रष्ट कर उन्हें जबरदस्ती ईसाई बनाने का प्रयास कैसे किया—इसका वर्णन हम आगे यथासंभव करेंगे।

३१७. यहाँ सर्वप्रथम हिंदू-मुसलिम संघर्ष का वर्णन किया जाएगा। मुसलिम

आक्रमण के ये दो मोर्चे यद्यपि एक ही महासंग्राम के दो उपांग थे, तथापि उनके मूल धार्मिक और राजनीतिक रूप, उनके युद्ध के साधन और अंतिम फल-निष्पत्ति सब अनेक अंशों में भिन्न-भिन्न ही थे। अत: उनकी चिकित्सा और चर्चा भी स्वतंत्र रूप से अलग-अलग करना आवश्यक है।

३१८. अत: सर्वप्रथम हम उस महासंग्राम के मुसलिमों तथा अन्य म्लेच्छों के धार्मिक आक्रमणों की समीक्षा करेंगे और तदनंतर मुसलिमों के राजनीतिक आक्रमणों की समीक्षा करेंगे।

□

प्रकरण—२

केवल हिंदू-निंदक इतिहास

३१९. कोई भी इतिहास—चाहे वह विदेशी इतिहासज्ञों द्वारा लिखा गया हो, हमारे प्रत्यक्ष शत्रुओं द्वारा लिखा गया हो अथवा हमारे स्वदेशी इतिहासकारों द्वारा लिखा गया हो—वह हिंदुत्व के विशुद्ध, निर्भय दृष्टिकोण से कभी भी नहीं लिखा गया। इसलिए उनमें हिंदुओं की यथार्थ गौरवगाथाओं का बारंबार कैसे उल्लेख नहीं किया जाता है और हिंदुओं पर आई विपत्तियों के वृत्तांतों को ही हमारा 'हिंदू इतिहास' कहकर कैसे प्रस्तुत किया जाता है, इस विषय के अनेक उदाहरण हमने इसके पूर्व में दिए हैं और आगे भी देंगे। निम्नलिखित कालखंड का उदाहरण इसी सत्य को स्पष्ट करता है। इसलिए नीचे हम उसका विशेष निर्देश करते हैं।

३२०. सर्वसाधारण इतिहास-ग्रंथों में और विशेषत: पिछले डेढ़ सौ वर्षों के शालेय इतिहासों में हूणों के बाद मध्यांतर के काल की हिंदुओं की स्थिति के बारे में दो-तीन पंक्तियाँ भी न लिखते हुए एकदम हिंदुओं पर मुसलमानों का जो पहला आक्रमण—'सिंध पर आक्रमण'—हुआ, उसी का वृत्तांत दिया जाता है। तत्पश्चात् एक के बाद एक लगातार होनेवाले मुसलिम आक्रमणों का वृत्तांत दिया जाता है। इस कारण साधारण हिंदू पाठक और विशेष रूप से विद्यार्थियों पर यही संस्कार पड़ता रहा है कि हिंदुओं का इतिहास यानी परकीयों द्वारा उनपर किए गए आक्रमण, हिंदुओं की पराजय और उनकी सतत दासता का ही इतिहास है। इन मिथ्या संस्कारों का जोर-शोर से प्रचार हमारे शत्रुओं ने एक प्रस्थापित सत्य के रूप में पूरे जगत् में किया है। उदाहरणार्थ, हिंदुत्व के द्वेष से जिनकी मति भ्रष्ट हुई है, ऐसे विद्वान् डॉ. आंबेडकर लिखते हैं—

३२१. "...The Hindu's has been a life of continuous defeat. It is a mode of survival of which every Hindu will feel ashamed."

३२२. खोतान तक हिंदुओं की दिग्विजय—इस प्रसंग में सत्य इतिहास इस प्रकार है कि हूणों का दमन करने के पश्चात् यानी साधारणत: ई.स. ५५० के बाद हिंदू

राजाओं ने अनेक मार्गों से सिंधु नदी पार कर आज जिन्हें हम सिंध, बलूचिस्तान, अफगानिस्तान, हिरात, हिंदुकुश, गिलगित तथा कश्मीर कहते हैं, उन सारे प्रदेशों को म्लेच्छ शत्रुओं से पुनः जीतकर अपने राज्य वहाँ स्थापित किए। सम्राट् अशोक की मृत्यु के बाद इन प्रदेशों को यवन, शक, हूण आदि म्लेच्छों ने वैदिक हिंदुओं से छीनकर उन्हें कम-से-कम पाँच सौ वर्षों तक अपने आधिपत्य में रखा था। उन समस्त म्लेच्छ शत्रुओं का विध्वंस कर वैदिक हिंदुओं ने उस काल में सिंधु के उस पार के भारतीय साम्राज्य के उन सारे प्रदेशों को पुनः जीत लिया था। यही नहीं, अपितु हिंदुओं की विजयी सेनाओं ने चंद्रगुप्त के साम्राज्य के आगे जाकर उत्तर कुरु तक वैदिक धर्म और राज्य का ध्वज पुनः फहराया था। एक समय में तो कश्मीर के उस पार मध्य एशिया के खोतान प्रदेश में भी हिंदू राजाओं का राज था। उस काल की एक और स्फूर्तिदायक, गौरवमय स्मृति यह है कि कई इतिहासकारों के अनुसार प्रत्यक्ष 'गजनी' (महमूद की) में राजा शिलादित्य का राज्य था।

३२३. हिंदू राष्ट्र की पुनरुत्थान क्षमता—हिंदुओं की यह आश्चर्यजनक राष्ट्रीय पुनरुत्थान क्षमता देखकर स्मिथ जैसे विदेशी इतिहासकार भी क्षण भर के लिए विस्मयाभिभूत हो जाते हैं। चौथे स्वर्णिम पृष्ठ में इस विषय में विस्तृत जानकारी देकर स्मिथ के तत्कालीन हिंदुओं के विजयशील स्वातंत्र्य की प्रशंसा करनेवाले मूल उद्‌गार भी दिए गए हैं। जिज्ञासु जन संदर्भ के लिए उन्हें अवश्य पढ़ें। उनमें से एक वाक्य यहाँ पर पुनः उद्‌धृत करते हैं—"After the defeat of Mihirgul by the Hindus and the extinction of the Hun power, India enjoyed immunity from foreign attack for nearly five centuries."

३२४. डॉ. आंबेडकर के हिंदू इतिहास से संबंधित उपर्युक्त प्रलापों और आक्षेपों का प्रबल खंडन स्मिथ ने ही इस प्रकार किया है।

३२५. मुसलमानों के साथ प्रचंड संघर्ष का प्रारंभ—साधारणतः यह माना जाता है कि सिंध पर मोहम्मद कासिम ने जो आक्रमण किया था, वही अरब या किसी भी अन्य मुसलिम राष्ट्र का भारत पर होनेवाला पहला आक्रमण था, परंतु वस्तुस्थिति यह नहीं है। इस आक्रमण के न्यूनतः पचास वर्ष पहले से अरब मुसलमानों के सिंध में राज्य कर रहे ब्राह्मण राजाओं के साथ बीच-बीच में संघर्ष चलते रहे थे। छिटपुट लड़ाइयाँ भी होती रहीं। परंतु यहाँ पर इन विदेशी मुसलमानों द्वारा, उन्हें विभिन्न दिशाओं से जो मार्ग मिले, उससे घुसकर भारत पर किए गए छोटे-बड़े आक्रमणों का क्रमवार विवरण देने का हमारा संकल्प या उद्‌देश्य कदापि नहीं है। इतना ही कहना पर्याप्त होगा कि उनके वे सारे प्रयास हिंदुओं ने विफल कर दिए। अंत में अरबों के मुख्य खलीफा का ओमान स्थित गवर्नर उसमान ने सिंध पर प्रकट रूप से आक्रमण किया, परंतु सिंध के तत्कालीन ब्राह्मण राजा 'चाचा' ने उसकी अरब सेना को पराजित कर उसके सेनापति

अब्दुल अजीज का ही वध कर डाला।

लगभग ई.स. ६४० तक हुई इन लड़ाइयों के बाद अरबों ने कोई भी महत्त्वपूर्ण उपद्रव नहीं किया। केवल मरकाणी नामक एक दूरस्थ, एकाकी छोटे से प्रदेश को जीतकर उन्होंने वहाँ के हिंदुओं को बलात् मुसलमान बना डाला। यही आगे चलकर कट्टर मुसलमान बने हुए जंगली बलूची लोग हैं।

३२६. सिंध पर मुसलमानों का पहला विशाल आक्रमण—उसके पश्चात् ई.स. ७११ में अरब मुसलमान सेनापति मोहम्मद कासिम ने पचास हजार सैनिकों की विशाल सेना के साथ भारत के सिंध प्रांत पर पहला बड़ा आक्रमण किया। उस समय सिंध में दाहिर नामक वैदिक-धर्माभिमानी ब्राह्मण राजकुल का राजा राज करता था। अर्थात् सिंध में बहुसंख्यक जनता वैदिक-धर्माभिमानी हिंदू ही थी। शेष अल्पसंख्य जनता बौद्ध-धर्मीय थी। पूर्व में जब सिंध प्रांत पर हूणों के अंतिम क्रूर राजा मिहिरगुल का शासन था, तब उसने बौद्धों पर असंख्य अत्याचार किए थे (उनका उल्लेख चौथे स्वर्णिम पृष्ठ के परिच्छेद २९० से २९३ में किया गया है)। उग्र स्वभाव का क्रूरकर्मी मिहिरगुल यद्यपि हूण जाति का म्लेच्छ था, तथापि धर्म से वह वैदिक-धर्मीय रुद्र देवता का एकनिष्ठ उपासक होने के कारण वैदिक-धर्माभिमानी था और उसे बौद्ध धर्म के अहिंसक कायर दर्शन से घोर घृणा थी।

मिहिरगुल की मृत्यु के बाद जब सिंध प्रांत में वैदिक हिंदू राजाओं का राज हुआ, तब से बौद्ध-धर्मियों को कोई भी कष्ट या संत्रास नहीं भोगना पड़ा था। उन्हें अपने धर्म का पालन निर्बाध रूप से करने की पूरी स्वतंत्रता थी।

३२७. बौद्धों का राष्ट्रद्रोह—तथापि मुसलमान नामक कोई विदेशी, परधर्मीय—वैदिक हिंदुओं के राज्य पर आक्रमण करने आए हैं—यह जानकर इन भारतीय बौद्धों को दुःख की बजाय हर्ष ही हुआ था। उन मूलतः हिंदूद्वेषी लोगों को क्वचित् ऐसा लगा हो कि पूर्वकाल में जिस प्रकार मिनांडर प्रभृति ग्रीक सेनाओं और उनके परवर्ती कुषाणों के राजा कनिष्क ने बौद्ध धर्म स्वीकार कर भारत में बौद्ध राज्य की स्थापना की थी, उसी प्रकार ये नए परधर्मीय मुसलमान भी करेंगे। अरब मुसलमानों के उस सेनापति ने पहले ही आक्रमण में सिंध का देवल नामक महत्त्वपूर्ण सिंधुद्वार (बंदरगाह) दाहिर राजा से जीत लिया।

तब तत्काल वहाँ के बौद्ध नेताओं ने आगे जाकर उस विदेशी सेनापति का भव्य स्वागत किया और उसकी शरण में जाकर प्रार्थना की—"दाहिर के वैदिक-धर्मीय राज्य और प्रजा से हम बौद्धों का कोई संबंध नहीं है। उनका धर्म अलग है, हमारा धर्म अलग है। हमारे गुरु (गौतम बुद्ध) ने हमें अहिंसा व्रत की कठोर दीक्षा दी है। हम शस्त्र धारण नहीं करते और राज्यों के आपसी लड़ाई-झगड़ों में कभी भाग नहीं लेते। जो विजयी होकर राज करेगा, फिर चाहे वह कोई भी हो, उसी राजा की आज्ञा का पालन हम

ऐहिक व्यवहार में करते हैं। अब आपने विजय प्राप्त की है, तो आप ही हमारे राजा हैं। इसलिए हम बौद्ध लोग दाहिर की सशस्त्र सेना में प्रवेश करेंगे या उसके साथ मिल जाएँगे, ऐसी शंका भी कभी मन में न लाएँ और आपकी ओर से हम बौद्धों को किसी प्रकार का कोई कष्ट न होने दें।''

बौद्धों की इस आशय की शरणागति की प्रार्थना सुनकर उस राजनीतिकुशल सेनापति मोहम्मद कासिम ने उन्हें उस समय अभयदान दिया था।

३२८. उधर, देवल सिंधुद्वार पर मुसलमानों का अधिकार हो गया है—यह ज्ञात होते ही राजा दाहिर स्वयं अपनी सारी सेना को तैयार कर मुसलमानों से युद्ध करने रणभूमि में उतरा। मोहम्मद कासिम भी देवल के आस-पास के प्रदेशों को जीतता हुआ आगे बढ़ा। जिन मुसलिम तवारीखकारों (इतिहास-लेखकों) ने इस अरब आक्रमण का वृत्तांत लिखा है, उनके ही अनुसार सिंध प्रांत को जीतते समय दुर्गम मार्ग दिखाकर, अरब सेना को अन्न-रसद पहुँचाकर, राजा दाहिर के विषय में गुप्त रूप से समाचार पहुँचाकर सिंध के बौद्ध लोगों और भिक्षुओं ने मुसलमानों की भरपूर सहायता की। कुछ वैदिक-धर्मियों ने भी देशद्रोह किया, परंतु वह व्यक्तिगत और अपवाद रूप में ही था।

३२९. रणभूमि में राजा दाहिर की मृत्यु—अंत में मुसलमान और हिंदुओं की मुख्य सेनाओं का परस्पर सामना ब्राह्मणाबाद में हुआ। हिंदुओं ने पूरी शक्ति से युद्ध किया। उस समय मुसलमानों के पास भी तोपें नहीं थीं, परंतु उनके पास एक नवीन प्रकार के दूर से बौछार करनेवाले यंत्र या अस्त्र थे। उस प्रकार के अस्त्र-शस्त्र हिंदुओं के पास नहीं थे। इसलिए उनकी शक्ति कम पड़ने लगी। दाहिर की सेना में कुछ अरब मुसलिम वेतनधारी सैनिक भी थे। दाहिर का कासिम से युद्ध शुरू होते ही इन किराए के टट्टू मुसलमान सैनिकों ने अचानक विद्रोह कर दाहिर से कहा—''सेनापति मोहम्मद कासिम अरब मुसलमान है। अतः यह युद्ध धर्मयुद्ध है। हम भी मुसलमान हैं, इसलिए तुम हिंदू काफिरों का पक्ष लेकर हम मोहम्मद कासिम से युद्ध नहीं लड़ेंगे।''

यह कहकर उन्होंने उलटे हिंदू सेना पर ही आक्रमण कर दिया। हिंदुओं की शत्रु पर भी विश्वास रखने की घातक मनोवृत्ति का फल आगे भी जिस किसी हिंदू राजा ने मुसलमानों को अपनी सेना में नौकर रखा, उन सबको इसी प्रकार भोगना पड़ा। ऐन वक्त पर युद्ध में हिंदू सेना के साथ विश्वासघात होता था।

३३०. ऐसी विपरीत स्थिति में भी धैर्य रखकर दाहिर स्वयं गजारूढ़ होकर रण-संचालन करते हुए अत्यंत शूरता से युद्ध कर रहा था; परंतु जब वह युद्ध में मारा गया, तब हिंदू सेना घबराकर अस्त-व्यस्त हो गई। मुसलिम सेनाएँ उसका पीछा करते हुए नगर में घुस पड़ीं।

३३१. राजा दाहिर युद्ध में मारा गया—यह समाचार सुनते ही उसकी तेजस्विनी रानी तथा अन्य सैकड़ों महिलाओं, हिंदू वीरांगनाओं ने प्रचंड अग्नि में कूदकर जौहर

किया, अपनी प्राणाहुतियाँ दीं। इस प्रकार क्षात्रधर्म की पराकाष्ठा हुई। उस रानी को तथा अन्य उच्च कुल की स्त्रियों को पकड़कर दासी बनाने के शत्रु के मंसूबे विफल हो गए।

३३२. इस कोलाहल में राजा दाहिर की दो कन्याएँ—सूर्या देवी और परिमला देवी नगर में प्रविष्ट मुसलमान सैनिकों के हाथों लग गईं। मोहम्मद कासिम ने समस्त पराभूत सैनिकों और नागरिकों का वध (कत्ल) किया, परंतु हाथ लगी उन दो राजकन्याओं तथा अन्य सैकड़ों हिंदू स्त्रियों को दासी बनाकर वह अपने साथ ले गया। हिंदुओं के कत्ल, आगजनी और लूटमार तो बेधड़क चल रहे थे। सिंध में आगे बढ़ती हुई मुसलिम सेनाओं को जो भी नगर और ग्राम मार्ग में मिले, उन सबकी ऐसी ही घोर दुर्दशा उन्होंने की।

३३३. राष्ट्रीय संकट में बौद्ध क्या कर रहे थे?—राजा दाहिर की मृत्यु और मुसलमानों की विजय के समाचार सुनकर प्रत्येक नगर के बौद्ध विहारों में रहनेवाले बौद्ध भिक्षु बड़े उत्साह से घंटे बजा-बजाकर मुसलमानों का स्वागत करते थे और उनके मुसलिम राज़ा के उत्कर्ष के लिए सामुदायिक प्रार्थना करते थे।

३३४. बौद्धों के पाप का तत्काल प्रायश्चित्त—परंतु उन्होंने जिनका ऐसा स्वागत किया, उन्हीं (मुसलमानों) ने उनका समूल उच्छेद कर दिया। अंतिम युद्ध जीतते ही जब मुसलमान किसी चक्रवात की भाँति सिंध में घुसे, तब उन्होंने जैसे हिंदुओं का वध किया था, उससे भी अधिक निष्ठुरता से बौद्धों का वध किया। चूँकि वैदिक हिंदू यत्र-तत्र व्यक्तिशः या समूह में युद्ध कर प्रतिकार करते थे। इसलिए मुसलमानों को उनसे कुछ भय होता था, परंतु बौद्ध विहारों और बौद्ध बस्तियों में किसी भी प्रकार के सशस्त्र प्रतिकार की कोई आशंका न होने के कारण मुसलमानों ने बौद्धों को गाजर-मूली की तरह काट डाला। जिन बौद्ध लोगों ने मुसलमान होना स्वीकार कर लिया, उनके ही प्राण बचे। 'बुतपरस्ती' अर्थात् मूर्तिपूजा का घोर तिरस्कार करनेवाले मुसलमानों ने समस्त सिंध में फैले हुए बौद्ध विहारों और उनमें स्थित असंख्य मूर्तियों को तोड़-फोड़कर नष्ट कर दिया।

३३५. 'बुतपरस्त'—मुसलमानों में प्रचलित यह शब्द संस्कृत के मूल 'बौद्ध' शब्द 'बुद्धप्रस्थ' का अपभ्रंश है। भारत में प्रवेश करने से पहले मुसलमान जब बैक्ट्रिया (बाह्लीक), पार्शिया (पहलव) आदि प्रांतों में गए, तब उन्हें बौद्धों के विहारों या 'बुद्धप्रस्थों' में ही पहली बार मूर्तियाँ दिखीं और बहुसंख्य बुद्ध प्रतिमाएँ मिलीं। इसलिए वे मूर्तिपूजकों को 'बुतपरस्त' अर्थात् 'बुद्धप्रस्थ' कहने लगे। ऐसे 'बुतपरस्तों' (बुद्धप्रस्थों) का मूर्तिपूजकों का विध्वंस करना मुसलमानों के धर्म की आज्ञा ही थी। उन्होंने इस 'धर्माज्ञा' का पूरा पालन किया।

३३६. बौद्धों की आततायी अहिंसा का शिरच्छेद किया—परिच्छेद १५८ से १६० तक 'बौद्ध धर्म भारत में नामशेष क्यों हुआ?' इस प्रश्न का जो ऊहापोह या चर्चा

की गई है, उसका इस पुस्तक के विषयक्षेत्र के लिए आवश्यक समारोप करने का यही काल-प्राप्त स्थान है। ई.स. ७०० के जिस काल की चर्चा हम कर रहे हैं, उस काल में भारत के सिंध प्रांत में मुसलमानों का प्रवेश होने से पहले ही भारत में बौद्ध-धर्मियों की संख्या सतत घटती जा रही थी और उस पंथ का क्षय हो रहा था।

पूर्व में हमने यह बताया है कि बौद्ध दर्शन और धर्ममतों का वैदिक धर्म के धुरंधर विद्वानों द्वारा किया हुआ यशस्वी खंडन ही बौद्ध धर्म के भारत से हुए समूल उच्छेद का एकमेव कारण नहीं है। इस समूल उच्चाटन के लिए अनेक राजनीतिक और सामाजिक घटनाएँ भी कारण हुई थीं। उनमें से जिन घटनाओं की ओर पूर्ववर्ती अधिकतर इतिहासकारों का ध्यान नहीं गया या उन्होंने उन घटनाओं को यथोचित, आवश्यक महत्त्व नहीं दिया, ऐसी कुछ घटनाओं और कारणों का प्रमुखता से उल्लेख कर हम इसका संक्षिप्त समापन कर रहे हैं।

३३७. प्रथम कारण बौद्धों का राष्ट्रद्रोह—बौद्ध संघों द्वारा परकीयों के राष्ट्रीय संकटों के काल में सांघिक रूप से किए गए भारत के इस राष्ट्रद्रोह के विषय में इस पुस्तक के परिच्छेद १५८ से १६० तक, १८० से १८८ तक तथा २११, २५२, २५३, २९२ और २९३ में चर्चा की गई है। बौद्धों की इस राष्ट्रद्रोही प्रवृत्ति के कारण सारी राष्ट्रप्रेमी जनता उनका उच्चाटन या उच्छेद करने के लिए प्रवृत्त हुई। 'बौद्ध संघ जन्मजात राष्ट्रद्रोहियों का संघ है'—ऐसे कटु अनुभवों का भारतीय राष्ट्रभक्त और राजनीतिक चेतना-संपन्न जनता को निश्चय हो जाने से समूचे भारत में बौद्ध संघों को कहीं भी राज्यसत्ता का थोड़ा सा भी आश्रय मिलना बंद हो गया। ऐसे में ई.स. ७०० के आस-पास उत्तर भारत में सर्वत्र वैदिक धर्म के कट्टर समर्थक और अभिमानी राजपूत राज्यों का उदय तथा उत्कर्ष हो रहा था। इसलिए वह बौद्ध संघ, वह बौद्ध संप्रदाय, भारत में अनाथों की भाँति बहिष्कृत, दुर्बल और पंगु होकर पड़ा हुआ था।

३३८. द्वितीय कारण बौद्धों की आततायी अहिंसा—बौद्धों के राष्ट्रद्रोह से जिस प्रकार भारत की राष्ट्राभिमानी और राजनीतिक चेतना संपन्न भारतीय जनता के मन में उनके प्रति वितृष्णा उत्पन्न हुई, उसी प्रकार उनकी आततायी अहिंसा के उपद्रव से त्रस्त होकर, पूर्व में एक बार इस बौद्ध धर्म की भक्त रही भारत की साधारण जनता भी अब उस धर्म का तिरस्कार करने लगी। अशोक अथवा हर्षवर्धन के राज्यकाल के समान कुछ थोड़े से प्रसंगों में जब बौद्धों के हाथों में असीम राज्यसत्ता आई थी, तब उन्होंने राजदंड के बल पर भारत की वैदिक जनता पर बौद्धमत को थोपा था। बौद्धों द्वारा किए हुए धार्मिक अत्याचारों के अनेक उदाहरण और उल्लेख उस समय के ग्रंथों में मिलते हैं। यदि हम वैदिक ग्रंथों से ऐसे अवतरण देंगे, तो किसी शंकाशील व्यक्ति को वे विपक्षी होने के कारण संदेहास्पद लगेंगे। ऐसी कोई भ्रांति उत्पन्न न हो, इसके लिए इस विषय पर अवैदिक विदेशी इतिहासकारों ने भी कितनी कठोरता से लिखा है,

उसके उदाहरणस्वरूप विंसेंट स्मिथ के ग्रंथ 'The Early History of India' का यह अवतरण पढ़िए—

३३९. "It is recorded by contemporary testimony that in the seventh century, king Harsh, who obviously aimed at copying closely the institutions of Ashok did not shrink from inflicting capital punishment without hope of person or any person who dared to infringe his commands by saying anything or using flesh as food in any part of his commune, Kumar Pal, a jain king of Gujarath imposed savage penalties upon violators of his (similar) rules. An unlucky merchant who had committed the atrocious crime of cracking a louse was brought before a special court at Anahilwada and punished by the confiscation of his whole property. An other wretch who had outraged the sanctity of the capital by bringing in a dish of raw meat was put to death. The special court constituted by Kumar Pal, (for this purpose) had functions similar to those of Ashok's censors. And the working of the later institutions sheds much light on the unrecorded proceedings of the earlier ones."

३४०. इसका भावार्थ इस प्रकार है—''तत्कालीन साक्ष्यों से यह सिद्ध होता है कि अशोक के समान ही श्रीहर्ष ने भी राजाज्ञा घोषित की थी कि जो व्यक्ति किसी भी प्राणी की हिंसा करेगा अथवा मांसभक्षण करेगा, उसे मृत्युदंड दिया जाएगा। उसे राजदया का भी आधार नहीं मिलेगा।''

इसके अनुसार उसके साम्राज्य में (मछली, पशु, पक्षी, हिंस्र श्वापद आदि) किसी भी प्राणी की हत्या करनेवाले को अथवा मांसभक्षण करनेवाले को मृत्युदंड दिया जाता था। गुजरात का राजा कुमार पाल यद्यपि जैन मतानुयायी था, तथापि प्राणिहिंसा के प्रकरण में उसने बौद्धधर्मी अशोक का ही अनुकरण कर अपने राज्य में ऐसे प्राणिहिंसक अथवा मांसाहारी अपराधियों को ढूँढ़ निकालने के लिए गुप्तचरों का एक जाल फैला रखा था। इन निष्ठुर राजाज्ञाओं के कारण ऐसे अपराधी लोगों को कितने कठोर और बर्बर दंड दिए जाते थे, यह जानने के लिए उदाहरणस्वरूप दो-तीन प्रामाणिक कथाएँ कहना पर्याप्त होगा। एक अभागे व्यापारी ने एक बार अपने सिर के बालों की एक जूँ—यूका—को मारा। इस घोर (?) अपराध के लिए उसे पकड़कर अनहिलवाड़ा के एक विशेष न्यायालय में लाया गया। वहाँ पर उसे उसकी सारी संपत्ति (घर, खेती, दुकान आदि) राजहृत (जब्त) करने का दंड दिया गया। एक बार एक व्यक्ति राजधानी में कच्चे मांस का कोई व्यंजन लाते हुए पकड़ा गया। इस घोर (?) अपराध के लिए उसे मृत्युदंड दिया गया।''

३४१. उस हुतात्मा जूँ का क्या हुआ—जिस मनुष्य ने अपने सिर की जूँ निकालकर मारी थी, उसकी राजहृत संपत्ति की बिक्री से प्राप्त हजारों रुपयों से उस जैन राजा ने जैन धर्माचार्यों के आदेश से उस हुतात्मा जूँ के स्मारक के रूप में एक विशाल भवन बनाया और उसका नाम रखा 'यूका-विहार' (जूँ का मंदिर)!

३४२. यह कथा यदि कोई अन्य मतावलंबी व्यक्ति लिखता तो ऐसा लगता कि वह जैनमतों की विडंबना और उपहास कर रहा है; परंतु स्वयं जैन ग्रंथकारों ने यह कथा अत्यंत गौरव से लिखी है। उन ग्रंथकारों ने इसी प्रकार की अन्य कई घटनाएँ बड़े गौरव से लिखी हैं। इसलिए उपर्युक्त घटना को विश्वसनीय माना जा सकता है।

३४३. सिर की जुओं की रक्षा के लिए शिरच्छेद ही किया जाए! मछली जैसे छोटे जीवों की रक्षा के लिए मनुष्य को जीवदंड (प्राणदंड) दिया जाए! और इसे 'अहिंसा' कहें, मानो मनुष्य की हत्या करना हिंसा नहीं था, मनुष्य कोई प्राणी (प्राणवान) नहीं था! हिंसा से भी अधिक आततायी बनी इस राक्षसी अहिंसा के अनन्वित अत्याचारों से भारत के व्याध, निषाद, मछुआरे, बहेलिया आदि लाखों लोगों की आजीविका का साधन ही नष्ट हो गया।

३४४. उपर्युक्त जातियों के लाखों लोगों ने राजा की इस अहिंसात्मक आज्ञा के कारण उनकी आजीविका का साधन नष्ट होने से उनकी और उनके स्त्री-बच्चों की भुखमरी से कैसे हिंसा हो रही है—इस विषय में तीव्र आंदोलन किया। तब गुजरात के उस धर्मपालक राजा ने दयालु होकर दूसरी आज्ञा दी कि इन लाखों लोगों को उनके हिंसामय व्यवसाय तो बंद करने ही पड़ेंगे, परंतु उनके उदर-निर्वाह के लिए उन्हें राज्य की ओर से तीन वर्षों तक उनकी माँग के अनुसार धन दिया जाएगा।

३४५. अर्थात् उनकी आजीविका की समस्या का कोई स्थायी निदान नहीं हुआ था और तीन वर्षों के बाद तो उन्हें पुन: भुखमरी का ही सामना करना था। मांसाहार या मांसान्न ही उनका मुख्य अन्न था, जो उन्हें नि:शुल्क, वनों में आखेट से मिल जाता था। परंतु बौद्ध धर्म की इस आततायी अहिंसा के प्रभाव से अब आखेट ही मृत्युदंड का अपराध घोषित कर दिया गया था। इसलिए उस मांसाहारी साधारण जनता में भी बौद्ध धर्म और बौद्ध शासन के प्रति घोर तिरस्कार तथा घृणा उत्पन्न हुई। उपर्युक्त जातियों के लाखों लोगों ने वितृष्णा से बौद्ध धर्म का त्याग किया और देश-काल-पात्र का अनुसरण कर मानव के लिए हितकारी जैसी सापेक्ष अहिंसा का ही समर्थन करनेवाले वैदिक या उस काल में अधिक प्रचलित 'सनातन' धर्म को पुन: स्वीकार किया।

३४६. अस्पृश्यता बौद्ध धर्म के कारण दृढ़ हुई—आज भी अनेक लोगों की, प्रचारकों की और कई इतिहास-लेखकों की भी एक ऐसी धारणा बनी है कि भारतीय बौद्ध अस्पृश्यता का पालन नहीं करते थे और बौद्ध धर्म के अनुसार बौद्धों के राज्यकाल में किसी को अस्पृश्य नहीं माना जाता था। परंतु यह धारणा मिथ्या, भ्रामक है। यहाँ पर

किसी के धर्मग्रंथों में क्या लिखा है, यह बात गौण है। महत्त्वपूर्ण बात यह है कि प्रत्यक्ष व्यवहार में क्या होता था। बौद्धों ने अहिंसा के सिद्धांत को जिस आततायी ढंग से प्रत्यक्ष रूप दिया; विशेषत: उन्होंने अपने राज्यकाल में प्राणिहिंसा और मांसभक्षण को दंडनीय अपराध घोषित कर, ऐसे अपराधियों को ढूँढ़-ढूँढ़कर उनको सपाटे से मृत्युदंड देने का जो उपक्रम प्रारंभ किया, उसका अपरिहार्य परिणाम यह हुआ कि बौद्ध काल में अस्पृश्यता की रूढ़ि नष्ट होने की बजाय अधिक तापदायक, विस्तृत और दृढ़मूल हो गई। यहाँ उसपर अधिक चर्चा करना संभव नहीं है और उसका प्रयोजन भी नहीं है। यहाँ तो नि:संदिग्ध साक्ष्य के रूप में भारतीय वैदिक अथवा बौद्धों में से किसी का भी मत न देकर, तत्कालीन बौद्ध धर्म के अभिमानी, परंतु तटस्थ चीनी प्रवासियों ने जो भारतभ्रमण के वृत्तांत लिखे हैं, उन्हीं का मत देना पर्याप्त होगा। वे लिखते हैं—''जिन जातियों ने किसी भी उपाय से अपने हिंसात्मक व्यवसायों का त्यागकर बौद्ध धर्म के अनुसार अहिंसा का पालन नहीं किया, उन चांडाल जैसी जातियों को अपराधी मानकर उन्हें बहिष्कृत करते हुए गाँव से बाहर निकाल दिया जाता था। उन्हें महारोगियों की भाँति गाँव की सीमा से दूर रहना पड़ता था। यदि उन्हें बाजार के दिन या अन्य किसी काम से गाँव में आना पड़ता, तो अन्य ग्रामस्थों पर उनकी छाया भी न पड़े, उनको छूत न हो, इसलिए वे अछूत चांडाल झुनझुने जैसी कोई वस्तु (घुँघरू बँधा डंडा या ऐसा ही कुछ) हाथ में लेकर बजाते हुए जाएँ—ऐसा कठोर नियम था। उनके झुनझुने या टिमकी की आवाज सुनकर मार्गस्थ लोग सावधान होकर पहले से ही दूर हट जाते थे।''

३४७. पेशवा काल में भी अस्पृश्यों के साथ ग्रामों में प्रवेश करते समय जो दुर्व्यवहार होता था, उसके लिए जो कोई व्यक्ति अज्ञानवश या ईर्ष्यावश केवल पेशवाओं को ही दोष देकर उनकी निंदा करते हैं, वे प्राचीन काल के इस प्रत्यक्ष साक्ष्य को देखें और अशोक, हर्ष आदि बौद्ध राजाओं तथा विक्रमादित्य से लेकर राजपूतों तक सारे क्षत्रिय राजाओं को भी इस अपराध के लिए दोषी ठहराकर उनकी भी निंदा करें। कारण, अस्पृश्यता की इस अपराधी रूढ़ि का प्रारंभ पेशवाओं के काल में नहीं हुआ था, अपितु वह अत्यंत प्राचीन काल से भारत में वैदिक या जैन—सभी के राज्यकाल में प्रचलित थी। बौद्ध काल में तो उसे नष्ट करना छोड़कर उसका पालन और भी अधिक कठोरता तथा निष्ठुरता से किया जाता था। यही नहीं, ये अस्पृश्य स्वयं भी उनसे नीच जाति के लोगों को अस्पृश्य मानते आए हैं। कतिपय अस्पृश्य व्यक्ति, बौद्ध धर्म में अस्पृश्यता को कोई स्थान नहीं है, इस भ्रामक धारणा के कारण बौद्ध धर्म को अनावश्यक महत्त्व दे रहे हैं; परंतु उन्हें यह ध्यान में रखना चाहिए कि वैदिक-धर्मियों की सापेक्ष हिंसा से अधिक बौद्ध-धर्मियों की इस आततायी अहिंसा से ही चांडाल आदि अस्पृश्यों की घोर दुर्दशा हुई थी। बौद्ध संप्रदाय ने अस्पृश्यता को बढ़ाया, घटाया नहीं। उपर्युक्त ऐतिहासिक साक्ष्यों पर इस विधान को परखकर तब वे अपने हित का कार्य करें।

३४८. वे यह भी ध्यान में रखें कि बौद्ध काल में भी मछली मारने तथा किसी भी प्रकार का मांस खाने पर मृत्युदंड देनेवाले आततायी बौद्ध राज्यशासन से सापेक्ष प्राणि-हिंसा को दंडनीय न माननेवाले वैदिक राज्य ही व्याध, निषाद, चांडाल आदि लाखों लोगों को उनके चरितार्थ के लिए तुलनात्मक दृष्टि से हितकर लगने लगे। जिन्होंने पूर्व में स्वेच्छा से अथवा निरुपाय होकर बौद्ध धर्म स्वीकार किया था, वे हजारों अस्पृश्य भी अब बौद्ध धर्म को त्यागकर पुन: वैदिक धर्म के अनुयायी बनने लगे। इस प्रकार सिंध में मुसलमानों का पदार्पण होने से पहले ही पूरे भारत में उच्च वर्ग से लेकर साधारण जनता तक बौद्ध धर्म के लाखों अनुयायियों की संख्या सतत घटती गई और उस संप्रदाय का उसके अंगभूत रक्तक्षय से ही ह्रास होता गया। इतना ह्रास हुआ कि उस काल में वह घोर दुर्दशा प्रत्यक्ष अपनी आँखों से देखनेवाले बौद्ध-धर्मीय चीनी प्रवासियों ने अत्यंत दु:खी होकर लिखा है—"गौतम बुद्ध के प्रत्यक्ष निवास से पवित्र समझे जानेवाले और किसी समय अत्यंत उन्नत तथा समृद्ध रहे बौद्धगया, मृगदाव, श्रावस्तीनगर, कुशीनगर और कपिलवस्तु (बुद्ध का जन्मस्थान) आदि जागतिक कीर्ति के बौद्धों के तीर्थक्षेत्र भी उस काल में उजड़कर वीरान हो गए थे और वहाँ सर्वत्र जंगल हो गया था।"

३४९. तथापि ह्रासोन्मुख होते हुए भी मुसलमानों के आगमन से पहले बौद्ध संप्रदाय भारत में पूर्णत: नामशेष नहीं हुआ था। सिंध तथा कांबोज प्रदेशों में उसके अनुयायियों की संख्या काफी थी। पूर्वी बंगाल में भी उसका अस्तित्व टिका हुआ था। भारत के अन्य सारे प्रांतों में भी अल्प मात्रा में ही सही, बौद्ध-धर्मीय लोग रहते थे। आज के बिहार प्रदेश के बारे में एक ऐसी आख्यायिका है कि किसी समय उस प्रदेश में बौद्ध भिक्षुओं और उनके विहारों की संख्या इतनी अधिक थी कि उस प्रदेश का नाम ही 'विहार'—'बिहार' पड़ा। मुसलमानों के आगमन के समय यद्यपि स्थिति वैसी नहीं थी, तथापि उस समय भी स्तूप आदि 'बुद्धप्रस्थ' तो वहाँ थे ही; कुछ बौद्धपंथीय लोग भी वहाँ रहते थे; परंतु उस काल में सर्वत्र वैदिक-धर्मीय राजाओं के ही समृद्ध और समर्थ राज्य थे। इसलिए कोई राष्ट्रद्रोही कार्य करने अथवा दूसरों पर अपने धर्माचार बलपूर्वक थोपने की, भले ही इच्छा हो, परंतु भारत के तत्कालीन बौद्धों में शक्ति शेष नहीं रही थी। जब तक वे उचित सीमाओं में रहकर अपने धर्माचारों का पालन करते थे, तब तक उन्हें, उनके भिक्षु संघों को, उनके विहारों को, वैदिक राज्यकर्ताओं की ओर से कोई भी कष्ट या असुविधा नहीं होती थी। उनका धर्मस्वातंत्र्य अबाधित था, इस बात को चीनी प्रवासी भी खुले मन से, सत्यता से पूर्णत: स्वीकार करते हैं।

३५०. तब मुसलमानों के आगमन से पूर्व भारत के हर प्रांत में रहनेवाले लाखों बौद्ध लोग और उनके कई 'बुद्धप्रस्थ' भारत से पूरी तरह नामशेष कैसे हो गए?

३५१. बहुत पहले इतिहासकारों, विशेषत: पश्चिम के इतिहासकारों का दृढ़

पूर्वाग्रह था कि किसी समय या बीच-बीच में वैदिक-धर्मीय राजसत्ताओं ने तलवार के बल से बौद्धों का शिरच्छेद कर उनका उन्मूलन किया होगा अथवा उनके ऊपर बलपूर्वक वैदिक धर्म थोपा होगा। इस पूर्वाग्रह के लिए ऐतिहासिक आधार ढूँढ़ने के उद्देश्य से उन्होंने तत्कालीन भारतीय इतिहास की, चलनी से आटा छानने जैसी छानबीन बार-बार की, परंतु कुछ नगण्य अपवादों के अतिरिक्त भारत में इस प्रकार बौद्धों का बलपूर्वक, योजनाबद्ध निर्मूलन होने का कोई भी साक्ष्य उनको प्राप्त नहीं हुआ। अंत में उनमें से कई इतिहासकारों ने अपने पूर्वाग्रह को दूषित मानकर यह सत्य स्वीकार किया है कि इस प्रकार बलपूर्वक निर्मूलन किए जाने की कल्पना मूलत: ही मिथ्या है।

३५२. तब प्रश्न यह उठता है कि अंत में भारत से बौद्धों का समूल उच्छेद किसने किया? इस प्रश्न का उत्तर स्वदेशी अथवा विदेशी इतिहासकारों को प्राप्त नहीं हुआ अथवा उन्होंने उसे स्पष्ट रूप से नहीं बताया। भारत से बौद्ध धर्म के लगभग नामशेष होने का तीसरा प्रमुख कारण है बौद्धों का मुसलमानों से हुआ सामना।

३५३. सिंध प्रांत पर मुसलमानों का विजयी आक्रमण होते ही बौद्धों ने किस प्रकार भारत से राष्ट्रद्रोह किया तथा मुसलमानों की चाटुकारिता की और तब भी मुसलिम धर्म में अहिंसा का समर्थन करनेवाले तथा 'बुद्धप्रस्थ' यानी 'बुतपरस्त' (मूर्तिपूजक) होनेवाले बौद्ध धर्म के प्रति जो तीव्र द्वेष था, उसके कारण मुसलमानों ने सिंध में किस प्रकार बौद्धों का पूरी तरह सफाया किया, इसका वर्णन हम ऊपर संक्षेप में कर चुके हैं। ठीक उन्हीं कारणों से और उसी पद्धति से मुसलमानों ने, वे जैसे-जैसे भारत के प्रदेशों को जीतते हुए आगे बढ़े, वैसे-वैसे उन प्रदेशों के बुद्धप्रस्थों और बौद्धों का निर्दलन शस्त्रबल से किया। एक हाथ में कृपाण (खड्ग) और दूसरे में कुरान—ऐसी आततायी हिंसा को ही स्वधर्म माननेवाले एक के बाद एक मुसलमान सेनापतियों और उनकी सेनाओं ने पूरे भारत के बौद्धों के स्तूप, संघाश्रम, विहार, स्तंभ और बुद्ध-मूर्तियों को तोड़-फोड़कर ध्वस्त कर डाला। अधिकांश बौद्ध जनता ने मृत्यु के भय से मुसलमान होना स्वीकार किया, इसलिए उसे मुसलमान बना लिया गया। गांधार, कांबोज आदि वायव्य प्रांतों में कोई बौद्ध नहीं बचा, सारे मुसलमान हो गए।

बिहार प्रदेश पर बख्तयार खिलजी का आक्रमण हो रहा है—यह समाचार सुनते ही अनेक बौद्ध जन अपने प्राणों और ग्रंथों की रक्षा करने के लिए अनेक ग्रंथ साथ लेकर तिब्बत और चीन भाग गए। जो नहीं भाग सके, उन्हें भ्रष्ट करके मुसलमान बना दिया गया। उनमें से कुछ हुतात्मा भी हुए होंगे, परंतु उनमें से किसी ने भी कोई संघर्ष नहीं किया। भारतीय बौद्धों के किसी समूह या सेना ने संगठित होकर उन मुसलमानों के साथ कोई सशस्त्र युद्ध किया हो—ऐसा कहीं दृष्टिगत नहीं होता।

३५४. पूर्वी बंगाल में मुसलमान—पूर्वी बंगाल में ही मुसलमान बहुसंख्यक क्यों? इस प्रश्न का उत्तर मिला कि पूर्वी बंगाल की भी वही स्थिति थी। वहाँ बौद्धों की

संख्या बहुत अधिक थी; परंतु कुछ अपवादों को छोड़कर सबके-सब मुसलमान बन गए थे। जिस दिल्ली में कम-से-कम पाँच सौ वर्षों तक एक के बाद एक कट्टर मुसलमान सुलतानों और बादशाहों का राज्य रहा, उस दिल्ली में उस समय भी और आज भी, वैदिक हिंदुओं की ही बहुसंख्या रही है। इसी प्रकार ठेठ पश्चिम बंगाल तक पूरे उत्तर भारत में मुसलमानी शासनकाल में भी और आज भी वैदिक हिंदू ही बहुसंख्या में रहते आए हैं। कारण, जब मुसलमानों ने पहली बार आक्रमण कर इन प्रदेशों को जीता, तब उनमें बौद्धों की संख्या नगण्य ही थी। इसलिए उत्तर भारत के पूर्वी सिरे पर बसे हुए प्रदेश पूर्वी बंगाल में ही मुसलमानों का वहाँ पर राज्य होने के बाद हिंदुओं की संख्या अल्प क्यों हुई? इस प्रश्न का उत्तर इस प्रकार मिलता है कि पूर्व बंगाल में बौद्धों की संख्या उपर्युक्त अन्य प्रदेशों से बहुत अधिक थी। कुछ अपवाद छोड़कर वे सबके-सब मुसलमान बन गए। इसलिए उस समय से पूर्व बंगाल में मुसलमानों की बहुसंख्या हो गई।

३५५. इस प्रकार बौद्ध संप्रदाय का सामाजिक अस्तित्व भारत से जो अकस्मात् नामशेष हुआ, उसका प्रमुख कारण मुसलमानों का आततायी शस्त्रबल और हिंसा ही है। मुसलमान और बौद्धों का एक-दूसरे से परस्पर सामना होते ही मुसलमानों की आततायी हिंसा ने बौद्धों की आततायी अहिंसा का शिरच्छेद किया।

३५६. परंतु भारत में अंत में बौद्ध धर्म की और स्वयं बुद्धदेव की क्या गति हुई? भागीरथी से पृथक् हुआ जल-प्रवाह जिस प्रकार अनेक योजनों तक पृथक् रूप से बहते-बहते आगे कहीं पुनः भागीरथी में ही मिल जाए, उसी प्रकार भारतीय बौद्ध धर्म हिंदू धर्म में विलीन हो गया। हिंदुओं की अवतारमाला में बुद्धदेव की भी स्थापना 'नवम अवतार' के रूप में हो गई और उनका भी हिंदूकरण किया गया।

३५७. तीन सौ वर्षों तक अर्थात् लगभग अगली पाँच पीढ़ियों तक हिंदुओं ने मुसलिम राजसत्ता को सिंध से आगे भारत में फैलने नहीं दिया। यही नहीं, उनपर अनेक बार आक्रमण कर हिंदुओं ने सिंध प्रांत को भी पुनः जीतकर लगभग दो सौ वर्षों तक वहाँ पर राज्य किया।

३५८. हम पहले बता चुके हैं कि अरबों ने ई.स. ७११ में हिंदू राजा पर आक्रमण कर सिंध प्रांत जीत लिया था। अधिकांश स्वकीय और परकीय इतिहास- ग्रंथों में मुसलमानों के सिंध पर हुए इस प्रथम आक्रमण के बाद उनके भारत पर हुए अगले आक्रमणों का वृत्तांत इतने थोड़े स्थान में दिया जाता है और 'हिंदुओं के प्रदेश एक के बाद एक जीतते हुए मुसलमानों ने सारा भारत पदाक्रांत कर डाला'—यह वृत्त कुछ इस ढंग से बताया जाता है, मानो कोई उसे एक साँस में कह डाले! विशेषतः विद्यालयी इतिहास के २०-२५ पृष्ठों के आकुंचित स्थल में तो वह वृत्तांत इतने संक्षिप्त ढंग से लिखा हुआ रहता है कि सामान्य पाठक, और विशेष रूप से विद्यार्थियों पर उसका यह

विपरीत परिणाम होता है कि हिंदुओं ने मुसलमानों का कहीं भी मुकाबला किया ही नहीं। उनका मार्ग कहीं भी अवरुद्ध किया ही नहीं।

३५९. मानो सिंध प्रांत जीतते ही मुसलिम विजेता जो किसी जादुई घोड़े पर आरूढ़ हुए, तो सारा भारत जीतते हुए कन्याकुमारी तक पहुँचकर ही घोड़े पर से नीचे उतरे! परंतु यह धारणा पूर्णत: असत्य है।

३६०. मध्यांतर काल का सम्यक् ज्ञान—ऐसी विपरीत धारणा न बने, इसके लिए इतिहास-लेखकों को मुसलिम आक्रमणों के मध्यांतर काल का और उस काल में हिंदुओं द्वारा किए गए सफल प्रतिरोध का अथवा विफल प्रतिकार का इतने प्रभावकारी और प्रामाणिक स्पष्ट ढंग से तत्कालीन घटनाओं का वर्णन करना चाहिए कि पाठकों को स्पष्ट रूप से सम्यक् ज्ञान हो। सिंध का ही उदाहरण लें। अरब मुसलमानों ने सिंध पर विजय प्राप्त की। उसके बाद लगभग तीन सौ वर्षों तक हिंदू राजाओं ने उन्हें सिंध के आगे पाँव फैलाने का अवसर ही नहीं दिया; परंतु इतने प्रदीर्घ, सफल प्रतिरोध की महत्त्वपूर्ण घटना का कोई ज्ञान सर्वसाधारण पाठक को नहीं रहता। कारण, अधिकांश इतिहास-ग्रंथों में उसका स्पष्ट रूप से उल्लेख ही नहीं मिलता।

३६१. ऐसे कालखंड के दीर्घत्व की यथार्थ अनुभूति—ऐसे मध्यांतर के कालखंड का कोई बिंब हमारे मन में बिंबित नहीं होता। इसका एक कारण यह है कि तीन सौ वर्ष या तीन शताब्दियाँ—ये दो शब्द हम केवल तीन विपलों में लिखकर या पढ़कर आगे बढ़ते हैं। इसलिए इस कालखंड की प्रदीर्घता की यथार्थ कल्पना विशेष रूप से समझाए बिना हमारा मन रुक नहीं सकता। ऐसे समय उस कालखंड की प्रदीर्घता का सही आकलन और मूल्यमापन करने का एक सरल उपाय यह है कि उस कालखंड में कितनी पीढ़ियाँ बीत गईं, इसकी गणना की जाए। तीन सौ वर्षों के कालखंड में कम-से-कम पाँच पीढ़ियाँ बीत जाती हैं। हमारी वर्तमान पीढ़ी को लगता है कि अंग्रेजी राज्य यहाँ पर कितने दीर्घकाल तक टिका! परंतु उसकी गणना शतकों में की जाए तो वह केवल डेढ़ शतक अर्थात् डेढ़ सौ वर्ष ही टिका। उसी मापदंड से गणना करने पर, हिंदुओं ने मुसलमानों का तीन सौ वर्षों तक यानी तीन शताब्दियों तक अर्थात् न्यूनत: पाँच पीढ़ियाँ बीत जाने तक के प्रदीर्घ कालखंड में सफल प्रतिकार कर उन्हें सिंध के आगे पाँव भी नहीं रखने दिया, ऐसा कहने से इस घटना का ऐतिहासिक महत्त्व सही प्रमाण में मन पर बिंबित होता है। यही बात अन्य मध्यांतरों पर भी लागू होती है।

३६२. इस मध्यांतर के काल में मुसलमानी राष्ट्रों का आवेश अथवा विजिगीषा कम या लुप्त हो गई थी, ऐसा बिलकुल नहीं है। उलटे यह काल मुसलमानों के पूर्ण आवेश का था। उन तीन सौ वर्षों में उन अरब मुसलमानों ने बगदाद से लेकर भूमध्यसागर तक, वहाँ से पूरे अफ्रीका महाद्वीप का उत्तरी किनारा और वहाँ से आज जिसे 'जिब्राल्टर'

कहते हैं, उस जलडमरुमध्य (Strait) को पार कर आज के स्पेन और पुर्तगाल को जीतकर दक्षिण फ्रांस तक का यूरोप का प्रदेश पदाक्रांत कर अपने अधीन कर लिया था। आज का 'जिब्राल्टर' नाम ही मुसलमानों की उस अमोघ दिग्विजय का साक्षी है। वह 'जेबल इतारिक' अर्थात् अरब विजेता तारिक (सेनापति) द्वारा विजित जलडमरुमध्य (Strait) है। उसके मूल अरबी नाम का ही आज का अपभ्रंश रूप है 'जिब्राल्टर'! परंतु अंत में फ्रांस के शूर राजा 'चार्ल्स मार्टैल (हथौड़ाधारी चार्ल्स) ने प्रबल प्रतिकार कर अपने हथौड़े के आघातों से ई.स. ७३२ में इन मुसलिम आक्रमणकारियों को कुचलकर सदा के लिए वापस खदेड़ दिया। इसीलिए आगे का समस्त यूरोप मुसलमानों के आक्रमणों से बच गया।

मुसलमानों ने अपनी इस दिग्विजय में एशिया, अफ्रीका, यूरोप आदि महाद्वीपों के राज्यों को केवल जीता ही नहीं, अपितु वहाँ की सारी प्रजा को भी तलवार के बल पर मुसलमान बना डाला। उन्होंने तो स्पेन और पुर्तगाल के नागरिकों को भी बलपूर्वक मुसलमान बनाना शुरू कर दिया था। उनकी भी स्त्रियों का अपहरण किया था, परंतु वे दोनों राष्ट्र आगे चलकर अनेक शताब्दियों के बाद उनके क्रूर पंजे से मुक्त हो गए। कैसे मुक्त हुए, यह आगे बताया जाएगा। तथापि अफ्रीका महाद्वीप के उत्तरी तट पर स्थित सारी जनता उस समय बलपूर्वक भ्रष्ट कर मुसलमान बनाई गई, वे राष्ट्र आज भी मुसलमान बने हुए हैं।

३६३. उसी आवेश और राक्षसी धर्मांधता से भारत का भी संपूर्ण निर्दलन करने के लिए ई.स. ७०० से १००० के बीच के मध्यांतर में मुसलमानों ने सिंध से आगे बढ़कर समीपवर्ती हिंदू प्रदेशों और राज्यों पर शक्तिशाली आक्रमण न किए हों, ऐसा भी नहीं है। इसके विपरीत वे सौराष्ट्र की ओर से और ऊपर गांधार की ओर से अनेक बार हिंदू प्रदेशों पर टूट पड़े थे; परंतु प्रत्येक बार हिंदुओं ने पराजित कर उन्हें वापस खदेड़ दिया था।

३६४. उस काल में सिंध की पूर्वी सीमा से लेकर उत्तर भारत के प्रत्येक प्रांत में प्रतापी राजपूत राज्यों की सजग शृंखला किसी अनुल्लंघ्य नहीं, परंतु दुर्ल्लंघ्य पर्वतमालिका की तरह सिंध की मुसलिम राजसत्ता का प्रतिरोध करती हुई फैली हुई थी। इसलिए सिंध से आगे आकर टिड्डी दलों की भाँति बार-बार आक्रमण करनेवाले मुसलिम सैन्यों को हिंदू राजाओं के सैन्य कठोर प्रतिकार कर प्रत्येक समय पीछे हटाकर सिंध में ही अवरुद्ध कर सके। चित्तौड़ के प्रतापी राजा बाप्पा रावल ने तो एक बार सिंध पर ही प्रत्याक्रमण कर, वहाँ से मुसलमानों का निष्कासन कर वह प्रदेश वापस जीत लिया था। आगे चलकर अरबों ने उसे पुन: जीतकर अपने अधीन कर लिया था; परंतु अंत में सिंध पर सुमेर वंशीय राजपूतों की ही सत्ता प्रस्थापित हुई थी।

३६५. जिन तीन सौ वर्षों में मुसलमानों ने उपर्युक्त वर्णनानुसार पश्चिम एशिया,

अफ्रीका और दक्षिण फ्रांस तक का यूरोप पदाक्रांत कर डाला, उन्हीं तीन सौ वर्षों में वे भारत में सिंध प्रांत से आगे एक पग भी नहीं बढ़ा सके। इसी एक बात से उन तीन सौ वर्षों में हिंदुओं द्वारा निरंतरता से किए हुए विकट प्रतिरोध की यथार्थ कल्पना होगी।

३६६. तत्कालीन हिंदू राजा सम्राट् चंद्रगुप्त की भाँति समस्त भारतीय शक्तियों को एकत्र कर मुसलमानों को भारतीय सीमा से बाहर निष्कासित नहीं कर सके, यह हमारा उस काल का दोषपूर्ण व्यवहार या दोष मन को उद्विग्न कर ही देता है।

□

प्रकरण—३

दस शतक-व्यापी मुसलिम-हिंदू महासंघर्ष की विशेषता, मुसलिमों के धार्मिक अत्याचार, गजनी के सुलतान

३६७. सिंध में लगभग तीन सौ वर्षों तक अवरुद्ध की गई मुसलिम राजसत्ता ने यद्यपि सिंध प्रांत को पूर्ण रूप से नहीं छोड़ा था, तथापि उस काल में भारत में मुसलमानों का पहले आक्रमण जैसा बड़ा आक्रमण पुनः कभी भी नहीं हुआ। अंत में तो सिंध में सुमेर राजपूतों का ही राज्य था, परंतु तब तक गांधार के उस पार गजनी नामक प्रांत में एक अलग जाति के मुसलमानों की सत्ता स्थापित हो गई थी। वहाँ के सुलतान सुबक्तगीन ने उस समय गांधार पर राज कर रहे हिंदू राजा पर आक्रमण कर वायव्य दिशा से भारत में प्रवेश करने की पूरी तैयारी कर ली थी। हूणों के पराभव के पश्चात् पंजाब और गांधार प्रांतों पर हिंदुकुश तक हिंदुओं का ही स्वामित्व स्थापित हुआ था और वहाँ पर ब्राह्मणवंशीय राजा राज करते थे। उस ब्राह्मण वंश के राजाओं में सुबक्तगीन का समकालीन राजा था 'जयपाल'।

३६८. राजा जयपाल और राजा अनंगपाल—राजा जयपाल ने सुबक्तगीन के आक्रमण की आशंका को देखते हुए दूरदर्शिता से काम लेते हुए स्वयं ही उसपर आक्रमण किया; परंतु उस युद्ध में वह स्वयं ही पराजित हुआ। उसकी पराजय से उत्साहित होकर सुबक्तगीन राजा जयपाल पर टूट पड़ा। उस मुसलिम संकट का सामना अधिक सामर्थ्य से करने के लिए राजा जयपाल ने आस-पास के हिंदू राजाओं को मुसलमानों के विरुद्ध उत्तेजित कर हिंदू राजाओं की एक संयुक्त सेना बनाई और गांधार प्रांत पर आक्रमण करनेवाले सुबक्तगीन से घनघोर युद्ध किया; परंतु दुर्भाग्य से उस युद्ध में भी जयपाल की पराजय हुई और सिंध के उस पार का वायव्य दिशा का गांधार

सहित सारा प्रदेश, वहाँ से हिंदू राज्यसत्ता का उच्छेद कर सुबक्तगीन द्वारा गजनी के राज्य से जोड़ लिया गया।

कुछ समय पश्चात् सुलतान सुबक्तगीन की मृत्यु हुई और गजनी के सिंहासन पर उसका—धर्मोन्माद, हिंदूद्वेष और पराक्रम में भी उससे सैकड़ों गुना अधिक क्रूर और कट्टर—पुत्र मोहम्मद बैठा। यही है वह 'बुतशिकन' (मूर्तिभंजक) ऐसी धर्मांध उपाधि गौरव से धारण करनेवाला 'महमूद गजनवी' या गजनी का मोहम्मद। उसने सिंहासन पर बैठते ही तत्कालीन सर्वश्रेष्ठ धर्माधीश और सत्ताधीश खलीफा के सम्मुख भरी राजसभा में प्रतिज्ञा की थी कि 'सारे भारत के काफिरों का सर्वनाश करूँगा, तब ही अपने आपको सुलतान कहूँगा।' इस प्रतिज्ञा के अनुसार उसने तत्काल सिंध नदी पार कर भारत पर एक के बाद एक विकट आक्रमण किए।

३६९. यहाँ से, अर्थात् ई.स. १००० से आगे कई शताब्दियों तक चलनेवाले हिंदू-मुसलिम महायुद्ध का आरंभ सच्चे अर्थ में हुआ था।

३७०. पहले के दो युद्धों में राजा जयपाल और उसकी संयुक्त हिंदू सेना को पराजित करने से मुसलमानों की सेना में प्रबल आत्मविश्वास उत्पन्न हुआ था। इसके विपरीत सारा वायव्य प्रदेश मुसलमानों के अधीन होने से राजा जयपाल का स्वामित्व केवल पंजाब प्रांत पर ही बचा था। फिर भी उसने धैर्य न खोकर पिछली दोनों पराजयों का प्रतिशोध लेने के प्रयत्नों की पराकाष्ठा करते हुए पुनः एक बार मुसलमानों से टक्कर लेने का दृढ़ निश्चय किया। महमूद गजनवी ने जब पंजाब पर आक्रमण किया, तब ई.स. १००१ में राजा जयपाल ने उसके साथ सिंधु नदी के परिवेश में पुनः एक बार घोर युद्ध किया; परंतु स्वराज और स्वधर्म की रक्षा के लिए नृपोचित, वीरोचित कर्तव्य सतत निष्ठा से कर रहे राजा जयपाल को उस तीसरे युद्ध में भी महमूद गजनवी ने पराजित किया। तब ऐसे अयशस्वी जीवन से अथवा म्लेच्छों की शरण में जाने से राज्य-त्याग कर मरना ही श्रेयस्कर है—यह सोचकर उस स्वाभिमानी वीर राजा ने अपने पुत्र अनंगपाल को राज्य सौंप दिया और स्वयं प्रज्वलित चिता में प्रवेश कर अपने प्राणों का बलिदान कर दिया।

३७१. राजा अनंगपाल ने भी सुलतान महमूद के आक्रमणों का कड़ा मुकाबला करने का अपने शूर पिता का व्रत उसी प्रकार आगे चलाया। महमूद ने ई.स. १००६ में मुलतान पर आक्रमण करने हेतु अनंगपाल से उसके राज्य से जाने का मार्ग देने की माँग की; परंतु अनंगपाल ने उसकी माँग को ठुकरा दिया। तब सुलतान ने अनंगपाल पर आक्रमण किया। इस युद्ध में भी अनंगपाल की पराजय हुई। उसे पीछे हटना पड़ा। सुलतान महमूद मुलतान की ओर गया है—यह देखकर राजा अनंगपाल ने पुनः एक बार आस-पास के हिंदू राजाओं को स्वधर्मरक्षण के लिए एकत्र किया। सुलतान महमूद ने ई.स. १००८ में जब अनंगपाल पर पुनः आक्रमण किया, तब इस संयुक्त हिंदू सेना ने

उसके साथ घमासान युद्ध किया। सिंधु नदी के आस-पास यह युद्ध हुआ था। इस युद्ध में हिंदुओं ने वीरता का ऐसा प्रदर्शन किया कि दोपहर तक मुसलिम सेना के छक्के छूट गए। उसकी व्यूह-रचना भंग हुई और वह अस्त-व्यस्त हो गई। तब सुलतान महमूद भी रणभूमि छोड़कर भागने लगा; परंतु इतने में, इसके पहले और इसके बाद भी हिंदुओं के परशत्रुओं से हुए अनेक युद्धों में जो हानिकारक दुर्घटना अकस्मात्, परंतु निश्चित रूप से होती थी, फिर भी जिसे टालने के लिए हिंदुओं ने पहले से सावधान होकर कभी प्रयास नहीं किए, वही दुर्घटना इस बार भी अकस्मात् घटित हुई। युद्ध में हिंदुओं को विजय मिल ही रही थी कि अचानक राजा अनंगपाल का हाथी प्रदीप्त बाणों की वर्षा से एकाएक भड़क उठा और रणभूमि से मुँह फेरकर भागने लगा। इससे हिंदू सेना में कोलाहल मच गया।

रणभूमि से पीछे हटनेवाले सुलतान महमूद का ध्यान जब इस ओर गया, तब हिंदू आक्रमण से अस्त-व्यस्त हुई अपनी मुसलिम सेना में से कुछ चुनिंदा सैनिकों की टुकड़ियों को साथ लेकर उसने तत्काल हिंदू सेना से पुनः मोर्चा लिया। इस अंतिम विकट युद्ध में हिंदुओं की पराजय हुई, परंतु इस युद्ध में मुसलमानों की भी बहुत प्राणहानि हुई। इसलिए अनंगपाल का पीछा न कर जितनी जय मिली, उसी से संतुष्ट होकर सुलतान महमूद गजनी वापस लौट गया। राजा अनंगपाल का संपूर्ण विनाश किए बिना पंजाब में उसकी राजसत्ता स्थापित होना असंभव है—यह स्पष्ट रूप से विदित होने पर उसने लगभग डेढ़ वर्ष बाद पुनः राजा अनंगपाल पर तीसरा आक्रमण किया। इस बार किसी ने भी अनंगपाल को सहायता नहीं दी। फिर भी उसने अपनी शेष एकनिष्ठ सेना के साथ महमूद से वीरतापूर्वक युद्ध किया। उसी रणसंग्राम में लड़ते हुए वीर राजा अनंगपाल धराशायी हो गया।

३७२. इस प्रकार पंजाब पर हुए मुसलमानों के पहले कई आक्रमणों में राजा जयपाल, उसका पुत्र अनंगपाल और उनके सहस्रों वीर सैनिकों ने हिंदू राज्य और हिंदू धर्म की रक्षा के लिए मुसलमानों से अनेक युद्ध किए तथा उनके हजारों सैनिकों को मारकर, अंतिम साँस तक उन शत्रुओं का प्रतिरोध किया और अपना वीरों का कर्तव्य भली-भाँति निभाया।

३७३. राजा अनंगपाल की मृत्यु के पश्चात् उसके राज्य पंजाब प्रांत को भी वायव्य प्रांत की भाँति सुलतान महमूद ने अपने गजनी के साम्राज्य में मिला लिया। तब अर्थात् ई.स. १०१० के आस-पास पंचनद प्रदेश से हिंदू राजसत्ता का संपूर्ण उच्चाटन हुआ और वहाँ पहली बार मुसलिम राजसत्ता स्थापित हुई। इस विजय के तत्काल बाद सुलतान महमूद ने थानेश्वर के हिंदू राजाओं पर तथा हिंदुओं के विख्यात धर्मक्षेत्र (भगवान् कृष्ण की जन्मभूमि) मथुरा नगरी पर आक्रमण किया। इन नगरों को जीतकर और प्रत्येक धर्मांध मुसलिम आक्रमण के निश्चित कार्यक्रम के अनुसार वहाँ के हिंदू

मंदिरों का ध्वंस कर, उन्हें जलाकर, यथासंभव हिंदुओं का वध क्रूरता से कर, सैकड़ों स्त्रियों का अपहरण कर और अपार धन-संपत्ति लूटकर सुलतान महमूद पुनः गजनी लौट गया।

उसके पश्चात् ई.स. १०१९ में उसने प्रतिहारों की राजधानी कन्नौज पर आक्रमण कर वहाँ भी आगजनी, लूटमार, रक्तपात और धर्मांध अत्याचारों का कहर ढाया। इसके परिणामस्वरूप आस-पास के हिंदू प्रदेशों में उसका इतना अधिक आतंक छा गया कि ई.स. १०२३ में जब उसने ग्वालियर और कालिंजर पर आक्रमण किया, तब वहाँ के हिंदू राजाओं ने निरुपाय होकर युद्ध किए बिना ही उसका आधिपत्य स्वीकार कर लिया।

३७४. सोमनाथ पर महमूद का आक्रमण—तत्पश्चात् ई.स. १०२६ में सौराष्ट्र के सोमनाथ मंदिर पर सुलतान महमूद का आक्रमण हुआ। वह सबसे चर्चित और प्रसिद्ध आक्रमण हुआ। इस बार उसने इतनी प्रबल सेना के साथ, इतनी भीषण घोषणाएँ करते हुए हिंदुओं के उस सुप्रसिद्ध मंदिर पर आक्रमण किया कि उसके सौराष्ट्र की सीमा तक पहुँचने के पहले ही गुजरात-सौराष्ट्र का तत्कालीन हिंदू राजा भीम अपने 'भीम' नाम को भी कलंकित कर किसी कायर नपुंसक की तरह राज्य छोड़कर भाग गया। इसलिए उस सुसंगठित मुसलमानी सेना का सामना करने के लिए हिंदुओं की कोई भी शस्त्रसज्ज और व्यूहबद्ध सेना का अस्तित्व ही वहाँ शेष नहीं रहा। फिर भी ऐसे विकट संकट में उनके हाथों जितना हो सका, उतना संरक्षण करने के लिए सोमनाथ मंदिर के पुजारी जन ही आगे आए। उन्होंने आस-पास के सभी हिंदुओं का आह्वान कर उनसे कहा कि वे सब अपने धर्म और देवस्थान के रक्षणार्थ जो शस्त्र संभव हो, उसे लेकर अति शीघ्र दौड़ आएँ और इन म्लेच्छ शत्रुओं का मुकाबला करें।

पुजारियों का यह उत्तेजक आह्वान सुनकर हजारों हिंदू दूर-दूर से शस्त्र लेकर मंदिर की रक्षा के लिए दौड़े आए। कारण, अब उन्हें किसी राजा के लिए युद्ध नहीं करना था। उस युद्ध में लड़नेवाले किसी भी हिंदू सैनिक को वैयक्तिक लाभ नहीं होनेवाला था। वह तो विशुद्ध धर्मयुद्ध था। उसमें लड़नेवाले वे सहस्रों हिंदू किसी व्यूहबद्ध, सुसज्ज, रणशिक्षित सेना के सैनिक नहीं थे। वह तो ऐन अवसर पर एकत्र हुआ हिंदू धर्मवीरों का एक समुदाय था। फिर भी प्रगाढ़ श्रद्धा से ईश्वर का स्मरण करते हुए प्राणों की बाजी लगाकर वे रात-दिन सुलतान महमूद की सुसंगठित, युद्धनिपुण सेना के साथ जूझते रहे। मुसलिम सेना के आक्रमण के समय नगर की प्राचीर से, देवालय के तट से शत्रु के देवालय में प्रवेश करने के बाद भी इन हिंदू धर्मवीरों का सशस्त्र मुकाबला होता ही रहा। मुसलमानों का भी रक्तपात होता रहा। अंत में सुलतान महमूद जब हिंदू धर्मवीरों को पराजित कर देवालय पर आधिपत्य स्थापित कर सका, तब वह अत्यंत रोष से सीधे मंदिर के गर्भगृह में घुसा और उसने सोमनाथ की प्रसिद्ध मूर्ति का ध्वंस अपने हाथों से कर डाला। अपने इस धर्मांध कृत्य की प्रसिद्धि के लिए उसने कृतार्थ भाव से

'बुतशिकन' (मूर्तिभंजक) उपाधि बड़े गर्व से धारण की।

३७५. रण में पचास सहस्र हिंदू वीरों का बलिदान—मुसलिम इतिहासकारों ने भी लिखा है कि अपने देवालय के संरक्षणार्थ हिंदुओं द्वारा किए गए उस रणसंग्राम में न्यूनतः पचास सहस्र हिंदुओं में से यदि कोई भी हिंदू मुसलमान बनना स्वीकार करता, तो मुसलमान उसे जीवनदान दे देते। कारण यह था कि उनके धर्म की आज्ञा के अनुसार यही उनकी रणनीति थी। वैसे धर्मभ्रष्ट जीवन का धिक्कार कर एक सहस्र नहीं, पचास सहस्र हिंदू स्वयंसेवकों ने मंदिर के रक्षणार्थ लड़ते-लड़ते अपने प्राणों का बलिदान कर दिया।

३७६. प्राचीन ग्रीक इतिहास के एक ऐसे ही प्रसंग में परशत्रुओं से वीरतापूर्वक युद्ध करनेवाले होरेशियस नामक एक विख्यात धर्मवीर की प्रशंसा करते हुए एक अंग्रेज कवि ने लिखा है—

"Thus outspake brave Horatius
the Captain of the gate,
To every man upon this earth
death comes soon or late
And how can a man die better than
by facing fearful odds
For ashes of his fathers and
the temples of his Gods."

३७७. उपर्युक्त वीरकाव्य की गौरवमयी भावना से प्रेरित होकर अपने देवता, धर्म और देवालय के रक्षणार्थ युद्ध करते हुए रणभूमि में प्राणार्पण करनेवाले उन पचास सहस्र हिंदू धर्मवीरों की पावन स्मृति में कौन असली सच्चा हिंदू अपनी कृतज्ञ श्रद्धांजलि अर्पित नहीं करेगा!

३७८. दुःख इस बात का है कि महमूद गजनवी के सोमनाथ पर इस आक्रमण के बारे में लिखते समय केवल विदेशी इतिहासकारों ने ही नहीं, अपितु अनेक कृतघ्न हिंदू इतिहासकारों ने भी पुजारी जनों के और हिंदू समुदाय के अपने देवता के प्रति भोली भक्तिभावना का उपहास ही किया है। अपने राष्ट्र के सम्मान तथा स्वधर्म के संरक्षण के लिए लड़ते हुए उन सहस्रों हिंदू धर्मवीरों ने अपने प्राणों का जो भव्य बलिदान दिया, उसका थोड़ा सा भी गौरव उन्हें नहीं मिला। तथापि यदि अज्ञानियों ने रत्नों को नहीं परखा, तो उसमें रत्नों का कोई दोष नहीं है।

३७९. उन हिंदुओं को भक्ति के लिए जितना उचित था, उतना दोष देना भी अपरिहार्य है; परंतु उन्हें दोष देते हुए जो लोग उनका उपहास करते हैं, उन्हें वहीं पर यह भी विशेष बल देकर बताना चाहिए कि हिंदुओं के हृदयों में अपने आराध्य देवता के

जाज्वल्य तेज और सामर्थ्य के प्रति जो श्रद्धा और भक्ति थी, उसे अधिक-से-अधिक 'अंधभक्ति' ही कहा जा सकता है; परंतु अन्य धर्मियों पर शस्त्रबल से आक्रमण कर अत्याचार करनेवाले, निरपराध, निष्पाप स्त्री-पुरुषों, आबालवृद्धों को 'मुसलमान बनकर मेरे अल्लाह की भक्ति करते हो या तुम्हारा वध करूँ?' इस प्रकार की धमकियों के कारण जो हिंदू मुसलमान बनना अस्वीकार करता, उसका तत्काल शिरच्छेद करनेवाले, झंझावात की तरह धर्मोन्माद में विध्वंस करते हुए दौड़नेवाले मुसलमानों की अधर्मभक्ति की भाँति हिंदुओं की अपने देवता के प्रति वह भक्ति राक्षसी, धर्मांध, रक्तपिपासु और अपने देवता को ही दैत्य बनानेवाली तो कदापि नहीं थी। परंतु यह बात गरजकर कहने का धैर्य केवल हिंदुओं की ही भक्ति का उपहास करनेवाले उन भीरु, उथले लेखकों को नहीं हुआ। जब-जब महमूद जैसे मुसलिम सेनापतियों ने हिंदुओं के सोमनाथ जैसे मंदिरों और मूर्तियों का विध्वंस किया, तब-तब अनेक मुसलमान तवारीखकारों और मुल्ला-मौलवियों ने वल्गनाएँ कीं—"देखिए, हमने आपके ईश्वर की मूर्तियों को तोड़-फोड़ डाला, परंतु आपका वह ईश्वर हमें हाथ भी लगाने का साहस नहीं कर सका! इसलिए आपका वह ईश्वर झूठा है! हम मूर्तिभंजक मुसलमानों का ईश्वर 'अल्लाह' ही सच्चा ईश्वर है।"

अगर इन वल्गनाओं की कसौटी को ही सच मानकर चलें तो मुसलिम धर्म को न माननेवाले तथा अल्लाह का धिक्कार करनेवाले चंगेज खाँ और उसके उत्तराधिकारियों ने जब प्रत्यक्ष खलीफा की राजधानी बगदाद में घुसकर, उसे ध्वस्त कर, खलीफा का वध कर जिन्हें मुसलमान 'अल्लाह का घर' मानते हैं, ऐसी उनकी अनेक मसजिदों को जला डाला, अनेक मसजिदों को अश्वशाला बना डाला और कुरान ग्रंथों को घोड़ों की टापों तले रौंद डाला, तब उनके 'अल्लाह' को भी उन चंगेज खाँ जैसे विध्वंसकों को हाथ भी लगाने का साहस नहीं हुआ था।

ऐसे सैकड़ों उदाहरणों से वल्गनाएँ करनेवाले मुसलमान यह मानने के लिए तैयार हैं क्या? वे व्यर्थ, उनका अल्लाह भी झूठा और दुर्बल है, इतनी दूर क्यों जाएँ? मुसलमानों ने सोमनाथ जैसे अनेक हिंदू देवताओं की मूर्तियों को तोड़-फोड़ डाला और विजयी हुए। इस कारण से ही मूर्तिपूजक धर्म (बुतपरस्त धर्म) झूठा और मूर्तिभंजक अर्थात् 'बुतशिकन' धर्म को सच्चा माना जाए, तो जब बुतपरस्त शिवाजी ने बुतशिकन अफजल खाँ का मस्तक काटकर उसे 'बत्तीस दाँतोंवाले बकरे का सिर' कहकर तुलजापुर की देवी भवानी की मूर्ति को नैवेद्य के रूप में अर्पित किया था, तब अल्लाह भी उसे हाथ लगाने का साहस नहीं कर सका। ऐसे कई उदाहरणों के आधार पर यह भी क्यों न कहा जाए कि मूर्तिपूजक धर्म ही सच्चा धर्म है?

३८०. सोमनाथ के मंदिर का विध्वंस कर और वहाँ लूटी हुई अपार संपत्ति को ऊँटों पर लादकर जब सुलतान महमूद गजनी वापस जाने लगा, तब उसे समाचार मिला

कि सोमनाथ के ध्वंस से हिंदू जनता भयभीत होने की बजाय और अधिक क्रुद्ध होकर भड़क उठी है; और मालव नरेश अपनी सेना के साथ उसकी वापसी का अपेक्षित मार्ग रोककर युद्ध करने को तैयार हो रहा है। उस समय इस नए संग्राम के संकट का सामना करने की सुलतान महमूद की तैयारी नहीं थी। इसलिए उसने, जो विजय में प्राप्त हुआ था, उसपर संतोष कर, मालवा प्रदेश का अपेक्षित मार्ग टाला और सिंध के मरुस्थल के दुर्गम, परंतु अनपेक्षित मार्ग से वह वापस लौट गया। इस मार्ग से मरुस्थल से जाते समय उसकी सेना को अत्यंत कष्ट सहने पड़े और उसकी बड़ी दुर्दशा हुई। गजनी पहुँचने के पश्चात् तीन-चार वर्षों के बाद अर्थात् ई.स. १०३० में उसकी मृत्यु हो गई।

३८१. गजनी के इस पराक्रमी, परंतु धर्मोन्मत सुलतान ने कम-से-कम पंद्रह बड़े-बड़े आक्रमण किए। हिंदुओं ने भी बार-बार घोर युद्ध कर उसके आक्रमणों का यथाशक्ति प्रतिकार किया; परंतु कोई भी हिंदू राजा उसको पराजित नहीं कर सका। सुलतान महमूद के इन झंझावाती आक्रमणों और राजनीतिक विजयों से हिंदुओं की उतनी चिरकालीन हानि नहीं हुई, जितनी उसके द्वारा पंजाब और वायव्य प्रांतों में लाखों हिंदुओं का बलपूर्वक धर्मांतरण कर उन्हें मुसलमान बनाए जाने के कारण हुई। जिन हिंदू राज्यों को उसने जीता था, उन्हें कालांतर में हिंदुओं ने शीघ्र या विलंब से पुनः वापस जीत लिया था—यह भावी इतिहास से स्पष्ट विदित होता है; परंतु जिन लाखों हिंदुओं को उसने बलपूर्वक मुसलमान बनाया था, उन्हें हिंदू धर्म वापस नहीं जीत सका। हम अपने राष्ट्र के परतंत्र बने प्रदेशों को पुनः स्वतंत्र कर खोया हुआ राज्यबल पुनः जीत सके, परंतु हिंदू राष्ट्र के संख्याबल की इस बलात् धर्मांतरण से जो प्रचंड हानि हुई थी, की भरपाई नहीं कर सके।

३८२. धर्मांतरण अर्थात् राष्ट्रांतरण—उस काल के हिंदू समाज और हिंदू धर्म-धुरीणों के अनुसार कुछ आचारों को शास्त्रशुद्ध माना जाता था और कुछ दुराचारों अथवा सदाचारों का लोप उनका आचरण करनेवाले हिंदू व्यक्ति को धर्मभ्रष्ट बना देता था। इस विषय से और भूतकालीन हिंदू-मुसलिम महायुद्ध में मुसलमानों द्वारा बलात्कार करके किए गए हिंदुओं के धर्मांतरण से जिनका अत्यंत घनिष्ठ संबंध है, ऐसी तत्कालीन हिंदुओं की कुछ धार्मिक धारणाओं के विषय में हम आगे थोड़ी चर्चा करेंगे। यहाँ इतना ही बताना पर्याप्त है कि हमारे हिंदू राष्ट्र के लिए जिनका परिणाम अत्यंत घातक सिद्ध हुआ, ऐसी तत्कालीन हिंदू समाज की जातिभेद, छुआछूत, धार्मिक सहिष्णुता की विकृति इत्यादि विक्षिप्त, भ्रमपूर्ण धार्मिक धारणाओं के कारण मुसलमानों द्वारा बलपूर्वक भ्रष्ट कर मुसलमान बनाए गए लाखों हिंदू सदैव मुसलमान ही बने रहे। यही नहीं, उन भ्रष्ट हुए मुसलमानों की संख्या पीढ़ी-दर-पीढ़ी बढ़ती ही चली गई। और तो और, उनकी अगली पीढ़ियाँ जन्म से ही मुसलिम संस्कारों में पलने के कारण कट्टर मुसलमान बनती गईं। इतनी कट्टर मुसलमान कि आगे भारत पर ईरानी, तुर्क, मुगल आदि परकीय

मुसलमानों के वायव्य दिशा से टिड्डी दलों जैसे जो आक्रमण बार-बार होते रहे, उनकी सेनाओं में इन्हीं भ्रष्ट हुए मुसलमानों की नई कट्टर पीढ़ियों के सहस्रों लोग भरती होते रहे और उन परकीय मुसलमानों से भी अधिक त्वेष और द्वेष से 'हिंदू काफिरों' का समूल विध्वंस करने के लिए और उन्हें बलपूर्वक भ्रष्ट कर मुसलमान बनाने के लिए हिंदू राष्ट्र पर टूट पड़ते रहे।

ऐसी सैकड़ों घटनाओं में से केवल एक ही घटना हम यहाँ पर उदाहरण के लिए दे रहे हैं। जिस काल की और जिस प्रदेश की चर्चा हम कर रहे हैं, उसी सिंधु पार के प्रदेशों में धुरी नामक हिंदू जाति के लोग रहते थे, जो ऐसी ही प्रतिकूल स्थितियों में बलपूर्वक मुसलमान बनाए गए थे। कालांतर में वही धुरी जाति अब मुसलमान होकर हिंदुओं की कट्टर शत्रु बन गई है। कुख्यात हिंदूद्वेष्टा सुलतान मोहम्मद घोरी (गोरी) इसी धुरी जाति का था। वस्तुतः अफगानिस्तान, पठानिस्तान, बलूचिस्तान आदि प्रदेशों के अधिकतर मुसलमान उन प्रदेशों के मूल हिंदू निवासियों के भ्रष्ट किए गए वंशज हैं। उनके पूर्वज किसी समय मूलतः हिंदू थे, इस बात की थोड़ी भी अनुभूति उनके अंदर शेष नहीं रही है। यही नहीं, अपितु यदि कोई उन्हें यह वस्तुस्थिति बताता है तो वे उसपर कुपित हो जाते हैं। "भूतकाल में जो कुछ रहा होगा, सो रहा होगा, परंतु अब तो हम जन्मजात इसलाम के बंदे हैं, मुसलिम राष्ट्र का ही एक अंग हैं, अब हमारा इन हिंदू काफिरों से कट्टर शत्रुता के अतिरिक्त कोई नाता नहीं है।" वे ऐसी धर्मांध दुर्भावनाओं से अभिभूत रहते हैं। उन हिंदुओं का केवल धर्मांतरण ही नहीं हुआ था, अपितु ऐसे धर्मांतरण का जो अनिवार्य दुष्परिणाम पीढ़ी-दर-पीढ़ी उन भ्रष्ट लोगों पर होता है, वह होकर उन भ्रष्ट हिंदुओं के वंशजों का राष्ट्रांतरण भी होता गया। भारत पर ठेठ रामेश्वर तक जिन पाँच-छह शताब्दियों में मुसलमानों के प्रथम आक्रमण हुए, उस काल की परिस्थितियों में आज का धर्मांतरण कल का राष्ट्रांतरण सिद्ध होता गया।

३८३. यहाँ 'धर्म' शब्द का अर्थ क्या है?—'धर्मांतरण अर्थात् राष्ट्रांतरण' इस सूत्र में 'धर्म' और 'धर्मांतरण' शब्दों का प्रयोग किन अर्थों में किया गया है—इसे स्पष्ट करना होगा। विभिन्न धर्मों और स्वतंत्र दर्शनों के सिद्धांतों का तुलनात्मक अध्ययन कर उसमें से जो स्वीकार योग्य लगेगा, ऐसे वैयक्तिक स्तर पर स्वीकृत दर्शन के अर्थ में, उपर्युक्त सूत्र में धर्म और धर्मांतरण शब्दों का प्रयोग कदापि नहीं किया गया है। 'अमुक पुस्तक ईषप्रेषित है, इसलिए उसके दो आवरणों के बीच के पृष्ठों में जो कुछ कहा गया है, वह और केवल वही धर्म्य है. अन्य सब असत्य और पापमय है।' इस अभिनिवेश से जो धर्मसंस्था उस धर्मग्रंथ के तथाकथित सिद्धांतों को ही नहीं, अपितु आचार, विचार, निर्बंध (कायदे-कानून), व्यवहार, भाषा आदि को भी इतर धर्मों के अनुयायियों पर उपदेश से साध्य न होने पर छल-कपट से, क्रूरता से और बलात्कार से भी लादने में थोड़ी भी नहीं हिचकिचाती और उलटे उस धार्मिक बलात्कार को भी धर्म्य

ही मानती है, ऐसी आक्रामक धर्म संस्था के धर्म को लक्ष्य करके ही उपर्युक्त सूत्र में 'धर्म' शब्द का प्रयोग किया गया है। ऐसी आततायी धर्म संस्थाओं द्वारा अन्य धर्मों के लोगों का किया गया धर्मांतरण ही कालांतर में राष्ट्रांतरण सिद्ध होता है।

३८४. जातीय बहिष्कार का प्रत्यस्त्र—मुसलिमों के उस धार्मिक आक्रमण का प्रतिकार करनेवाला रामबाण प्रत्यस्त्र हिंदुओं को मिल नहीं रहा था। जिस 'जाति बहिष्कार' को प्रत्यस्त्र समझकर उन्होंने मुसलमानों का धार्मिक आक्रमण रोकने के लिए उसका प्रयोग किया, वह पलटकर उन्हें ही लगा।

३८५. इस 'जाति बहिष्कार' के प्रत्यस्त्र के हिंदू-मुसलिम धर्मयुद्ध से संबद्ध स्वरूप की यथार्थ कल्पना करने और उसका उपयोग अपने धर्म की रक्षा के लिए न होकर वह स्वधर्मघातक ही कैसे सिद्ध हुआ—यह समझने के लिए सर्वप्रथम जन्मजात जातिभेद की ही कथा संक्षेप में कहना मुसलमानों द्वारा किए गए हिंदुओं के भ्रष्टीकरण की मीमांसा करने के लिए अपरिहार्य है।

३८६. जन्मजात जातिभेद की प्रथा और जाति-बहिष्कार का राष्ट्रीय दंड—मुसलिम आक्रमण के बहुत पहले से अर्थात् हिंदुओं ने जब हूणों का समूल उच्छेद किया था, तब से हिंदू समाज और राष्ट्र को पुनः एक बार राष्ट्रीय स्तर पर राजनीतिक, सामाजिक और धार्मिक स्थिरता प्रदान करने का विशाल, सर्वांगीण प्रयास हिंदुओं के सैकड़ों नेताओं ने भारत में चारों ओर प्रारंभ किया था। उस समय हिंदू राष्ट्र का राजनीतिक नेतृत्व तत्कालीन नवोदित तथा वैदिक हिंदू धर्म के कट्टर उपासक प्रतापी राजपूत राजघरानों के पास था। उस विशाल हिंदू समाज की चातुर्वर्ण्य के आधार पर बनी जातियों की चौखट में योग्य पुनर्रचना करने का प्रयत्न हो रहा था, परंतु धीरे-धीरे अपरिहार्यतः उस चातुर्वर्ण्य जातिप्रथा को जातिभेद का स्वरूप प्राप्त हुआ। पूर्व के चार वर्णों में उनसे उत्पन्न प्रमुख जातियाँ, उपजातियाँ और अन्य जातियों के प्रवाह भी आकर जुड़ते गए। अंत में यह हिंदू जगत् सामाजिक और धार्मिक दृष्टि से चार हजार जन्मजात जातियों में दृढ़ता, शास्त्र सम्मति और सर्व सम्मति से विभाजित हुआ। उस वैदिक हिंदू राष्ट्र का यह सामाजिक स्थित्यंतर उस काल की ऐतिहासिक आवश्यकता के कारण ही हुआ।

३८७. प्रत्येक जाति में केवल वही व्यक्ति समाविष्ट होगा, जिसने उस जाति में जन्म लिया है, यह जन्मजात जातिभेद का मूल सूत्र था। दूसरी अन्य जाति के व्यक्ति द्वारा हुआ अन्न खाना या पानी पीना अधिकतर जातियों में निषिद्ध और दंडनीय माना जाता था। तब अन्य जातियों के साथ विवाह संबंध जोड़ना पूर्ण रूप से निषिद्ध माना जाता था—यह बताना आवश्यक नहीं है। उस काल के इन जाति-संस्कारों के रूप में मान्यताप्राप्त धर्माचारों को हमने लोटाबंदी, रोटीबंदी, बेटीबंदी, स्पर्शबंदी, शुद्धिबंदी और सिंधुबंदी (इन अंतिम दोनों की करेंगे) ये सात नाम अपने जातिभेद पर लिखे हुए अनेक

लेखों में दिए हैं। ये सात बंदियाँ नहीं, सात बेड़ियाँ थीं, जो हिंदुओं की प्रगति को ही नहीं, अपितु गति को भी अवरुद्ध करती थीं। हमारे हिंदू राष्ट्र के पाँवों में ये बेड़ियाँ ईसाई, मुसलिम या किसी अन्य परराष्ट्रीय म्लेच्छ ने नहीं पहनाई थीं, अपितु इन्हें हिंदुओं ने बुद्धिभ्रंश के कारण स्वधर्मरक्षक उपाय समझकर स्वयं ही पहन लिया था। इसी कारण हम इन्हें अपने लेखों और भाषणों में 'विदेशी बेड़ियाँ' न कहकर 'सात स्वदेशी बेड़ियाँ' कहते हैं।

३८८. जन्मजात जातिभेद विषयक पूरी चर्चा करने का कोई कारण यहाँ नहीं है। जिन लोगों को इस विषय पर हमारे विचार जानने की उत्सुकता या जिज्ञासा हो, वे लोग हमारा 'जन्मजात जात्युच्छेदक निबंध' शीर्षकांतर्गत लिखा हुआ समग्र प्रबंध पढ़ें। यहाँ हम विधर्मी शत्रुओं के धार्मिक आक्रमण की चर्चा करने के लिए जितनी चर्चा आवश्यक है, उतनी ही कर रहे हैं।

३८९. प्रथमतः हमें यह नहीं भूलना चाहिए कि जन्मजात जातिभेद की यह प्रथा कुछ परिस्थितियों में और कतिपय प्रसंगों में हिंदू समाज के विशाल संगठन तथा आश्चर्यकारक दृढ़ता के लिए कारणीभूत हुई होगी। इस प्रथा का मूल्यमापन करते समय केवल उसके अंतिम दुष्परिणामों की ही चर्चा करना घोर कृतघ्नता होगी।

३९०. हमें यह स्वीकार करना चाहिए कि इस जन्मजात जातिभेद की प्रथा का निर्माण अपना सामाजिक बीज, रक्त, जाति-जीवन और परंपरा को शुद्ध तथा अक्षुण्ण बनाने के लिए और उसे वर्णसंकरता से विकृत न होने देने के लिए प्रत्येक काल में तत्कालीन हिंदू-धर्मियों ने हिंदू राष्ट्र के हितार्थ किया था या स्वयंप्रेरणा से अपने आप होने दिया था।

३९१. तत्कालीन स्मृतिकारों ने आनुवंशविज्ञान, श्रमविभाजन आधारित अर्थनीति, सामुदायिक सहजीवन, सामुदायिक नीति आदि सिद्धांतों का अत्यंत दूरगामी विचार कर इस जन्मजात जातिभेद प्रथा या संस्था की रचना में उन्हें समाविष्ट किया था। सहस्रों वर्ष बीत गए, सहस्रों संकट आए, परंतु तथाकथित स्पृश्य हों या अस्पृश्य, करोड़ों हिंदुओं के हृदयों पर इस जातिभेद संस्था का अमिट प्रभाव पड़ा है। भंगी, भील, चांडाल, मछुआरे आदि निम्नवर्णीय जातियों से लेकर वैश्य, क्षत्रिय, ब्राह्मण आदि उच्चवर्णीय हिंदू जातियों और उनकी हजारों उपजातियों के लोगों के हृदयों में उनके मर्यादित जातिधर्म ही उनका ऐहिक और पारलौकिक कल्याण करनेवाले, उनको ईश्वर का प्रिय कृपापात्र बनानेवाले और उनके सांसारिक जीवन को पवित्र बनानेवाले सदाचार हैं, ऐसा जो दृढ़, एकनिष्ठ विश्वास इसी कारण उत्पन्न हुआ है कि इस जातिभेद संस्था के मूल कई शताब्दियों से हिंदू राष्ट्र की सभी जातियों के जीवन-क्षेत्रों में अत्यंत गहराई तक उतरते गए हैं और उनके द्वारा संचारित जीवन-रस ने उन असंख्य भिन्न जाति-समूहों के कारण ऊपर से विच्छिन्न लगनेवाले इस हिंदू राष्ट्र को अंदर से किसी एकात्म सत्त्व या स्वत्व की अदम्य

भावना से प्रस्फुरित या प्रेरित नहीं किया होता तो वह दृढ़ तथा एकनिष्ठ कदापि उत्पन्न न होता।

ऊपर से भिन्न लगनेवाले इस जातिभेद की स्वायत्त, परंतु संयुक्त संस्था या संघ को जिस आंतरिक, अंतर्यामी और अदम्य एकात्म भावना ने इस प्रकार एकजीव, एकप्राण बनाया था, उस राष्ट्रीय भावना का ही नाम था हिंदुत्व! हिंदू धर्म!

३९२. उस काल के स्पर्शबंदी, रोटीबंदी, बेटीबंदी इत्यादि जिन प्रमुख धर्माचारों को आज हम 'सात स्वदेशी बेड़ियाँ' कहते हैं, वे धर्माचार मुसलिम आक्रमणों के बाद भी अनेक शतकों तक हिंदू समाज को उसे जकड़नेवाली 'बेड़ियाँ' नहीं लगते थे, अपितु उसके राष्ट्रदेह द्वारा धारण किए हुए अमूल्य, रत्नजड़ित, अभिमंत्रित रक्षाबंधन ही लगते थे। प्रत्येक हिंदू व्यक्ति, चाहे वह ब्राह्मण हो या शूद्र, को अपनी जाति का पूर्ण अभिमान होता था।

३९३. हिंदुओं की सभी जातियों में यदि कोई व्यक्ति जाने-अनजाने किसी जातीय आचार का उल्लंघन करता, किसी दूसरी जाति के व्यक्ति के हाथ का पानी पीता अथवा किसी दूसरी जाति के व्यक्ति से जानबूझकर या अनजाने में शरीर-संबंध रखता, तो ऐसे जाति-धर्मों का उल्लंघन करनेवाले किसी भी अपराधी हिंदू को उस काल में जो अत्यंत कठोर दंड दिया जाता था, वह था 'जाति-बहिष्कार'।

३९४. आज हम 'जाति-बहिष्कार' शब्द का अत्यंत सहजता और निर्भयता से प्रयोग करते हैं, परंतु मुसलिम धार्मिक आक्रमणों के उस काल में तथा उसके बाद भी कई शताब्दियों तक हिंदू समाज के किसी भी व्यक्ति, परिवार अथवा वर्ग को जाति-बहिष्कार के दंड के नाम से ही अंदर तक गहरा धक्का लगता था और जिस हिंदू को जाति-पंचायत द्वारा या शंकराचार्य आदि धर्माचार्यों द्वारा 'जाति-बहिष्कार' का दंड दिया जाता था, वह हिंदू राजमुकुटधारी राजा होने पर भी भय तथा आतंक से थरथर काँप उठता था। जाति से वंचित होना अर्थात् जीवन से वंचित होना, जग से वंचित होना— उसके इतने भीषण दु:सह परिणाम होते थे। उस जाति-बहिष्कृत व्यक्ति का प्रत्यक्ष नाता उसके माता-पिता से, रक्तसंबंधी बंधु-बांधवों से भी अकस्मात् टूट जाता था और वह एकदम अकेला हो जाता था। यहाँ संक्षेप में इतना ही कहना पर्याप्त होगा कि तत्कालीन स्वधर्मनिष्ठ हिंदू को किसी भी देहदंड या आर्थिक दंड की अपेक्षा जाति-बहिष्कार के दंड का अधिक भय होता था। इस कारण भी विभिन्न जातियों में शास्त्रस्मृतिसम्मत जो मर्यादित और व्यवस्थित रूढ़-आचार होते थे, उनका पालन कठोरता से करने की प्रवृत्ति हिंदुस्थान में पीढ़ी-दर-पीढ़ी और भी पक्की होती गई।

३९५. जातिभेद प्रथा के हिंदू जगत् को दृढ़ता प्रदान करनेवाले और जीवन पर दूरगामी प्रभाव डालनेवाले स्वरूप के संबंध में हम कृतज्ञतापूर्वक और भी अनेक उल्लेख कर सकते हैं। तथापि मुसलमानों के धार्मिक आक्रमणों का आरंभ होते ही इस जातिभेद

प्रथा तथा उसके विषय में आग्रहपूर्ण दुरभिमान के कारण हिंदू जगत् की जो अपरिमित हानि हुई, उसके कारण उस जातिभेद प्रथा पर आवश्यक और उचित कठोर टीका प्रहार न करना हमारे हिंदू जगत् के साथ कृतघ्नता होगी।

३९६. मुसलिमों के धार्मिक आक्रमण को निष्फल बनाने के लिए धार्मिक प्रत्याक्रमण करने के काम में जातिभेद के भोथरे साधनों का कुछ भी उपयोग हम हिंदुओं के लिए नहीं हुआ। यही नहीं, इस जातिभेद के धर्माचार के कारण ही हिंदू धर्म और हिंदू राष्ट्र पर धर्मांतरण के इस संघर्ष में विशाल अनर्थ परंपरा का संकट आया। परिणामस्वरूप करोड़ों हिंदुओं को भ्रष्ट करके मुसलमान बना लेना उनके लिए अत्यंत सरल हो गया; परंतु उन मुसलमानों को पुनः हिंदू बना लेना हिंदुओं के लिए सर्वथा असंभव हो गया, इस सत्य को नकारा नहीं जा सकता।

३९७. भारत आगमन से पूर्व अरबों ने ईरान, तुर्की, मध्य एशिया के राष्ट्र तथा अफ्रीका के इजिप्ट से लेकर यूरोप के स्पेन, फ्रांस तक के राष्ट्रों के ईसाई, यहूदी (ज्यू), पारसी आदि इसलामेतर धर्मों के अनुयायियों को लाखों की संख्या में तलवार के जोर से मुसलमान बनाया था और उन्हें भी अत्याचारी तथा बलात्कारी साधनों से ही धर्मांतरण करने के लिए विवश किया था। तथापि केवल मुसलमानों के साथ अन्न, जल आदि खान-पान का संबंध हुआ। इसलिए वे लोग अब सदा के लिए मुसलमान हो गए, भ्रष्ट हो गए और उनका मूल ईसाई, यहूदी या पारसी धर्म नष्ट-भ्रष्ट हो गया—ऐसा वे नहीं मानते थे। उन लोगों के सिरों पर इसलाम की टँगी हुई तलवार रखकर सैकड़ों वर्षों तक उनके द्वारा बलपूर्वक इसलाम के धर्माचारों का पालन करवाना पड़ा था और इसके लिए उनके ऊपर सैकड़ों वर्षों तक राजसत्ता का कठोर, सशस्त्र, क्रूर नियंत्रण रखना पड़ा था। उस काल में क्वचित् किसी स्थान से या प्रदेश से मुसलिम राजसत्ता अन्य किसी कारणवश नष्ट हो जाती, तो वहाँ के बलपूर्वक मुसलमान बनाए गए ईसाई, पारसी आदि मूलतः विधर्मी लोग मन में आते ही विद्रोह कर, इसलाम का हरा झंडा फेंककर अपने मूल धर्म का ध्वज फहरा सकते थे। इन परिस्थितियों में ऐसे मुसलमान बनाए हुए ईसाई, यहूदी आदि मूलतः विधर्मी लोगों को निरंतर मुसलमान ही बनाए रखना मुसलिम राजसत्ता के लिए भी अत्यंत मुश्किल कार्य हो गया था। बलपूर्वक भ्रष्ट किए गए ये लोग इसलाम के विरोधी बनकर स्वधर्म में वापस जाने के लिए कहीं विद्रोह न कर बैठें—यह देखने के लिए मुसलमानों की सशस्त्र सेनाओं को कई शताब्दियों तक उनके ऊपर कठोर नियंत्रण रखना पड़ा था।

३९८. इसी प्रकार जब स्वयं मुसलमानों पर भी धर्मांतरण का संकट आया और स्पेन, ग्रीस, सर्बिया आदि देशों में 'ईसाई धर्म को स्वीकार करो, वरना हम पूरी मुसलमान जाति का ही समूल उच्छेद कर डालेंगे' की धमकी देकर लाखों मुसलमानों को बलपूर्वक ईसाई बनाया गया, तब उन धर्मांतरित मुसलमानों पर भी ईसाई राजसत्ताओं को ऐसा ही

कठोर और प्रसंगोपात्त सशस्त्र नियंत्रण रखना पड़ता था। कारण, मुसलमान भी यह नहीं मानते थे कि ईसाइयों के हाथ का भोजन खाने से अथवा उनके साथ शरीर संबंध जोड़ने से वे सदा के लिए भ्रष्ट हो गए! ईसाई बन गए! ईसाइयों द्वारा बलपूर्वक भ्रष्ट किए गए वे मुसलमान क्रिश्चियन जब राजसत्ता जरा भी ढीली पड़ जाती अथवा उसकी शस्त्रशक्ति थोड़ी भी दुर्बल हो जाती, तो तत्काल विद्रोह कर ईसाई धर्म का बंधन काटकर फेंक देते और पुनः इसलाम को स्वीकार कर किसी भी हरे कपड़े का झंडा बनाकर इसलामी ध्वज फहराने लगते। इतना ही नहीं, वहाँ के ईसाइयों को पुनः बलपूर्वक मुसलमान बनाकर उनके द्वारा किए गए अत्याचारों का प्रतिशोध लेने लगते।

३९९. इसी पूर्वानुभव से अरब वगैरह प्रारंभिक मुसलिम विजेताओं को शुरू-शुरू में सदैव यह भय रहता था कि बलपूर्वक भ्रष्ट किए गए हिंदुओं को मुसलमान बनाए रखने के लिए कम-से-कम एक-दो शतकों तक तो उन्हें सैन्यशक्ति का ही प्रयोग करना पड़ेगा।

४००. जब मुसलमानों ने सिंध पर सशस्त्र आक्रमण किया और वहाँ के हिंदुओं को बलपूर्वक भ्रष्ट कर मुसलमान बनाना आरंभ किया, तब शीघ्र ही उनके ध्यान में आया कि यद्यपि इन हिंदुओं की स्वधर्मनिष्ठा और स्वधर्माभिमान विश्व के किसी भी अन्य धर्म के अनुयायियों जैसा ही या कभी-कभी उनसे भी अधिक कट्टर और अदम्य है तथा इसलिए इनको मन से मुसलमान बनाना अत्यंत कठिन कार्य है, तथापि इन्हें तन से, शरीर से मुसलमान बनाना अत्यंत सरल कार्य है।

४०१. यह बात केवल मुसलमानों के धार्मिक आक्रमणों के काल पर ही लागू होती थी—ऐसा नहीं है। मुसलिम धर्म के जन्म से पहले भी ईसवी सन् की पहली चार शताब्दियों में हिंदू राजाओं ने उदारतापूर्वक मलाबार में जिन सीरियन ईसाइयों को आश्रय दिया था और जिन्होंने हिंदुओं को भ्रष्ट कर ईसाई बनाना आरंभ किया था, वे भी यह बात भलीभाँति समझ गए थे कि हिंदुओं को उनके मुँह में केवल अन्न का ग्रास ठूँसकर भी भ्रष्ट किया जा सकता है—हिंदू जिस कुएँ या जलाशय का पानी पीते हैं, उसमें ईसाइयों के उच्छिष्ट भोज्य पदार्थ (ब्रेड, बिस्कुट, गोमांस के टुकड़े आदि) डाल दो, तो वह पानी पीनेवाले सारे-के-सारे हिंदू उस भ्रष्ट अन्न-जल के भक्षण से जीवन भर के लिए भ्रष्ट हो जाते हैं और उन्हें कोई भी दोबारा हिंदू नहीं बना सकता।

४०२. आगे चलकर पंद्रहवीं-सोलहवीं सदियों में फ्रेंच, पुर्तगाल आदि यूरोपीय, क्रिश्चियन लोगों ने जब प्रबल सेनाएँ लेकर समुद्र मार्ग से भारत में बलात् प्रवेश किया, तब उन्हें भी हिंदुओं का उपर्युक्त धार्मिक भोलापन और छुआछूत संबंधी रूढ़ियाँ देखकर अत्यंत आनंद आया और इस आशा तथा निश्चय से वे हर्षित हो गए कि ऐसे मतिभ्रष्ट हिंदुओं को तो हम देखते-ही-देखते ईसाई बना डालेंगे।

४०३. हिंदुओं के पाँवों में शुद्धिबंदी की बेड़ी—विदेशियों के राजनीतिक

आक्रमणों का यशस्वी प्रतिकार करनेवाले अमोघ अस्त्र-शस्त्र हिंदुओं के शस्त्रागारों में पूर्वकाल से ही तैयार थे। शत्रुओं के शस्त्रों का अपने शस्त्रों से यशस्वी सामना कर हिंदुओं ने उनके राजनीतिक आक्रमणों को अनेक बार विफल भी कर दिया था; परंतु उस काल में परकीयों के इस धार्मिक भ्रष्टीकरण के आक्रमण को निष्फल बनानेवाला कोई शस्त्र हिंदुओं के शस्त्रागार में नहीं था। इसलिए उस समय उनके शस्त्रागार में उपलब्ध एकमात्र शस्त्र—'जाति-बहिष्कार'—को ही उठाकर वे हिंदू इस धार्मिक भ्रष्टीकरण के अभूतपूर्व आक्रमण का प्रतिकार करने लगे। जिन हिंदुओं को मुसलमान बलपूर्वक भ्रष्ट करते गए, उनको उनका हिंदू समाज कठोरतापूर्वक 'जाति-बहिष्कृत' करता गया। इस प्रकार मुसलमानों द्वारा पंजाब पर आक्रमण किए जाने तक लाखों हिंदू भ्रष्ट करके बलपूर्वक मुसलमान बनाए गए। उनमें से अधिकतर हिंदुओं की तीव्र इच्छा वापस हिंदू धर्म में आने की होती थी, परंतु हिंदुओं के इस जाति-बहिष्कार के कठोर दंडविधान में हिंदू धर्म और समाज में शुद्ध होकर वापस लौट आने का कोई भी मार्ग, प्रायश्चित्त का कोई भी पर्याय हिंदू समाज ने उन अभागों के लिए खुला नहीं छोड़ा था, अथवा उपलब्ध नहीं कराया था। यह बात तत्कालीन अंतरजातीय प्रकरणों में प्रयुक्त रोटीबंदी, बेटीबंदी आदि बंदियों या बेड़ियोंवाली संकीर्ण विचारधारा के इतनी अनुकूल थी कि जो हिंदू एक बार भ्रष्ट होकर मुसलमान बना दिया जाता, उसे शुद्ध होकर वापस हिंदू बनना आजन्म असंभव करनेवाली यह 'शुद्धिबंदी' की मानवी बेड़ी भी अत्यंत सहजता से, उसके घोर दुष्परिणामों का थोड़ा सा भी विचार न करते हुए उन पूर्वोक्त बेड़ियों की भाँति हमारे हिंदू समाज द्वारा ही उन अभागे भ्रष्ट 'जाति-बहिष्कृत' हिंदुओं के पाँवों में ठोंकी गई! इसका यह अर्थ था कि हिंदू समाज ने अपने ही पाँवों में वह 'शुद्धिबंदी' की बेड़ी अपने आप पहनी। हिंदू समाज ने भ्रष्ट किए गए हिंदुओं को 'जाति-बहिष्कार' का दंड देकर हिंदू राष्ट्र के ही पाँवों पर कुल्हाड़ी मार दी।

४०४. मुसलमानों द्वारा हिंदुओं को बलात्कार से भ्रष्ट करनेवाले भयंकर आक्रमण को रोकने के लिए हिंदू समाज ने जाति-बहिष्कार का दंड देना शुरू किया। जो हिंदू स्वार्थवश या सत्तालोभ से या अवसरवादिता से स्वयं ही स्वधर्मद्रोह का महापातक करने के लिए तैयार हुए और मुसलिम धर्म स्वीकार कर भ्रष्ट हो गए, उन भ्रष्ट हिंदुओं को ही जाति-बहिष्कार का यह कठोर दंड देना उचित और उपयुक्त था। कारण, जाति-बहिष्कार के भय से साधारणत: कोई भी हिंदू स्वयं अपने आप भ्रष्ट होने के लिए सहसा तैयार नहीं होता। जाति-बहिष्कार के दंड का प्रतिबंधक साधन के रूप में कुछ अंशों में इतना ही उपयोग हो रहा था, परंतु जो धर्मद्रोही हिंदू अपने आप मुसलमान बन गए थे, उनके प्रकरण में तो उतना भी उपयोग नहीं होता था, क्योंकि उन पापियों ने हिंदू जाति से उनके सारे बंधन स्वेच्छा से तोड़ डाले थे। ऐसे भ्रष्ट हिंदुओं के भी प्रकरण में 'शुद्धिबंदी' का जो अपरिवर्तनीय दंड दिया जाता था, वह देना भी आत्मघातक ही था। इसका कारण

यह था कि भविष्य में उन पतित हिंदुओं में से कुछ लोगों के मन में यदि पुनः स्वधर्म में लौट आने की इच्छा जाग उठती, तो उन्हें भी शुद्ध होकर वापस आने का कुछ मार्ग और अवसर मिलना चाहिए था।

४०५. कुछ अर्थों में जो स्वेच्छा से भ्रष्ट हुए, उन हिंदुओं को ही यह दंड मिलना उचित था; परंतु इस प्रकार स्वेच्छा से मुसलमान होनेवाले हिंदुओं की संख्या अत्यल्प, लाखों में एक ही होती थी। इसलिए यह अत्यंत खेदजनक बात थी कि जिन असंख्य हिंदुओं को केवल सशस्त्र अत्याचारों से मुसलिम उत्पीड़क भ्रष्ट कर सके, उन लाखों निरपराध हिंदुओं पर भी इस जाति-बहिष्कार और शुद्धिबंदी के क्रूर, कठोर तथा स्वधर्मघातक दंड का वज्रप्रहार किया गया। मुसलमानों के अत्याचारों से पहले ही विह्वल होकर स्वधर्महानि से मरणप्राय दुःख को भोगनेवाले उन लाखों हिंदू स्त्री-पुरुषों को ऊपर से और भी यह एक कठोरतम दंड दिया गया। उन्हें 'जाति-बहिष्कृत' किया गया। उनके माता-पिता, पति-पुत्र इत्यादि सगे-संबंधी अब पुनः कभी भी इहलोक में उनको अपने आप्त के रूप में स्वीकार नहीं करते। उनके लिए 'शुद्ध' होकर पुनः हिंदू होने का भी कोई मार्ग खुला नहीं था।

४०६. चोरों को छोड़ संन्यासियों को फाँसी—जो लाखों हिंदू स्त्री-पुरुष मुसलमानों के धार्मिक अत्याचार और बलात्कार के शिकार हुए, उन निरपराध लोगों को भी जाति-बहिष्कार का असह्य दंड दिया गया; परंतु जिन अत्याचारी और बलात्कारी मुसलमानों ने ये घृणित, राक्षसी अपराध किए, उन अपराधियों को हिंदुओं द्वारा महाभयंकर मानकर छोड़े गए इस जाति-बहिष्कार के प्रत्यस्त्र से किंचित् भी हानि नहीं हुई। हिंदुओं के इस जाति-बहिष्कार से उन असली अपराधियों का बाल भी बाँका नहीं हुआ। अर्थात् चोरों को छोड़ दिया गया और संन्यासियों को फाँसी पर चढ़ा दिया गया! उलटे जाति बहिष्कार का और शुद्धिबंदी का यह दंड बलपूर्वक मुसलमान बनाए गए हिंदुओं को ही दिया गया, इसलिए इससे मुसलमानों के धार्मिक आक्रमण को प्रत्यक्ष रूप से बड़ी सहायता मिली।

४०७. पूर्व में परिच्छेद ३९७ में हमने बताया था कि जिन ईसाई, यहूदी आदि अहिंदू लोगों को मुसलमानों ने अन्य राष्ट्रों में बलपूर्वक भ्रष्ट किया था, उन्हें मुसलमान बनाए रखने के लिए सैकड़ों वर्षों तक उनपर कठोर, सशस्त्र नियंत्रण रखना पड़ा था; परंतु यहाँ भारत में आते ही लाखों हिंदू स्त्री-पुरुषों को अत्यंत क्रूरतापूर्वक मुसलमान बनाने के बाद भी उनको मुसलिम धर्म में आजीवन बंदी बनाए रखने के लिए मुसलमानों को केवल एक दिन ही परिश्रम करना पड़ता था।

४०८. युद्धों में अथवा नगरों पर किए गए सशस्त्र आक्रमणों में केवल एक ही दिन मुसलमानों को हजारों हिंदुओं पर बलात्कार कर उन्हें भ्रष्ट करने के लिए परिश्रम करना पड़ता था। एक बार उन्होंने इन हजारों नहीं, लाखों हिंदुओं को अन्न, संभोग और

सहवास द्वारा एक ही दिन में भ्रष्ट कर डाला। उसके बाद उन लाखों हिंदुओं को आजीवन ही नहीं, अपितु वंश-परंपरा से मुसलिम धर्म में ही बंदी बनाए रखने का अत्यंत विकट कार्य हिंदू लोग स्वयं ही अपना धर्म-कर्तव्य समझकर निष्ठापूर्वक करते थे! कारण था जाति-बहिष्कृतों की शुद्धिबंदी! जो हिंदू एक बार भ्रष्ट हुआ, वह आजन्म भ्रष्ट हुआ!

४०९. इस प्रकार एक हिंदू का भ्रष्ट होना, मुसलमान होना एक मनुष्य का राक्षस होना था। एक देवता का दैत्य होना था। हिंदू-मुसलमानों के उस प्रलयभीषण महायुद्ध के सहस्रवर्षीय कालखंड में यह सच्ची वस्तुस्थिति थी। किस प्रक्रिया या शक्ति से उन हिंदुओं का कैसा राक्षसीकरण या दैत्यीकरण होता था—यह परिच्छेद ३८२ में संक्षेप में बताया गया है।

४१०. परंतु तब भी हमारे हिंदू समाज की आँखें नहीं खुलीं। उसे बुद्धि नहीं आई। हिंदुओं में प्रचलित शुद्धिबंदी की इस धार्मिक रूढ़ि के कारण उनके द्वारा सामुदायिक रूप से बड़ी मात्रा में भ्रष्ट कर मुसलमान बनाए गए लाखों हिंदुओं को हिंदू समाज ही पुन: कभी हिंदू बनाकर स्वीकार नहीं करेगा, यह बात मुसलमान निश्चित रूप से ज़ान गए थे। इसलिए उनके मन में मुसलिम धर्म की कोई चिंता नहीं रहती थी। जात्यंतरण और धर्मांतरण इनमें जो राष्ट्रघातक प्रभेद था, वह कई शतकों तक हिंदू समाज के ध्यान में नहीं आया।

४११. हिंदू समाज की किसी एक जाति, उदाहरणार्थ—वैश्य जाति के किसी मनुष्य ने उससे निम्न मानी जानेवाली किसी जाति, यथा—भंडारी या दर्जी जाति के किसी मनुष्य के साथ रोटी-बेटी का व्यवहार किया, तो उस वैश्य हिंदू को उसकी जातिवाले 'कुजात' करते थे अर्थात् जाति-बहिष्कृत करते थे। उसी प्रकार यदि किसी हिंदू को नए आए किसी विधर्मी और मूलत: पतित माने गए म्लेच्छ जाति के मनुष्य के साथ बलपूर्वक भोजन करना पड़ा, पानी पीना पड़ा अथवा उसकी पत्नी के साथ उन दुष्ट म्लेच्छों द्वारा बलात्कार कर उसे अपनी पत्नी के साथ उन म्लेच्छों का दास बनकर रहना पड़ा तो उस हिंदू को भी केवल उसकी मूल जाति के ही नहीं, अपितु हिंदुओं की कनिष्ठ-से-कनिष्ठ मानी जानेवाली जातियों के लोग भी 'कुजात' करते थे; अर्थात् उसे जातिभ्रष्ट मानकर जाति-बहिष्कार का कठोरतम दंड देते थे।

इसका अर्थ यह हुआ कि हिंदू समाज के अंतर्गत आनेवाली जातियों के आपस में किसी जाति-नियम के उल्लंघन के कारण किसी हिंदू का 'कुजात' होना और किसी हिंदू का विधर्मी मुसलमान के साथ बलपूर्वक खान-पान या रोटी-बेटी का व्यवहार होने से उसका मुसलमान बनकर 'जाति-बहिष्कृत' होना—हिंदुओं के ये दोनों कृत्य समान ही लगते थे। इन दोनों घटनाओं में होनेवाला और हिंदुओं के सामुदायिक संख्याबल पर दूरगामी हानिकारक प्रभाव डालनेवाला राष्ट्रीय विभेद या अंतर तत्कालीन हिंदू समाज

के ध्यान में ही नहीं आया।

४१२. एक हिंदू व्यक्ति यदि खान-पान के किसी दोष के कारण हिंदू समाज की किसी जाति द्वारा 'कुजात' या जाति-बहिष्कृत किया जाता, तो वह हिंदू समाज अथवा धर्म से वंचित नहीं होता। वह हिंदू समाज की इतर अन्य जातियों में से किसी में मिल जाता अथवा अपने अनुकूल ऐसे समदु:खी व्यक्तियों से मिलकर एक नई स्वतंत्र उपजाति बनाकर रहता; परंतु वह जाति भी हिंदू समाज में ही रहनेवाली होती थी। उसका जात्यंतरण होता था, परंतु उसके कारण धर्मांतरण नहीं होता था, समाजांतरण भी नहीं होता था और राष्ट्रांतरण तो कदापि नहीं होता था। आपस में रोटीबंदी, बेटीबंदी आदि जातीय धर्माचारों के भंग या उल्लंघन के कारण जाति-बहिष्कृत होनेवाले वे हजारों हिंदू हिंदू-समाज की कक्षा से बाहर नहीं होते थे। उपर्युक्त उदाहरण ही लें तो उस जाति द्वारा बहिष्कृत वैश्य का 'वैश्यत्व' नष्ट होने पर भी उसका हिंदुत्व ज्यों-का-त्यों अक्षुण्ण, अखंड रहता था। अर्थात् इस प्रकार के आपसी जाति-बहिष्कार से समग्र हिंदू समाज के संख्याबल में कोई न्यूनता नहीं आती थी।

४१३. जब उसी रूढ़ि के अनुसार मुसलमानों द्वारा भ्रष्ट किए गए किसी हिंदू व्यक्ति को वही दंड देकर हिंदू जाति उस भ्रष्ट हिंदू व्यक्ति के पाँवों में शुद्धिबंदी की बेड़ी ठोंककर उसे जाति-बहिष्कृत करती थी, तब उसका हिंदुत्व ही नष्ट हो जाता था। इस प्रकार हजारों हिंदू स्त्री-पुरुषों को बार-बार धार्मिक आक्रमण कर मुसलमान भ्रष्ट करते गए। उन भ्रष्ट हिंदू स्त्री-पुरुषों को हमारा हिंदू समाज जाति-बहिष्कृत करता गया। फलस्वरूप वे मुसलिम धर्म और समाज में ही रहने के लिए विवश हो गए। परिणामत: हिंदू राष्ट्र के संख्याबल की भयंकर हानि होती रही।

४१४. मुसलमानों के धार्मिक आक्रमणों और अत्याचारों का प्रतिरोध करने के लिए हिंदुओं ने जिस जाति-बहिष्कृत और शुद्धिबंदी के प्रत्यस्त्र का प्रयोग किया, उसके आघात से मुसलमानों का एक बाल भी बाँका न होकर, उलटे उन्हें हिंदुओं पर और अधिक अत्याचार तथा बलात्कार करने के लिए कितना प्रोत्साहन मिलता गया, यह महमूद गजनवी के काल तक किए गए उपर्युक्त वर्णन और विवेचन से स्पष्ट होता है। फिर भी—उस समय भ्रष्ट किए गए हिंदुओं की कैसी घोर दुर्दशा होती थी—इस विषय में तत्कालीन अनेक मुसलमानों की ही तवारीखों में दिए गए वर्णनों में से केवल एक घटना हम उदाहरणस्वरूप यहाँ दे रहे हैं।

४१५. महमूद गजनवी के आक्रमणों में जिन सैकड़ों हिंदुओं को गुलाम बनाकर ईरान, तुर्की और अरब देशों में ले जाया जाता था, उनमें से कुछ हिंदू व्यक्तिश: अथवा समूहों में मुसलमानों को चकमा देकर कालांतर में पंजाब भाग जाते थे। उस समय अर्थात् सुलतान महमूद की मृत्यु और उसके पश्चात् सौ वर्षों तक के काल में मुसलमानी सत्ता पंजाब तक ही फैली थी। हिंदुओं के सशस्त्र विरोध के कारण वह कम-से-कम

सौ वर्षों तक पंजाब से आगे नहीं बढ़ सकी।

४१६. मुसलमानों के शिकंजे से किसी प्रकार छूटकर हिंदू दासों की ये टोलियाँ पंजाब के मुसलिम शासन से भी बचकर राजपूताने के समीपवर्ती हिंदू राज्यों में आश्रय माँगने आती थीं। उनके मन में बड़ी आशा और आनंद होता था कि 'चलो, ईश्वर की कृपा से मुसलमानों के क्रूर पंजे से तो एक बार छूट गए। अब पुन: अपने-अपने हिंदू परिवारों में, हिंदू देवालयों में, हिंदू समाज में हम सुखपूर्वक रह सकेंगे!'

४१७. हाय! हाय! परंतु उनकी यह इच्छा भी केवल मृग-मरीचिका ही सिद्ध होती थी। कारण था शुद्धिबंदी। वे टोलियाँ जब हिंदू राज्यों में आतीं, तो उन्हें उनकी मूल जाति के लोग ही नहीं, अपितु किसी भी हिंदू जाति के अन्य लोग अपनी जाति में अर्थात् हिंदू धर्म में लेने के लिए तैयार नहीं होते थे। कारण, एक बार जिसे जाति-बहिष्कार का कठोर दंड दिया गया या जो हिंदू एक बार भ्रष्ट हो गया, वह सदा के लिए 'आजन्म' भ्रष्ट हुआ, यह शुद्धिबंदी के मूल सूत्र का आधार था। उन टोलियों के स्त्री-पुरुषों को उन हिंदू राज्यों में भी रहना हो तो मुसलमान बनकर ही जीवनयापन करना पड़ता था।

आगे लगभग सौ वर्षों के बाद जब मुसलमानों के पुन: नए आक्रमण हुए और वे सफलतापूर्वक दिल्ली, मध्य प्रदेश तक आगे घुसते ही चले गए, तब उन्हें अनेक वर्ष पहले मुसलिम प्रदेशों से छूटकर भागे हुए हिंदू दासों की टुकड़ियों को इन हिंदू राज्यों में मुसलमान बनकर रहते हुए देखकर अत्यंत आश्चर्य होता था! कारण, मुसलमानी राज्यों में यदि हिंदुओं की कोई ऐसी टोली आती, तो वह उस काल में हिंदू बनकर कभी जीवित ही नहीं रह सकती थी, उसे छल या बल से तत्काल मुसलमान बनाया जाता था। यह था मुसलमानों का अनुभव! यह था मुसलमानी धर्म!

४१८. परंतु यहाँ हिंदू-राज्यों में भ्रष्ट किए गए और हिंदू धर्म में लौट आने की तीव्र इच्छा रखनेवाले हिंदुओं को भी मुसलमान बनकर ही रहना पड़ता था। कारण, शुद्धिबंदी! यह था हिंदू धर्म!

४१९. इस मुसलमानी धर्म से जूझने का संकट जिन पर टूट पड़ा था, उन लाखों हिंदू धर्म के अनुयायियों को इस विषम संघर्ष में भ्रष्ट कर मुसलमानों ने मुसलमान बनाया और हिंदुओं के प्रचंड संख्याबल में अपरिमित न्यूनता आई, तो इसमें आश्चर्य क्या है?

४२०. आश्चर्य तो यह है कि इतनी कम न्यूनता कैसे आई!

□

प्रकरण—४

सद्‌गुण विकृति

४२१. मुसलमानों के साथ हुए उस महान् संघर्ष में, वह चाहे धार्मिक हो या राजनीतिक—दोनों मोर्चों पर मुसलमानों ने हिंदुओं का जितना नुकसान किया, उससे अधिक नुकसान हिंदुओं की ही जन्मजात जातिभेद की रोटीबंदी से लेकर शुद्धिबंदी तक की सामाजिक रूढ़ियों ने किया, यह हमने पिछले कुछ प्रकरणों में स्पष्ट किया है; परंतु जन्मजात जातिभेद के धार्मिक प्रमाद के अतिरिक्त हिंदुओं के आक्रमण और प्रत्याक्रमण की सामर्थ्य को एकदम नष्ट करनेवाली दूसरी भी एक आत्मघातक मानसिक व्याधि उनके सर्वनाश के लिए कारणीभूत हुई थी। मुसलमान अपने शस्त्रों द्वारा जो नहीं कर सके, हिंदुओं की वह पराजय हिंदुओं ने स्वयं ही अपने शरीरों में बस गई इस व्याधि के नशे में कर ली थी। इस बुद्धिभ्रंश करनेवाली व्याधि के कारण वस्तुत: हिंदुओं की जो प्रचंड हानि होती रही, उसकी तुलना में बहुत सौम्य नाम देना हो, तो भी 'सद्‌गुण विकृति' नाम देना होगा।

४२२. सद्‌गुण अथवा दुर्गुण मूलतः गुण ही हैं—परोपकार, दया, अहिंसा, परधर्म-सहिष्णुता, शरणागत को अभय देना, शत्रु पर भी उपकार करना, परस्त्री का अपहरण न करना, शत्रु-स्त्री के प्रति भी दाक्षिण्य, अपने प्राण लेने आए हुए अपराधी को भी क्षमा करना आदि मानवता के रूप में प्रचारित सर्व सद्‌गुण वस्तुत: केवल गुण ही होते हैं।

४२३. कोई भी एक गुण सारी परिस्थितियों में सद्‌गुण ही होता है, ऐसा नहीं है। संक्षेप में यहाँ इतना ही बताना पर्याप्त है कि व्यवहार और नीतिशास्त्र के अनुसार जब कोई गुण मानव जाति के हित के लिए उपकारक सिद्ध होता है, तब उतनी ही सीमा तक उसे सद्‌गुण मानना चाहिए और जब वह गुण मनुष्य जाति के लिए घातक तथा उसके अध:पतन का कारण होता है, तब उसका दुर्गुण में रूपांतर होकर वह त्याज्य सिद्ध होता है।

४२४. गुणों के संक्षेप में तीन भेद—सात्त्विक, राजस और तामस। इसके लिए देशकाल-पात्रापात्र विवेक की कसौटी अत्यंत महत्त्वपूर्ण है। हिंदुओं की संस्कृति ने मानव को देवत्व तक पहुँचाने की आकांक्षा से उसके अंदर सात्त्विक भाव जगाने की, उत्पन्न करने की पराकाष्ठा की; परंतु यह जगत् त्रैधातुक है। अर्थात् वह केवल सत्य के एक ही धागे से नहीं, अपितु सत्त्व, रज और तम—इन तीनों धागों से बना हुआ है। इसीलिए जिसको इस जगत् में जीवित रहना है, जीतना है, न्यूनतः अन्यों द्वारा और अन्यायियों द्वारा विजित नहीं होना है, उसको सत्त्व, रज और तम—इन तीनों परिस्थितियों की सारी अवस्थाओं का सफलतापूर्वक सामना करने के लिए आवश्यक ऐसे त्रिशूली साधन का उपयोग करना होगा; परंतु उस हिंदू-मुसलिम धार्मिक महायुद्ध के काल में हिंदू राष्ट्र को सद्गुणों की सापेक्षता का उपदेश देनेवाली महान् गीता की भी विस्मृति हुई थी। यही नहीं, गीता के धर्म का भी विपर्यास उस काल के हिंदुओं ने किया था। गीता का जो मुख्य मर्म है, वह है पात्रापात्र-विवेक। इस पात्रापात्र-विवेक की भी पहचान इन हिंदुओं में शेष नहीं रही थी।

४२५. अर्थात् यह सारा विवरण तत्कालीन करोड़ों की जनसंख्या के हिंदू राष्ट्र पर समग्र और सामुदायिक रूप से ही लागू होता था—यह ध्यान में रखना चाहिए। ऐसी करोड़ों की जनसंख्या में असमान, विरोधी तथा सामाजिक-क्रांतिकारी हजारों अपवादात्मक जनसमूह अथवा प्रतापी पक्ष भी स्थापित होते रहे। उनका उल्लेख यथास्थान किया गया है तथा आगे भी प्रसंगानुकूल उनका विवरण दिया जाएगा।

४२६. कुछ ग्रंथों में शरणागत को जीवनदान देना एक बड़ा सद्गुण बताया गया है। इसी के प्रभाव से मोहम्मद गोरी, नजीब खान, रुहेला आदि अनेक दुष्टों को पकड़े जाने पर न मारकर हिंदुओं ने जीवित छोड़ दिया। प्यासे को जल या पेय पिलाना सद्गुण है। इतना ही रटकर हिंदू साँपों और दुष्ट नागों को भी दूध पिलाते रहे। उनके पवित्र मंदिरों को वे मुसलिम राक्षस धड़ाधड़ गिराते जा रहे थे तथा सोमनाथ आदि पूज्य देवताओं की मूर्तियों का ध्वंस करते जा रहे थे। तब भी—

'दिधले दुःख पराने उसने फेडू नयेचि सोसावे।
शिक्षा देव तयाला करिल म्हणोनी उगेची बैसावे॥'

(—दूसरे ने यदि दुःख दिया हो, तो उसे उधार समझकर उसी प्रकार नहीं लौटाओ, बल्कि चुपचाप सहन करो, यह विश्वास रखकर शांति से बैठे रहो कि ईश्वर उसे दंड देगा।)

४२७. साधु-संतों के बताए हुए इस सद्गुण और नीति मार्ग के प्रभाव से हिंदुओं ने अनुकूल परिस्थिति में भी उन दुष्ट मुसलमानों का प्रतिशोध लेने के लिए उनकी किसी भी मसजिद की एक ईंट भी नहीं गिराई।

४२८. जिन 'सद्‌गुणों' के प्रभाव से ऐसे दुराचार और पंचमहापातकों से भी भयंकर पाप हिंदुओं ने किए, उन 'सद्‌गुणों' की अपेक्षा तो उन ग्रंथों या पोथियों में वर्णित दुर्गुण भी अधिक मानवहितघातक, राष्ट्रहितघातक और धिक्कार के योग्य नहीं होंगे। इसलिए जो विवेकशून्य और बुद्धिभ्रष्ट मनुष्य पोथीनिष्ठता से वैसे गुणों को 'सद्‌गुण' मानकर, धर्म मानकर आग्रहपूर्वक आचरण करता है, व्यक्तिश: उसका और उसके राष्ट्र का समूल विध्वंस अवश्य होगा। ऐसे गुण सद्‌गुण न होकर सद्‌गुणों की विकृति हैं। जिन सद्‌गुणों का आचरण उपर्युक्त वर्णनानुसार देश-काल-पात्र का विवेक न रखते हुए बुद्धिभ्रंश से किया जाता है, वे सद्‌गुण सद्‌गुण नहीं, अपितु कुत्सित दुर्गुण होते हैं और सड़े हुए अन्न के समान उनसे ही प्राणघातक विष बनता है।

४२९. प्रत्येक हिंदू को 'परधर्म-सहिष्णुता एक बड़ा सद्‌गुण है'—यह बोधामृत माँ के दूध के साथ घुट्टी में ही पिलाया जाता है। परंतु उस बोधवाक्य का मर्म उसे समझाया नहीं जाता। यदि वह 'परधर्म' उसके स्वधर्म के साथ भी सहिष्णुता का व्यवहार करनेवाला हो, तब ऐसे परधर्म के साथ सहिष्णुता करना सद्‌गुण होगा; परंतु देश-काल-पात्रापात्रता का यह विवेक न करते हुए 'हिंदू धर्म का निर्दयतापूर्वक विनाश कर काफिरों का समूल उच्छेद करना ही हमारा धर्म है'—यह माननेवाले मुसलमानों अथवा ईसाइयों के धर्म पर परधर्म-सहिष्णुता का उपर्युक्त सिद्धांत लागू नहीं होता। वहाँ तो उस 'परधर्म' के प्रति उसके असहिष्णुतापरक कृत्यों का प्रतिकृत्यों से और अत्याचारों का प्रतिअत्याचारों से प्रतिशोध लेनेवाली संतप्त असहिष्णुता ही सच्चा सद्‌गुण है।

४३०. इस चालू इतिहास के प्रकरण की ही चर्चा करें तो प्रत्येक मुसलिम आक्रमणकारी ने मथुरा और काशी के हिंदू मंदिरों को ध्वस्त किया। रामेश्वरम् तक के समग्र भारत के अनेक मंदिरों का ध्वंस कर वहाँ की देवमूर्तियों को दिल्ली जैसी मुसलिम राजधानियों में ले जाकर, उनको जानबूझकर उलटी (मुँह नीचा) कर मुसलमानों ने उन्हें अपने प्रासादों की सीढ़ियों में गाड़ दिया। इतना ही नहीं, केवल हिंदुओं की भावनाओं को कुचलने के लिए वैसे पवित्र मंदिरों की मूर्तियों का और अन्य अवशेषों का मूत्रालय तथा शौचालयों के फर्श के रूप में उपयोग किया। इनको और इनके जैसे अन्य अनेक अमानुषिक उत्पातों को ही अपना 'धर्म' माननेवाले क्रूर मुसलमानों के साथ सहिष्णुता का व्यवहार करना सद्‌गुण नहीं, सद्‌गुण की विकृति है। हिंदुओं ने वैसी सहिष्णुता दिखाकर नारकीय पाप किया था; परंतु उसी पाप को पुण्य मानकर हिंदू उसपर आचरण कर रहे थे।

मुसलमानों की राजसत्ता को हिंदुओं ने बीच-बीच में कई बार उखाड़ फेंका था। अर्थात् राजसत्ता हिंदुओं के पास आई थी, परंतु तब भी हिंदुओं ने काशी, मथुरा से लेकर ठेठ रामेश्वरम् तक मुसलमानों द्वारा निर्मित असंख्य मसजिदों को ध्वस्त कर उनके अवशेषों को इसी प्रकार मार्गों पर फर्श के रूप में गाड़कर और बिछाकर सद्‌गति नहीं

दी। हिंदुओं ने अधिक-से-अधिक बस इतना किया कि मुसलमानों द्वारा गिराए गए मंदिरों का बारंबार पुनर्निर्माण किया। इसके विपरीत ऐसे भी आश्चर्यजनक उदाहरण मिलते हैं कि हिंदू राज्यकर्ताओं ने अपने शासनकाल में मुसलिम आक्रमणकारियों द्वारा निर्मित मसजिदों की रक्षा का दायित्व स्वीकार कर उनके निर्वाह के लिए नए अनुदान दिए। इस प्रकरण में तत्कालीन हिंदुओं की धार्मिक बुद्धिभ्रष्टता का, सद्गुण विकृति का अत्यंत लज्जाजनक प्रदर्शन करनेवाला एक छोटा सा उदाहरण हम यहाँ दे रहे हैं। उसके बाद इस विषय में और कुछ कहने की आवश्यकता ही नहीं रहेगी।

४३१. सोमनाथ के देवालय का ध्वंस महमूद गजनवी द्वारा किए जाने के बाद उस प्रदेश को पुनः हिंदुओं ने जीतकर वहाँ अपनी सत्ता स्थापित की। मुसलमानों ने पुनः आक्रमण कर उस मंदिर को फिर से तोड़-फोड़कर ध्वस्त कर डाला। ऐसा कई बार होने के बाद एक समय वहाँ पर एक प्रबल हिंदू राजा की समर्थ सत्ता स्थापित हुई और उस मंदिर का विधिवत् पुनर्निर्माण कराया गया। उस क्षेत्र का भी अच्छा विकास हुआ। वहाँ के सागरतट पर बहुत पहले से आते-जाते रहनेवाले अरब व्यापारी-जहाज अपनी यात्रा में विश्राम लेने के लिए उस सागरतट पर रुकते थे। वस्तुतः उस हिंदू राजा को चाहिए था कि वह इन अरबों को अपनी सागरी सीमा में प्रवेश ही न करने देता। कारण, ऐसे ही अरब व्यापारी आते-आते उनके पीछे-पीछे अरब सेनाएँ भी आईं, यह कटु अनुभव हिंदू राजाओं को बारंबार हुआ था; परंतु अपनी उदारता और परधर्म-सहिष्णुता का प्रदर्शन करने के लिए उस हिंदू राजा ने अपने सागरतट से उन अरब व्यापारियों का आना-जाना तो बंद नहीं ही किया, उलटे उनके साथ इतने सौजन्य से ऐसा व्यवहार और सत्कार किया कि उनको वहाँ अपने घर जैसा ही लगने लगा।

तब उन अरब व्यापारियों के मन में, शायद उनके राजनीतिक कपटी स्वभाव-धर्म के अनुसार यह इच्छा जाग्रत् हुई कि उस सोमनाथ नगर में काफिरों द्वारा निर्मित विशाल देवालय के ठीक सामने मुसलमानों की एक मसजिद बनाकर चुनौती के रूप में खड़ी करें! चूँकि तत्कालीन परिस्थिति में यह कार्य जोर-जबरदस्ती से, बलपूर्वक करना उनके लिए संभव नहीं था। इसलिए उन अरब व्यापारियों ने वहाँ एक मसजिद बनाने की अनुमति देने के लिए सदैव की भाँति इस बार भी कपटता से अत्यंत विनम्र भाषा में उस हिंदू राजा को आवेदन दिया और आश्चर्य! उस भोले हिंदू राजा ने उन मुसलमानों की वह प्रार्थना सहर्ष स्वीकार कर ली; और सोमनाथ के विख्यात मंदिर के ठीक सामने एक नई मसजिद हिंदू धर्म को देनेवाली मूर्त चुनौती बनकर बड़े गौरव से खड़ी हुई।

वस्तुतः उस हिंदू राजा को करना यह चाहिए था कि सुलतान महमूद ने सोमनाथ के मंदिर की जो भीषण दुर्दशा की थी, उस प्रदेश पर अपनी सत्ता स्थापित होते ही उसका स्मरण कर पहले वहाँ की सारी मसजिदों को धराशायी करवा देता और तब सोमनाथ के मंदिर का पुनर्निर्माण करवाता। परंतु उसने पहले की बनी मसजिदों को न

गिराकर उलटे एक नई मसजिद बनाने की अनुमति दी और उसके लिए वार्षिक अनुदान की भी व्यवस्था की। हिंदुओं की इस सद्‌गुण विकृति की सीमा की परधर्म-सहिष्णुता का फल भी उन्हें हाथोहाथ भुगतना पड़ा। कुछ काल के पश्चात् जब अलाउद्‌दीन आदि मुसलिम आक्रमणकारियों ने गुजरात पर आक्रमण किए और हजारों हिंदुओं का वध करते हुए, हजारों स्त्रियों का बलात्कार करते हुए, सैकड़ों हिंदू मंदिरों का विध्वंस करते हुए वे अत्याचारी उस सोमनाथ नगर के पास आए, तब हिंदू राजा द्वारा अरब व्यापारियों को मसजिद बनाने की अनुमति देने की इस हिंदू परधर्म-सहिष्णुता का उन्होंने क्या फल दिया? हिंदुओं के इस उपकार का क्या प्रतिफल उन्होंने दिया?

४३२. क्या उन्होंने उस उपकार को हिंदुओं की मूर्खता और भोलेपन का चिह्न समझकर उसका ऋण चुकाने के लिए पुनर्निर्मित सोमनाथ मंदिर को सुरक्षित, सुव्यवस्थित रहने दिया? नहीं, अलाउद्‌दीन आदि उन मुसलिम आक्रमणकारियों ने सोमनाथ के मंदिर को पुनः छिन्न-विछिन्न कर डाला और महमूद गजनवी जो करना भूल गया था, वह घोर विडंबना करने के लिए उन्होंने सोमनाथ की मूर्ति को और गर्भगृह की शिलाओं को दिल्ली ले जाकर वहाँ की एक मसजिद की सीढ़ियों में चिनवा दिया।

४३३. आगे के इतिहास में पुनः एक बार हिंदुओं की राजसत्ता स्थापित हुई और कुछ देवालयों का पुनर्निर्माण हुआ। पुनः मुसलमानों ने आक्रमण किया और इस बार गुजरात पर म्लेच्छों का चिरकालीन सार्वभौमत्व प्रस्थापित हुआ। सुलतान अहमदशाह आदि सुलतानों ने सशस्त्र धार्मिक अत्याचार कर, स्त्रियों का बलात्कार कर और मंदिरों का विध्वंस कर गुजरात की यच्चयावत् हिंदू जनता को 'त्राहि भगवान्' कर डाला। उन्होंने हजारों हिंदू स्त्री-पुरुषों को पकड़कर, गुलाम बनाकर विदेशों में ले जाकर बेच दिया। सोमनाथ पुनः अस्तित्वहीन हो गया, परंतु वह मसजिद बनी रही और उसका महत्त्व बढ़ता ही गया। हिंदू राजाओं के भी संरक्षण में पुरानी मसजिदें तो सुरक्षित ही रहीं; मुसलिम सुलतानों ने न केवल उनका वैभव बढ़ाया, अपितु अन्य कई एक से बढ़कर एक विशाल और ऊँची मसजिदें बनवाईं भी।

४३४. हिंदुओं की धार्मिक मूर्च्छा का, सद्‌गुण विकृति का और अंध परधर्म-सहिष्णुतावश स्वधर्म की बलि देनेवाली आत्मघाती मानसिकता का यह एक उदाहरण है। ऐसी सद्‌गुण विकृति की कई घटनाएँ उस मुसलिम आक्रमण के काल में सैकड़ों वर्षों तक कश्मीर से लेकर कन्याकुमारी तक पग-पग पर घटित होती रहीं। उनका वर्णन हम कहाँ तक करें? हाँ, हिंदुओं के औदार्य-सद्‌गुण की विकृति के उदाहरणस्वरूप कम-से-कम एक घटना का वर्णन हम करेंगे।

गुजरात के अनहिलवाड़ा का राजा सिद्धराज एक पराक्रमी राजा माना जाता था। वह अत्यंत न्यायी था, परंतु वह राजा हिंदू था। अर्थात् वह न्याय और अन्याय, स्वधर्म और परधर्म, औदार्य और संकुचितता इत्यादि गुणों का देश-काल-पात्रापात्र-विवेक के

परिप्रेक्ष्य में विचार न कर उन गुणों को स्वयमेव सद्गुण मानने की भ्रांत धारणा से ग्रसित था। यह स्वाभाविक ही है। उसके राज्य में खंबायत (कंबे) के पास एक समय हिंदू-मुसलमानों में संघर्ष हुआ। मोहम्मद औफी नामक एक मुसलिम लेखक ने 'आमजवामी-उल-हिकायत' नामक अपनी पुस्तक में इस संदर्भ के बारे में लिखा है—

४३५. "अनहिलवाड़ा के राज्य में एक बार हिंदू काफिरों ने मुसलमानों पर आक्रमण कर लगभग अस्सी मुसलमानों को मार डाला और वहाँ की मसजिद को जलाकर उसकी मीनार भी गिरा डाली। तब वहाँ के इमाम खातिब अली ने इस हिंदू राजा की स्तुति करनेवाली एक बहुत लंबी कविता लिखकर उसमें हिंदुओं द्वारा मुसलमानों पर किए गए अत्याचारों की जानकारी दी और हिंदुओं से उनका रक्षण करने की प्रार्थना की। इस कविता का और इस प्रार्थना का इतना अधिक प्रभाव उस हिंदू राजा पर पड़ा कि वह स्वयं गुप्त रूप से वहाँ गया और उसने वस्तुस्थिति जानने के लिए पूछताछ की। तब उसे पता चला कि हिंदुओं द्वारा मुसलमानों पर अत्याचार किए गए, यह बात सच है। अब राजा को उदार होना चाहिए, न्यायदान में निष्पक्ष होना चाहिए, उसके हिंदू राज्य में जो बेचारे अल्संख्यक विधर्मी रहते हैं, उन्हें अधिक सुविधाएँ देकर परधर्म-सहिष्णुता के धर्म का पालन करना चाहिए, ये सारे पोथी-पुराणों में लिखे हुए राजधर्म संबंधी नीतिवाक्य उसने भी याद किए थे; परंतु इन नीतिवाक्यों को देश-काल-पात्रता के उपनेत्रों से पढ़ना चाहिए—यह गुरुमंत्र राजाओं को देनेवाले चाणक्यसूत्र उस राजा की सात पूर्व पीढ़ियों में भी किसी ने नहीं पढ़े होंगे—ऐसा लगता है। कारण, उन तथाकथित अत्याचारों के लिए उन हिंदुओं को कठोर दंड देकर उस हिंदू राजा ने मुसलमानों को एक लाख बलोत्रा सिक्कों की विशाल धनराशि देकर उस मीनार को पुन: बनवा दिया।

४३६. उपर्युक्त हिंदू राजा जयसिंह ने पुनर्निर्मित सोमनाथ की पैदल यात्रा स्वयं की थी। वह शिवभक्त था और हिंदू धर्म पर उसकी अगाध भक्ति थी। शायद इसी कारण उसने मुसलमानों जैसे कपटी और कट्टर शत्रुओं को अपने राज्य से खदेड़कर निष्कासित करने या उनको बलपूर्वक हिंदू बनाने के स्थान पर उनकी मसजिदों को हिंदुओं के पैसों से पुन: बनवा दिया और उनको अपने राज्य में परधर्म-सहिष्णुता तथा उदारता की हिंदू नीति के अनुसार विशेष संरक्षण दिया।

४३७. क्या महमूद गजनवी के, मोहम्मद गोरी के अथवा उसी काल में दिल्ली, मालवा तक हिंदुओं का सर्वनाश करनेवाले अन्य सुलतानों के राज्यों में रहनेवाले कोई मंदिर ध्वस्त करनेवाले मुसलिम अधिकारियों के विरोध में एक भी शब्द का उच्चारण करना हिंदुओं के लिए संभव था? ऐसा करना उस काल में मुसलमानी धर्म के अनुसार उन 'काफिरों' का भयंकर अपराध होता और उसके लिए उन हिंदुओं के यच्चयावत् स्त्री-पुरुषों को गुलाम बनाकर एशिया के काबुल-कंधार के बाजारों में बेच दिया जाता। ऐसे विधर्मी मुसलमानों की बड़ी-बड़ी बस्तियों को हमारे हिंदू राजा अपनी परधर्म-

सहिष्णुता की नीति के अनुसार अपने राज्यों में विशेष आदर से स्वागत करते रहे। और उस काल के इतिहास में ऐसे हजारों प्रकरण हुए हैं, जिनमें शरणार्थी के रूप में हिंदू राज्यों में निवास करनेवाले ये ही मुसलमान उस राज्य पर किसी बाहरी मुसलमानी सत्ता द्वारा आक्रमण होने की स्थिति में भीतरघात करके अथवा अन्य प्रकार से उस हिंदू राजा का अवश्य घात करते। यह सब अपनी आँखों से स्पष्ट रूप से देखते हुए भी देश-काल-पात्रता का किंचित् भी विचार न कर, केवल राजा को परधर्म-सहिष्णु, निष्पक्ष और उदार होना चाहिए; ये ही राज्योचित सद्गुण हैं—ऐसे मोटे नीतिवाक्य रटकर वे हिंदू राजा उन सद्गुणों के कारण ही संकट में फँसे। यही सद्गुण विकृति है!

४३८. मुसलमानों द्वारा लाखों हिंदू स्त्रियों का अपहरण—मुसलमानों के धार्मिक आक्रमण के महासंकट का ही एक उपांग और हिंदुओं के संख्याबल को लगातार भीषण रूप से घटानेवाला एक और नया संकट उस काल में हिंदुओं पर आया। यह संकट था मुसलमान आक्रमणकारियों द्वारा हिंदू स्त्रियों का अपहरण कर उन्हें बलात्कारपूर्वक मुसलमान बनाना और अपने संख्याबल की वृद्धि करना! यह इसलाम की धर्माज्ञा है, उनकी ऐसी कुत्सित मान्यता थी। उनकी काम-तृप्ति के अनुकूल होने के कारण प्रिय होनेवाली इस धर्माज्ञा के पालन से मुसलमानों का संख्याबल तेजी से बढ़ता गया और हिंदुओं की संख्या उसी मात्रा में घटती गई। यह उस काल की स्पष्ट वस्तुस्थिति थी।

उस कालखंड में अनेक शतकों तक मुसलमानों ने लाखों हिंदू स्त्रियों का अपहरण और बलात्कार कर जो प्रलय मचाया था, उसकी निंदा केवल 'धार्मिक उन्माद' कहकर करने या उसकी उपेक्षा करने जैसी वह तुच्छ बात नहीं थी। उसे 'उन्माद' कहा जाए, तब भी उस उन्माद में एक तथ्य निहित था। मुसलिम धर्मोन्माद में निहित यह तथ्य इतना भयंकर था कि उसको केवल धार्मिक उन्माद कहकर उपेक्षा करने से ही तत्कालीन हिंदू राष्ट्र रक्तक्षय जैसी भीषण दु:साध्य व्याधि से ग्रस्त हुआ था। कारण, वस्तुत: मुसलमानों का वह 'धर्मोन्माद' एक उन्माद या पागलपन नहीं, वरन् एक अटल सृष्टि-नियम के अनुसार अंगीकृत राष्ट्रीय संख्याबल-वृद्धि की प्रभावी, परिणामकारी पद्धति ही था।

४३९. मनुष्य ने पशुओं के झुंडों से ही इस सृष्टि-नियम को सीखा है। गायों के झुंड में यदि गायों से अधिक साँड़ों की संख्या होगी तो उस झुंड की संख्या में तेजी से वृद्धि नहीं होगी, परंतु यदि उस झुंड में गायों की संख्या साँड़ों से बहुत अधिक होगी, तो उस झुंड का संख्याबल पीढ़ी-दर-पीढ़ी तेजी से बढ़ता ही जाएगा। मनुष्य भी पशु की तरह एक प्राणी ही है। अत: अन्य सारी बातें समान होने पर, मानवी समूह पर भी सृष्टिक्रम का यही नियम लागू है। प्रागैतिहासिक काल, जिसे हम 'जंगली युग' कहते हैं, में भी आदिम वन्य मानव समूहों को भी संख्या वृद्धि का यह सृष्टिक्रम भलीभाँति ज्ञात था। अफ्रीका में आज भी वैसे जंगली मानवों की कुछ टोलियाँ जीवित हैं। इन

टोलियों में जब आपस में युद्ध होते हैं तो उनमें शत्रुपक्ष के केवल पुरुषों का ही वध किया जाता है। शत्रु की स्त्रियों को पकड़कर विजयी टोलियाँ उन्हें आपस में बाँट लेती हैं और उनका भोग कर उनके द्वारा अपने संख्याबल में वृद्धि करना अपना धर्म मानती हैं। नागा जाति की एक टोली के बारे में यह कहा जाता है कि जब उस टोली के लोग अपने शत्रुओं पर टूट पड़ते हैं, तो उनके पुरुषों पर तो सादे बाण चलाते हैं, परंतु यदि शत्रुपक्ष में कुछ स्त्रियाँ भी लड़ रही हों, तो उनपर विषाक्त बाणों की वर्षा कर उनका वध करते हैं। इसका कारण यह बताया जाता है कि शत्रु की जो स्त्री पकड़ी नहीं जा सकती, उस एक स्त्री को मारने से पाँच पुरुषों के वध जैसी शत्रुपक्ष की संख्या में हानि होती है।

४४०. अरब मुसलमानों के आक्रामक, परंतु अल्पसंख्य सेनाओं और सेनापतियों ने उत्तर अफ्रीका के बहुसंख्य लोगों पर आक्रमण करते समय इसी सृष्टिक्रम का अवलंबन किया था। उन काफिरों को जीतने पर उनसे जो हरजाना वसूल किया जाता था, वह आधा धन के रूप में और आधा स्त्रियों के रूप में होता था। उन वसूली गई अफ्रीकी स्त्रियों को मुसलमान बनाकर उन्हें विजयी मुसलिम सेना के ईमानदार सैनिकों को पाँच-पाँच, दस-दस की संख्या में बाँट दिया जाता था। उन अफ्रीकी दासियों द्वारा उत्पन्न संतति जन्मत: मुसलमान वंश की मानी जाने से तथा मुसलिम वातावरण में ही पलने-बढ़ने से कट्टर मुसलमान बनती थी।

इस प्रकार उत्तर अफ्रीका में इसलाम के अनुयायियों की संख्या में तेजी से वृद्धि करनेवाले मुसलिम सेनापतियों का सम्मान, तत्कालीन मुसलिम धार्मिक नेता भी 'गाजी' की सम्मानपूर्ण उपाधि देकर करते थे। विजित काफिरों की स्त्रियों पर भी उन विजित काफिरों की अन्य जड़ संपत्ति की भाँति विजयी मुसलिम सेना का सर्वाधिकार स्थापित हो जाता है—यह मुसलमानों के धर्मयुद्ध का एक शासनसम्मत सूत्र ही बन गया था।

४४१. रावण द्वारा सीता का अपहरण किए जाने के बाद जब श्रीराम ने उसपर आक्रमण किया, तब प्रत्यक्ष युद्ध से पहले रावण को उसके कुछ हितचिंतक उपदेश करने लगे—"देखो, तुम्हारे इस अन्यायी कृत्य से हमारे राक्षस राज्य पर इस युद्ध का भयंकर संकट आया है। परस्त्री का अपहरण करना अधर्म है; इसलिए तुम यह अधर्म मत करो। सीता को सम्मानपूर्वक रामचंद्र को लौटा दो!" यह सुनकर रावण ने अत्यंत क्रोधित होकर उत्तर दिया—"क्या कह रहे हैं आप? परस्त्रियों का अपहरण करना, उनके साथ बलात्कार करना अधर्म है? अरे महाशय! 'राक्षसानां परो धर्म: परदारविघर्षणम्।' दूसरों की स्त्रियों का अपहरण कर उनके साथ बलात्कार करना ही तो हम राक्षसों का परम धर्म, श्रेष्ठ धर्म है!"

४४२. ऐसी ही रावणी निर्लज्जता और धर्मोन्माद से उस काल में भारत पर आक्रमण करनेवाले सारे मुसलमान आक्रमणकारी हिंदू स्त्रियों का अपहरण कर उन्हें

जड़ संपत्ति की भाँति लूट लेना और भ्रष्ट कर सुलतान से लेकर सिपाही तक आवश्यकतानुसार बाँट लेना, इसलाम धर्म के अनुसार उनका यह पवित्र कर्तव्य ही है, ऐसा मानते थे। उनकी धारणा थी कि इसलाम की संख्या वृद्धि करनेवाला वह एक महान् कार्य है। जिन हिंदू प्रदेशों में मुसलमानों की सत्ता चिरकाल या अल्पकाल के लिए भी स्थापित होती थी, उन सब प्रदेशों के हिंदुओं से वहाँ के सुलतान, निजाम, नवाब, यहाँ तक कि छोटे ग्रामों के साधारण मुसलमान अधिकारी भी जिस प्रकार धन के लिए 'जजिया' कर लेते थे, उसी प्रकार हिंदुओं के राजघराने से लेकर ग्रामों के कुलीन घरानों तक की सुंदर कन्याओं और प्रसंगोपात्त विवाहिताओं की भी खुलेआम माँग करके और न देने पर बलपूर्वक उनका हरण करके अर्थात् उनकी स्त्रियों का अपहरण करके भी वसूल करते थे।

४४३. उस कालखंड में सिंध पर हुए पहले आक्रमण के बाद यद्यपि दीर्घकाल तक भारत पर अरबों का कोई बड़ा आक्रमण नहीं हुआ था, तथापि अरबों की छोटी टोलियाँ अन्य जातियों या राष्ट्रों की मुसलिम सेनाओं में सम्मिलित होकर भारत पर आक्रमण करती ही रहीं। उन अरब मुसलमानों की भाँति ईरानी, तुर्रानी, अफगान, तुर्क, मंगोल आदि एशिया की समस्त राक्षसी जातियों के मुसलमान उस काल में भारत पर बारंबार टिड्डी दल की तरह टूट पड़ते रहे। उनकी सेनाओं में पुरुष सैनिक हजारों होते थे, जबकि स्त्रियों की संख्या बहुत ही कम रहती थी। परंतु भारत पर लगातार अनेक आक्रमण करके आए हुए ये सारे मुसलमान, सुलतान से लेकर सैनिक और साधारण कर्मचारी तक, लूट में या अपहरण द्वारा प्राप्त की गई हजारों हिंदू स्त्रियों से विवाह कर अथवा उन्हें दासी या रखैल बनाकर यहीं पर सदा के लिए बस गए और भारत के ही निवासी बन गए। मुसलिम बादशाहों, सुलतानों अथवा नवाबों के हरम में राजस्त्रियों से लेकर दासियों तक कैद भोगनेवाली हजारों हिंदू स्त्रियों की बात तो थी ही, उससे भी अधिक गाँव-देहातों के साधारण मुसलिम परिवारों में भी प्रत्येक मुसलिम पुरुष तीन-चार हिंदू स्त्रियों को भ्रष्ट कर रखैल बनाकर रखे रहते थे। इस प्रकार इस आक्रामक मुसलिम समाज में पुरुषों की अपेक्षा स्त्रियों की ही संख्या अधिक होती गई। उनके समाज में बहुपत्नीत्व की प्रथा धर्मसम्मत और रूढ़ होने के कारण बाहर से भारत में आए हुए इन परकीय मुसलमानों की संख्या हर पीढ़ी में बढ़ती गई और हजारों से लाखों तथा लाखों से करोड़ों पर पहुँच गई।

४४४. विशेष ध्यान देने योग्य बात यह है कि भ्रष्ट की गई उन हिंदू स्त्रियों ने ही सुलतान गयासुद्दीन तुगलक, फीरोजशाह तुगलक, सुलतान सिकंदर लोदी आदि अनेक हिंदू द्वेष्टा, राज्यकर्ताओं को जन्म दिया!

४४५. अत्याचारों में मुसलिम स्त्रियों का प्रचंड योगदान— हिंदू-मुसलमान के कई शतकों तक चल रहे इस महायुद्ध में जिन लाखों हिंदू स्त्रियों को मुसलमानों ने

बलपूर्वक भ्रष्ट किया; उन पर घोर अत्याचार करने में मुसलिम स्त्रियों ने बड़े उत्साह से प्रचंड योगदान किया। यह विधान वैयक्तिक रूप से नहीं, सामुदायिक रूप से सत्य है। तत्कालीन मुसलिम स्त्रियों की इस राक्षसी क्रूरता का निर्भीक, स्पष्ट और विशेष उल्लेख किसी भी इतिहास-लेखक द्वारा किया हुआ हमने नहीं देखा, इसलिए उसे स्पष्ट रूप से और निर्भीकता से कहना हमारा कर्तव्य है।

४४६. हिंदू स्त्रियाँ अर्थात् 'काफिरों' की स्त्रियाँ तो जन्मजात दासियाँ ही होती हैं, उन्हें बलपूर्वक मुसलिम धर्म में लाकर उनका उद्धार (?) करने के कार्य में यथासंभव सहायता करना प्रत्येक मुसलिम स्त्री का धार्मिक कर्तव्य है—ऐसी राक्षसी शिक्षा उस काल की मुसलिम स्त्रियों को दी जाती थी। उन मुसलिम स्त्रियों में बेगमों से लेकर भिखमंगिनों तक कोई भी स्त्री मुसलिम पुरुषों द्वारा हिंदू स्त्रियों पर होनेवाले घोर अत्याचारों का विरोध तो कदापि करती ही नहीं थी, उलटे उन पुरुषों को ऐसे प्रकरणों में प्रोत्साहन देकर उनका सम्मान ही करती थी। वे स्वयं भी इन अभागी हिंदू स्त्रियों पर यथासंभव सारे अत्याचार करती थीं। मुसलमान सुलतानों के सिपाहियों, मुल्ला-मौलवियों और गाँवों, नगरों में फैले हुए मुसलमान गुंडों के क्रूर हाथों में पड़ी हिंदू स्त्रियों को शाही जनानखानों से लेकर गाँव की झोंपड़ियों तक विभिन्न स्थानों में छिपाकर उन्हें बलपूर्वक मुसलमान बनाना, उनसे दासी या नौकरानी जैसे काम करवाना, उन्हें मार-पीटकर मुसलिम समाज में बंदिनी बनाकर रखना, उन्हें उनके परिवारों और बाल-बच्चों से निर्दयतापूर्वक दूर रखकर मुसलिम पुरुषों में बाँट देना, इस प्रकार के अगले सारे क्रूर और दुष्ट कार्य करने में मुसलिम स्त्रियाँ भी मुसलिम पुरुषों का उतने ही उत्साह से हाथ बँटाती थीं। हिंदू-मुसलिम युद्धों के धूमधाम के अशांत समय में ही नहीं, अपितु मध्यांतर के शांति काल में भी हिंदू राज में रहकर भी, पास-पड़ोस की हिंदू बहू-बेटियों को बहला-फुसलाकर, भगाकर, अपने घरों में बलपूर्वक बंदी बनाकर अथवा गाँव की मसजिद के मुसलिम अड्डे पर पहुँचाकर उन्हें मुसलिम समाज में पचा लेना इसलाम की धर्माज्ञा के अनुसार उनका नित्य कर्तव्य है, यह धारणा पूरे भारत में फैले हुए मुसलिम स्त्री-समाज में व्याप्त थी।

४४७. 'स्त्रीत्व की ढाल' का अभिशाप—उनके इन अधम, राक्षसी कृत्यों के लिए कभी कोई हिंदू उनका सर्वनाश करेगा—ऐसा जरा भी भय उन मुसलिम स्त्रियों को नहीं था। युद्धों में मुसलमान के विजयी होने के बाद जब उनका राज्य स्थापित होता था, तब हिंदू स्त्रियों को भ्रष्ट कर मुसलमान बनाने के इस धर्म-कार्य के लिए उन मुसलिम स्त्रियों का सम्मान किया जाता। परंतु बीच-बीच में हिंदू सेनाओं की विजय होने पर जब हिंदू राज्य स्थापित होता था (ऐसा उस काल में अनेक बार हुआ था), तब भी अधिक-से-अधिक मुसलिम पुरुष-समाज का हिंदुओं से टकराव होता था। युद्धों में मुसलिम पुरुषों का ही वध किया जाता है; परंतु हिंदुओं द्वारा विजित युद्धों में कोई हिंदू सेनापति,

सैनिक अथवा नागरिक उन आततायी मुसलिम स्त्रियों का बाल भी बाँका नहीं करेगा—इसकी पूर्ण आश्वस्ति उस मुसलिम स्त्री-समाज को होती थी। कारण, भले ही वे शत्रु पक्ष की हों और आततायी हों, परंतु वे 'स्त्रियाँ' थीं; इसलिए युद्धों में विजित मुसलिम राजस्त्रियों और दासियों को उनके तत्कालीन हिंदू विजेताओं ने सुरक्षित उनके मुसलिम घरों में वापस भेज दिया—ऐसे उदाहरण उस काल में बार-बार घटित होते थे। और इन कृत्यों का सम्मान हमारा समस्त हिंदू समाज यह कहकर करता था कि 'देखिए, यह है हमारा परस्त्री-दाक्षिण्य का सद्गुण! यह है हमारे हिंदू धर्म की विशाल उदारता!' यहाँ हम उदाहरणस्वरूप ऐसी एक-दो घटनाओं का वर्णन कर रहे हैं।

४४८. शत्रुस्त्री-दाक्षिण्य जैसी राष्ट्रघातक और कुपात्र प्रयुक्त प्रवृत्तियों की घटनाओं के ऐसे हजारों उदाहरणों में से दो प्रमुख उदाहरण देना यहाँ अप्रासंगिक नहीं होगा। छत्रपति शिवाजी महाराज ने कल्याण के सूबेदार की मुसलिम बहू को बेटी मानकर सालंकृत पति के पास सम्मानपूर्वक भेज दिया और पराभूत पुर्तगाल शत्रु किलेदार की शत्रुस्त्री को भी चिमाजी अप्पा (पेशवा) ने उसी प्रकार सम्मानपूर्वक उसके पति के पास वापस भेज दिया। इन दोनों घटनाओं का गौरवास्पद उल्लेख हम आज भी सैकड़ों बार बड़े अभिमानपूर्वक करते हैं; परंतु शिवाजी महाराज अथवा चिमाजी अप्पा को उन पराजित मुसलिम स्त्रियों का सम्मान करते समय थोड़ा भी स्मरण नहीं हुआ कि महमूद गजनवी, मोहम्मद गोरी, अलाउद्दीन खिलजी आदि मुसलिम सुलतानों ने दाहिर की राजकन्याएँ कर्णवती के राजा कर्ण की पत्नी कमलादेवी, कन्या देवलदेवी आदि हजारों हिंदू राजकन्याओं पर किए हुए बलात्कार और लाखों हिंदू स्त्रियों पर भयंकर अत्याचार किए गए थे। यह क्या आश्चर्य की बात नहीं है?

४४९. घोर विडंबना और बलात्कार से उत्पीडित उन हजारों हिंदू राजस्त्रियों तथा लाखों साधारण हिंदू स्त्रियों के करुण-क्रंदन और भीषण आक्रोश से उस समय भारत का समस्त वायुमंडल सतत गूँजता रहता था। क्या उनकी प्रतिध्वनियाँ अथवा गूँज शिवाजी और चिमाजी अप्पा को नहीं सुनाई देती थी? वे लाखों अत्याचारित, बलात्कारित स्त्रियाँ यह कहती रही होंगी कि—'हे शिवाजी अथवा हे चिमाजी अप्पा! आप हमारे ऊपर मुसलिम सरदार और सुलतानों द्वारा किए हुए अत्याचार और बलात्कारों को कदापि मत भूलिए! आप उन मुसलिम अत्याचारियों के मन में ऐसी दहशत, ऐसा आतंक उत्पन्न करें कि हिंदुओं की विजय होते ही उनकी मुसलिम स्त्रियों की भी वैसी ही घोर दुर्दशा की जाएगी, जैसी उन्होंने हमारी की थी। इस प्रकार जब मुसलमानों के मन में यह भय समा जाएगा कि हिंदुओं की विजय होने पर मुसलिम स्त्रियों पर भी वैसे ही घोर अत्याचार किए जाएँगे, तब भविष्य में मुसलिम विजेता हिंदू स्त्रियों पर अत्याचार और बलात्कार करने का दुस्साहस नहीं करेंगे!' परंतु शत्रुस्त्री-दाक्षिण्य की सद्गुण विकृति के अधीन छत्रपति शिवाजी अथवा पेशवा के बंधु चिमाजी अप्पा भी मुसलिम

स्त्रियों पर वैसा प्रत्याचार नहीं कर सके।

४५०. हिंदुओं के उस काल के इस स्त्री-दाक्षिण्य के राष्ट्रघातक धर्मसूत्र के कारण ही मुसलिम स्त्रियों द्वारा नित्यप्रति लाखों हिंदू स्त्रियों पर अनंत अत्याचार किए जाने के बावजूद उनका हिंदुओं से संरक्षण करने के लिए उनके 'स्त्रीत्व' की एक ही ढाल पर्याप्त सिद्ध हुई!

४५१. वैसे भी, मुसलिम स्त्री को हिंदू बनाकर घर में रखना हिंदू घोर पाप मानते थे। मुसलिम स्त्री के संपर्क से वे स्वयं भ्रष्ट होकर मुसलमान हो जाएँगे, ऐसी भ्रांत धारणा हिंदुओं में ही होने के कारण प्रत्यक्ष हिंदुओं के हिंदू राज्य में रहते हुए भी अपहरण से, बलात्कारपूर्वक हिंदू बनाए जाने का लेशमात्र भी भय उन मुसलिम स्त्रियों के मन में नहीं होता था। इसका अपवाद क्वचित् ही होता था।

४५२. ऐसी परिस्थिति में कई शतकों तक हिंदू स्त्रियों पर घोर अत्याचार करने और उन्हें भ्रष्ट करने के घोर अपराधों का यथोचित दंड उस मुसलिम स्त्री-समाज को कभी भी नहीं दिया गया। इसी कारण हिंदू स्त्रियों को छल-बलपूर्वक भ्रष्ट करने का मुसलिम स्त्री-समाज का यह दुष्टतापूर्ण कार्य कई शतकों के उस प्रदीर्घ कालखंड में समस्त भारत में निर्बाध रूप से सतत चलता रहा; परंतु जब मुसलमानों के आक्रमण प्रारंभ हुए, उसी समय से मुसलिम स्त्रियों द्वारा, हिंदू स्त्रियों की राक्षसी निष्कृति के लिए हिंदू लोग भी, मुसलमानों पर भारी विजय मिलने के बाद, उस मुसलिम स्त्रियों के समाज का भी यदि कठोरतापूर्वक दमन करते जाते, हिंदू स्त्रियों की मुसलिम शत्रु जिस प्रकार घोर दुर्दशा करते थे, उसी प्रकार उन मुसलिम स्त्रियों की भी वे घोर विडंबना और दुर्दशा करते और प्रसंगोपात्र मुसलिम स्त्रियों को बलपूर्वक हिंदू बनाकर हिंदू समाज में अंतर्भूत कर पचा डालते, तो क्या होता?

हिंदुओं के इस प्रत्याक्रमण के संभावित भय से मुसलिम स्त्रियों का, मुसलिमों का, विजय होने पर भी हिंदू स्त्रियों पर इस प्रकार अत्याचार करने का साहस कदापि न होता। वे भय और आतंक से काँप उठतीं। उनके मन में यह विचार आता, यह भय होता कि आज हमने हिंदू स्त्रियों को भ्रष्ट किया, उनपर अत्याचार कर उन्हें दासी बनाया, तो भविष्य में हिंदुओं की विजय होने पर हिंदू समाज गाँव-गाँव, घर-घर में हमें हमारे परिवारों से अलग कर हमारी और हमारी बहू-बेटियों की घोर दुर्दशा तथा विडंबना करने में कोई कसर नहीं छोड़ेगा! तब हमारी 'स्त्रीत्व' की ढाल भी हिंदू स्त्री-पीड़न के भीषण दंड से हमारा थोड़ा भी रक्षण नहीं कर सकेगी।

यदि हिंदू-मुसलिम महायुद्ध के प्रारंभ के एक-दो शतकों में ही यह भय मुसलिम स्त्री-समाज के मन में बैठ जाता, तो आगे कई शतकों तक हमारी लाखों निरपराध हिंदू भगिनी-माता-कन्याओं को जो विडंबना और घोर दुर्दशा भोगनी पड़ी, वह कदापि नहीं भोगनी पड़ती। हमारी स्त्री-संख्या अर्थात् उनके उदरों से जन्म लेनेवाली हमारी राष्ट्रीय

संतति का संख्याबल कदापि घटकर कम न होता। इसके साथ ही हमारे कट्टर शत्रु मुसलिमों की स्त्री-संख्या में वृद्धि नहीं होती। अर्थात् उनके मुसलिम समाज का संख्याबल कई मार्गों से कम होता। यह क्यों और किस प्रकार होता—इसका समाजशास्त्रीय स्पष्टीकरण हमने परिच्छेद ४३८ से ४४५ तक किया है। परंतु शत्रुस्त्री-दाक्षिण्य की उन भ्रामक कल्पनाओं से पीड़ित उस कालखंड के हजारों हिंदुओं ने, लाखों स्त्रियाँ अवश होकर कई बार उनके हाथ लगने पर भी, उन्हें उनके अत्याचारों के लिए वैसे ही प्रत्याचार का कठोर दंड नहीं दिया।

४५३. मुसलमानों द्वारा की गई अधिकाधिक दुर्दशा—क्या हिंदुओं के इस देश-काल-पात्र विवेकशून्य शत्रुस्त्री-दाक्षिण्य का कुछ अनुकूल परिणाम तत्कालीन मुसलिमों पर हुआ था? हिंदुओं की इस धार्मिक 'उदारता' से क्या मुसलमान अपने परस्त्री-हरण के घोर पापकृत्य के लिए थोड़े भी लज्जित होते थे? शाही महलों की राजकन्याओं से लेकर साधारण मुसलमान स्त्री तक हजारों विजित मुसलिम स्त्रियों को हिंदू विजेताओं ने बार-बार उनके घरों में सुरक्षित पहुँचाया था। इसके लिए क्या कभी मुसलमानों ने उनके उपकार माने? कभी नहीं, किसी प्रकार भी नहीं! उलटे जब हिंदू अपने इस शत्रुस्त्री-दाक्षिण्य के सद्गुण के कारण अपने आपको धन्य मानते थे, तब मुसलमान उनपर बार-बार वैसे ही अत्याचार कर उनकी खिल्ली उड़ाकर कहते थे—

४५४. ''स्त्री-दाक्षिण्य के सद्गुण की हिंदुओं को इतनी ही प्रतिष्ठा और महत्त्व था, तो उनके स्त्री-दाक्षिण्य पर प्रथम अधिकार उनकी अपनी माता, भगिनी, पत्नी का ही था; परंतु हम मुसलमान कई शतकों से उनकी हजारों बहनों और बहू-बेटियों पर बलात्कार कर उन्हें भ्रष्ट करते रहे हैं, तब भी इन हिंदुओं को स्त्री-दाक्षिण्य के लिए ही राही, उनको हमारे पंजों से मुक्त करने का साहस नहीं हुआ। जिनके अंदर अपनी स्वयं की स्त्रियों को दाक्षिण्य दिखाने योग्य भी पौरुष नहीं है, ऐसे ये कायर हिंदू हम वीर मुसलमानों की स्त्रियों को केवल परस्त्री-दाक्षिण्य की पवित्र भावना से स्पर्श नहीं करते, उनपर अत्याचार नहीं करते—यह बात कौन मानेगा? उनसे कहिए कि उनके ही राज्य में रहनेवाली किसी भी मुसलिम स्त्री पर कुदृष्टि डालकर तो देखें! मुसलमान किसी भी मुसलिम स्त्री को कुदृष्टि से देखनेवाले की आँखें तत्काल बाहर निकाल लेंगे—इसी भय से ये कायर, दुर्बल हिंदू हमारी मुसलिम स्त्रियों को नहीं छेड़ते! उनकी परस्त्री-दाक्षिण्य के व्रत की ये बातें तो कोरी कल्पना ही हैं!''

इस प्रकार हिंदुओं के परस्त्री-दाक्षिण्य के इस सद्गुण के अभिमान का उलटा ही अर्थ लगाकर मुसलमान और भी अधिक उद्दंड हुए तथा इस प्रकरण में हिंदुओं की यह कायरता देखकर हिंदू स्त्रियों का अपहरण करनेवाले उनके अधमाधम अत्याचार बढ़ते ही चले गए।

४५५. हमारे पूर्वजों का शत्रुस्त्री-दाक्षिण्य—जो साँप डँसने आता है, वह

चाहे नाग हो या नागिन, उसे तत्काल कुचलकर मार डालना ही चाहिए। जिन शत्रु-स्त्रियों ने हमारी माँ-बहनों को बलपूर्वक भ्रष्ट कर उन्हें दासी बनाया, उनका राक्षसी स्त्रीत्व उनके इन आततायी कृत्यों से ही स्पष्ट होता है। उस आततायी मुसलिम समाज की स्त्रियों का स्त्री-दाक्षिण्य पर अधिकार वहीं समाप्त हो जाता था और वे केवल कठोर दंड पाने के ही योग्य रह जाती थीं। इसी कारण जब राक्षसी त्राटिका (ताड़का) ने ऋषिजनों की हत्या कर उनके यज्ञों का विध्वंस करनेवाले राक्षसों के साथ श्रीराम पर आक्रमण किया, तब श्रीराम ने तत्काल उसका वध कर दिया। जब राक्षसी शूर्पणखा सीता को कच्ची ककड़ी की तरह चबा जाने के लिए दौड़ी, तो लक्ष्मण ने उसके नाक-कान काटकर उसे वापस भगा दिया; (परस्त्री-दाक्षिण्यवश) उसे साड़ी-चूड़ी देकर सम्मान से विदा नहीं किया। नरकासुर जब आर्यों की सहस्रों स्त्रियों का अपहरण कर उन्हें उसके असुर राज्य में (आज का असीरिया) ले गया, तब श्रीकृष्ण ने उसपर आक्रमण किया और युद्ध में उसका वध कर दिया। यह सामरिक और राजकीय प्रतिशोध लेकर वह रुका नहीं, अपितु जिन हजारों आर्य स्त्रियों को उस नरकासुर ने बंदी बनाकर उनपर असंख्य अत्याचार किए थे, उन सबको बंदीगृह से मुक्त कर, अपने राज्य में वापस लाकर सामाजिक प्रतिशोध भी उसने लिया था। उन आर्य स्त्रियों को असुरों ने बलपूर्वक भ्रष्ट किया था, केवल इसी कारण उन सहस्रों निरपराध राष्ट्रभगिनियों को 'अब वे भ्रष्ट हो गईं!' ऐसी भोली, भ्रांत, पौरुषहीन धारणा से उन असुरों के पास ही छोड़कर श्रीकृष्ण अपनी सेना के साथ वापस नहीं लौटे; अपितु इसके विपरीत उन सहस्रों आर्य स्त्रियों को अपने राष्ट्र में वापस लाकर, उन्हें प्रतिष्ठापूर्वक स्वसमाज में स्थापित कर, भूपति के नाते उनके उदर-भरण और संरक्षण का सारा भार श्रीकृष्ण ने स्वयं वहन किया। उन्होंने अपने राष्ट्र के स्त्री-वर्ग की संख्या को घटने नहीं दिया। श्रीकृष्ण के इस भूपतित्व के कर्तव्य पर ही हमारे पौराणिक कथाकारों ने लाक्षणिक अद्‌भुत तत्त्व का आवरण चढ़ाकर कि श्रीकृष्ण उन सहस्रों आर्य स्त्रियों के 'पति' हुए, अर्थात् उन्होंने उनके साथ विवाह किया, इस प्रकार की लोककथा आगे चलकर वर्णित की होगी, यह स्पष्ट है।

४५६. उपर्युक्त पौराणिक काल के पश्चात् यवन, शक, हूण आदि के आक्रमण-काल में परशत्रु के किसी भी सेनापति, राजा अथवा महाराजा को पराजित करने के बाद हमारे तत्कालीन पौरुषवान विजेता विजित परशत्रुओं की कन्याओं के साथ प्रकट रूप से विवाह करते थे। यह परंपरा सम्राट् चंद्रगुप्त मौर्य से लेकर गुप्त सम्राटों तक निरंतर चलती रही। शालिवाहन राजा भी विजित शक राजकन्याओं के साथ विवाह करते थे। केवल हमारे विजयी राजे-महाराजे ही नहीं, अपितु तत्कालीन भारत के सामंतों से लेकर साधारण नागरिकों तक हमारे सारे लोग यवन, शक, हूण आदि परकीय स्त्रियों के साथ बिना हिचक के विवाह करते थे। कारण, उस काल तक हमारे राष्ट्र का पौरुष, पाचनशक्ति

और पराक्रम उन परकीय स्त्रियों और उनसे उत्पन्न होनेवाली संतति को ही नहीं, अपितु उनके पूरे परकीय समाज को हमारे धर्म तथा संस्कृति में समाविष्ट कर आत्मसात् करने लायक प्रखर थे।

४५७. शुद्धिबंदी के दुष्परिणाम—अपनी जाति और धर्म की शुद्धता की भ्रामक कल्पना से उस काल का हिंदू समाज स्वेच्छा से रोटीबंदी, बेटीबंदी आदि आचारों का पालन, हिंदुओं के लिए अत्यंत हानिकारक होने पर भी स्वधर्म और स्वकर्तव्य मानकर करता था। उसी प्रकार और उसी उद्देश्य से अर्थात् अपनी जाति शुद्ध रखने के लिए ही शुद्धिबंदी तथा उससे उद्भूत सिंधुबंदी जैसे दो नए धर्माचारों का भी तत्कालीन हिंदू समाज स्वेच्छा से, धर्मकर्तव्य मानकर, कठोर निष्ठा से पालन करने लगा। जिस हिंदू को एक बार मुसलमानों द्वारा बलपूर्वक ही क्यों न हो, परंतु भ्रष्ट किया जाता था, उसे ही नहीं, अपितु उसके वंशजों को भी कभी हिंदू धर्म में वापस नहीं लिया जा सकता, उसके पाप के लिए कोई शुद्धिबंदी नहीं, कोई प्रायश्चित् नहीं, यही हमारे हिंदू धर्म की आज्ञा है—यह भावना हिंदू समाज के रक्त में पीढ़ी-दर-पीढ़ी चलती ही जा रही थी। अत्यंत थोड़े अपवादों को छोड़कर तत्कालीन ब्राह्मणों से लेकर भंगी तक, छत्रपति से लेकर पत्रपति तक, शंकराचार्य से लेकर शंखाचार्य तक, क्या प्रबुद्ध और क्या निर्बुद्ध—सभी लोग हिंदुओं की इस शुद्धिबंदी के धर्माचार के विषय में कश्मीर से लेकर कन्याकुमारी तक संपूर्ण भारत में एकमत थे।

४५८. हमारा हिंदू धर्म इन मुसलमानों द्वारा भ्रष्ट न हो, इसलिए हजारों हिंदू स्त्रियों ने कई शताब्दियों तक जौहर के अग्निकुंडों को प्रज्वलित रखा; परधर्मियों द्वारा अपनी देह भ्रष्ट न हो, इसलिए लाखों हिंदू स्त्री-पुरुषों ने इस देश की सारी नदियों, तालाबों और कूपों में कूदकर प्राण दे दिए, अपने छोटे-छोटे बच्चों को छाती से लगाकर अपने आपको जलाकर प्राणाहुति दे दी। इस प्रकार लाखों हिंदुओं ने विभिन्न उपायों से मुसलमानों के हाथों में पड़ने से पहले ही प्राण त्याग दिए! जिन्होंने मुसलमानों के हाथों में पड़ने के बाद भी 'जाओ, मैं मुसलमान नहीं बनूँगा' जैसी वीर गर्जना करते हुए छत्रपति संभाजी की भाँति, तेगबहादुर प्रभृति सिख धर्मगुरुओं की भाँति, धर्मवीर बाबा बंदा बैरागी की भाँति, उनके शरीर के मांस के टुकड़े नोच-नोचकर अनेक उपायों से उत्पीड़ित कर उनका वध किए जाने पर भी स्वधर्म त्याग नहीं किया, उन सबके अपूर्व बलिदानों का कृतज्ञ स्मरण किए बिना हम कैसे रहेंगे? मुसलमानों के राक्षसी अत्याचारों के फलस्वरूप हिंदू जाति ने स्वधर्मरक्षण के लिए जातिभेद, शुद्धिबंदी, सद्गुण विकृति आदि भ्रामक कल्पनाओं के कारण ही सही, परंतु जो अपूर्व बलिदान दिए, उनसे अधिक संख्या में और अधिक कट्टरता से विश्व के इतिहास में शायद ही किसी जाति ने अपने धर्म के लिए बलिदान दिए होंगे! उन लाखों हिंदुओं का बलिदान भी मुसलमानों से हिंदू धर्म के रक्षण के कार्य में सहायता किए बिना ही व्यर्थ नहीं गया। उन अपूर्व बलिदानों

की गाथाएँ हमारे हिंदू राष्ट्र की अनेक पीढ़ियों को धर्मरक्षणार्थ प्राणार्पण करने के लिए स्फूर्ति और प्रेरणा देती रही है, यह भी कुछ कम लाभ नहीं है।

४५९. शुद्धिबंदी और जाति-बहिष्कार के इन धर्माचारों के राष्ट्रीय परिणाम कितने भी अहितकारक सिद्ध हुए हों और उसके लिए उन रूढ़ियों की कठोर आलोचना करना आवश्यक हो, तब भी हम हिंदुओं को यह कभी नहीं भूलना चाहिए कि तत्कालीन हिंदू जगत् ने स्वजाति और स्वधर्म का पावित्र्य अबाधित, निबंधबद्ध रखने के सद्हेतु से ही इन धर्माचारों का अवलंबन किया था। इन शुद्धिबंदी और जाति-बहिष्कार की कुप्रथाओं के कारण ही लाखों हिंदुओं ने अनेक पीढ़ियों तक अपार यातनाएँ भोगीं; परंतु उन्होंने स्वकीय धर्म समझकर निष्ठापूर्वक जिस व्रत को अंगीकार किया था, उसे छोड़ा नहीं। किसी हिंदू का मुसलमानों से अन्न, जल अथवा शरीर से संपर्क होने पर, भले ही वह बलपूर्वक अत्याचारों से ही क्यों न हुआ हो, उसे उसके परिवार और समाज द्वारा जो आजीवन निष्कासन दिया जाता था, वह सुख-संतोष से थोड़े ही दिया जाता था! प्राणपण से पाल-पोसकर बड़े किए हुए अपने बाल-बच्चों को, बहू-बेटियों को, रक्त-संबंधियों को उनके परशत्रु के हाथों भ्रष्ट किए जाने पर दूसरे दिन भी वे वापस लौट आते। तब भी कहीं उनका अपना धर्म भी नष्ट न हो, इसलिए उनके माता-पिता, मित्र जब अपने घर के दरवाजे बंद कर निरुपाय होकर उन्हें भगा देते थे, तब उनके हृदयों को कितनी भीषण यातनाएँ सहन करनी पड़ती होंगी, उनका हृदय ममता से कितना व्याकुल होता होगा, परस्पर वियोग के असह्य दुःख से घुट-घुटकर कितने माँ-बाप, भाई-बहन, पति-पत्नी जीवंत मरण भोगते रहे होंगे—इसका कहाँ तक वर्णन करें, परंतु—

'त्यजेदेकं कुलस्यार्थे ग्रामस्यार्थे कुलं त्यजेत्।
ग्रामं जनपदस्यार्थे धर्मार्थे पृथिवीं त्यजेत्॥'

४६०. मूलत: इस वीरोदात्त बुद्धि से ही प्रचलित किए गए शुद्धिबंदी और जाति-बहिष्कार के धर्माचारों का पालन उस काल में करोड़ों हिंदू करते रहे। इसके फलस्वरूप उन्हें जिस असह्य त्रासदी से गुजरना पड़ा, उसके लिए हम हिंदुओं को सदैव उनका कृतज्ञ रहना चाहिए। उन रूढ़ियों को स्वधर्म मानने में उनकी बुद्धि भ्रष्ट हुई थी, परंतु निष्ठा नष्ट नहीं हुई थी। ओषधि समझकर उन्होंने गलती से विषपान किया था, परंतु उनका हेतु ओषधिसेवन का ही था; हिंदू जाति के जीवन और पवित्रता के रक्षण का ही था। इस प्रकार स्वधर्म की रक्षा के उद्देश्य से उन कुप्रथाओं का पालन करने से उन्हें जो दारुण दुःख भोगने पड़े, उनके विषय में कृतज्ञता के दो शब्द लिखे बिना हमसे नहीं रहा जाएगा।

४६१. उस काल में मुसलमानों की धर्मसत्ता को उखाड़कर फेंक देनेवाला जो साधन हिंदुओं को यदा-कदा उपलब्ध होता था, वह यह था कि मुसलमानों ने अपने

सैकड़ों धार्मिक आक्रमणों में जिस प्रकार हजारों हिंदुओं का वध कर अनेक ग्रामों और नगरों को हिंदूविहीन करने का अत्याचार किया, उसी प्रकार जब-जब हिंदुओं की शक्ति अधिक प्रबल हुई थी, तब-तब हिंदू भी वैसे ही धार्मिक प्रत्याक्रमण कर मुसलमानों को सबक सिखाते। यदि हिंदू इस प्रकार शस्त्र प्रयोग करते तो उन्हें शुद्धिबंदी का धर्माचार भी बाधक न होता! कारण, वहाँ मुसलमानों के साथ खान-पान का या किसी अन्य प्रकार के व्यवहार का प्रश्न ही नहीं उठता! परंतु···शुद्धिबंदी का धर्माचार बाधक नहीं होता, तब भी परधर्म-सहिष्णुता का हिंदू सिद्धांत अवश्य बाधक होता। 'सर्व धर्म समान हैं', 'राम-रहीम एक हैं', 'हर व्यक्ति को उसका धर्म पालन करने दो', 'परधर्म-सहिष्णुता ही हमारे धर्म की आज्ञा है, यही हमारी हिंदू जाति का अनन्य साधारण गौरव है।'—इस प्रकार की गपबाजी करने का व्यसन प्राचीन काल से स्वत: ही हिंदू जाति में पाया जाता था।

४६२. जब बीच-बीच में हिंदुओं के विजयी होने पर लाखों मुसलमान पराजित और शक्तिहीन होकर हिंदुओं के अधीन हो जाते थे, तब उन मुसलिमों का, उनके द्वारा पूर्व में हिंदुओं पर किए गए अत्याचारों का प्रतिशोध लेने के लिए, बिना किसी भेदभाव के सरेआम शिरच्छेद कर डालना तो दूर ही रहा, क्योंकि वे परधर्मीय और अल्पसंख्यक थे, इसलिए उन मुसलिम प्रजाजनों के प्रति किसी भी प्रकार का धार्मिक उपद्रव हिंदुओं द्वारा नहीं किया जाता था। उलटे वे बड़े सुख से अपने धर्म और वैभव में वृद्धि कर सकते थे। प्रत्येक काल में सारे हिंदू राजाओं में मुसलिम नागरिकों के लिए हिंदू नागरिकों से भी अधिक सुविधाजनक कायदे-कानून थे। इतिहास अपने प्रत्येक पृष्ठ पर इस वस्तुस्थिति का आधार प्रस्तुत करता है।

४६३. इसी वस्तुस्थिति की ओर बड़े गर्व से निर्देश कर तत्कालीन हिंदू राजा और समस्त हिंदू जगत् बड़े अभिमान से आत्मस्तुति करते हुए कहता था, "देखो, हमारा हिंदू धर्म कितना परोपकारी है; परधर्म-सहिष्णुता हमारे हिंदू धर्म का विशेष सद्‍गुण है!" ऐसे गोमुखी हिंदू धर्म के परधर्म-सहिष्णु अनुयायियों द्वारा उस व्याघ्रमुखी मुसलिम धर्म के अनुयायियों पर धार्मिक प्रत्याक्रमण होने की और उस मुसलिम समाज के नि:शेष निर्दलन की आशंका लेशमात्र भी नहीं थी, यह तो स्पष्ट ही है।

४६४. यह परधर्म-सहिष्णुता, और उसे सद्‍गुण कहें, जहाँ वह परधर्म अपने स्वधर्म के साथ सहिष्णुता का व्यवहार करता होगा, वहाँ उसके साथ सहिष्णुता का व्यवहार करना सद्‍गुण होगा; परंतु जिन मुसलमानों के महमूद गजनवी से लेकर एक के बाद एक सारे सुलतान, शाह और बादशाह राज्यारोहण करते समय अत्यंत गौरव से यह कहते हुए शपथ लेकर कि काफिरों के हिंदू धर्म का समूल नाश करना ही मेरा धर्म है, यही मेरी प्रतिज्ञा है—ऐसी शपथ लेकर ही राजसिंहासन पर बैठते रहे और उसके अनुसार हिंदुओं पर ऐसे अत्याचारी धार्मिक आक्रमण एक हजार वर्षों तक करते रहे,

उन राक्षस-धर्मीय मुसलमानों के साथ परधर्म-सहिष्णुता का व्यवहार करना अपने हाथों स्वधर्म के गले पर छुरी चलाना था। वह परधर्म-सहिष्णुता नहीं, अधर्म-सहिष्णुता थी! वह सहिष्णुता नहीं, कायरता थी। परंतु यह कटु सत्य एक सहस्र वर्षों के घोर अनुभवों के पश्चात् भी उस काल के हिंदू समझ नहीं सके। उस राक्षसी धर्म के साथ भी सहिष्णुता का व्यवहार करना ही वे अपना परम धर्म मानते थे; उसे ही हिंदू जाति का विशिष्ट 'सद्‌गुण' मानते थे।

४६५. हे हिंदू जाति! तुम्हारे अध:पतन के लिए कारणीभूत दुर्गुणों में यदि कोई प्रमुख दुर्गुण है, तो वे तुम्हारे ये 'सद्‌गुण' ही हैं!

४६६. अहिंसा, दया, शत्रुस्त्री-दाक्षिण्य, शरणागत शत्रु को अभयदान, क्षमा (वीरस्य भूषणम्), परधर्म-सहिष्णुता आदि सद्‌गुणों का देश-काल-पात्रापात्र-विवेक न रखते हुए तुमने जो दुर्बलता, कायरता और अंधता से पालन तथा अवलंबन किया, उसी के भीषण परिणामस्वरूप उस सहस्रवर्षव्यापी हिंदू-मुसलिम महासंग्राम में तुम्हारा ऐसा भयंकर पराभव हुआ। कारण—

'पात्रापात्रविवेकशून्य। आचरिला जरी सद्‌गुण॥
तो तोचि ठरे दुर्गुण। सद्‌धर्म घातक॥'

(—पात्रापात्र-विवेकशून्यता से 'सद्‌गुण' का आचरण करो, तो वही सद्‌धर्मघातक दुर्गुण बन जाता है।)

□

प्रकरण—५

एक ही रामबाण उपाय—प्रत्याचार! प्रत्याक्रमण!

४६७. मुसलमानों ने लगातार अनेक आक्रमण कर हिंदू धर्म का कितना अधिक विनाश किया; लाखों हिंदू स्त्री-पुरुषों को भ्रष्ट कर, मुसलमान बनाकर हिंदुओं के संख्याबल की कितनी हानि की और उस हानि को पूरा करने में जातिभेद, शुद्धिबंदी, सद्‌गुण विकृति आदि दुर्बल, धर्मभीरु और राष्ट्रघातक आचारों के कारण हिंदू समाज किस प्रकार असमर्थ रहा—इसका विवरण पिछले प्रकरणों में दिया गया है। दुर्भाग्य से हिंदुओं का संख्याबल घटानेवाली शुद्धिबंदी, सद्‌गुण विकृति आदि आत्मघातक रूढ़ियों को ही तत्कालीन हिंदू समाज 'प्रत्यक्ष धर्म' समझता था और उनकी शिक्षा देनेवाले पोथी-पुराणों को अपने धर्मग्रंथ मानकर सम्मान देता था। इन पोथी-पुराणों के जंजाल का उच्छेद करने का धैर्य जिनमें थोड़ा-बहुत था, ऐसे दूरदर्शी सुधारक, राजनीतिज्ञ, धर्मज्ञ, श्रेष्ठ विचारक और कर्मवीर, बीच-बीच में ही क्यों न हो, परंतु हिंदू समाज के उस 'अंधे' युग में यदि उत्पन्न न होते और अपने प्रभाव से राष्ट्र को धर्मरक्षण का पराक्रमी मार्ग न दिखाते तथा उन म्लेच्छ शत्रुओं को उस धर्मयुद्ध में मात नहीं देते, तो हिंदुओं की संख्या का और फलस्वरूप हिंदू राष्ट्र का संपूर्ण ह्रास हुए बिना नहीं रहता।

४६८. महर्षि देवल और भाष्यकार 'मेधातिथि'—उपलब्ध जानकारी के अनुसार आज भी अपनी तेजस्विता से हमारी दृष्टि अचूक आकर्षित करनेवाले उस काल के दो प्रमुख वीर विचारक थे—महर्षि देवल और 'मनुस्मृति' के भाष्यकार मेधातिथि। उनके जो ग्रंथ आज भी उपलब्ध हैं, उनसे यह स्पष्ट रूप से सिद्ध होता है कि मुसलमानों द्वारा सिंध पर किए गए प्रथम आक्रमण और धार्मिक अत्याचारों का काल, जब मुसलमानों ने पंजाब तक के हिंदू राज्यों को जीत लिया था, वह काल तथा इसके मध्यांतर के काल में ये दोनों ग्रंथ हिंदू राष्ट्र को उन आपद प्रसंगों में भी पराक्रमी और विजिगीषु नए आचार, नए शास्त्र और नए शस्त्र देने के लिए या उपलब्ध कराने के लिए रचे गए थे।

४६९. मुसलमानों ने सिंध पर आक्रमण कर तलवार के बल पर हिंदुओं को भ्रष्ट कर मुसलमान बनाने का जो घोर अत्याचार प्रारंभ किया था, उसका प्रतिकार करने में तत्कालीन स्मृतियों में वर्णित आचारधर्म पूर्णतया असमर्थ है, यह देखकर मुसलमानों द्वारा हिंदुओं के संख्याबल की जो हानि हो रही थी, उसे रोकने के लिए और पूरा करने के लिए हमें अपना आचारधर्म सुधारना होगा, अर्थात् धार्मिक अत्याचारों का सामना धार्मिक प्रत्याचारों से ही करना होगा, ऐसे तेजस्वी दृढ़ विचार रखनेवाले ब्राह्मण, क्षत्रिय आदि योग्य हिंदू पुरुषों का एक वर्ग प्रथमत: सिंध में ही संगठित हुआ होगा, यह 'देवल-स्मृति' के ही श्लोकों से स्पष्ट होता है—

'सिंधुतीरमुपासन्नम् देवलं मुनिसत्तमम्॥'

(—सिंधु तीर के उपासकों में देवल सर्वश्रेष्ठ मुनि थे।)

४७०. इस चरण से प्रारंभ होनेवाले धर्मभ्रष्टीकरण-प्रकरण से यही बात स्पष्ट होती है कि ऐसे तेजस्वी, विद्रोही हिंदू विचारक प्रथमत: सिंधु नदी के तट पर अर्थात् सिंध में ही महर्षि देवल के नेतृत्व में संगठित हुए थे। सिंधु नदी के तट पर स्थित महर्षि देवल के आश्रम में उपस्थित हिंदू नेताओं ने ऋषि से प्रश्न किया—"ऋषिवर, म्लेच्छों के सशस्त्र धार्मिक अत्याचारों के कारण बलपूर्वक भ्रष्ट किए गए सहस्रों हिंदू स्त्री-पुरुषों को क्या किसी प्रायश्चित्त के द्वारा मुसलमान से पुन: हिंदू बनाया जा सकता है?"

इस प्रश्न पर जो चर्चा हुई, उसका और अंत में महर्षि देवल ने अधिकार वाणी से शुद्धिकरण के लिए अनुकूल जो नई आचारसंहिता बनाई, उसका उल्लेख 'देवल-स्मृति' के श्लोकों में स्पष्ट रूप से किया गया है। उस काल में सनातन माने जानेवाले हिंदुओं के शुद्धिबंदी के आचारों से हिंदू जाति के संख्याबल की प्रचंड हानि होते देखकर उन शास्त्र वर्णित आचारों को ही इस नए स्मृतिग्रंथ के प्रेरक लेखक ने और उसके अनुयायियों ने आपत्काल में शास्त्रबाह्य घोषित कर उन्हें निषिद्ध समझा।

४७१. 'आपद्धर्म' नामक एक प्रगतिशील और किसी भी प्रतिकूल परिस्थिति में आ पड़ी विपत्ति का तत्काल सामना कर सकने लायक एक अप्रतिम शस्त्र ही हमारे धर्मशास्त्र के शस्त्रागार में सदैव सिद्ध रहता था।

४७२. उस शस्त्र का उचित उपयोग ठीक समय पर करनेवाले कुशल नेताओं की ही आवश्यकता थी। इस हिंदू-मुसलिम संघर्ष के धार्मिक संकट के काल में सामुदायिक रूप से प्रारंभ में ही इस 'आपद्धर्म' का पुनरुज्जीवन किया जाता, तो हिंदू धर्म ही भारत से मुसलिम धर्म का संपूर्णत: आमूल उच्छेद कर डालता। ठीक उसी प्रकार, जिस प्रकार पराक्रमी, दिग्विजयी आर्यों और देवताओं ने राक्षसों का समूल विनाश कर डाला था। यद्यपि उतनी मात्रा में नहीं, परंतु कुछ अंशों में वैसी ही धार्मिक

तेजस्विता सिंध के महर्षि देवल के अनुयायी क्रांतिकारी, धर्मसुधारक हिंदुओं ने सामुदायिक रूप से भी दिखाई—यह सच है। महर्षि देवल का काल ई.स. ८०० और ९०० के मध्य में माना जाता है।

४७३. उस धार्मिक तेजस्विता के कारण ही महर्षि देवल की 'देवल-स्मृति' में शुद्धिबंदी की रूढ़ि या शास्त्र को ठुकराकर उसके स्थान पर प्रायश्चित्त के उपाय बताए गए हैं। मुसलमानों द्वारा बलपूर्वक भ्रष्ट किए जाने पर उस हिंदू स्त्री या पुरुष ने स्वेच्छा से अमुक वर्षों के अंदर हिंदू धर्म में वापस आने की इच्छा प्रकट की, तो उसे उपवास जैसे सादे, सरल प्रायश्चित्त द्वारा शुद्ध कर हिंदू समाज अपने धर्म में वापस लौटा ले—ऐसी 'देवल-स्मृति' में आज्ञा दी गई है। स्त्रियों के विषय में तो इस स्मृति की उदारता उस काल की तुलना में बहुत प्रशंसनीय है। इस स्मृति में उल्लिखित है कि मुसलमानों द्वारा बलात्कार करके भ्रष्ट की गईं अथवा उनके घर दासी बनकर सेवा-चाकरी करनेवाली हिंदू स्त्रियों को भी केवल एक बार पुन: मासिक ऋतुदर्शन हो जाने पर शुद्ध समझकर हिंदू समाज में पूर्ण रूप से समाविष्ट कर लेना चाहिए। मुसलमानों के शिकंजे से मुक्त की गई गर्भवती हिंदू स्त्री को भी उसके उदर का वह 'शल्य' प्रसूति के द्वारा बाहर निकल जाते ही उसी प्रकार शुद्ध मानना चाहिए, जिस प्रकार स्वर्णकार की भट्ठी में पिघलाया हुआ स्वर्ण शुद्ध माना जाता है।

४७४. हिंदू जाति का संख्याबल घट न जाए, इसलिए भ्रष्ट हिंदू स्त्री को भी शुद्ध कर पुन: हिंदू धर्म में वापस लेने के लिए इतनी आतुर 'देवल-स्मृति' में भी उस हिंदू स्त्री के उदर से जन्म लेनेवाले म्लेच्छ बीज के उस बालक को भी शुद्ध कर हिंदू जाति में समाविष्ट कर लेने की कुछ भी व्यवस्था क्यों और कैसे नहीं की गई, यह बड़े आश्चर्य की बात है। हमें बंगाल के हिंदुओं में प्रचलित ऐसी ही एक प्रथा का ज्ञान हुआ है। उसके अनुसार जब किसी बंगाली हिंदू परिवार पर बाल विधवा-प्रसूतिका अथवा कुमारी के भ्रष्ट किए जाने का संकट आता, तो उस परिवार की प्रकट रूप में अपकीर्ति न हो और हिंदू जाति को भी उस पाप का उपसर्ग न हो, इसके लिए वहाँ के शास्त्री वर्ग ने सदिच्छापूर्वक यह उपाय ढूँढ़ निकाला था कि उस परिवार को गाँव के पास स्थित नदी के उस पार के गाँव के मुसलिम मोहल्ले के कुछ मुसलमानों को बुलाना चाहिए और उस हिंदू महिला के गर्भ से अधर्म से उत्पन्न वह बालक 'अब यह आपका ही बालक है'—यह निवेदन कर उनको सौंप देना चाहिए।

हिंदू इस धर्माज्ञा का पालन बड़े आनंद से करते थे और मुसलमान भी—ऐसे बच्चों से उनका संख्याबल बढ़ता है—यह जानकर बड़ी खुशी से ऐसे बच्चों को स्वीकार करते थे; परंतु ऐसा करने से उनका संख्याबल कम होता है—यह बात उन भोले, पापभीरु हिंदुओं के ध्यान में नहीं आती थी। बंगाल में भी यह प्रथा 'देवल-स्मृति' जैसी, संकरज अपत्य मुसलमानों को दे डालने की आज्ञा देनेवाली किसी 'स्मृति' के प्रभाव से

ही रूढ़ हुई होगी, यह बात 'देवल-स्मृति' को पढ़ने के बाद हमारे ध्यान में आई।

४७५. जातिभेद, शुद्धिबंदी या शुद्धीकरण का समर्थन करनेवाले सुधारकों के 'संकरज अपत्य मुसलमानों को दे डालो!' जैसे भीरु पर्याय के मूल में जो कारण या सिद्धांत था, वह था 'जाति की बीजशुद्धि', जाति को संकर मुक्त रखना! जातिक्षय हो या और भी कुछ हो, परंतु हमारी जाति शुद्ध रहनी चाहिए—यह हिंदू समाज के रोम-रोम में व्याप्त दुराग्रह ही इसका मूल कारण था। परंतु वह नादान हिंदू समाज इतना भी नहीं समझ सका कि उनके उस धर्माचार के कारण जब लाखों हिंदू स्त्रियाँ मुसलमानों के हाथों में पड़ती थीं, तब उनकी वह जातिशुद्धि निश्चित रूप से नष्ट होती थी, निरर्थक सिद्ध होती थी। यही नहीं, यदि वे शुद्धिबंदी के आचार वैसे ही चलते रहते तो पूरी हिंदू जाति ही नष्ट हो जाती।

४७६. ध्यान देने लायक दूसरी एक बात यह है कि 'देवल-स्मृति' के आज उपलब्ध भाग में जिस प्रकार शुद्धीकरण के बारे में स्पष्ट निर्देश दिए गए हैं, उस प्रकार जन्मजात म्लेच्छों को भी हिंदू कर लेने की आज्ञा स्पष्ट रूप से नहीं दी है। उसका भी यही कारण होना चाहिए कि दूसरी जाति के लोगों को अपनी जाति में मिलाना हिंदुओं को महापाप लगता था। हिंदुओं की अनेक जातियों और उपजातियों में आपस में भी 'संकर' न हों, इसलिए गीताकार तक सारे शास्त्रकर्ता चिंतातुर दिखाई देते हैं।

४७७. सारांश यह है कि देवल ऋषि के आश्रम के साहसी सुधारकों ने इतना ही सुधार किया कि उन्होंने कुछ प्रमाण में बलपूर्वक भ्रष्ट किए गए हिंदू स्त्री-पुरुषों को पुन: हिंदू बना लेने के कुछ उपाय बताए; परंतु मुसलमानों के अत्यंत उग्र धार्मिक आक्रमणों का वैसे ही अत्युग्र धार्मिक प्रत्याक्रमणों से पग-पग पर प्रतिकार करने का साहस उस काल के हिंदू स्मृतिकारों अथवा रणधुरंधरों ने नहीं किया। तथापि तत्कालीन परिस्थितियों में मुसलिम राजसत्ता स्थापित होने के पश्चात् भी महर्षि देवल जैसे सैकड़ों हिंदू नेताओं ने धार्मिक क्रांति की इतनी पहल की, यह भी कुछ कम नहीं है।

४७८. धार्मिक आक्रमण का हिंदुओं द्वारा प्रभावी प्रतिरोध—महर्षि देवल जैसे हिंदू नेताओं ने मुसलमानों द्वारा बलपूर्वक भ्रष्ट किए गए हिंदू स्त्री-पुरुषों को पुन: हिंदू बनाने के जिस धर्माचार का समर्थन किया, उसका आश्चर्यजनक समर्थन हिंदू समाज ने भी किया। मूलत: जातिशुद्धि के कट्टर प्रेमी उस हिंदू समाज ने सहस्रों भ्रष्ट हिंदुओं को शुद्ध कर पुन: अपने धर्म में समाविष्ट कर लिया। इस प्रकार एक ओर धार्मिक युद्ध के मोर्चे पर प्रत्याक्रमण कर हिंदुओं ने मुसलमानों को पराजित किया था, तो दूसरी ओर राजनीतिक युद्धों के मोर्चे पर भी परिच्छेद ३६०, ३६४, और ३६५ में दिए गए वर्णनानुसार हिंदुओं ने सिंध में मुसलमानों का संपूर्ण पराभव किया था। हिंदुओं ने सिंध में मुसलमानों पर यह जो महान् विजय प्राप्त की थी, उसका और मुहम्मद कासिम के आक्रमण के पश्चात् न्यूनत: दो शतकों तक सिंध में अपनी सत्ता स्थापित की थी,

उसका वर्णन हमारे आज तक के भारत के इतिहासों में कहीं भी उचित गौरव और स्पष्टता के साथ किया हुआ नहीं मिलता। यही नहीं, उसका सूचनात्मक उल्लेख भी नहीं मिलता। इसी कारण देवल आदि सुधारक ऋषियों के पतित परावर्तन जैसे धार्मिक और राजनीतिक प्रत्याक्रमणों का उल्लेख यहाँ पर विशेष रूप से करना पड़ा।

४७९. हिंदुओं की इस महान् धार्मिक और राजनीतिक विजय को यद्यपि हमारे इतिहास में अत्यल्प स्थान मिला है, तथापि अन्यत्र उसके लिए अत्यंत महत्त्वपूर्ण आधार उपलब्ध हैं और वह भी शत्रु के ही लेख का है, इसलिए हम उसे ही उद्धृत करेंगे। हिंदुओं ने सिंध प्रांत को पुन: जीतने के बाद मुसलमानों की जो घोर दुर्दशा की थी, उससे त्रस्त होकर मुसलिम लेखक उसका वर्णन करते हुए लिखते हैं—

४८०. ''सिंध में हम अरबों के स्त्री-पुरुष अपने बच्चों के साथ इन उन्मत्त हिंदू काफिरों के भय से भागते हुए वनों में भटकते हैं। हमारे जीते हुए सिंध प्रांत को इन हिंदू काफिरों ने अधिकांश को वापस जीत लिया है और वहाँ पर अपना राज्य स्थापित कर लिया है। केवल एक 'अल्याह पुजाह' नामक किला ही हम निराश्रित अरब स्त्री-पुरुषों के लिए आश्रय का स्थान बचा है। वहाँ पर अभी भी हमारा झंडा फहरा रहा है। केवल राजनीतिक मोर्चे पर ही हम अरबों की ऐसी विकट दुर्दशा नहीं हुई है, अपितु हिंदुओं के राजा दाहिर का शिरच्छेद करने के बाद पिछले लगभग सौ वर्षों में हमने जिन हजारों हिंदू काफिरों को भ्रष्ट कर मुसलमान बनाया था और जिन हजारों हिंदू स्त्रियों को दासी बनाकर, भ्रष्ट कर मुसलिम घरों में रखा था, उन सारे हिंदू स्त्री-पुरुषों ने हिंदुओं में उत्पन्न क्रांतिकारी नव-हिंदुओं के प्रभावी विद्रोह के फलस्वरूप पुन: हिंदू धर्म को स्वीकार किया है और इस प्रकार धार्मिक मोर्चे पर भी हमारी घोर दुर्दशा और पराजय हुई है।''

४८१. भाष्यकार मेधातिथि—देवल ऋषि के काल में मुसलमानों के उस धार्मिक, सशस्त्र आक्रमण को निष्फल करनेवाले वैसे ही सशस्त्र धार्मिक प्रत्याक्रमण की क्रांति की जो लहर पूरे हिंदू समाज में फैली हुई थी, उसका सर्वतोपरि समर्थन करनेवाला एक महान् शस्त्रपूजक शास्त्रकार उस काल में हिंदुओं के सौभाग्य से भारत में विराजमान था। वह था 'मनुस्मृति' पर नवभाष्य लिखनेवाला भाष्यकार 'मेधातिथि'!

मेधातिथि शत्रुओं के चौतरफा आक्रमणों से घबराकर दिग्भ्रमित हुए तत्कालीन अर्थात् नौवीं-दसवीं शताब्दी के दिशाहीन हिंदू समाज में घुसकर उसमें प्रत्याक्रमण का धैर्य और साहस जगाकर उसके सामने मुसलिम पूर्वकाल के आर्यसाम्राज्यवादी, पराक्रमी चाणक्य के उपदेशों का प्रकाशस्तंभ पुन: खड़ा करने की इच्छा करनेवाला उस काल का और क्वचित् अंतिम स्मृतिकार, धर्मपुरुष और लोकनेता था। पूर्वकाल में तेजस्वी और पराक्रमी आर्यों ने उनके साम्राज्य के शत्रु राक्षसों के विरुद्ध जिस रणनीति का अवलंबन किया था, मेधातिथि का उद्देश्य उसी का अवलंबन कर म्लेच्छ राज्यों को जीतकर,

प्रसंगोपात्त उनमें शस्त्रबल से आर्यधर्म की संस्थापना कर उन म्लेच्छ राज्यों को आर्यावर्तीय साम्राज्य में समाविष्ट कर हिंदू समाज को पुनरपि अनुप्राणित करना था। 'कृण्वन्तो विश्वमार्यम्' जैसी आर्यों की वेदकालीन गर्जना का निनाद मेधातिथि के 'मनुस्मृति' पर लिखे भाष्य में सर्वत्र गूँज रहा है।

४८२. उस काल में 'मेधातिथि' ही एकमात्र ऐसा भाष्यकार था, जिसकी महत्त्वाकांक्षा यह थी कि उस काल के कम-से-कम एक हजार वर्ष पहले से हिंदुओं की स्मृतियों के जात-पाँत, छुआछूत, दया, स्त्री-दाक्षिण्य आदि पूर्व में अनेक बार उल्लिखित और आगे भी जिनका उल्लेख करेंगे, ऐसे दुर्बल, भीरु और राष्ट्रीय दृष्टिशून्य जो धार्मिक और सामाजिक आचार हमारे हिंदू समाज को नष्ट-भ्रष्ट कर रहे थे, उनमें सुधार कर उस अधोगति को रोककर उस दुर्बल और मूर्ख हिंदू समाज को पुनः एक बार उस 'आर्यावर्त' का मूल स्वरूप का दर्शन करा दे। इसलिए उसने सारी स्मृतियों के मूल आधार 'मनुस्मृति' पर ही भाष्य लिखने का निश्चय किया। उसने राजकाज अथवा राजनीति से संबंधित आचारों को चाणक्य द्वारा निर्देशित निकषों पर कसा। इस प्रकार एक हाथ में आर्यावर्तवासियों की मूल 'मनुस्मृति' और दूसरे हाथ में चाणक्य का साम्राज्यपूजक, दिग्विजयवादी और दिग्विजयक्षम अर्थशास्त्र लेकर मेधातिथि ने तत्कालीन हिंदू समाज के दुर्बल, मूर्खतापूर्ण और अहिंसा के कारण पंगु बने समस्त आचार-विचारों को धर्मबाह्य तथा निषिद्ध घोषित कर दिया। केवल उन सारे जात-पाँत के उन्माद से ग्रस्त आचारों को ही नहीं, अपितु उन्हें जाति-धर्म कहनेवाली स्मृतियों को भी उसने धर्मबाह्य बताया।

> 'या वेदबाह्याः स्मृतयः याश्च काश्च कुदृष्टयः।
> सर्वांस्तान् विपरीतार्थान् वेदविद् न समाचरेत्॥'

मेधातिथि ने निषेध के इस एक ही आघात से ऐसी सारी स्मृतियों को निर्माल्यवत् निर्जीव कर डाला।

४८३. अनुमानतः उसी काल की एक-दो पीढ़ियों में मुसलमानों ने सिंध और पंजाब तक के हिंदुओं को बलपूर्वक भ्रष्ट कर मुसलमान बनाने तथा आर्य स्त्रियों के साथ बलात्कार करने जैसे अनेक राक्षसी अत्याचार किए और हिंदुओं ने, पूर्वोक्त सविस्तृत वर्णनानुसार जातिभेद, शुद्धिबंदी, सद्‌गुण विकृति आदि धार्मिक एवं सामाजिक पंगुता, धर्मोन्माद और अप्रतिकारी दुर्बलता के कारण, उन मुसलमानों के धार्मिक अत्याचारों का कोई प्रतिशोध नहीं लिया; कोई प्रत्याचार नहीं किया, यह सारा राष्ट्रीय वृत्तांत मेधातिथि की दृष्टि के सम्मुख घटित हुआ था। आर्यावर्त जब उसके प्रगतिध्वज पर 'कृण्वन्तो विश्वमार्यम्' का घोषवाक्य लिखकर देश-विदेश में दिग्विजय कर रहा था, तब रची गई श्रुति-स्मृतियों की प्रतिध्वनि पुनः उसके काल के क्षीण, पतित, पराजित आर्यराष्ट्र के

अंदर संचरित होकर गूँज उठे—ऐसे ही शस्त्रवादी, शुद्धिवादी, साम्राज्यवादी धर्माचारों की आज्ञाओं का मेधातिथि ने अपने तेजस्वी भाष्य में स्पष्ट रूप से 'मनु की मूल आज्ञाएँ' कहकर चयन किया और उनका समर्थन किया। अन्य सब को 'वेदबाह्या: स्मृतय:' बताया।

उसके तेजस्वी वाक्य उस काल के निर्जीव हिंदू राजाओं को शोभा देनेवाले या उनके श्रीमुख से निकलनेवाले भी नहीं थे। वे तो सम्राट् चंद्रगुप्त, सम्राट् पुष्यमित्र जैसों को शोभा देनेवाले आज्ञावचन और शास्त्रवचन थे।

४८४. मेधातिथि ने स्पष्ट रूप से कहा है कि दूसरों के, विशेषत: संभाष्य शत्रु के राज्य पर आक्रमण करना राज्यशास्त्र के अनुसार अन्याय नहीं है। किं बहुना राजा का यही कर्तव्य है कि वह उस म्लेच्छ शत्रु पर, जब तक वह उसके राज्य पर आक्रमण करने में असमर्थ है, तब तक स्वयं ही आक्रमण कर उसे कुचल डाले! ऐसी राजनीति में हमारे 'आर्यावर्त' साम्राज्य का संरक्षण ही मुख्य राजधर्म है। इसी कारण जिन अर्धज्ञानी भाष्यकारों ने यह लिखा है कि 'यही परराज्यों पर और विशेषत: म्लेच्छ राज्यों पर, जब तक उनके द्वारा कोई अपराध या प्रमाद नहीं होता, तब तक आर्य-राजाओं को आक्रमण नहीं करना चाहिए'—उनके इस विधान के विषय में मेधातिथि कहता है—"यह विधान आत्मघातक, कालव्ययी और इसीलिए राजधर्म-विरोधी है। पड़ोस का शत्रुराजा शत्रु है—यही उसका अपराध है। अवसर मिलते ही उसे दबोचकर कुचल डालना चाहिए। यही नहीं, अपितु पड़ोस का अनार्य म्लेच्छ राष्ट्र हमारे आर्य राष्ट्र से अधिक शक्तिशाली हो रहा है—यह देखते ही, उसपर समीपवर्ती मित्रराष्ट्रों की सहायता से या सुनिश्चित कर स्वयं आक्रमण करना चाहिए, भले ही उस राष्ट्र का कोई अपराध हो या न हो।"

४८५. उस काल में, अर्शात् नौवीं-दसवीं शताब्दी में उत्तर भारत में म्लेच्छों का प्रतिकार करने के लिए श्रीमान भोज राजा जैसे जो राजपूत और अन्य हिंदू राजाओं के राज्य थे, उन सबकी राजशक्ति एकत्र कर पुन: एक बार पूर्वकाल के बलशाली साम्राज्य जैसा नया अजेय और विजिगीषु भारतीय साम्राज्य स्थापित करने की प्रबल इच्छा मेधातिथि के भाष्य में पग-पग पर व्यक्त हुई है। इस दृष्टि से मेधातिथि ने राजा के जो कर्तव्य बताए हैं, उनमें स्पष्ट रूप से कहा है—"म्लेच्छों द्वारा आर्यावर्त पर आक्रमण किए जाने के पूर्व ही राजा को उन शत्रुओं पर स्वयं आक्रमण करना चाहिए। शत्रु से एक बार युद्ध प्रारंभ हो गया, तो उसके बाद उसे शत्रु ही समझा जाना चाहिए और उसके प्रति किसी भी प्रकार की दया-ममता नहीं बरतनी चाहिए। शत्रु का संपूर्ण विनाश करना चाहिए। कुछ भी निमित्त निकालकर उस परकीय कपटी शत्रु का सर्वनाश कपट से ही करना चाहिए। युद्ध में भोलापन, सरलता, वर्तन और भाषण की सुसंगति, सभ्यता आदि तथाकथित 'सद्‌गुण' ही राष्ट्रघातक दुर्गुण सिद्ध होते हैं। अत: राजा उनके अधीन न हो।"

४८६. मेधातिथि ने इस प्रकार की कठोर राजनीति का समर्थन प्रबलता से किय

है। कारण, उस काल में हिंदू राजाओं के भोले स्वभाव का बारंबार लाभ उठाकर कपटी म्लेच्छों ने हिंदुओं का जो सर्वनाश करना प्रारंभ किया था, उस भोलेपन और सरलता से हिंदुओं को विमुख और निवृत्त करने के लिए चाणक्य की कूटनीति की शिक्षा राष्ट्र को पुनः एक बार देने की आवश्यकता थी। 'मनुस्मृति' पर लिखे हुए उस भाष्य में मेधातिथि ने स्पष्ट रूप से कहा है कि आर्य स्वयं को आर्यावर्त में ही सीमित रख लें—यह आर्य धर्म ने कहीं भी कदापि नहीं कहा है। इसके विपरीत शास्त्राज्ञा का मर्म यह है कि यदि बल-संपन्न आर्य राजा आर्यावर्त के बाहर जाकर वहाँ के म्लेच्छ राज्यों पर आक्रमण कर, उन्हें जीतकर वहाँ अपना आर्य राज्य स्थापित करते हैं और वहाँ सर्वत्र आर्य धर्म का प्रचार करते हैं, तो वह पूर्व का म्लेच्छ देश भी आगे भविष्य में आर्य देश ही माना जाएगा और उसका समावेश आर्यावर्तीय साम्राज्य में ही हो जाएगा।

४८७. मेधातिथि के इस भाष्य के अनुसार तत्कालीन हिंदू राष्ट्र के कुछ हिंदू राज्य चंद्रगुप्त-चाणक्य का आदर्श सम्मुख रखकर भारतीय सीमाओं के बाहर जाकर वहाँ के म्लेच्छ देशों पर ऐसे दिग्विजयी आक्रमण कर भी रहे थे। यद्यपि उत्तर भारत पर होनेवाले मुसलमानों के लगातार आक्रमणों के कारण वहाँ के सीमावर्ती हिंदू राज्यों को सीमा का उल्लंघन करना तो दूर रहा, सीमा-संरक्षण की ही सदैव चिंता लगी रहती थी; तथापि तब तक अर्थात् महमूद गजनवी के आक्रमणों और मृत्यु के पश्चात् डेढ़ सौ वर्षों तक दक्षिण भारत के हिंदू राज्यों का स्वातंत्र्य और सामर्थ्य अक्षुण्ण ही रहे थे। इसलिए वे हिंदू राज्य मेधातिथि के उपर्युक्त भाष्य की धार्मिक प्रेरणा के अनुसार आर्यों की चंद्रगुप्तकालीन विजिगीषु राजनीति का प्रयोग करने के लिए समर्थ थे। यही कारण है कि कलिंग, पांड्य, चेर, चोल आदि हिंदू राज्य पश्चिम समुद्र, दक्षिण समुद्र और पूर्व समुद्र से विशाल जलपोतों की नौ सेनाएँ आस-पास के म्लेच्छ राज्यों पर आक्रमण करने के लिए भेजकर इधर अफ्रीका के सागरतट तक और उधर चीन के समुद्रतट तक सिंधु दिग्विजय कर रहे थे।

आश्चर्य की बात यह है कि जिस समय उत्तर भारत में महमूद गजनवी और मोहम्मद गोरी लगातार हिंदुओं की राजधानियों, तीर्थक्षेत्रों और देवालयों को ध्वस्त कर हिंदू राज्यों को पराधीन कर रहे थे, ठीक उसी समय दक्षिण में भुवनेश्वर जैसे प्रचंड देवालयों का निर्माण हो रहा था और राजेंद्र चोल जैसा दिग्विजयी हिंदू सम्राट् विशाल जल सेनाओं के साथ ब्रह्मदेव, पेगु, अंडमान, निकोबार जैसे पूर्वी समुद्र के देशों और द्वीपों को जीतकर उसके भी आगे जावा से हिंद-चीन (इंडो-चीन) तक पूर्वकाल में ही स्थापित हिंदू राज्यसंघों की विजययात्रा कर रहा था और साथ में पश्चिम समुद्र में लक्षदीव-मालदीव आदि द्वीपपुंजों को जीतकर तथा दक्षिण समुद्र में सिंहल द्वीप को भी जीतकर वहाँ अपना राज्य स्थापित कर पूरे दक्षिण महासागार पर हिंदुओं का ध्वज फहरा रहा था।

४८८. हिंदुओं की ये दिग्विजयी नौ सेनाएँ सिंधु और महासिंधु का उल्लंघन कर, उस पार के देशों को जीतकर उन देशों को आर्य साम्राज्य की कक्षा में निरंतर लाती रहीं। कारण, चाणक्य से स्फूर्ति पानेवाले तेजस्वी भाष्यकार मेधातिथि का ओजस्वी शास्त्राधार उनका प्रेरणास्रोत था। तत्पश्चात् सौ-दो सौ वर्षों में ही हिंदुओं के दुर्भाग्य से उनको पंगु करनेवाले सिंधुबंदी जैसे शास्त्राधार हिंदू समाज में प्रचलित हुए।

□

प्रकरण—६

मुसलमानों के धार्मिक आक्रमणों का प्रतिशोध

४८९. पिछले एक प्रकरण के अंत में हमने आश्चर्य व्यक्त किया था कि जातिभेद, शुद्धिबंदी, सद्‌गुण विकृति आदि हिंदू समाज के रग-रग में व्याप्त आत्मघाती दोषों के कारण हिंदू समाज पूर्णत: नष्ट कैसे नहीं हुआ? उसका विनाश केवल लाखों हिंदुओं के भ्रष्टीकरण पर ही कैसे रुका? कारण, भारत के बाहर जहाँ-जहाँ भी मुसलमानों के ऐसे धार्मिक आक्रमण हुए, वहाँ-वहाँ उन देशों के मूल निवासियों का धर्म संपूर्ण रूप से नष्ट हो गया। पश्चिम में अफ्रीका महाद्वीप का स्पेन तक फैला हुआ सारा उत्तरी प्रदेश और पूर्व में भारत की सीमा तक का एशिया महाद्वीप का सारा प्रदेश पदाक्रांत कर मुसलमानों ने वहाँ के समस्त निवासियों को मुसलमान बना डाला था; परंतु भारत में उन्हें ऐसे प्रयत्नों में संपूर्ण यश प्राप्त नहीं हुआ। आठवीं सदी में हुए मोहम्मद-बिन-कासिम के आक्रमण को छोड़ दें, तब भी ग्यारहवीं सदी में महमूद गजनवी और मोहम्मद गोरी के आक्रमणों से लेकर अठारहवीं सदी में मुगल सत्ता का पेशवाओं द्वारा विनाश होने तक लगभग एक हजार वर्ष मुसलिम आक्रमणकारियों ने हिंदुओं पर सशस्त्र, राक्षसी धार्मिक अत्याचार कर, लाखों स्त्री-पुरुषों को बलपूर्वक भ्रष्ट कर अपना संख्याबल बढ़ाने का सतत प्रयास किया। इस भ्रष्टीकरण के लिए इस भूमि की परिस्थिति भी उनके लिए अनुकूल थी। तब भी, हिंदुओं के लिए परिस्थितियाँ प्रतिकूल होते हुए भी हिंदू समाज को संपूर्णत: नष्ट करने में मुसलमानों को यहाँ सफलता क्यों नहीं मिली?

४९०. इस प्रश्न का, इस आशंका के निवारण का प्रथम कारण है हिंदुओं द्वारा मुसलमानों का राजनीतिक मोर्चे पर किया हुआ पराभव। सर्वप्रथम राणा भीम, राणा प्रताप इत्यादि राजपूत राजाओं ने और तदनंतर विजयनगर के हिंदू राजाओं ने मुसलमानों की राजनीतिक सत्ता का सशस्त्र प्रतिकार कर उसे जर्जर कर दिया था और अंत में मराठों ने पेशवाओं के नेतृत्व में अटक तक हिंदुओं का विजयध्वज फहराकर मुसलिम सत्ता का अंत किया था और इसलिए राजाश्रय से हिंदू समाज को भ्रष्ट करना मुसलमानों

के लिए असंभव हुआ। मुसलमानों के इन राजनीतिक पराभवों का इतिहास सभी को ज्ञात है।

४९१. इस प्रश्न के निवारण का दूसरा महत्त्वपूर्ण कारण यह है कि महर्षि देवल और विशेषत: भाष्यकार मेधातिथि द्वारा प्रतिपादित सिद्धांतों को प्रत्यक्ष आचरण में लाकर मुसलिमों के धार्मिक अत्याचारों का वैसे ही सशस्त्र धार्मिक प्रत्याक्रमणों से प्रतिकार करनेवाले वीर और कृतिवीर बीच-बीच में, काल के अंतराल से ही क्यों न हो, हिंदू समाज में उत्पन्न हुए थे और उनके ही प्रताप से हिंदू समाज का संपूर्ण नाश नहीं हो सका। हिंदुओं ने मुसलमानों के धार्मिक आक्रमणों का प्रतिकार उसी प्रकार के धार्मिक प्रत्याक्रमण कर कैसे किया, यह स्पष्ट करनेवाले जो सैकड़ों उदाहरण उपलब्ध हैं, उनमें से कुछ उदाहरणों का विवरण इस प्रकरण में हम यहाँ दे रहे हैं—

क. पहला उदाहरण मेवाड़ के सुप्रसिद्ध राणा बाप्पा रावल का है, जिसने मुसलमानों की सिंध-विजय के बाद पुन: सिंध प्रांत और उसके भी आगे के प्रदेशों पर आक्रमण कर उन्हें मुसलमानों से जीत लिया था। राजपूतों के 'रासो' ग्रंथों में किए गए वर्णन के अनुसार बाप्पा रावल ने युद्ध में विजित मुसलिम राजकन्या के साथ विवाह किया था और उसे अपने अंत:पुर में अन्य हिंदू रानियों के साथ ही रखा था। यही नहीं, उसे शुद्ध कर हिंदू बनाई गई रानी से उत्पन्न बाप्पा रावल की संतति को राजपूत समाज में भी सूर्यवंशी होने का गौरव प्राप्त हुआ था। पुणे के परमप्रतापी पेशवा बाजीराव को जिस प्रकार बाजीराव की इच्छा के विरुद्ध हिंदू धर्म में प्रवेश न देकर मुसलमान ही बने रहने के लिए विवश किया गया था, उस प्रकार की धार्मिक मूर्खता उस समय के हिंदुओं ने मेवाड़ के इस महाराणा की संतति के प्रकरण में नहीं की थी।

ख. जैसलमेर के रावत चेचक ने सुलतान हैबत खान की कन्या सोमलदेवी के साथ विवाह किया और उसे अपने यादव कुल में ही ससम्मान स्थान दिया।

ग. मारवाड़ के राव मल्लीनाथ राठौर के ज्येष्ठ पुत्र कुँवर जगमल ने जब स्वपराक्रम से मालवा के मुसलिम सुलतान को पराजित कर मालवा प्रांत पुन: जीत लिया, तब उसने उस मुसलिम सुलतान की विख्यात रूपवती कन्या शिदोली के साथ प्रकट रूप से विवाह किया और दोनों की संतति का समावेश मारवाड़ के श्रेष्ठ राजपूत जागीरदारों में निरपवाद रूप से किया गया।

घ. इसके भी आगे बढ़ें तो मुसलिम आक्रमणकारी जब सैकड़ों हिंदू स्त्रियों के समुदायों को नित्यप्रति भ्रष्ट कर हमारे स्त्री-समाज का संख्याबल बड़ी मात्रा में घटाते ही चले जा रहे थे, तो उस संकट का वैसे ही सामुदायिक प्रत्याक्रमण द्वारा प्रतिरोध करनेवाले साहसी और प्रत्याघाती हिंदू वीर यत्र-तत्र ही क्यों न हों, परंतु दृष्टिगत अवश्य होते हैं। उदाहरणार्थ—मारवाड़ के राजा रायमल ने

छह सौ पराभूत मुसलिम स्त्रियों को सामुदायिक रूप से शुद्ध कर प्रकट रूप से अपने विभिन्न सरदारों के साथ उनके विवाह करा दिए।

च. मेवाड़ के राणा कुंभा ने भी मुसलमानों का पराभव कर उनकी कई पराभूत स्त्रियों को अपने राज्य में ले जाकर, उन्हें शुद्ध कर, हिंदू बनाकर अपने हिंदू सरदारों के साथ उनकी इच्छानुसार उनके विवाह रचा दिए।

छ. प्रसिद्ध इतिहासकार टॉड द्वारा लिखित राजस्थान के इतिहास में ऐसी और भी कई घटनाओं के वर्णन हैं।

ज. राजपूतों के 'रासो' नामक कुछ काव्य-शब्द इतिहास-ग्रंथों में मुसलिम स्त्रियों को पुनः हिंदू बनाकर (शुद्ध कर) उनके साथ विवाह कर, उनके द्वारा उत्पन्न हुई संतति को अपने हिंदू समाज में समाविष्ट या अंतर्भूत कर लेने की अनेक घटनाओं के उल्लेख हैं।

झ. नेपाल के हिंदू राजा 'जयस्थिति' ने भी मुसलमानों के धार्मिक आक्रमणों का प्रतिशोध लिया था। वह भी मेधातिथि के ही विचारों का समर्थक था, अर्थात् 'परकीय दुष्टों को कुचलकर उनका संपूर्ण विनाश करनेवाली' नीति का अवलंबन करनेवाला था। ई.स. १३६० के आस-पास जब बंगाल के नवाब शम्सुद्दीन ने नेपाल पर आक्रमण कर महाप्रलय मचाया, सैकड़ों हिंदू और बौद्ध मंदिरों को ध्वस्त कर डाला तथा हजारों हिंदुओं और बौद्धों को तलवार के बल पर भ्रष्ट कर मुसलमान बना डाला, तब हिंदुओं के इस पराक्रमी राजा ने राज्यारोहण करते ही मुसलमानों का दमन सशस्त्र युद्धों द्वारा कर नेपाल में उनके छक्के छुड़ा दिए। यही नहीं, उसने मुसलमानों द्वारा नष्ट-भ्रष्ट समस्त हिंदू और बौद्ध मंदिरों का पुनर्निर्माण कराकर तथा भ्रष्ट किए गए समस्त हिंदुओं और बौद्धों को सामुदायिक रूप से शुद्ध करके वापस स्वधर्म में लेकर सच्चे हिंदू को शोभा देनेवाला प्रतिशोध भी मुसलमानों से लिया।

ट. तत्कालीन मुसलिमों द्वारा लिखित तवारीखों, इतिहास-ग्रंथों में तो 'उलटा चोर कोतवाल को डाँटे'—इस प्रकार का आक्रोशपूर्ण वर्णन मिलता है—"हमारी मुसलिम स्त्रियों को ये काफिर हिंदू अवसर मिलते ही हिंदू बना लेते हैं और उनके विवाह हिंदुओं से कर दते हैं।" हमारे हिंदुओं के इतिहास-ग्रंथों में जिन घटनाओं का कहीं पर अस्पष्ट संकेत भी सहसा नहीं प्राप्त होता, ऐसी कुछ घटनाएँ इन मुसलिम ग्रंथों द्वारा ही विदित होती हैं।

ठ. उदाहरणार्थ—'तवारीख-ए-सोना' मुसलिम ग्रंथ में उसका लेखक लिखता है—"जिस काल में महमूद गजनवी के तूफानी आक्रमणों की धूम मची थी, उस काल में भी अनहिलवाड़ा का हिंदू राजा अवसर पाते ही पराजित मुसलिम

सेना से पीछे छूट गई अनेक तुर्की, मुगल और अफगान स्त्रियों को पकड़कर अपने राज्य में ले गया तथा हिंदुओं से उनके साथ नि:शंक होकर विवाह रचाए।''

इस ग्रंथकार ने यह भी लिखा है कि ''ये हिंदू काफिर थोड़ा सा अवसर मिलते ही मुसलमान स्त्रियों के समूहों को बंदी बनाकर ले जाते हैं और उन्हें शुद्ध कर हिंदू बना लेते हैं।'' यही नहीं, इस ग्रंथकार ने हिंदुओं की 'मुसलिम-महिला शुद्धीकरण' की विधि के विषय में भी कुछ रोचक जानकारी दी है। उसने लिखा है—''मुसलिम स्त्रियों को सामुदायिक रूप से हिंदू बनाते समय हिंदू पुरोहित उनके मस्तकों पर कुछ थोड़े से 'यव' (जौ के दाने) जलाते थे, तत्पश्चात् उन्हें गोमूत्र मिश्रित जल या 'पंचगव्य' पिलाते थे और तब उन्हें 'संव्यवहार्य' समझकर हिंदुओं के साथ उनके यथारुचि विवाह रचा देते थे। कुछ स्थानों में मुसलिम स्त्रियों के ऐसे सामूहिक हिंदूकरण प्रसंगों में हिंदू लोग उन्हें उलटी और जुलाब कराने के लिए ओषधियाँ पिलाते थे। उनकी इस प्रकार उदर शुद्धि हो जाने पर उन्हें उनकी योग्यता के अनुसार विभिन्न हिंदू जातियों और वर्गों में बाँट देते थे। उत्कृष्ट हिंदुओं को उत्कृष्ट स्त्रियाँ मिलतीं, कुलीन स्त्रियों के साथ हिंदू सरदारों के विवाह होते और दासियाँ अथवा भृत्य स्त्रियाँ उस वर्ग के हिंदुओं के साथ ब्याही जातीं। उन सब स्त्रियों से उत्पन्न हुई संतति का संपूर्णतया विलय उन जातियों और वर्गों के हिंदुओं में हो जाता था।''

ड. अजमेर के अरुणदेव राय ने मुसलमानों को पराजित कर जब उन्हें उस प्रदेश से बाहर खदेड़ दिया, तब उसने म्लेच्छों के संसर्ग से अपवित्र हुई उस भूमि को शुद्ध करने के लिए वहाँ एक विशाल यज्ञ का आयोजन किया। उसने उस पवित्र किए स्थान में एक विशाल मंदिर और 'अनासागर' नामक एक सरोवर बनवाया। आस-पास के प्रदेशों के मुसलिम सत्ताकाल में बलपूर्वक भ्रष्ट किए गए समस्त स्त्री-पुरुषों को इस सरोवर में स्नान कराकर शुद्ध किया गया। भ्रष्ट किया गया जो भी हिंदू व्यक्ति संकल्पपूर्वक और संस्कारपूर्वक उस सरोवर में स्नान करेगा, वह शुद्ध होकर हिंदू धर्म में पुन: प्रवेश पा सकेगा—ऐसी स्थायी शास्त्र-व्यवस्था भी की गई।

ढ. जैसलमेर के महाराजा अमर सिंह ने भी इसी प्रकार एक विशाल यज्ञ कर 'अमर सागर' नामक एक सरोवर का निर्माण कराया था। उस यज्ञ के प्रताप से पवित्र हुए उस सरोवर में पूर्वकाल में सिंध प्रांत में जो हजारों हिंदू स्त्री-पुरुष भ्रष्ट किए जाते थे, उनके समुदाय आकर संकल्पपूर्वक, मंत्रोच्चार के साथ स्नान करते थे और तब वे शुद्ध होकर पुन: हिंदू-धर्मीय हो गए हैं, ऐसे

प्रमाण-पत्र हिंदू धर्माधिकारी उन्हें देते थे।

ण. इस विषय के अनुरोध से स्मृतिकार देवल और भाष्यकार मेधातिथि के समान उस काल में मुसलमानों के धार्मिक, अत्याचारी आक्रमणों को रोकने के लिए हिंदुओं में प्रत्याचारी, प्रत्याक्रमण शक्ति का संचार करनेवाले, क्रांतिकारी शास्त्राधार निर्माण कर प्रसंगोपात्त आततायी शत्रुओं के विनाश के लिए अपरिहार्य नए शस्त्राचार भी सिखानेवाले तथा प्रत्यक्ष शंकराचार्य की पीठ पर आरूढ़ होने का सर्वोच्च सम्मान और अधिकार प्राप्त करनेवाले 'विद्यारण्य स्वामी' का भी उल्लेख करना क्रम-योग्य है। श्री विद्यारण्य स्वामी ने शृंगेरी के धर्मपीठ के साथ ही स्वधर्मरक्षण के लिए मुसलिम राज्य का उच्छेद कर स्वतंत्र हिंदू राज्य की स्थापना करनेवाले सशस्त्र क्रांतिपीठ का भी आचार्यत्व स्वीकार किया था। उन्होंने हिंदू राष्ट्र के हितार्थ धार्मिक शुद्धि की केवल शास्त्रोक्त व्यवस्था ही नहीं की, उस व्यवस्था के अनुसार मुसलमानों द्वारा बलपूर्वक भ्रष्ट किए गए हरिहर और बुक्का नामक दो वीर तरुण बंधुओं का शुद्धि-संस्कार करके उन्हें पुनः हिंदू भी बनाया था। जब इन तरुण वीर बंधुओं ने अपने पराक्रम से सशस्त्र युद्धों में मुसलमानों को अनेक बार लगातार पराजित कर ई.स. १३३६ में स्वतंत्र हिंदू राज्य की स्थापना की, तब स्वयं विद्यारण्य स्वामी ने उस शुद्धिकृत हरिहर का राज्याभिषेक हिंदू सम्राट् के रूप में किया। इसी विद्यारण्य माधव ने गोमंतक (गोवा) में मुसलिम राजसत्ता का उच्छेद कर धर्मभ्रष्ट किए गए हिंदुओं की शुद्धि के लिए वहाँ एक पावन क्षेत्र में 'माधवतीर्थ' नामक एक सरोवर का निर्माण किया। उन्होंने धर्मभ्रष्ट किए गए सारे हिंदुओं को उस सरोवर में मंत्रोच्चार सहित विधिपूर्वक स्नान कराकर सामुदायिक रूप से उनका शुद्धीकरण किया और आगे भविष्य में भी वहाँ पर उसी प्रकार शुद्धीकरण संपन्न हो—ऐसी शास्त्र-व्यवस्था भी कर दी।

त. श्री रामानुजाचार्य, उनके शिष्य श्री रामानंद, बंगाल के श्री चैतन्य महाप्रभु आदि प्रभावशाली धर्मवेत्ताओं ने भी म्लेच्छों द्वारा भ्रष्ट किए गए सैकड़ों हिंदुओं को वैष्णव धर्म की दीक्षा देकर, शुद्ध कर, पुनः हिंदू बनाया था।

थ. मुसलमानों द्वारा हिंदुओं पर किए गए अत्याचारों का प्रतिशोध लेकर स्वतंत्र हिंदू राज्य की स्थापना करनेवाले परमप्रतापी श्री शिव छत्रपति ने भी निंबालकर और नेताजी पालकर, जिन्हें भ्रष्ट करके मुसलमान बनाया गया था, आदि सेनानियों को शुद्ध करवाकर उन्हें वापस हिंदू धर्म में लौटाया, यह घटना सुप्रसिद्ध है।

द. इसे कहते हैं प्रत्याक्रमण। बादशाह औरंगजेब ने अपनी चतुरंग सेना लेकर

पूरी शक्ति से हिंदू धर्म पर अंतिम आक्रमण किया था, यह उस समय की बात है जब वह मराठों पर आक्रमण करने के लिए सशक्त सेना लेकर दक्षिण की ओर जा रहा था, मार्ग में राजपूतों का समूल नाश करने के लिए उसने राजपूतों पर धार्मिक आक्रमण किए; परंतु वह जैसे ही आगे दक्षिण की ओर निकला, जोधपुर के वीर राठौरों ने मुसलमानों पर ठीक वैसे ही धार्मिक प्रत्याक्रमण कर मुसलमानों द्वारा की गई हिंदुओं की मानहानि और विशेष रूप से संख्याबल की हानि को पूरा कर प्रतिशोध का एक प्रशंसनीय उदाहरण प्रस्तुत किया। जोधपुर के बलशाली महाराणा जसवंत सिंह और वीर दुर्गादास राठौर के नेतृत्व में, औरंगजेब ने जिन मंदिरों को ध्वस्त कर वहाँ पर मसजिदें बनवाई थीं, उन मसजिदों को गिराकर वहाँ पर पुनः मंदिरों का निर्माण कराया गया। राठौरों ने केवल भ्रष्ट किए गए हिंदुओं को ही नहीं, अपितु जोधपुर रियासत के अधिकाधिक मुसलमानों को भी सामुदायिक शुद्धि-संस्कार कर हिंदू बना लिया। मुसलमानी सेनाएँ मंदिरों में गोमांस के टुकड़े फेंकती हुई जैसे ही आगे बढ़तीं, वैसे ही राठौरों की सेनाएँ मसजिदों में सुअर के मांस के टुकड़े फेंककर (बिखराकर) 'जैसे-को-तैसा' या 'शठं प्रति शाठ्यम्' के न्याय से उसका प्रतिशोध ले लेतीं। राजपूतों ने सैकड़ों मुसलिम स्त्रियों को बलपूर्वक हिंदू बनाकर उनके साथ विवाह किए अथवा उन्हें दासी बनाकर अपने घरों में रखा।

हिंदुओं के प्रत्याक्रमण का यह रौद्र रूप देखकर राजपूताने का सारा मुसलिम समाज भय से काँप उठा। मुसलमानों के साथ खानपान का संबंध रखना ही नहीं, अपितु उनकी स्त्रियों को घर में रख लेना भी वहाँ अब क्षम्य समझा जाने लगा था। इसके लिए उन हिंदुओं का सामाजिक बहिष्कार नहीं होता था। लगभग तीस-चालीस वर्षों तक ग्रामों से लेकर नगरों तक जोधपुर के इस हिंदू राज्य में हिंदुओं का यह धार्मिक प्रत्याक्रमण बड़े जोर-शोर से चलता रहा। अर्थात् वीर दुर्गादास राठौर की सत्ता समाप्त होते ही हिंदू प्रत्याक्रमण का यह रौद्र स्वरूप भी समाप्त हो गया। कारण ? कारण वही था कि उस काल के जातिवादी हिंदू समाज का स्थायी भाव धार्मिक प्रत्याक्रमण नहीं, जाति बहिष्कार था।

४९२. हिंदुओं की पुनरुत्थान-क्षमता की एक आश्चर्यजनक घटना—जिस काल में एक ओर हिंदुओं पर महमूद गजनवी, मोहम्मद गोरी आदि के हिंदू धर्म विनाशक आक्रमण लगातार हो रहे थे और साथ में हिंदुओं में व्याप्त जातिभेद, शुद्धिबंदी, सद्गुण विकृति आदि आत्मघाती रूढ़ियों के कारण उनके संख्याबल की विकट हानि हो रही थी, उस काल में भी, इन परिस्थितियों में भी हिंदू राष्ट्र के अंदर युगों-युगों से जो प्रचंड

प्रचार शक्ति (Missionary spirit and urge) अंगभूत और संचरित थी, उसका विस्फोट अन्य दिशाओं में किस प्रकार हो रहा था और केवल हिंदू राष्ट्र की राजसत्ता ही नहीं, अपितु हिंदू धर्म भी हजारों लोगों की नई-नई जातियों को किस प्रकार प्रभावित कर आत्मसात् करता जा रहा था—इसके उदाहरणस्वरूप हम असम की 'अहोम' जाति का वृत्तांत यहाँ दे रहे हैं। इसी काल में हिंदू साम्राज्य का पूर्व में हिंद-चीन (इंडो-चायना) तक किस प्रकार विस्तार हुआ था, यह हमने पिछले प्रकरण के अंत में बताया है।

४९३. जिस काल में गंगासागर (बंगाल का पूर्वी समुद्र), सिंधुसागर (पश्चिमी समुद्र) और दक्षिण का हिंदू महासागर—सर्वत्र भारतीय नौ-दल के सैकड़ों विशाल व्यापारी-जलपोत और दिग्विजयी युद्ध-नौकाएँ नित्यप्रति अफ्रीका के दक्षिण छोर से लेकर चीन के किनारे तक संचार करती रहती थीं, उस स्वर्णिम काल में सिंधुबंदी की अभागी कल्पना या विचार भी करना हमारी 'स्मृतियों' के लिए असंभव था। हमने इस महान् सिंधु विजय का भी वर्णन पहले किया है। उसी प्रकार उत्तर भारत में भी, जब एक ओर महमूद गजनवी और मोहम्मद गोरी के उत्पातों से हिंदुओं की संख्या घट रही थी, तब अन्य देशों में हिंदुओं को नवीन धार्मिक विजय प्राप्त होने से हजारों विजातीय लोगों के समुदाय हिंदू धर्म की ओर आकृष्ट होकर किस प्रकार उसे अपनाते थे और इस तरह उस काल में भी हिंदू धर्म का प्रचार-प्रसार कैसे हो रहा था, इस संबंध में हम असम की 'अहोम' जाति का एक आश्चर्यजनक उदाहरण यहाँ प्रस्तुत कर रहे हैं।

४९४. असम के उस पार जो अनेक टोलियाँ बिखरी हुई थीं, उनमें से 'शान' नामक टोली की एक शाखा थी 'अहोम' नामक जाति, जो पीढ़ी-दर-पीढ़ी संघर्ष करते हुए युद्धों से ही जीवनयापन करती थी। आठवीं सदी से इन युद्धजीवी जाति के असम के समीपस्थ वर्मन, सालस्तम और पाल घरानों के हिंदू राजाओं पर आक्रमण होने लगे, जिनके परिणामस्वरूप ई.स. १२०८ में इस प्रदेश में 'चुकूक' नामक राजा की सत्ता स्थापित हुई। यह ऐसा पहला राजा था, जो स्वयं को और अपनी प्रजा को 'अहोम' अर्थात् अतुल्य (बेजोड़) कहता-कहलवाता था। इस नए राजा ने मुगल सत्ता का भी सामना यशस्वी रीति से किया। उसने अपने राज्य को भी 'अहोम' ही नाम दिया। कुछ विद्वानों का मत है कि आज का प्रचलित नाम 'असम' 'अहोम' का ही अपभ्रंश रूप है।

आश्चर्य की बात यह है कि उस काल में वहाँ पर जीवित हिंदू धर्म के मठपतियों और मठप्रचारकों (मिशनरियों) ने हूण या शकों की भाँति इन पर्वतीय जातियों की अनेक टोलियों में हिंदू धर्म के सिद्धांत और आचारों का प्रचार इतनी गहराई से, इतनी अच्छी तरह किया था कि उनमें से अनेक टोलियों ने हिंदू धर्म को स्वेच्छा से स्वीकार कर लिया था। उपर्युक्त युद्धजीवी शान टोली के असम-विजेता राजा ने भी असम का राज्य जीतकर सिंहासनस्थ होते ही ई.स. १५५४ में अपनी टोली के अन्य लोगों के साथ हिंदू धर्म को स्वीकार किया। उस राजा ने अपना पहले का शान भाषा का नाम बदलकर

हिंदू क्षत्रिय नाम 'जयध्वजसिंग' धारण किया। उसके परवर्ती 'अहोम' राजाओं ने भी इसी प्रकार हिंदू नाम ही धारण किए थे।

४९५. अटकबंदी और सिंधुबंदी—हिंदुओं के उस ह्रासकाल में भी उपर्युक्त अहोम जाति जैसी जो जातियाँ स्वेच्छा से हिंदू धर्म स्वीकार करती थीं, उन्हें हिंदुओं की जाति-व्यवस्था में समाविष्ट करने में जातिभेद अथवा शुद्धिबंदी के कारण उस काल में किसी भी प्रकार के विरोध की आशंका नहीं थी। इसका कारण यह था कि हिंदुओं की अनेक जातियाँ अलग-अलग अपनी-अपनी कक्षाओं में मर्यादित, परंतु हिंदू राष्ट्र के एक ही ध्वज के तले प्रेमपूर्वक रहती थीं, उनमें ऐसी ही एक नई जाति और जुड़ जाती। उस जाति के लोगों के कुछ विशेष आचार-व्यवहार तो उनकी मूल प्रथाओं के अनुसार उनकी ही जाति में सीमित होते थे और शेष सारे व्यवहार हिंदू स्मृतियों और निर्बंधों के अनुसार सबके समान ही होते थे।

मुसलमानों के आततायी अत्याचारों के कारण शुद्धिबंदी की प्रथा का पालन भी उस काल में उत्तर में पंजाब तक ही कठोरता से किया जाता था। भारत में अन्यत्र मुसलिम वर्चस्व का संकट तब तक नहीं था। मुसलमान पंजाब से आगे बढ़ ही नहीं सके थे। इसलिए शुद्धिबंदी का प्रश्न भी तब तक हिंदू समाज के सम्मुख उपस्थित नहीं हुआ था। यहीं पर यह भी बता दें कि शुद्धिबंदी से ही उत्पन्न हुई अटकबंदी, अर्थात् सिंधु नदी पार कर म्लेच्छ (मुसलिम) देशों में जाना हिंदू धर्म के अनुसार अत्यंत निषिद्ध, जाति-बहिष्कृत होने योग्य अपराध है—ऐसी जो आज्ञा (धारणा) हमारी स्मृतियों में पाई जाती है, उसका समावेश तत्कालीन परिस्थितियों में हिंदू धर्म के संरक्षण के लिए हमारे सनातन वर्ग ने साधारणतः इसी काल में किया होगा, इसलिए कि इससे पूर्व में महमूद गजनवी के आक्रमण के बाद भी सिंधु पार का ठेठ पर्वत (हिंदुकुश पर्वत) तक का प्राचीन भारत का प्रदेश हिंदू राजाओं ने वापस जीत लिया था। तब हिंदू राज्यों का विस्तार खोतान तक हो गया था। यह अब इतिहाससिद्ध बात है। इसलिए उस काल तक सिंधु नदी का उल्लंघन यानी हिंदू धर्म का, वैदिक धर्म का उल्लंघन, त्याग या स्वतः भ्रष्ट होने की धारणा प्रचलित होना असंभव था। उस काल तक तो हमारे ध्वज पर 'कृण्वन्तो विश्वमार्यम्' प्रतिज्ञा ही लिखी जाती थी। 'आर्य धर्म के प्रचारार्थ पूरे विश्व में संचार करो'—यही हमारे धर्म की अनिर्बंध आज्ञा होती थी।

४९६. उसके पश्चात् जब मुसलिम आक्रमणों के कारण सिंधु पार के हिंदू राज्य नष्ट हुए और मुसलिम समाज जैसे परधर्मियों पर घोर अत्याचार करनेवाले राक्षसी समाज द्वारा सहस्रों हिंदू शस्त्रबल से भ्रष्ट किए जाने लगे, तब स्वकीय शस्त्रबल का कोई भी आधार नहीं होने के कारण विवश होकर कुछ तत्कालीन स्मृतियों में उस समय के लिए यह अटकबंदी अर्थात् अटक (सिंधु नदी) का उल्लंघन न करने का निर्बंध लगाया गया होगा, यह उपर्युक्त इतिहास से स्वतः सिद्ध होता है। इसका आभास इस

बात से भी होता है कि हमारी स्मार्त-व्यवस्था में कालानुसार, परिस्थिति के अनुरूप, राष्ट्र को हानिकारक न होनेवाले धर्माचार जोड़ने या निषिद्ध करने (घटाने) की सुविधा रहती थी।

'अन्ये कृतयुगे धर्माः त्रेतायां द्वापरे परे।
अन्ये कलियुगे नृणां युगह्रासानुरूपतः॥'

४९७. इस व्यवस्था के अनुसार, जब मुसलिम आक्रमणों के कारण सिंधु पार के हिंदू राज्य नष्ट हुए और वहाँ हिंदू पारसी आदि मुसलिमेतर धर्म के लोगों पर घोर अत्याचार कर उन्हें बलपूर्वक मुसलमान बनानेवाले आततायी धर्म की राजसत्ता स्थापित हुई। परिणामस्वरूप सिंधु पार कर वहाँ जाना स्वधर्म-त्याग के समान ही भयंकर हो गया। तब 'किसी भी हिंदू के लिए सिंधु नदी पार कर दूसरी ओर जाना पाप है, सिंधु पार की भूमि को म्लेच्छ-स्थान मानना चाहिए' आदि नया आपत्कालीन धर्माचार तत्कालीन स्मृतियों ने विवश होकर बनाया। यहीं से अटकबंदी का प्रचलन प्रारंभ हुआ होगा।

४९८. 'सिंधु के इस पार का देश ही सच्चा या असली हिंदुस्थान है'—यह बतानेवाले 'भविष्यपुराण' का हिंदुस्थान की नवीन सीमाएँ निश्चित रूप से बतानेवाला श्लोक हमने ही सर्वप्रथम ढूँढ़ निकाला और उसे प्रमुखता दी। वह ऐतिहासिक श्लोक है—

'सिंधुस्थानमिति प्राहुः राष्ट्रमार्यस्य चोत्तमम्।
म्लेच्छस्थानं परं सिंधोः कृतं तेन महात्मना॥'

४९९. यह श्लोक इसी काल में, अर्थात् मोहम्मद गोरी के बाद के काल में ही स्मृतियों में समाविष्ट किया गया होगा। वैसे उस श्लोक में उसके काल का भी निर्देश किया गया है। उस काल के जिस हिंदू महाराजा ने यह सीमा निश्चित की और जिसका उल्लेख इस श्लोक में 'तेन महात्मना' शब्दों में किया है, वह बहुधा उस काल का सर्वप्रमुख हिंदू राजा महाराजा भोज ही होना चाहिए।

५००. सिंधुबंदी की आज्ञा स्मृतिकारों ने नहीं दी—मुसलमानों की शस्त्र-विजय के कारण हमारे भरतखंड की सिंधु नदी की ओर की और वायव्य सीमाओं का इस प्रकार आकुंचन होने का दुःखद प्रसंग यद्यपि हिंदू राष्ट्र पर आया, तथापि वह उन सीमाओं तक ही मर्यादित रहा। पंजाब छोड़कर संपूर्ण भरतखंड में, सारे सिंधुस्थान' में नई-नई जातियों को हिंदू धर्म में समाविष्ट करनेवाले सुदूर असम तक अर्थात् पश्चिम से ईरान सीमा तक और पूर्व, पश्चिम तथा दक्षिण सागरों में नौ-दल द्वारा वर्चस्व स्थापित किया गया और हिंद-चीन (इंडो-चायना) तक हिंदू राष्ट्र की अप्रतिहत सत्ता स्थापित रही। उसे नित्य नवीन विजय भी प्राप्त होती रही।

सिंहलद्वीप भी भारत का ही एक छोटा सा राज्य 'बालराज्य' (Baby India) था। इसका कारण यह था कि सिंहलद्वीप में अधिकतर भारतीय राजवंश के ही राजा राज्य करते आए थे। यही स्थिति पश्चिम समुद्र के लक्षदीव, मालदीव आदि द्वीपों में भी थी। उस 'रत्नाकर' में अफ्रीका तक फैले हुए सारे द्वीपपुंज भी उस काल में हिंदुओं की सामुदायिक सत्ता के अधीन ही थे। ऐसे काल में वैदिक धर्मानुगामी स्मृतियों ने 'सिंधुबंदी' को निषिद्ध बताया था, ऐसी कल्पना करना भी भयंकर भूल होगी। इसलिए कि उस भारत के पूर्व, पश्चिम और दक्षिण समुद्रों पर आधिपत्य रखनेवाले राजेंद्र चोल आदि दिग्विजयी सम्राट् वैदिक धर्मानुयायी ही थे और वे उत्तर के चक्रवर्ती सम्राटों की तरह सर्वश्रेष्ठत्व निर्देशित करनेवाली 'त्रिसमुद्रेश्वर' उपाधि धारण करते थे।

५०१. सिंधुबंदी की बेड़ी कब और क्यों—जिस कारण उत्तर सीमा पर सिंधु नदी के उस पार के प्रदेशों में जाना निषिद्ध है, यह बतानेवाली अटकबंदी रूढ़ हुई, उसी कारण से अर्थात् विधर्मियों के अत्याचारों के कारण दक्षिण में भी आगे चलकर स्मृतियों में अपनी सीमा से बाहर समुद्री यात्रा पर जाना भी धर्मबाह्य और निषिद्ध कृत्य रूढ़ हुआ। ऐसा निषेध तत्कालीन राजनीतिक दासता से पंगु बने हिंदू शास्त्रकारों को विवश होकर करना पड़ा, यह स्मृतियों से उद्धृत 'अन्ये कृतयुगे' आदि श्लोकों में अप्रत्यक्ष रूप से व्यक्त हुआ है।

आगे चलकर हिंदुओं की मूल स्मृतियों में परिस्थितियों के अनुसार संकटों का सामना करने हेतु जो नए-नए विधि-निषेध लगाए गए या लगाए जा सकें, इसलिए 'युगह्रास' और 'कलिवर्ज्य' प्रकरण की युक्ति को अंगीकार किया गया। अर्थात् 'मूल स्मृतियाँ अपरिवर्तनीय हैं'—इस सिद्धांत में युगह्रास और कलिवर्ज्य संशोधनों से वैसे देखा जाए तो बाधा ही पहुँचती थी; परंतु वैसा अप्रत्यक्ष रूप से न कहकर पुराने स्मृति-नियमों में कालानुरूप समाजहित की दृष्टि से आवश्यक परिवर्तन करना शास्त्रकारों के लिए आवश्यक ही था।

'अन्ये कृतयुगे धर्माः त्रेतायां द्वापरे परे।
अन्य कलियुगे नृणां युगह्रासानुरूपतः॥'

५०२. अधिकांश स्मृतियों में उपलब्ध उपर्युक्त श्लोक से यह स्पष्ट होता है कि इस प्रकार नए विधि-निषेध लगाना जरूरी ही था। उस स्मार्त (legal) पद्धति के अनुसार मेधातिथि और देवल के पश्चात् बहुत समय बाद रचित अथवा संशोधित अर्वाचीन स्मृतियों में ही—

'समुद्रयातुः स्वीकारः कलौ पंच विवर्जयेत्॥

वचन से समुद्र यात्रा का निषेध करनेवाली ऐसी कठोर मर्यादा लगाई गई कि

समुद्र प्रवास करनेवाले व्यक्ति को स्वधर्म, स्वजाति में वापस नहीं लिया जा सकता; उसे वापस लाने के लिए कोई भी प्रायश्चित्त-विधि नहीं है।

यह वह काल था, जब पश्चिम सागर में ईसाइयों, विशेषत: पुर्तगालियों का प्रभाव पड़ने लगा था और उन्होंने मुसलमानों की भाँति हिंदुओं पर सशस्त्र आक्रमण कर उन्हें बलपूर्वक भ्रष्ट कर ईसाई बनाने का काम जोर-शोर से प्रारंभ कर दिया था। उसी काल में मुसलमानों, विशेषत: अरबों ने अपने सशक्त नौ-दल लेकर हिंद महासागर में जावा और सुमात्रा से लेकर हिंद-चीन (इंडो-चायना) तक आक्रमण किए और वहाँ के हिंदू तथा बौद्ध-धर्मीय राज्यों को जीतकर मुसलिम धर्म के इतर हुए धार्मिक आक्रमणों की भाँति वहाँ भी सशस्त्र धार्मिक आक्रमण कर उन देशों की हिंदू एवं बौद्ध प्रजा को मुसलमान बनाने के लिए उनपर राक्षसी अत्याचार किए। चोल, पांड्य आदि जिन पराक्रमी हिंदू राज्यों के प्रबल सिंधुसैन्य पूर्वकाल में इन देशों के हिंदू एवं बौद्ध-धर्मीय राज्यों की सदैव सहायता करते थे, वे सारे हिंदू राज्यों, सारे दक्षिण भारत को ही मुसलमानों ने जीतकर ध्वस्त कर डाला था। इसलिए अब जावा प्रभृति देशों की रक्षा के लिए हिंदू सेनाएँ नहीं जाती थीं। हिंदुओं की राजनीतिक, सैनिक और धार्मिक—सभी दृष्टि से घोर दुर्दशा का यह काल ही हमारी स्मृतियों में सिंधुबंदी की कठोर आज्ञा का समावेश करनेवाला काल होना चाहिए और सिंधुबंदी तथा अटकबंदी से संबंधित उपर्युक्त श्लोक उसी काल की अर्वाचीन स्मृति के होने चाहिए।

५०३. इन बातों से हमें यह भी मानना होगा कि जब हमारे तीनों समुद्रों का उल्लंघन कर विदेश जानेवाले हिंदू को बलात्कार का शिकार होने के बाद मुसलिम अथवा ईसाई बनानेवाले मानवी चक्रों का ग्रास होना पड़ता था और उस संकट से उनकी रक्षा कर सकनेवाले सागर पर भी वर्चस्व स्थापित करनेवाली कोई हिंदू शक्ति भारत में शेष नहीं रही थी, तब उस आपत्काल में हमारे कुछ समाजधुरीणों को विवश होकर यह धर्माज्ञा देनी पड़ी कि हिंदुओं को समुद्र का उल्लंघन करना ही नहीं चाहिए। यह कृत्य उन्हें हिंदू समाज की रक्षा एवं उसकी भलाई के लिए ही करना पड़ा होगा।

५०४. जिस देश में किसी धर्म और राष्ट्र के लोगों की अवहेलना होती है, उनपर मुसलमान, ईसाई आदि परधर्मों को शस्त्रबल से थोपा जाता है और बलात् धर्मांतरण के इस संकट से उनकी रक्षा करने की सैन्य सामर्थ्य उस राष्ट्र के पास नहीं होती, तब उस राष्ट्र को निरुपाय होकर इस प्रकार का प्रतिबंध लगाना ही पड़ता है कि उसके नागरिक ऐसे शत्रु राष्ट्र में कदापि न जाएँ।

५०५. हिंदुओं की भूल—जिस काल में अटकबंदी, सिंधुबंदी आदि लाभदायक नए बंधन स्मृतियों में लगाए गए थे, उस काल में उन बंधनों का निर्देश करनेवाले प्रक्षिप्त श्लोकों को तथा उन नए धर्मबंधनों को मूल स्मृतिकारों द्वारा रचित 'सनातन धर्म' की मूल स्मृतियों के श्लोकों के समान पवित्रता, सनातनत्व का अधिकार और अनुल्लंघनीयता

प्राप्त हो—इस हेतु से इन नए प्रक्षिप्त श्लोकों पर भी 'एष धर्मः सनातनः' की दृढ़, परंपरागत एवं स्मृतिशास्त्र की अधिकृत मुद्रा निश्चित रूप से लगाई जाती थी। ग्रंथों में भी वैसा ही लिखा जाता था। इसलिए वह सिंधुबंदी अथवा अटकबंदी जिन परिस्थितियों में हिंदुओं के लिए हितकारी थी, वे राष्ट्रघाती परिस्थितियाँ बदलने के बाद भी, अटक पार कर ईरान या अफगानिस्तान पर आक्रमण करने में सैन्य सामर्थ्य हिंदुओं के किसी प्रौढ़ प्रताप पेशवा के अथवा रणजीत सिंह के काल में प्राप्त होने पर भी हिंदुओं का यह राष्ट्र-हितघातक दुर्बल धार्मिक भोलापन नष्ट नहीं हो सका! उस धर्मभीरु मूर्ख समाज में 'अटक पार कर जाना महापाप है' आदि भ्रामक भय ज्यों-का-त्यों बना रहा। अर्थात् जो रूढ़ि प्रथम हितकर रही, वह अब राष्ट्र के लिए अनर्थकारी बन गई। तब भी समाज शास्त्र-भय से उसका त्याग करने के लिए तैयार नहीं होता था। जब वह रूढ़ि तोड़ना राष्ट्रहित के अनुकूल अर्थात् धार्मिक दृष्टि से भी पुण्यप्रद था, तब भी 'रूढ़ि तोड़ना पाप है' ऐसा अंध और मिथ्या आग्रह हिंदू समाज में प्रचलित था। इसलिए 'एष धर्मः सनातनः' की शास्त्रमुद्रा ऐसे प्रक्षिप्त श्लोकों पर भी लगाकर हमारे अर्वाचीन स्मृतिकारों ने उनका जो 'हौआ' बनाया था, वही उनकी भयंकर भूल थी।

५०६. सिंधुबंदी का ही उदाहरण लें। इन अर्वाचीन स्मृतिकारों ने यदि यह स्पष्ट रूप से बताया होता कि पूर्व में अर्थात् 'कृतयुगे' हमारा आर्य राष्ट्र समुद्र उल्लंघन कर अन्य द्वीपों और देशों पर राज्य करने की सामर्थ्य रखता था। ठेठ राजेंद्र चोल तक हमें 'त्रिसमुद्राधीशत्व' प्राप्त हुआ था। उस समय समुद्र उल्लंघन करना हमारे धर्म-प्रसार और राज्य-प्रसार के लिए आवश्यक होने के कारण पुण्यप्रद भी था; परंतु उसके बाद इसमें हमारी वह नौ-सैन्यशक्ति और हमारे राष्ट्र का वह सिंधुस्वामित्व दुर्भाग्य से नष्ट हुआ है। इसलिए जब तक हम उसे पुनः प्राप्त नहीं करते, तब तक ही यह सिंधुबंदी लगाई गई है। 'युगह्रासानुरूपतः' का सही अर्थ 'शक्तिह्रासानुरूपतः' होना चाहिए। 'एष धर्मः सनातनः' इस वचन में निहित वर्जना इसी अर्थ में सच है। यदि तत्कालीन स्मृतिकारों ने ऐसा स्पष्ट किया होता तो इस अटकबंदी अथवा सिंधुबंदी के जो भयंकर दुष्परिणाम हिंदू राष्ट्र को भोगने पड़े, वे काफी हद तक टल जाते।

५०७. कलिवर्ज्य प्रकरण में ही इन जातिभेद, अटकबंदी, शुद्धिबंदी, समुद्रबंदी आदि 'बंदियों' पर तत्कालीन शास्त्रकारों ने स्वरचित, परंतु मनु आदि मूल मुख्य स्मृतिकारों के नाम से चलाए हुए श्लोक समाविष्ट किए गए हैं। इसलिए अब वे सारे बंधन या 'बंदियाँ' कलियुग समाप्त होने तक, अर्थात् 'सनातन' सदैव के लिए लागू हो गए हैं। आगे चलकर हिंदुओं ने राष्ट्रहित के लिए इन बंदियों को तोड़ने की शक्ति पुनः प्राप्त कर ली थी; परंतु तब भी 'कलौ पंच विवर्जयेत्' आदि स्मृतिवचन या धर्माज्ञा के कारण कलियुग समाप्त होने तक अर्थात् प्रलय काल तक उन बंदिशों को तोड़ने के लिए हमारा महान् भावुक हिंदू समाज तत्पर होता, यह असंभव था। इसके अतिरिक्त कलियुग कब

प्रारंभ हुआ, कितने दिन रहेगा, कब समाप्त होगा और उसकी समाप्ति के बाद प्रलयोत्तर सत्‌युग पुनः कब प्रारंभ होगा, इस विषय में हमारे शास्त्रकारों में काफी मतभेद हैं, यह एक अलग ही 'ब्रह्मघोटाला' है।

५०८. ईसाई आक्रमणों का प्रारंभ—इस ग्रंथ के परिच्छेद ४०० में इस बात का उल्लेख हमने किया है कि ईसाई लोगों से हम हिंदुओं का धार्मिक संबंध कितने प्राचीन काल से आया हुआ है। ईसाई कथाओं के अनुसार जब सीरिया में ईसवी सन् के प्रारंभ में ही ईसाई धर्म का प्रचार होने लगा, तब स्वयं ईसा को सूली पर चढ़ानेवाले ज्यू (यहूदी) लोगों ने उन मुट्‌ठी भर ईसाई लोगों पर घोर अत्याचार किए। तब उसी काल में कुछ ईसाई लोगों की टोलियाँ, जिन्हें भारत पहुँचने का जलमार्ग ज्ञात हुआ था, भागकर भारत पहुँचीं और उन्होंने मलाबार तटवर्ती, जामोटिन (यह शब्द संस्कृत शब्द 'सामुद्रीय' का अपभ्रंश है) नामक हिंदू राजा के पास आश्रय माँगा। वस्तुतः उस हिंदू राजा को इन परकीय, विदेशी लोगों को अपने समुद्रतट पर कठोर शर्तें लगाए बिना प्रवेश करने देना ही नहीं चाहिए था। परंतु सद्‌गुण विकृति की व्याधि से ग्रस्त उस हिंदू राजा ने उन सीरियाई ईसाइयों को आश्रय दिया—उन्हें रहने के लिए एक भूभाग दिया। यही नहीं, उन्हें ग्राम पंचायत में एक स्वतंत्र जाति का दर्जा देकर समान अधिकारों का ताम्रपट भी दिया।

परंतु आगे चलकर उन सीरियाई ईसाइयों को यह ज्ञात हुआ कि इन हिंदुओं को केवल बलपूर्वक खाने-पीने को देकर ही भ्रष्ट कर ईसाई बनाया जा सकता है। तब उस प्राचीन काल में भारत में सर्वप्रथम आए उन ईसाइयों ने इस उपाय से ईसाई धर्म के प्रचार का कार्य आरंभ किया। ईसवी सन् की पहली सदी में जब प्रत्यक्ष इंग्लैंड में किसी ने ईसाई धर्म का नाम भी नहीं सुना था, तभी हिंदुस्थान में हजारों हिंदुओं को बलपूर्वक भ्रष्ट कर ईसाई बनाया जा रहा था। उस काल का, ईसाई धर्म के प्रचार का इतिहास प्रत्येक हिंदू को ज्ञात होना चाहिए। इससे स्पष्ट होता है कि हिंदुओं का धर्मांतरण शत्रु के लिए अत्यंत सरल करनेवाली विकृत रूढ़ियाँ, ईसवी सन् की उस पहली सदी में ही हमारे हिंदू समाज में मूल धर्माचरण के रूप में रूढ़ हो गई थीं; परंतु स्थानाभाव से और इस ग्रंथ के मुख्य विषय के लिए आवश्यक न होने से हम इस विषय की चर्चा यहाँ नहीं करेंगे।

५०९. एक अत्यंत समर्थक, स्वयंसिद्ध उदाहरण हम यहाँ दे रहे हैं। एक गाँव में एक तालाब को तीर्थस्थान मानकर बहुत से हिंदू उसमें स्नान करते थे और उस जल को पीते भी थे। यह देखकर उन सीरियाई ईसाइयों में से कुछ धर्मप्रचारक पादरियों (Missionary Fathers) के मन में यह विचार आया कि ईसाइयों के हाथ का अन्न खाने या पानी पीने से स्वयं को भ्रष्ट हुआ माननेवाले इन धर्मभोले हिंदुओं को क्यों न इसी युक्ति से भ्रष्ट किया जाए? यह सोचकर वे ईसाई पादरी गुप्त रूप से हिंदुओं के

साथ जाकर बड़े-बड़े तालाबों में स्नान करते और वहाँ का जल पीते। कुछ दिनों तक ऐसा करने के बाद वे ही पादरी अपनी सार्वजनिक प्रार्थनाओं में जोर-जोर से कहने लगे—"अरे हिंदू लोगो! हम लोग तो ईसा के, ईसाई धर्म के अनुयायी हैं, हिंदू नहीं हैं! हम आपके उस तालाब में आपके साथ ही स्नान करते और पानी पीते (कुल्ला करते) रहे हैं। अपनी पूजा-प्रार्थना में उसी जल को हम ईसाई धर्म का पवित्र तीर्थजल समझकर पीते रहे हैं और वही तीर्थजल हम आपको भी आज तक पिलाते रहे हैं। आप लोग भी बड़े भक्ति भाव से उसे पीते रहे हैं। आपके हिंदू धर्म के अनुसार जिस किसी ने ईसाइयों का पानी पिया, वह सदा के लिए भ्रष्ट होकर ईसाई बन गया मान लिया जाता है। इसलिए अब आप सब लोग ईसाई बन गए हैं। आपके अन्य हिंदू बांधवों की प्रवंचना न हो, इसलिए उनकी सूचना के लिए हम सच्चरित्र लोग इस सत्य को उजागर कर रहे हैं!"

देखते-ही-देखते यह समाचार आस-पास के समस्त गाँवों के हिंदुओं और ईसाइयों में फैल गया। तब तो हाहाकार मच गया। उन तालाबों का पानी पीनेवाले सारे हिंदुओं को भ्रष्ट समझकर उनका बहिष्कार किया गया। इतना ही नहीं, उस गाँव को ही ईसाइयों का गाँव मानकर उसका बहिष्कार किया गया। इस पद्धति से धीरे-धीरे गाँव-के-गाँव ईसाई बनकर हिंदू समाज द्वारा बहिष्कृत हो गए।

५१०. उस काल में सारी मानव जाति को ही विभिन्न धर्मोन्माद की व्याधि ने किस प्रकार ग्रस्त किया था, इसका एक रोचक, परंतु भयानक उदाहरण आगे के प्राणघातक, रोमांचक और मनोरंजक वृत्तांत में मिलता है। ईसवी सन् की पहली सदी में भारत आए उन ईसाई लोगों में भी उनके अलग-अलग पंथ थे। उनमें आपस में निरंतर स्पर्धा चलती रहती थी कि अन्य देशों में ईसाई धर्म का सच्चा प्रचार कौन अधिक करता है। इसलिए ईसाइयों के जिस पंथ ने उन हिंदू गाँवों को भ्रष्ट किया था, उस पंथ का विरोध अन्य पंथों के ईसाइयों ने किया। उन्होंने ईर्ष्यावश उनके यूरोप के आचार्यों (पोप इत्यादि) को लिखा—"ये अन्यपंथीय प्रचारक पादरी हिंदुस्थान के मूर्ख, भोले लोगों को धोखे से बुद्धू बनाकर उन्हें प्रवंचना से ईसाई बनाते हैं और उनसे दक्षिणा (द्रव्य) लेते हैं। ईसा मसीह के सिद्धांतों का प्रचार तो वे बिलकुल नहीं करते। इसलिए उनकी प्रचार की संख्या को सच न माना जाए और उन्हें, हम प्रचारकों की प्रतिष्ठा को इस प्रकार नष्ट करने से, डुबाने से रोका जाए।"

अन्य ईसाई पंथों के ऐसे आरोपों के कारण कई वर्षों तक स्थिति यह थी कि वे भ्रष्ट हुए हिंदू स्वयं को ईसाई मानते थे; परंतु अन्य ईसाई पंथ उन्हें हिंदू ही मानते थे। उन्हें गिरजाघर में नहीं जाने देते थे। उनसे दक्षिणा भी नहीं स्वीकार करते थे। अंत में इस समस्या का समाधान 'दक्षिणा' से ही हुआ होगा। कारण, कुछ दिनों के बाद यूरोप से आचार्य (पोप) का आदेश आया कि 'उन सब भ्रष्ट किए गए हिंदुओं को अब 'क्रिश्चियन'

ही माना जाए और उन सबसे 'दक्षिणा' अवश्य ली जाए!'

आगे चलकर तो बिलकुल स्पष्ट शब्दों में घोषित किया गया कि समस्त ईसाई पंथों के प्रचारक किसी भी युक्ति-प्रयुक्ति से अथवा आवश्यकता पड़ने पर शस्त्रबल से भी हिंदुओं को भ्रष्ट कर ईसाई बनाएँ, यही हिंदुस्थान में ईसाइयों का पवित्र धर्म-कर्तव्य है। तब पानी पिलाकर या अन्न खिलाकर हिंदुओं को भ्रष्ट करने के प्रारंभिक प्रयत्न और उनसे उत्पन्न विवाद निरर्थक हो गए।

५११. तत्पश्चात् सीरियाई ईसाइयों और अन्य साधारण ईसाइयों के विभिन्न पंथों में उनके ही देश में आपस में प्रचंड वैमनस्य फैल गया। यूरोप के बड़े-बड़े ईसाई पंथों में आपस में ही युद्ध और संघर्ष होने लगे। इसलिए ईसाई धर्म के प्रचार का कार्य हिंदुस्थान में अगले दो-तीन शतकों तक लगभग बंद ही हो गया था।

यहाँ यह भी ध्यान देने लायक बात है कि जिन हिंदुओं को उपर्युक्त वर्णनानुसार गाँव-गाँव में भ्रष्ट कर ईसाई बनाया गया था, उन्हें वापस हिंदू बनाने के लिए कुछ भी प्रयास या आंदोलन नहीं किए जाने के कारण वे स्वयं को ईसाई ही मानते रहे और हिंदुओं के साथ रहा उनका नाममात्र का संबंध भी समाप्त हो गया।

५१२. तत्पश्चात् भारत में ईसाई धर्म के प्रचार को गति तब मिली, जब लगभग पंद्रहवीं सदी में पुर्तगालियों ने गोवा जीत लिया और मलाबार में भी अपने कई केंद्र खोले। भारत में हिंदुओं पर घोर अत्याचार कर उन्हें ईसाई बनानेवाला उनका पहला प्रबल मठपति 'सेंट' (संत) जेवियर था। वह ई.स. १५४० के आस-पास गोवा आया। वहाँ पर कुछ वर्षों तक ईसाई धर्म के प्रचार के लिए भरपूर प्रयास करने के बाद उसने पुर्तगाल के बादशाह को उन प्रयासों में बाधा डालनेवाले शासकीय अधिकारियों के विषय में कई पत्र लिखे। उनमें से एक पत्र में उसने लिखा है—''आपके भारतीय शासनाधिकारी स्वयं ईसाई होकर भी आपके ईसाई धर्म के प्रचार के आदेशों की अवहेलना करते हैं। वे भोग-विलास में मग्न रहते हैं और यथासंभव 'येन-केन-प्रकारेण' अमीर बनना चाहते हैं। द्रव्य को ही वे अपना देवता मानते हैं। सच्चे ईश्वर (ईसा) की सेवा में हमारे जैसे जिन मिशनरी-प्रचारकों ने अपना सारा जीवन अर्पित किया है, उनकी लेशमात्र भी सहायता नहीं करते। हिंदुस्थान में ईसाई धर्म के प्रचार में सर्वाधिक और मुख्य बाधा यहाँ के ब्राह्मण पहुँचा रहे हैं। वे हमारे धर्म-प्रचार को आगे बढ़ने नहीं देते। हम हजारों हिंदुओं को भ्रष्ट करते हैं, परंतु कुछ समय बाद पता चलता है कि ये ब्राह्मण उन्हें गुप्त रूप से मांडवी नामक नदी के तट पर ले जाकर उनसे कहते हैं—'आप लोग इस पवित्र नदी में स्नान करें और फिर जैसे मैं बताऊँ, उसी प्रकार इन श्लोकों का पाठ कीजिए, जिससे आपके ईसाई बनने के समस्त पाप धुलकर नष्ट हो जाएँगे और आप लोग पुनः पूर्ववत् हिंदू हो जाएँगे!'

''ऐसे मिथ्या वचनों द्वारा तथा मांडवी नदी में स्नान जैसे अन्य भी कई उपायों से

वे ब्राह्मण उन भ्रष्ट हुए हिंदुओं में से अनेक हिंदुओं की प्रवंचना कर उन्हें शुद्ध करते हैं और पुनः हिंदू बना लेते हैं। हम इन ब्राह्मणों को भयभीत करने के भरपूर प्रयत्न करते हैं, परंतु उनपर उसका कोई प्रभाव नहीं पड़ता, और आपके यहाँ के शासनाधिकारी इन ब्राह्मणों को हमारी इच्छानुसार कठोर दंड नहीं देते।''

५१३. 'सेंट जेवियर' जैसे ईसाई मिशनरियों के निरंतर आरोपों से प्रभावित होकर पुर्तगाल के राजा ने कई बार अपने भारतीय अधिकारियों को कठोर आदेश दिए कि वे ईसाई धर्म के प्रचार के कार्य में थोड़ी भी ढील न देकर पूर्ण सहयोग दें, वरना उनकी सारी संपत्ति जब्त कर ली जाएगी। इससे भी संतुष्ट न होकर सेंट जेवियर ने पुर्तगाल के राजा को पुनः पत्र लिखा—''हिंदुओं को भ्रष्ट कर ईसाई बनाने का हमारा कार्य तेज गति से चल रहा है। हमारे प्रचारकों को देखते ही यहाँ के गाँवों के हिंदुओं में भय से भगदड़ मच जाती है। जो हिंदू ईसाई बनना स्वीकार नहीं करते, उन्हें दंड देते समय हम ऐसे कठोर उपायों को अपनाते हैं, जिनकी कल्पना से ही हिंदू भय से काँप उठते हैं। साधारण हिंदू ग्रामीणों की तो बात ही क्या है, हम तो शैतान की सत्ता माननेवाले इन हिंदुओं के बड़े-बड़े देवस्थानों के आचार्य, मठाधीश और श्रीमंत हिंदू नागरिकों को भी पकड़कर बंदीगृह में डाल देते हैं और उनपर घोर अत्याचार कर उनका ऐसा विकट शारीरिक उत्पीड़न करते हैं कि उसके भय से कई देवस्थानों के हिंदू पुजारी देवमूर्तियाँ लेकर गुप्त रूप से गोवा से बाहर भाग रहे हैं। हम उनकी सारी संपत्ति छीन लेते हैं, मूर्तियाँ तोड़-फोड़ डालते हैं, देवालय गिराकर नष्ट कर देते हैं, कोड़ों की मार से उनके शरीर की खाल उधेड़ डालते हैं। इन कार्यों में अब हमें प्रचंड सफलता प्राप्त हो रही है। यदि ये दुष्ट ब्राह्मण हमारे मार्ग में अवरोधक न होते तो मैं अब तक पूरे हिंदुस्थान में देखते-ही-देखते ईसाई धर्म का प्रचार-प्रसार कर डालता!''

सेंट (?) जेवियर ने तथा उसके बाद आए सैकड़ों पुर्तगाली पादरियों ने हिंदू जनता और हिंदू धर्माधिकारियों पर जो नृशंस, अनंत धार्मिक अत्याचार किए, उन सबकी जानकारी देना स्थानाभाव के कारण यहाँ संभव नहीं है।

५१४. उत्तर भारत के समस्त प्रांतों में हिंदू समाज को केवल मुसलमानों के ही धार्मिक अत्याचारों का सामना करना पड़ा, परंतु विंध्य के दक्षिण में रामेश्वरम् तक के हिंदुओं को दक्षिण भारत में जिन पाँच स्वतंत्र मुसलिम राजसत्ताओं (बादशाहियों) का शासन रहा, केवल उनके ही सतत भ्रष्टीकरण के प्राणघातक अत्याचारों को नहीं, अपितु उन मुसलमानों से भी क्रूर पुर्तगाली मिशनरियों द्वारा ईसाई धर्म प्रचार के लिए, हिंदुओं को ईसाई बनाने के लिए उनपर किए गए भयंकर, नृशंस धार्मिक अत्याचार भी सहना, भोगना पड़ा। जिन्हें यह सारा हृदयद्रावक वृत्तांत जानने की इच्छा हो, उन्हें वह पूरा वृत्तांत 'Cs Hindus De Goa Republica Portuguesa' नामक मूल पुर्तगाली भाषा के ग्रंथ में वर्णित मिलेगा। इस ग्रंथ का अंग्रेजी अनुवाद उपलब्ध है और अब उसका

अनुवाद मराठी में भी हो रहा है।

वैसे तो ईसाई धर्म के प्रचार के लिए पुर्तगाली मिशनरियों ने हिंदुओं का जो घोर उत्पीड़न किया और उनपर जो भयंकर धार्मिक अत्याचार किए, उनका वर्णन तथा भारत में पुर्तगालियों के राज्यशासन का वर्णन छोटे-बड़े कई इतिहास-ग्रंथों में मिलता है; परंतु ऊपर उल्लिखित पुर्तगाली इतिहास ग्रंथ की विशेषता यह है कि वह सारा इतिहास 'Dr. Patorio Noronhua' नामक एक ऐसे व्यक्ति ने लिखा है, जो पुर्तगाल के सुप्रीम कोर्ट के न्यायाधीश थे।

प्राचीन काल से पुर्तगाली लोगों को अपने इतिहास से संबंधित समस्त अनुकूल एवं प्रतिकूल कागजात ठीक तरह से जतन करके रखने का अच्छा अभ्यास है। यह सारा ज्ञान-भंडार या सामग्री शोधकर्ताओं के लिए सदैव उपलब्ध कराने की उनकी पुरातन प्रथा है। 'Dr. Noronhua' तो स्वयं पुर्तगाली हैं। इसलिए उन्हें वहाँ पर उपलब्ध सारे ग्रंथों का पूर्ण रूप से और प्रकट रूप से अभ्यास करने की सुविधा बिना शर्त मिल गई। तत्कालीन पुर्तगाली बादशाह, हिंदुस्थान के पुर्तगाली धर्मप्रचारक और रोम के सर्वोच्च क्रिश्चियन पोप के बीच हुए मूल पत्राचार सहित सारे मूल कागजात का गहन अध्ययन करके उक्त न्यायाधीश ने यह ग्रंथ लिखा है, यही इसकी मुख्य विशेषता है।

५१५. इस ग्रंथ को छोड़ दें, तो भी पाठकगण मराठी में प्रकाशित 'गोमंतकातील शुद्धिकरणाचा इतिहास' (गोमंतक में हुए शुद्धीकरण का इतिहास) नामक ग्रंथ को अवश्य पढ़ें। अर्वाचीन काल में गोमंतक के पूर्वकाल में भ्रष्टीकरण द्वारा ईसाई बनाए गए दस हजार से भी अधिक हिंदुओं को शुद्ध कर पुनः हिंदू बनाने का महान् कार्य करनेवाले स्वर्गीय श्री मसूरकर महाराज ने अपने निर्देशन एवं निरीक्षण में इस ग्रंथ को लिखवाया है। हमारे द्वारा प्रस्तुत यह ग्रंथ 'छह स्वर्णिम पृष्ठ' भारत का इतिहास-ग्रंथ नहीं है, अपितु यह उसकी समीक्षा करनेवाला ग्रंथ है। अतः यहाँ स्थानाभाव से वह सारी जानकारी देना असंभव है। वैसे हमने पूर्वकाल में सिंध पर मुसलमानों के पहले आक्रमण से प्रारंभ हुए और कई सदियों तक चले हिंदू-मुसलिम सशस्त्र संघर्ष और अभूतपूर्व धर्मयुद्ध का वृत्तांत इस ग्रंथ के पूर्व प्रकरणों में विपुल मात्रा में दिया है। रोटीबंदी, लोटाबंदी, बेटीबंदी, स्पर्शबंदी और विशेषतः शुद्धिबंदी आदि तत्कालीन धार्मिक मूर्खता तथा अंधविश्वास से पूर्ण अनेक राष्ट्रहित-घातक रूढ़ियों के हानिकारक परिणामों की भी चर्चा इन प्रकरणों में यथासंभव की है। इन पुर्तगालियों के आगमन के पश्चात् उनके साथ तथा अन्य राष्ट्रों के ईसाई धर्म-प्रचारकों के साथ, जो उसी प्रकार के सशस्त्र और अत्याचारपूर्ण धर्मयुद्ध हुए, उनपर भी उस सारी चर्चा का एक-एक शब्द लागू होता है—यहाँ इतना ही कहना पर्याप्त होगा।

५१६. यहाँ पर यह भी ध्यान में रखना चाहिए कि उसी काल में अरब और ईसाई राष्ट्रों ने दक्षिण सागर पर अपनी सत्ता स्थापित कर पूर्वकाल में हिंद-चीन तक

फैले हमारे हिंदू, बौद्ध साम्राज्य पर भी राजनीतिक तथा धार्मिक आक्रमण कर वहाँ के करोड़ों हिंदुओं को धर्मभ्रष्ट किया। इतना ही नहीं, उनके राज्य छीनकर उन अत्याचारी शत्रुओं ने वहाँ पर अपनी राज्यसत्ता भी प्रस्थापित की। इस कारण से हिंदुओं ने किस प्रकार समुद्रबंदी की नई बेड़ी अपने पाँवों में स्वयं ही डाली, इसका विवेचन हमने 'समुद्रबंदी कब हुई?' शीर्षकांतर्गत अध्याय में किया है। परिणामस्वरूप हिंदू राष्ट्र की राज्यसत्ता और धर्मसत्ता की ही नहीं, अपितु हिंदुओं की विशाल सामुद्रिक दृष्टि और समुद्रसत्ता की भी हानि हुई। हिंदुओं का संपूर्ण व्यापार, सारा नौ-दल नष्ट हो गया। नौकायन की कला नष्ट ही नहीं हुई, अपितु उस प्रकार का समुद्रगामी नौका-दल रखना भी पापकर्म माना गया।

हिंदू धर्म और हिंदू राष्ट्र को अपनी इस भयंकर भूल के कारण ही अक्षरश: कूपमंडूकत्व प्राप्त हुआ। कोई साहसी हिंदू इस कूप से बाहर निकलने का पराक्रम भी करना चाहता, तो उसे पूर्व समुद्र, पश्चिम समुद्र और दक्षिण महासागर—इन तीनों समुद्रतटों पर 'मज्जाव (मतजावो)!', 'समुद्रयातुः स्वीकारः कलौ पंच विवर्जयेत्' इस प्रकार की निषेधाज्ञाएँ लिखे हुए पट्ट मिलते और उनसे युक्त अनुल्लंघनीय तटबंदी स्वयं हिंदुओं द्वारा ही निर्मित होती।

५१७. मुसलमान, ईसाई आदि शत्रुओं ने हिंदुओं पर जो सशस्त्र धार्मिक आक्रमण किए, उन्हें हिंदुओं ने, बीच-बीच में ही क्यों न हो, परंतु वैसे ही सशस्त्र अथवा नि:शस्त्र उपायों से किस प्रकार कठोर प्रत्युत्तर दिया और सदियों तक चलनेवाले इस हिंदू-मुसलिम संघर्ष (महायुद्ध) में हिंदुओं ने मुसलमानों पर भी सशस्त्र धार्मिक प्रत्याक्रमण कर उनके धार्मिक अत्याचारों का किस प्रकार प्रतिशोध लिया—इस संबंध में कुछ चुनी हुई रोचक घटनाओं का वर्णन अब तक हमने इस प्रकरण में किया।

५१८. वास्तव में जब विद्यारण्य जैसे शंकराचार्य, शिव छत्रपति, दुर्गादास राठौर, जोधपुर के महाराजा जसवंतसिंह आदि राष्ट्रवीर और रामानंद, श्री चैतन्य महाप्रभु आदि संत-महंतों ने वैयक्तिक अथवा सामुदायिक शुद्धीकरण कर हिंदू समाज का नेतृत्व स्वीकार किया था, तो हिंदू समाज को धार्मिक शुद्धीकरण, सशस्त्र प्रत्याक्रमण आदि आंदोलनों को निरंतर करते रहना चाहिए था और पुरानी घातक रूढ़ियों को तिलांजलि देकर, मुसलिम स्त्री-पुरुषों को भी बलपूर्वक हिंदू बनाकर यह सिद्ध करना चाहिए था कि यही सब तत्कालीन हिंदुओं का 'युगधर्म' है।

हिंदुओं को विभूति पूजा प्रिय नहीं है, ऐसा भी नहीं है। हिंदू समाज के अनेक पंथ, अनेक धर्माचार और अनेक धार्मिक सिद्धांत भी ऐसी ही विभूतियों द्वारा स्थापित किए गए हैं। पुराने आचारों में जहाँ तक उन विभूतियों और उनके अनुयायियों का संबंध था, हिंदू समाज ने उचित परिवर्तन कर हिंदू धर्म की चौखट में सटीक बैठा लिया था। उन विभूतियों के अनुयायी उनके द्वारा प्रतिपादित आचारों का ही समर्थन और आचरण

करते थे; परंतु विभूति पूजा के इतने प्रेमी हिंदू समाज ने शुद्धीकरण, परधर्मियों पर सशस्त्र आक्रमण तथा अपने मठ-मंदिर आदि धर्मस्थानों, विशेषत: मुसलमानों द्वारा की गई हिंदू स्त्रियों की विडंबना और अवहेलना का उनके धर्मस्थानों और स्त्रियों की भी वैसी ही अवहेलना कर उन धर्मशत्रुओं का प्रतिशोध लेने का यह नया युगधर्म हिंदू राष्ट्र के लिए अत्यंत पूजनीय उपर्युक्त विभूतियों के पश्चात् जीवित नहीं रखा।

उन विभूतियों के अवसान के बाद हिंदुओं ने उनका धार्मिक सशस्त्र प्रत्याक्रमण का आचरण और उपदेश—दोनों की उपेक्षा कर उन्हें भुला दिया। यही नहीं, चैतन्य महाप्रभु आदि विभूतियों के पंथ आज भी जीवित तथा सक्रिय हैं और उनकी स्तुति से परिपूर्ण भक्ति-विजय जैसे ग्रंथ आज भी पढ़े जाते हैं, परंतु इन विभूतियों ने मुसलमानों का जो सशस्त्र धार्मिक प्रतिशोध लिया, उसका उल्लेख इन ग्रंथों में कहीं भी नहीं मिलता। अथवा उस काल के वीर भाट और चारणों द्वारा रचित वीरकाव्यों में इन विभूतियों द्वारा मुसलमानों पर किए गए धार्मिक आक्रमणों अथवा बड़े-बड़े सामुदायिक शुद्धीकरणों का गौरव करनेवाला कोई भी उल्लेख उपलब्ध नहीं है। हिंदू बहुजन समाज को तो इन प्रसंगों का मौखिक स्मरण करने की भी आवश्यकता अनुभव नहीं हुई! कारण···

अर्वाचीन हिंदू समाज के मानस का स्थायी भाव सहिष्णुता हो गया है। दूसरे शब्दों में कहें तो उदासीनता ही उसका स्वभाव बन गया है।

५१९. पूर्वार्द्ध के इन सारे प्रकरणों में यहाँ तक हमने जिन विधेयों (Points) और संदर्भों की चर्चा की, उनके ऐतिहासिक आधार और साक्ष्य की चर्चा आगे के पृष्ठों में की जा रही है।

५२०. ऐतिहासिक आधार और साक्ष्य की अर्वाचीन घटना का क्रम—इस प्रकरण में हमने हिंदुओं द्वारा मुसलमानों पर किए गए सशस्त्र धार्मिक आक्रमणों के जो छिटपुट उदाहरण दिए हैं, वे उस लंबे चले हिंदू-मुसलिम महायुद्ध की अवधि की तुलना में अपवादस्वरूप ही थे। वह फटे आकाश को थिगड़ा लगाने जैसा ही असंभव प्रयास था। परंतु उस प्रकार के हिंदू राष्ट्र के शौर्य को शोभा देनेवाले कुछ पराक्रम हिंदुओं ने कर दिखाए, इसी कारण इस महायुद्ध के धार्मिक मोर्चे पर हिंदुओं का पक्ष पूरी तरह ध्वस्त नहीं हुआ। उन मुसलिम शत्रुओं को हमेशा यह भय लगता रहा कि हिंदू भी मौका पड़ने पर धार्मिक प्रतिशोध ले सकते हैं। हिंदू वीरों के उन अपवादात्मक प्रत्याक्रमणों की जैसी रणनीति यदि समस्त हिंदू जाति सर्वत्र धार्मिक मोर्चे पर भी अपनाती, तो इस देश में एक भी मुसलमान कम-से-कम उस काल में तो मुसलमान बनकर किसी भी प्रकार नहीं रह सकता था। इस पूर्वार्द्ध में हमने इसका उल्लेख कई स्थानों पर कर दिया है।

५२१. परंतु अन्य समस्त हिंदू वैसा करने का साहस क्यों नहीं कर पाए? वे क्यों भयभीत हुए? मुसलिमों पर सशस्त्र आक्रमण करना हिंदू धर्म के विरुद्ध है—ऐसा उन्होंने क्यों सोचा? शुद्धिबंदी, सिंधुबंदी, रोटीबंदी आदि बेड़ियाँ ही हिंदू धर्म के सच्चे

और इष्ट आचार हैं, उनकी ऐसी बुद्धि क्यों बनी ? ऐसे सारे प्रश्नों के उत्तर में तत्कालीन हिंदू जो सफाई देते थे, वह मुसलमान हिंदुओं पर भले ही कितने भी धार्मिक आक्रमण करें, हम हिंदुओं को उनपर वैसे ही सशस्त्र धार्मिक प्रत्याक्रमण करना हमारे हित में अनिष्टकर और हमारी हिंदू सभ्यता को अशोभनीय है, ऐसा जो प्रतिपादन करते थे, उसका आशय यह है कि हिंदुओं के मन में भय समा गया था कि लगातार मुसलिम आक्रमणों के उस काल में यदि कोई हिंदू राजा या समाज जरा सी अनुकूल परिस्थिति आते ही अपने भ्रष्ट किए गए हिंदुओं को शुद्ध कर वापस ले लेता अथवा मुसलिमों पर धार्मिक सशस्त्र आक्रमण कर उनके स्त्री-पुरुषों को बलपूर्वक हिंदू बना लेता, तो मुसलमान और भी अधिक भड़क उठते तथा हिंदुओं पर और अधिक शक्ति तथा क्रूरता से सशस्त्र आक्रमण कर पुनः-पुनः उनका भयंकर प्रतिशोध लेते।

इस भय से निरुपाय होकर, आपद्धर्म समझकर, उस काल में शुद्धिबंदी, प्रत्याचारबंदी, बेटीबंदी, रोटीबंदी, सिंधुबंदी, सद्गुण विकृति आदि शरणागति के धर्माचारों का अवलंबन हिंदुओं ने किया। इन और ऐसे सभी तर्क-कुतर्कों का समाधान करने के लिए और इस विषय पर पूर्वार्द्ध में हमारे द्वारा व्यक्त किए हुए सारे मतों, संदर्भों और उल्लेखों को दृढ़ आधार देने के लिए अंत में हम एक ऐसी घटना का वर्णन करेंगे, जिससे हमारा यह विधान निर्विवाद रूप से सिद्ध होगा कि हिंदुओं में धार्मिक, सशस्त्र प्रत्याक्रमण की शक्ति तो थी, परंतु इच्छा नहीं थी। वह घटना है टीपू सुलतान का सर्वनाश करनेवाले मराठों का मुसलमानों के साथ संघर्ष।

□

प्रकरण—७

हिंदू-प्रपीड़क क्रूरकर्मा टीपू सुलतान

५२२. जिस काल में महाराष्ट्री (मराठी) साम्राज्य का विस्तार हो रहा था, उस काल में मराठों ने अपने पराक्रम से दिल्ली की मुगल सल्तनत तक को वस्तुत: (De facto) नष्ट कर डाला था और हिंदुओं की राजसत्ता पूरे हिंदुस्थान में इतनी प्रबल हो गई थी कि उसका प्रभावी विरोध कर सकनेवाली एक भी मुसलिम राजसत्ता हिमालय से लेकर कन्याकुमारी तक नहीं बची थी; उस काल में भी मैसूर के छोटे से हिंदू राज्य में हैदर अली नामक मुसलमान सैनिक पदोन्नति करते हुए सेना का अत्यंत महत्त्वपूर्ण अधिकारी बन बैठा था। हिंदू राजाओं ने जिन पर विश्वास किया, उन्हीं मुसलमान सेवकों ने उनका और हिंदू राज्य का बारंबार घात किस प्रकार किया, इसका महमूद गजनवी के समय से लेकर अनेक शतकों तक का अनुभव होते हुए भी मैसूर के उस हिंदू राजा ने सर्वसाधारण हिंदू समाज की 'सर्व धर्म समभाव' मानने की सदा की भ्रामक 'उदार' नीति के कारण कट्टर मुसलमान हैदर अली को अपना सेनापति बनाया।

परिणाम जो होना था, वही हुआ। अंत में हैदर अली ने उस हिंदू राजा को अपदस्थ कर सारी राजसत्ता अपने हाथों में ले ली। उसने मराठों पर भी आक्रमण किया; परंतु मराठों ने समरभूमि में उसको पराजित कर दिया। उसने एक बार अंग्रेजों पर भी आक्रमण किया था, परंतु हमारे प्रस्तुत विषय से हैदर अली के उस जीवन-वृत्तांत का कोई संबंध नहीं है। अत: यहाँ पर इतना ही बताना पर्याप्त होगा कि ई.स. १७८२ में जब हैदर अली की मृत्यु हुई, तब उसका पराक्रमी पुत्र 'टीपू' मैसूर के मूलत: हिंदू राज्य का सर्वसत्ताधीश बना।

५२३. सत्ता प्राप्त करते ही टीपू ने मैसूर के मूल हिंदू राजा का नामोनिशान मिटाकर अपने आपको मैसूर के स्वतंत्र मुसलिम राज्य का सुलतान घोषित कर दिया। हिंदू-मुसलिम महायुद्ध के एक सहस्र वर्षों के विशाल कालखंड में हिंदुस्थान के एक नए स्वतंत्र मुसलिम राज्य का 'सुलतान' स्वयं को कहलानेवाला 'टीपू' अंतिम सुलतान था।

५२४. उस काल में मुसलिम परंपरा के अनुसार किसी भी मुसलिम सुलतान का जो 'परम कर्तव्य' माना जाता था, उसके अनुसार टीपू सुलतान ने भरे दरबार में 'मैं सारे काफिरों को मुसलमान बना डालूँगा!' यह प्रतिज्ञा कर तत्काल राज्य के समस्त हिंदुओं को मुसलमान बनाने की आज्ञा दी। उसने राज्य के सारे गाँवों के मुसलमान अधिकारियों को लिखित आदेश भेजा—"सारे हिंदू स्त्री-पुरुषों को 'इसलाम' की दीक्षा दी जाए! जो हिंदू स्वेच्छा से मुसलमान नहीं होंगे, उन्हें बलपूर्वक मुसलमान बनाया जाए और विरोध करनेवाले हिंदू पुरुषों का वध कर दिया जाए, हिंदू स्त्रियों को दासियाँ बनाकर मुसलमानों में बाँट दिया जाए।"

५२५. भ्रष्टीकरण की यह कार्यवाही टीपू ने इतनी शीघ्रता से, इतनी बड़ी मात्रा में आरंभ की कि उस मैसूर राज्य के सारे हिंदू समाज में घोर हाहाकार मच गया। टीपू के मुसलमान सैनिक ही नहीं, अपितु गाँव-गाँव के मुल्ला-मौलवी भी स्थानीय मुसलमान गुंडों को एकत्र कर हिंदुओं पर असंख्य अत्याचार करने लगे। स्वयं टीपू ने मलाबार पर आक्रमण कर एक झटके में एक लाख हिंदू स्त्री-पुरुषों को भ्रष्ट कर मुसलमान बना डाला। उसने कर्नाटक पर आक्रमण कर मराठी राज्यों पर भी आक्रमण किया। धारवाड़ से नीचे दक्षिण में त्रावणकोर तक के प्रदेश में स्थित लाखों हिंदू स्त्री-पुरुषों को टीपू के मुसलिम सैनिकों और गाँव-गाँव के मुसलमान ग्रामगुंडों द्वारा की जानेवाली तथा दावाग्नि की भाँति फैलती जानेवाली हिंदू भ्रष्टीकरण की इस क्रूर कार्यवाही से 'त्राहि भगवान्' कर डाला।

५२६. सभी जातियों और पंथों के सैकड़ों हिंदू स्त्री-पुरुषों ने—टीपू के इस सशस्त्र आक्रमण का प्रतिकार करना असंभव होने के कारण मुसलिम सेना के अधीन होने से पहले ही धर्मरक्षणार्थ कृष्णा, तुंगभद्रा आदि बड़ी-बड़ी नदियों में अपने बाल-बच्चों समेत कूदकर प्राण-त्याग किया। सैकड़ों हिंदू स्त्री-पुरुष अग्नि प्रवेश कर भस्म हो गए; परंतु उन्होंने भ्रष्ट होकर मुसलमान बनना स्वीकार नहीं किया।

५२७. टीपू की उन्मत्त घोषणा—उन राक्षसी अत्याचारों और विजयी आक्रमणों के फलस्वरूप असहाय हिंदुओं की घोर दुर्दशा हुई। तब आनंद और उन्माद से गर्वोन्मत्त होकर टीपू ने एक बार भरे दरबार में अत्यंत गर्व से स्वयं ही घोषणा की थी कि 'हिंदू काफिरों के सामुदायिक मुसलिमीकरण के मेरे इस सशस्त्र अभियान को अपेक्षा से भी अधिक यश प्राप्त हुआ है। एक दिन तो चौबीस घंटों के भीतर मेरे राज्य में पचास हजार हिंदुओं को भ्रष्ट किया गया! इसके पहले किसी भी मुसलिम सुलतान ने इतना महान् कार्य नहीं किया होगा! अल्लाह की मेहरबानी से इसलाम के प्रचार और काफिरों के उच्छेद का यह महान् कार्य मैं कर पाया!"

५२८. हिंदू काफिरों के उच्छेद का यह महान् कार्य यथासंभव शीघ्रता और लगन से पूर्ण करने के लिए उस धर्मोन्मत्त टीपू ने आततायी क्रूरता में अन्य मुसलिम

सैनिकों के भी कान काटनेवाली नवीन सेना का निर्माण किया था। टीपू सुलतान ने मुसलमानों में से अत्यंत कट्टर युवकों को चुन-चुनकर इस विशिष्ट सेना का निर्माण किया था। उस सेना को वह बड़े प्यार से 'मेरे बच्चो (बेटों) की सेना' कहता था। हिंदू स्त्री-पुरुषों को बलपूर्वक भ्रष्ट करने में, हिंदुओं की लूटमार करने में, उनके घर, मंदिर जला डालने में और विरोधियों पर अनन्वित अत्याचार कर उनका शिरच्छेद करने में सुलतान की इस 'लाडली सेना' के जो सैनिक विशेष पराक्रम करते थे, उनमें से प्रत्येक को पुरस्कार के रूप में स्थान-स्थान पर पराजित हजारों हिंदू स्त्रियों में से सुंदर और तरुण युवतियों को चुन-चुनकर यथारुचि प्रदान किया जाता था।

५२९. टीपू सुलतान के इस पराक्रम और 'इसलाम' के प्रचार से हिंदुस्थान का सारा मुसलिम समुदाय कृतज्ञता से अभिभूत हो गया था। भारतीय मुसलमानों ने उसे 'सुलतान', 'गाजी', 'इसलाम का कर्मवीर' आदि उपाधियाँ प्रदान कीं। भारत में ही नहीं, अपितु प्रत्यक्ष तुर्किस्तान के खलीफा से भी उसे मान्यता प्राप्त हुई। विशेषत: कर्नाटक से त्रावणकोर तक जिस मुसलिम समाज ने सामुदायिक रूप से उसके उन अत्याचारों में प्रत्यक्ष योगदान दिया था, उस मुसलिम समाज के स्त्री-पुरुष तो हिंदुओं की दृष्टि में टीपू जैसे ही दंडनीय अपराधी सिद्ध हुए थे।

५३०. मराठों की प्रतिक्रिया—जब टीपू का हिंदुओं के सामुदायिक और बलपूर्वक मुसलिमीकरण का यह अत्याचारी अभियान प्रारंभ हुआ, तब वहाँ के हिंदू समाज में हुए हाहाकार का आर्तनाद सुनकर हिंदू धर्म के संरक्षण का व्रत धारण करनेवाले मराठी साम्राज्य की राजधानी पुणे में क्रोध की लहर दौड़ने लगी; मराठी राजधुरंधरों ने मैसूर के इस नए महिषासुर का दमन करने का निश्चय किया। पेशवाओं के मुख्य श्रीकरणाधिप (फड़नवीस) नाना ने दक्षिण के सारे मराठी सरदारों को अलग-अलग दिशाओं से टीपू के राज्य पर ससैन्य आक्रमण करने का आदेश दिया।

५३१. टीपू से युद्ध—मराठों की सेनाएँ उसके राज्य पर आक्रमण करने आ रही हैं—यह समाचार सुनते ही टीपू क्रोधित हो उठा। उसने अपने राज्य से लगी हुई मराठी रियासतों नरगुंद और कित्तूर पर (उन्हें मराठों की मुख्य सेनाओं की सहायता मिलने से पहले ही कुचल डालने के उद्देश्य से) बड़े वेग से आक्रमण किया।

५३२. टीपू समस्त हिंदुओं से द्वेष करता था, परंतु उनमें भी हिंदू समाज में स्वत्व और हिंदुत्व का ज्वलंत अभिमान संचारित कर उसमें मुसलमानों के विरुद्ध चेतना जाग्रत् करने के काम में अग्रसर रहनेवाले ब्राह्मण वर्ग पर सुलतान टीपू का विशेष रोष था। ब्राह्मणों का उत्पीड़न करते समय उसकी क्रूरता चरम सीमा पर पहुँच जाती थी। इतिहासाचार्य सरदेसाई ने भी लिखा है—"Brahmins were singled out for special indignities by Tipu."

नरगुंद और कित्तूर—दोनों रियासतों के राजा ब्राह्मण ही थे। उन्होंने टीपू के

तत्काल शरण में आने के आदेश की तिरस्कारपूर्वक अवहेलना की थी। इसलिए और भी अधिक क्रुद्ध हुए टीपू ने अपनी प्रबल सेना के साथ पहले नरगुंद पर आक्रमण किया। वहाँ के राजा 'भावे' ने अत्यंत शूरता से युद्ध किया, परंतु पुणे से आ रही सेना ठीक समय पर नहीं पहुँच सकी। इसलिए नरगुंद राज्य की छोटी सी सेना को टीपू ने बड़ी सरलता से पराजित कर दिया। नरगुंद नगर का पराभव होते ही टीपू अपनी सेना के साथ आगजनी और लूटमार करता हुआ जो घुसा, तो सीधा राजप्रासाद में गया। वहाँ उसने राजा भावे और वीर मंत्री पेठे—दोनों को बंदी बनाकर उनके पाँवों में बेड़ियाँ डलवा दीं। उनका और उनसे संबंधित सब लोगों का असह्य उत्पीड़न किया। तत्पश्चात् टीपू और उसके मुसलिम सैनिकों ने अंत:पुर में प्रवेश कर सारी राजस्त्रियों का अवर्णनीय घोर अपमान किया। उन स्त्रियों में से जो तरुण स्त्रियाँ थीं उनपर सर्वप्रथम घोर अत्याचार कर अंत में बलात्कार किया गया। राजस्त्रियों में जो सर्वाधिक सुंदर युवती थी उसे टीपू ने अपने जनानखाने में बंदी बनाकर रखा और फिर उसे वह अपने साथ लेकर अपनी राजधानी लौट गया। पेठे की वृद्ध माता का हृदय अपनी बहू-बेटियों का ऐसा अमानुषिक अपमान आँखों के सामने होते देखकर वेदना से विदीर्ण हो गया और वह वहीं पर गतप्राण हो गईं।

५३३. टीपू की सेना ने भी सारे नरगुंद नगर के हिंदू स्त्री-पुरुषों की घोर दुर्दशा की। हिंदुओं के लिंगायत वर्ग के धनिकों के प्रासादों से लेकर सामान्य हिंदू नागरिकों के घरों तक को उन्होंने खूब लूटा, फिर आग लगाकर उनको जला डाला। तत्पश्चात् टीपू सैकड़ों चुनिंदा स्त्री-पुरुषों को बंदी बनाकर अपने साथ राजधानी ले गया।

५३४. नरगुंद का सत्यानाश करने के बाद टीपू युद्ध के लिए प्रस्तुत दूसरी छोटी सी मराठी रियासत कित्तूर पर टूट पड़ा। उस छोटे से राज्य की भी उसने नरगुंद की ही तरह घोर दुर्दशा की। उसने तथा उसकी सेना ने कित्तूर के राजा और उसके परिवार पर तथा युद्ध में पराभूत समस्त हिंदू स्त्री-पुरुषों पर उसी प्रकार के राक्षसी अत्याचार किए, जैसे उन्होंने नरगुंद में किए थे।

५३५. इस अवधि में मराठों की प्रमुख सेनाएँ कर्नाटक में टीपू द्वारा विजित प्रदेश और ठिकानों को जीतती हुई बड़े वेग से आगे बढ़ रही थीं। यहाँ जिनका प्रत्यक्ष संबंध नहीं है, ऐसी युद्ध की घटनाओं को छोड़कर केवल इतना ही बताना पर्याप्त होगा कि अंत में सरदार पटवर्धन, फड़के, बहेरे, होलकर, भोंसले आदि मराठा सेनानायकों ने विभिन्न स्थानों पर टीपू और उसकी मुसलिम सेनाओं का घोर पराभव कर अंत में उसे मैसूर के पास चारों ओर से घेर लिया। उसी समय टीपू को घोर संकट में पड़ा देखकर अंग्रेजों ने भी उसपर आक्रमण किया था। मराठों की तलवारों के विकट वार जैसे-जैसे टीपू सुलतान के शैतानी धर्मोन्माद पर होने लगे, वैसे-वैसे उस शैतान का भी मुसलिम धर्मोन्माद उतरने लगा। टीपू का दम उखड़ गया और आश्चर्य! वही हिंदू धर्म-द्वेष्टा टीपू अब हिंदू देवी-देवताओं की पूजा-भक्ति करने लगा!

५३६. हिंदू धर्म के संरक्षक मराठों को प्रसन्न करने तथा स्वयं के धार्मिक अत्याचारों से त्रस्त लाखों हिंदू स्त्री-पुरुषों को पुन: अपने अनुकूल बना लेने के लिए ही सही, टीपू ने अकस्मात् हिंदुओं के देवालयों को दान देना प्रारंभ कर दिया। पूर्व में मुसलमानों द्वारा विच्छिन्न और नष्ट किए गए कुछ बड़े-बड़े मंदिरों में उसने पुन: नई देवमूर्तियों की प्राण-प्रतिष्ठा करवाई। उसे युद्ध में विजय प्राप्त हो—इसके लिए उसने मंदिरों में ब्राह्मणों द्वारा पूजा-प्रार्थना करवाई। वह जिस ब्राह्मण वर्ग का सर्वाधिक द्वेष और तिरस्कार करता था, उसी ब्राह्मण वर्ग को पुरस्कृत करने के लिए उसने दक्षिणा-समारंभ करवाए, अनुष्ठान करवाए और अपने राज्य पर आए इस संकट को टालने के लिए शंकराचार्य तक का बड़ा सम्मान किया और उनका आशीर्वाद माँगा! शंकराचार्य ने भी बड़े समारोहपूर्वक उसे आशीर्वाद दिया। यहाँ केवल एक ही बात बताना पर्याप्त होगा कि कांची क्षेत्र के हिंदुओं के देवताओं के विख्यात रणोत्सव में सुलतान टीपू व्यक्तिश: उपस्थित हुआ था। यही नहीं, रथयात्रा में अन्य भक्तों के साथ पैदल रथ के सामने चला था। उसने अपने हाथों से दीप जलाकर और अपने व्यय से आतिशबाजी कराकर बड़ी धूमधाम से वहाँ दीपोत्सव कराया था। जो देवता हाथ में तीक्ष्ण धार का शत्रुघ्न खड्ग उठाए रहते हैं, उन देवताओं की पूजा दैत्य भी करने लगते हैं—इसका यह प्रत्यक्ष उदाहरण है।

५३७. परंतु न देव न दैत्य—उस घोर संकट से टीपू की रक्षा करने के लिए कोई भी और क्रूरकर्मी आगे नहीं आया। अंत में मराठों और अंग्रेजों ने दो-तीन युद्धों द्वारा उसका सारा राज जीत लिया। टीपू स्वयं भी मारा गया। उसके राज्य का बँटवारा हुआ। उसने त्रावणकोर के हिंदू राजा का जो छोटा सा प्रदेश छीन लिया था, वह उस राजा को वापस लौटाया गया। मैसूर के जिस हिंदू राजवंश को पदच्युत कर टीपू ने मैसूर का राज्य प्राप्त किया था, उस मूल हिंदू राजवंश की पुनर्स्थापना वहाँ पर की गई। शेष राज्य का कुछ हिस्सा अंग्रेजों को मिला और कर्नाटक से तुंगभद्रा तक का टीपू द्वारा जीता हुआ सारा विस्तृत प्रदेश मराठों ने अपने राज्य में मिला लिया। सुलतान बनते ही जिन हिंदू राज्यों का सर्वनाश करने की प्रतिज्ञा टीपू ने की थी, वे सारे हिंदू राज्य अपने-अपने स्थानों पर पुन: पनप उठे। उस युद्ध में यदि किसी का संपूर्ण विनाश हुआ था, तो वह सुलतान टीपू का मुसलिम राज्य ही था।

५३८. इस प्रकार राजनीतिक और सामरिक क्षेत्रों में हिंदू विजयी हुए। ई.स. १७८० के आस-पास लगभग बीस वर्षों में टीपू के नेतृत्व में दक्षिण के मुसलमानों ने सशस्त्र, सामुदायिक आक्रमणों और हिंदुओं पर अनन्वित अत्याचारों से जो प्रलयंकारी हाहाकार मचाया था, उसके फलस्वरूप यद्यपि राजनीतिक और सामरिक क्षेत्र में मुसलिम राज्यसत्ता तथा सैन्यशक्ति का सर्वनाश करने में हिंदू पूर्णतया विजयी हुए, तथापि धार्मिक और सामाजिक क्षेत्रों में तो वे आक्रामक मुसलिम ही विजयी सिद्ध हुए।

५३९. इसका कारण यह था कि टीपू से हुए उस युद्ध में मुसलमानों ने हिंदू धर्म का ही उच्छेद करने के लिए जो सशस्त्र धार्मिक और सामाजिक आक्रमण किए थे, लाखों हिंदुओं को बलपूर्वक भ्रष्ट किया था, हजारों हिंदू स्त्रियों को बलात्कार द्वारा भ्रष्ट कर, दासी बनाकर गाँव-गाँव के मुसलिम घरों में बंदिनी बनाकर रखा था, हिंदू राष्ट्र के समस्त पौरुष की जो लांछनास्पद अवमानना की थी और इन सब बातों से मुसलिम धर्म तथा समाज की जो सत्ता, शक्ति और संख्या तेजी से बढ़ती जा रही थी, उसे अवरुद्ध करने के लिए, उस धार्मिक और सामाजिक अवमानना का प्रतिशोध लेने के लिए, उन हजारों अत्याचारी और बलात्कारी मुसलिम स्त्री-पुरुषों को उनके घोर अपराधों के लिए वैसे ही कठोर दंड देने के उद्‌देश्य से हिंदू धर्म की रक्षा का व्रत धारण करनेवाले और रणभूमि में मुसलिम शस्त्रशक्ति तथा राज्यशक्ति का उपर्युक्त वर्णनानुसार सर्वनाश करनेवाले हमारे विजयी मराठा वीरों ने मुसलमानों पर तत्काल एक भी प्रत्याघात नहीं किया। उन्होंने 'इसलाम धर्म' पर भी सशस्त्र प्रत्याक्रमण नहीं किया! उन्होंने इस प्रकरण में कुछ भी कार्यवाही नहीं की!

५४०. उस प्रकार का प्रत्याक्रमण न होने के कारण बलपूर्वक भ्रष्ट किए गए लगभग तीन लाख हिंदू स्त्री-पुरुष अपने बाल-बच्चों सहित दक्षिण के इन मुसलमानों के घरों में परदे में, दासता में असह्य उत्पीड़न सहते रहे। टीपू द्वारा स्थापित इसलामी राजसत्ता तो मराठों के प्रत्याघातों से चकनाचूर हो गई; परंतु टीपू द्वारा लाखों हिंदुओं पर बलपूर्वक थोपी गई धर्मसत्ता वैसे ही प्रत्याघातों के अभाव में उलटे और विकसित होती रही।

५४१. यह कैसे हुआ, इसका वृत्तांत हमने पहले ही क्रमवार बताया है। बलपूर्वक भ्रष्ट कर मुसलिम बनाए गए उन लाखों हिंदू स्त्री पुरुषों की संतति, उन्हें तत्काल शुद्ध कर हिंदू नहीं बनाए जाने के कारण मुसलिम ही बनी रही। दक्षिण के प्रांतों में उनका अर्थात् हिंदू धर्म के शत्रुओं का संख्याबल पीढ़ी-दर-पीढ़ी सवाया-ड्योढ़ा-दुगना होता गया और उनकी संतति आजन्म मुसलिम संस्कारों में ही पलने के कारण हिंदू धर्म तथा हिंदू राष्ट्र की कट्टर शत्रु बनती गई। भ्रष्ट करके बनाए गए इन मुसलमानों की अगली पीढ़ियों की इच्छा स्वयं हिंदू धर्म में वापस आने की तो होती ही नहीं थी, उलटे 'ईसप' की नीतिकथा की पूँछकटी लोमड़ी की मनोवृत्ति उनके भीतर प्रबल होती थी और शेष हिंदुओं को भी अपने पूर्वजों की भाँति बलपूर्वक भ्रष्ट कर मुसलमान बनाना ही उनका परमधर्म-कर्तव्य है, ऐसी आसुरी आकांक्षा उनके मन में अधिकाधिक रूप में उभरती गई।

५४२. काश! धार्मिक प्रत्याक्रमण भी किया होता—टीपू पर विजय प्राप्त होते ही यदि मराठों ने तत्काल धार्मिक प्रत्याक्रमण किया होता तो उस युद्ध में केवल चार-पाँच वर्ष पूर्व ही बलपूर्वक भ्रष्ट किए गए लगभग तीन लाख वे हिंदू 'आओ'

कहते ही हिंदू धर्म में और अपने हिंदू परिवारों में प्रेमविह्वल होकर वापस आ जाते, जिस हिंदू धर्म और परिवार से वे केवल चार-पाँच वर्ष पहले ही वियुक्त हुए थे, बिछुड़ गए थे, उस हिंदू धर्म के प्रति उनकी भक्ति और आसक्ति तथा उनके हिंदू माता-पिता, पुत्र-कन्या, आप्त मित्र आदि प्रियजनों की ममता और प्रेम उन्हें तब तक इतना व्याकुल करता रहा होगा कि उनकी स्मृति मात्र से उनके नेत्र सजल होते रहे होंगे।

५४३. ऐसे समय में ही उन तीन लाख हिंदू बांधवों को शुद्ध कर उन्हें हिंदू धर्म में वापस समाविष्ट कर लेना काफी सरल और आसान था।

५४४. जिस समय टीपू के मुसलिम राज्य को मिट्टी में मिलाकर सरदार पटवर्धन, होलकर आदि एक से बढ़कर एक सेनापतियों की विजयी सेनाएँ उनके युद्ध के विभिन्न मोर्चों से अलग-अलग मार्गों से महाराष्ट्र की ओर वापस लौट रही थीं और उनके हजारों घुड़सवारों तथा पैदल हथियारबंद सैनिकों की भिन्न-भिन्न सेनाएँ, पृतनाएँ (पलटनें) और पृथक् भगवे ध्वज फहराते हुए तथा 'हर-हर महादेव' की गर्जना करते हुए मैसूर, कर्नाटक, महाराष्ट्र आदि प्रांतों के विभिन्न नगरों और ग्रामों से सैन्य-संचालन की धूम मचाते हुए पृथक्-पृथक् रूप से गुजर रही थीं, तब उन्हीं असंख्य नगरों और ग्रामों में कई स्थानों पर उन पाँच-छह वर्षों के भीतर ही धार्मिक बलात्कार से भ्रष्ट किए गए लगभग तीन लाख हिंदू स्त्री-पुरुष मुसलिम समाज में बंदी बने पड़े थे। विशेषतः वे सहस्रों हिंदू स्त्रियाँ, जिन्हें मुसलमानों ने उस युद्ध में हरण कर अपनी दासियाँ बना डाला था। उनमें से अनेक दीन, दुःखी, पतिता हिंदू कन्याएँ, कुमारियाँ उन नगर-ग्रामों के छिटपुट प्रासादों से लेकर गाँव-गाँव में फैली मुसलमान गुंडों की झोंपड़ियों में 'गोषा' (परदे) के अंदर मुसलमानों की दासता कर रही थीं।

उन अभागी स्त्रियों ने हिंदुओं की विजय और मुसलिम राज्य के सत्यानाश की शुभ वार्त्ताएँ सुनी होंगी और तत्काल कुछ ही समय पश्चात् हिंदू वीरों के दूर से सुनाई देनेवाले 'हर-हर महादेव' के जयघोष भी सुने होंगे और तब उनके तत्काल ध्यान में आया होगा कि उन विजयी हिंदू वीरों के सैनिक अथवा पथक अपने ही गाँव से बड़े गौरव और शान से गुजर रहे हैं। तब वे अभागिनियाँ, भ्रष्ट हिंदू स्त्रियाँ उत्कट आवेग से अपने उन मुसलिम बंदीगृहों और प्रासादों, झोंपड़ियों की खिड़कियों तथा दरवाजों के पास दौड़कर आई होंगी और उन्हें देखने के लिए व्याकुल हुई होंगी। जैसे ही उन हिंदू वीरों की सेनाओं के जुलूस पास आते होंगे और उनके रणवाद्यों के रणघोष वातावरण में गूँजते होंगे, उन राक्षसों के कारावास में बंदिनी बनी हमारी सैकड़ों माता-बहनों के हृदयों में उत्कट अपेक्षाएँ और असह्य वेदनाएँ जाग उठती होंगी, यह सोचकर कि 'आ गए! हमारे-मेरे हिंदू धर्म के धर्मभ्राता अत्याचारी मुसलमानों की छातियों को रौंदते, नाचते हुए अंत में हमारी मुक्ति करने आ गए!!' ऐसे अनेक प्रसंगों में उन बंदिनी हिंदू स्त्रियों में से कई को उनके पति, पिता, भाई या अन्य आप्त मित्र उन विजयी हिंदू पृतनाओं में

बड़े गर्व से गर्जना करते जाते हुए प्रत्यक्ष दिखाई पड़े होंगे।

५४५. केवल इच्छा होती तो—यदि उस समय उन नगरों तथा ग्रामों में विजयघोष करते जानेवाले पृथक्-पृथक् हिंदू सैनिक दलों के मन में केवल इच्छा होती, तो वे युद्धकाल में टीपू तथा उनके मुसलमान सैनिकों द्वारा बंदी बनाई गईं इन हजारों हिंदू अबलाओं को मार्ग से जाते हुए मुक्त कर सकते थे।

५४६. कारण उस समय उस विजयी हिंदू दल को रोकने या विरोध करने की सामर्थ्य किसी भी मुसलमान या मुसलिम समूह में शेष नहीं रही थी। मराठी सेनाएँ आ रही हैं, यह सुनते ही उन नगरों और गाँवों के मुल्ला-मौलवी और मुसलमान गुंडे प्राण भय से इधर-उधर छिपते फिरते थे। उन विजयी हिंदू सेनाओं के रणशृंगों से यदि एक बार भी ऐसी दमदार, आश्वासक ललकार उच्च स्वर में उन ग्रामों और नगरों में फूँकी जाती और गूँज उठती कि 'आओ, मुसलमानों द्वारा बलपूर्वक भ्रष्ट कर आज तक घरों में दासी बनाकर रखी गईं हमारी हिंदू माँ-बहनो, बाहर निकलकर हमारे संरक्षण में आ जाओ। हम, आपके धर्म के भाई आपको दासता से मुक्त कर आपको घर पहुँचाने आपके द्वार पर आए हैं। जो मुसलिम व्यक्ति आपको रोकने की चेष्टा करेगा, उसका वध वहीं पर तत्काल कर दिया जाएगा। फिर वह मुसलिम व्यक्ति स्त्री हो या पुरुष!

उसी प्रकार मुसलमानों द्वारा भ्रष्ट किए गए हिंदू बांधवो, आप जहाँ कहीं भी हों, वहाँ से निकलकर आइए और हमारी सेना में सम्मिलित हो जाइए। हिंदू धर्म के इस भगवे झंडे के नीचे आते ही यह विजयी हिंदू खड्ग आप सबको सब प्रकार से संपूर्ण संरक्षण देगा।' ऐसा सशस्त्र, आश्वासक आह्वान सुनते ही उन चार-पाँच वर्षों में ही बलपूर्वक भ्रष्ट कर मुसलिम बनाए गए उन नगर-ग्रामों के हजारों स्त्री-पुरुष—विह्वल उत्सुकता से मुक्ति की प्रतीक्षा करनेवाली हजारों हिंदू माताएँ-बहनें और हिंदू बांधव अत्यंत आनंद से स्वयं उन सेनाओं से आकर मिलते। पुनः युद्ध कर उन्हें बड़ी सरलता और सहजता से हिंदू बनाया जा सकता था और टीपू के साथ हुए युद्ध में मुसलमानों को प्राप्त धार्मिक विजय को भी इस प्रकार से विफल पराजय में बदला जा सकता था।

५४७. परंतु धर्मशत्रुओं द्वारा बलपूर्वक भ्रष्ट किए गए हिंदुओं का इस प्रकार सहज शुद्धीकरण करने का विचार भी किसी के मन में नहीं आया।

५४८. उन भ्रष्ट किए गए हिंदुओं के शुद्धीकरण का विचार उन मराठी सैनिकों, सेनापतियों, सरदारों, शंकराचार्यों अथवा प्रत्यक्ष पुणे के पेशवाओं या सतारा-कोल्हापुर के छत्रपतियों—किसी के भी मन में नहीं आया! मुसलिम राक्षसों की कैद में रह रही अपनी उन हजारों दुःखित माँ-बहनों की ओर दृष्टिक्षेप भी न कर, उनको वैसे ही छोड़कर आगे बढ़ने में उनमें से किसी को भी लज्जा नहीं आई। वे हिंदू सेनाएँ मुसलमानों पर प्राप्त सामरिक और राजनीतिक विजयों का ढिंढोरा पीटती हुई बड़े वेग से उन नगर-ग्रामों से गुजरीं और आगे अपने ठिकानों को चली गईं। उन दो-तीन लाख भ्रष्ट किए गए

हिंदू स्त्री-पुरुषों में से एक को भी सामूहिक प्रयासों द्वारा पुन: हिंदू धर्म में वापस नहीं लाया गया।

५४९. इसका दुष्परिणाम—'ये सहस्रों विजयी हिंदू वीरों की सेनाएँ मुसलमानों की इन नरकतुल्य काल कोठरियों से अब हमें मुक्त करेंगी'—इस उत्कट आशा और अपेक्षा से प्रतीक्षा करती हुई, मुसलिम घरों के खिड़की-दरवाजों पर आँखें बिछाए खड़ी रहनेवाली वे हजारों अभागी हिंदू स्त्रियाँ और उनके बच्चे—'वे स्वधर्मीय विजयी सेनाएँ हमारे गाँवों में जैसे आईं, वैसे ही गर्व से घूमती चली गईं। किसी को हम पर दया नहीं आई! हमें मुक्त करवाना तो दूर, किसी ने हमसे पहचान भी नहीं बताई। हमारे साथ प्रेम के दो बोल भी नहीं बोले!' यह देखते ही क्रूर अपेक्षाभंग से रोते हुए अपने उन मुसलिम कारागृहों में विवश होकर वे लौट जातीं और वहीं पर उन स्वधर्मशत्रुओं की नस्ल बढ़ाते हुए आजीवन पड़ी रहतीं।

५५०. इस प्रकार उन नगरों-ग्रामों में अपने प्राणों के भय से छिपकर बैठे उन मुसलिम गुंडों और मुल्ला-मौलवियों को थोड़े ही दिनों में जब यह पता चल जाता कि हिंदुओं की विजयी सेनाएँ अथवा राज्याधिकारी हिंदुओं पर किए गए धार्मिक अत्याचारों के लिए किसी भी मुसलिम अपराधी को व्यक्तिश: अथवा सामूहिक रूप से पकड़कर कोई दंड नहीं देते, इसलिए अब उनके प्राणों पर कोई संकट या भय नहीं है, तब वे सारे अत्याचारी मुसलिम अपने-अपने बिलों से बाहर निकलकर, सिर ऊँचा करके विचरने लगे। यही नहीं, भ्रष्ट की गईं हिंदुओं की सहस्रों स्त्रियों और लूटी हुई संपत्ति को अपनी वैध संपत्ति मानकर वे उसका प्रकट रूप से उपभोग करने लगे। ऐसी भी घटनाएँ होती थीं, जब उन गाँवों के हिंदुओं को उनकी भ्रष्ट की गई बहूँ-बेटियाँ उसी गाँव के मुसलिम घरों में बीवी या दासी बनकर आजीवन दासता कर रही होतीं। यह हृदयविदारक दृश्य हिंदू पुरुषों को चुपचाप देखना पड़ता था। उन सारे गाँवों के हिंदू राज्य के संरक्षण में आने के बाद भी वहाँ की हिंदू जनता अथवा हिंदू राज्याधिकारी यह करुण दृश्य देखकर क्रुद्ध हुए अत्याचारी मुसलमानों पर टूट पड़े और उनके पंजों से अपनी बहू-बेटियों को मुक्त करा लिया—ऐसा उदाहरण सहसा दृष्टिगत नहीं होता। इसका कारण यह है कि सदियों के आपद्धर्मीय संस्कारों से ऐसे हृदयविदारक, अपमानजनक दृश्यों को भी, जैसे कुछ हुआ ही न हो, ऐसी निर्लज्ज निर्विकारता से देखते रहने की हिंदुओं की सामुदायिक आदत ही बन गई थी। जिसकी निंदा समाज में कोई नहीं करता, ऐसी निर्लज्जता की लज्जा किसी को भी नहीं आती। एक शुद्धिबंदी की विषबाधा से सारे हिंदू समाज का ऐसा बुद्धिभ्रंश इस प्रकरण में हुआ था।

५५१. इसका लिखित साक्ष्य? यह देखिए तत्कालीन कागजात का ढेर। टीपू के साथ हुए मराठों के युद्ध का इतिहास अब कई गुना विस्तार से उपलब्ध हुआ है। मार्शमन आदि अंग्रेजी इतिहासकारों के ग्रंथ, हमारे इतिहासाचार्य सरदेसाई आदि के ग्रंथ,

मलेट आदि तत्कालीन अंग्रेजी कूटनीतिज्ञों और राजदूतों के मूल पत्र, इतिहास-शोधकर्ता राजवाड़े, पास्सनीस, खरे आदि के ग्रंथ प्रकाश में आए। तत्कालीन मराठी राजधुरीणों, उनके सेवक अधिकारियों, व्यापारियों, नगरश्रेष्ठियों आदि हिंदू समाज के धार्मिक, सामाजिक, राजनीतिक सभी स्तरों और वर्गों के अनेक नागरिकों के पत्राचार के कागजात का अंबार अब प्रकाशित हो गया है। लॉर्ड कार्नवालिस और टीपू पर आक्रमण करनेवाले सेनानी हरिपंत फड़के आदि तत्कालीन प्रमुख और श्रेष्ठ पुरुषों के श्रीरंगपट्टम में हुए युद्धकालीन साहचर्य के समय हरिपंत फड़के द्वारा पुणे में नाना फणनवीस को भेजे गए संधिविग्रह आदि उच्च स्तरीय राजनीतिक महत्त्व के पठनीय पत्रों से लेकर तत्कालीन डकैतों की लूटमार के, भावुक श्रद्धालुओं की धार्मिक यात्राओं के, तत्कालीन बाजार-भावों के तथा 'मेरा मठ लुट गया रे' का ही रोना रोनेवाले शंकराचार्यों के रोष का वर्णन करनेवाले पत्र—इतने विविध पत्र—उस मूल कागजात के ढेर में मिलते हैं कि उन्हें पढ़कर पाठक के मनश्चक्षुओं के सम्मुख तत्कालीन हिंदू समाज की गतिविधियाँ, आचार-विचार और व्यवहारों का मूर्त चित्र प्रस्तुत हो जाता है।

५५२. इन सहस्रों कागज-पत्रों के अवलोकन के पश्चात् मुसलमानों के धार्मिक अत्याचारों और धार्मिक विजयों का प्रतिशोध लेने की चिंता तथा तीव्र इच्छा किसी को हुई हो—ऐसा दिखाई नहीं पड़ता। टीपू के साथ हुए युद्ध की अवधि में जिन सहस्रों माँ-बहनों को उन अधमों ने अपने मुसलिम घरों में बंदी बनाकर रखा है, उन्हें मुक्त न किया जाए, तो हमारे पौरुष को धिक्कार है, ऐसे तीव्र विषाद से कोई भी हिंदू सेनापति, सेनापथक अथवा जनसमूह पृथक्-पृथक् रूप से ही क्यों न हो, परंतु मुसलमानों पर तलवार खींचकर टूट पड़ा हो और उसने किसी गाँव या नगर में बलपूर्वक भ्रष्ट की गईं ऐसी हिंदू स्त्रियों को मुक्त कर उन मुसलमानों का वध किया हो—ऐसा कोई भी गणनीय उदाहरण नहीं मिला है।

तत्कालीन सैकड़ों कागज-पत्रों से यह स्पष्ट होता है कि मुसलमानों की इस धर्म-विजय से हिंदू धर्म और हिंदू राष्ट्र का सत्ता-क्षेत्र तथा भूमि-क्षेत्र दिनोदिन किस प्रकार घटता जा रहा है, इसकी चिंता तो दूर, अनुभूति और ज्ञान भी तत्कालीन हिंदू समाज को नहीं था। यह बात कितनी भी आश्चर्यजनक और खेदजनक हो, परंतु वस्तुस्थिति यही थी। मुसलमानों के हिंदू धर्म पर किए हुए आक्रमणों का प्रतिशोध लेने के लिए मुसलमानों पर भी वैसे ही सशस्त्र और संगठित धार्मिक प्रत्याक्रमण करना आवश्यक है—इस विषय में किसी ने एक अक्षर भी लिखा या बोला हो, ऐसा सहसा दृष्टिगत नहीं होता···तब स्वयं वैसा साहस करना तो दूर ही रहा।

५५३. तत्कालीन कागज-पत्रों के इस मूल अंबार पर हम विचार न करें, तब भी उनमें से एक पत्र का उल्लेख करने के मोह का संवरण हम नहीं कर सकते। पूर्व में परिच्छेद ४२० से ४६५ तक हमने हिंदू समाज को दुर्बल और पंगु बनानेवाली 'सद्‌गुण

विकृति' की प्रवृत्ति के विषय में विस्तार से चर्चा की है। उस सद्‍गुण विकृति के हमारे अंदर समाए हुए दुर्गुणों पर आधुनिक तीव्र और भेदक 'क्ष' किरण (X-Ray) डालनेवाली उस पत्र की घटना का और उसके साथ ही टीपू की मृत्यु के पश्चात् भी मराठों की हिंदू सत्ता ने मुसलमानों की राजसत्ता का जो अंतिम पराभव किया उस खर्डा के विजय-समर में घटित घटना का उल्लेख करना हम अपरिहार्य मानते हैं।

५५४. उपर्युक्त पत्र में मराठी राज्य के सेनापति हरिपंत फड़के ने राज्य के श्रीकरणाधीश (फड़नवीस) नाना को लिखा है कि युद्ध में पराभव के बाद किए हुए करार (संधि) के पालन का विश्वास दिलाने के लिए टीपू ने आश्वासक के रूप में अपने दो छोटे पुत्रों को अंग्रेज-मराठा सेनापतियों के पास भेज दिया था या 'गिरवी' रख दिया था। उन्होंने अपने शत्रु को किस प्रकार हीन-दीन बनाया, इसका क्वचित् सहज उल्लेख करने के लिए यह वृत्त कहकर फड़के ने आगे लिखा था—"टीपू के उन दो छोटे पुत्रों को लॉर्ड कार्नवालिस ने मेरे पास भेजा। मैंने उन्हें देखा, तब वे बच्चे भूख से व्याकुल हो रहे थे और कह रहे थे 'हमें बड़ी भूख लगी है।' मैंने उन्हें पास के शिविर में भेजकर भर पेट खाना खिलाने का आदेश दिया। जब वे भोजन कर चुके तो मैंने उन्हें कार्नवालिस के अंग्रेजी शिविर में पहुँचवा दिया।"

५५५. इस घटना का वर्णन करते समय अभी इसी प्रकार की एक दूसरी घटना का स्मरण हो रहा है। उसका वर्णन करना परिच्छेद ४२० से ४६५ तक चर्चित सद्‍गुण विकृति के प्रकरण के ही एक हृदयविदारक यर्थाथ चित्र का वर्णन करना होगा। इसलिए अब हम उस घटना का वर्णन करते हैं। पूर्वकाल में ई.स. १७०० के आरंभ के लगभग दस वर्षों में एक समय हमारे हिंदू-सिखों के परमप्रतापी धर्मवीर दशम गुरु गोविंदसिंह को मुगल सत्ता से युद्ध करते रहना असंभव प्रतीत होने लगा। चंदनगढ़ के युद्ध में अंत में उन्हें उनके पुत्रों समेत शत्रुओं ने घेर लिया। उनकी प्रतिज्ञाबद्ध, कट्टर, केशधारी सिखों की सेना ने भी मुसलमानों के भय से सिख धर्म का त्याग कर, गुरु को छोड़कर जाने का षड्यंत्र रचा और उनमें से कई सिख प्राणभय से शिष्यत्व त्यागकर, किला छोड़कर चले गए। गुरुजी के दो ज्येष्ठ पुत्र भी उनके समक्ष युद्ध में मारे गए। अंत में स्वयं गुरु ने ही आदेश दिया कि ऐसे आपत्काल में जो मार्ग उपलब्ध हो, उससे प्रत्येक व्यक्ति चला जाए और अपने प्राणों की रक्षा करे। अवसर पाते ही वह स्वयं भी गुप्त रूप से, अज्ञात मार्ग से चले गए। उस प्रचंड कोलाहल में उनके बारह वर्ष से भी कम आयु के दो छोटे पुत्र उनसे बिछुड़ गए और मुसलमानों द्वारा पकड़े गए। उनके साथ मुसलमानों ने अपनी धर्मबुद्धि के अनुसार कैसा व्यवहार किया होगा?

५५६. टीपू सुलतान के पराभव के बाद उसके दो छोटे से पुत्र जब इसी प्रकार मराठों के बंदी बने थे, तब उनके साथ मराठों ने अपने धर्माचारों के अनुसार कितनी दया और ममता से भरा व्यवहार किया था—यह सेनापति फड़के के पत्र से विदित हो रहा है।

५५७. इधर गुरु गोविंदसिंह के पुत्रों—उन नन्हे सिंहशावकों को मुसलमानों की सेनासभा में लाया गया और उनसे प्रश्न किया गया—"क्या तुम दोनों मुसलमान बनोगे? यदि मुसलमान बनोगे तो तुम दोनों जीवित रहोगे और जो चाहोगे, वह सबकुछ पाओगे; अन्यथा तुम्हारी खैर नहीं।" उन वीर बालकों ने सभा में निर्भयता से उत्तर दिया—"हम मुसलमान नहीं बनेंगे। हमें अपने प्राणों का, जीवन का थोड़ा भी मोह नहीं है। हमें जीवनदान नहीं मिलेगा, तो कोई बात नहीं।" यह सुनते ही उस राक्षसी मुसलिम न्यायपीठ ने निर्णय सुनाया कि इन बच्चों को तुरंत दीवार में जीवित ही चुनवा दिया जाए।

इस आदेश का पालन करते हुए उन वीर बालकों को दीवार में जिंदा चुनवा दिया गया। उनपर नई ईंटें रखते हुए हर बार वे राक्षस उनसे बार-बार यही प्रश्न करते—"क्या तुम अब भी मुसलमान बनने के लिए तैयार नहीं हो?" वे हिंदू सिंहशावक बार-बार वही उत्तर देते—"नहीं, हम मुसलमान नहीं बनेंगे, कदापि नहीं बनेंगे।" अंत में उनपर अंतिम ईंटें रखी गईं! उनके श्वास बंद हुए!! आज भी कोई सच्चा जातिवंत हिंदू यदि उस बलिदानस्थली पर जाता है, तो उसे वहाँ के वातावरण में इन्हीं वाक्यों की गूँज सुनाई पड़ती है कि 'हम मुसलमान नहीं बनेंगे! नहीं बनेंगे!! नहीं बनेंगे!!!' 'मैं हिंदू-सिख हूँ! मैं मरण का वरण करता हूँ!!'

५५८. घटनाओं का व्यतिक्रम होकर यदि हमारे पेशवाओं का पराभव होता और उनके दो छोटे पुत्र उस रणक्रंदन में क्रूर मुसलिम टीपू द्वारा बंदी बनाए जाते, तो क्या होता? वह क्रूर टीपू उन नन्हे बच्चों को हमारे सहृदय हिंदू सेनापति फड़के की भाँति भरपेट भोजन कराकर, आश्वासन देकर उनके पिता पेशवा के पास वापस कभी नहीं भेजता। अपनी धार्मिक धारणाओं के अनुसार वैसा करना वह धर्मबाह्य और कायरता का लक्षण समझता। अपनी परंपरागत धर्मप्रवृत्ति के अनुसार वह क्रूरकर्मा टीपू हमारे पेशवा के उन नन्हे पुत्रों को जीवित ही दीवार में चुनवा देता अथवा उन्हें हाथी के पाँवों तले कुचलवाकर मार डालता और हमारे हिंदू-हिंदूमात्र उनमें शक्ति-सामर्थ्य होते हुए भी इस राक्षसी कृत्य का, सवाई राक्षस बनकर किसी भी प्रकार का प्रतिशोध न लेते। कारण, वे अपने रोम-रोम में बसे हुए सद्गुण विकृति के रोग से उस समय भी बुरी तरह ग्रस्त थे।

५५९. यहाँ पर हम यह भी बता दें कि युद्ध में संकटग्रस्त शत्रु पर आक्रमण न करें, रथियों के साथ रथी ही युद्ध करें, खड्गियों के साथ खड्गी ही युद्ध करें; निःशस्त्र शत्रु के साथ उसके सशस्त्र होने तक युद्ध न करें, मूर्च्छित शत्रु पर उसकी चेतना लौटने तक आघात न करें इत्यादि नियमों से युक्त रणनीति महाभारत काल में उचित रही होगी; कारण, दोनों युध्यमान पक्ष उसी का पालन करते थे। दोनों पक्ष एक ही रणनीति के पूजक थे। परंतु इस रणनीति का प्रयोग पात्रापात्र-विवेकानुसार ही करना चाहिए—'गीता' की यह अमूल्य शिक्षा भूलने के कारण, सद्गुण विकृति से दुर्बल, कायर और

बुद्धिभ्रष्ट हुए हिंदुओं ने राक्षसी रणनीतिवाले मुसलमानों के साथ भी उसी मूलतः सात्त्विक, परंतु असमय और अस्थान होने के कारण केवल आत्मघातक सिद्ध होनेवाली रणनीति से युद्ध करने का व्यसन नहीं छोड़ा! टीपू के उपर्युक्त उदाहरण के बाद भी, दिल्ली की एक सहस्र वर्षों की मुसलिम राजसत्ता का जो अंतिम अंश निजामशाही के रूप में दक्षिण में छटपटा रहा था, उस निजाम से मराठों की इस हिंदू-मुसलिम महायुद्ध की अंतिम टक्कर हुई और वह मुसलिम सत्ता भी रणभूमि में हिंदुओं के पाँवों तले कुचल डाली गई। तब भी, उस युद्ध में भी, इस सद्‌गुण विकृति का जो एक लज्जास्पद उदाहरण घटित हुआ उसे इस विषय का समारोप करते हुए यहाँ पर बताना उचित होगा।

५६०. खर्डा के युद्ध का लज्जास्पद उदाहरण—इस सहस्र वर्षीय हिंदू-मुसलिम महायुद्ध का अंतिम निर्णायक युद्ध साधारणतः ई.स. १७९५ में खर्डा में हुआ। उस युद्ध में हिंदू छत्रपति के सेवक मराठों ने निजाम की मुसलिम सत्ता को पूरी तरह रौंद डाला; परंतु उस तुमुल युद्ध में ही मराठों पर सद्‌गुण विकृति के असाध्य रोग का दौरा पड़ा। यह दौरा यदि कुछ अधिक समय तक बना रहता तो हिंदुओं पर बाजी पलटकर उस युद्ध में मुसलमान ही मराठों को पराजित करते। युद्ध में हिंदू-मुसलमान दोनों सेनाओं की भिड़ंत होने पर रणनीति के दाँव-पेंचों में कुशल मराठों ने निजाम की सेना को ऐसे निर्जन और निर्जल स्थान पर घेर लिया कि उस विशाल मुसलिम सेना को दाना-पानी भी मिलना असंभव हो गया। ऐसे संकट की स्थिति में, विशेषतः पानी के अभाव में सारे मुसलमान सैनिक व्याकुल हो गए। वे सैकड़ों मुसलिम सैनिक गंदे गड्ढे का ऐसा दुर्गंधयुक्त पानी भी लाचार होकर पीने लगे, जैसा पशु भी नहीं पीते। स्वयं 'निजाम बहादुर' की आँखों में पानी आ गया, परंतु उन्हें पीने के लिए पानी नहीं मिल रहा था। जिस समय मुसलिम सेना ऐसे विकट संकट में फँसी थी, उसी समय मराठों की तोपों की गड़गड़ाहट से सारा वातावरण गूँज उठा।

५६१. उसी समय हिंदुओं की इस पुरातन, उदार, पागलपन की नीति का अकस्मात् दौरा पेशवाओं के मंत्रिमंडल पर पड़ा कि रणभूमि में मूर्च्छित पड़े दुष्ट शत्रु को भी वह उसकी मूर्च्छा दूर होने तक आघात नहीं पहुँचाना चाहिए, बल्कि उसकी चेतना लौटाने के लिए उसे आवश्यक सहायता देनी चाहिए। जब उनका प्रमुख शत्रु निजाम स्वयं प्यास से व्याकुल होकर तड़प रहा था, तब उसे जीवित पकड़कर उसकी समस्त मुसलिम सेना का सर्वनाश करने का स्वर्ण अवसर प्राप्त होने पर भी, शत्रु पर शास्त्रोचित दया करना ही वीरों का सच्चा भूषण है, इस सद्‌विचार से प्रेरित पेशवा ने अपने मंत्रिमंडल की सहमति से अपनी सेना के लिए बड़े जतन से रक्षित जल में से निजाम के राजपरिवार को पर्याप्त जल पिलाने की व्यवस्था की! और वह भी ऐन युद्ध काल में!! हिंदुओं ने स्वयं निजाम के साथ उसकी सारी मुसलिम सेना को कैंची में पक्का फाँसा था, पर वह भी 'क्षमा वीरस्य भूषणम्' इस सद्‌गुण विकृति के सूत्रानुसार ही किया था!

५६२. 'वदतो व्याघात' का उदाहरण—मुसलमानों का पराभव करने का अत्यंत अनुकूल अवसर प्राप्त होने पर भी प्रारंभ से ही हिंदुओं को ऐसा भय लगता रहा कि भ्रष्ट किए गए हिंदुओं को अथवा जन्मजात मुसलमानों को शुद्ध कर आज हमने यदि पुन: हिंदू बना लिया, तो उसके परिणामस्वरूप आस-पास के मुसलिम राज्य और लोग कल हम पर अधिक शक्ति से सशस्त्र आक्रमण करेंगे अथवा सीमा पार के प्रदेशों से कोई नया मुसलिम समूह टिड्डी दल की तरह हम पर टूट पड़ेगा और हम हिंदुओं पर दस गुना अधिक भयंकर अत्याचार करेगा। मुसलिम उत्पीड़न के इस सतत भय से ही हिंदुओं ने यह कठोर जाति-नियम बनाया था। भ्रष्ट किए गए हिंदुओं को पुन: शुद्ध कर स्वजाति में न लौटाया जाए। भंगी से लेकर ब्राह्मण तक भी जातियों ने स्वेच्छा से 'शुद्धिबंदी' की यह जो धार्मिक बेड़ी अपने पाँवों में डाली थी, उसका कारण मुसलमानों के बारंबार होनेवाले सशस्त्र आक्रमणों और अत्याचारों का भय ही था।

५६३. यह धारणा कितनी भ्रामक, नासमझ, अपूर्ण और अयथार्थ है—यह दिखाने के लिए और इस ग्रंथ में सर्वत्र हिंदू-मुसलमानों के इस महायुद्ध की आलोचना करते हुए हमने जो विधान किए हैं, उन्हें कितना विपुल ऐतिहासिक आधार उपलब्ध है, यह दिग्दर्शित करने के लिए वर्तमान प्रकरण में टीपू के साथ हुए युद्ध के कालखंड में घटित मराठों के इतिहास का कुछ वृत्तांत परिच्छेद ५२१ से ५४९ में उदाहरणस्वरूप विस्तार से दिया गया है।

५६४. इस उदाहरण को क्षण भर के लिए छोड़ दें, तब भी हमें स्वयं से एक साधारण प्रश्न पूछना पर्याप्त होगा कि ' सारा हिंदू समाज मुसलमानों के और भी भड़क उठने के सतत भय से यदि सचमुच इतना भयग्रस्त रहता था, तो क्या वह मुसलमानों पर धार्मिक प्रत्याक्रमण की बात न करें, तब भी राजनीतिक स्वातंत्र्य के लिए ही कभी प्रत्याक्रमण भी करता था? प्रत्याक्रमण तो दूर, वह प्रतिकार भी नहीं करता था। कारण, मुसलमान सशस्त्र आक्रमण कर जिन प्रदेशों को जीत लेते थे, वहाँ के हिंदुओं पर धार्मिक अत्याचार कर सकते थे। अत: हिंदुओं को भय ही होता तो सर्वप्रथम मुसलमानों के राजनीतिक आक्रमणों का भय होता, परंतु उस इतिहास के समग्र अवलोकन से यही विदित होता है कि महमूद गजनवी और मोहम्मद गोरी के आक्रमणों के काल से अंत तक हिंदुओं ने स्वराज्य और स्वधर्म के संरक्षण के लिए एक के बाद एक विकट युद्ध किए। राज्य यदि जाते थे, तो उन्हें हिंदू पुन: प्राप्त करते थे। आज हार तो कल जीत; आज जीत तो कल हार—यही निरंतर चलता रहा; परंतु सतत छह सौ-सात सौ वर्षों तक जो हिंदू मुसलमानों से सशस्त्र होकर, पूरे हिंदुस्थान में एक-एक इंच भूमि को स्वतंत्र कराने के लिए लड़ते रहे और जिन्होंने अंत में मुसलिम सत्ता को परास्त कर नष्ट किया, वह हिंदू मुसलमानी क्रोध से भयभीत था—ऐसा कहना 'वदतो व्याघात' का ही एक उत्कृष्ट उदाहरण है।

५६५. मुसलमानों को हिंदू नहीं बनाना अथवा मुसलमानों द्वारा हिंदुस्थान में स्थापित इसलामी धार्मिक शासन पर किसी भी प्रकार का प्रत्याक्रमण न करना, उन्हें धार्मिक प्रश्न पर किसी भी प्रकार नहीं छेड़ना आदि प्रवृत्तियों को देखते हुए मुसलमानों को इसलामी धर्मसत्ता के संरक्षण के लिए किसी भी प्रकार की चिंता करने का कोई कारण नहीं बचा था। उनको केवल एक ही चिंता बची थी और वह थी धार्मिक आक्रमणों को तीव्र करते हुए, यद्यपि हिंदुओं द्वारा उनकी राजसत्ता छीन ली गई थी, तथापि कम-से-कम उनकी इसलामी धर्मसत्ता की कक्षाएँ पूरे हिंदुस्थान में फैल जाएँ, इसके लिए यथाशक्ति पूरे प्रयास करना। मुसलमानों की इस धर्मसत्ता से हिंदू जगत् की कितनी प्रचंड हानि हुई थी, इसकी चर्चा हमने इस ग्रंथ में कई स्थानों पर की है। उसका सिंहावलोकन कर निष्कर्ष के रूप में हम मुसलिम धर्मसत्ता के फलस्वरूप जो अल्प हानिकर परिणाम हुए, उन विषयों को छोड़, यहाँ हम उन दो विषयों की चर्चा करेंगे, जिनके कारण हिंदू समाज को गंभीर हानि हुई।

५६६. संख्याबल की हानि—पहला विषय है, हिंदुओं के संख्याबल में हुई राष्ट्रव्यापी प्रचंड हानि। उन एक सहस्र वर्षों में साधारणतः दो से तीन करोड़ हिंदुओं को मुसलमानों ने भ्रष्ट कर मुसलिम बनाया।

५६७. हिंदुओं के संख्याबल का जो रक्तशोषण चल रहा था, उसका आकलन तत्कालीन हिंदू समाज को भी हो रहा था; परंतु उस रक्तक्षय के रोग पर 'शुद्धिबंदी' के बुद्धिभ्रंश के कारण दूसरा कोई भी उपाय, उपचार उनकी समझ में नहीं आ रहा था। किसी असाध्य रोग से ग्रस्त रोगी जिस प्रकार उस रोग की प्राणांतक व्यथा निरुपाय होकर सहन करता है, उसी प्रकार तत्कालीन हिंदू जगत् भी केवल निरुपाय होकर इस रक्तक्षय की प्राणांतक व्यथा सहन करता रहा।

५६८. भू-क्षेत्र की हानि—परंतु संख्याबल की हानि से भी भयंकर हिंदू राष्ट्र की एक दूसरी हानि भी हो रही थी। वह थी कि मुसलमानों की यह इसलामी धार्मिक सत्ता हिंदुस्थान की विशाल भूमि को हिंदुओं से, उनके अनजाने में ही छीनती चली जा रही थी।

५६९. हिंदुओं से युद्ध कर पूरे भारत की जितनी भूमि मुसलमान जीत सके, उससे कहीं अधिक भूमि उन्होंने हिंदुओं को भ्रष्ट करके जीत ली।

५७०. कारण, जो लाखों मुसलमान बाहर से भारत में आए और हिंदुओं को भ्रष्ट कर जो दो या तीन करोड़ मुसलमान बनाए गए, वे सभी भारत में ही स्थायी रूप से निवास करने लगे। इन करोड़ों मुसलमानों की बस्तियों और उपनिवेशों ने भारत के गाँवों, नगरों, प्रदेशों की जितनी भूमि व्याप्त की, उतनी भूमि वस्तुतः मुसलिम सत्ता के ही अधीन हो गई। उस विस्तीर्ण भूमि पर मुसलिम धर्मसत्ता का ही प्रभुत्व था। उसका 'हरा चाँद' (हरा ध्वज) हिंदुओं के देश के उस विशाल भूभाग पर अबाधित रूप से

फहरा रहा था। हिंदू-मुसलमानों के इस महायुद्ध के अंत में पूरे भारत में हिंदुओं ने, विशेषतः मराठों ने मुसलमानों से उनकी राजसत्ता छीन ली। फिर भी उनकी वैयक्तिक और सामुदायिक धर्मसत्ता अबाधित थी। मुसलिम नागरिकों की सारी संपत्ति भी सुरक्षित और अक्षुण्ण थी।

५७१. मुसलमानों की जनसंख्या में भी उनके प्रच्छन्न धर्म प्रचार के तथा बहुपत्नीत्व की प्रथा के कारण निरंतर वृद्धि हो रही थी और उसी मात्रा में भारत की अधिकाधिक भूमि भी उनके द्वारा व्याप्त होकर मुसलिम धर्मसत्ता के अधीन होती जा रही थी। इस वस्तुस्थिति की यथार्थ कल्पना आने के लिए केवल इतना ही बताना पर्याप्त होगा कि हिंदुओं की, विशेषतः मराठों की राजसत्ता प्रस्थापित होने के पश्चात् भी भारत के प्रत्येक छोटे-बड़े गाँव और नगर में 'मुसलिम टोला' या 'मुसलिम मोहल्ला' कहलानेवाली एक अलग बस्ती अवश्य होती थी। साधारण गाँवों-नगरों की तो बात ही छोड़ दें, प्रत्यक्ष पुणे, सतारा, कोल्हापुर, नागपुर, बड़ौदा, देवास, धार, इंदौर, ग्वालियर, जोधपुर, उदयपुर, अमृतसर, लाहौर, श्रीनगर आदि हिंदुओं की राजधानियों के स्वतंत्र विशाल नगरों में भी 'मुसलिम पुरा' या 'मुसलिम मोहल्ला' कहलानेवाली कई बस्तियाँ होती थीं, जिनमें हजारों-लाखों मुसलमान सुख से रहते थे। उन बस्तियों पर उनकी धर्मसत्ता ही नहीं, अपितु भूस्वामित्व भी प्रस्थापित हो चुका था।

५७२. विशेष बात यह है कि उन लाखों मुसलमानों की धर्मसत्ता और वैयक्तिक सत्ता को कानूनी संरक्षण वहाँ के हिंदू राजा स्वयं मुसलमान नागरिकों को 'अपनी प्रजा' मानकर उन्हें हिंदू नागरिकों के समान ही अधिकार और दर्जा देकर करते थे। वैसे भी, तत्कालीन मुसलमानों के प्रकरण में 'धर्मांतरण अर्थात् राष्ट्रांतरण' सूत्र सौ प्रतिशत लागू होने के कारण और उस काल में हिंदू तथा मुसलमान इन दोनों में केवल कट्टर शत्रुता का ही एकमात्र संबंध होने के कारण मुसलमानों के अधीन हुआ भूमिखंड राष्ट्र-शत्रुओं के हाथों सौंपा गया प्रतीत होता था; यही वस्तुस्थिति थी।

५७३. इस प्रकार हिंदुस्थान के ग्रामों, नगरों और प्रदेशों में उस काल से ही छोटे-बड़े 'मुसलिम-स्थानों' का निर्माण हो रहा था। अर्थात् इस अखंड हिंदुस्थान का हिंदू विभाग और मुसलिम विभाग—इन दो भागों में उस काल से ही प्रच्छन्न रूप से विभाजन होता आ रहा है।

५७४. ये छोटे-बड़े 'मुसलिम स्थान' प्रस्थापित हिंदू राज्यसत्ता के प्रासाद की नींव में इसलामी धर्मसत्ता द्वारा गुप्त रूप से रखे गए जीवंत 'कालध्वम्' (Time Bomb) ही थे।

५७५. तथापि उस भूमि-हानि के विद्यमान और संभाव्य—दोनों प्रकार के भयंकर परिणामों की तीव्र अनुभूति अथवा केवल अनुभूति या ज्ञान भी तत्कालीन हिंदू राज्य के अधिकारियों, सामान्य प्रजाजनों अथवा इतिहास-लेखकों को भी नहीं था, ऐसा लगता

है। कारण, 'शुद्धिबंदी' जैसे धार्मिक पागलपन उस काल में हिंदू राष्ट्र पर हुए और अब भी हो रही संख्या-हानि और भूमि-हानि के दुष्परिणामों का जैसा विश्लेषण हम कर रहे हैं ऐसा स्पष्ट, निर्भीक, दूरदर्शी और ऐतिहासिक विश्लेषण अन्यत्र कहीं भी किया हुआ दृष्टिगोचर नहीं होता। यदि कहीं ऐसी चर्चा मिलती भी है तो वह अपवादस्वरूप ही होती है।

५७६. दूसरी बात यह है कि यदि मुसलिम धर्मसत्ता के उपर्युक्त दुष्परिणामों की तीव्र अनुभूति या आभास तत्कालीन हिंदुओं को हुआ होता, तो जैसा हमने पूर्व में वर्णन किया है उसके अनुसार, टीपू सुलतान की राजसत्ता का विनाश करते ही तत्काल महाराष्ट्रीय राजधुरंधरों ने टीपू के नेतृत्व में मुसलमानों द्वारा स्थापित इसलामी धर्मसत्ता का भी संपूर्ण विनाश करने के लिए मुसलमानों पर शस्त्रसज्ज और धार्मिक प्रत्याक्रमण भी किया होता। कारण, वैसे भी प्रत्याक्रमण करने का जितना अनुकूल अवसर हिंदुओं को उस समय मिला था, उतना पूर्वकाल में कभी नहीं मिला था। उस काल में पूरे भारत में मराठों का विरोध कर सकनेवाली, उनकी ओर वक्र दृष्टि से केवल देख सकनेवाली भी कोई मुसलिम शक्ति शेष नहीं रही थी, यह हम पहले ही बता चुके हैं। हमारा एक तत्कालीन वीर भाट अपने पोवाडे (वीर काव्य) में हिंदुओं के ज्वलंत अभिमान से प्रेरित होकर कहता है—

'जलचर हैदर निजाम इंग्रज रण करिता थकले।
ज्यानि पुण्याकडे विलोकिले ते संपत्तिला मुकले॥''

—हैदर, निजाम और अंग्रेजों जैसे जलचर (जलमार्ग पर सत्ता रखनेवाले) युद्ध करते-करते थक गए। जिन्होंने पुणे की ओर (वक्र दृष्टि) से देखा, वे सब अपनी संपत्ति से भी वंचित हो गए।

५७७. सेर को सवा सेर—राक्षसों से युद्ध में जीतना है तो सवाई राक्षस बनकर ही युद्ध करना चाहिए। काश! उपर्युक्त अनुकूल अवसर प्राप्त होते ही टीपू के साथ युद्ध करनेवाले और उस समय दक्षिण में उपस्थित भोंसले, होलकर, पटवर्धन आदि मराठा सरदार, मंत्री, पेशवा तथा छत्रपतियों ने प्रमुख धर्माधिकारियों के साथ विचार-विमर्श कर महाराष्ट्र राज्य के हिंदू मात्र को तत्काल निम्नलिखित भाषा में नहीं, परंतु निम्नलिखित आशय की राजाज्ञा दी होती!

५७८. महाराष्ट्रीय वीरों के पराक्रम से जिस प्रकार सुलतान टीपू की राज्यसत्ता का सर्वनाश हुआ, उसी प्रकार उस 'शैतान' टीपू के नेतृत्व में मुसलमानों ने हिंदुओं पर राक्षसी अत्याचार कर स्थापित की हुई इसलामी धर्मसत्ता का भी संपूर्ण नाश करने के लिए और उन अत्याचारी अपराधियों को कठोर दंड देने के लिए मुसलमानों पर धार्मिक प्रत्याक्रमण करने का निश्चय हमारे राज्यमंडल ने किया है।

५७९. आदि शंकराचार्य के बाद जिनका श्रेष्ठत्व अखिल हिंदू जगत् को मान्य है, उन विजयनगर के हिंदू साम्राज्य के संस्थापक शंकराचार्य श्री विद्यारण्य स्वामी का बताया हुआ शास्त्राचार और शास्त्रार्थ शिरोधार्य मानकर, मुसलमानों की अत्याचारी धर्मसत्ता पर प्रत्याक्रमण करने के कार्य में शुद्धिबंदी की जिस राष्ट्रघातक रूढ़ि की बेड़ी ने हमारे हिंदू समाज को आज तक जकड़कर रखा था, उस बेड़ी को आज हम प्रथमतः तोड़ डालते हैं और हमारे मराठी राज्य के समस्त अधिकारियों को निम्नलिखित आदेशों के अनुसार कठोर प्रबंध करने की आज्ञा देते हैं।

५८०. प्रत्येक ग्रामाधिकारी और नगराधिकारी अपने अधिकार-क्षेत्र में जिन हिंदू स्त्री-पुरुषों को मुसलमानों ने भ्रष्ट किया होगा, उन्हें ढूँढ़कर एकत्र कर, एक स्थान में एक 'निरोधन शिविर' में शासकीय संरक्षण में रखे और उनके उदर-निर्वाह का पूरा प्रबंध करे।

५८१. प्रत्येक गाँव में जिन मुसलिम घरों में हिंदू स्त्रियाँ, लड़कियाँ और लड़कों को बलपूर्वक भ्रष्ट कर उनसे दासता करवाई गई, उन घरों के समस्त मुसलिम स्त्री-पुरुषों को बेड़ियाँ पहनाकर तत्काल कारागृह में बंदी बनाकर रखा जाए और उन हिंदू स्त्रियों तथा बच्चों को तत्काल मुक्त कर उनके साथ प्रेमपूर्वक व्यवहार कर उन्हें 'निरोधन शिविर' के समुदाय में पहुँचाया जाए।

५८२. उसी प्रकार टीपू द्वारा निर्मित क्रूरतम चुने हुए मुसलिम युवकों की जो विशिष्ट इसलामी पलटन थी, जिसे वह बड़े प्यार से 'मेरे बेटों की सेना' कहता था, के सैनिक महाराष्ट्र, कर्नाटक एवं अन्यत्र जहाँ कहीं भी मिलेंगे, वहाँ से उन्हें तत्काल पकड़कर उनके पाँवों में बेड़ियाँ डालकर उन्हें कारागृह में बंदी बनाकर रखा जाए। टीपू ने इस इसलामी पलटन के युवकों को उनके द्वारा हिंदुओं पर किए हुए अत्याचारों के पुरस्कारस्वरूप जिन भोली-भाली, निष्पाप, सुंदर हिंदू तरुणियों को पकड़कर बाँट दिया था, उन सब हिंदू युवतियों को मुक्त कर, उनके साथ अत्यंत ममतापूर्वक व्यवहार करते हुए उन्हें 'निरोधन शिविर' में पहुँचाया जाए।

५८३. इतनी व्यवस्था होते ही वरिष्ठ अधिकारीगण एक 'राष्ट्रीय शुद्धि सप्ताह' निश्चित करेंगे। उसके पहले ही उपर्युक्त निरोधन शिविरों में एकत्र किए गए हजारों भ्रष्ट हिंदू स्त्री-पुरुषों को बड़े-बड़े समूहों में उनके मूल निवास स्थान के समीपवर्ती पवित्र तीर्थक्षेत्र में अथवा धारवाड़, बदामी इत्यादि जिन नगरों में मराठों ने टीपू की मुसलिम सेना को परास्त किया था, उन नगरों में सामुदायिक शुद्धीकरण के लिए सैनिक संरक्षण में पहुँचा दिया जाए। मुसलमानों द्वारा बलपूर्वक भ्रष्ट किए गए उन हजारों हिंदू स्त्री-पुरुषों की शुद्धि के लिए वहाँ विशाल यज्ञ किए जाएँ और बड़े समारोहपूर्वक प्रचंड समुदायों के हिंदू धर्म के जयघोष में उन सबकी शुद्धि की जाए। जिनको प्रेम और आदर से स्वीकार कर उन्हें वापस अपने घर ले जाने की इच्छा उनके मूल हिंदू परिवार रखते

हैं, उनको उनके परिवारों में पहुँचा दिया जाए; परंतु जिन हजारों हिंदुओं को उनकी मूल उपजातियों में प्रेमपूर्वक प्रवेश नहीं मिल रहा हो, उनके लिए हमारे राजपूतों की पौराणिक कथा के अनुसार हिंदू धर्म की परिधि में ही 'अग्निकुल' नामक एक नवीन क्षत्रिय उपजाति का निर्माण कर उन सबको उस 'अग्निकुल' जाति में प्रवेश देना चाहिए। उन्हें अन्य हिंदुओं की भाँति हिंदुत्व के सभी अधिकार समानता से दिए जाएँ। इस प्रकार राज्य के समस्त अधिकारियों और धर्माधिकारियों को भी कठोर आदेश दिए जाएँ।

५८४. पूर्वकाल में टीपू की आज्ञा से मुसलमानों ने जितनी कुलीन, सुंदर हिंदू युवतियों को पकड़कर भ्रष्ट कर अपनी विशिष्ट 'इसलामी पलटन' के सैनिकों में बाँट दिया था, कम-से-कम उतनी मुसलिम सुंदर युवतियों को पकड़कर उन्हें उपर्युक्त शुद्धि-समारोह में शुद्ध कर हिंदू बनाया जाए और उस युद्ध में विशेष पराक्रम दिखानेवाले मराठी वीरों के साथ उनके विवाह कर दिए जाएँ।

५८५. टीपू के साथ हुए उस युद्ध की अवधि में जिन आततायी मुसलमानों ने हिंदुओं पर धार्मिक अत्याचार किए थे, हिंदू स्त्रियों के साथ बलात्कार किए थे, हिंदू देवी-देवताओं का उच्छेद किया था, उन हजारों मुसलमान अपराधियों को पकड़कर दंडित करने के लिए उपर्युक्त विधि से कारागारों में बंद किया ही था। उन्हें उन कारागारों से सशस्त्र सैनिक पहरे में वरिष्ठ अधिकारियों द्वारा निर्देशित चार-पाँच प्रमुख नगरस्थानों में पहुँचाया जाए। जहाँ पर स्वयं टीपू ने और उसकी मुसलिम सेना ने हिंदुओं पर घोर अत्याचार किए, उन नरगुंद और कित्तूर आदि नगरों में वहाँ के हिंदू स्त्री-पुरुष नगरवासियों की आँखों के सामने पूर्ण रूप से प्रतिशोध लेने के लिए उन कारागारों से लाए हुए प्रमुख मुसलिम अपराधियों को, विशेषत: टीपू की 'इसलामी पलटन' के सैनिकों को तत्काल पहुँचाया जाए। उस 'शुद्धि सप्ताह' में नियत दिवस पर इन सैकड़ों आततायी मुसलिम अपराधियों को उन नगरों के विशाल मैदानों में हजारों हिंदू दर्शकों के सामने सशस्त्र सैनिकों और तोपों के पहरों में खड़ा कर, उन्हें उनके द्वारा किए गए अत्याचारों का खुलासा पढ़कर सुनाया जाए और उसके बाद तुरंत सबको तोपों से उड़ा दिया जाए।

५८६. हुतात्माओं की स्मृति की राष्ट्रीय मानवंदना—अंत में इस अपूर्व शुद्धि सप्ताह के समापन के दिन, जिस समय टीपू के हजारों मुसलमान सैनिक अनेक नगरों और गाँवों के हिंदुओं पर असह्य अत्याचार कर, उन्हें बलपूर्वक भ्रष्ट कर मुसलमान बनाकर प्रलय मचा रहे थे, उस समय उन मुसलिम पिशाचों द्वारा उनका धर्म नष्ट न हो—इसलिए अन्य किसी रक्षा के उपाय के अभाव में जिन हजारों हिंदू स्त्री-पुरुषों ने कृष्णा, तुंगभद्रा जैसी नदियों के प्रवाहों में छलाँग लगाकर अथवा अन्य किसी तरह से प्राण त्याग दिए, परंतु हिंदू धर्म नहीं त्यागा, उन हजारों हिंदू हुतात्माओं की राष्ट्रीय मानवंदना करने के लिए समस्त मराठी राज्य के किलों पर और नगरों में तोपों के तीन-तीन चक्र (Rounds) दागे जाएँ।

५८७. यदि मुसलिमों की धार्मिक सत्ता पर मराठों ने उस काल में ऐसा धार्मिक प्रत्याक्रमण किया होता तो उपर्युक्त समापन दिवस पर पूरे महाराष्ट्र के प्रत्येक किले से छूटनेवाली इन तोपों की प्रचंड गड़गड़ाहटों की प्रतिध्वनियाँ केवल कृष्णा, गोदावरी और तुंगभद्रा नदियों के परिवेश में ही नहीं, अपितु गंगा, यमुना, सिंधु और उसके भी आगे वक्षु (आक्सस) नदी की घाटियों में भी गूँजकर सारे मुसलिम जगत् को हिला देतीं। 'हिंदू भी भ्रष्ट किए गए लाखों मुसलिमों को शुद्ध कर पुन: हिंदू बना रहे हैं।' 'हिंदुओं ने अपने पाँवों में पड़ी 'शुद्धिबंदी' की बेड़ियाँ स्वयं ही तोड़ डालीं।' इन वार्त्ताओं से उस काल के कम-से-कम भारत के मुसलिम जगत् को इतना प्रचंड धक्का पहुँचता, जैसा हजारों तोपों के आघातों से भी नहीं पहुँचता। उसका सारा अस्तित्व ही डगमगाकर नष्ट होने लगता। यह केवल ऐतिहासिक तर्क नहीं, ऐतिहासिक संभावना का आश्वासन है।

५८८. परंतु यह संभावना संभावना ही बनी रही। हिंदुओं ने अपने पाँवों की शुद्धिबंदी की बेड़ियाँ न स्वयं तोड़ीं, न किसी दूसरे को तोड़ने दीं। अर्थात् वे उस काल में हिंदुस्थान में मुसलमानों द्वारा प्रस्थापित इसलामी धर्मसत्ता का भी उच्छेद नहीं कर सके।

५८९. मुसलमानों द्वारा हिंदू धर्म पर किए गए घोर आक्रमणों के पहले से ही जिस जन्मजात जातिभेद का राष्ट्रघातक विष हिंदू जगत् में व्याप्त हो रहा था, उसके कारण और तत्पश्चात् मुसलमानों के सतत, विकट आक्रमणों के परिणामस्वरूप सारा हिंदू समाज उस जातिभेद के जाल में अधिकाधिक जकड़ता गया और हिंदू धर्म की संस्कृति तथा आचार-विचारों की मूल प्रसरणशीलता, पाचनशक्ति और धार्मिक क्षेत्र में भी प्रखर रही प्रत्याक्रमण प्रवृत्ति अब अत्यंत क्षीण हो गई थी। इसलिए वह म्लेच्छों जैसे विधर्मियों पर आक्रमण कर उन्हें हिंदू धर्म और हिंदू समाज में आत्मसात् कैसे कर लेता?

५९०. "जो जन्म से हिंदू नहीं है, उसे गंगास्नान कराया जाए। तब भी वह कुलीन असली हिंदू कैसे होगा? कारण, जाति का निर्धारण तो जन्म से ही होता है।"

'रासभू धुतला महा तीर्थामाजी।
नव्हे जैसा तेजी शामकर्ण॥'

—रासभ-गधे को महातीर्थ के जल से धोएँ, तब भी उसे शामकर्ण (घोड़े) जैसा तेज प्राप्त नहीं होगा। और ऐसे जन्मजात म्लेच्छों को हिंदुत्व का चंदन लगाने से ही शुद्ध मानकर हम अपनी जन्मसिद्ध जाति में ले लें? हम उनके साथ सहभोजन करें? और वह जन्मजात म्लेच्छ व्यक्ति यदि स्त्री होगा, तो? तो क्या उसे केवल हिंदुओं का कुंकुम लगाने से ही पवित्र मानकर हम उसके साथ विवाह संबंध करें? और वह भी खुलकर? प्रकट रूप में? असंभव! असंभव!! अधर्म्य! अधर्म्य!!

इस प्रकार की धर्म-भावनाएँ और मान्यताएँ केवल ब्राह्मण, क्षत्रिय आदि उच्च

वर्णियों के ही नहीं, अपितु चांडाल, माँग, भील आदि तथाकथित वन्य जातियों के भी रोम-रोम में बस गई थीं। यही सच्चा हिंदू धर्म है, ऐसी उनकी धारणा थी। इस जन्मगत जाति सिद्धांत का मूल सूत्र था कि जो हिंदू स्वेच्छा से या बलपूर्वक एक बार म्लेच्छ-संपर्क से भ्रष्ट हुआ, वह आजीवन भ्रष्ट हुआ! वंश-परंपरा से भ्रष्ट हुआ! इस प्रकार के धार्मिक बुद्धिभ्रंश से पीड़ित उस काल के करोड़ों हिंदुओं के शुद्धीकरण के लिए अथवा म्लेच्छों पर धार्मिक प्रत्याक्रमण के लिए तीव्र विरोध रहा हो तो इसमें क्या आश्चर्य है।

५९१. सौभाग्य की बात—सौभाग्य इतना ही था कि हिंदुस्थान पर हुए मुसलिम आक्रमण के प्रारंभिक काल में रोटीबंदी, बेटीबंदी, शुद्धिबंदी, सिंधुबंदी आदि की भाँति किसी बृहस्पति ने किसी स्मृति में एक और अनुष्टुप छंद जोड़कर 'राज्यबंदी' की भी बेड़ी हिंदू जाति के पाँवों में डालने की आज्ञा नहीं दी। मुसलमान म्लेच्छों के केवल संपर्क से ही हिंदू भ्रष्ट होकर म्लेच्छ हो जाता है और एक बार भ्रष्ट हुआ या बलपूर्वक भ्रष्ट किया गया हिंदू पुन: कभी भी हिंदू नहीं हो सकता—ऐसी धर्माज्ञा देनेवाली 'शुद्धिबंदी' की तरह ही कोई भी हिंदू राज्य एक बार मुसलमानों द्वारा जीता जाए, तो वह भ्रष्ट राज्य हो जाएगा और ऐसा भ्रष्ट राज्य पुनः कभी भी हिंदू राज्य नहीं हो सकेगा। यदि कोई हिंदू उस राज्य को पुन: वापस जीतने का प्रयत्न करेगा, तो वह स्वयं ही भ्रष्ट होकर मुसलमान माना जाएगा; परंतु वह राज्य पुन: कभी भी हिंदू राज्य नहीं हो सकेगा।

इस प्रकार की 'राज्यबंदी' की धर्माज्ञा भी किसी हिंदू बृहस्पति ने दी होती, तो मुसलमानों की धर्मसत्ता का उच्छेद करने के लिए धार्मिक प्रत्याक्रमण करना हिंदुओं के लिए 'शुद्धिबंदी' की भ्रान्त धारणा के कारण जिस प्रकार असंभव और अधर्म्य हुआ, उसी प्रकार मुसलमानों की राजसत्ता का भी उच्छेद करनेवाला राजनीतिक प्रत्याक्रमण करना 'राज्यबंदी' की भ्रान्त धारणा या बेड़ी के कारण पंगु बने हिंदुओं के लिए अधर्म्य और असंभव हो जाता। और तब मुसलिम आक्रमण से जिस प्रकार अफगानिस्तान, ईरान, बेबिलोन, मिस्र, तुर्किस्तान से लेकर ठेठ मोरक्को तक के सारे राष्ट्र पूर्वकाल में मृत होकर मुसलिम हो गए थे, उसी प्रकार यह हिंदुस्थान भी उसी काल में मुसलिममय बन जाता। धार्मिक और राजनीतिक—दोनों दृष्टि से केवल 'मुसलिम-स्थान' ही हो जाता। हिंदू राष्ट्र के इतिहास की अंतिम पंक्ति भी शायद वहीं पर लिखी जाती; परंतु हिंदू राष्ट्र पर कम-से-कम ऐसा संकट तो अंत में टल गया। यही नहीं, आगे हिंदू पराक्रम के देदीप्यमान तेज से प्रकाशित हिंदू जाति के पुनरुज्जीवन का एक नया अध्याय भी लिखा गया।

५९२. उस काल में हिंदुस्थान के ही नहीं, अपितु तत्कालीन जगत् के भी विशाल भूभाग पर मुसलमानों ने अपनी राजनीतिक और धार्मिक सत्ता स्थापित की थी। उस भूभाग के समस्त राष्ट्रों के इतिहास से यही सिद्ध होता है कि जो बहुसंख्यक राष्ट्र मुसलमानों की राजसत्ता और धर्मसत्ता—दोनों का उच्छेद नहीं कर सके, वे पूर्णत: नष्ट

होकर मुसलिममय हो गए। जिन गैर-मुसलिम राष्ट्रों ने मुसलमानों की राजसत्ता को तो नष्ट कर दिया, परंतु उनके द्वारा स्थापित इसलामी धर्मसत्ता को वैसे ही अबाधित रखा, वे राष्ट्र भी मुसलमानों के सतत, भयंकर उपद्रवों से बच नहीं सके। केवल वे ही पाँच-दस राष्ट्र उस काल में मुसलमानों का ग्रास होने से बच सके। यही नहीं, उलटे उनको ही अपना ग्रास बना सके, जिन्होंने मुसलिम राजसत्ता का उच्छेद करते ही तत्काल उनके द्वारा स्थापित मुसलिम धर्मसत्ता पर भी विकट प्रत्याक्रमण कर अपने राष्ट्रों को धार्मिक दृष्टि से भी 'निर्मुसलिम' बना डाला। इसके स्पष्टीकरण के लिए यहाँ पर स्थानाभाव से उस काल का केवल एक ही उदाहरण देते हैं। वह उदाहरण है स्पेन का।

५९३. स्पेन निर्मुसलिम कैसे हुआ—जिस कालखंड में अरब मुसलमानों ने हिंदुस्थान पर आक्रमण किए थे, उसी कालखंड में उन्होंने 'स्पेन' देश को भी पदाक्रांत कर वहाँ पर 'ओनियेड' नामक खलीफा के आधिपत्य में एक प्रबल मुसलिम राजसत्ता स्थापित की थी, अर्थात् यूरोप के अन्य भागों की भाँति स्पेन के ईसाई निवासियों पर भी धार्मिक आक्रमण कर मुसलमान अनन्वित अत्याचार करने लगे। उन्होंने अनगिनत ईसाई स्त्री-पुरुषों को भ्रष्ट किया या उनका वध किया।

कुछ शतकों के पश्चात् मुसलमानों में आपस में ही युद्ध होने लगे। तब यूरोप के फ्रांस आदि शक्तिशाली ईसाई राष्ट्र की सहायता से तथा 'पोप' के प्रबल प्रोत्साहन से मुसलमानों के राजनीतिक और धार्मिक उत्पीड़न तथा अत्याचारों से त्रस्त स्पेन की ईसाई जनता ने अपने एक पुराने राजवंश के नेतृत्व में मुसलिम राजसत्ता के विरुद्ध प्रबल विद्रोह किया। अनेक वर्षों तक अनेक युद्ध करने के उपरांत ईसवी सन् की पंद्रहवीं सदी में स्पेनिश ईसाइयों ने मुसलिम राजसत्ता का संपूर्ण नाश किया। हिंदुस्थान की भाँति स्पेन में भी मुसलमानों की यद्यपि राजसत्ता नष्ट हुई थी, तथापि उनके द्वारा भ्रष्ट किए गए अगणित ईसाइयों पर तथा उनके निवासवाले भू-क्षेत्र पर स्थापित 'इसलामी धर्मसत्ता' उसी प्रकार अबाधित रही। यही नहीं, वह आगे चलकर स्पेनिश राष्ट्र के दो टुकड़े कर डालेगी, इतनी विस्फोटक और भयावह थी। जिन्हें यह संकट आँखों के सामने स्पष्ट रूप से दिखाई दे रहा था और जो मुसलमानों द्वारा किए गए धार्मिक अत्याचारों का प्रतिशोध लेने के अवसर सदैव ढूँढ़ते ही रहते थे, उन स्पेनिश ईसाइयों ने मुसलिम राजसत्ता की भाँति उनकी उपर्युक्त 'इसलामी धर्मसत्ता' का भी सर्वनाश करने का दृढ़ निश्चय किया।

५९४. उन स्पेनिश ईसाइयों के पाँवों में हिंदुओं की भाँति रोटीबंदी, बेटीबंदी, शुद्धिबंदी आदि धर्माचारों की बेड़ियाँ नहीं पड़ी थीं।

५९५. इसलिए मुसलमानों द्वारा बलपूर्वक भ्रष्ट किए गए उनके मूल ईसाई लोगों को बपतिस्मा देकर शुद्ध कर पुनः ईसाई बनाने का कार्य राजनीतिक युद्धों में विजयी स्पेनिश लोगों के लिए तत्काल पूर्ण करना अत्यंत सरल था। वहाँ बाधा थी केवल

मुसलिम राजसत्ता और शस्त्रबल की। उसका संपूर्ण विनाश करते ही स्पेनिश ईसाइयों ने पूरे स्पेन देश से 'इसलाम धर्म' का पूर्ण उच्छेद करने के लिए विशाल अभियान छेड़ा। मुसलमानों द्वारा भ्रष्ट किए गए सहस्रों ईसाइयों को पुन: बपतिस्मा देने के लिए अखंड सत्र प्रारंभ हुए। जब मुसलमानों ने यत्र-तत्र सशस्त्र संघर्ष कर इसका विरोध किया, तब स्पेन और भी अधिक क्रुद्ध हुआ। वहाँ की ईसाई राजसत्ता और जनता ने प्रकट रूप से प्रतिज्ञा की कि अब भविष्य में स्पेन में मुसलिम धर्म के किसी भी व्यक्ति अथवा मसजिद नामक किसी भी इमारत का अस्तित्व नहीं रहना चाहिए।

५९६. स्वतंत्र स्पेन के राज्य-शासन ने एक अवधि निश्चित कर पूरे राज्य में घोषणा करवाई कि उस अवधि के भीतर स्पेन के सारे मुसलमान स्त्री-पुरुष या तो ईसाई धर्म को स्वेच्छा से स्वीकार कर लें या इस देश को सदा के लिए छोड़कर बाहर चले जाएँ। जो मुसलमान इस निश्चित अवधि में ईसाई भी नहीं बनेंगे और देश भी छोड़कर नहीं जाएँगे, उन सब मुसलिम स्त्री-पुरुषों का शिरच्छेद निरपवाद रूप से कर दिया जाएगा।

५९७. क्या कहते हो? कैसी अघोरी ईसाई राजाज्ञा थी वह! हाँ, यहाँ पर यह भी ध्यान में रखना चाहिए कि जब मुसलमानों ने स्पेन को जीता था, तब उन्होंने वहाँ की ईसाई जनता को बलपूर्वक भ्रष्ट कर मुसलिम बनाने के लिए इससे भी अधिक भयंकर, अघोरी अत्याचार किए थे। उस समय मुसलमानों ने स्थान-स्थान पर ईसाई रक्त की नदियाँ प्रवाहित की थीं। अब ईसाई लोग स्थान-स्थान पर मुसलमानी रक्त की नदियाँ प्रवाहित करनेवाले थे। निश्चित अवधि समाप्त होते ही स्पेनिश ईसाइयों ने पूरे देश में बचे विद्रोही मुसलमानों पर सशस्त्र आक्रमण कर उनके आबालवृद्ध स्त्री-पुरुषों का शिरच्छेद कर दिया। इस प्रकार मुसलिम रक्त में स्नान कर स्पेन का चर्च 'पवित्र' हुआ! 'शुद्ध हुआ!! स्पेन निर्मुसलिम हुआ, इसीलिए वह 'स्पेन' रहा! वह 'मोरक्को' नहीं हुआ। (आज भी मोरक्को में मुसलिम धर्मसत्ता प्रचलित है।)

५९८. पोलैंड, सर्बिया, बल्गारिया, ग्रीस आदि ईसाई देशों में भी इसी प्रकार मुसलमानों की घोर दुर्दशा हुई। उन देशों ने भी मुसलिम राजसत्ता और धर्मसत्ता के अधीन होकर त्रस्त हो रहे अपने देशों को स्वतंत्र कर 'निर्मुसलिम' (मुसलमानविहीन) कर डाला।

□

प्रकरण—८

पूर्वार्द्ध का समापन

५९९. इस संपूर्ण पूर्वार्द्ध में हमने जिन अनेक विषयों और विधेयों (मुद्दों) पर चर्चा की, उसका मुख्य आशय संक्षेप में सूत्रबद्ध ढंग से इस प्रकार बताया जा सकता है—

६००. ऐतिहासिक कालखंड में अन्य किसी भी महान् राष्ट्र की भाँति भारत पर भी मुख्यत: यवन, शक, हूण आदि परकीय म्लेच्छों के सशस्त्र और भयंकर आक्रमण हुए और उनके साथ भारत को कई शतकों तक युद्ध करते रहना पड़ा। अंत में समरभूमि में उन सारे म्लेच्छ आक्रमणकारियों का संपूर्ण पराभव कर भारतीयों ने हिंदुस्थान में उनकी राजसत्ताओं का समूल उच्छेद कर अपना राजनीतिक स्वातंत्र्य पुन:-पुन: प्रस्थापित किया। यही नहीं, यवन, शक, हूण आदि म्लेच्छ राष्ट्रों के जिन लाखों लोगों ने उस राजनीतिक संघर्ष के काल में भारत के अनेक प्रांतों को व्याप्त कर वहीं पर स्थायी रूप से निवास किया, उन्हें भारत ने अपने वैदिक धर्म, देवी-देवता, सस्कृति और संस्कृत भाषा की दीक्षा देकर अपने समाज में पूर्ण रूप से इस प्रकार आत्मसात् कर लिया कि वे अपने मूल म्लेच्छ गोत्र ही नहीं, अपितु म्लेच्छ नामों का भी त्याग कर हमारी हिंदू जाति में अधिकतर स्वेच्छा से और पूर्ण रूप से एकरस तथा एकजीव हो गए।

६०१. जब मुसलमानी आक्रमण का 'अभूतपूर्व संकट' हिंदुस्थान पर आया, तब उस संकट का सामना करने यद्यपि लगभग एक सहस्र वर्षों तक यह हिंदू राष्ट्र उन मुसलिम आक्रमणों के साथ जूझता रहा और अंत में मुसलिम राजसत्ता को भी यवन, शक, हूण आदि परकीय सत्ताओं की भाँति उखाड़ फेंककर हिंदुओं ने अपना राजनीतिक स्वातंत्र्य पुन: प्रस्थापित किया, तथापि मुसलिम धर्मसत्ता के अधीन हुआ हिंदुओं का संख्या-क्षेत्र और मुसलिम बस्तियों के रूप में मुसलमानों के अधीन हुआ भू-क्षेत्र भी मुक्त कर जिस तरह यवन, शक, हूण आदि परकीय म्लेच्छों का किया, उस प्रकार मुसलमानों का भी संपूर्ण हिंदूकरण तत्कालीन हिंदू नहीं कर सके! क्यों?

६०२. इस ग्रंथ के आरंभ में प्रस्तावित उपर्युक्त मुख्य प्रश्नों का समाधान और ऐतिहासिक आधार पर विश्लेषण इस पूर्वार्द्ध में मुख्य रूप से किया गया है। तत्कालीन परिस्थितियों के आधार पर किए गए इस ऐतिहासिक विश्लेषण का निष्कर्ष यह है कि मुसलिम राजसत्ता का उच्छेद करते समय या करने के बाद तत्काल अनेक अनुकूल अवसर प्राप्त होने पर भी, शस्त्रशक्ति में बलवान होते हुए भी और राजनीतिक क्षेत्रों में मुसलमानों को धूल चटाने के बाद भी हिंदू शासकों, अधिकारियों अथवा जनता ने अत्याचारी मुसलमानों द्वारा प्रस्थापित धर्मसत्ता पर प्रत्याक्रमण नहीं किया। उन्होंने प्रसंगोपात्त बल प्रयोग कर निरपवाद रूप से समस्त मुसलमानों को हिंदू नहीं बनाया।

६०३. पूर्वकाल में यवन, शक, हूण आदि पदाक्रांत परराष्ट्रीय म्लेच्छों को उनकी हिंदू धर्म को अपनाने की इच्छा देखते ही तत्कालीन हिंदू जगत् ने जिस प्रकार सहासन-सहवास-सहविवाह आदि सामाजिक जीवन के सारे उपांगों द्वारा पात्रापात्र-विवेक न त्यागकर पूर्ण रूप से आत्मसात् कर लिया, उसी प्रकार हिंदुस्थान में मुसलमानों की राजनीतिक सत्ता को अपने पराक्रम से पदाक्रांत करते ही उस काल के विजयी हिंदू जगत् ने यदि रोटीबंदी, बेटीबंदी, शुद्धिबंदी, सिंधुबंदी इत्यादि मूर्खतापूर्ण सामाजिक रूढ़ियों की बेड़ियाँ एक झटके से तोड़कर सारे मुसलमानों को शुद्ध कर हिंदू समाज की तत्कालीन जाति-परंपरा के अनुसार पात्रापात्र-विवेक न त्यागते हुए अपने धर्म में समाविष्ट कर लिया होता, तो उसी काल में यह हिंदुस्थान भी स्पेन की भाँति मुसलिमविहीन हो जाता और इसका हिंदुस्थान नाम 'हिंदुओं का स्थान' के अर्थ में सार्थक हो जाता।

६०४. इस ग्रंथ में साधारणत: ई.सन् ७०० से १८०० तक के कालखंड में हिंदुस्थान पर हुए मुसलिम आक्रमणों और उसके कारण सतत चल रहे हिंदू-मुसलिम महायुद्ध के इतिहास की समालोचना की गई है, अर्थात् उस समालोचना में किए हुए विधानों का संबंध उस कालखंड की परिस्थिति पर ही लागू होता है। ऐसी ऐतिहासिक समालोचनाओं को पढ़ते समय पाठकों को सदैव यह ध्यान में रखना चाहिए कि उस ऐतिहासिक परिस्थिति में देश-काल-पात्र के अनुसार जो कार्य आवश्यक एवं हितकारी सिद्ध होता था अथवा सिद्ध हो सकता था, वह कार्य उन परिस्थितियों में अथवा अन्य कालखंडों में भी उसी प्रकार आवश्यक अथवा हितकारी सिद्ध होगा—ऐसा नहीं है। यही नहीं, बल्कि वह देश-काल-पात्र भेदों से अनावश्यक, अनिष्ट और अहितकारक भी सिद्ध हो सकता है। फिर वह समस्या या प्रश्न राजनीति का हो, धर्मनीति का हो अथवा जीवन के किसी अन्य क्षेत्र का हो। राजनीति और धर्मनीति में निपुण मुरब्बी समर्थ रामदास स्वामी ने अपनी निम्नलिखित 'ओवी' (छंद) में यही मर्म विशेष रूप से बताया है—

‘समयासारखा समयो ये ना। नेम एकचि चालेना।
नेम धरिता राजकारणा। व्यत्ययो घडे॥’

—समय सदैव एक समान नहीं रहता। एक ही नियम सदैव नहीं चल सकता। राजनीति में या राजकाज में एक ही नियम बनाए रखने से बाधा आती है।

□

स्वर्णिम पृष्ठ

पंचम (उत्तरार्द्ध)

प्रकरण—१

विषयानुबंध

६०५. हिंदू राष्ट्र के इतिहास के 'छह स्वर्णिम पृष्ठ' नामक यह ग्रंथ जो हम लिख रहे हैं, उसके प्राचीन इतिहास के पूर्वप्रकाशित प्रथम भाग के आरंभ में हमने इस ग्रंथ की आवश्यक रूपरेखा दी है। उसके अनुसार अब हम इस द्वितीय भाग का उत्तरार्द्ध लिखने जा रहे हैं।

६०६. सद्यः लिखित पूर्वार्द्ध में हमने यह स्पष्ट किया है कि हिंदुओं का मुसलमानों से धार्मिक तथा राजनीतिक—दोनों मोरचों पर सदियों से जो प्रचंड युद्ध-संघर्ष चल रहा था, उसमें धार्मिक मोरचे पर मुसलमानों के आक्रमणों का पूर्ण प्रतिकार कर उनका पराभव करने लायक सामर्थ्य हिंदुओं की धार्मिक युद्धनीति में नहीं था। यही नहीं, अपितु मुसलमानों की उस धार्मिक मोरचे की राक्षसी युद्धनीति के सामने हिंदुओं की युद्धनीति अत्यंत दुर्बल और आत्मघाती सिद्ध हुई। कारण, जिस राष्ट्र की युद्धनीति उसके आततायी शत्रु की युद्धनीति से अधिक कठोर, क्रूर और तीक्ष्ण होगी, वही राष्ट्र उस शत्रु का पराभव कर सकेगा, तत्कालीन हिंदू राष्ट्र को धार्मिक मोरचे पर युद्ध के इस प्रमुख सिद्धांत का पूर्ण विस्मरण हो गया था।

६०७. वैदिक और पौराणिक काल में भी हमारे हिंदू राष्ट्र के तत्कालीन पूर्वजों को दैत्य, दानव, राक्षस आदि अघोरी, मायावी, क्रूर, नरमांसभक्षक शत्रुओं से सतत युद्ध करना पड़ता था। इन युद्धों में प्रत्यक्ष सक्रिय भाग लेनेवाले राजा-महाराजा, सम्राट्, देवतागण, युद्धस्तोत्रों के उद्‍गाता वैदिक ऋषि अथवा पौराणिक महाकाव्यकार आदि हमारे सारे तत्कालीन पूर्वज भी उन राक्षसादि शत्रुओं से अधिक अघोरी, अधिक मायावी, अधिक क्रूर, राक्षसों से भी सवाई राक्षस बनकर धार्मिक युद्ध कर सकनेवाली युद्धनीति बनाकर उसका आचरण कर सकें, इसके लिए उस काल में हमारे पूर्वजों को उन युद्धों में विजय और यश प्राप्त होता गया और हमारा राष्ट्र अधिकाधिक शक्तिशाली तथा

विस्तृत होता गया, यह वेदकालीन तथा पौराणिक कथाओं से स्पष्ट विदित होता है।

६०८. उस समय केवल राजनीतिक ही नहीं, धार्मिक मोरचे पर भी शत्रुओं से युद्ध करना पड़ता था। जब राम-लक्ष्मण को ऋषियों के संरक्षण के लिए महर्षि विश्वामित्र अपने साथ वन ले गए, तब उन्होंने इसका विस्तृत वर्णन किया था कि उनके तत्कालीन यज्ञयागादि धर्मकृत्यों का घोर विध्वंस राक्षसगण किस प्रकार कर रहे हैं और ऋषि कन्याओं का किस प्रकार अपहरण करते हैं। आगे जब श्रीराम दंडकारण्य में गए, तब वहाँ के ऋषि-मुनियों ने, रावण की राक्षस सेना ने उनके आश्रमों, यज्ञयागों, उपनिवेशों और प्राणों की कैसी घोर दुर्दशा की है, इसका विशद वर्णन कर, ऋषियों का रक्त-मांसभक्षण कर वे नृशंस राक्षस जो हड्डियाँ फेंक देते थे, उन हड्डियों के विशाल ढेर कई स्थानों पर पड़े दिखाए थे।

इसी से स्पष्ट होता है कि पौराणिक काल में हमारे पूर्वजों के साथ राक्षसों का दीर्घकालीन संघर्ष धार्मिक मोरचे पर भी चल रहा था और तब उस धार्मिक मोरचे पर भी राक्षसों की क्रूरता से बढ़कर सवाई क्रूरता दिखाना तथा राक्षसों को जीतने के लिए सवाई राक्षस बनना हमारा परम धर्म एवं कर्तव्य है—ऐसा देवता तथा देवतुल्य राजा और सम्राट् भी मानते थे। इसकी चर्चा हमने इसी पुस्तक के परिच्छेद ४५४ और ४५५ में विस्तार से की है। फिर भी यहाँ पर निर्देश के लिए इतना बताना पर्याप्त होगा कि वैष्णव संप्रदाय के प्रह्लाद का भी रक्षण करने के लिए ईश्वर का जो विकराल नृसिंह अवतार प्रकट हुआ और जिसने हमारे धर्म के प्रति द्वेषभाव रखनेवाले हिरण्यकशिपु का पेट अपने तीक्ष्ण नखों से फाड़कर उसकी आँतें बाहर निकालकर उसका वध किया, वह नृसिंह हमारे राष्ट्र का नेता था, आराध्य था। कच के आख्यान भी यही प्रदर्शित करते हैं कि देवताओं ने युद्ध में—

'वज्रन्ति ते मूढधियः पराभवं। भवन्ति मायाविषु ये न मायिनः।'

यही नीति धर्म्य मानी थी। कपटी शत्रु के साथ सवाई कपट से, क्रूर शत्रु के साथ सवाई क्रूरता से युद्ध करना ही उस शत्रु के दमन का एकमात्र मार्ग है। यह निदान पौराणिक काल के अंत तक धार्मिक युद्ध में भी हमारे पूर्वजों का अभिमानास्पद धार्मिक युद्ध का सूत्र होता था।

६०९. तथापि जब देवताओं या मनुष्यों में आपस में जातियों के आंतरिक युद्ध—जैसे कौरव-पांडव युद्ध, होते थे, इनमें अपनाई जानेवाली युद्धनीति बिलकुल अलग प्रकार की होती थी। उन युद्धों में किसी एक रथी पर अनेक रथियों द्वारा मिलकर एक साथ आक्रमण नहीं किया जाना चाहिए, शरणागत को जीवनदान देना चाहिए तथा प्रत्यक्ष रणभूमि में भी सूक्ष्म न्यायान्यायाविवेक आचरण में लाना चाहिए—ऐसा उपदेश

देनेवाली युद्धनीति का अवलंबन किया जाता था। वह उदार युद्धनीति युद्ध करनेवाले दोनों पक्षों को मान्य होती थी।

६१०. जैसा हमने परिच्छेद ४ और ५ में बताया है, जब हमारा पौराणिक काल समाप्त और ऐतिहासिक काल प्रारंभ हुआ, तब से हमारे हिंदुस्थान पर पारासीक, ग्रीक, शक, कुषाण, हूण आदि परकीयों द्वारा किए गए आक्रमण मूलतः धार्मिक शत्रुत्व से किए गए आक्रमण नहीं थे। उनका एकमात्र उद्देश्य राजनीतिक सत्ता प्राप्त करना था। उनका स्वयं का धर्म भी न्यूनाधिक प्रमाण में वैदिक धर्म के उपांग के समान था। आगे चलकर हम हिंदुओं द्वारा उन समस्त आक्रमणकारियों का पराभव होने के पश्चात् उनमें से जो लाखों लोग हिंदुस्थान में ही स्थायी रूप से रहने लगे, वे सभी हिंदू राष्ट्र में पूर्णतः समाविष्ट होकर विलीन हो गए।

ऐसी परिस्थिति में उन परकीय आक्रमणकारियों द्वारा हमारे धर्म पर कोई आक्रमण नहीं किए जाने के कारण उनके साथ हुए राजनीतिक युद्धों में हमारे पूर्वजों ने 'जैसे-को-तैसा' (शठं प्रति शाठयम्) की नीति का अवलंबन कर अंत में पूर्ण रूप से उन शत्रुओं का पराभव किया। वे युद्ध केवल राजनीतिक थे। अतः उनमें दया, माया, सत्य, अहिंसा इत्यादि भावनाओं का, धर्म तत्त्वों का, धार्मिक स्वरूप का कोई भी प्रश्न मूलतः उपस्थित ही नहीं होता था। इसलिए किसी परधर्मीय शत्रु के हमारे धर्म पर सशस्त्र आक्रमण होने पर उसका प्रतिकार भी राजनीतिक आक्रमणों की ही भाँति जैसे-को-तैसा, क्रूरता को सवाई क्रूरता, कपट को सवाई कपट, हिंसा को सवाई हिंसा का आचरण करना ही धर्म्य है, यही शूर-कर्तव्य है। परंतु राक्षस, दैत्यादि के साथ हुए युद्धों के बाद कई शतकों तक इस नीति का उपयोग करने के अवसर ही न आने के कारण यह प्रवृत्ति हमारे राष्ट्रीय मानस में अचेतन होकर पड़ी रही।

६११. ऐसे में उस मध्यांतर काल में जैन, आजीवक, बौद्ध आदि वैदिक धर्म से ही फूटकर निकले हुए संन्यास-प्रधान और अहिंसा-प्रधान धर्ममतों ने शिक्षा दी कि समाज की अहिंसा, दया, माया, ममता आदि ही सच्चा धर्म है। शेष वैदिक-धर्मियों में भी वर्णभेद से उद्भूत जातिभेद की, खानपान की, स्पर्शास्पर्श की, समाज की व्यावहारिक एकता को भंग कर खंड-खंड करनेवाली धार्मिक रूढ़ियाँ प्रबल हो गईं और उन्हें ही व्यावहारिक धर्म माना जाने लगा। आगे चलकर तो हमारे यज्ञयागों में भी मांस-भक्षण निषिद्ध माना गया। सत्यादि सद्गुणों का आत्यंतिक रूप भी बहुधा दुर्गुण ही बन जाता है, यह तथ्य भी तत्कालीन धार्मिक मान्यताओं में लुप्त हो गया था और वैसे राष्ट्र के लिए आत्मघातक सद्गुणों का आत्यंतिक, अप्रासंगिक तथा आत्मघाती अवलंबन ही श्रेष्ठतम, पुण्यतम सद्गुण समझा जाने लगा।

साधारणतः 'सत्य बोलना' सद्गुण है, यह ठीक है; मान्य किया हुआ दान या

वचन पूर्ण करना सद्‌गुण है, यह भी ठीक है; परंतु इस सद्‌गुण का सम्मान करते हुए राजा हरिश्चंद्र ने ऋषि विश्वामित्र को 'मैं अपना राज्य तुम्हें दूँगा' ऐसा जो वचन और दान स्वप्न में दिया था, जागने के बाद प्रत्यक्ष में भी उसे सच करने के लिए अपने पूरे राज्य का दान विश्वामित्र को दे दिया था, यह कृत्य सत्य के अत्यंत घातक सद्‌गुण का उत्कृष्ट उदाहरण है। ऐसे सद्‌गुणों की मिथ्या युद्धनीति को एक भोला, दुर्बल और आत्मघातक रूप प्रदान किया गया। इसकी जितनी निंदा की जाए, कम है।

जिस प्रकार सत्य का यह राष्ट्रद्रोही अतिरेक पूजनीय बन गया, उससे भी अधिक अहिंसा के अतिरेक का, सर्वोत्तम सद्‌गुण और श्रेष्ठ आचार-धर्म के रूप में तत्कालीन अधिकांश जैन, बौद्ध और कुछ अंशों में वैष्णव ग्रंथों में भी गौरवपूर्ण उपदेश किया गया है। हमारे मुसलमान वगैरह शत्रुओं ने हम पर आक्रमण करके जितना घात और नुकसान नहीं किया होगा, उतना घात और नुकसान हमने स्वयं अपनी इन भ्रामक धारणाओं से कर लिया था। पौरुष और पराक्रम को घोर दुर्गुण माना जाने लगा और उन्हें 'अधर्म्य' समझा गया। जो जितना पौरुषविहीन, पराक्रमशून्य, राष्ट्रीय अन्याय का सवाई प्रतिशोध लेने की शक्ति तो दूर, उसकी इच्छा भी न रखनेवाला कायर तथा दुर्बल होगा, वह उतना ही धार्मिक दृष्टि से श्रेष्ठ संत, महंत, मुक्त, महात्मा है—ऐसी मान्यता हमारे धार्मिक व्यवहार में प्रचलित हो गई।

६१२. इस विषय की यथावश्यक चर्चा पूर्वार्द्ध में 'सद्‌गुण विकृति' आदि प्रकरणों में परिच्छेद ४२० से ४६५ के बीच सोदाहरण और साधार की गई है। इस उत्तरार्द्ध में भी अनेक राजनीतिक मोरचों के वर्णन में विषयानुसार आवश्यक चर्चा हम स्वाभाविक रूप से करेंगे ही। यहाँ पर इसका उल्लेख करने का कारण केवल यही है कि पौराणिक काल के बाद हमारे राष्ट्र पर हुए सारे परकीय आक्रमण राजनीतिक स्वरूप के ही थे और राक्षस काल के पश्चात् हमारे धर्म का ही उच्छेद करनेवाले सशस्त्र, बड़े आक्रमण हम पर हुए ही नहीं थे। इसलिए हमें उस प्रकार के सशस्त्र धार्मिक आक्रमणों का प्रतिकार करनेवाली युद्धनीति का पूर्ण रूप से विस्मरण हो गया था। हमारी धर्म और सद्‌गुणों की व्यावहारिक व्याख्या तथा आचार में भी पूर्ण परिवर्तन आ गया था। अब हमारी नृसिंहावतार की 'जैसे-को-तैसा' वाली धर्मयुद्ध-नीति बदलकर शाकाहारी, घासफूस खानेवाली, सहिष्णु और निर्लज्ज बन गई थी।

६१३. जैसाकि हमने पूर्वार्द्ध में आवश्यक विस्तार से वर्णन किया है, जब मुसलमानों ने हमारे धर्म पर भी उस पौराणिक काल के राक्षसों से भी अधिक उग्र, हिंसक और सशस्त्र आक्रमण किए, तब हमारे ई.स. ७०० के कालखंड के पूर्वजों ने तत्कालीन हिंदुओं की दुर्बल, नादान धर्मनीति के अनुसार ही मुसलमानों के आक्रमणों का प्रतिकार किया। साँप को दूध पिलानेवाली उस अतिरेकी, भोली, आत्मघातक और

स्वधर्मरक्षण में असमर्थ होते हुए भी स्वधर्मरक्षक मानी जानेवाली उस दुबली धार्मिक आचार नीति से ही उन्होंने मुसलमानों के धार्मिक आक्रमणों का सामना करने का प्रयास किया। भेड़िये से लड़ने के लिए बकरी ने स्वयं अपनी गरदन आगे की। हमने पूर्वार्द्ध में इन सबका विशद वर्णन किया है। इस कारण धार्मिक मोरचे पर हमारी जो प्रचंड हानि हुई, हमने उसका भी वर्णन किया है। इसलिए अब हम धार्मिक मोरचे पर मुसलमानों के साथ हुए सशस्त्र संघर्ष का विषय समाप्त कर उनके साथ राजनीतिक मोरचे पर हुए महायुद्ध के समीक्षण का उत्तरार्द्ध प्रस्तुत करेंगे।

□

प्रकरण—२

हिंदुस्थान और अरबों का पूर्वापर संबंध

६१४. 'हरिवंश' आदि उपपुराणों में से एक उपपुराण में मौसल पर्व की कथा है। उसमें आए हुए 'मुसल' शब्द ने विद्यार्थी काल से ही मेरे मन में कौतूहल जगाया था। यादवों ने आपस में लड़ते हुए जब उस समुद्रतट के बड़े-बड़े शैवालों को उखाड़ लिया, तब उनके ही बड़े-बड़े 'मूसल' बन गए और एक-दूसरे को मारने के लिए यादवों ने मारक शस्त्रों की भाँति उनका ही उपयोग किया, यह वर्णन पढ़कर मैं अचंभित हो उठा था। तब अकस्मात् मेरे मन में यह विचार आया कि हो-न-हो यह 'मोसल' शब्द 'मूसल' शब्द से पौराणिकों की अद्‌भुत रूपकों की परंपरा के अनुसार उनके ही द्वारा निर्मित शब्द होगा और सौराष्ट्र-गुजरात के सिंधु-तीर पर अत्यंत प्राचीन काल से व्यापार के लिए आवागमन करनेवाले, जिन्हें आज हम 'अरब' कहते हैं, मुसलमान धर्म स्वीकार करने पर पड़े हुए 'मुसलमान' नाम से पौराणिकों के मन में यह कल्पना आई होगी; परंतु इस विचार या शंका को काल अथवा अन्य किन्हीं घटनाओं का कोई भी आधार मिलना तब संभव नहीं था।

६१५. तत्पश्चात् अंडमान के कारागार में जब मैं बंगाली वाङ्मय पढ़ रहा था, तब मुझे भगवान् श्रीकृष्ण के देहोत्सर्ग के संबंध में एक निबंध पढ़ने को मिला था। जहाँ तक आज मुझे स्मरण है, वह निबंध बंगाल के सुप्रसिद्ध अमित्राक्षर छंद के प्रवर्तक कवि माइकेल मधुसूदन दत्त ने अथवा 'वंदे मातरम्' राष्ट्रगीत के कवि श्री बंकिमचंद्र ने लिखा था। भगवान् श्रीकृष्ण के देहावसान के पश्चात् बलराम ने अपना शेषनाग का मूल रूप धारण कर अपने अनुयायियों के साथ समुद्र में प्रवेश किया—इस पौराणिक कथा का एक संभाव्य स्पष्टीकरण उस निबंध में निबंधकार ने इस प्रकार दिया है कि बलराम ने अपने अनुयायियों के साथ नौ-यानों के समूह में बैठकर द्वारका के पास के पश्चिमी समुद्र में प्रवेश किया और वे नौकाओं के सर्पाकार व्यूह से समुद्र मार्ग से किसी अज्ञात परद्वीप में चले गए। एक आर्यसमाजी प्रचारक के प्रवास-वर्णन में मुझे इस अर्थ या

स्पष्टीकरण का समर्थन करनेवाली वस्तुस्थिति का विवरण पढ़ने को मिला। यह आर्यसमाजी गृहस्थ आज से लगभग पचास वर्ष पहले अरबस्तान में हिंदू प्रवासियों की स्थिति का अध्ययन करने गया था। वहाँ शोधकार्य करते हुए उसे ऐसे लोगों का एक छोटा समूह मिला, जो 'शिखा' रखते थे। उन 'शिखाधारी' लोगों से इसके बारे में पूछने पर उन्होंने बताया—"उनके पूर्वज अत्यंत पवित्र भावना से एक पूर्वापर चलती आ रही दंतकथा बताते हैं, जिसके अनुसार उनके पूर्वज अत्यंत प्राचीन काल में किसी समय भारत से यहाँ आए थे। भारत में एक बहुत भयंकर महायुद्ध हुआ था। उसी समय उनके पूर्वज वह देश त्यागकर समुद्र मार्ग से यहाँ आए। यहाँ पर उन्होंने एक नया उपनिवेश स्थापित किया। तत्पश्चात् वे लोग यहाँ के स्थानीय लोगों से अलिप्त, अलग-अलग ही रहे। इसलिए आज भी वे अपना मूल स्वरूप कायम रख सके हैं।" इस कथन से उस आर्यसमाजी व्यक्ति ने यह निष्कर्ष निकाला कि वे लोग महाभारत के अंत में किसी समय भारत देश को त्याग कर यहाँ आए हुए हिंदू ही होंगे।

६१६. इन कुछ विधानों से यदि हम यह तर्क करें कि यादवों का एक बड़ा समूह बलराम के नेतृत्व में अरबस्तान गया और वहाँ उन्होंने नया उपनिवेश बनाया, तो इस तर्क की पुष्टि करनेवाली एक-दो बातें और हैं। पहली बात यह है कि 'तमिल' भाषा का मूल नाम 'अरबी' है और अरबस्तान के मूल निवासियों में लिंगपूजा-प्रधान शैवधर्म प्रचलित था, ऐसी अनेक इतिहासकारों की मान्यता है। उस धर्म के पुजारियों को अंग्रेजी भाषा में Druid (द्रुइड) द्रविड़ कहते हैं। यह 'द्रुइड' पुजारी वर्ग प्राचीन ब्रिटेन और आयरलैंड में भी विद्यमान था। ऐसी परंपरागत दंतकथाएँ इतिहासकार बताते हैं।

६१७. इस विषय की ऐसी ही अन्य ऐतिहासिक दंतकथाएँ कहने का यह स्थान नहीं है। परंतु उनसे यह अनुमान लगाया जा सकता है कि 'अरबस्तान' का और भारत का पूर्वापर पौराणिक काल से निकट का संबंध रहा होगा और उस महाद्वीप में भी भारतीय उपनिवेश स्थापित हुए होंगे। पूर्व समुद्र के जावा आदि भू-प्रदेशों के समान ही पश्चिमी समुद्र, जिसे आज हम 'अरबस्तान' कहते हैं, के उस भू-प्रदेश में भी दक्षिण भारतीयों के उपनिवेश, राज्य और संस्कृति रही होगी; परंतु इस बात को यहाँ हम अभी तक सिद्धांत के रूप में प्रस्तुत नहीं कर सकते। हमने केवल उसे सूचित करनेवाली अनेक विभिन्न घटनाओं का निर्देश संक्षेप में किया है। किसी अन्य शोधकर्ता का ध्यान इस प्रश्न की ओर आकर्षित होने पर वह उनका उपयोग कर सके—इस हेतु से हमने महत्त्वपूर्ण लगनेवाली इन सूचनाओं को लिख दिया है।

६१८. यहाँ तो हमें यही देखना है कि अर्वाचीन दृष्टि से हिंदुस्थान और अरबस्तान का उस काल में क्या संबंध था। वह काल इन अरबों द्वारा इसलाम को स्वीकार करने के बाद का अर्थात् ईसा की सातवीं सदी का काल था। इसलाम धर्म का जन्म ही उसके प्रवर्तक हजरत मोहम्मद के जन्म के बाद अर्थात् ई.स. ५७० के बाद हुआ। उसके

पश्चात् भी प्रत्यक्ष अरबस्तान के अरब लोगों में उसका प्रचार व्यापक रूप से होने में चालीस-पचास वर्ष तो लग ही गए। इस प्रश्न पर उनमें कई युद्ध हुए। फिर भी साधारणत: मुसलमानों के अनुसार उनके धर्म का प्रारंभ ई.स. ६२२ में भगोड़े हिजरी सन् के प्रारंभ के साथ हुआ। हम भी वही मान लेते हैं।

६१९. जिस काल में ये नए आक्रमणकारी अरब मुसलमान अरबस्तान से निकलकर पहले उनके पड़ोस के ईरानी साम्राज्य पर टूट पड़े, उस काल से पहले ही हिंदुओं के राज्य हूणों का संपूर्ण पराभव करने के बाद पुन: लगभग सम्राट् चंद्रगुप्त के ही काल की सीमाओं तक फैल गए थे। इस संबंध में उस काल के एक त्रयस्थ प्रख्यात प्रवासी का यात्रा-वर्णन ही उत्तम आधारभूत साक्ष्य होगा। ह्वेनसांग नामक उक्त चीनी प्रवासी ई.स. ६२९ के आस-पास वायव्य दिशा से भारत में आया था। उसके प्रत्यक्षदर्शी वर्णन के अनुसार, भारत की वायव्य सीमा आज के काबुल, कंधार, गजनी आदि सभी प्रदेशों को व्याप्त करती थी। उस काल में भारत में आनेवाले अधिकतर चीनी प्रवासी मध्य एशिया से इसी हिंदू राज्य से होते हुए सिंधु नदी पार कर हिंदुस्थान में आते थे।

६२०. चीन में हिंदुओं के लिए 'शन्त्सु' संबोधन—इसी कारण चीनी लोग हिंदुओं के प्राचीनतम 'सिंधु' नाम से ही हिंदुस्थान का निर्देश करते थे। इसीलिए वे चीन में हिंदू लोगों को 'शिन्त्सु' कहते थे। 'शिन्त्सु' शब्द 'सिंधु' मूल संस्कृत नाम का चीनी अपभ्रंश है, यह स्पष्ट है। 'हिंदू शब्द' की उत्पत्ति मूलत: 'सिंधु' शब्द से है। इस विधान का यह तत्कालीन चीन में उपलब्ध सुदृढ़ आधार है।

६२१. सिंध में हिंदुओं पर अरब मुसलमानों द्वारा प्रथम आक्रमण किया गया और हिंदुओं द्वारा उनका संपूर्ण पराभव किया गया। आज के अधिकांश इतिहास-ग्रंथों में यही उल्लेख मिलता है कि अरब मुसलमानों द्वारा राजा दाहिर पर किया गया आक्रमण ही हिंदुओं पर उनका प्रथम आक्रमण था और उसमें हिंदुओं का संपूर्ण पराभव हुआ था; परंतु यह धारणा पूर्णत: असत्य, मिथ्या है। अरबों का सिंध पर पहला आक्रमण ई.स. ६४० में हुआ। उसमें हिंदुओं ने किस प्रकार अरब मुसलमानों का संपूर्ण पराभव कर उनके सेनापति का वध किया, इसका वर्णन हमने इसी ग्रंथ के परिच्छेद ३२५ में किया है।

६२२. सिंध पर अरब मुसलमानों का दूसरा आक्रमण—ई.स. ७११ में मोहम्मद बिन कासिम नामक एक अरब मुसलिम सेनापति ने पचास सहस्र सैनिकों के साथ हिंदुस्थान के सिंध प्रांत पर दूसरा बड़ा आक्रमण किया। उस समय सिंध प्रांत में महाराजा दाहिर नामक एक हिंदू राजा राज्य करता था। उसने मोहम्मद कासिम के साथ बड़ी वीरता से युद्ध किया; परंतु इस युद्ध में महाराजा दाहिर का पराभव हो गया। यह पराभव किस प्रकार हुआ—इसका सारा वर्णन हमने परिच्छेद ३२५ से ३३३ तक किया है।

६२३. उसके पश्चात् लगभग पचास वर्षों के भीतर ही राजपूतों ने, विशेषत:

उनके नेता चित्तौड़ के राणा बाप्पा रावल ने सिंध के मुसलमानों से यह हिंदू राज्य वापस जीत लिया। यही नहीं, चित्तौड़ के इस वीरवर महाराणा बाप्पा रावल और अन्य हिंदू राजाओं ने अपने राज्यों का विस्तार करते हुए उनकी सीमाओं को पुनः पारियात्र पर्वत अर्थात् हिंदुकुश पर्वत तक आगे बढ़ाया। एक बार पुनः हिंदुकुश से लेकर कश्मीर, गांधार (अफगानिस्तान) आदि प्रदेशों को जीतकर सिंधु सागर तक (जिसे आज हम बहिष्कृत नाम 'अरब समुद्र' से बड़ी निर्लज्जता से संबोधित करते हैं) हिंदू राज्यसत्ता प्रस्थापित हो गई थी। यह हिंदू राज्यसत्ता अगले तीन सौ वर्षों तक हिंदुकुश तक बनी रही।

६२४. तीन सौ वर्ष अर्थात् लगभग न्यूनाधिक सात-आठ पीढ़ियों का कालखंड। हमारे हिंदू राज्य इतने दीर्घकाल तक सिंधु पार के प्रदेशों में स्थापित थे और सिंध को तो हिंदुओं ने केवल पच्चीस-तीस वर्षों के अंदर ही मुसलमानों के हाथों से वापस छीन लिया था, तथापि अधिकांश अंग्रेजी और हिंदू इतिहासकार इस वास्तविकता का उल्लेख भी नहीं करते। उन्होंने तो ऐसी अत्यंत निराधार, भ्रामक धारणा से इस प्रकार का वाक्य लिखा है कि 'कासिम ने सिंध को जीता, उसके बाद मुसलिम आक्रमणों का जो क्रम शुरू हुआ, वह सतत मुसलमानों की रामेश्वरम् तक विजय-प्राप्ति तक चलता ही रहा और इस सारे हजार-बारह सौ वर्षों के ई.स. ७११ से लेकर अंग्रेजों के हाथों में हिंदुस्थान की राज्यसत्ता जाने तक (बेचारे!) हिंदू परदास्य में ही सड़ रहे हैं।' ऐसे न जाने कितना असत्य और हिंदुओं के लिए अत्यंत अपमानजनक वाक्य जगप्रसिद्ध प्राध्यापकों, साहित्यिकों और इतिहासकारों से लेकर हमारे यहाँ के बच्चों तक सारे लोग रटते रहते हैं। यह हमारे इतिहास की असह्य, घोर विडंबना है।

६२५. भविष्य में किसी सत्यनिष्ठ लेखक को अपने शालेय इतिहास से लेकर साहित्यिक इतिहास तक के इतिहास-ग्रंथों में ऐसी घोर विडबना का प्रत्याख्यान करना चाहिए और उपर्युक्त अत्यंत असत्य, मिथ्या तथा (हिंदुओं के लिए) अपमानजनक उल्लेखों का हमारे इतिहास से समूल उन्मूलन करना चाहिए।

६२६. ये तीन सौ वर्ष—कारण, इन तीन सौ वर्षों में, अर्थात् ईसवी सन् १००० तक हिंदुस्थान पर हिंदुकुश से लेकर श्रीलंका तक और पूर्व में ब्रह्मदेश तक हिंदू राष्ट्र की स्वतंत्र अधिसत्ता प्रस्थापित थी। उस काल में भी हमारे दक्षिण के चेर, चोल, पांड्य, राष्ट्रकूट आदि हिंदू राज्यों के राजा पूर्व, पश्चिम और दक्षिण समुद्र पर इतना स्वामित्व रखते थे कि वे निर्विरोध रूप से 'त्रिसमुद्रेश्वराधीश' उपाधि धारण कर सकें। तत्कालीन दक्षिण भारत की इस सामर्थ्य-संपन्न और स्वातंत्र्य-संपन्न स्थिति पर ध्यान न देते हुए कोई इतिहासकार ऐसा विधान करता है कि 'इन तीन सौ वर्षों के प्रदीर्घकाल में सारा हिंदुस्थान मुसलमानों तथा अन्य विदेशी दासता में सड़ रहा था', तो यह विधान इतिहास के अनुसार या ऐतिहासिक दृष्टि से सत्य कदापि नहीं है। वास्तविकता यह है कि ई.स. १००० तक के इस पूरे काल में समस्त हिंदुस्थान पर हिंदू राजाओं की ही अधिसत्ता थी।

६२७. ईसवी सन् १००० से १०३० तक—इतने में अकस्मात् किसी धूमकेतु की भाँति गजनी के महमूद का उदय हुआ। उसने राज्यारूढ़ होते ही 'सारा हिंदुस्थान जीतकर सारे हिंदू काफिरों को मुसलमान बनाने' की प्रतिज्ञा किस प्रकार की और तदनुसार हिंदुस्थान के पश्चिमी भाग पर लगातार अनेक आक्रमण कर उसने पंजाब के मुलतान से लेकर सौराष्ट्र के सोमनाथ तक सारे उत्तर-पश्चिम हिंदुस्थान के विस्तीर्ण प्रदेश में लूटमार, आगजनी, बलात्कार और विशेषतः धार्मिक अत्याचार कर किस प्रकार महाप्रलय मचा दिया था, उसकी विस्तृत समीक्षा हमने इस पुस्तक के दूसरे भाग के परिच्छेद ३६८ से ४२० तक की है।

६२८. इस प्रसंग में उस महाप्रलय में भी अपना अस्तित्व टिकाए रखने के लिए हिंदुओं ने जो साहस दिखाया और पराजय में भी आत्मनिष्ठा न खोते हुए इस राष्ट्रीय संकट को सहने की शक्ति की जो पराकाष्ठा प्रदर्शित की, उसके कारण ही (उस महाप्रलय के पश्चात् भी) ई.स. १०३० में महमूद गजनवी की मृत्यु होने के बाद केवल पचीस-तीस वर्षों के भीतर ही उसके जैसे हजारों पिशाचों के आक्रमण नामशेष हो गए और युद्ध के उस राजनीतिक मोरचे पर पंजाब के उत्तरी कोने तक के सिंधु के उस पार के प्रदेश को छोड़कर सारे हिंदुस्थान में पुनः हिंदुओं की राजसत्ता सर्वत्र स्थापित हुई। इसे किसी भी राष्ट्र की जिजीविषा के एक उत्कृष्ट, आश्चर्यजनक उदाहरण के रूप में दिखाया जा सकता है।

६२९. दूसरे, इस वस्तुस्थिति को भी ध्यान में रखना चाहिए कि उत्तरी भारत के हिंदुओं पर हुए महमूद गजनवी के इन प्रलयंकारी आक्रमणों के तीस-चालीस वर्षों के काल में भी उपर्युक्त वर्णनानुसार संपूर्ण दक्षिण भारत स्वतंत्र, संपन्न, साहसी, सामर्थ्यवान और तीनों समुद्रों पर पूर्ण स्वामित्व रखनेवाला था।

६३०. इन दोनों कारणों से महमूद गजनवी के आक्रमणों के इस तीस-चालीस वर्षों के कालखंड में भी सभी हिंदू राष्ट्र मुसलमानों के अथवा किसी भी परकीय सत्ता की दासता में सड़ रहा था—ऐसा कहना संभव नहीं है। जैसा हमने अभी बताया, उत्तर-पश्चिमी भारत के पंजाब की ओर के कुछ प्रदेश को गजनी के मुसलमानों ने अपने मुसलिम राज्य में जोड़कर वहाँ पर राजनीतिक और धार्मिक—दोनों प्रकार की सत्ता स्थापित की थी, यह हम भी स्वीकार करते हैं, तथापि तब भी कश्मीर में हिंदुओं का ही स्थिर राज्य था—यह भी ध्यान में रखने योग्य महत्त्वपूर्ण बात है।

६३१. ई.स. १०३० में महमूद गजनवी की मृत्यु हुई। उसके पश्चात् के सौ-सवा सौ वर्षों के काल में, अर्थात् लगभग पाँच पीढ़ियों के काल में कश्मीर से लेकर असम, ब्रह्मदेश तक संपूर्ण हिंदुस्थान राजनीतिक दृष्टि से पूर्वकाल के समान ही स्वतंत्र, समर्थ और वैभवपूर्ण बन गया था। आदि शंकराचार्य के पश्चात् भी कई श्रेष्ठ आचार्य, मठ-संस्थापक, संत, महंत, महर्षि देवल आदि स्मृतिकार, मेधातिथि आदि भाष्यकार

इसी काल में उत्पन्न होकर संपूर्ण भारत में और भारत के बाहर भी हमारा सांस्कृतिक नेतृत्व कर रहे थे। संस्कृत भाषा ही संपूर्ण भारत में प्रचलित देवभाषा थी। काशी ही समस्त भारत की सांस्कृतिक राजधानी थी।

महमूद गजनवी के उत्पातों के कारण हमारे राष्ट्र के राजनीतिक और सांस्कृतिक जीवन को जो गंभीर आघात पहुँचे थे, उनकी चिकित्सा कर इसी काल में हमारे राजमंडल ने उनको भरा था। इधर, सोमनाथ के मंदिर का पुनर्निर्माण हुआ था, तो उधर, उड़ीसा से असम तक के भाग में भुवनेश्वर जैसे नवीन प्रचंड देवालय और नवीन धर्मकेंद्रों का निर्माण हो रहा था। पूर्व, पश्चिम और दक्षिण समुद्रों पर हिंदुओं की संपूर्ण प्रभुसत्ता थी तथा हजारों हिंदू सैनिकों, व्यापारियों और राजनीतिज्ञों का पूर्व में मेक्सिको तक एवं पश्चिम में अफ्रीका तक आवागमन पूर्वकाल की भाँति अबाधित रूप से चल रहा था। इसलिए उन द्वीपों-महाद्वीपों के हिंदू राज्यों को यहाँ से सब प्रकार का माल निरंतर भेजा जाता था और बृहत्तर भारत के उन राज्यों का मूल भारत से, उनकी मातृभूमि से इस काल में भी अविच्छिन्न, विकसित संबंध बना था।

६३२. अर्थात् इस काल के विषय में भी, सारा हिंदुस्थान पारतंत्र्य में, राजनीतिक दासता में जकड़ा पड़ा सड़ रहा था—-ऐसा कहने की हिम्मत क्या किसी हिंदूनिंदक इतिहास-लेखक की भी है?

□

प्रकरण—३

ईसवी सन् की बारहवीं से तेरहवीं सदी के अंत तक का कालखंड

६३३. अब महमूद गजनवी की मुसलिम सत्ता का ह्रास हो रहा था। उसी समय उस प्रदेश में रहनेवाली विभिन्न जातियों के लोगों को छल-बल से मुसलमान बनाया गया था। तब तक एशिया की मुगल, तुर्क आदि बड़ी जातियों के लोगों ने इसलाम को स्वीकार नहीं किया था। उलटे उन्होंने उस काल में एशिया से लेकर यूरोप तक झंझावाती आक्रमण कर अरब मुसलमानों के राज्यों को ध्वस्त कर दिया था।

६३४. 'गजनी' के आस-पास के प्रदेश में रहनेवाली छोटी-बड़ी अनेक जातियों में 'घुरी' नामक एक जाति के लोग रहते थे, जो हिंदू धर्म का पालन करते थे। हमने ऊपर बताया है कि उस काल तक वहाँ पर अनेक हिंदू जातियों और हिंदू राजवंशों की सत्ता प्रस्थापित थी। उन्हीं में से एक यह 'घुरी' जाति थी। मुसलमानों ने राजनीतिक और धार्मिक आक्रमणों द्वारा इस समूची 'घुरी' जाति को ही बलपूर्वक 'मुसलमान' बना डाला। दो-तीन पीढ़ियों तक सतत मुसलिम धर्माचारों का बलपूर्वक पालन करवाने से उस जाति के लोग इतने कट्टर मुसलमान बन गए कि उनके मन में गजनी राज्य के अन्य मुसलमानों पर भी अपनी स्वयं की सत्ता प्रस्थापित करने की आकांक्षा उत्पन्न हो गई। इसी 'घुरी' जाति में मोहम्मद घोरी (गोरी) का उदय हुआ, जिसने महमूद गजनवी की मृत्यु के बाद उत्पन्न हुए अराजक और मुसलमानों की विभिन्न जातियों के आपसी संघर्ष में स्वयं को श्रेष्ठ तथा अजेय सिद्ध किया और स्वयं गजनी का सुलतान बन बैठा। उसने समस्त मुसलमानों का प्रबल समर्थन प्राप्त करने के लिए सदा की रामबाण युक्ति का उपयोग कर घोषणा कर दी कि 'मैं हिंदुस्थान के सारे काफिरों (हिंदुओं) को बलपूर्वक मुसलमान बनाऊँगा और पूरे हिंदुस्थान में मुसलमानों का राज्य स्थापित करूँगा!' अनेक स्थानों पर की गई उसकी इस घोषणा से वह सारा प्रदेश तथा भारत का भी उत्तर-

पश्चिम प्रदेश गूँज उठा था।

६३५. महमूद गजनवी ने जिस तीव्रता से हिंदुस्थान पर एक के बाद एक प्रबल आक्रमण किए थे, वैसे आक्रमण करना मोहम्मद गोरी के लिए प्रतिकूल परिस्थिति के कारण इच्छा होने के बावजूद संभव नहीं हुआ। ई.स. ११७६ में गोरी ने प्रथम पंचनद और सिंधुनद के संगम के समीप 'ऊच' नामक सुदृढ़ और प्रबल दुर्ग पर आक्रमण कर उसे जीत लिया। उस दुर्ग की रानी ने अपनी सेना का पराभव देखकर अपने पति की कायरता और दुर्बलता से क्षुब्ध होकर उसका वध कर दिया। फिर अपनी कन्या का विवाह विजयी मोहम्मद गोरी के साथ कर दिया और उस प्रदेश की राजसत्ता भी मोहम्मद गोरी को सौंप दी।

६३६. तत्पश्चात् हिंदू राजाओं की परीक्षा लेने के लिए मोहम्मद गोरी ने आक्रमण योग्य हिंदू शत्रु-राज्य गुजरात पर राजस्थान के किनारे-किनारे से आगे बढ़कर आक्रमण किया। गुजरात के उस राजा की मृत्यु होने से रानी और मंत्री दल ने अत्यंत अल्पवयस्क पुत्र को राजगद्दी पर बैठाया था। इसलिए गोरी को ऐसा लगा कि यह राज्य दुर्बल हो गया है, लिहाजा उसने उस राज्य पर ही आक्रमण कर दिया। परंतु उस राज्य को दुर्बल समझने में मोहम्मद गोरी से बहुत बड़ी भूल हो गई थी। कारण, मोहम्मद को आक्रमण करने के लिए आते देखकर गुजरात की हिंदू सेना उसके साथ सहानुभूति रखनेवाले कुछ हिंदू राजाओं से सहायता प्राप्त कर मोहम्मद के आक्रमण का सामना करने 'आबू पर्वत' के आस-पास तक आगे बढ़ आई थी। गुजरात की रानी ने इस युद्ध-संकट का सामना बड़ी शूरता और वीरता से किया। उसने अपने अल्पवयस्क पुत्र को हिंदू सेना के सामने प्रस्तुत कर आह्वान किया—"मैं आपके बालराजा को आपकी गोद में डालती हूँ, अब आप ही इसका रक्षण प्राणपण से करिए!"

रानी के इस आह्वान से प्रेरित और उद्दीपित होकर उस समस्त हिंदू सेना ने और उसके सहायक राजाओं ने भी मोहम्मद गोरी के साथ इतने आवेश और वीरता से युद्ध किया कि गोरी की पूरी सेना पराजित होकर भाग गई। स्वयं गोरी भी बड़ी कठिनाई से प्राणों की रक्षा करता हुआ जो भागा, तो वह सीधा सीमा पार अपने राज्य में ही जाकर रुका।

६३७. मोहम्मद गोरी संकटों से विचलित होनेवाला पुरुष नहीं था। हिंदुओं द्वारा मिली पराजय से हतोत्साहित न होकर उसने ई.स. ११९१ में हिंदुस्थान पर पुनः आक्रमण किया और इस बार वह दिल्ली नरेश पृथ्वीराज चौहान के राज्य में घुसा। यह देखकर वीरवर पृथ्वीराज भी यथासंभव अन्य हिंदू राजाओं को संगठित कर गोरी से युद्ध करने के लिए आगे बढ़ा। दोनों की सेनाओं का सामना करनाल के उत्तर में पानीपत के पास 'तराइन' या तलावड़ी नामक गाँव में हुआ। यहाँ उन दोनों हिंदू-मुसलिम सेनाओं में घमासान युद्ध हुआ। अंत में हिंदुओं ने मुसलमानी सेना को बुरी तरह पराजित किया।

स्वयं मोहम्मद गोरी पृथ्वीराज के हाथों जीवित पकड़ा गया। इस युद्ध को 'तलाबड़ी का युद्ध' भी कहा जाता है।

६३८. सम्राट् पृथ्वीराज और उसके समस्त सरदार जाति से हिंदू और उसमें भी राजपूत वीर मुकुटमणि थे। अपने स्वदेश और स्वधर्म के शत्रु को स्वयं बंदी बनाने के बाद जीवित छोड़ देना और उसका सम्मान कर उसे उसका राज्य लौटा देने का पुण्यप्रद और प्रशंसनीय दूसरा वीरोचित सद्गुण नहीं है, ऐसी उनकी धर्म-भावना की भाँति जन्मजात धारणा उस काल में होती थी।

'साप विखारी देशभूमिचा ये घेऊ चावा।
अवचित गांठुनि ठकवुनि भुलवुनि कसाही ठेचावा॥'

(—जो साँप देश और भूमि को डसने आया हो, उसे किसी भी प्रकार से बुलाकर, ठगकर, युक्ति से अकस्मात् पकड़कर कुचल डालना चाहिए।)

भगवान् कृष्ण और चाणक्य ने रणनीति का यह सूत्र यद्यपि हिंदुओं को सिखाया था, तथापि मोहम्मद गोरी के काल के हिंदू उसे पंचमहापातकों जैसा पातक समझने लगे थे। कारण, उस काल में 'सद्गुण विकृति' के बुद्धिभ्रंश ने हिंदू जगत् को पूर्ण रूप से पीड़ित और मतिभ्रष्ट कर दिया था; परंतु इस सूत्र को वे अपने किसी धर्मसूत्र की तरह कटाक्षपूर्वक आचरण में लाते थे।

६३९. राजपूतों का प्रमाद—मोहम्मद गोरी के स्थान पर यदि पृथ्वीराज ने गजनी पर आक्रमण किया होता और वहाँ के मुसलमानों ने, जिस प्रकार हिंदुओं ने गोरी को पराजित किया, उस प्रकार पृथ्वीराज की राजपूत सेना को पराजित किया होता, तो उसने केवल पृथ्वीराज का ही वध नहीं किया होता अपितु, पराजित सारी हिंदू सेना को बलपूर्वक मुसलमान बनाया होता; उन्हें गुलाम बनाकर उनके साथ उनके स्त्री-बच्चों से भी जीवन भर गुलामी करवाई होती और पकड़ी गई सुंदर स्त्रियों को मोहम्मद गोरी स्वयं अपने हरम (अंतःपुर) में ले जाता और उनका उपभोग करता। ऐसे इस उद्दंड, राक्षसी, धर्मशत्रु मोहम्मद गोरी को पृथ्वीराज और उसके समस्त राजपूत मंडल ने किसी धीरोदात्त शत्रु के साथ व्यवहृत करने के लिए पुस्तकों में जिस सूत्र का उपदेश किया गया है, उस 'क्षमा वीरस्य भूषणम्' सूत्र के अनुसार देश-काल-पात्र का विवेक लेशमात्र भी न रखते हुए क्षमादान दिया!

केवल मोहम्मद गोरी को ही नहीं अपितु उसकी सारी मुसलिम सेना को राजपूतों ने शरणागत को अभयदान देने की राजपूतों की परंपरा का निर्वाह करने का 'सत्कृत्य' करने के लिए क्षमा करते हुए अभयदान दिया। मोहम्मद गोरी से 'मैं पुनः हिंदुस्थान पर आक्रमण नहीं करूँगा' आशयवाला मौखिक वचन लेकर उसे जीवित वापस जाने दिया। यही नहीं, अपितु उसका गजनी का राज्य भी उसे वापस दे दिया। मोहम्मद गोरी और

उसकी सेना को पराजित किया, इस अभिमान की अपेक्षा उनको क्षमा कर जीवित छोड़ देने के इस आत्मघाती और धर्मभीरु 'उदारता' के अभिमान से ही अधिक गर्वित होकर उन राजपूत वीरों ने दिल्ली जाकर विजयोत्सव मनाया।

६४०. मोहम्मद गोरी ने क्या किया—क्या पृथ्वीराज की इस उदारता से मोहम्मद गोरी का हिंदुओं के प्रति शत्रुभाव नष्ट हुआ? क्या उसने हिंदुओं के प्रति वैरभाव त्याग दिया? ऐसा करने की अपेक्षा उसने राक्षसी मनोवृत्ति के अनुसार हिंदुओं के इस मूर्खतापूर्ण, भोली 'उदारता' के प्रति लेशमात्र भी कृतज्ञता न रखकर घायल कर जीवित छोड़े हुए साँप की तरह मोहम्मद गोरी और उसके राज्य के सारे मुसलमान और भी चिढ़कर भड़क उठे तथा उन्होंने पृथ्वीराज पर पुनः आक्रमण कर हिंदुओं को चकनाचूर करने का निश्चय किया। तदनुसार गोरी ने ई.स. ११९३ में चुनिंदा मुसलमानों की विशाल सेना को साथ लेकर पृथ्वीराज पर पुनः आक्रमण किया।

६४१. राजपूतों के 'रासो' ग्रंथ और 'पृथ्वीराज रासो'—वास्तव में राजपूतों के काल के इतिहास का लेखन वहाँ के सुप्रसिद्ध 'रासो' नामक कविताबद्ध इतिहास-ग्रंथों का अभ्यास किए बिना करना अनुचित है। वीर रस से ओतप्रोत इन 'रासो' नामक काव्यात्मक, छंदबद्ध इतिहास-ग्रंथों को तत्कालीन राजपूत भाट-चारणों ने उसी काल में लिखा है, परंतु हमारे यहाँ 'रासो' का अध्ययन करना तो दूर, उनको केवल पढ़नेवाले भी दस-पाँच भी इतिहासकार होंगे या नहीं, इसमें संदेह है। इसलिए हमारे यहाँ लिखे गए राजपूतों के इतिहास, एक 'टॉड' नामक इतिहासकार का अपवाद छोड़कर, राजपूतों का, किंबहुना तत्कालीन हिंदू समाज का, वास्तविक इतिहास मानने योग्य नहीं है। ये इतिहास केवल अंग्रेज और मुसलिम लेखकों के अधिकतर उलटे-सुलटे और संक्षिप्त उल्लेखों के अनुवाद भर होते हैं। सारे शूरवीर 'राणाओं' के चरित्रों पर रचित स्वतंत्र 'रासो' ग्रंथ उपलब्ध हैं। उदाहरणार्थ—'हमीर रासो', 'छत्रसाल रासो' आदि। ये रासोग्रंथ विशुद्ध इतिहास-ग्रंथ कदापि नहीं हैं, परंतु उनकी घटनाएँ और उनमें से अनेक महान् कार्यों में उनके कवियों के स्वयं हिस्सा लेने के कारण उनमें किए गए आवेशमय वर्णन पढ़ने से वे सारे भव्य ऐतिहासिक प्रसंग जिस प्रकार मूर्त, जीवंत होकर हमारे सामने उपस्थित होते हैं, वैसे अन्य इतिहासों के शब्द तिथि, सन् आदि के उल्लेखों से भरे हुए चार पंक्तियों के त्रोटक वृत्तांतों से कदापि नहीं हो सकते। इसका प्रत्यय हमें पृथ्वीराज के दरबार के सुप्रसिद्ध राजकवि 'चंदबरदाई' (चाँद) के 'पृथ्वीराज रासो' नामक ग्रंथ में तत्कालीन हिंदुओं के तथा वायव्य दिशा से होनेवाले मुसलमानी टिड्डी दलों के प्रारंभिक आक्रमणों के वीर, शांत, करुण इत्यादि रसों से परिपूर्ण भव्य और उदात्त वर्णनों को पढ़कर मिलता है।

६४२. अग्निकुल की कथा—इस 'पृथ्जीराज रासो' में कुछ राजपूत कुलों की उत्पत्ति के विषय में प्रचलित 'अग्निकुल' की कथा दी गई है। इस कथा के अनुसार,

जब म्लेच्छ दैत्यों का उपद्रव चरम सीमा पर पहुँचा, तब महर्षि वसिष्ठ ने 'अर्बुद' (आबू) पर्वत पर एक महायज्ञ किया। उस यज्ञ के ज्वालाकल्लोल से चार देदीप्यमान वीर पुरुषों का प्रादुर्भाव वैदिक धर्म के रक्षार्थ हुआ। चित्तौड़ के गहलोत, कन्नौज के प्रतिहार, सांबा के चौहान और धार के परमार—इन चार राजपूत वंशों के वे ही मूल पुरुष थे। हमारा मत है कि इस कथा को इतिहास का आधार प्राप्त है। कारण, हिंदुओं द्वारा हूणों की राजसत्ता का संपूर्ण उच्छेद करने के बाद जब वे हिंदू धर्म को स्वीकार कर पूर्ण रूप से हिंदू राष्ट्र में विलीन हुए, तब उनमें से कुछ लोगों का शुद्धि-संस्कार ऋषिजनों ने किसी महान् शुद्धि यज्ञ द्वारा करवाया होगा और उसकी ही स्मृति में 'चंदबरदाई' ने पौराणिकों की परंपरा के अनुसार काव्यमय रूपक में इस कथा का वर्णन किया होगा।

६४३. ईसवी सन् १९२२-२३ में नागरी प्रचारिणी सभा ने इस 'पृथ्वीराज रासो' ग्रंथ के जीर्णोद्धार का महत्कार्य किया था। उस समय हमने जब रत्नागिरी के कारागार से 'हिंदुत्व' पर निबंध लिखते समय संदर्भ के लिए यह ग्रंथ मँगवाया था, तब हमारे 'नागरी प्रचारिणी सभा' के बंधुओं ने उस ग्रंथ के कुछ मुक्त अंश हमारे पास भेजे थे। बाद में उस पूर्ण ग्रंथ का प्रकाशन हुआ अथवा नहीं, इसकी जानकारी हमें नहीं मिली।

६४४. 'निर्लज्ज म्लेच्छ लजै नहीं, हम हिंदू लजवान' उपर्युक्त 'पृथ्वीराज रासो' ग्रंथ में हिंदू-मुसलमानों के तत्कालीन युद्धों के वर्णन महाभारत की शैली में किए गए हैं। पृथ्वीराज ने मोहम्मद गोरी का पराभव अनेक बार करने पर भी उसे हर बार जीवनदान दिया, इसको हिंदुओं के वीरधर्म के परम गौरव का कृत्य मानकर इसके लिए उसके कवि ने हिंदुओं की स्तुति की है। मोहम्मद गोरी ने 'मैं पुन: आक्रमण नहीं करूँगा और आपके साथ परम स्नेह का बरताव करूँगा' जैसा वचन देने के बाद भी उसको भंग कर जब ई.स. ११९३ में उपर्युक्त वर्णनानुसार पुन: आक्रमण किया, तब अत्यंत क्रोधित होकर चंदबरदाई ने लिखा है—

'निर्लज्ज म्लेच्छ लजै नहीं, हम हिंदू लजवान।'

(—हम हिंदुओं को धर्म-अधर्म का, सत्य-असत्य का विवेक है, हमें दुष्कृत्यों की लज्जा आती है; परंतु ये म्लेच्छ मूलत: निर्लज्ज ही हैं।)

६४५. जिस वचनभंग से पृथ्वीराज जैसे काफिरों का संपूर्ण राज्य जीतकर उसे मुसलमान बनाया जा सकता है, वह वचनभंग करना मुसलमान अपना धर्म-कर्तव्य मानते थे। मोहम्मद गोरी ने बार-बार ऐसा वचनभंग किया। इसीलिए उसको मुसलिम जगत् में 'गाजी' पद प्राप्त हुआ, यह सत्य भी हिंदुओं को सदैव स्मरण रखना चाहिए। जिन मुसलमानों ने चंदबरदाई के अनुसार 'अधर्म्य' वचनभंग किया, उन्हें ईश्वर ने सुयश दिया और हिंदुओं ने ऐसा कोई भी वचनभंग न कर उन शत्रुओं को जीवनदान देने की मूर्खतापूर्ण उदारता दिखाई। उस नामधारी धर्म के कारण ही उनका सर्वनाश हो गया।

६४६. मोहम्मद गोरी को पृथ्वीराज पर पुनः आक्रमण करने का यही अवसर अनुकूल लगा। इसका एक और कारण यह था कि पृथ्वीराज से वैर रखनेवाले कन्नौज के राजा जयचंद ने गोरी को पृथ्वीराज के विरुद्ध सहायता देने का गुप्त और आत्मघाती आश्वासन दिया था। सन् ११९३ में मोहम्मद गोरी ने जब आक्रमण किया, तब पृथ्वीराज की सेना के साथ उसकी मुठभेड़ स्थानेश्वर में हुई। दोनों पक्षों में अत्यंत तुमुल युद्ध हुआ। उसमें राजपूतों के चामुंडराय, हमीर, हाडा और अन्य अनेक योद्धा तथा राजा मारे गए अथवा मुसलमानों द्वारा पकड़े गए। बहुत बड़ी मात्रा में मुसलमानों की भी प्राणहानि हुई। पाठक! ये सारे वर्णन यथासंभव चंदबरदाई के मूल काव्य 'पृथ्वीराज रासो' में ही अवश्य पढ़ें। कारण, मुसलमानों द्वारा लिखित इतिहास-ग्रंथों में काफिरों की निंदा के अलावा और कुछ नहीं मिलता। 'रासो' ग्रंथ, भले ही काव्यमयी भाषा में क्यों न हों, के अतिरिक्त हिंदुओं द्वारा लिखित इस काल के इतिहास-ग्रंथ उपलब्ध ही नहीं हैं। अंत में उस युद्ध में पृथ्वीराज लड़ते-लड़ते मारा गया और मुसलमानों की संपूर्ण विजय हुई— ऐसा मुसलिम इतिहासकारों ने लिखा है। विजय प्राप्त होते ही मोहम्मद गोरी ने तत्काल दिल्ली पर आक्रमण कर दिया। मुसलमानों की राक्षसी युद्धनीति के अनुसार पराजित पृथ्वीराज के अंत:पुर का शीलभंग, हिंदुओं के देवालयों का विध्वंस, हिंदुओं का कत्लेआम, लूटमार और विशेषतः पृथ्वीराज की उस काल में भी विख्यात अत्यंत सुंदर और तरुण पत्नी तथा जयचंद की कन्या संयोगिता की प्राप्ति, ये मुसलिम धर्म के राक्षसी 'पुण्यकृत्य' अभी गोरी को पूर्ण करने थे। हालाँकि गोरी ने दिल्ली पर आक्रमण करने की काफी जल्दी की, तब भी पृथ्वीराज का पराभव और मुसलमानों द्वारा उसके पकड़े अथवा मारे जाने का समाचार दिल्ली के राजप्रासाद में सम्राज्ञी संयोगिता को पहले ही ज्ञात हो गया था। यह समाचार सुनते ही पूर्व योजना के अनुसार इस घोर संकट का यशस्वी प्रतिकार करते हुए राजपूत वीरांगना का कर्तव्य निभाने में उसने एक क्षण का भी विलंब नहीं लगाया; उसने सारे ऐश्वर्य का, माता-पिता और भाई-बहन का, सारे जगत् का और अपने प्राणों का भी मोह तत्क्षण त्याग दिया और राजप्रासाद के अत्युच्च सौध से 'जय हर' की गर्जना करते हुए नीचे छलाँग लगाकर प्राण त्याग दिए। इस प्रकार उसने जयहर किया, जौहर किया। सम्राज्ञी का अनुकरण करते हुए सैकड़ों हिंदू स्त्रियों ने म्लेच्छों द्वारा नष्ट-भ्रष्ट होने से पहले ही यमुना नदी में कूदकर प्राण त्याग दिए।

६४७. मोहम्मद गोरी ने अपनी सेना के साथ दिल्ली पहुँचकर वहाँ के राजप्रासाद में और पूरे नगर में हिंदू नागरिकों को यथेच्छ लूटा, उनका वध किया और उनके घरों में आग लगाई। उस विध्वंस और लूटमार के पश्चात् गोरी ने वहाँ पर अपनी राज्यसत्ता की घोषणा की और फिर अपने एक विश्वासपात्र गुलाम 'कुतबुद्दीन ऐबक' को वहाँ का मुख्य अधिकारी नियुक्त कर वह गजनी वापस लौट गया। तत्पश्चात् दो वर्षों के अंदर ही ई.स. ११९५ में उसने (मोहम्मद गोरी ने) यह सब कर दिया। दिल्ली के अपने

कर्तृत्वशाली, निष्ठावान अधिकारी कुतबुद्दीन को साथ लेकर राजा जयचंद की राजधानी कन्नौज पर चढ़ाई की। वहाँ पर हुए घमासान युद्ध में जयचंद की पराजय हुई और वह मारा गया। एक अर्थ में उसने पृथ्वीराज और पर्याय से समस्त हिंदू राष्ट्र के साथ जो घोर विश्वासघात किया था, उसका उसे उचित दंड और प्रायश्चित्त मिला।

६४८. उस समय तक महमूद गजनवी ने सोमनाथ आदि पवित्र हिंदू-क्षेत्रों पर जो भयंकर आक्रमण किए थे, उनके बाद सौ वर्षों से अधिक का काल बीत चुका था। इसलिए हिंदुओं के मन में उनकी स्मृति किसी क्षणिक दुःस्वप्न की भाँति क्षीण हो गई थी। मोहम्मद गोरी के इन दो आक्रमणों ने पूरे उत्तर भारत के हिंदुओं को हिला दिया था। राजा-महाराजा, संत-महंतों से लेकर झोंपड़ी में रहनेवाला साधारण मनुष्य तक पूरे हिंदू समाज में हिंदुओं के मनोबल और सैनिक बल का ऐसा घोर क्षरण हुआ देखकर हलचल मच गई। मोहम्मद गोरी भी अपने इस अनपेक्षित यश से अधिक उत्साहित हुआ। कन्नौज के भी आगे हिंदुओं का 'काशी' नामक परम पवित्र महाक्षेत्र है—यह सुनकर उसने काफिरों के हिंदू धर्म का उच्छेद करने के धर्मोन्माद में सीधे काशी पर ही आक्रमण कर दिया।

६४९. काशी क्षेत्र में हजारों मुसलमानों के ऐसे धर्मोन्मत्त और रक्तपिपासु आक्रमणों का सामना करने की कोई भी व्यवस्था नहीं थी। इसलिए गोरी ने काशी क्षेत्र को सहजता से अपने अधीन कर लिया। उसने और उसकी सेना ने हिंदू स्त्री-पुरुषों का रक्तपात, लूटमार, स्त्रियों पर बलात्कार, विशेषतः अधिक-से-अधिक हिंदुओं को भ्रष्ट कर तथा गुलाम बनाकर वहाँ पर महाप्रलय मचाया और इन सारे धार्मिक अत्याचारों को भी मात देते हुए उन दुष्टों ने काशी के यच्चयावत् समस्त छोटे-बड़े देवालयों की देवमूर्तियों को तोड़कर उनके टुकड़े-टुकड़े कर डाले।

६५०. परंतु इतने में आगे के प्रदेशों के प्रबल और संगठित हिंदू राज्यों, विशेषतः राजस्थान में मोहम्मद गोरी पर आक्रमण कर उसे घेर लेने की योजना बन रही है—यह समाचार गोरी को मिला। हिंदुओं द्वारा हुए उसकी पिछले दो-तीन पराजयों में गोरी ने संगठित हिंदू सेना की तलवार का पानी चखा ही था। इसलिए कन्नौज और काशी में उसे जितना मिला, उसी पर संतोष कर वह धूर्त मुसलिम सुलतान मोहम्मद गोरी वापस गजनी चला गया। जैसा कि हमने ऊपर बताया है, उसने अपने विश्वासपात्र शूर, राजनीति निपुण, गुलाम कुतबुद्दीन को ही कन्नौज तक जीते हुए प्रदेश का प्रशासक नियुक्त किया।

६५१. हाय! इसी कुसमय में युधिष्ठिर के काल से हिंदू साम्राज्यों की राजधानी रहे हमारे इंद्रप्रस्थ या हस्तिनापुर या दिल्ली नामक नगर में हिंदुओं के इस युगों-युगों के सत्ताकेंद्र का उच्छेद हो गया और वहाँ मुसलिम राज्यसत्ता की मजबूत नींव रखी गई। दिल्ली विदेशियों की दासी हुई। अगले पाँच-छह सौ वर्षों तक वह अनेक मुसलिम सुलतानों और बादशाहों की राजसत्ता में, दासता में जकड़ी दुर्गति सहती-भोगती रही।

इसमें कुछ अल्पकालीन अपवाद भी रहे। अंत में मराठों ने अटक तक और अटक पार भी अपनी वीरता के झंडे गाड़कर मुसलिम राजसत्ता का नाश कर उसे मुक्त कर दिया ।

६५२. गजनी वापस लौटने के कुछ ही दिनों बाद मोहम्मद गोरी का वध हो गया। कुछ मुसलमान इतिहासकारों ने लिखा है कि गोरी की ही सेना की एक टुकड़ी ने विद्रोह कर उसका वध कर दिया; परंतु कवि चंदबरदाई ने 'पृथ्वीराज रासो' में लिखा है कि पृथ्वीराज ने अपनी पराजय का प्रतिशोध लेने के लिए एक अलौकिक, अनूठे अवसर का पूरा लाभ उठाकर मोहम्मद गोरी का वध किया। उसने इस अलौकिक प्रसंग का अत्यंत विस्तृत और रसपूर्ण वर्णन किया है। यद्यपि राजपूतों द्वारा विश्वसनीय मानी जानेवाली इस प्रचलित लोककथा को कोई दूसरा ऐतिहासिक आधार अभी तक नहीं मिला है, तथापि यहाँ हम उसका उल्लेख करें, इतनी महत्त्वपूर्ण वह अवश्य है।

'पृथ्वीराज रासो' काव्य में अत्यंत हृदयंगम रीति से वर्णित इस लोककथा का सारांश इस प्रकार है—'पृथ्वीराज युद्ध में मारा नहीं गया, बल्कि गोरी द्वारा जीवित ही पकड़ा गया। गोरी उसे बंदी बनाकर अपने साथ गजनी ले गया। वहाँ उसने पृथ्वीराज की दोनों आँखें निकालकर उसे अंधा बना दिया और कारागार में डाल दिया। जब चंदबरदाई या चंदभाट को इसकी जानकारी मिली, तब उस राजपूत भाट ने अपने सम्राट् के लिए प्राणार्पण करने के परम कर्तव्य का निर्वाह करने का निश्चय किया और वह स्वयं गजनी में मोहम्मद गोरी की राजसभा में जा पहुँचा। उस काल में भाट-चारणों को अवश्य माना जाता था। उनका यह अधिकार मुसलमान राजा भी स्वीकार करते थे। सुलतान मोहम्मद गोरी ने भी कवि चंद को उसका आवेदन प्रस्तुत करने की अनुमति दी। कवि चंदबरदाई, जो प्रख्यात आशुकवि था, ने तत्काल कविता बनाकर उसे ऊँचे, रसपूर्ण, बुलंद और मधुर स्वर में गाकर इस अर्थ का निवेदन किया कि 'हे सुलतान, मेरा स्वामी तो तुम्हारा बंदी हो ही गया है। उसका अंत तुम अपनी इच्छा के अनुसार ही करोगे, परंतु मेरी तुमसे केवल इतनी ही प्रार्थना है कि एक तो मेरा भी मेरे स्वामी के साथ ही, उसी प्रकार से या किसी अन्य प्रकार से वध कर दो। दूसरे, हमारी भारतीय धनुर्विद्या में जो 'शब्दवेध' की अद्‍भुत कला है, उसमें मेरा स्वामी कितना निपुण है, इसकी प्रत्यक्ष परीक्षा उसे मारने से पहले तुम अवश्य लो!'

यह सुनकर सुलतान गोरी को भी इस 'शब्दवेध' कला के बारे में कुतूहल हुआ। उसने कवि चंद की प्रार्थना को स्वीकार कर लिया। फिर भी यथासंभव पूरी सावधानियाँ रखते हुए इसकी प्रत्यक्ष परीक्षा का प्रबंध किया गया। एक पंक्ति में इक्कीस तवे टाँगे (बाँधे) गए। सुलतान मोहम्मद गोरी अपने शाही परिवार और सरदारों के साथ राजसभा में आया तथा अपने ऊँचे सिंहासन पर इस अद्‍भुत विद्या 'शब्दवेध' का प्रत्यक्ष प्रयोग देखने के लिए अत्यंत उत्सुकता से बैठा। उसके बाद कवि चंद को और दिल्ली के उस भूतपूर्व अंधे हिंदू सम्राट् पृथ्वीराज को सैनिक पहरे में वहाँ लाकर टाँगे गए तवों के

सामने बैठाया गया। तत्पश्चात् प्रत्येक तवे पर आघात कर ध्वनि उत्पन्न की गई। पृथ्वीराज ने प्रत्येक तवे की ध्वनि सुनते ही उसके अनुरोध से अचूक बाण मारकर प्रत्येक तवे का अचूक वेध कर दिया। इस प्रकार वह अंधा पृथ्वीराज जब सारे तवों का अचूक वेध कर रहा था, तब सारी राजसभा तालियों की गड़गड़ाहट से गूँज उठी थी। स्वयं सुलतान गोरी भी अंतिम तवे के वेध पर 'शाबाश! शाबाश!' कहकर चिल्ला उठा था। तभी पृथ्वीराज के पास ही खड़े कवि चंद ने तत्काल एक दोहा रचकर अपने स्वामी से कहा—"यहाँ से अमुक अंतर पर, अमुक ऊँचाई पर सुलतान बैठा है, (वह 'शाबाश' कहकर चिल्ला रहा है। इसलिए हे वीरवर, उस आवाज का अनुसरण कर तुम उसका वध करो।) इसलिए हे चौहान, अब मत चूकें।" वह दोहा था—

'चार बाँस चौबीस गज, अंगुल अष्ट प्रमान।
ता ऊपर सुलतान है, मत चूके चौहान॥'

यह सुनकर पृथ्वीराज ने तत्काल सुलतान के 'शाबाश' शब्द की ध्वनि का अनुसरण कर तीक्ष्ण बाण मारकर उसका वध कर दिया। तत्काल पूरी राजसभा में हाहाकार मच गया। पहरा देनेवाले सैनिक कुछ समझें और आक्रमण करें, उससे पहले ही पृथ्वीराज और कवि चंद ने अपनी तलवारें निकालकर स्वयं अपने सिर काटकर आत्महत्या कर ली।

६५३. गुलाम घराना—मोहम्मद गोरी की मृत्यु के बाद उसके द्वारा हिंदुस्थान में नियुक्त राज्य-प्रशासक कुतबुद्दीन ने दिल्ली में स्वतंत्र मुसलिम 'सलतनत' (महाराज्य) स्थापित की और वह स्वयं ही उसका सुलतान बन बैठा। कुतबुद्दीन तुर्क जाति का था, परंतु वह मोहम्मद गोरी का गुलाम था। इसलिए उसका राजवंश 'गुलाम घराना' या 'गुलाम वंश' कहलाता है।

६५४. कुतुबमीनार की बनावटी कथा—दिल्ली के प्रसिद्ध 'कुतुबमीनार' को इसी कुतबुद्दीन ने अपनी विजय के स्मारक के रूप में बनाया था—यह प्रचलित धारणा पूर्णत: असत्य है। इस स्तंभ का निर्माण अत्यंत प्राचीनकाल में किसी हिंदू सम्राट् (संभवतया समुद्रगुप्त) ने 'विष्णुस्तंभ' नाम से कर और उसे श्रीविष्णु को अर्पित किया था। हाल ही में उत्खनन में इस बात का एक महत्त्वपूर्ण प्रमाण प्राप्त हुआ है। वह है श्रीविष्णु की मूल प्राचीन मूर्ति, जो उत्खनन में इस मीनार के पास ही मिली। पृथ्वीराज के राज्यकाल में उसने इस जयस्तंभ में बहुत से सुधार किए थे। अत: उसे कुछ स्थानों पर 'पृथ्वीस्तंभ' भी कहा गया है। मुसलमानों को यह व्यसन ही था कि वे जहाँ कहीं भी जाते थे, वहाँ के सारे पूर्व के स्मृति-चिह्नों को मिटाकर, उनका नामनिर्देश भी समाप्त कर वहाँ पर 'इसलामी' ठप्पा या छाप लगा देते थे। तदनुसार हिंदुस्थान में भी उन्होंने समस्त विजित राजधानियों के, तीर्थक्षेत्रों के महत्त्वपूर्ण स्थानों के और कलाकृतियों के मूल हिंदू नाम बदलकर उन्हें अपने मुसलमानी नाम दे दिए थे।

इसी आदत या व्यसन के अनुसार इस प्रचंड 'विष्णुस्तंभ' या 'पृथ्वीस्तंभ' को भी सुलतान कुतबुद्दीन ने 'कुतुबमीनार' नाम दिया था। इस स्तंभ पर उसने अनेक स्थानों पर अरबी भाषा में कुरान के वचन खुदवाए। उस स्तंभ में यत्र-तत्र कुछ नए परिवर्तन भी किए, परंतु इस शिल्प-परिवर्तन के लिए आवश्यक पत्थरों के लिए उस दुष्ट कुतबुद्दीन ने विभिन्न तीर्थस्थानों में भंग की हुई हिंदू मूर्तियों को मँगवाकर उन्हें आवश्यकतानुसार कटवाकर और घिसवाकर उन पत्थरों को इस 'मीनार' में लगवाया था।

६५५. चित्तौड़ पर आक्रमण और हिंदुओं को प्राप्त विजय—जब सुलतान कुतबुद्दीन पंजाब, दिल्ली, कन्नौज आदि प्रांतों में हिंदू राज्यों को जीत रहा था, उसी समय उसकी दृष्टि में राजपूताने के स्वतंत्र हिंदू राजपूत राज्य बुरी तरह चुभ रहे थे। इसी समय चित्तौड़ के राणा समरसिंह की मृत्यु हुई और उसके बाद उसके अल्पवयस्क पुत्र कर्ण को राजगद्दी पर बैठाया गया। उस अवसर का लाभ उठाकर सुलतान कुतबुद्दीन ने चित्तौड़ पर आक्रमण किया। परंतु उस वीर पुत्र की वीरांगना माँ करुणा देवी ने आस-पास के हिंदू राजाओं को प्रेरित कर, उनकी सहायता से स्वयं सेना का नेतृत्व करते हुए सुलतान से युद्ध किया। अंबर के समीप हुए उस युद्ध में हिंदुओं ने कुतबुद्दीन की मुसलिम सेना को पराजित किया। तब कुतबुद्दीन अपनी सेना का सर्वनाश टालने के लिए तत्काल पीछे हट गया और दिल्ली वापस चला गया।

राजा कर्ण की मृत्यु के बाद चित्तौड़ के सिंहासन पर 'हूप' नामक राजा बैठा। तब कुतबुद्दीन की मुसलिम सेना ने पुनः चित्तौड़ पर आक्रमण किया; परंतु राजपूतों ने पुनः संगठित होकर समरभूमि में उसकी घोर दुर्दशा कर दी। राजा हूप अत्यंत कर्तृत्वशाली राजा था। उसके जीवनकाल में चित्तौड़ पर पुनः आक्रमण करने का साहस मुसलमानों को नहीं हुआ।

६५६. यहाँ पर यह भी ध्यान में रखना चाहिए कि इस प्रकार बारंबार विजय प्राप्त होती थी, तब भी जब तक मुसलमान स्वयं ही उनपर आक्रमण नहीं करते थे, तब तक हिंदू स्वयं उनपर कभी आक्रमण नहीं करते थे; अथवा पराजित मुसलिम सेना का पीछा भी नहीं करते थे, या फिर पीछे छूट गए मुसलमानों को पकड़कर उनका नाश नहीं करते थे अथवा उनकी मसजिदों को तोड़कर नहीं गिराते थे। अपने 'सद्‌गुण विकृति' के व्यसन के कारण इस प्रकार अनेक अवसर प्राप्त होने पर भी मुसलमानों के अत्याचारों का प्रतिशोध वैसे ही धार्मिक प्रत्याचारों द्वारा हिंदू नहीं लेते थे; इसीलिए मुसलमान बार-बार थोड़ा सा अवसर पाते ही हिंदुओं पर घोर अत्याचार करते थे।

६५७. ई.स. १२१० में सुलतान कुतबुद्दीन की मृत्यु हुई।* उसके बाद एक-दो सुलतान राजगद्दी पर बैठे, परंतु उनकी अयोग्यता और दुर्बलता के कारण उन्हें शीघ्र ही

* कुतबुद्दीन के बाद वस्तुतः सन् १२११ से १२३६ तक उसके सुयोग्य दामाद 'सुलतान अल्तमश' ने अत्यंत सफलतापूर्वक शासन किया। 'रजिया' उसी की पुत्री थी। —अनुवादिका।

पदच्युत कर दिया गया। अंत में इसी घराने की कन्या 'रजिया' राजगद्दी पर बैठी। वह राजकाज में अत्यंत निपुण थी। वह पुरुष-वेश में राजदरबार में और युद्धभूमि में जाती थी। बाद में अपने राजदरबार के प्रमुख अश्वचालक (साईस) विश्वासपात्र गुलाम 'जलालुद्दीन' उर्फ याकूत से उसे प्रेम हो गया और वह प्रकट रूप से उसके साथ रहने लगी। यह बात उसके तुर्क सरदारों को असह्य प्रतीत हुई। कारण, याकूत हब्शी (नीग्रो) था। तुर्क स्वयं को अत्यंत उच्च-कुलीन मुसलमान समझते थे और हब्शियों को अत्यंत हीन जाति का मानकर उनसे घृणा करते थे। इस बात से सुधी पाठकगण यह भी समझ जाएँगे कि पूरे मुसलिम इतिहास में यद्यपि तुर्क, मुगल, अरब, पठान, हब्शी आदि विभिन्न जातियों के लोग 'मुसलमान' कहलाते थे और 'हम मुसलमानों में जातिभेद है ही नहीं'—इस प्रकार शेखी बघारते थे, तथापि उनमें भी, इन विभिन्न जातियों में श्रेष्ठ-कनिष्ठ की बलवती जातिभेद की भावना अत्यंत प्रबल रूप में विद्यमान थी।

६५८. यहाँ इस ग्रंथ में स्थानाभाव के कारण हम इस बात का केवल एक बार ही उल्लेख करते हैं। जो पाठक इसके बारे में अधिक जानकारी चाहते हों, वे हमारा ऐतिहासिक लेख 'मुसलिमों के पंथोपपंथ' अवश्य पढ़ें।

६५९. अंत में तुर्क सरदारों ने सुलताना रजिया और उसके प्रेमी हब्शी जलालुद्दीन (याकूत) के विरुद्ध प्रकट रूप में विद्रोह किया। सरहिंद के सूबेदार अल्तुनिया ने इस विद्रोह का नेतृत्व कर सुलताना रजिया को युद्ध में पराजित किया। परंतु उसने बड़ी चतुराई से अल्तुनिया को ही मोहित कर उसके साथ विवाह कर लिया। उसके बाद उन्होंने दिल्ली पर पुनः आक्रमण किया; परंतु वहाँ के सरदारों के साथ हुए युद्ध में पराभूत होकर सुलताना रजिया और उसका पति अल्तुनिया—दोनों मारे गए। आगे काफी कुछ उथल-पुथल होने के बाद सरदार 'बलबन' ने ई.स. १२६६ में सर्व सत्ता प्राप्त की और वह स्वयं सुलतान बन गया।

६६०. चंगेज खाँ—दिल्ली में इस गुलाम वंश के राज्यकाल के समय ही हिंदुस्थान की सीमा के उस पार मध्य एशिया से मुगल या मंगोल लोगों के निरंतर आक्रमणों से घोर उत्पात मचा हुआ था। उस काल में मंगोलिया से इनकी विशाल सेनाएँ अपने नेता के नेतृत्व में पैसिफिक समुद्र से लेकर काले समुद्र तक के सारे देशों को रौंदती, कुचलती, नष्ट-भ्रष्ट करती हुई किसी झंझावात की भाँति जा रही थीं। चंगेज खाँ उनका तत्कालीन जगप्रसिद्ध नेता था। उस काल तक इन मुगलों ने 'इसलाम' को स्वीकार नहीं किया था। चंगेज खाँ ने तो मरते दम तक मुसलमानी राज्यों की, धर्म की और अरब जैसे मुसलिम राष्ट्रों की यथासंभव अवमानना और दुर्दशा की। जिस खलीफा को मुसलमान अल्लाह का धार्मिक और राजकीय प्रतिनिधि मानते हुए उसका अत्यंत सम्मान करते थे, उस खलीफा को उसके सिंहासन से नीचे खींचकर चंगेज खाँ ने उसका वध किया और उसकी राजधानी बगदाद को ध्वस्त कर डाला। फिर भी अल्लाह ने

उसका बाल भी बाँका नहीं किया।

इस प्रकार विनाश और विध्वंस करते हुए वह रूस के 'कीव्ह' नामक राज्य तक अप्रतिहत रूप से पहुँचा और उस राज्य का भी उच्छेद कर 'काला सागर' तक लूट-खसोट और मार-काट से प्रलय मचाकर उसने वह पूरा प्रदेश अपने साम्राज्य में जोड़ लिया। इस समस्त विस्तीर्ण जगत् में चंगेज खाँ को रोक सके, उसका विरोध कर सके, ऐसी कोई भी शक्ति उस काल में नहीं थी। रूस से वापस लौटते समय वह हिंदुस्थान पर टूट पड़ेगा—ऐसा स्पष्ट रूप से दिखाई दे रहा था। संयोग से गजनी के मुसलमान राज्य का विनाश करने के पश्चात् वह अकस्मात् मंगोलिया वापस लौट गया। वहीं पर ई.स. १२२७ में उसकी मृत्यु हो गई। उसके बाद मुगलों की सारी राजसत्ता उनके सर्वाधिक बलशाली सरदार कुबलई खाँ या कुबला खाँ को प्राप्त हुई। मुगलों ने समस्त चीन और कोरिया को पहले ही जीत लिया था। कुबला खाँ ने पदाक्रांत चीन की राजधानी पीकिंग को ही अपनी राजधानी बनाया।

६६१. इन मुगलों का एशिया के तुर्कों से जो संघर्ष हुआ, उसका एक परिणाम यह हुआ कि वहाँ तुर्क और मुगलों की सम्मिश्र संतति उत्पन्न हुई। उस मिश्र प्रजा को केवल 'मंगोल' या 'मुगल' कहते थे। वे मुगल भारत में प्रवेश करने के लिए बार-बार आक्रमण करते थे। इस प्रकार अंत में वे दिल्ली तक घुस आए। उनमें से कुछ लोगों ने मुसलमानी धर्म को स्वीकार किया; परंतु पुराने खानदानी मुसलमान उनके साथ समानता का व्यवहार न कर उन्हें हीन जाति के समझते थे। इसलिए ये लोग दिल्ली में 'मुगलपुरा' नामक स्वतंत्र बस्ती बसाकर रहने लगे। पुराने मुसलमानों द्वारा अवहेलना होने के कारण उनमें से कुछ लोगों ने राजपूतों का भी आश्रय लिया। विशेषत: रतनभोर (रणथंभोर) के शूर हिंदू राजा के पास उसकी सेना में ऐसे लगभग दो हजार नव मुसलिम नौकरी करते थे।

६६२. गुलाम वंश का सुलतान बलबन एक अर्थ में अत्यंत प्रबल, कर्तृत्वशाली और स्वयं को अल्लाह का प्रतिनिधि माननेवाला सुलतान था; परंतु सुलतान से लेकर साधारण सिपाही तक प्रत्येक मुसलमान का हिंदू धर्म और हिंदुओं के प्रति घोर विद्वेष से भरा आचरण करने का जो स्वाभाविक गुण होता था, उसमें सुलतान बलबन सबसे आगे, सबसे बढ़कर था। उसने हिंदुओं पर नाना प्रकार के कर लगाए। उनकी तीर्थयात्राओं पर रोक लगाई। अनगिनत हिंदुओं को बलपूर्वक मुसलमान बनाना और विरोध करने पर मारकाट करना तो गाँव-गाँव में चलता ही रहता था।

६६३. सुलतान बलबन अत्यंत वृद्ध होकर ई.स. १२८६ में अल्लाह को प्यारा हो गया अर्थात् मर गया। उसके बाद गुलाम वंश में कोई भी कर्तृत्वशील पुरुष न होने के कारण खिलजी घराने के 'जलालुद्दीन' नामक एक बलवान सरदार बलबन के पुत्र-पौत्रों का वध कर ई.स. १२९० में ही दिल्ली का सुलतान बन गया। यहीं पर गुलाम वंश का अंत हुआ।

६६४. खिलजी वंश—सुलतान जलालुद्दीन खिलजी का खानदान पूर्वकाल में कभी भले ही तुर्क रहा हो, परंतु अब वह स्वयं को पठान (अफगान) मानता था। वह भी अन्य मुसलिम सुलतानों की तरह हिंदू धर्म और हिंदू सत्ता का संपूर्ण उच्छेद करने की महत्त्वाकांक्षा और ईर्ष्या से प्रेरित था। राज्य-व्यवस्था से संबंधित अन्य प्रकरणों में वह न्यायी था; परंतु मुसलमानों के लिए उसके मन में विशेष प्रेम था। राजपूतों के प्रख्यात दुर्ग 'रणथंभोर' पर जब उसकी मुसलिम सेना ने घेरा डाला था, तब उस घमासान युद्ध में अंत में इतने अधिक मुसलमान मारे गए कि जलालुद्दीन ने हार मानते हुए घेरा उठवा लिया और कहा—"मुसलमान का एक बाल भी मेरे लिए ऐसे सौ किलों से अधिक कीमती है!" परंतु उसको इतनी देर बाद ही सही, यह जो बुद्धि आई, उसका असली कारण राजपूतों का महान् शौर्य ही था! इस पराजय के बाद उसने कभी राजपूतों पर चढ़ाई करने का साहस नहीं किया।

६६५. वृद्ध जलालुद्दीन ने अपने पश्चात् वीर, महत्त्वाकांक्षी और कट्टर भतीजे अलाउद्दीन को ही अपने उत्तराधिकारी के रूप में सुलतान बनाने का निश्चय किया था। तदनुसार उसने अलाउद्दीन को विशाल सेना देकर राजपूतों पर आक्रमण करने भेजा; परंतु अलाउद्दीन की साहसी और हिंदूद्वेषी महत्त्वाकांक्षा को उतना क्षेत्र अपर्याप्त लगा। दक्षिण के जिन हिंदू राज्यों की अपार, असीम धन-संपत्ति के विषय में वह बहुत कुछ सुनता आ रहा था, उन राज्यों को ही पदाक्रांत कर जीतने के लिए अपने वृद्ध सुलतान जलालुद्दीन की अनुमति लिए बिना ही उसने विंध्य पर्वत पार कर अचानक दक्षिण पर आक्रमण कर दिया। दक्षिण के जिस राज्य पर अलाउद्दीन सबसे पहले टूट पड़ा वह राज्य देवगिरि के यादवों का था।

६६६. अलाउद्दीन का यह आक्रमण ऐतिहासिक दृष्टि से विशेष रूप से महत्त्वपूर्ण है। अर्वाचीन इतिहास के इस कालखंड के आरंभ से ही अर्थात् ई.सन् पाँच-छह सौ वर्ष पूर्व से तेरहवीं सदी के अंत तक लगभग दो हजार वर्षों तक दक्षिण भारत का हिंदू जगत् संपूर्ण राजनीतिक स्वातंत्र्य, संपन्नता और सामर्थ्य का उपभोग करता रहा था। इन दो हजार वर्षों में दक्षिण भारत पर किसी भी परधर्मीय अथवा विदेशी अहिंदू शत्रु का बड़ा आक्रमण नहीं हुआ था। वैसा अपवादात्मक सफल प्रयास करनेवाले परकीय शत्रुओं को दक्षिण भारत के हिंदू वीरों ने उनकी सीमा का उल्लंघन करते ही वहीं कुचलकर समाप्त कर डाला था। दक्षिण भारत के ऐसे हिंदू जगत् पर अलाउद्दीन खिलजी द्वारा किया हुआ यह अकस्मात् आक्रमण परधर्मियों और परराष्ट्रीय शत्रु द्वारा किया गया इतिहास का पहला ही आक्रमण था और वह सफल भी हुआ था। उसके दूरगामी और भीषण परिणाम हुए थे। उक्त आक्रमण की उस राज्य-क्रांतिकारी, विघ्नसंकुल या विघ्नकारी विशेषता के कारण उसके आगे के वृत्तांत की समीक्षा इस ग्रंथ में एक स्वतंत्र प्रकरण में करना आवश्यक है। □

प्रकरण—४

दक्षिण भारत पर मुसलमानों के आक्रमण

६६७. हिंदुस्थान के ऐतिहासिक काल के प्रारंभ से अर्थात् साधारणत: ई.स. पूर्व पाँच-छह सौ वर्षों से लेकर ई.स. के चौदहवें शतक के आरंभ तक दक्षिण भारत पर सिंधु-मार्ग से अथवा भूमि-मार्ग से विदेशी अहिंदुओं का व्यापक आक्रमण कभी नहीं हुआ था। दक्षिण भारत के हिंदू राज्य इस प्रदीर्घकाल में अधिकतर अक्षुण्ण रूप से स्वतंत्रता और सामर्थ्य का उपभोग करते रहे थे। यही नहीं, वहाँ के कलिंग, पांड्य, चेर, चोल, आंध्र, राष्ट्रकूट, चालुक्य, यादव आदि अनेक समूहों और राज्यों के लाखों हिंदू सैनिकों तथा व्यापारियों ने अपने राज्य का तथा व्यापार, ज्ञान, विज्ञान, शिल्प, कला इत्यादि का एक ओर मेक्सिको तक, तो दूसरी ओर अफ्रीका के मध्य तक दिग्विजयी प्रचार किया था।

६६८. हमारे हिंदुस्थान के दाक्षिणात्य हिंदू राज्यों और हिंदू लोगों ने इतने दीर्घकाल तक अपनी स्वतंत्रता को टिकाए रखा—यह बात इतने स्पष्ट और निश्चित रूप से इतिहास में किसी ने भी, कहीं भी नहीं बताई है।

६६९. इसके विपरीत हम यह आह्वानपूर्वक कहते हैं कि हमारे इस दक्षिण के खंडप्राय हिंदू द्वीपकल्प की भाँति अपनी स्वतंत्रता, सामर्थ्य और साम्राज्य इतने दीर्घकाल तक टिकाए रखनेवाला तथा स्वयं को भूमि-मार्ग अथवा जल-मार्ग से राजनीतिक परदास्य का स्पर्श भी न होने देनेवाला देश और राष्ट्र आज तक के ज्ञात इतिहास में ढूँढ़ने पर भी शायद ही कहीं मिलेगा।

६७०. जिस भरतखंड का आधे से अधिक विस्तीर्ण भू-प्रदेश इतने दीर्घकाल तक स्वपराक्रम से ऐसे गौरवपूर्ण भूतकाल का उपभोग करता रहा हो, उसी भरतखंड की, आज के परकीय और कुछ स्वकीय इतिहासों में कुछ डॉ. आंबेडकर जैसे लेखक हिंदू-ईर्ष्यावश, उन्मादवश अथवा केवल अज्ञानवश घोर विडंबना करते हुए लिखते हैं—"सारे हिंदुस्थान का इतिहास प्रारंभ से ही परदास्य में जकड़े गए और परकीयों के

पाँवों तले सतत रौंदे गए अभागे लोगों का ही इतिहास है! यह इतिहास शतकानुशतकों तक केवल दासता का, गुलामी का जीवन जीनेवाले हिंदुओं का इतिवृत्त है!''

६७१. अब भविष्य में प्रत्येक भारतीय अथवा अभारतीय इतिहासकार को सत्य की रक्षा के लिए ही सही, दक्षिण भारत की इस स्वतंत्र और गौरवास्पद विशेषता का सुस्पष्ट उल्लेख करना ही चाहिए! तब ही उसका लेखन सच्चे अर्थ में 'इतिहास' होगा!

६७२. उत्तर हिंदुस्थान के हिंदुओं का श्रेय—दक्षिण भारत के इस प्रदीर्घ राजनीतिक स्वातंत्र्य और साम्राज्य का अधिकांश श्रेय उत्तर भारत के उन हिंदू वीरों को है, जिन्होंने छह सौ, सात सौ वर्षों तक अखंड रूप से घमासान युद्ध करते हुए समस्त एशिया की इन अरब, पठान, तुर्क, मुगल आदि अनेक जातियों और राष्ट्रों के लाखों लुटेरे आक्रमणकारियों को इतने दीर्घकाल तक वहाँ उत्तर में ही रोककर रखा। उनके अतिरिक्त जिन लाखों हिंदू धर्मवीरों ने हिंदू धर्म के रक्षण के लिए प्रज्वलित अग्नि की ज्वालाओं में, नदियों के प्रवाह में, शत्रुओं द्वारा की गई भीषण मारकाट में अपने प्राणों की आहुतियाँ दीं, परंतु अपनी श्रद्धानुसार हिंदू धर्म का त्याग नहीं किया, उनके इस पराक्रम और हौतात्म्य को भी इसका बहुत-कुछ श्रेय है। इस विषय में अखिल हिंदू राष्ट्र पर उत्तर भारत की उन हिंदू पीढ़ियों के इतने अधिक उपकार हैं कि हिंदू राष्ट्र उनका ऋण कभी नहीं चुका सकता। हिंदुओं के इतिहास की यह अविस्मरणीय बात हिंदुओं को कभी भूलनी नहीं चाहिए।

६७३. इतने प्रदीर्घकाल के उपरांत ही क्यों न हो, विश्व के हर विशाल राष्ट्र पर कभी-न-कभी परतंत्रता का संकट अवश्य आता है—यह विश्व के इतिहास से स्पष्टत: विदित होता है। तदनुसार तेरहवीं सदी के अंत में दक्षिण भारत पर भी परकीय मुसलमानों के आक्रमण का संकट आया।

६७४. यहाँ पर यह भी ध्यान में रखना चाहिए कि उसके भी पूर्वकाल में तत्कालीन विश्व में विस्तार और महानता में भारत के साथ जिसकी तुलना हो सकती है, ऐसे एकमात्र राष्ट्र चीन को चौदहवीं सदी के लगभग सौ वर्ष पूर्व ही प्रथम चंगेज खाँ ने और तत्पश्चात् कुबलाई खाँ ने पूर्णत: जीत लिया था और जिस समय दक्षिण भारत पर अलाउद्दीन खिलजी प्रथम आक्रमण कर रहा था, उस समय समस्त चीन का राष्ट्र विदेशी मुगल बादशाह कुबलाई खाँ की परसत्ता के अधीन दास बना हुआ था। परंतु केवल इस कारण से 'चीन का राष्ट्र भी सदैव परदास्य में ही सड़ता रहा है', क्या कोई अभागा, नीच, निंदक आलोचक सीना ठोंककर ऐसा कह सकता है?

६७५. दक्षिण हिंदुस्थान का अर्वाचीन इतिहास—दक्षिण हिंदुस्थान के प्राचीन इतिहास का यथावश्यक उल्लेख हमने इस ग्रंथ के पहले भाग में कर दिया है। साधारणत: ऐसा मानें कि जिस समय शालिवाहन वंश की सत्ता समाप्त हुई, उस समय से अर्थात् लगभग ई.स. ३६६ से दक्षिण भारत के अर्वाचीन इतिहास का आरंभ हुआ। तत्पश्चात्

दक्षिण भारत के इतिहास में चालुक्य वंश का प्रतापी सम्राट् पुलकेशिन किसी कालमापक दीपस्तंभ की भाँति प्रकाशमान हुआ था। उसका उल्लेख भी प्रथम भाग में आया है। उसकी ही राजसभा में आए हुए चीन के विख्यात यात्री ह्वेनसांग ने पुलकेशिन के राज्य के लिए 'महाराष्ट्र' शब्द का प्रयोग किया था। इतिहास में किया गया वही इस शब्द का पहला महत्त्वपूर्ण उल्लेख है। ई.स. ६४२ में दक्षिण के ही पल्लवराज नरसिंह वर्मा ने युद्ध में सम्राट् पुलकेशिन का वध किया और उसके राज्य को जीत लिया; परंतु पुलकेशिन के पुत्र विक्रमादित्य (प्रथम) ने कुछ ही वर्षों पश्चात् पल्लवों से युद्ध किया और उन्हें पराजित कर पुन: अपना राज्य प्राप्त कर लिया।

६७६. इसी चालुक्य घराने के राजा विक्रमादित्य (द्वितीय) ने आठवीं सदी में नवसारी की ओर अपनी सेना भेजकर वहाँ पर आक्रमण करनेवाले विदेशी अरब मुसलमानों को पराजित किया।

६७७. हिंदुओं द्वारा मुसलमानों के किए हुए ऐसे कई पराभवों का उल्लेख ही आज के इतिहास में नहीं किया जाता था। इसलिए आज के इतिहास को अपूर्ण और पक्षपातपूर्ण कहना पड़ता है। ऊपर अनेक स्थानों पर हिंदू पक्ष की प्रबलता के कई प्रसंग और गतिविधियों के जो विवरण दिए गए हैं, वे भी तत्कालीन मुसलमानों द्वारा लिखे हुए इतिहासों में शायद भूले-भटके मिलते हैं। अब इसके आगे हिंदुओं को ही हिंदुओं के कर्तृत्व और पराक्रम के ऐसे प्रसंगों को खोजकर अपने इतिहास में उनका विवरण देना चाहिए।

६७८. उपर्युक्त पल्लव राजवंश भी दक्षिण के पराक्रमी और वैभवशाली राजवंशों में से एक था। उनकी राजधानी कुछ काल कांची (कांजीवरम्) में थी। नौवीं सदी के अंत में दक्षिण के चोलवंशीय राजा आदित्य ने अपराजित पल्लवों को पराजित कर उनका राज्य जीत लिया।

६७९. राष्ट्रकूट—चालुक्यों के बाद दक्षिण में प्रमुख राज्य राष्ट्रकूटों का था। राष्ट्रकूटों ने उस काल में लगभग पूरा दक्षिण भारत जीतकर वहाँ अपना राज्य स्थापित किया था। उन्होंने गुजरात का दक्षिण भाग भी जीत लिया था। महत्त्वपूर्ण बात यह है कि एलोरा का सुप्रसिद्ध 'कैलास मंदिर' भी राष्ट्रकूटों द्वारा ही निर्मित करवाया गया। उनकी राजधानी कुछ समय तक मालखेड में थी।

६८०. ईसवी सन् की दसवीं सदी के पश्चात् सुदूर दक्षिण में तंजावूर का चोल और दक्षिण का पांड्य—ये दो प्रमुख राज्य थे। सौभाग्य से दक्षिण भारत के उस काल के स्वातंत्र्य, वैभव और पराक्रम के प्रत्यक्ष आँखों से देखकर एक त्रयस्थ द्वारा किए गए वर्णन आज भी उपलब्ध हैं। चीन देश में भी जाकर बादशाह कुबलाई खाँ के दरबार में कई वर्षों तक रहनेवाला लेखक यूरोपीय प्रवासी भी था। मार्को पोलो, जो सुप्रसिद्ध विद्वान् और आलोचक इसी काल में कुछ समय तक मदुरई के पांड्य राज्य में आकर

रहा था। उसने स्वयं उस काल का, उस राज्य का वर्णन अपने प्रवास वृत्तांत में किया है। उसमें भी हिंदुओं ने समुद्र पर और समुद्र पार भी किस प्रकार अपनी अधिसत्ता स्थापित की थी, इसका भी महत्त्वपूर्ण प्रमाण मार्को पोलो के वर्णनों में मिलता है। कारण, जब वह हिंदुस्थान से चीन गया था, तब हिंदू-चीन के मार्ग से गया था और उस समय जाते हुए उसने सुमात्रा आदि हिंदू राज्यों को भी भेंट दी थी। जब वह सुमात्रा गया था, तब वहाँ पर श्रीविजय नामक हिंदू राजा राज्य करता था। वह राजा बौद्ध-धर्मियों का भी प्रतिपालक था। ई.स. १२९५ के आस-पास मार्को पोलो अपनी जन्मभूमि—'वेनिस' वापस लौट गया।

मार्को पोलो के अतिरिक्त और भी दो-तीन विदेशी यात्री उस काल में दक्षिण भारत में भ्रमण करने आए थे। उनके भी छोटे-बड़े प्रवास-वर्णन आज उपलब्ध हैं। उनमें भी मार्को पोलो की भाँति यही आँखों देखा वृत्तांत लिखा है कि उस काल में सारा दक्षिण भारत राजनीतिक दृष्टि से पूर्णतः स्वतंत्र था। आस-पास के इतर अनेक देशों में भी वहाँ के हिंदू राजाओं के राज्य थे, जिनमें हिंदू धर्म ही प्रचलित था। इन हिंदू राजाओं का पूर्व, पश्चिम और दक्षिण—तीनों समुद्रों पर स्वामित्व हुआ करता था और उनके विशाल सिंधु सैन्य, प्रचंड नौ-दल तथा नौ-व्यापारिक दल अखंड रूप से उन समुद्रों में से आवागमन करते रहते थे। ये दाक्षिणात्य हिंदू राजा अबाधित रूप से 'त्रिसमुद्रेश्वर' उपाधि धारण करते थे।

६८१. त्रिसमुद्रेश्वर सम्राट् राजेंद्र चोल की मृत्यु ई.स. १०४२ में हुई। उसके बाद चोल राजवंश में एक-दो और भी प्रतापी राजा हुए। तत्पश्चात् वह राज्य और राजवंश भी तेरहवीं सदी के अंत में नष्ट हुआ।

६८२. शंकराचार्यादि धर्मप्रवर्तक—इस काल में दक्षिण भारत में राजेंद्र चोल आदि केवल राजधुरंधर ही नहीं, अपितु श्रेष्ठ धर्मधुरंधर भी उत्पन्न हुए थे, जिन्होंने पूरे भारत में वैदिक धर्म का विरोध करनेवाले अनेक तथाकथित पाखंडियों का पराभव कर पुनः वैदिक धर्म का वर्चस्व प्रस्थापित किया था। उनके अग्रणी के रूप में आदि शंकराचार्य का नामोल्लेख ही पर्याप्त है। ई.स. ७७८ में केरल प्रांत के कालडी नामक ग्राम में इस अलौकिक विभूति ने एक नंबूदरी ब्राह्मण परिवार में जन्म लिया था। उन्होंने केवल सोलह वर्ष की ही आयु में समस्त वेदों का अध्ययन कर संन्यास ग्रहण किया। उसके पश्चात् वह धर्मोपदेश देने और धार्मिक दिग्विजय करने के लिए पूरे भारत में संचरण करने लगे। प्रख्यात कर्ममीमांसक और बौद्ध धर्म के उच्छेदक कुमारिल भट्ट भी लगभग उसी काल में संपूर्ण भारत में भ्रमण कर व्यापक प्रचार कर रहे थे।

दूसरे धर्मोपदेशक दिग्गज विद्वान् मंडन मिश्र भी तरुण शंकराचार्य के ही समकालीन थे। श्रीमान आदि शंकराचार्य ने अपने अद्वैत सिद्धांत की स्थापना करने तथा अखिल भारत में वैदिक धर्म की विजय-पताका फहराने के लिए इन सारे केवल कर्मवादी

अथवा अन्य वैदिक मतवादी विद्वानों एवं बौद्ध धर्म के तत्कालीन विख्यात महंतों और भिक्षुओं से शास्त्रार्थ कर उनके मतों का भी पूर्ण रूप से उच्छेद किया। तत्पश्चात् उन्होंने भारत में चारों दिशाओं में—दक्षिण में श्रृंगेरी, पश्चिम में द्वारका, पूर्व में जगन्नाथपुरी और उत्तर में कश्मीर में—चार अधिकार पीठ स्थापित किए और सर्वत्र वैदिक धर्म की पताका फहराई। इन पीठों को समस्त हिंदू राज्यों द्वारा राजदंड का आधार भी प्राप्त हुआ। यह सारा महान् अघटित प्रचार कार्य कर तथा 'शांकर भाष्य' आदि अद्वितीय ग्रंथ की रचना कर केवल बत्तीस वर्ष की आयु में श्री शंकराचार्य ने जीवंत समाधि ग्रहण कर ली।

६८३. पाशुपत आदि शैव पंथ का राजनीतिक प्रपंच—इस काल के पूर्व से ही पाशुपतों के शैव पंथ का पुनरुज्जीवन हो गया था। यह पंथ हिंदुओं के जुझारू धार्मिक संप्रदाय के शाक्त पंथ जैसा ही अत्यंत उग्र संप्रदाय का था। यह पंथ बौद्ध और जैन मतों की नरम तथा सहिष्णु अहिंसा का और संसार-निवृत्ति का घोर तिरस्कार करता था। इस पंथ ने अप्रत्यक्ष रूप से बड़ी संख्या में हिंदुओं में म्लेच्छ आदि परधर्मियों का प्रतिकार करने की प्रबल प्रवृत्ति और युद्धोन्मुखता उत्पन्न की थी। उनके गुरु श्री लकुलेश का जन्म गुजरात में ही हुआ था। उनका प्रचंड प्रभाव और महत्कार्य देखकर हिंदू लोग उन्हें 'हर' (शिव) का ही प्रत्यक्ष अवतार मानते थे। शंकराचार्य ने भी उनका उल्लेख किया है।

६८४. तत्कालीन बंगाल—ईसवी सन् ७०० से ८०० तक बंगाल में पाल वंश के राजा राज्य करते थे। उस राज्य का पहला राजा था 'गोपाल'। यह वंश बौद्ध-धर्मीय था। राजा गोपाल की रानी का नाम 'देड्डा देवी' और पुत्र का नाम 'धर्मपाल' था। उसने ई.स. ८०० से ८२५ तक राज्य किया। धर्मपाल भी बौद्ध-धर्मीय राजा था। उसका विवाह दक्षिण के विख्यात राष्ट्रकूट वंश के राजा गोविंद की कन्या रणदेवी के साथ हुआ था। ई.स. १०९५ के आस-पास दक्षिण के सेन वंश ने इन बौद्ध-धर्मीय पाल राजाओं का उच्छेद कर वहाँ अपना राज्य स्थापित किया। ये सेन राजा क्षत्रिय कर्नाटक से आए थे और शायद यह भी संभव है कि राष्ट्रकूट वंश की उपर्युक्त रानी रणदेवी के माध्यम से ही इस वंश का बौद्ध-धर्मीय पाल राज्य में अंशतः प्रवेश हुआ हो। कुछ भी हो, ये सेन वंशीय राजा वैदिक धर्म के कट्टर अनुयायी थे। इसलिए उन्होंने बंगाल में बौद्ध-धर्मियों तथा बौद्ध धर्म का पराभव कर बौद्ध काल में वर्णसंकर द्वारा अस्त-व्यस्त हुई वर्ण-व्यवस्था को, अन्य वैदिक धर्म-संस्थाओं को तथा वेद विद्या को पुनः प्रोत्साहन दिया और उन्हें पुनर्स्थापित किया। बंगाल में बोधदेव के 'मुग्धबोध' नामक संस्कृत व्याकरण ग्रंथ का प्रचार भी इसी काल में हुआ।

६८५. तत्कालीन गुजरात—इस काल में गुजरात में कर्णराज नामक प्रख्यात राजा ई.स. १०६३ से १०९३ तक राज्य करता था। उसने 'कृष्णसागर' नामक अतिविस्तृत

सरोवर का निर्माण कराया था। उसके राजवंश की मूल राजधानी पट्टण में थी। बाद में उसने नई राजधानी 'कर्णावती' बनाई। और वही सदा के लिए गुजरात राज्य की राजधानी बन गई।

६८६. आगे चलकर जब मुसलमानों ने गुजरात को जीत लिया, तब हिंदुओं पर असह्य अत्याचार करनेवाले सुलतान अहमदशाह ने उसी राजधानी के पास एक और उपनगर बसाकर, मुसलमानों की हिंदूद्वेषी रीति के अनुसार ई.स. १४१२ में 'कर्णावती' नाम बदलकर अपने नाम पर उसका नाम 'अहमदाबाद' रखा। उस काल के हिंदुओं की दुर्बल और सहिष्णु वृत्ति के कारण उन्होंने भी इस नाम को स्वकीय नाम की भाँति स्वीकार किया और आज भी उसका यही नाम प्रचलित है।

६८७. दक्षिण हिंदुस्थान पर मुसलमानों का पहला आक्रमण—ईसवी सन् १२९४—दिल्ली के सुलतान जलालुद्दीन खिलजी के महत्त्वाकांक्षी भतीजे अलाउद्दीन ने उस वृद्ध सुलतान को पूछे बिना ही विशाल सेना लेकर, जिस दक्षिण के अपार ऐश्वर्य के बारे में उसने बहुत-कुछ सुना था, उस दक्षिण पर ई.स. १२९४ में विंध्य पर्वत पार कर अचानक आक्रमण कर दिया। इसका उल्लेख हमने तीसरे प्रकरण के अंत में परिच्छेद ६६३ से ६६५ तक किया है। यह आक्रमण इतना अचानक हुआ था और दक्षिण के तत्कालीन हिंदू राजाओं की राजनीतिक असावधानी तथा कूपमंडूक वृत्ति इतनी निंदास्पद थी कि अलाउद्दीन का यह आक्रमण होने पर वहाँ के प्रमुख महाराजा देवगिरि का रामदेवराय यादव युद्ध की कुछ भी तैयारी अथवा कल्पना न होने के कारण घबराकर किंकर्तव्यविमूढ़ हो गया।

उस काल में पूरे उत्तर हिंदुस्थान में सर्वत्र मुसलिम राज्य स्थापित हो गए थे। मुसलमान पिछले दो-तीन शतकों से हिंदू धर्म और हिंदू राज्यों का भयानक उच्छेद कर रहे थे। उन्होंने काशी के हजारों मंदिरों को ध्वस्त कर काशी को लगभग 'मक्का' बना दिया था। इस काल में ज्ञानदेव, नामदेव आदि संत, उनकी मंडलियाँ तथा लाखों हिंदू यात्री तीर्थयात्रा के लिए पंजाब तक सदैव आते-जाते रहते थे और हिंदू धर्म का यह उच्छेद तथा विनाश स्वयं अपनी आँखों से देखते थे। तत्कालीन मुसलमान राज्यकर्ता दक्षिण पर भी आक्रमण कर उसे मुसलिममय बनाने की अपनी महत्त्वाकांक्षा की जो स्पष्ट घोषणाएँ करते रहते थे, उन्हें भी वे सुनते रहते थे। परंतु यह सब होते हुए भी अलाउद्दीन ने जब देवगिरि के राज्य में प्रवेश किया, तब तक वहाँ के हिंदू राज्यकर्ता इतने असावधान थे कि अपना सारा सैन्यबल एकत्र कर मुसलमानों के इस आक्रमण का सामना करने के लिए उत्तर के राजपूत आदि हिंदुओं की सहायता के लिए वहाँ जाना छोड़कर रामदेवराय का सैन्य उसके कुछ सरदारों के नेतृत्व में सुदूर दक्षिण की ओर चला गया था और स्वयं रामदेवराय अपनी कुछ सेना सहित शिकार खेलने जैसे निरर्थक, व्यर्थ मनोरंजन के लिए राजधानी से दूर चला गया था।

६८८. एक रामदेवराय यादव की बात छोड़ भी दें, तो क्या उस काल में दक्षिण में जो चार-पाँच विशाल हिंदू राज्य थे, उनके किसी भी गुप्तचर ने उत्तर भारत में हिंदुओं के हो रहे गगनभेदी आक्रोश और आक्रंदन की भयानक वार्त्ता अपने राज्यकर्ताओं तक नहीं पहुँचाई थी?

६८९. इस परिस्थिति में रामदेवराय की संपूर्ण पराजय हुई। यह स्वयं ही स्पष्ट है! अलाउद्दीन ने रामदेवराय को अपना अधीनस्थ राजा बनाकर उससे क्षतिपूर्ति (हरजाने) के रूप में अपार धन-संपत्ति वसूल की और फिर स्वयं तत्काल किसी अत्यावश्यक राजनीतिक कारण से दिल्ली वापस चला गया। इसी कारण से तत्कालीन मुसलिम रीति के अनुसार रामदेवराय का राज्य तत्काल नष्ट होने से बच गया। यह केवल संयोग ही था।

६९०. दिल्ली जाते ही अलाउद्दीन का सारा ध्यान उसके वृद्ध चाचा जलालुद्दीन को हटाकर स्वयं सुलतान पद प्राप्त करने की ओर केंद्रित हो गया। तदनुसार उसने एक बड़ा षड्यंत्र रचकर सुलतान जलालुद्दीन की हत्या करवाई और ई.स. १२९६ में वह स्वयं सुलतान बन बैठा।

६९१. उसके बाद अलाउद्दीन ने ई.स. १२९८ में गुजरात पर आक्रमण किया। वहाँ के हिंदू राजा को पराजित कर उसकी राजधानी अनहिलवाड़ा पर भी विजय प्राप्त कर ली। उस युद्ध में पराभूत गुजरात का हिंदू राजा जब अपनी लावण्यवती रानी कमल देवी और कन्या देवल देवी के साथ भाग रहा था, तब कमल देवी को तो मुसलमानों ने पकड़ लिया, परंतु स्वयं राजा और देवल देवी भागने में सफल रहे।

अलाउद्दीन वहाँ से सीधा सौराष्ट्र पहुँचा। उसने हिंदुओं द्वारा पुनर्निर्मित सोरठी सोमनाथ का नया मंदिर पुनः ध्वस्त किया और वहाँ की मुख्य देवमूर्ति को वह अपने साथ दिल्ली ले गया। हिंदुओं का भयंकर अपमान करने के लिए उसने उस मूर्ति को अपने सिंहासन की सीढ़ी में चुनवा दिया।

६९२. दिल्ली लौटने पर अलाउद्दीन ने रानी कमल देवी के साथ संभवतया उसकी अनुमति से ही विवाह किया। उस कुलटा को अलाउद्दीन से विवाह करके भी संतोष नहीं हुआ, तो उसने दक्षिण पर आक्रमण करनेवाले मुसलमानों को अपनी तरुण सुंदर कन्या देवल देवी को भी पकड़कर दिल्ली लाने की आज्ञा दे दी।

६९३. जब अलाउद्दीन ने गुजरात पर आक्रमण किया, तब उसकी दृष्टि एक सुंदर, वीर, चुस्त-दुरुस्त युवक पर पड़ी, जो किसी साहूकार का दास था। अलाउद्दीन उसपर इतना मोहित हुआ कि उसने उस साहूकार से उस दास युवक की माँग की। जब साहूकार ने उसे देना अस्वीकार कर दिया, तब अलाउद्दीन ने उस युवक का बलपूर्वक हरण किया और वह उसे अपने साथ दिल्ली ले आया। तत्कालीन मुसलिम समाज में सुंदर लड़कियों की भाँति सुंदर लड़कों के साथ भी लैंगिक संबंध रखने की अर्थात्

समलैंगिक (Sodomy) संभोग की कुप्रथा अरबों के अनुकरण से रूढ़ हुई थी। उसे धर्मबाह्य नहीं माना जाता था। इस प्रथा के अनुसार सुलतान अलाउद्दीन के भी उस सुंदर तरुण गुलाम के साथ समलैंगिक संबंध हो गए। परंतु यह बुद्धिमान तथा सुंदर तरुण राजकाज में भी इतना चतुर और कर्तृत्वशील सिद्ध हुआ कि वह प्रत्यक्ष युद्धभूमि में भी अलाउद्दीन के समान ही कुशल और प्रभावी ढंग से सेना का नेतृत्व करने लगा। वार्धक्य की ओर बढ़ रहा अलाउद्दीन इस युवक को 'मलिक काफूर' नाम से संबोधित करता था। उसका यही नाम प्रचलित हुआ। अलाउद्दीन उसे अपना अत्यंत विश्वासपात्र सरदार मानकर उसी के परामर्श से राज्य के समस्त सूत्रों का संचालन करता था।

६९४. रतनभोर (रणथंभोर) पर मुसलमानों का द्वितीय आक्रमण— जलालुद्दीन खिलजी को रतनभोर (रणथंभोर) के हिंदुओं ने पराजित किया था, यह हम बता चुके हैं। इस पराजय का प्रतिशोध लेने के लिए ई.स. १३०१ में अलाउद्दीन ने रणथंभोर दुर्ग पर पुनः आक्रमण किया। उस युद्ध में भी राजपूत वीरों ने उच्च कोटि का पराक्रम दिखाया और रणथंभोर का राजा हमीर अपने हजारों सैनिकों के साथ मरते दम तक घोर युद्ध करता हुआ अंत में शहीद हो गया। उन राजपूत वीरों को युद्धभूमि में धराशायी हुआ देखकर दुर्ग पर खड़ी (राजा हमीर की) रानी ने अन्य सैकड़ों राजपूत वीरांगनाओं के साथ पूर्व संकेतानुसार प्रज्वलित की गई प्रचंड चिता में कूदकर 'जौहर' किया। हिंदू वीरों और वीरांगनाओं ने इस प्रकार अनेक प्रसंगों में स्वधर्मरक्षण के लिए ऐसे दिव्य पराक्रम तथा प्राणोत्सर्ग किए। इसीलिए यह हिंदू राष्ट्र उस काल में परधर्मीय शत्रु से सतत युद्ध करता हुआ जीवित रहा।

६९५. चित्तौड़गढ़ पर अनेक आक्रमण किए गए— सिंहल द्वीप के राजपूत राणा की अत्यंत रूपवती कन्या पद्मिनी का विवाह चित्तौड़ के राणा भीमसिंह के साथ हुआ था। ऐसी रूपवती पर-स्त्रियों का खुलकर अपहरण करना मुसलमानों के लिए भूषणास्पद धर्मकृत्य ही है, ऐसी तत्कालीन मुसलिम समाज की निर्लज्ज धारणा होने के कारण सुलतान अलाउद्दीन ने खुलेआम राणा भीमसिंह के पास उसकी इस अत्यंत रूपवती रानी की माँग की। जब राजपूतों ने उसे धिक्कारते हुए अस्वीकार किया, तब अलाउद्दीन ने क्रोधित होकर ई.स. १३०२ के आस-पास चित्तौड़ पर आक्रमण कर दिया। राजपूतों के इतिहास में उस समय के युद्धों का वर्णन करते हुए राजपूतों द्वारा किए गए एक अद्भुत साहस की कथा बताई जाती है। इस कथा के अनुसार, राजपूतों ने अलाउद्दीन के पास 'हम पद्मिनी को उसकी दासियों के साथ आपके पास भेज रहे हैं'—यह झूठा संदेश भेजकर अनेक पालकियों में कई स्त्रीवेशधारी राजपूत सैनिकों को बैठाकर अलाउद्दीन के शिविर में घुसाया और उसपर सफल आक्रमण किया। यहाँ पर बस इतना ही कहना पर्याप्त है कि उस घमासान युद्ध में राजपूतों को पराजित करना अलाउद्दीन के लिए असंभव रहा और वह निराश होकर तथा हारकर दिल्ली वापस

चला गया। इस कथा से यह स्पष्ट होता है कि राजपूत भी कभी-कभी प्रसंगोपात्त कपट नीति का अवलंबन करते थे।

६९६. इस पराजय का प्रतिशोध लेने तथा पद्मिनी को प्राप्त करने के उद्देश्य से ई.स. १३०३ में अलाउद्दीन ने चित्तौड़ पर पुनः आक्रमण किया। इस बार भी राजपूत वीरों ने केसरिया बाना पहनकर रणभूमि में अंतिम क्षण तक लड़ते हुए सैकड़ों मुसलमानों को युद्धभूमि में काट डाला। फिर भी अंत में विजय मुसलमानों की ही हुई। जब किले के बुर्ज से महारानी पद्मिनी तथा अन्य स्त्रियों ने यह देखा कि केसरिया बाना पहने हुए सारे राजपूत वीरों ने युद्धभूमि में प्राणाहुति दे दी है, तब लगभग दस हजार राजपूत स्त्रियों ने बच्चों को छाती से लगाकर प्रचंड चिता की धधकती ज्वालाओं में कूदकर अपने प्राण त्याग दिए! जौहर किया!! अलाउद्दीन ने चित्तौड़ जीत तो लिया, परंतु उसे पद्मिनी की केवल राख ही मिली। जब हिंदू वीर और वीरांगनाओं ने युद्ध किया, तो वह इस प्रकार किया!!

६९७. यहाँ पर हम यह भी बता दें कि हिंदुओं ने इस अपमानपूर्ण पराभव का प्रतिशोध अलाउद्दीन के मरने से पहले ही ले लिया था। ई.स. १३१३ में चित्तौड़ के सुप्रसिद्ध राजकुमार हमीर ने वृद्ध अलाउद्दीन की आँखों के सामने मुसलमानों का पराभव कर चित्तौड़गढ़ पुनः वापस जीत लिया। उसने सुलतान अलाउद्दीन के एक पुत्र को भी जीवित पकड़ लिया; परंतु उसे जैसे-को-तैसा इस न्याय से बलपूर्वक हिंदू नहीं बनाया गया। यही हिंदुओं की आत्मघातक उदारता थी।

६९८. ईसवी सन् १३०७ में सुलतान अलाउद्दीन ने अपने प्रिय सरदार मलिक काफूर को विशाल सेना के साथ विजय के लिए दक्षिण भेजा। उसने देवगिरि के रामदेवराय को पुनः पराजित किया। रामदेवराय ने विवश होकर अलाउद्दीन को विपुल धन-संपत्ति देकर संधि कर ली। उसके पुत्र शंकरदेव के साथ गुजरात से भागकर आई हुई राजकन्या देवल देवी का विवाह हुआ था, परंतु इस युद्ध की धूमधाम में विजयी मलिक काफूर ने रानी देवल देवी को भी पकड़कर दिल्ली भेज दिया। उसके बाद तत्काल ई.स. १३०८ में मलिक काफूर ने दक्षिण पर तीसरी बार आक्रमण कर वारंगल पर चढ़ाई की। वारंगल के वीर राजा प्रताप (रुद्र) देव ने पहले एक बार मुसलमानों को पराजित किया था। इसलिए मलिक काफूर ने उसके साथ बड़ी भयंकरता से युद्ध किया। इस युद्ध में अंत में राजा प्रताप रुद्रदेव की पराजय हुई और उसे सुलतान की अधीनता स्वीकार करनी पड़ी।

६९९. इस विजय से उत्साहित होकर मलिक काफूर ने अब दक्षिण के राज्य, जो हिंदू राज्य मैसूर के होयसल वंश का राज्य था, पर भी उसी प्रकार आक्रमण किया और वहाँ के हिंदू राजा को भी पराजित किया। तत्पश्चात् उसने मदुरई के पांड्यवंशीय हिंदू राजा पर आक्रमण कर उसे भी पराभूत किया।

७००. इस प्रकार हमारे दो सहस्र वर्षों के इतिहास में पहली बार अधिकांश

दक्षिण भारत परकीय और परधर्मीय शत्रुओं के अधीन हुआ। दक्षिण का स्वातंत्र्य और सौभाग्य इन वर्षों में नष्ट हुआ। मलिक काफूर ने सुदूर दक्षिण में इस मुसलिम दिग्विजय के मानो स्मारक के ही रूप में एक भव्य मसजिद बनवाई। उसकी प्रतिक्रिया तत्काल हुई और दाक्षिणात्य हिंदुओं ने इस मुसलिम दिग्विजय के विरुद्ध विद्रोह करते हुए एक के बाद एक सफल षड्यंत्र रचे।

७०१. रामदेवराय के पश्चात् उसका पुत्र शंकरदेव देवगिरि का राजा बना। उसने सुलतान अलाउद्दीन का स्वामित्व अस्वीकार किया। तब मलिक काफूर ने उसपर पुनः आक्रमण किया। राजा शंकरदेव ने उसकी शरण में न जाकर अत्यंत वीरता से अंतिम क्षण तक युद्ध किया।

७०२. इस प्रकार अलाउद्दीन और मलिक काफूर ने दक्षिण भारत पर एक के बाद एक अनेक आक्रमण कर वहाँ के सभी हिंदू राजाओं का दमन किया। उसके साथ ही उन्होंने दक्षिण के अनेक बड़े-बड़े मंदिरों को ध्वस्त किया, उनके शिखरों को भंग किया और उन स्थानों में अधिकतर बड़ी-बड़ी मसजिदें बनवाईं। उन्होंने हजारों हिंदुओं को बलपूर्वक भ्रष्ट कर मुसलमान बनवाया। ये असंख्य भ्रष्ट मुसलमान दक्षिण में ही खेतीबाड़ी, जमींदारी सँभालते हुए निवास करने लगे। परंतु मुसलमानों ने हिंदू राजाओं का निर्मूलन जिस प्रकार किया, उस प्रकार अवसर प्राप्त होने पर भी हिंदुओं ने निरपवाद रूप से उनका मारकाट कर निर्मूलन नहीं किया। 'यही परधर्म-सहिष्णुता' की सद्गुण विकृति है!

७०३. बहुधा 'जैसे-को-तैसा' की नीति—इस प्रकार धार्मिक मोरचे पर हिंदुओं की यद्यपि उनकी ही मूर्खतापूर्ण रूढ़ियों के कारण पराजय हो रही थी, तथापि राजनीतिक मोरचे पर वे मुसलमानों से योग्य रीति से युद्ध कर मुसलमानों को पराजित भी करते थे। कूट युद्ध का सामना अधिकतर कूट युद्ध से ही करते थे।

७०४. सुलतान अलाउद्दीन ने धार्मिक अत्याचार करते समय किसी भी सुलतान से अधिक ही क्रूरता प्रदर्शित की। उसने हिंदू धर्म की, हिंदू राष्ट्र की एवं हिंदू जनता की और भी अधिक दुर्दशा की होती, परंतु उसे अपने राज्य की उत्तर-पश्चिम सीमाओं पर लगातार आक्रमण करनेवाले तथा मंगोलिया और मध्य एशिया में सतत आक्रमणों से प्रलय मचा देनेवाले बर्बर मुगलों के आक्रमणों का सतत सामना करना पड़ा। उनमें से कुछ मुगलों ने मुसलिम धर्म को स्वीकार किया। वे दिल्ली में ही 'मुगलपुरा' नामक बस्ती बनाकर स्थायी रूप से रहने लगे थे। अंत में अलाउद्दीन ने क्रुद्ध होकर दिल्ली की इस नवमुसलिमों की बस्ती 'मुगलपुरा' में कत्लेआम करवाकर उसे उजाड़ डाला।

७०५. अलाउद्दीन की मृत्यु—चित्तौड़ जैसे कुछ हिंदू राज्यों को छोड़कर अधिकांश भारत पर स्वामित्व स्थापित करनेवाला अलाउद्दीन ही प्रथम, अंतिम और एकमेव सुलतान हुआ। अकबर और औरंगजेब को भी यह श्रेय नहीं दिया जा सकता।

कारण, उनकी सत्ता भारत के इतने बड़े भाग पर कभी भी स्थापित नहीं हुई थी।

७०६. परंतु अनेक दैहिक व्यसनों के कारण बुढ़ापे में अलाउद्दीन को असंख्य शारीरिक व्याधियों ने ग्रस्त कर उसकी घोर दुर्दशा की। वह पूर्णतः पंगु बन गया। अतः उसे मलिक काफूर के हाथों की कठपुतली बनना पड़ा। ऐसी स्थिति में ई.स. १३१६ में इस अत्यंत पराक्रमी, परंतु हिंदूद्वेष्टा अलाउद्दीन की मृत्यु जलोदर के रोग से अत्यंत कष्ट में हुई। ऐसा भी कहा जाता है कि मलिक काफूर ने उसे मारा या मरवाया था। हिंदू काफिरों पर अत्याचार कर इतना 'पुण्य' प्राप्त करने पर भी 'अल्लाह' ने उसे सुख की मृत्यु नहीं दी। अलाउद्दीन के बाद उसकी सारी सत्ता उसके एक समय के गुलाम सरदार मलिक काफूर को प्राप्त हुई। अलाउद्दीन की मृत्यु के बाद जो अराजकता फैली, उसमें मलिक काफूर की भी हत्या शीघ्र ही कर दी गई। इस उथल-पुथल के बाद दिल्ली की राजनीति में पहले से ही चमकनेवाले एक अलौकिक पुरुष खुशरु खान को सत्ता प्राप्त हुई और वह सर्वप्रमुख बना। उसका वृत्तांत हिंदुस्थान के इतिहास में हिंदुत्व की दृष्टि से महत्त्वपूर्ण होने के कारण उसे अगले स्वतंत्र प्रकरण में ही बताना उचित होगा।

□

प्रकरण—५

खुशरु खान और देवल देवी

७०७. हिंदुस्थान के समस्त प्रांतों में इतिहास की पढ़ाई करनेवाले लाखों विद्यार्थियों से आज यदि यह पूछा जाए कि 'हिंदुत्व की दृष्टि से गौरवास्पद और अविस्मरणीय तथा दिल्ली के मुसलिम राज्यकाल में 'सुलतानों के सुलतान' के रूप में विख्यात, एक अर्थ से अलौकिक पुरुष खुशरु खान के विषय में क्या आप लोग कुछ जानते हैं?' तो इस प्रश्न के उत्तर में आज के लाखों विद्यार्थियों में से निन्यानबे प्रतिशत विद्यार्थी आश्चर्य से कहेंगे, 'खुशरु खान? नहीं जी। हमारी पाठशाला के इतिहास में ऐसे पुरुष का तो कहीं नामोल्लेख भी हमें नहीं मिला!'

विद्यार्थी वर्ग की बात तो छोड़िए, शिक्षक वर्ग, संपादक वर्ग तथा अन्य सुशिक्षित वर्ग से भी यदि हम यही प्रश्न पूछें, तो पचहत्तर प्रतिशत लोग यही उत्तर देंगे कि 'यह खुशरु खान कौन है? हमने तो ऐसे किसी खुशरु खान का नाम भी आज तक नहीं सुना!'

७०८. इसी कारण हिंदुस्थान के इस अर्वाचीन इतिहास का एक अलौकिक पुरुष होते हुए भी उसने हिंदू राष्ट्र के अपमान का प्रतिशोध लेने के लिए मुसलिम सुलतानशाही की नाक ही काट डाली थी। उसके इस महान् 'अपराध' के लिए तत्कालीन मुसलिम इतिहासकारों ने और उनका अंधानुकरण करनेवाले पूर्वकाल से लेकर आज के विद्यालयीय इतिहास लिखनेवाले अधिकतर लेखकों ने उसका नाम ही इतिहास से लगभग मिटा डाला। कुछ मुसलिम लेखकों ने उसका नामोल्लेख यत्र-तत्र किया भी तो वह 'नीच', 'पापी', 'नरकगामी' आदि विशेषणों के साथ ही किया है। उस खुशरु खान का यथासंभव साधार परिचय हम इस प्रकरण में दे रहे हैं।

७०९. खुशरु खान का पूर्ववृत्त—सुलतान अलाउद्दीन के राज्यकाल में ई.स. १२९८ में मुसलमानों के गुजरात पर जो प्रथम आक्रमण हुए और वहाँ की हिंदू राज्यसत्ता का संपूर्ण उच्छेद हुआ, उन युद्धों की धूमधाम में जैसा हमने पहले बताया है, एक सुंदर, गरीब युवक को पकड़कर, गुलाम बनाकर सुलतान अपने साथ दिल्ली ले गया था और

यही गुलाम युवक आगे चलकर 'मलिक काफूर' नाम से प्रसिद्ध पुरुष हुआ था।

ठीक उसी प्रकार, उसी काल में एक अन्य अत्यंत कोमल, आकर्षक, मोहक तेजस्वी हिंदू युवक को पकड़कर, गुलाम बनाकर मुसलमान सरदारों ने अलाउद्दीन की सेवा में अर्पित किया था। यह लड़का मूलत: हिंदू जाति का, हिंदुओं में भी गुजरात के अस्पृश्य वर्ग की परिया अथवा परवार (भंगी) नामक जाति का था। एक-दो मुसलमान लेखकों ने लिखा है कि उसकी जाति भंगी नहीं, राजपूत थी। जैसाकि हमने परिच्छेद ६९२ में बताया है, तत्कालीन मुसलिम समाज में समलैंगिक संभोग के दुर्व्यसन का अत्यधिक प्रचलन था। जब इस सुंदर हिंदू युवक को 'हसन' नाम से मुसलमान बनाकर सुलतान की सेवा में रखा गया, तब सुलतान के अलावा राजदरबार के अनेक बड़े-बड़े सरदारों ने उसके साथ लैंगिक संबंध बनाए। इन संबंधों के कारण यह सुंदर युवक शीघ्र ही उन सबका प्रिय पात्र बन गया और वे उसकी मरजी से चलने लगे।

ईसवी सन् १३१६ में अलाउद्दीन की मृत्यु के बाद राजसत्ता मलिक काफूर के हाथों में आई। हसन ने अपने कर्तृत्व से उसका भी विश्वास प्राप्त कर लिया था। थोड़े ही समय में उसे 'खुशरु खान' की उपाधि देकर सरदार बना दिया गया। कारण, अलाउद्दीन के राज्यकाल से ही वह स्वतंत्र रूप से सेना लेकर सैन्य अभियान पर जाकर सफलता प्राप्त करने लगा था। हसन से खुशरु खान और तदनंतर सेनापति की शीघ्र पदोन्नति के पीछे जितने उसके असाधारण गुण कारणीभूत हुए, उनसे अधिक सुलतान के पुत्र शहजादा मुबारक की उसके प्रति प्रबल विषयाशक्ति ही मुख्य कारण थी। जब अलाउद्दीन और उसके बाद मलिक काफूर—दोनों की हत्या हुई, तब इस खुशरु खान की ही सहायता से शहजादे मुबारक को तत्काल सुलतान पद प्राप्त हुआ। इसलिए अपने अत्यंत प्रिय, विश्वासपात्र और कर्तृत्ववान सरदार खुशरु खान को उसने सलतनत के सारे राज्यसूत्र सौंप दिए, तो यह अत्यंत स्वाभाविक ही था। यह तरुण सरदार सलतनत के सूत्र सँभालने के लिए पूर्ण रूप से योग्य और समर्थ सिद्ध हुआ। सुलतान मुबारक मूलत: विलासी और व्यसनी था। इसलिए उसके अंत:पुर की एक अत्यंत विश्वसनीय हस्ती होते हुए सारा राजकाज भी अत्यंत कुशलता से सँभालनेवाला खुशरु खान जैसा समर्थ सेवक सरदार, सुलतान मुबारक को श्रेष्ठ वरदान के समान लगता था।

७१०. देवल देवी—दिल्ली के राजदरबार में जिस काल में अलाउद्दीन द्वारा भ्रष्ट किया गया एक सुंदर, आकर्षक हिंदू युवक आगे चलकर प्रख्यात सेनापति और राजधुरंधर पुरुष बना और दूसरा एक कोमल, आकर्षक हिंदू लड़का बड़ा होकर खुशरु खान नाम से विख्यात होकर सारी सलतनत पर सत्ता चलानेवाला धुरंधर पुरुष सिद्ध हुआ; उसी प्रकार उसी काल में दिल्ली के राजदरबार में राजनीतिक महत्त्व रखनेवाली, केवल अपने भ्रू-संकेत से राज्य संचालन करनेवाली कर्तृत्वशालिनी युवती थी पूर्व के गुजरात की हिंदू राजकन्या देवल देवी!

७११. इन तीनों मूलत: हिंदू व्यक्तियों में से प्रथम व्यक्ति मलिक काफ़ूर बड़ा होकर मन से भी कट्टर मुसलमान हो गया था, ऐसा दृष्टिगत होता था। उसके मन में अपने पिता के, हिंदू बीज के या अपने मूल हिंदू रक्त के बारे में लेशमात्र अपनत्व या अभिमान तो छोड़िए, अनुभव या एहसास भी नहीं था; परंतु अन्य दो व्यक्तियों—खुशरु खान और मूलत: हिंदू राजकन्या देवल देवी के हृदय में अपने हिंदुत्व की, हिंदू रक्त की, हिंदू बीज की केवल अनुभूति ही नहीं थी, अपितु उसके प्रति तीव्र आकर्षण, प्रेम और अभिमान भी था। केवल हिंदू होने के कारण मुसलमानों द्वारा उनपर किए गए घोर अत्याचार के परिणामस्वरूप उनके मन में जो क्रोधाग्नि बीच-बीच में या निरंतर सुलगती रहती थी, वह उनके कृत्यों से कभी-कभी प्रकट भी होती रही और अंत में अपने हिंदुत्व के घोर अपमान का प्रतिशोध लेने की उनकी तीव्र मनीषा से ही प्रत्यक्ष दिल्ली में खांडव वन की अग्नि के समान ही पूरे भारत पर राजसत्ता चलानेवाली सुलतानशाही को कुछ काल के लिए ही क्यों न हो, भस्मसात् करनेवाली भीषण अग्निज्वाला भड़क उठी।

७१२. गुजरात पर अलाउद्दीन के प्रथम आक्रमण में जब गुजरात का राजा पराजित होकर भागने लगा, तब उसकी पटरानी कमल देवी को तो मुसलमानों ने पकड़ लिया, परंतु स्वयं राजा अपनी छोटी कन्या, राजकिशोरी देवल देवी के साथ जंगल में भागकर अपने प्राण और धर्म की रक्षा करने में सफल रहा। कल तक राजप्रासाद में ऐश्वर्य-विलास में रहनेवाली उस राजबालिका को उनका पीछा करनेवाले मुसलमानों के सतत भय से, वन-वन भटकते रहने में कितना दु:सह दु:ख और कष्ट भोगने पड़े होंगे! उसके स्वयं के और अन्य आप्त मित्रों के इन दु:खद अनुभवों से बचपन से ही उसके मन में मुसलमानों के प्रति प्रचंड तिरस्कार और द्वेष गहराई तक अंकित हुआ होगा। उसकी माँ, रानी कमल देवी दिल्ली में सुलतान अलाउद्दीन की प्रिय पटरानी बन गई है और वह, प्रत्यक्ष उसकी माता ही स्वयं उसको पकड़वाकर मुसलमान बनाकर दिल्ली लाने का प्रयास कर रही है, यह सुनकर उसे कितना दु:ख और क्षोभ हुआ होगा! इस संकट से बचने के लिए हिंदू-धर्माभिमानी उस राजकन्या ने कुछ हद तक पिता की इच्छा के विरुद्ध देवगिरि के राजा रामदेवराय के शूर और हिंदू-धर्माभिमानी पुत्र शंकरदेव के साथ विवाह किया; परंतु उसका दुर्भाग्य वहीं पर समाप्त नहीं हुआ। जब मलिक काफ़ूर ने हिंदुओं पर आक्रमण किया, तब उस युद्ध में अंत में वह पकड़ी गई। मुसलमानों ने उसे बंदी बनाकर दिल्ली पहुँचाया। उस समय इस घोर अपमान के विष ने उसके हृदय को बारंबार मूर्च्छित किया ही होगा।

अंत में दिल्ली पहुँचने पर उसका विवाह सुलतान अलाउद्दीन के बड़े पुत्र खिजर खान के साथ बलपूर्वक कर दिया गया। कुछ मुसलमान लेखक लिखते हैं कि देवल देवी और खिजर खान आपस में बहुत प्यार करते थे; परंतु यह केवल उन 'दरबारी' लेखकों की चाटुकरिता ही होनी चाहिए, यह देवल देवी के बाद के कृत्यों से स्पष्ट होता

है। उस चतुर हिंदू राजकन्या ने अनुकूल अवसर की प्रतीक्षा करते हुए उस समय तो दिखावे के लिए मुसलिम धर्म स्वीकार कर लिया, परंतु···

७१३. इतने दु:ख, अपमान और अत्याचार सहने पर भी उसके मन-मंदिर में हिंदुत्व की पूजा गुप्त रूप से सतत चलती रही, यह उसके चरित्र के उत्तरार्द्ध से स्पष्ट होता है।

७१४. अलाउद्दीन के बड़े बेटे खिजर खान के साथ विवाह करने पर भी देवल देवी के मानसिक क्लेशों का अंत नहीं हुआ। कारण, अलाउद्दीन की मृत्यु के बाद थोड़े ही समय में पुन: राज्य-क्रांति हुई और अलाउद्दीन के द्वितीय पुत्र मुबारक ने अपने बड़े भाई खिजर खान तथा उसके कुछ साथियों को उनकी आँखें निकलवाकर मरवा डाला और वह स्वयं सुलतान बन बैठा। उसने भी अपने भाई की विवाहिता विधवा देवल देवी के साथ स्वयं ही बलपूर्वक विवाह किया।

७१५. मुसलिम सुलतानों और बादशाहों की यही 'सभ्य परंपरा' थी कि भूतपूर्व मरे या मारे गए सुलतान या बादशाह की उत्तमोत्तम पत्नियों के साथ वे स्वयं ही पुनर्विवाह करें!

७१६. इस प्रकार वह हिंदू राजकन्या देवल देवी 'सुलताना' बनकर उस काल के अत्युच्च पद पर आसीन अवश्य हुई, परंतु मुबारक के प्रति मन में अत्यधिक तिरस्कार-भाव होते हुए भी, मन से हिंदू होते हुए भी उस राजमहिषी को मुबारक के साथ शारीरिक संबंध रखने के लिए बाध्य होना पड़ा। उसके सुंदर, स्वर्णिम शरीर की इस प्रकार सतत विडंबना होने पर भी इस विवाह के कारण उसके लिए एक अत्यंत अनुकूल बात हो गई।

७१७. सुलतान मुबारक को सुलतान बनाने का मुख्य श्रेय और कर्तृत्व ख़ुशरु खान का ही था, जो मूलत: हिंदू गुलाम होते हुए भी बाद में बलपूर्वक मुसलमान बनाया गया था और अब वास्तव में सुलतानी साम्राज्य का असली सूत्रधार तथा सेनापति था। सुलतान मुबारक ने स्वयं ही सलतनत के सारे सूत्र, सारा राजकाज खुशरु खान को सौंप दिया था। इसका कारण यह था कि मुबारक को उसकी घृणित विषय-वासनाओं के कारण राजकाज की ओर ध्यान देने को समय ही नहीं मिलता था। यहाँ उसकी एक गंदी आदत बताना ही पर्याप्त होगा। मुबारक को स्त्रीवेश धारण कर नाचनेवालियों के साथ बड़े-बड़े सरदारों के घर जाकर नाचने और तमाशा करने का अत्यधिक व्यसन था। इसलिए जब वह अपने इस घृणित व्यसन की पूर्ति में व्यस्त रहता था, तब जिसके हृदय में अपने मूल हिंदुत्व की स्मृति जीवंत और ज्वलंत थी, ऐसा उसका प्रमुख सेनापति और अमात्य खुशरु खान तथा वैसे ही चरित्र और मनोवृत्ति की मूलत: गुजरात की हिंदू राजकन्या और अब मुसलिम सुलताना देवल देवी इन दोनों मूलत: गुजराती हिंदू मनस्वी व्यक्तियों को प्रत्यक्षत: एक-दूसरे से मिलने का ही नहीं, अपितु परस्पर घनिष्ठ परिचय,

प्रेम और विश्वास उत्पन्न हो, इतना सहवास प्राप्त करने का अवसर मिलता था। अब वे सुलतान के अंतरंग कक्ष में भी संपूर्ण एकांत में राजनीतिक षड्यंत्र रच सकते थे।

७१८. उन्होंने वहाँ हिंदुत्व की दृष्टि से कोई महत्त्वपूर्ण षड्यंत्र रचा होगा, यह आगे दिए हुए वृत्तांत से इतिहास को भी स्वीकार करना पड़ेगा।

७१९. उपर्युक्त तर्क का समर्थन करनेवाली पहली निदर्शक बात यह थी कि खुशरु खान ने अपनी मूल हिंदू परया (अथवा परवार) जाति के अपने सगे भाई को ही गुजरात का मुख्याधिकारी नियुक्त किया था।

७२०. दूसरी महत्त्वपूर्ण निदर्शक बात यह थी कि खुशरु खान ने अपनी मूल हिंदू जाति के कम-से-कम तीस हजार युद्धोपजीवी जुझारू हिंदुओं को अपने अधीनस्थ खास सुलतानी सैनिक पलटन में स्वयं के संरक्षण के लिए दिल्ली में बहुत पहले ही नियुक्त कर लिया था।

७२१. उसकी ये दोनों कार्यवाहियाँ अनेक मुसलिम सरदारों को आपत्तिजनक लगीं, परंतु उसने अपना असली, अंतरंग भेद इतना गुप्त रखा था कि देवल देवी को और स्वयं उसको भी अपना वह भेद मन से स्पष्ट हुआ था या नहीं, यह निश्चित रूप से कहा नहीं जा सकता; परंतु इस भेद की धुंध, अस्पष्ट आकृति धीरे-धीरे उनके मन में साकार हो रही थी।

७२२. चौथी निदर्शक बात यह थी कि जब दक्षिण के विजित हिंदुओं ने स्वतंत्र होने के लिए विद्रोह किया, तब सही समय पर उसका दमन करने के लिए सुलतान मुबारक जैसे नादान, नालायक, व्यसनी सुलतान को भी प्रोत्साहित कर खुशरु खान ने एक प्रचंड दक्षिण-विजय अभियान के लिए उद्यत किया और वह स्वयं भी विशाल सेना लेकर उसके साथ गया। उनके इस सफल अभियान में हिंदुओं की अपार हानि हुई थी। सुलतान को विपुल धन-संपदा प्राप्त हुई थी। देवगिरि के राजा शंकरदेव की मृत्यु के पश्चात् उसके ही एक आप्त हरपालदेव ने विद्रोह कर देवगिरि का राज्य पुन: प्राप्त कर सुदृढ़ किया था। उसके इस 'अपराध' (?) के लिए इस अभियान में हरपालदेव को पराजित कर सुलतान मुबारक ने उसके शरीर की त्वचा जीवितावस्था में ही छीलकर, वध करने का अत्यंत क्रूर दंड उसे दिया था। और उस राजकुलोत्पन्न हिंदू वीर ने स्वधर्म रक्षा के लिए उसे सहर्ष भोगा था।

७२३. इस सफल अभियान के बाद सुलतान मुबारक अपनी सेना के साथ दिल्ली वापस लौटा। खुशरु खान ने सुलतान के लिए और उनके राज्य के लिए किए गए इस प्रत्यक्ष पराक्रम और हिंदू विध्वंस के कारण उसके कट्टर मुसलिम होने के विषय में संदेह करने का साहस उसके विरोधी मुसलमान सरदारों को भी नहीं होता था। वे प्राय: आपस में धीमे स्वर में यही कहते रहते थे कि यह खुशरु खान शीघ्र ही सुलतान मुबारक का उच्छेद कर स्वयं ही सुलतान बन जाएगा, यह आशंका है; परंतु वह मुसलिम

सुलतान ही होगा, इस विषय में उसके शत्रुओं को भी कोई संदेह उस समय रहा होगा यह संभव नहीं लगता।

७२४. यदि खुशरु खान और देवल देवी के मन में उसी समय भावी अद्‌भुत, अपूर्व हिंदू राज्य-क्रांति की पूर्वयोजना बन गई होगी, तो उन्होंने उसे अद्‌भुत अपूर्व दक्षता से गुप्त रखा था।

७२५. उसके बाद शीघ्र ही सुलतान मुबारक ने खुशरु खान को अकेले ही दक्षिण पर पुनः एक और आक्रमण करने के लिए भेजा। उसे खुशरु खान पर इतना अधिक विश्वास हो गया था कि वह स्वयं इस प्रचंड दक्षिण अभियान में नहीं गया। इस अभियान में खुशरु खान ने मलाबार के हिंदू राजा पर आक्रमण कर उसे पराजित कर सुलतान मुबारक के नाम से अपार धन-संपत्ति लूट ली।

उसके इसी दक्षिण-विजय अभियान के काल में हिंदुओं द्वारा कई स्थानों पर मुसलिम साम्राज्य के विरुद्ध प्रकट अथवा गुप्त षड्‌यंत्र रचे जाकर एक व्यापक विद्रोह फैल रहा था। वारंगल का हिंदू राजकुल, गुजरात के पराजित हिंदू राजा, चित्तौड़ वापस जीत लेनेवाले वीर राणा हमीर आदि हिंदुओं के प्रमुख राजा, हिंदुओं के मठों, संस्थानों में विचरण करनेवाले शंकराचार्यों के समान श्रेष्ठ धर्म-प्रचारक और धर्मयुद्ध-गुरु तथा सामान्य हिंदू समाज में भी एक मुसलिम विरोधी लहर और हलचल मचानेवाली अशांति स्पष्ट रूप से दिखाई देती थी। इस राष्ट्रीय अशांति और हिंदू-विद्रोह से खुशरु खान का गुप्त संबंध होने की अनेक शिकायतें उसके शत्रुओं ने गुप्त रूप से दिल्ली में सुलतान से की थीं।

७२६. तत्कालीन टुटपूँजिए मुसलिम ग्रंथकारों ने मलाबार विजेता खुशरु खान और पूरे मुसलिम साम्राज्य की गतिविधियों के बारे में इतनी अपूर्ण और परस्पर विरोधी असंगत बातें लिखी हैं कि उनमें आगे हुए कृत्यों से ही यथासंभव संगति लगाना आवश्यक हो जाता है। उनके अनुसार, एक बार दिल्ली में सुलतान के राजदरबार में ही ऐसी अफवाह फैली थी कि खुशरु खान ने दक्षिण से लूटी हुई अपार संपत्ति को लेकर, उसके शत्रुओं के बीच में दिल्ली वापस न लौटकर, मालाबार से ही समुद्र-मार्ग से किसी परद्वीप में जाने की योजना बनाई है। एक मुसलिम ग्रंथकार ने तो यह भी लिखा है कि खुशरु खान को पकड़कर, बेड़ियाँ डालकर दिल्ली लाया गया था।

७२७. इन समस्त शत्रुओं द्वारा बिछाए गए जाल को एक झटके में तोड़ने की शक्ति रखनेवाले खुशरु खान ने अकस्मात् अपनी सेना के साथ दक्षिण विजेता की शान और ऐश्वर्य के साथ दिल्ली वापस लौटने की घोषणा कर दी। कारण, दिल्ली दरबार की परिस्थितियों की पूरी और सही-सही जानकारी की वार्त्ताएँ वहाँ बैठी उसकी गुप्त सहयोगिनी देवल देवी, जो मुसलिम सम्राज्ञी होते हुए भी हृदय से हिंदू राजकन्या थी, समय-समय पर उसे भेजती ही रही होगी।

७२८. तत्कालीन मुसलिम ग्रंथों के जो थोड़े से अंग्रेजी अनुवाद उपलब्ध हैं, उनसे पर्शियन अथवा अरेबिक भाषा न जाननेवाले व्यक्ति को भी कुछ जानकारी मिल सकती है। अधिकतर मुसलिम लेखकों ने खुशरु खान का उल्लेख अत्यंत संक्षेप में और तिरस्कारपूर्वक किया है। कारण, खुशरु खान ने आगे चलकर मुसलमानी सत्ता का नाश करके जो घात किया था, वह मुसलिम इतिहासकारों को असह्य लगा था। तथापि उस समय के एक-दो मुसलिम इतिहासकार ऐसे भी थे, जिन्हें खुशरु खान के बारे में सत्य वृत्तांत छिपाना या उसका गलत दोहन करना उचित नहीं लगा। उनके कुछ ही काल पहले उपलब्ध हुए ग्रंथों की पांडुलिपियों का काफी उपयोग वस्तुस्थिति जानने के लिए हुआ है। पुराने ग्रंथों की भाँति उन्हें पढ़कर अर्वाचीन हिंदू इतिहासकारों ने जो वृत्तांत लिखा है, वह भी उतना ही त्याज्य है। कारण, उन्होंने खुशरु खान के लिए इन ग्रंथों में प्रयुक्त 'नीच', 'पापी' आदि दुर्वचनों और गालियों का ही पुनरुच्चार किया है। परंतु सौभाग्य से इसके भी दो अपवाद मिलते हैं। एक हैं इतिहास-महर्षि रियासतकार सरदेसाई और दूसरे हैं श्रीमान कन्हैयालाल माणिकलाल मुंशी। इन दोनों ने खुशरु खान और देवल देवी—दोनों के विषय में तुलनात्मक वृत्तांत देकर उनके द्वारा की गई हिंदू साम्राज्य-स्थापना की महान् क्रांति की थोड़ी सी अस्पष्ट प्रशंसा करने का कुछ प्रयत्न किया है; परंतु डरते हुए किया गया वह प्रयत्न ढुलमुल, अधूरा और उस क्रांति के सच्चे स्वरूप को निश्चित स्पष्ट रूप से समझने या समझाने में पूर्णतः असमर्थ प्रयत्न है। उस काल के हिंदुओं का पक्ष लेनेवाला तो कोई भी लेखक मिलना असंभव है; कारण, उस काल के हिंदुओं में अपने स्वतंत्र मतों का प्रतिपादन करने का साहस ही नहीं था।

७२९. ऐसी परिस्थिति में उपर्युक्त मुसलिम ग्रंथों के परस्पर-विरोधी वृत्तांतों में भी जो कुछ संगति लगाई जा सकती है, उससे तथा उस काल के खुशरु खान जैसे प्रमुख व्यक्तियों द्वारा प्रत्यक्ष रूप में किए गए निर्विवाद कार्यों से जो निष्कर्ष निकलते हैं, उनका ही समावेश इस ऐतिहासिक समीक्षा करनेवाले हमारे प्रबंध में करना संभव है।

७३०. उपर्युक्त वर्णनानुसार, खुशरु खान दक्षिण से अपार संपत्ति लूटकर अपनी विजयी सेना के साथ दिल्ली वापस लौट आया; परंतु वह किसलिए लौटा था? दिल्ली में ही नहीं, अपितु दक्षिण के हिंदू राजनेताओं और क्रांतिकारियों की मंडलियों में एक ऐसी गुप्त वार्त्ता अंतस्थ रूप से फैली हुई थी कि दक्षिण में मुसलमानों के विरुद्ध विद्रोह चाहनेवाले प्रमुख हिंदू नेताओं और खुशरु खान के बीच किसी राज्य-क्रांति की योजना को लेकर गुप्त साँठ-गाँठ चल रही है। गुजरात में तो राजकाज के सारे सूत्र ही वस्तुतः खुशरु खान के सगे हिंदू भाई के ही हाथों में (उसे प्रमुख शासनाधिकारी नियुक्त करने के कारण) थे। समस्त राजपूतों को राणा हमीर ने भारतभूमि पर पहली बार स्थापित इस एकच्छत्र मुसलिम साम्राज्य का उच्छेद कर वहाँ पुनः एकच्छत्र हिंदू साम्राज्य स्थापित करने के लिए प्रेरित और प्रोत्साहित किया था। महदाश्चर्य तो यह था कि उन राजपूतों

के प्रमुखों ने हिंदू साम्राज्य-स्थापना के अपने उस साहसी षड्यंत्र में, सम्राज्ञी देवल देवी के मुख्य अधिकारी तथा सुलतान मुबारक के प्रिय, विश्वासपात्र सेनापति और राज्य के प्रमुख सूत्रधार खुशरु खान को ही विश्वास में लेकर सम्मिलित कर लिया था! ऐसा विरोधपूर्ण संयोग क्षण भर के लिए इतिहास को भी चकित कर देता है। जब तक वैसा कुछ अद्भुत, अघटित घटित नहीं होता, तब तक वह विश्वसनीय भी नहीं लगता।

७३१. ऐसा कुछ घटित हो रहा था यह, सच है। उस काल में सम्राज्ञी देवल देवी और खुशरु खान के मन-मस्तिष्क में कुछ अद्भुत और लगभग असंभव, परंतु केवल नृसिंह के पराक्रम और षड्यंत्र से ही संभव हो सकेगी, ऐसी योजना और कल्पना साकार हो रही थी।

७३२. वे प्रकट रूप में किसी शत्रु अथवा मित्र के सामने भी उसका उद्घाटन नहीं कर सकते थे। कारण, जिसने सारे दक्षिण के हिंदू राजाओं को जीतकर मुसलमानों के अधीन बनाया, जिसने कुछ ही समय पूर्व मलाबार के संपन्न हिंदू राज्य को ध्वस्त कर वहाँ मुसलिम सुलतान का झंडा फहराया और जो उसी सुलतान के मुसलिम सिंहासन के सम्मुख अपना सारा यश उपहार के रूप में अर्पण करने के लिए ही दिल्ली वापस लौट आया था, वह भारत के इतिहास में पूरे भारत पर प्रस्थापित पहले एकच्छत्र मुसलिम साम्राज्य की धुरी अपने कंधों पर सँभालनेवाला, जन्म से हिंदू होकर भी मुसलमान बनाया हुआ सुलतान मुबारक का यह मुख्य सेनापति खुशरु खान ऐसी कौन सी जादुई छड़ी घुमाकर उस मुसलिम साम्राज्य का हिंदू साम्राज्य कर सकता था?

प्रकट रूप में ऐसी शंका व्यक्त करने का साहस किसी कट्टर मुसलमान को भी नहीं हुआ था। खुशरु खान और देवल देवी ने योजना के अंतिम क्षण तक अत्यंत कट्टर मुसलिम होने का और मुसलिम साम्राज्य में सर्वाधिक सुलताननिष्ठ (राजनिष्ठ) व्यक्ति होने का स्वाँग सफलतापूर्वक रचा था। जिन कट्टर मुसलिम उच्चाधिकारियों के मन में ऐसा प्रबल संदेह था कि खुशरु खान और उनके शत्रु हिंदू राजाओं के बीच कुछ गुप्त साँठ-गाँठ है, उनके भी मन में यह भय था कि यदि वे दिल्ली के राजदरबार में सुलतान के सामने खुशरु खान पर ऐसे आरोप प्रकट रूप से लगाते हैं, तो सुलतान उपर्युक्त प्रमाणों का निर्देश कर उलटे उनको ही दंड देगा। इस भय से सारे मुसलिम उच्चाधिकारी मन में काँप उठते थे। जो वार्ताएँ दिल्ली की जनता में और सुलतान के कानों तक पहुँचाई जाती थीं, वे इतनी निराधार और पूर्णतः अनाम व्यक्तियों द्वारा प्रेषित होती थीं कि उन्हें सुनकर कोई भी यही सोचता कि वे केवल विघ्नसंतोषी लोगों द्वारा चुगली करने के लिए प्रेषित की गई अथवा प्रसारित की गई 'गप' या 'अफवाहें' ही हैं।

७३३. जब खुशरु खान दिल्ली वापस आया, तब उसके मुसलिम शत्रुओं के अनुमान के अनुसार, सुलतान ने उसे बंदी तो बनाया ही नहीं, उलटे उसके द्वारा विजित और अर्पित संपत्ति तथा सत्ता से अत्यंत संतुष्ट होकर उसे साम्राज्य के प्रबंध के शेष

सैनिकी, नागरी और अन्य अधिकार भी उसने दे दिए। सुलतान ने यदि किसी को दंड दिया, तो खुशरु खान के विरुद्ध 'चुगली' कर उसके कान भरनेवाले बड़े-बड़े मुसलिम सरदारों, अमीरों और 'खानखानाओं' को ही। उसने उन्हें पदच्युत कर दंडित किया था।

इधर खुशरु खान ने, अलाउद्दीन के समय में हिंदुओं पर जो अत्यंत कठोर निर्बंध लगाए गए थे, उनमें पर्याप्त ढील दे ही रखी थी, अब उसने हिंदू तथा मुसलिम कृषकों और नागरिकों का भी शोषण बंद करवाया। हिंदुओं पर धार्मिक अत्याचार भी बहुत कम हो गए। सर्वसाधारण प्रजाजनों में राज्यशासन के प्रति जो असंतोष फैला था, वह भी इन सुधारों के कारण घटने लगा था। इस सारी सापेक्ष सुस्थिति का श्रेय लोग तत्कालीन साम्राज्य के राज्य-प्रबंध के सूत्राधार मेरुमणि खुशरु खान को ही देने लगे। धीरे-धीरे यह स्थिति आई कि 'सुलतान' कहने पर लोगों के मनश्चक्षुओं के सामने नादान, नालायक और व्यसनी मुबारक नहीं, अपितु उसका यह पराक्रमी, प्रजाप्रिय और कर्तृत्ववान सेनापति खुशरु खान ही आता था और उन्हें स्मरण होता था सम्राज्ञी देवल देवी का, जिसकी अंतस्थ प्रेरणा और प्रकट आधार से खुशरु खान ये सारे सुधार कर रहा था।

७३४. अपने राज्य-शासन में हिंदुओं को अलाउद्दीन के समय के अत्यंत कठोर और कष्टदायी करपाश से और धार्मिक अत्याचारों से पर्याप्त मात्रा में मुक्ति दिलानेवाले उस खुशरु खान को सारे राज्य के हिंदू, उसके मुसलिम होते हुए भी, उसे अपना त्राता और आत्मीय मानने लगे। मुसलमान किसानों और नागरिकों को भी करों से मुक्ति दिलाने के कारण खुशरु खान उनमें भी लोकप्रिय होने लगा। सबसे बड़ी और मुख्य बात यह थी कि पूरे भारत में प्रसिद्ध सैनिक पराक्रम और राज्य-संचालन के कौशल से अनेक बड़े-बड़े मुसलिम सरदार भी खुशरु खान के पक्ष में और उसके अनुकूल हो गए थे।

७३५. इतनी अनुकूल परिस्थिति देखकर, 'हमारे अत्यंत साहसी और अपूर्व, अद्भुत षड्यंत्र को सफलता से कार्यान्वित करने का यदि कोई मुहूर्त है, तो वह यही है! इतनी अनुकूलता में भी जो ऐसा साहस नहीं करेगा, वह कायर पुरुष फिर कभी भी यह साहस नहीं कर सकेगा!' ऐसा दृढ़ निश्चय अपने मन में कर खुशरु खान और देवल देवी ने अपनी इस अपूर्व राज्य-क्रांति की अद्भुत योजना की घोषणा प्रकट रूप में करने का निर्णय लिया। वह राज्य-क्रांति नहीं, साम्राज्य-क्रांति थी! मृत सुलतान अलाउद्दीन के तथा विद्यमान सुलतान मुबारक के इस पूरे भारत को व्याप्त करनेवाले एकच्छत्र साम्राज्य का उच्छेद कर उसके स्थान पर सारे भारत को व्याप्त करनेवाले हिंदू साम्राज्य की केवल एक दिन में स्थापना करनेवाली वह एक महान् साम्राज्य-क्रांति थी! धार्मिक क्रांति थी।

७३६. यदि हिंदू-मुसलमान पाँच सौ वर्षों तक भी रणभूमि में महायुद्ध करते

रहते, तब भी ऐसी क्रांति का सिद्ध होना असंभव था, यह सिंध पर सातवीं सदी में हुए अरबों के प्रथम आक्रमण से लेकर चौदहवीं सदी के इस अलाउद्दीन के कालखंड तक के इतिहास से स्पष्ट रूप से विदित होता है; परंतु खुशरु खान और देवल देवी की अलौकिक प्रतिभा ने उनके हाथों में जो जादुई छड़ी दी थी, उसके कारण एक ही बार क्यों न हो, वह साम्राज्य-क्रांति और धार्मिक-क्रांति संभव तथा सफल कर दिखाई थी।

७३७. जब इस मुसलिम सुलतानशाही ने अनेक शतकों तक युद्ध कर हिंदुओं को पूर्ण रूप से पराजित कर उनका पूरा साम्राज्य जीतकर मुसलिम बना डाला है, तब यदि मैं उस अकेले सुलतान को ही जीतकर उसकी सुलतानशाही को नष्ट कर डालूँ और उसका सिंहासन हिंदू धर्म के नाम से छीन लूँ, तो उसका वह सारा मुसलिम साम्राज्य एक झटके में हिंदू साम्राज्य बन जाएगा। मुसलिम सुलतान का हिंदू सम्राट् बन जाएगा। केवल यही बात अद्‍भुत साहस की होते हुए भी उस परिस्थिति में सरलता से संभव थी। मूलत: हिंदू राजकन्या देवल देवी के ही नहीं, अपितु पूरे विश्व के इतिहास का एक अद्‍भुत चमत्कार करनेवाली जो जादू की छड़ी फेरी थी, वह यही थी।

७३८. ऐसी राज्य-क्रांति के लिए समस्त आवश्यक प्रबंध पूर्ण रूप से करने के बाद खुशरु खान ने अपने सुलतान मुबारक से नम्र निवेदन किया—"मैंने गुजरात से अपनी मूल हिंदू जाति के जिन हजारों लोगों को लाकर दिल्ली में स्थापित किया है, उनके मन में विधिपूर्वक मुसलमान बनने की इच्छा है। परंतु उनमें से अनेक को नगर में ऐसा प्रकट रूप में करने में संकोच हो रहा है, अनेक को भय भी लग रहा है। इसलिए आज रात को मैं उनमें से चुने हुए लोगों के एक बड़े समूह को यहाँ राजमहल में लाकर उन्हें 'इसलाम' की विधिवत् दीक्षा देने का विचार कर रहा हूँ। कृपया आप इसके लिए अनुगति दें!" इसमें कोई कठिनाई नहीं हुई, सुलतान की अनुमति मिल गई और खुशरु खान ने इस निमित्त से दिल्ली में रहनेवाले उसके सैकड़ों चुने हुए हिंदू सैनिक वीरों को राजमहल में लाकर रखा। ई.स. १३१९ के अंत में एक रात सुलतान के राजमहल में अचानक बड़ी हलचल मची, सैनिक विद्रोह हुआ और उस कोलाहल में सुलतान मुबारक का वध हो गया।

७३९. दिल्ली के उस शाही महल में इसके पहले भी कई बार ऐसी ही राज्य-क्रांति के अनेक कोलाहल हुए थे...सुलतान अलाउद्दीन का वध इसी प्रकार हुआ था, इसी सुलतान मुबारक ने इसी प्रकार सुलतान मलिक काफूर की भी हत्या करवाई थी। ऐसे पापी रक्तपातों से सुपरिचित उस राजधानी दिल्ली के नागरिक दूसरे दिन सुबह होते ही एक-दूसरे से धीमे स्वर में फुसफुसाकर पूछने लगे—"कल रात राजमहल में कौन सी भयंकर घटना हुई? कौन सा भीषण संकट आया?"

७४०. थोड़े ही समय में किसी भूचाल की भाँति पूरी राजधानी में उथल-पुथल मचानेवाली साम्राज्य-क्रांति और धार्मिक-क्रांति की एक राजनीतिक उद्‍घोषणा की गई

कि कल रात खुशरु खान के लोगों ने विद्रोह करके राजमहल में सुलतान मुबारक का वध किया और अब खुशरु खान ने स्वयं ही सुलतान पद धारण किया है।

७४१. आघात देनेवाली इस घोषणा से जनता में तत्काल कोई भी प्रतिक्रिया नहीं हुई। सुलतान मुबारक का वध होते ही उसकी विधवा सुलताना देवल देवी के साथ नए सुलतान खुशरु खान का विवाह हुआ। यह घटना भी लोगों के सभय आश्चर्य का नहीं, क्रांतिमय कुतूहल का विषय बनी। कारण, वह भी दिल्ली के सुलतानों की रूढ़ पूर्व परंपरा के अनुसार ही थी। अलाउद्दीन की विधवाओं से उसके बाद के सुलतानों ने और अलाउद्दीन के ज्येष्ठ पुत्र खिजर खान की विधवा इसी देवल देवी से इसी सुलतान मुबारक ने स्वयं विवाह किया था। इसी परंपरा के अनुसार जिसके साथ प्रारंभ से ही उसके घनिष्ठ संबंध थे, ऐसी इस अपूर्व राज्य-क्रांति में उसकी सहयोगिनी और पूर्व सुलतान मुबारक की विधवा देवल देवी के साथ इस नए सुलतान खुशरु खान ने विवाह किया, इसमें कुछ क्रांतिकारी या आश्चर्यजनक है—राजधानी में किसी की भी ऐसी प्रतिक्रिया न होना स्वाभाविक ही था।

७४२. राजप्रासाद की इस राज्य-क्रांति को अकस्मात् एक अद्भुत, धार्मिक महाराज्य-क्रांति का स्वरूप प्रदान करनेवाली जो अगली घोषणा सुलतान खुशरु खान और सुलताना देवल देवी ने राजनीतिक समारोह के साथ बड़े ठाठ-बाट से, अधिकृत रीति से की, उसने समस्त भारत के राजा-महाराजाओं से लेकर परिया-भंगियों तक सारे हिंदुओं को ही नहीं, सारे मुसलमानों को भी अत्याश्चर्य का प्रचंड धक्का दिया। अंतर यही था कि हिंदुओं को इसके साथ अत्यंत आनंद हुआ, तो मुसलमानों में इससे अत्यंत दु:ख और भय फैल गया! १५ अप्रैल, १३२० को शाही तख्त से सुलतान खुशरु खान ने स्वयं इस आशय की घोषणा की—

७४३. "आज तक मुझे बलात्कारित मुसलमान का भ्रष्ट जीवन जीने के लिए विवश होना पड़ा, तथापि मैं मूलत: हिंदू संतान हूँ। मेरा बीज हिंदू बीज है। मेरा रक्त हिंदू रक्त है। अत: आज जब मुझे 'सुलतान' के रूप में स्वतंत्र, समर्थ नवजीवन प्राप्त हुआ है, तब मैं अपने पाँवों में पड़ी भ्रष्ट बेड़ी को तोड़ डालता हूँ और यह उद्घोषणा करता हूँ कि मैं हिंदू हूँ, अब मैं स्पष्ट और प्रकट रूप में इस विस्तीर्ण और अविच्छिन्न भारतभूमि के हिंदू सम्राट् के रूप में सिंहासनारूढ़ हो रहा हूँ। इसी प्रकार देवल देवी को हिंदू राजकन्या होते हुए भी मुसलमानी सेना ने बचपन में वन-वन भागते हुए भटकने के लिए विवश किया और बाद में उसके पति देवगिरि के राजा शंकरदेव का वध कर उसे अपने पिता से भी बलपूर्वक छीनकर, दिल्ली लाकर उसे बलपूर्वक मुसलमान बनाया गया। तत्पश्चात् प्रथमत: बलपूर्वक शहजादा खिजर खान से विवाह कर उसका अपमान किया और बाद में तो कल की राज्य-क्रांति में मारे गए सुलतान मुबारक ने भी उसके साथ बलपूर्वक विवाह कर उसे एक भ्रष्ट सुलताना का जीवन जीने पर विवश किया।

जिस पर इतने घोर अत्याचार किए गए, वह मेरी आज की सम्राज्ञी देवल देवी भी जन्म से, बीज से और रक्त से मूलत: हिंदू वंश की कुलीन राजकन्या होने के कारण अपने इस भ्रष्ट, अत्याचारी मुसलिम धर्म को धिक्कारती हुई आज से हिंदू धर्म को स्वीकार कर हिंदू बनकर अपना जीवन व्यतीत करने वाली है। हम दोनों की यह प्रतिज्ञा हमारे विगत बलात्कारजनित भ्रष्टता के पाप का संपूर्ण परिमार्जन करे!''

७४४. उसकी इस घोषणा का तत्काल विरोध करनेवाला कोई भी समर्थ हिंदू क्या, मुसलमान भी नहीं निकला।

७४५. अनाम हिंदू सम्राट्—एतदर्थ हिंदू सुलतान खुशरु खान को अब हम 'हिंदू सम्राट्' और हिंदू सुलताना देवल देवी को 'हिंदू सम्राज्ञी' कहकर संबोधित करेंगे। इस हिंदू सम्राट् ने अपना बचपन का मूल हिंदू नाम कहीं भी घोषित नहीं किया। हो सकता है कि उसे वह स्मरण न हो, आज तो वह नाम पूर्ण रूप से लुप्त हो गया है। उसने सम्राट् बनने पर जो नाम धारण किया, वह 'नासिरुद्दीन' मुसलिम नाम था। उसका कारण मुख्यत: यह रहा होगा कि वह नाम सारे मुसलमानों को और अनेक पीढ़ियों से मुसलमानी नामों से अभ्यस्त लाखों हिंदुओं को भी परिचित लगे। 'नासिरुद्दीन' का संभवतया अर्थ है 'धर्म का रक्षक'। एतदर्थ इस हिंदू सम्राट् ने अपनी उस घोषणा द्वारा इतना तो स्पष्ट कर ही दिया कि वह जिस 'दीन' (धर्म) का रक्षक बन रहा है, वह मुसलमानी धर्म नहीं है, अर्थात् वह धर्म हिंदू धर्म ही है, अर्थात् इस नाम का 'हिंदू धर्मरक्षक' जैसा अनुवाद करना भी पर्याप्त होगा।

७४६. यह अद्भुत राज्य-क्रांति—भारत का वह विशाल मुसलिम साम्राज्य एक दिन में पूरा जीतकर उसका हिंदू साम्राज्य बनानेवाली धार्मिक और राजनीतिक क्रांति करने के बाद उस 'हिंदू सम्राट्' ने पूर्व में मलाबार पर आक्रमण कर वहाँ के हिंदू राज्य को जीतकर जो अपार संपत्ति सुलतान मुबारक के राजकोष में अर्पित की थी, वह संपत्ति तथा उस सुलतान की पहले की सारी संपत्ति एकत्र कर, वह सारा धन, उसने जो हजारों स्वजातीय सैनिकों का विशेष दल निर्मित किया था, उन सैनिकों में बाँट डाली। इसी प्रकार उसने पूरे साम्राज्य के सारे हिंदू-मुसलमान सैनिकों का भी वेतन बढ़ाया। इस तरह सैनिक वर्ग को प्रत्यक्ष लाभ से संतुष्ट कर उसने किसानों एवं सामान्य हिंदू और मुसलमान—सभी नागरिकों को वह सुविधाएँ और सुधार उपलब्ध कराए, जो अब तक के किसी भी सुलतान ने कभी भी उपलब्ध नहीं कराए थे। उसने धार्मिक अत्याचार के कारण कारागार में बंदी बनाकर रखे गए हजारों हिंदू बंदियों को तथा केवल जो पूर्व के सुलतान को अप्रिय थे, इसलिए बंदी बनाकर कारागार में डाले गए थे, ऐसे सैकड़ों मुसलमान बंदियों को भी बंदीगृह से मुक्त किया। इन सब कार्यों से साम्राज्य के हिंदुओं में ही नहीं, मुसलमानों में भी यह हिंदूसम्राट् 'नासिरुद्दीन' (धर्मरक्षक) लोकप्रिय हुआ।

७४७. एक के बाद एक मुसलिम सुलतानों ने हिंदुओं पर 'जजिया' जैसे कर तथा उनकी तीर्थयात्राओं एवं तीर्थस्थानों पर बंदी आदि धार्मिक दृष्टि से अपमानजनक जो निर्बंध लगाए थे, उनसे खुशरु खान ने उन्हें तत्काल मुक्ति दिलाई, यह स्वयं स्पष्ट है। इसलिए समस्त हिंदू जनता में, कोई उनका त्राता ही अवतरित हुआ है, ऐसी भावना व्याप्त हुई हो, तो इसमें क्या आश्चर्य है?

७४८. खुशरु खान जब मुसलमानों के प्रमुख मुसलिम सेनापति के रूप में दक्षिण विजेता बनकर मलाबार के हिंदू राजा पर आक्रमण कर रहा था, उस समय से ही उसके मन में इस राज्य-क्रांति की योजना धीरे-धीरे साकार हो रही थी। इसलिए उसने कई मुसलिम राज्याधिकारियों और सेनाधिकारियों को आश्रय तथा प्रोत्साहन देकर, उनकी पदोन्नति कर अपने अनुकूल बना लिया था। वे सारे अधिकारी उसके हिंदू सम्राट् 'धर्मरक्षक'—'नासिरुद्दीन' बनने के बाद भी, अपने स्वार्थवश तथा उनका द्वेष करनेवाले पुराने खान, खानखाना, नवाब, निजाम आदि जो प्रतिष्ठित मुसलमान सरदार थे, उनसे स्वयं के रक्षणार्थ इस हिंदू सम्राट् के प्रति स्वामीनिष्ठ ही बने रहे। कारण, राजनीतिक सम्मिश्रण के कारण मुसलमानों को भी पिछले दो-चार शतकों में अनेक हिंदू राजाओं और सरदारों की उनकी सेना में भरती होकर एकनिष्ठता से सेवा करने का अभ्यास हो गया था।

पूर्वकाल में जब मुसलमान प्रारंभ में यहाँ आए थे, तब हिंदू राजाओं की सेवा-चाकरी करना 'इसलाम' के अनुसार धर्मबाह्य माना जाता था; परंतु अब इस काल तक मुसलमानों में भी वैसी मान्यता नहीं रही और हिंदू राजाओं की नौकरी करना उनके धर्मानुकूल ही है—यह धारणा उनके अंदर दृढ़ हो रही थी। इसके कई उदाहरण इस ग्रंथ में हमने पहले भी दिए हैं और आगे भी देंगे। अर्थात् हिंदू राजा के अधीन होकर बड़े महत्त्वपूर्ण राजनीतिक पदों पर भी आसीन होना मुसलिम मान्यताओं के अनुसार अब धर्मबाह्य नहीं रहा, तथापि अनेक कट्टर मुसलमान मौलाना, मौलवी इस कृत्य को आपद्धर्म तथा मुसलिम राजसत्ता के नीचे बिछाई गई सुरंग जैसा घातक मानकर मन-ही-मन जलते-कुढ़ते रहते थे। हिंदुओं में तो प्राचीन काल से ही मुसलिम सेना में मुसलमानों के पक्ष से लड़ना धर्मबाह्य है—ऐसी मान्यता कभी भी नहीं थी! केवल मुसलमानों के साथ खानपान से अथवा मुसलिम स्त्रियों से शरीर संबंध रखने से ही उनका हिंदू धर्म नष्ट होता है—ऐसी उनके हिंदुत्व की आत्मघातक व्याख्या थी।

७४९. यह हिंदू सम्राट् अपने हिंदुत्व की केवल घोषणा कर वहीं पर नहीं रुका, अपितु उसने मुसलमानों के समक्ष उसके अनुसार प्रत्यक्ष कार्य करना भी आरंभ किया। सम्राट् के राजप्रासाद में, अर्थात् दिल्ली के बादशाहों के शाही महल के दीवान-ए-खास, दीवान-ए-आम आदि मुसलिम संस्कृति के पवित्र गर्भगृहों में अब तत्काल हिंदू देवी-देवताओं की मूर्तियों की स्थापना की गई। राजप्रासाद में सम्राट् की पूजा-अर्चना

और समस्त धार्मिक विधि अब हिंदू धर्म के अनुसार होने लगे। वहाँ से कुरान की आयतें लुप्त हो गईं और हिंदुओं के मंत्रघोष तथा भजनों के स्वर गूँजने लगे। इन देवमूर्तियों का पूजन एवं संरक्षण स्वयं हिंदू सम्राट् और उसके राजप्रासाद में पहरा देनेवाले प्रारंभ से सदैव हिंदू ही रहे सैकड़ों सशस्त्र स्वजातीय हिंदू सैनिक करते थे।

राजधानी में तो हिंदू नागरिकों के, विशेषत: हिंदू सैनिकों के उत्साह की कोई सीमा नहीं थी। इसके पूर्व में हिंदू की किसी राजधानी पर विजय पाते ही मुसलिम आक्रमणकारी जिस प्रकार वहाँ के मंदिरों को ध्वस्त कर, मूर्तियों को खंडित कर मंदिरों के स्थानों पर मसजिदें बनाते थे, उसी प्रकार उसी न्याय से प्रत्याक्रमण कर दिल्ली के इन प्रत्याक्रमणकारी हिंदुओं ने, हिंदू सम्राट् के संरक्षण में अनेक मसजिदों में नवीन देवमूर्तियों की स्थापना कर बड़े समारोहपूर्वक उनके मंदिर बनाए। वे सारे मंदिर अब मंत्रोच्चार से गूँजने लगे। जब मुसलिम आक्रमणकारी हिंदू मंदिरों में गोहत्या कर उन्हें भ्रष्ट करते थे और उनकी मसजिदें बनाते थे, तब परधर्म-सहिष्णुता की व्याधि से नपुंसक बने हुए हिंदू समाज को मन-ही-मन अपमान और दु:ख का असह्य दंश कितना व्याकुल करता होगा, इसकी कुछ तो कल्पना इस हिंदू परिया (अब हिंदू सम्राट्) के इस सशस्त्र धार्मिक प्रत्याक्रमण के कारण सुलतानशाही की राजधानी दिल्ली के तत्कालीन लाखों धर्मोन्मत्त मुसलमानों को हुई ही होगी!

७५०. हिंदुओं द्वारा की गई इस अपवादात्मक सशस्त्र धर्मक्रांति में उत्साहित और उत्तेजित हिंदुओं ने कुछ मुसलिम लेखकों के आरोप के अनुसार कुरान आदि पवित्र मुसलिम धर्मग्रंथों की भी अवमानना और विडंबना की हो, यह संभव है। नालंदा के विख्यात विद्यापीठ को आग लगाकर वहाँ के हजारों हिंदू धर्मग्रंथों को जलते हुए देखकर जो मुसलमान 'देखो, हिंदू काफिरो, धर्मग्रंथों की होली कैसी जलाई है!' इस प्रकार व्यंग्य करते हुए हँस रहे थे और आग ताप रहे थे। उनको 'गाजी' (धर्मवीर) समझनेवाले उन मुसलमानों को दिल्ली में हुए इन मुसलिम-धर्मविध्वंसक कृत्यों के लिए हिंदुओं को दोषी और अपराधी कहने का अधिकार लेशमात्र भी नहीं था। उस हिंदू सम्राट् ने पूर्व के सुलतानों की तरुण मुसलिम बहू-बेटियों को उनकी इच्छा से हिंदू बनाकर उनके विवाह अपने हिंदू परिया अनुयायियों के साथ कर दिए।

७५१. इस हिंदू सम्राट् 'नासिरुद्दीन' ने, धर्मरक्षक ने, उससे भी आगे जाकर, मुसलमान आक्रमणकारी जिस प्रकार किसी हिंदू राज्य को पदाक्रांत करते ही वहाँ के लाखों हिंदुओं को शस्त्रबल से भ्रष्ट करते थे, मंदिरों को ध्वस्त करते और जलाते थे, हजारों हिंदू स्त्रियों का बलात्कार कर उनको गुलाम बनाते थे, हिंदुओं की लूटमार और हत्या करते थे, उस प्रकार के सशस्त्र धार्मिक अथवा आर्थिक अत्याचार राज्य की अथवा दिल्ली की भी जनता पर किए थे, ऐसा उल्लेख मुसलमान इतिहासकारों ने भी कहीं उल्लेख नहीं किया है।

७५२. यदि उसने मुसलमानों के सदैव के अत्याचारों का प्रतिशोध लेने के लिए वैसे ही प्रत्याचार किए होते, तो वह कृत्य उस क्रांतिकारक हिंदू सम्राट् का गौरव ही बढ़ाता। उससे उन अहिंदू आक्रामकों में हिंदुओं का इतना आतंक छा जाता, जो पूर्वकाल में कभी नहीं था। अत्याचारों का संपूर्ण प्रतिकार उस प्रकार के प्रत्याचारों से ही किया जा सकता है, यह हमने 'पूर्वार्द्ध' में स्पष्ट किया है।

७५३. परंतु उस धर्मरक्षक नासिरुद्दीन ने मुसलमानों पर ऐसे सशस्त्र अत्याचार नहीं किए—इसका मुख्य कारण केवल यही था कि उसकी राजनीतिक-कुशलता उसे स्वपक्ष और शत्रुपक्ष के बलाबल का भान भूलने नहीं देती थी। यदि उसे तत्कालीन विद्यमान हिंदू राजाओं का और हिंदुस्थान के समस्त हिंदू समाज का तत्काल सक्रिय सहयोग तथा समर्थन प्राप्त होता और उसने जिस प्रकार दिल्ली के हजारों भ्रष्ट हुए हिंदुओं की उन्हीं की इच्छा से सामुदायिक शुद्धि कर उन्हें हिंदू बनाया और मसजिदों को मंदिर बनाया, उस प्रकार की धार्मिक क्रांतिकारी घटनाओं का ही स्पष्ट रूप से समर्थन करनेवाला विद्रोह राजपूताने से लेकर दक्षिण भारत तक के सारे प्रमुख नगरों में और तीर्थक्षेत्रों में हिंदुओं ने प्रकट रूप से किया होता तथा हिंदू साम्राज्य की घोषणा कर दी होती, तो मुसलिम आक्रमणकारी हिंदुओं की जैसी घोर दुर्दशा करते थे, वैसी ही सारे राज्य के मुसलमानों की शस्त्रबल से घोर दुर्दशा कर हिंदुओं पर हुए अत्याचारों का इस 'धर्मरक्षक' ने प्रतिशोध लिया होता।

७५४. पूरे हिंदुस्थान के हिंदू राजाओं ने और हिंदू जनता ने इस हिंदू राज्य-क्रांति को प्रत्यक्ष रूप से सक्रिय समर्थन नहीं दिया। यद्यपि उन सबको मन में अत्यंत आनंद और अभिमान का अनुभव हुआ था और मुसलिम सुलतानशाही को इस प्रकार 'नकटा' बनाकर उसका नाश करने के लिए वे इस 'हिंदू रक्षक' को धन्यवाद ही देते थे, तथापि उसके समर्थन में किसी ने भी प्रत्यक्ष रूप से विद्रोह नहीं किया था। हिंदू साम्राज्य-स्थापना के ऐसे अत्यंत अनुकूल अवसर पर भी हिंदुओं ने जो यह अवसानघात किया, उसका एक कारण यह भी था कि उनके मन में सभय आशंका थी कि वह अद्भुत क्रांति क्या स्थायी रूप से टिक सकेगी? यदि वह विफल हुई, तो मुसलमान उसे सक्रिय समर्थन देनेवालों का भी सर्वनाश किए बिना नहीं रहेंगे! इसलिए हिंदू समाज उसे केवल देखता ही रह गया।

दूसरा कारण यह था कि दिल्ली में मुसलमानों का जो सामुदायिक शुद्धीकरण हो रहा था, वह भी इस हिंदू समाज को 'धर्म्य' या हिंदू धर्म के अनुसार कहाँ लगता था? उस काल के हिंदुओं का धर्म तो 'शुद्धिबंदी' था, 'शुद्धीकरण' नहीं! सद्गुण विकृति की व्याधि से ग्रस्त होने के कारण परधर्म-सहिष्णुता ही उनका धर्म था। मसजिद गिराना अथवा मुसलमानों को बलपूर्वक शुद्ध करके हिंदू बनाना उनका धर्म नहीं था। इस प्रकार के अत्याचारों को हिंदू स्वयं ही 'महापाप' मानते थे। इसलिए हिंदू समाज ही इस

धर्मक्रांति का विरोध नहीं करेगा—इसकी क्या आश्वस्ति थी? तब मुसलमानों के विरोध की बात तो छोड़ ही देनी चाहिए!

७५५. ऐसी परिस्थिति में 'नासिरुद्दीन' ने दिल्ली में राज्य-क्रांति और धर्म-क्रांति कर स्वयं को हिंदू सम्राट् के रूप में स्थापित किया। यह इतनी साहसिक और मुसलिम राज्यसत्ता के लिए अप्रतिष्ठाकारक घटना थी कि अखिल भारत के हिंदू समाज में उतना भी विद्रोह सक्रिय रूप से पचाने की शक्ति और साहस का होना भी सिद्ध हुआ, तो प्रस्तुत समय में बहुत साध्य हुआ! आगे जब पुनः अनुकूल अवसर प्राप्त होगा, तो अगली कार्यवाही भी सफलतापूर्वक अवश्य करेंगे। इस समय अधिक तानने से टूटने की आशंका है, इस प्रकार विवेकपूर्ण विचार कर उस हिंदू 'धर्मरक्षक' ने उस समय दिल्ली के अथवा राज्य के मुसलमानों पर ऐसा कोई भी धार्मिक अत्याचार नहीं किया।

७५६. इसके विपरीत, परिच्छेद ७४६ में बताए गए तथ्यों के अनुसार उसने राज्य के मुसलिम सैनिकों, किसानों और अन्य नागरिकों को भी हिंदू नागरिकों के समान ही नवीन सुविधाओं के साथ-साथ करों में छूट भी दी थी। जो मुसलिम राज्याधिकारी या धर्माधिकारी मन-ही-मन इस हिंदू धर्म-क्रांति से असंतुष्ट हैं, ऐसा उसे संदेह था, उन्हें भी राजनिष्ठ मुसलिम अधिकारों के समान ही बार-बार बहुमूल्य उपहार देकर तथा उनके साथ भी वैसा ही सम्मानपूर्ण व्यवहार कर अपने अनुकूल और वश में कर लिया था।

७५७. 'नासिरुद्दीन' की इस कुशल राजनीति के कारण इतनी बड़ी धर्मांध मुसलिम राजसत्ता के विरुद्ध राज्य-क्रांति और हिंदू धर्म-क्रांति होने के बाद भी उस हिंदू सम्राट् के राज्यकाल में प्रारंभ के कई महीनों तक मुसलमानों का कोई बड़ा महत्त्वपूर्ण विद्रोह तो दूर, छुटपुट दंगा भी नहीं हुआ। उस हिंदू सम्राट् का सारा राज्यतंत्र पूर्व के मुसलिम सुलतानों जैसा ही सुचारु रूप से चल रहा था। दिल्ली की केंद्रसत्ता को अधीनस्थ प्रांतों से राजस्व-कर तथा अन्य देय धनराशि यथावत् प्राप्त हो रही थी। इस हिंदू सम्राट् का आदेश पाते ही साम्राज्य के बड़े-बड़े मुसलमान सामंत, सेनापति, सरदार और अधिकारी भी दिल्ली में सम्राट् के राज-दरबार या 'राजसभा' में उस छत्र-चँवर आदि हिंदू राजचिह्नों से विभूषित, सिंहासनारूढ़ देदीप्यमान हिंदू सम्राट् को अपने नियत स्थान पर, नियत मर्यादा के अनुसार उपस्थित होकर सम्मान देते थे। इन बड़े-बड़े सरदारों के तत्कालीन मुसलिम इतिहासकारों ने जो नाम दिए हैं, उनमें से कुछ इस प्रकार हैं—"ऐन-उल्-मुल्क मुलतानी, यूसुफ साफी, हतीम खान, कमालुद्दीन सूफी, फकीरुद्दीन तुगलक, मुगलटी मोहम्मद शाह, बहराम अनय्या, युकलाखी, होशंग, काफूर इत्यादि"।

उस काल के ऐसे बड़े-बड़े प्रतिष्ठित सरदारों की उपस्थिति तथा अधिकतर प्रांतों के सूबेदारों, प्रशासकों और साम्राज्य के विभिन्न प्रांतों की मुसलिम सेनाओं के सेनानायकों

के उस हिंदू सम्राट् की सेवा में सादर लिखित मान्यता-पत्र उसकी सर्वमान्यता को सिद्ध करते हैं। इसके फलस्वरूप उसके राज्यकाल में कई महीनों तक मुसलिम समाज में भी किसी प्रकार की अशांति उत्पन्न नहीं हुई।

७५८. इधर, संभवतया पूर्व की गुप्त संधि के अनुसार, राजपूताने से लेकर दक्षिण में मदुरई तक के किसी भी हिंदू राजा ने उस 'हिंदू सम्राट्' के विरोध में एक शब्द भी उच्चारित नहीं किया। उलटे दिल्ली की इस हिंदू क्रांति का लाभ उठाकर उन्होंने अपने राज्यों को विभिन्न स्थानों पर स्वतंत्र रूप से चलाना आरंभ किया। उनका मुख्य दोष यही था कि उन्होंने इस अत्यंत अनुकूल अवसर का लाभ उठाते हुए एकत्र होकर एक मुख से एक केंद्रीय स्वतंत्र हिंदू साम्राज्य की स्थापना की और घोषणा नहीं की।

७५९. इस परिस्थिति में यद्यपि प्रारंभ में उस हिंदू सम्राट् का राज्य शासन सुचारु रूप से निर्विघ्न चलता रहा, तथापि वह चतुर सम्राट् 'धर्मरक्षक' यह भलीभाँति जानता था कि उसके इस हिंदू साम्राज्य का प्रमुख आधार अन्य कोई भी उपांग न होकर केवल उसका बाहुबल या शस्त्रबल ही है। इसलिए उसने हमारे विशेष हिंदू वीरों की जो चुनी हुई सेना राजधानी में लाकर रखी थी, उसकी संपूर्ण तैयारी उसने की थी और राज्य के विभिन्न संरक्षण केंद्रों में भी अपने विश्वसनीय हिंदू तथा मुसलिम सैनिकों की पृतनाएँ (पलटनें) पूरी तरह से युद्ध के लिए तैयार कर रखी थीं। कारण, सम्राट् 'नासिरुद्दीन' अच्छी तरह जानता था कि यद्यपि आज पूरे राज्य के मुसलमान उसके प्रति राजनिष्ठा प्रदर्शित कर उसके आदेशों का पालन करते हैं, तथापि कल इनमें से कोई असंतुष्ट समूह आगे आकर उसके इस हिंदू साम्राज्य के विरुद्ध सशस्त्र राज्य-क्रांति के लिए विद्रोह किए बिना नहीं रहेगा।

७६०. स्थानाभाव से मध्यांतर की अन्य घटनाओं को छोड़कर यहाँ इतना ही बताना पर्याप्त होगा कि जो राज्य एक दिन भी चल सकेगा—ऐसा किसी ने नहीं सोचा था, वही मुसलिम सुलतानशाही का उच्छेद कर उसके 'तख्त' को ही हिंदू राष्ट्र का 'सिंहासन' बनानेवाला और लगभग पूरे भारत में फहरा रहे मुसलमानों के 'हरे चाँद' युक्त ध्वज को उखाड़कर उस साम्राज्य पर हिंदू भगवा ध्वज फहरानेवाला हिंदू राज्य-क्रांति और धर्म-क्रांति का फल यह राज्य एक दिन नहीं, एक महीना नहीं, अपितु लगभग एक वर्ष तक निर्विघ्न, सुचारु ढंग से चलता रहा, साम्राज्य के लाखों अमीर और गरीब मुसलमान उस हिंदू साम्राज्य को चुपचाप, सहर्ष स्वीकार करते रहे और न्यूनाधिक एक वर्ष तक सारी मुसलिम जनता और समस्त बड़े-बड़े मुसलिम अधिकारी तथा सरदार उस हिंदू सम्राट् के आदेशों और आज्ञापत्रों को शिरोधार्य मानते रहे, यही उस काल के हिंदू इतिहास का अत्यंत गौरवास्पद, अविस्मरणीय महदाश्चर्य था।

७६१. उस काल के और आज के हिंदू इतिहास का दूषणास्पद दूसरा बड़ा आश्चर्य यह है कि इतनी गौरवास्पद हिंदू साम्राज्य-क्रांति और राज्य-क्रांति का तथा

उसके निर्माता उस हिंदू सम्राट् 'धर्मरक्षक' का स्पष्ट उल्लेख भी हमारे हिंदू इतिहास में नहीं मिलता। यही नहीं, उसके विषय में मुसलिम इतिहासकारों का अनुकरण कर जो कुछ दस-पाँच शब्द लिखे गए हैं, वे भी उसकी निंदा से ही युक्त हैं।

७६२. ग्यासुद्दीन तुगलक—यह आश्चर्यजनक प्रथम वर्ष समाप्त हो ही रहा था कि एक-दो उच्चाधिकारी मुसलमानों ने इस हिंदू सम्राट् की सत्ता का उच्छेद करने के लिए षड्यंत्र रचने का साहस किया। "स्वयं को स्पष्टत: हिंदू कहनेवाला एक हिंदू तब मुसलमानों का सुलतान बनकर उनके 'तख्त' पर बैठे और मुसलिम सुलतानों का शाही तख्त किसी हिंदू सम्राट् का राजसिंहासन बन जाए यह 'इसलाम' का, सारे विश्व के मुसलमानों का असह्य अपमान है। हम मुसलमानों को एक काफिर हिंदू के सामने घुटने टेककर, गरदन झुकाकर सलाम करना पड़े—इससे अधिक 'इसलाम' की विडंबना क्या हो सकती है? इस विडंबना का अंत करने के लिए हम सब मुसलमानों को अब एक होकर 'जेहाद' अर्थात् धर्मयुद्ध करना चाहिए।" कुछ धर्मांध मुल्ला-मौलवी मसजिदों से मुसलमानों को उपर्युक्त आशय की चेतावनी मौखिक रूप में या गुप्त पत्रक बाँटकर दे रहे थे। इस प्रकार के विद्रोह का स्पष्ट, प्रकट रूप में नेतृत्व करने का साहस किसी भी मुसलमान अमीर, सरदार, सेनापति या अधिकारी को नहीं हो रहा था।

आखिर में दिल्ली के सुलतान द्वारा पंजाब प्रांत में नियुक्त 'ग्यासुद्दीन' नामक एक महत्त्वाकांक्षी मुसलिम प्रशासक और प्रांतीय सेनापति ने यह दायित्व स्वीकार करने का साहस दिखाया। उसने सुलतान नासिरुद्दीन के बड़े-बड़े प्रमुख मुसलिम सेनाधिकारी और प्रांतीय शासकों के पास उपर्युक्त आशय के गुप्त पत्र भेजना प्रारंभ किया। स्वयं ग्यासुद्दीन ने भी इस नए हिंदू सम्राट् 'नासिरुद्दीन' को अपने सुलतान के रूप में स्वीकार किया था। उसी के अधीनस्थ प्रशासक और सेनापति के रूप में वह पंजाब में नियुक्त किया गया था। उसका एक पुत्र दिल्ली में नासिरुद्दीन के दरबार में उच्चाधिकारी था। ग्यासुद्दीन ने मिलने के निमित्त अपने इस पुत्र को अपने पास पंजाब बुलाया और उससे पूछकर दिल्ली की सारी विस्तृत जानकारी गुप्त रूप से प्राप्त की। सुलतान अलाउद्दीन की मृत्यु के बाद उसके सारे पुत्रों और पौत्रों की या तो हत्या हुई या आँखें निकालकर उन्हें अंधा बना दिया गया। इसलिए अब राजसिंहासन पर आसीन होने, अर्थात् सुलतान बनने लायक अलाउद्दीन का कोई भी वंशज कहीं भी शेष नहीं रहा था।

यह जानकारी जब ग्यासुद्दीन को मिली, तब उसके मन में साहस उत्पन्न हुआ और उसने घोषणा कर दी—"जब सुलतान अलाउद्दीन का कोई भी वंशज सुलतान बनने योग्य शेष नहीं रहा, तब उसके 'तख्त' पर बैठने का अधिकार किसी सुयोग्य, समर्थ मुसलमान व्यक्ति का ही है। इस हिंदू काफिर परिया खुशरु खान का तो स्पर्श भी उस 'तख्त' को नहीं होना चाहिए था। इस पापी काफिर ने पहले के सुलतान की सारी

मुसलिम विधवाओं और बहू-बेटियों को हिंदू बनाकर, केवल मुसलमानों से बदला लेने के लिए उनके विवाह अपनी परिया (भंगी) जाति के उच्चपदस्थ अधिकारियों के साथ कर दिए। इस प्रकार उसने शाही परिवार की समस्त मुसलिम महिलाओं को भ्रष्ट कर हिंदू बना डाला। ऐसे पापी हिंदू काफिर को मुसलमानों के सुलतानी तख्त से नीचे खींचकर हटाने का साहस कोई अन्य मुसलमान नहीं कर रहा है। इसलिए मैं खुद वह काम करने का दायित्व स्वीकार कर रहा हूँ।''

७६३. ग्यासुद्दीन के उपर्युक्त आशयवाले गुप्त पत्रक का प्रारंभ में अधिकतर मुसलिम अधिकारियों ने विरोध ही किया। कुछ लोगों ने तो ये पत्रक सम्राट् 'नासिरुद्दीन' के ही हाथों में सौंप दिए। वह पहले से ही जानता था कि इस प्रकार का विद्रोह होने की प्रबल आशंका है। इसलिए उसने बिना घबराए इस विद्रोह का दमन तत्काल करने के लिए सैन्य तैयारी की। उसे सुलतान माननेवाले अनेक मुसलिम सेनापति भी अपनी सेनाएँ लेकर उसकी सेवा करने के लिए हाजिर हुए। उसकी 'बादशाही' सेना के हिंदू सैनिक तो उसके लिए प्राणपण से लड़ने के लिए तैयार थे ही।

७६४. अंत में ग्यासुद्दीन ने उसके अधीन जो सुलतानशाही की सेना पंजाब की तथा सीमाओं की सुरक्षा के लिए रखी गई थी, उसी मुख्यत: मुसलिम सेना को (उसमें कुछ हिंदू सैनिक भी थे) लेकर दिल्ली के इस हिंदू सुलतान पर आक्रमण करने का निश्चय किया। ग्यासुद्दीन के भारी आक्रमण का समाचार सुनते ही हिंदू सम्राट् नासिरुद्दीन ने स्वयं ही अपनी सारी सुलतानी सेना लेकर उसपर आक्रमण किया। हिंदू सम्राट् के साथ कई मुसलिम सेनापति भी अपनी सेनाओं के साथ रणभूमि में उसके पक्ष में युद्ध कर रहे थे।

जब दोनों की सेनाओं में युद्ध प्रारंभ हुआ, तो पहले दिन सुलतानी सेना को विजय मिली। ग्यासुद्दीन को अपनी सेना के साथ रणभूमि से भागना पड़ा; परंतु उसने धैर्य नहीं खोया। उसने सोचा कि यदि मैं इस समय हिम्मत हारता हूँ तो मेरा सर्वनाश अटल है। हिम्मत करने से ही जीवित रहने और विजय पाने की कुछ आशा है। इसलिए मरने या मारने के दृढ़ निश्चय से उसने पुन: युद्ध का मोरचा बाँधा। उसके सौभाग्य से हिंदू सम्राट् की सेना के दो-तीन मुसलिम सेनापतियों ने ऐन अवसर पर उसका विश्वासघात करने का निश्चय किया और ग्यासुद्दीन को इस प्रकार का गुप्त आश्वासन भी दिया। उनके इस आश्वासन से अधिक उत्साहित और उत्तेजित होकर ग्यासुद्दीन अपनी सेना के साथ स्वयं ही 'हिंदू सम्राट्' की सुलतानी सेना पर टूट पड़ा। उस घमासान युद्ध में उपर्युक्त कुछ मुसलिम सेनापतियों ने अपनी सेनाओं के साथ ऐन मौके पर 'हिंदू सम्राट्' के साथ विश्वासघात किया। इसलिए उस युद्ध में नासिरुद्दीन की सेना की पूर्ण रूप से पराजय हुई। तब वह हिंदू सम्राट् रणभूमि से भागकर दिल्ली आने लगा; परंतु ग्यासुद्दीन ने विजयोन्माद में दिल्ली तक उसका पीछा किया। अंत में अशरण अवस्था में यह हिंदू

सम्राट् शत्रुओं द्वारा बंदी बनाया गया।

७६५. बंदी बनाए गए हिंदू सम्राट् नासिरुद्दीन को विजयी ग्यासुद्दीन के सामने लाया गया। ग्यासुद्दीन ने सुलतान मुबारक की हत्या करने का आरोप उसपर लगाया और उसे मृत्युदंड देने की कार्यवाही प्रारंभ की। उस कार्यवाही के अंत में जब ग्यासुद्दीन ने उससे प्रश्न किया—''राजनीति का या सुलतान पद का प्रश्न छोड़कर एक व्यक्ति के नाते मुबारक की हत्या करने योग्य क्या उसने तुम्हारा कोई वैयक्तिक अपराध किया था?'' तब उस बंदी सम्राट् नासिरुद्दीन ने उत्तर दिया—''जब मैं बालक था, तब से उस नीच और व्यसनी दुष्ट ने मुझ पर असह्य संभोग आदि लैंगिक बलात्कार किए तथा मेरे शरीर को और मेरे जीवन को भ्रष्ट किया। उन अत्याचारों से त्रस्त और क्षुब्ध होकर मैंने मन में प्रतिज्ञा की थी कि अवसर मिलते ही मैं उस दुष्ट का वध कर उन वैयक्तिक अत्याचारों का बदला अवश्य लूँगा!''

७६६. यह सुनकर ग्यासुद्दीन ने उस बंदी हिंदू सम्राट् नासिरुद्दीन को तत्काल मृत्युदंड दे दिया।

७६७. हिंदू सम्राट् 'श्रीधर्मरक्षक' (नासिरुद्दीन) का ऐसा दुःखद अंत हुआ! परंतु हिंदुओं की पूर्व परंपरा के अनुसार दिल्ली के अंतिम हिंदू सम्राट् वीरवर पृथ्वीराज चौहान का भी वध अंतिम युद्ध में मुसलमानों द्वारा उसका पराभव होने के बाद उसके शत्रु मोहम्मद गोरी ने इसी प्रकार करवाया था, ऐसा माना जाता है।

७६८. और पंजाब का वीरवर श्री गुरु वीर बंदा? उसने तो अपने पराक्रम से मुसलमानों पर अनेक विजय प्राप्त की थीं। अंत में जब वह मुसलिम बादशाह द्वारा पराजित होकर बंदी बना लिया गया, तब बादशाह ने उसे किसी हिंस्र पशु की भाँति पिंजरे में बंद करवाया था और तब क्या गुरालगानों ने गरम सलाखों से उसके शरीर का मांस नोच तथा जलाकर उसपर अनन्वित अत्याचार नहीं किए थे?

७६९. यद्यपि ऐसे अनेक हिंदू वीर अंत में पराजित होकर मारे गए; किंतु उनके द्वारा हिंदू धर्म के लिए किए गए बलिदानों की स्मृति और उनके प्रति कृतज्ञता की भावना रखना क्या कोई सच्चा हिंदू भूल सकेगा? नहीं, क्योंकि ऐसे वीरों की अमर स्मृतियाँ ही युगों-युगों तक हमारे राष्ट्र के लिए प्रेरणा का स्रोत बनती हैं।

७७०. हे हिंदू सम्राट् 'श्री धर्मरक्षक!' तुम्हारा भी यह बलिदान हिंदू राष्ट्र के लिए एक ऐसा ही प्रेरणास्रोत है! तुम्हारे विषय में तुम्हारे समकालीन अथवा बाद की हिंदू पीढ़ियों ने कृतज्ञता का एक शब्द भी उच्चारित नहीं किया, तुम्हारा कोई भी स्मृति-चिह्न नहीं रखा। हिंदुओं की इस कृतघ्नता का प्रायश्चित्त करने के लिए ही हमने इस ग्रंथ में तुम्हें यह स्वतंत्र प्रकरण अर्पित किया है!

७७१. यदि तुम मुसलिम सुलतान ही बने रहते, तो कुतबुद्दीन या अलाउद्दीन की भाँति अधिकांश भारत का मुसलिम सुलतान पद उनके गुलाम वंश या खिलजी वंश

की भाँति तुम भी अपने वंश में परंपरानुसार रख सकते थे। परंतु तुमने हिंदू धर्म और हिंदू राष्ट्र का अभिमान रखकर उस मुसलिम सुलतान पद की 'शुद्धि' की, 'तख्त' का 'सिंहासन' बनाया और मुसलिम सुलतान के पद पर थूककर 'हिंदू सम्राट्' उपाधि धारण कर तुम सिंहासनारूढ़ हुए।

७७२. सम्राट् पृथ्वीराज के बाद दिल्ली के सिंहासन पर प्रत्यक्षत: तुमने हिंदू सम्राट् के रूप में आसीन होने का साहस दिखाया! अत्यंत दीन-हीन हिंदू अस्पृश्य परिवार में जन्म लेकर भी, मुसलिम शत्रुओं द्वारा बचपन में ही भ्रष्ट करके गुलाम बनाए जाने पर भी तुम अपने शौर्य, कर्तृत्व, पराक्रम और कूटनीतिपटुता से सुलतानों के सुलतान बने और तुमने पूरे भारत में हिंदू धर्म का डंका बजाया। हिंदू राष्ट्र के और विश्व के भी इतिहास में एक दृष्टि से अलौकिक चरित्र साधार करने का तुम्हारा यह कर्तव्य हमने इस प्रकरण में यथाशक्ति निभाया है।

७७३. इस हिंदू राज्य-क्रांति की असली विशेषता यह थी कि वह धार्मिक मोरचे पर भी सफल रही। वैसे, कई शतकों तक चलते रहे हिंदू-मुसलिम महायुद्ध में यद्यपि सशस्त्र राजनीतिक मोरचे पर हिंदू राष्ट्र 'जैसे-को-तैसा' शैली में मुसलमानों से युद्ध कर उनपर भारी पड़ा और अंत में मुसलिम राजसत्ता का संपूर्ण उच्छेद करने में सफल रहा, तथापि इस महायुद्ध का जो दूसरा मोर्चा, अर्थात् मुसलमानों द्वारा हिंदू धर्म पर किए गए सशस्त्र धार्मिक आक्रमणों का धार्मिक मोरचा था, उस मोरचे पर हिंदुओं को लगातार पराजित होना पड़ा। इसके कारणों पर हमने पूर्वार्द्ध में विस्तारपूर्वक विचार किया है। शुद्धिबंदी जैसी आत्मघाती रूढ़ियों की बेड़ियाँ और सद्‌गुण विकृति जैसी व्याधियों के कारण हिंदू कभी मुसलमानों पर धार्मिक सशस्त्र प्रत्याक्रमण नहीं कर सके; परंतु इस हिंदू सम्राट् 'श्री धर्मरक्षक' ने राजनीतिक मोरचे की तरह धार्मिक मोरचे पर भी मुसलमानों पर 'जैसे-को-तैसा' के न्याय से सशस्त्र धार्मिक प्रत्याक्रमण किया!

परिच्छेद ७४९ और ७५० में किए वर्णन के अनुसार जिस प्रकार मुसलमान हिंदुओं को बलपूर्वक भ्रष्ट करते थे, उसी प्रकार 'श्री धर्मरक्षक' ने प्रत्यक्ष दिल्ली में शस्त्रबल से 'सामुदायिक शुद्धि समारोह' कर सैकड़ों मुसलमानों को हिंदू बना लिया। मुसलमान जिस प्रकार हिंदू स्त्रियों का बेधड़क बलात्कार कर उन्हें भ्रष्ट करते थे, उसी प्रकार हिंदू सम्राट् की प्रेरणा से उसके हिंदू अनुयायियों ने पूर्व सुलतान के अंत:पुर में घुसकर अनुकूल होनेवाली मुसलिम स्त्रियों को हिंदू बनाया और उनके साथ विवाह किए। मुसलमान बलपूर्वक मंदिर गिराते और भ्रष्ट करते थे, तो श्री धर्मरक्षक ने इस क्रांति के विजयोत्साह में मसजिदों के ही मंदिर बनवाए। मुसलमान शस्त्रबल से हिंदुओं पर सदैव जैसे धार्मिक अत्याचार करते आए, उनका प्रतिशोध लेने के लिए वैसे ही सशस्त्र धार्मिक अत्याचार कर मुसलमानों की कैसी दुर्दशा की जा सकती है, यह श्री धर्मरक्षक ने हिंदुओं को इतनी सक्रियता से, इतने बड़े पैमाने पर और इतनी सफलता से

पहली बार कर दिखाया था।

मुसलमानों पर धार्मिक मोरचे पर भी प्रारंभ से ही ऐसे प्रबल आघात किए जाते, तो वे शस्त्रबल से हिंदू धर्म पर ऐसे अत्याचार कभी नहीं करते। दिल्ली में हिंदू सम्राट् के नेतृत्व में हिंदुओं ने मुसलिम धर्म पर जो सशस्त्र आक्रमण पहली बार किया था, उसका आतंक मुसलमानों पर दीर्घकाल तक छाया रहा। यही हिंदू सम्राट् 'श्री धर्मरक्षक' (खुशरु खान) द्वारा की गई हिंदू राज्य-क्रांति की असली विशेषता थी।

७७४. उपर्युक्त चरित्र-चित्रण को हमने हेतुपूर्वक 'साधार' ही कहा है। हे हिंदू सम्राट् 'श्री धर्मरक्षक'! यद्यपि हमने परिच्छेद ७०८ में ऐसा कहा है कि तुम्हारे विषय में अच्छे शब्द एक-दो अपवादों को छोड़कर किसी ने भी नहीं लिखे हैं, तथापि तुम्हारे बारे में लिखे गए उन असंगत उल्लेखों में से ही जिस सुसंगत वृत्तांत का अनुमान लगाया जा सकता है, वह भी तुम्हारे धर्मवीरत्व का पोषक है। इसलिए यद्यपि तुम्हें अर्पित इस प्रकरण में हमारे द्वारा वर्णित तुम्हारे इस चरित्र को कोई भी तत्कालीन लिखित या मौखिक आधार नहीं मिलता, कोई भी प्रबल साक्ष्य नहीं मिलता, तथापि ऐसी परिस्थिति में इतिहास में तथा दैनंदिन न्याय-निर्णय के प्रकरणों में लिखित एवं मौखिक प्रमाणों को भी प्रसंगोपात्त मिथ्या सिद्ध करनेवाला जो निश्चित 'कानूनी' साक्ष्य या प्रमाण माना जाता है, वैसे प्रमाण का निस्संदेह आधार हमें तुम्हारे इस चरित्र-चित्रण के लिए प्राप्त हुआ है। वह आधार है परिस्थिति का साक्ष्य (Circumstantial evidence)!!

७७५. परिस्थिति-प्रामाण्य—तर्कशास्त्र में प्रत्यक्ष अनुमान, आप्तवाक्य, उपमान आदि जो प्रमाण आधारस्वरूप माने जाते हैं, उन सबसे कुछ प्रकरणों में परिस्थिति-प्रामाण्य अधिक श्रेष्ठ माना जाता है। विशेषत: ऐतिहासिक क्रांति और षड्यंत्रों के विषय में कर्ता का हेतु और भावना का अनुमान लगाने के लिए परिस्थिति का प्रमाण (Circumstantial evidence) ही मुख्य आधार माना जाता है और माना भी जाना चाहिए। आरोपितों (accused) द्वारा अपनी लिखावट में लिखी गई स्वीकारोक्ति के लेख (confessions) भी परिस्थिति-प्रामाण्य के आधार पर छल-बल से लिखवाए गए हैं—ऐसा अनुमान लगाया जा सके, तो उन लेखों का प्रत्यक्ष और लिखित प्रमाण भी असत्य सिद्ध किया जा सकता है।

७७६. हे 'धर्मरक्षक'! तुम्हारा यह चरित्र तुम्हारे शब्दों के अथवा तुम्हारे विषय में उस काल के और बाद के इतिहास-लेखकों द्वारा लिखे गए लेखों से भी अधिक, इस सर्वतोपरि तर्कशुद्ध परिस्थिति-प्रामाण्य के आधार पर ही मुख्यत: चित्रित किया गया है। एतदर्थ वह 'साधार' ही है। तुम्हारे प्रत्यक्ष बोल नहीं, तुम्हारी प्रत्यक्ष कृतियाँ और कार्य ही अधिक मुखर हैं!

७७७. इस हिंदू सम्राट् 'श्री धर्मरक्षक' का सगा भाई भी बड़ा कर्तृत्ववान पुरुष और श्रेष्ठ योद्धा था। उसका भी मूल हिंदू नाम उपलब्ध नहीं है। कारण, उसे भी बचपन

में ही मुसलमानों ने भ्रष्ट कर गुलाम बना लिया था। जब इस हिंदू सम्राट् ने उसकी नियुक्ति गुजरात के प्रांताधिकारी के रूप में की, तब से उसने भी हिंदुत्व को प्रकट रूप में स्वीकार और पुरस्कृत किया। उसने गुजरात में मुसलिम राजसत्ता का उच्छेद करने हेतु प्रचंड हिंदू-विद्रोह किया था। उसने अपनी हिंदू परवार जाति के बीस-पच्चीस हजार वीर सैनिक अपने भाई 'हिंदू सम्राट्' की सहायता के लिए दिल्ली भेजे थे। उसका अंत किस प्रकार हुआ, इसकी कोई जानकारी नहीं मिलती। उसे भी हिंदुओं के इतिहास में सम्मान का स्थान मिलना चाहिए।

७७८. इस परिस्थिति-प्रामाण्य के आधार से यह भी सिद्ध होता है कि इस राज्य-क्रांति के गुप्त षड्यंत्र में जो उस हिंदू सम्राट् की कर्तृत्वशालिनी सहयोगी थी और उस राज्य-क्रांति के सफल होते ही जो दिल्ली की प्रत्यक्ष हिंदू सम्राज्ञी बनी, उस गुजरात की राजकन्या तथा उस यादवराज की पत्नी महारानी देवल देवी को भी विभिन्न परिस्थितियों में विभिन्न प्रकार के असह्य दुःख और कष्ट भोगने पड़े। फिर भी वह मन में हिंदुत्वनिष्ठ बनी रही। अंत में उसने म्लेच्छ शत्रुओं के अत्याचारों का पूर्ण प्रतिशोध लिया। इसलिए उसे भी जौहर करनेवाली देवी पद्मिनी की तरह ही हिंदू जाति की एक वीरांगना मानना चाहिए।

७७९. उसका अंत कैसा हुआ, यह ज्ञात नहीं है। एक तत्कालीन मुसलिम लेखक ने केवल इतना ही लिखा है कि जब ग्यासुद्दीन सुलतान बना, तब उसने उसके उदर-निर्वाह की कुछ स्वतंत्र व्यवस्था कर दी थी।

७८०. यह बलिदान व्यर्थ नहीं गया—इस प्रकार हिंदू सम्राट् 'धर्मरक्षक' और उसके उपर्युक्त दो वीर साथियों ने उस आश्चर्यजनक हिंदू राज्य-क्रांति में जो अपूर्व बलिदान दिया, वह व्यर्थ नहीं गया, अपितु उससे तत्कालीन हिंदू राष्ट्र का मनोबल आश्चर्यजनक ढंग से बढ़ा ही। कारण, प्रत्यक्ष दिल्ली में हिंदू साम्राज्य धार्मिक दृष्टि से भी स्थापित हुआ और वह लगभग एक वर्ष तक पूरे भारत के मुसलिम राज्यों, नवाबों और मुसलिम जनता पर भी तलवार के बल पर शासन कर सका। इस वस्तुस्थिति को देखकर मुसलमानों के राजनीतिक श्रेष्ठत्व की मिथ्या धारणा, जो पूरे भारत में फैले हिंदू राजा और हिंदू जनता के मन में कई शतकों से व्याप्त थी, इस हिंदू साम्राज्य की सफलता से अकस्मात् चकनाचूर हो गई। थोड़ा सा साहस करेंगे, तो हम सब भी मुसलमानों की राजसत्ता का उच्छेद इसी प्रकार प्रबल प्रहार करके कर सकेंगे—ऐसा आत्मविश्वास, प्रबल स्वजातिनिष्ठा और स्वधर्मनिष्ठा का संचार तत्कालीन हिंदू राष्ट्र में अकस्मात् ही हुआ।

हिंदू सम्राट् 'श्री धर्मरक्षक' का यह बलिदान ई.स. १३२१ में हुआ था। तत्पश्चात् तत्काल राजस्थान तथा दक्षिण के लगभग सारे हिंदू राज्यों ने मुसलिम राज्यसत्ता के विरुद्ध खुलकर विद्रोह किया। यही नहीं, दिल्ली के आस-पास के कई स्थानों के

मुसलिम सूबे भी उन प्रांतों में अपने स्वतंत्र मुसलिम राज्य स्थापित करने के लिए दिल्ली की साम्राज्यसत्ता के विरुद्ध युद्ध करने लगे। अंत में मुसलिम साम्राज्यसत्ता दुर्बल हो गई। 'श्री धर्मरक्षक' के बलिदान के बाद केवल पंद्रह-सोलह वर्षों के अंदर ही हिंदुओं का यह प्रचंड राष्ट्रीय विद्रोह किस प्रकार यशस्वी हुआ तथा हिंदुओं का एक पूर्णत: स्वतंत्र और बलशाली 'विजयनगर' का साम्राज्य किस प्रकार स्थापित हुआ—इसका वर्णन हम अगले प्रकरण में विस्तार से कर रहे हैं।

□

प्रकरण—६

मुसलिम साम्राज्यसत्ता के अंत का प्रारंभ

७८१. ईसवी सन् १३२१ में हिंदू-सम्राट् 'श्री धर्मरक्षक' (नासिरुद्दीन) का वध करने के बाद तत्काल ग्यासुद्दीन तुगलक स्वयं ही सुलतान बन बैठा। उसने पूरे साम्राज्य में अपने सुलतान बनने की घोषणा कर दी। इस प्रकार खिलजी राजवंश का अंत और 'तुगलक' राज्यकाल का आरंभ हुआ।

७८२. सुलतान ग्यासुद्दीन वृद्ध था। उसने अपने राज्यकाल में मुसलमानों के साथ तो सौम्यता से व्यवहार किया; परंतु स्वयं एक हिंदू जाट स्त्री की कोख से जन्म लेकर भी हिंदुओं पर धार्मिक अत्याचार करने में वह अपने पूर्ववर्ती सुलतानों से जरा भी कम नहीं था। ई.स. १३२६ में उसकी मृत्यु हुई।

७८३. ग्यासुद्दीन के पश्चात् उसका पुत्र मुहम्मद, जो 'विक्षिप्त मुहम्मद' के नाम से इतिहास में प्रसिद्ध है, सुलतान बना। अपने साम्राज्य की राजधानी दिल्ली से हटाकर दक्षिण के 'देवगिरि' में स्थापित करने का विचार एक बार उसके मन में आया। उसने तत्काल तदनुसार आदेश दिए और (सात सौ मील दूर) सुदूर दक्षिण में 'देवगिरि' में राजधानी स्थापित कर मुसलिम परंपरा के अनुरूप उसे 'दौलताबाद' नया नाम दिया। इसके पूर्व में मुसलमानों ने 'वारंगल' का नाम बदलकर उसका नाम 'सुलतानपुर' रखा था।

दिल्ली से 'देवगिरि' राजधानी ले जाने का यह नया प्रयोग अत्यंत कष्टप्रद और अव्यावहारिक सिद्ध हुआ। उसके राज्य के 'राजस्व' (महसूल) विभाग की घोर दुर्दशा पहले से ही थी। ऐसे में दक्षिण में मुसलिम राज्यसत्ता के विरुद्ध सक्रिय षड्यंत्र भी हो रहे थे। इन सारे आर्थिक और राजनीतिक संकटों तथा समस्याओं से त्रस्त होकर 'विक्षिप्त मुहम्मद' राजधानी को पुनः वापस दिल्ली ले आया। राजधानी-परिवर्तन की इस सारी 'उठापटक' में करोड़ों की संपत्ति का अपव्यय और हजारों जीवों का विनाश हुआ। इस अर्थहानि की पूर्ति के लिए सुलतान मुहम्मद ने ताँबे की मुद्राएँ (सिक्के) प्रचलित करने

का प्रयास किया; परंतु लोगों ने, विदेशी व्यापारियों ने, इन मुद्राओं को अस्वीकार कर दिया। इसके परिणामस्वरूप राजकोष पूर्णतः रिक्त हो गया। संत्रस्त सुलतान मुहम्मद ने सोचा कि राज्य के किसान तथा अन्य नागरिक अपने कर ठीक से नहीं दे रहे हैं। इसलिए उसने सैनिक बल द्वारा सख्ती से करों की उगाही (वसूली) करने के आदेश दिए।

यह सख्ती अमानुषिक क्रूरता से केवल हिंदू प्रजा पर ही की जाती थी, मुसलिम प्रजा पर नहीं। मृगया में जिस प्रकार वन के सारे पशुओं को हाँककर एक स्थान में घेर लेते हैं और फिर उनकी मृगया करते हैं, ठीक उसी प्रकार सशस्त्र मुसलिम सेना ने कर-वसूली के निमित्त अनेक हिंदू गाँवों को घेरकर वहाँ के हिंदुओं की निर्मम हत्या की। इन अमानुषिक अत्याचारों से हिंदुओं के अनेक गाँव और कन्नौज जैसे समृद्ध प्रदेश भी वीरान हो गए।

७८४. लगातार कई शताब्दियों तक एक के बाद एक मुसलिम सुलतानों द्वारा हिंदुओं पर जो रावणीय अत्याचार किए जा रहे थे, उनका मुकाबला और अल्प काल के लिए ही सही, दमन करनेवाला एक 'रामबाण' इसी समय हिंदू राष्ट्र के तूणीर से सफलतापूर्वक छोड़ा गया।

७८५. पूरे भारत में एकच्छत्र साम्राज्य स्थापित करने की मुसलमानों की जिस रावणीय महत्त्वाकांक्षा का उल्लेख परिच्छेद ६८७ में हमने किया था, वह अलाउद्दीन खिलजी के राज्यकाल में ई.स. १३०८ से १३१० के आस-पास लगभग सफल हो गई थी। इस प्रकार सफल होते-होते ही वह अकस्मात् विफल हो गई। कारण, पिछले प्रकरण में किए गए वर्णन के अनुसार उस अखिल भारतीय एकच्छत्र मुसलिम साम्राज्य के छत्रदंड पर उस हिंदू सम्राट् 'श्री धर्मरक्षक' ने जो प्रबल प्रथम प्रहार किया, उसी से वह मुसलिम एकच्छत्र साम्राज्य भंग होने लगा था। इतने में हिंदुओं के, विशेषतः दक्षिण के जिन हिंदू राज्यों के विद्रोह का उल्लेख पिछले प्रकरण के अंत में हमने किया है, उस विद्रोह का प्रचंड विस्फोट हुआ और उसके साथ ही परधर्मीय, परकीय अखिल भारतीय, भग्न, मुसलिम राजछत्र पूर्णतः गिरकर छिन्न-विछिन्न हो गया।

७८६. नया हिंदू राज्य—ईसवी सन् १३३६ में मुसलिम सत्ता की छाती पर पाँव रखकर विजयनगर का स्वतंत्र, समर्थ और नया हिंदू राज्य विक्षिप्त सुलतान मुहम्मद तुलगक की आँखों के सामने ही उसकी मुसलिम साम्राज्यसत्ता को चुनौती देता हुआ प्रस्थापित हो गया। उसका विस्तृत वृत्तांत हम अगले प्रकरण में देंगे।

७८७. उपर्युक्त घटना के कुछ ही समय पश्चात् मुसलमानों में आपस में ही मोहम्मद पैगंबर के काल से ही राजसत्ता के लिए जो सतत युद्ध चलते रहते थे, उस आपसी संघर्ष की प्रवृत्ति से ही दक्षिण हिंदुस्थान के मुसलमानों ने हसन बहमनी नामक नेता के नेतृत्व में दिल्ली के मुसलिम साम्राज्य के विरुद्ध विद्रोह किया। उस विद्रोह में हसन बहमनी को सफलता मिली। ई.स. १३४७ में उसने स्वतंत्र 'बहमनी' राज्य की

स्थापना की और स्वयं उसका सुलतान बन गया।

७८८. हमारे यहाँ के असंख्य अधपगले लोगों में एक ऐसी धारणा बन गई कि मुसलमान लोग राजनीतिक और धार्मिक युद्धों में सदैव एकजुट होकर लड़ते हैं, आपस में या दूसरों के साथ युद्धों में उनमें आपसी संघर्ष कभी नहीं होते, 'आपसी फूट' जैसा दुर्गुण मुसलमानों में बिलकुल नहीं होता—यह धारणा कितनी असत्य, मूर्खतापूर्ण, दूसरों की मिथ्या प्रशंसा कर अपनी हिंदू जाति में निष्कारण हीनता लानेवाली और निराधार है, यह इन उदाहरणों से स्पष्ट विदित होता है। इस ग्रंथ में भी यह सिद्ध करनेवाले कई उदाहरण पहले भी आए हैं और आगे भी आएँगे। मुसलिम जाति के विश्व इतिहास में तो ऐसे उदाहरण पग-पग पर मिलते हैं।

७८९. अखंड साम्राज्यसत्ता के मुसलिम स्वप्न का भयंकर अधोपतन—कोई पर्वतारोही हिमालय के अत्युच्च शिखर पर सबसे पहले चढ़कर अपना झंडा गाड़ने की प्राय: असंभव सी महत्त्वाकांक्षा से प्रेरित होकर चढ़ता हुआ किसी गलत शिखर को अत्युच्च शिखर समझकर, 'यही है वह अत्युच्च शिखर हिमालय' की विजय-घोषणा करता हुआ वहाँ अपना विजय-ध्वज फहराने लगे और उसी समय उसे पता चले कि वह अचल शिलास्तंभ से बना हुआ दृढ़ शिखर न होकर संचित हिमराशि से बनाए हुए स्तंभ का कच्चा शिखर है और इसी ज्ञान के साथ उस पर्वतारोही की महत्त्वाकांक्षा के भार से उस कच्चे हिमस्तंभ का शिखर टूटकर गलकर नीचे गिर जाए और उसके साथ ही वह पर्वतारोही भी अपनी महत्त्वाकांक्षा के साथ हिमालय के उस उच्च शिखर से विनाश के किसी गहन गह्वर में गिर जाए, उसी प्रकार पूरे भारत पर एकच्छत्र मुसलिम राज्य स्थापित करने की मुसलमानों की महत्त्वाकांक्षा विफल हुई और अंत में उनकी घोर दुर्दशा हुई। समस्त एशिया के अरब स्थान से मंगोलिया तक के मुसलिम राष्ट्रों ने हिंदुस्थान पर एक के बाद एक अनेक आक्रमण कर कई शतकों तक निरंतर भीषण और क्रूरतम संग्राम चालू रखा।

अंत में सुलतान अलाउद्दीन के राज्यकाल में ई.स. १३१० के आस-पास जब अधिकांश हिंदुस्थान पर उसकी मुसलिम राजसत्ता स्थापित हुई, तब ऐसा लगा कि मुसलमानों का वह स्वप्न अब निश्चित रूप से साकार होगा। परंतु पूर्व वर्णनानुसार केवल सात-आठ वर्षों के अंदर ही हिंदुओं के पुनरुज्जीवित पराक्रम के प्रत्याघात से वह मुसलिम राजसत्ता, सुलतान अलाउद्दीन उसे महत्त्वाकांक्षा के जिस उच्च शिखर तक ले गया था, वहाँ से भड़भड़ाकर जो नीचे गिरी, वह फिर से कभी उस शिखर तक, उतनी उँचाई तक पहुँच ही न सकी। परंतु हिंदुओं की शक्ति 'प्रतिपत् चन्द्ररेखेव' (प्रतिपदा से पूर्णिमा तक बढ़नेवाली चंद्ररेखा के समान) बढ़ती ही गई।

७९०. मुहम्मद-बिन-तुगलक की मृत्यु और उसके बाद—इस विक्षिप्त मुहम्मद-बिन-तुगलक की मृत्यु ई.स. १३५१ में हुई। उसके बाद उसका चचेरा भाई

फीरोजशाह तुगलक दिल्ली की उस छिन्न-विच्छिन्न सुलतानी सत्ता का अधिपति बना। उसकी माता दीपलपुर के राजपूत राजा मलभट्टी की कन्या थी। जब फीरोजशाह के पिता ने मलभट्टी से उसकी कन्या का हाथ अपने लिए माँगा, तब मलभट्टी ने उसका प्रस्ताव अस्वीकार कर दिया। तब क्रोधित होकर फीरोजशाह के पिता ने राजा मलभट्टी पर आक्रमण कर वहाँ के हिंदुओं पर अमानुषिक अत्याचार करना प्रारंभ किया। अपने पिता पर और अपने राज्य के हिंदू बांधवों पर केवल अपने ही कारण ऐसे घोर अत्याचार हों—यह उस विवेकशील, दयालु राजकन्या से देखा नहीं गया और उसने फीरोजशाह के पिता से विवाह कर लिया। यद्यपि उसकी यह दयालुता प्रसंशनीय थी, परंतु उसके पितृकुल को कलंकित करनेवाली थी। अपने धर्म के रक्षणार्थ यदि वह रानी पद्मिनी की भाँति 'जौहर' करती तो उसका जीवन और कुल दोनों धन्य होते!

७९१. मुसलमानों में धर्मभ्रम—मुसलमानों में भी धर्मभ्रम किस सीमा तक प्रचलित था और उस धर्म की स्थापना के काल में अरब के लोगों में जो भ्रामक और भोली धार्मिक धारणाएँ प्रचलित थीं, उनके प्रतिबिंब मुसलिम समाज में उस काल से ही किस प्रकार अटल रूप में अंकित होते गए, इसकी कल्पना देने के लिए तुगलक काल की, इतिहास में उल्लिखित एक घटना का वर्णन हम यहाँ कर रहे हैं।

इस 'विक्षिप्त मुहम्मद' द्वारा जो विक्षिप्त धर्मकृत्य तथा प्रजा पर जो अनन्वित अत्याचार (हिंदू प्रजा पर किए गए धार्मिक अत्याचार यद्यपि मुसलमानों के अनुसार धर्मसम्मत थे) किए गए थे, उन अन्यायपूर्ण अत्याचारों और दंडों जैसे सारे अपकृत्यों के लिए 'क्षतिपूर्ति' कर उनकी मूल पावतियाँ अथवा शासकीय मूल कागजात जैसे प्रमाणपत्र मुहम्मद के स्वयं के निजी वैसे ही कागजात के साथ उसे दफनाते समय शव पेटिका में फिरोजशाह ने रखवाए, अर्थात् वे कागजात (सबूत) भी मुहम्मद के शव के साथ कब्र में गाड़े गए। इसका उद्‌देश्य यह था कि उन प्रमाणपत्रों और पावतियों को देखकर अल्ला-ताला कयामत (अंतिम न्याय) के दिन मुहम्मद को उसके दुष्कृत्यों और अपराधों के लिए क्षमा करे! फीरोजशाह जैसे उस काल के सुशिक्षित और सुलतान पद पर आसीन उच्च व्यक्ति से लेकर साधारण जनता तक सारे मुसलमानों में परलोक विषयक ऐसी भ्रामक धारणाएँ दृढ़मूल थीं।

७९२. सुलतान पद ग्रहण करते समय फीरोज ने यद्यपि आरंभ में स्वयं को 'हिंदुस्थान का सुलतान' घोषित किया था, तथापि दिल्ली के आस-पास के कुछ प्रदेशों को छोड़कर सर्वत्र हिंदू और मुसलमानों के भी अनेक समूह तथा राज्य सुलतान की सत्ता को अस्वीकार कर स्वतंत्र हो रहे थे। दक्षिण में तो दिल्ली के सुलतान की राजसत्ता का पूर्णतः उच्छेद कर विजयनगर का विख्यात स्वतंत्र हिंदू राज्य स्थापित हो ही गया था। ऐसी स्थिति में पूरी सलतनत खोने के स्थान पर जितना प्रदेश अच्छी तरह सँभालना संभव है, उतने पर ही दृढ़ता से शासन कर, हाथ से निकले प्रदेशों को स्वतंत्र मानकर

उनके साथ राजनीतिक वैर मिटाना ही उचित है, सुलतान फीरोजशाह ने ऐसा दृढ़ निश्चय किया। उसके अनुसार उसने सर्वप्रथम दक्षिण के 'बहमनी' राज्य का और अंत में मुसलिम राजसत्ता से घोर शत्रुत्व कर उसे हिंदुस्थान से बाहर निष्कासित करने का दृढ़ निश्चय मन में करनेवाले हिंदू नरवीरों द्वारा उसी काल में स्थापित किया हुआ, जो विजयनगर का हिंदू राज्य था, उसका भी राजनीतिक स्वातंत्र्य स्वीकार किया।

७९३. इस प्रकार तीन सौ वर्षों तक सतत चल रहे हिंदू-मुसलिम महासंग्राम के परिणामस्वरूप सुलतान अलाउद्दीन के काल में (ई.स. १३१० से १३१२ तक) मुसलमानों की जो साम्राज्यसत्ता लगभग पूरे हिंदुस्थान पर स्थापित हो गई थी, उस यवनसत्ता का अंत स्वयं उस सुलतान के वंशज को ही हिंदुओं के प्रबल प्रतिरोध की शरण जाकर करना पड़ा था। लगभग संपूर्ण भारत को व्याप्त करनेवाला मुसलमानों का साम्राज्य भंग होकर इतना अस्त-व्यस्त हो गया कि वह पुनः कभी पूर्ववत् व्यवस्थित नहीं हो सका। अब तत्कालीन स्वतंत्र हिंदू राजसत्ता का मुसलमानों के साथ आगे कभी भी पीछे न हटनेवाला आक्रामक संग्राम प्रारंभ हुआ।

७९४. सच में देखा जाए तो जब फीरोजशाह तुगलक ने ऊपर बताए अनुसार दक्षिण के राज्यों की स्वतंत्रता को मान्यता दी, उसी समय मुसलिम साम्राज्यसत्ता का वास्तविक अंत हो गया था। फीरोजशाह ने ही मुसलिम साम्राज्य की महत्त्वाकांक्षा की उत्तरक्रिया कर दी।

७९५. प्रत्यक्ष प्रमाण—आज तक के हिंदू इतिहास-लेखकों के ध्यान में न आया हुआ सत्य पिछले ७७१ से ७७८ परिच्छेदों में हमने स्पष्ट किया है कि हिंदू सम्राट् श्री धर्मरक्षक (नासिरुद्दीन) ने दिल्ली में हिंदुओं का नेतृत्व कर मुसलमानों पर दोहरा (राजनीतिक और धार्मिक) आक्रमण किया और विशेष रूप से मुसलमानों द्वारा किए गए धार्मिक अत्याचारों का प्रतिशोध ठीक वैसे ही प्रत्याचारों से लिया। फलस्वरूप उस हिंदू क्रांति का जो आतंक मुसलमानों के मन में छाया, उससे हिंदुओं को मुसलमानों की अखिल भारतीय साम्राज्य स्थापित करने की महत्त्वाकांक्षा को प्रत्यक्ष रूप से नष्ट करनेवाला राजनीतिक विद्रोह करने की प्रेरणा मिली। दक्षिण में स्थापित इस विजयनगर के नए हिंदू राज्य तथा बहमनी राज्य को भी स्वयं दिल्ली के सुलतान फीरोजशाह तुगलक ने ही मान्यता दी, यह बात इस सत्य का प्रत्यक्ष प्रमाण है।

७९६. सुलतान फीरोजशाह तुगलक ने यद्यपि विवश होकर दक्षिण के कुछ राज्यों की स्वतंत्रता को स्वीकार कर लिया, तथापि उसके शासन में दिल्ली जैसे जो बड़े-बड़े नगर और प्रदेश थे, उनमें वह हिंदुओं पर घोर धार्मिक अत्याचार करता ही रहा। हिंदुओं ने भी हौतात्म्य स्वीकार करने के लिए निर्भयता से सिद्ध होकर स्वधर्मरक्षणार्थ किस प्रकार सतत प्रतिरोध किया, उसके अनेक उदाहरणों में से उस काल का एक उदाहरण यहाँ हम 'स्थालीपुलाक' न्याय से प्रस्तुत कर रहे हैं।

मुसलिम इतिहासकारों द्वारा उल्लिखित वह कथा इस प्रकार है—''सुलतान फीरोज हिंदुओं में ब्राह्मणों से विशेष द्वेष करता था। वह कहता था कि ये ब्राह्मण हिंदू धर्म के दुर्ग की चाबी हैं। फीरोज द्वारा हिंदुओं पर फिर से लगाए गए 'जजिया कर' के विरुद्ध इन ब्राह्मणों ने प्रतिवाद करते हुए तीव्र आंदोलन छेड़ा। उन्होंने राजप्रासाद के सामने सामुदायिक उपोषण किए और अग्निप्रवेश कर आत्महत्या करने का निश्चय प्रकट किया। परंतु सुलतान ने उनकी बातों पर कोई ध्यान नहीं दिया। तब त्रस्त होकर अनेक ब्राह्मण इस प्रकार आंदोलन करते हुए 'हुतात्मा' बन गए। उनके बलिदान से दुःखी होकर अंत में अन्य जातियों के हिंदुओं ने ऐसे स्वधर्माभिमानी ब्राह्मणों के लिए 'कर' दिया और उनके प्राण बचाए।''

७९७. एक अन्य ब्राह्मण की कथा तो इससे भी अधिक 'हौतात्म्य' के रस से परिपूर्ण है। राजधानी दिल्ली में यह ब्राह्मण प्रकट रूप से मूर्तिपूजा करता था। फीरोज तुगलक के राक्षसी राजधर्म के अनुसार उसके राज्य में मूर्तिपूजा करने का कठोर निषेध था। परंतु वह ब्राह्मण उस राजाज्ञा का उल्लंघन करने हेतु अपने घर के आँगन में देवमूर्ति का विशाल उत्सव आयोजित कर समस्त हिंदुओं को उसमें आमंत्रित करता था। धीरे-धीरे कई मुसलमान स्त्री-पुरुष और बच्चे भी उस मूर्ति के भक्त और उपासक हो गए। भक्तों के लिए यह देवमूर्ति अत्यंत फलदायक है, ऐसी ख्याति दूर-दूर तक फैली। ब्राह्मण उस देवता के रंगीन चित्र लकड़ी की पटिया पर चित्रित कर उनकी भी प्रकट रूप से उस स्थान पर पूजा करता था।

धीरे-धीरे यह समाचार सुलतान तक पहुँचा। तब उसने उस ब्राह्मण को उसकी मूर्ति के साथ पकड़वाकर अपने सामने बुलवाया। तत्पश्चात् उसने सारे उलेमाओं (मुसलमान धर्मशास्त्रियों) को एकत्र किया और उनसे पूछा कि इस ब्राह्मण को क्या सजा दी जाए? उन्होंने उत्तर दिया—'इस ब्राह्मण को मुसलमान बनाया जाए। यदि गह विरोध करता है तो इसे जिंदा जलाया जाए!' यह सुनकर उस ब्राह्मण ने मृत्यु को स्वीकार किया। तब दिल्ली में ही राजसभा के सामने लकड़ियों की एक चिता रचकर, उसपर उस ब्राह्मण के हाथ-पाँव बाँधकर, उसकी चित्रित लकड़ी की मूर्ति के साथ उसे रखा गया और मुसलिम राक्षसों ने चारों ओर से उस चिता में आग लगाई। तब भी वह ब्राह्मण मुसलमान बनना अस्वीकार करता रहा। थोड़े ही क्षणों में वह आग चारों तरफ भड़क उठी। तब भी अपने मुख से वेदना का एक चीत्कार भी न निकालकर वह वीर ब्राह्मण उस मूर्ति को नमस्कार ही करता रहा। कुछ ही क्षणों में ज्वालाओं ने उस धर्मनिष्ठ ब्राह्मण को भस्मसात् कर दिया।

७९८. इस हिंदूद्वेषी सुलतान फीरोजशाह तुगलक की मृत्यु ई.स. १३८८ में हो गई। तत्पश्चात् उसके शेष राज्य में घोर अराजकता फैली। एक बार तो ऐसी स्थिति आई कि फीरोजशाह के दो पौत्र महमूद शाह और नुसरत शाह एक साथ राज्य पर अधिकार

जताते हुए आपस में घोर कलह करने लगे। अंत में उन दोनों में यह निर्णय हुआ कि दोनों एक साथ स्वतंत्र सुलतान बनेंगे, आधी दिल्ली एक की राजधानी होगी और आधी दूसरे की।

७९९. तैमूर लंग का आक्रमण—ऐसी स्थिति में दूरवर्ती समरकंद के सुलतान और इतिहास में कुख्यात 'तैमूर लंग' का आक्रमण हुआ।

८००. तैमूर लंग तुर्क था। प्रारंभ में उसने 'इसलाम' धर्म स्वीकार नहीं किया था। उसने बगदाद को जीतने के बाद वहाँ के समस्त मुसलिम ग्रंथों और अनेक स्थानों की मसजिदों को भी जला डाला था। ई.स. १३६९ में वह समरकंद का सुलतान बना। उसने चंगेज खाँ का आदर्श अपने सम्मुख रखकर यूरोप और एशिया के मास्को से लेकर आग्नेय में अफगानिस्तान तक के सत्ताईस राजमुकुट (राज्य) जीते। एक युद्ध में उसका पाँव टूट गया, जिससे वह लँगड़ा हो गया। इसलिए उसे 'लंग' (लँगड़ा) उपाधि मिली थी।

तत्पश्चात् उसकी दृष्टि हिंदुस्थान पर पड़ी। बाद में उसका उद्देश्य केवल राजसत्ता और साम्राज्य का लोभ ही नहीं था अपितु अब उसके मन में हिंदुस्थान के विषय में दूसरे प्रकार का एक बड़ा द्वेष उत्पन्न हो गया था। कारण, इस बीच वह 'इसलाम' स्वीकार कर कट्टर मुसलमान बन गया था। उसके मूलत: अत्यंत विध्वंसक स्वभाव के कारण इस नए धर्म का भूत पूर्णत: संचरित हुआ। उसने अपने आत्मचरित्र में लिखा है—"भारत पर आक्रमण करने का मेरा उद्देश्य वहाँ के हिंदू काफिरों का वध कर, उनकी मूर्तियों का विध्वंस कर, उन्हें 'इसलामी' धर्म की दीक्षा देकर अल्लाह के दरबार में 'गाजी' पद प्राप्त करना है!"

८०१. ईसवी सन् १३३७ में उसने भारत पर आक्रमण किया। उसके साथ कुल नब्बे हजार सैनिक थे। वह पानीपत तक आया, परंतु उसका कहीं भी, किसी ने भी विरोध नहीं किया। इसलिए उसने सीधे दिल्ली पर चढ़ाई कर दी। वहाँ सुलतानी सेना के नाम से कुछ सेना उसके साथ युद्ध करने आई अवश्य, परंतु देखते-ही-देखते उस सेना का पूर्ण पराभव हो गया। उस युद्ध की एक उल्लेखनीय मनोरंजक बात यह थी कि लगभग आधे विश्व को जीतकर आई हुई तैमूर की अनुभवी, पराक्रमी सेना रणभूमि में सुलतान की सेना में 'हाथी' जैसे प्रचंड प्राणी को पहली बार देखकर कुछ समय तक भयभीत हो गई थी। परंतु उसने शीघ्र ही सँभलकर सुलतानी सेना की दुर्दशा कर डाली।

उसके बाद तैमूर अपनी सेना के साथ दिल्ली में भयंकर लूटमार, कत्ल करता हुआ घोर प्रलय मचाने लगा, जिसमें लाखों लोग मारे गए। इस प्रकार तैमूर की हिंदू-रक्ततृष्णा जब दिल्ली में कुछ शांत हुई, तब वह आगे मेरठ और हरिद्वार पहुँचा। मार्ग में सर्वत्र उसने हिंदू देवी-देवताओं की मूर्तियों को ध्वस्त किया। हरिद्वार में उसने हिंदुओं के निरपवाद वध की हद ही कर दी। केवल अपने धर्म, हिंदू धर्म का त्याग न करने के

पवित्र और कठोर निर्णय के कारण इस हिंदू जाति पर कितनी बार कितने विकट संकट आए, इसका वर्णन कहाँ तक करें!

संक्षेप में इतना ही बता दें कि जब यह राक्षस तैमूर हरिद्वार से शिवालक पर्वत, नागरकोट, जम्मू आदि उत्तर के प्रदेशों में इसी प्रकार हिंदू रक्त का सिंचन करते, हिंदू देवस्थानों का विध्वंस करते हुए जा रहा था, तभी अचानक उसे यह सूचना मिली कि उसकी मूल राजधानी समरकंद में उसके विरुद्ध प्रचंड विद्रोह हो रहा है। यह समाचार पाकर चिंता और क्रोध से क्षुब्ध होकर विवश तैमूर अपनी विशाल सेना के साथ समरकंद वापस चला गया।

८०२. तैमूर लंग के इस 'महाप्रलय' में तुगलक घराने की शेष राजसत्ता भी पूरी तरह डूब गई। अब उत्तर हिंदुस्थान में केवल घोर अराजकता की छाया थी। उस अराजकता में 'सैयद' घराने को दिल्ली का नामधारी सुलतान पद प्राप्त हुआ।

८०३. उस समय मुसलिम राजसत्ता की यह दुर्गति देखकर राजस्थान के हिंदू धर्म के चिरंतन संरक्षक स्वतंत्र राजपूत राजाओं ने शक्तिशाली विद्रोह किया। उसकी विशेषता यह थी कि हमेशा की भाँति केवल अपने गढकोटों की स्वतंत्रता अक्षुण्ण रखने में ही संतोष न मानकर इस बार उनके कुछ धुरंधर नेताओं ने विभिन्न मुसलिम सुलतानों द्वारा छीने गए हिंदुओं के प्रदेशों को भी मुक्त करना प्रारंभ किया। वैसे देखा जाए तो इससे पहले भी उनमें से कुछ लोगों ने काशी, प्रयाग आदि बड़े-बड़े तीर्थस्थानों को मुसलमानों के क्रूर सत्तापाश से मुक्त कर जीत लिया था। उन्होंने जिस प्रकार मुसलिम राजसत्ता का उच्छेद किया, उस प्रकार उन तीर्थ स्थानों की मुसलिम बस्तियाँ और मसजिदों जैसे प्रमुख मुसलिम धर्मकेंद्रों का निर्बीजीकरण कर उच्छेद नहीं किया। जिस प्रकार मुसलिम विजेता हिंदुओं के जीते हुए स्थानों पर हिंदुओं का वध कर तथा हिंदू तीर्थस्थानों का पूर्णतया विध्वंस कर वहाँ के हिंदुओं का संपूर्ण निर्बीजीकरण करते थे, वैसा हिंदू नहीं करते थे, इसी कारण जब-जब उत्तर से मुसलमानी आक्रमणकारी बारंबार आक्रमण करते थे, तब-तब ये विभिन्न स्थानों में रहनेवाले जीवित छोड़ दिए गए मुसलिम रहिवासी, घर में पाले हुए साँप की तरह, पुनः उन मुसलिम आक्रमणकारियों की सहायता से उन नगरों के, तीर्थक्षेत्रों के और प्रदेशों के हिंदुओं की दुर्दशा कर डालते थे। जिस 'आत्मघाती उदारता' की व्याधि से राजपूत विजेता उस काल में ग्रस्त थे, वह व्याधि उन्हें तब वैसे धार्मिक प्रत्याचार नहीं करने देती थी। (इ8स विषय पर हमने इस ग्रंथ के परिच्छेद ५१९ से ५२१ तक तथा ५३९ से ५५० तक विस्तारपूर्वक चर्चा की है। पाठक उनका पुनरावलोकन अवश्य करें।)

८०४. राणा कुंभा—तत्कालीन प्रमुख साहसी राजपूत नेताओं में राणा कुंभा का नाम विशेष उल्लेखनीय है। वह चित्तौड़ का ही नहीं, अखिल भारत के पराक्रमी और यशस्वी हिंदू नेताओं में से एक तेजस्वी नेता था। उसने पड़ोस के शक्तिशाली और

दिल्ली के साम्राज्य से अलग होकर स्वतंत्र हुए मालवा के मुसलिम शासक सुलतान मोहम्मद खिलजी से युद्ध कर सुलतानपुर के समीप उसे बुरी तरह पराजित किया। (राणा कुंभा) ने उक्त युद्ध के अंत में मालवा के मुसलिम सुलतान मोहम्मद खिलजी को जीवित पकड़ा था। 'सद्‌गुण विकृति' की व्याधि से पीड़ित राणा कुंभा ने भी अन्य हिंदू वीरों की तरह उस कृत्य को क्षत्रियों के लिए गौरव की बात माना और उस मुसलिम शत्रु को जीवित ही छोड़ दिया। मसलन, राणा कुंभा ही उस मुसलिम सुलतान द्वारा जीवित पकड़ा जाता, तो क्या होता? उन मुसलमानों की राक्षसी राजनीति के अनुसार पृथ्वीराज की तरह राणा कुंभा की भी आँखें निकालकर उसका वध कर दिया जाता। सच यह है कि ऐसे राक्षसी युद्धों में ऐसी राक्षसी नीति ही हितकारी और आवश्यक रहती है, इसीलिए 'धर्म्य' होती है।

८०५. उस समय के हिंदुओं के इतिहास में यह युद्ध इतना महत्त्वपूर्ण और लोकोत्तर माना जाता है कि उसकी विजय के गौरवार्थ राणा कुंभा ने चित्तौड़ में एक भव्य और कलापूर्ण 'कीर्तिस्तंभ' का निर्माण किया। वह अब भी है। इसी प्रकार जब गुजरात के सुलतान कुतबुद्‌दीन ने कुंभलगढ़ पर आक्रमण किया, तब राणा कुंभा ने उसे भी बुरी तरह पराजित किया था। अंत में सुलतान कुतबुद्‌दीन को अपने प्राणों की रक्षा के लिए राणा कुंभा से संधि करनी पड़ी थी।

८०६. राणा कुंभा के पश्चात् भी राजस्थान में इतने कर्तृत्ववान वीर पुरुष उस काल में विख्यात हुए कि उनकी पीढ़ियों के स्वतंत्र इतिहास लिखे जाएँ! परंतु हमारे परप्रशंसक इतिहासकार मुसलमानों के तथा यूरोपीय परकीय राष्ट्रों के ही इतिहास से अभिभूत होते हैं। उन्हें ऐसे हिंदू-गौरव के इतिहास से केवल असुविधा ही होती है। वस्तुतः वह उनके स्वतंत्र शोध के अभाव और अज्ञान का ही द्योतक है। सौभाग्य से हिंदुओं के ही तत्कालीन वीर रस से परिपूर्ण प्रामाणिक और प्रासादिक ग्रंथ 'रासो' आज भी यत्र-तत्र उपलब्ध हैं। 'पृथ्वीराज रासो', 'हमीर रासो', 'छत्रसाल रासो' आदि अनेक रासो ग्रंथ—हिंदू कवियों द्वारा रचित पद्यमय, छोटे-बड़े, ऐतिहासिक वीरकाव्य आज भी उपलब्ध हैं। इन इतिहासकारों को उनके नाम भी ज्ञात होंगे—इसमें संदेह है! वैसे तो आजकल जो शिलालेख-संबंधी शोध हो रहे हैं उसके अंतर्गत केवल राजस्थान के ही नहीं, अनेक प्रदेशों के गिरिकुहरों में ऐतिहासिक शिलालेख उपलब्ध हो रहे हैं। इन हिंदू वीरों का इतिहास लिखने में उनका भी दृढ़, अटल आधार मिल सकता है; परंतु यह कार्य बड़ी मात्रा में किसी बड़ी शासनिक संस्था द्वारा किए जाने की संभावना इस काल में तो दिखाई नहीं देती! हाँ, वैसा सुयोग आने तक छोटी-बड़ी संस्थाएँ अथवा व्यक्ति ऐसे शोधकार्य को या कम-से-कम संकलन कार्य को अंगीकृत करें, तो बहुत-कुछ कर सकते हैं। इस आशा का पर्वतप्राय अटल आधार बताना हो तो अकेले इतिहासाचार्य 'राजवाड़े' का नामोच्चारण ही पर्याप्त होगा!

८०७. (लोंधी) लोदी घराना—ईसवी सन् १४५० में जब सैयद घराने का अंत हुआ, तब कुछ काल तक 'लोदी' (लोंधी) नामक अफगान वंश के कुछ सुलतानों ने दिल्ली में नाममात्र को राज्य किया। उनमें सिकंदर लोदी ने ई.स. १४८८ से १५१७ तक शासन कर राज्य को सँभाला और व्यवस्थित किया। इस सिकंदर लोदी की जननी भी एक हिंदू स्त्री ही थी। फिर भी उसने अन्य मुसलिम शासकों की तरह हिंदुओं से कठोर व्यवहार ही किया। मध्य के अराजकता के काल में हिंदुओं द्वारा पुनः प्रारंभ की गई तीर्थयात्राओं पर सिकंदर लोदी ने पुनः पाबंदी लगाई। यही नहीं, पर्वकाल में तीर्थों में स्नान करने पर भी हिंदुओं पर पाबंदी लगाई। तब भी हिंदुओं द्वारा प्रतिरोधक बलिदान जिस प्रकार अन्यत्र होते थे, वैसे ही अब भी होते रहे। उदाहारण के लिए, प्राणों का बलिदान देनेवाले एक महापुरुष का जो वृत्तांत हम यहाँ प्रस्तुत कर रहे हैं, वही पर्याप्त होगा।

८०८. लखनऊ के पास के एक गाँव में बुद्ध नामक एक ब्राह्मण रहता था। किसी भी न्यायपूर्ण और सदाचारी धर्म का सच्चे मन से पालन किया जाए तो वह ईश्वर को समान रूप से मान्य होता है, ऐसा प्रतिपादन वह सदैव करता था। इसलिए मुसलमानों ने उसपर घोर अत्याचार किए। वह ब्राह्मण प्रचारक अपने मत का प्रचार इतने प्रभावी ढंग से करता था कि अंत में लखनऊ का काजी भी उसके सामने प्रभावहीन हो गया। अंत में अधिकारियों ने यह विवादपूर्ण प्रकरण सुलतान के सामने प्रस्तुत किया। तब सिकंदर लोदी ने नौ विद्वान् मौलवियों के साथ उस ब्राह्मण का शास्त्रार्थ (वाद-विवाद) करवाया। वे मौलवी भी उस ब्राह्मण को समझाकर उसका मत-परिवर्तन नहीं करा सके। वह स्वधर्मनिष्ठ सत्यप्रतिज्ञ ब्राह्मण अपने मत पर अडिग रहा। तब सुलतान ने उसे धमकी दी—'तुम मुसलमान बन जाओ, वरना तुम्हारा शिरच्छेद कर दिया जाएगा!' इस धमकी का भी कोई असर उस हिंदू धर्मवीर पर नहीं हुआ। तब उसका वध कर दिया गया।

८०९. राणा संग (सांगा)—सिकंदर लोदी की मृत्यु ई.स. १५१७ में हो गई। उसके बाद उसका पुत्र इब्राहिम लोदी, नाममात्र को शेष रही उस दिल्ली की सलतनत का सुलतान बना। उस काल में अस्त-व्यस्त हुई मुसलिम राजसत्ता को राजपूतों ने मृतवत् कर डाला था। उस काल में चित्तौड़ का पराक्रमी राणा संग या सांगा (संग्राम सिंह) उनका नेतृत्व कर रहा था। उस सांगा का पराक्रम देखकर छोटे मुसलमान राजा और क्षुद्र अधिकारी उससे घोर ईर्ष्या करते थे। उनमें से एक था ईडर का मुसलिम थानेदार। उसने एक कुत्ता पाला और उसका नाम रखा 'राणा सांगा'। वह अपने इस कुत्ते को बार-बार इसी नाम से पुकारकर दुष्टता से हँसता था।

मुसलमानों की इस प्रकार की अनेक मर्कटचेष्टाओं का समाचार जब राणा सांगा तक पहुँचा, तब उसने उनको सबक सिखाने के लिए विशाल सेना के साथ ईडर प्रांत पर

आक्रमण किया। उसने उस प्रदेश के मुसलमान शासकों को पराजित कर कठोरता से दंडित किया और हिंदुओं पर किए गए अत्याचारों का प्रतिशोध लिया। उसके इस आक्रमण से हिंदुओं को कोई कष्ट नहीं पहुँचा। उलटे वहाँ के हिंदू लोग ऐसा मानकर कि 'राणा सांगा के रूप में ईश्वर ने उनका एक त्राता ही भेज दिया है' उसे भक्तिभाव से पूजने लगे। इस प्रकार अपने इस अभियान में विभिन्न स्थानों के मुसलमानों को पराजित कर यशोदुंदभि बजाता हुआ, विजयपताका फहराता हुआ वीर राणा सांगा ई.स. १५५९ में चित्तौड़ वापस लौटा। उसने रतनभोर (रणथंभोर), कालपी, भिलसा, चंदेरी आदि स्थानों को मुसलमानी सत्ता से मुक्त कराकर अपने राज्य में शामिल कर लिया।

८१०. सुलतान इब्राहिम लोदी का राणा सांगा द्वारा पराभव—इस प्रकार अस्त-व्यस्त हुई मुसलिम राजसत्ता को राजपूतों ने मृत्यु के करीब पहुँचा दिया था। इस स्थिति को सुधारने के लिए सुलतान इब्राहिम लोदी ने अपनी तमाम शक्ति एकत्र कर राजपूतों के तत्कालीन नेता चित्तौड़ के राणा सांगा पर स्वयं ही आक्रमण किया। दोनों की सेनाओं के बीच खानोली में युद्ध हुआ। उस घमासान युद्ध में राणा सांगा की सेना ने इब्राहिम की सेना का पूरी तरह पराभव किया; तब पराभूत इब्राहिम अपनी सेना के साथ वापस दिल्ली चला गया।

८११. बाबर का आक्रमण—सुलतान इब्राहिम की यह दुर्दशा देखकर लाहौर का सूबेदार दौलत खान और अन्य कई मुसलिम नेताओं को अपना अस्तित्व ही संकट में लगने लगा। उन्होंने अफगानिस्तान के तत्कालीन शासक बलशाली बाबर से प्रार्थना की कि वह हिंदुस्थान आए और उन्हें इब्राहिम लोदी तथा राणा सांगा का दमन करने में सहायता करे। बाबर ऐसे अवसर की प्रतीक्षा ही कर रहा था। कारण, बाबर स्वयं को तैमूर लंग का वंशज मानता था और इस नाते हिंदुस्थान पर अपना जायज अधिकार मानता था। अंततः ई.स. १५२६ में बाबर अपनी सेना के साथ सूबेदार दौलत खान लोदी की सहायता करने हिंदुस्थान आया।

८१२. इधर, जब इस संयुक्त मुसलिम सेना ने प्रथम दिल्ली के सुलतान इब्राहिम लोदी पर आक्रमण करने के लिए प्रस्थान किया, तब अत्यंत भयभीत होकर सुलतान इब्राहिम लोदी ने उस काल में समस्त हिंदू और मुसलिम राजाओं तथा सुलतानों को पराजित करनेवाले चित्तौड़ के रणधुरंधर हिंदू महाराजा राणा सांगा से अपनी सहायता करने के लिए प्रार्थना की। वास्तव में राणा सांगा ने सुलतान इब्राहिम को कुछ ही दिनों पूर्व बुरी तरह पराजित किया था; परंतु ऐसे संकट के प्रसंगों में अपना मान-अपमान सब भूलकर हिंदुओं की शरण में जाने में मुसलमानों को कभी भी लज्जा नहीं आती थी। दूसरे, हमारे यहाँ जो आज धारणा है कि मुसलमान मुसलमानों के साथ कभी नहीं लड़ते अथवा उनके बीच आपस में कभी राजसत्ता के लिए कोई युद्ध होता है, तो उसमें कोई भी मुसलिम पक्ष दूसरे मुसलिम पक्ष से लड़ने के लिए कभी भी हिंदुओं से सहायता नहीं

माँगता—ये दोनों प्रचलित धारणाएँ कितनी मिथ्या और भ्रामक हैं—यह हमने इस ग्रंथ में पहले भी स्पष्ट किया है और आगे भी करेंगे। सुलतान इब्राहिम लोदी का यह कृत्य भी उसका एक प्रमुख उदाहरण है।

दिल्ली के सुलतान इब्राहिम लोदी ने उसके राज्य पर आक्रमण करनेवाले मुसलिम बाबर के साथ हिंदू राणा सांगा की सहायता से ई.स. १५२६ में पानीपत के मैदान में युद्ध किया। दुर्भाग्य से उस युद्ध में लोदी स्वयं मारा गया और उसकी सेना अस्त-व्यस्त हो गई। तब निरुपाय होकर राणा सांगा को भी समरभूमि छोड़कर वन में भागना पड़ा। तत्पश्चात् वह मनस्वी योद्धा वन-वन भटकते हुए अस्त-व्यस्त राजपूत सेना को एकत्र कर अन्य राजाओं की सहायता प्राप्त कर रहा था। उसी समय ई.स. १५३० में वनवास के दौरान असाध्य रोगों से उसकी मृत्यु हो गई। हिंदुओं का तत्कालीन श्रेष्ठ मुकुटमणि टूट गया।

८१३. दिल्ली में मुगल राजवंश की स्थापना—इधर, पानीपत के युद्ध में विजयी होते ही बाबर, उसे हिंदुस्थान में आमंत्रित करनेवाले पंजाब के मुसलिम सूबेदार दौलत खान लोदी की, दिल्ली का सुलतान बनने की इच्छा की अवहेलना कर स्वयं ही दिल्ली का सुलतान बन गया। इस प्रकार ई.स. १५२६ में दिल्ली में मुगल राजवंश की स्थापना हो गई।

तत्कालीन उत्तर भारत के अन्य प्रांतों की कुछ समीक्षा योग्य घटनाएँ

८१४. सिंध—पूर्व में हमने परिच्छेद ३२५ और ३६७ में इसका उल्लेख किया है कि हिंदुओं ने अरबों को पराजित कर सिंध को पुन: वापस जीत लिया था। सिंध पर उन हिंदू सुमेर राजपूतों का आधिपत्य ई.स. १३३६ तक था। ई.स. १३३६ में वहाँ जाम आफरा नामक राजपूत राजा स्वतंत्र रूप से राज्य करता था। दिल्ली के सुलतानों और इन हिंदू राजाओं के बीच सतत संघर्ष चलता रहता था। ई.स. १३६७ से १३८० तक सिंध में जाम तिमाजी नामक हिंदू राजा का राज्य था। उसके बाद उसका ही राजपूत भाई राजा बना; परंतु अनेक विकृतियों के कारण उसकी मति भ्रष्ट हुई और वह स्वयं मुसलमान बन गया।

८१५. बंगाल—मोहम्मद गोरी ने जब ई.स. ११९२ में दिल्ली के सिंहासन पर स्थायी विजय प्राप्त की, तब उसने अपने अनेक पराक्रमी सरदारों को आस-पास के हिंदू प्रदेशों को जीतने के लिए भेजा। उनमें से एक बख्तियार खिलजी नामक सरदार ने बिहार और बंगाल प्रांतों की हिंदू राजसत्ता का उच्छेद कर वहाँ ई.स. ११९५ के आस-पास पहली बार मुसलिम राजसत्ता की स्थापना की। बिहार में उसने हिंदुओं पर, विशेषत: बौद्धों पर अनन्वित अत्याचार किए और उन्हें बलपूर्वक भ्रष्ट किया। इसका उल्लेख इस

ग्रंथ में परिच्छेद ३५३ में किया गया है। बिहार के नालंदा नामक स्थान में पाँच सौ वर्षों से भी अधिक प्राचीन जो जगप्रसिद्ध विद्यापीठ उस काल में था, उसका भी सर्वनाश उस बर्बर, अघोरी, विध्वंसक वृत्ति के मुसलिम सेनापति ने किया था। वहाँ के विशाल, अमूल्य ग्रंथालय में उन बर्बर मुसलमानों ने आग लगाई। ऐसा कहते हैं कि यह आग छह महीनों तक जलती रही थी! मुसलमानों ने संपूर्ण ग्रंथसंपदा भस्मसात् होने तक किसी को भी उस आग को बुझाने नहीं दिया! यदि अपने पास शस्त्रबल न हो, तो शास्त्रबल ही क्या, धर्मबल भी कितना पंगु और असह्य सिद्ध होता है—इसका यह भी एक हृदयस्पर्शी उदाहरण है।

८१६. उस जल रहे प्रचंड ग्रंथालय में वैदिक हिंदू, जैन, बौद्ध धर्मों के असंख्य पूजनीय ग्रंथ थे, परंतु उनका संरक्षण करने न वैदिक देवता आए, न बुद्ध भगवान् आए और न ही जिन आए! भक्तों का प्रत्यक्ष शस्त्रबल ही उनके ईश्वर का शस्त्रबल होता है!

८१७. अंत में बंगाल में राज्य कर रहे हिंदुओं के अंतिम सेनवंशीय राजा को पराजित कर बख्तियार खिलजी ने बंगाल को भी जीत लिया और वहाँ के हिंदुओं को भी बलपूर्वक भ्रष्ट कर मुसलमान बनाने का अभियान चलाया।

८१८. बंगाल में स्थापित इस मुसलिम राजसत्ता के सूबेदार बीच-बीच में दिल्ली के सुलतान के विरुद्ध विद्रोह कर स्वयं को बंगाल का स्वतंत्र सुलतान घोषित करते थे और स्वतंत्र रूप से शासन करते थे। फकरुद्दीन नामक ऐसे ही एक सरदार ने ई.स. १३४७ में दिल्ली के सुलतान के विरुद्ध विद्रोह कर बंगाल में अपना स्वतंत्र राज्य स्थापित किया। तब से लेकर ई.स. १५७६ तक बंगाल में इन अफगान सुलतानों का ही शासन रहा।

इस बीच ई.स. १३८६ के आस-पास 'कंस' नामक एक हिंदू जमींदार ने इन अफगान सुलतानों को पराजित कर बंगाल में स्वतंत्र हिंदू राज्य की स्थापना की। इस हिंदू राजा कंस की मृत्यु जब ई.स. १३९२ में हुई, तब उसका पुत्र जितमस्ल बंगाल के इस हिंदू राज्य का राजा बना; परंतु वहाँ के हिंदुओं के दुर्भाग्य से जितमस्ल की मति भ्रष्ट हुई और उसने स्वयं मुसलमान धर्म को स्वीकार कर 'जलालुद्दीन' नाम धारण किया। यहाँ ध्यान देने लायक विशेष बात यह है कि उस काल में उसके इस दुष्कृत्य का दंड उसे दे सकनेवाला एक भी हिंदू संपूर्ण बंगाल प्रांत में नहीं था! उन समस्त हिंदुओं ने, उस मुसलमानी राज्य को चुपचाप, बिना विरोध किए स्वीकार कर लिया।

८१९. अन्य एक प्रसंग में ऐसे ही एक पराक्रमी, कर्तृत्ववान और धर्माभिमानी हिंदू जमींदार ने ऐसी ही एक राज्य-क्रांति लगभग पूरी की थी। वह क्रांति भी सफल होते-होते अंत में इसी प्रकार विफल हो गई। बंगाल में जिन इने-गिने हिंदू वीरों ने म्लेच्छों के विरुद्ध इस प्रकार प्रबल विद्रोह किया था, उन सबमें श्रेष्ठ धुरंधर हिंदू स्वातंत्र्य वीर और राणा प्रताप, बाबा बंदा जैसे अखिल भारतीय हिंदू वीरों की मालिका

में सम्मान पाने योग्य एकमेव पुरुष था—जसोधर का महाराजा प्रतापादित्य। यद्यपि उसका कार्यक्षेत्र विस्तीर्ण नहीं था और उसे भी वहाँ के हिंदू समाज के प्रबल आधार तथा समर्थन के अभाव में अंत में अपयश ही मिला, तथापि उसका नाम हिंदू स्वातंत्र्य के इतिहास में संस्मरणीय है।

८२०. कश्मीर—प्रस्तुत समीक्षा-ग्रंथ में इस प्रकरण के कालखंडवाले कश्मीर के इतिहास के विषय में यहाँ केवल इतना ही बताना पर्याप्त होगा कि नीचे उत्तर भारत के गुजरात आदि प्रांतों में, जिनका आवश्यक वृत्तांत हमने इस ग्रंथ में दिया है, मुसलमान ऐसे कितने ही घोर उत्पात करते रहे, तथापि कश्मीर में ई.स. की चौदहवीं शताब्दी तक हिंदू राजा ही कभी प्रबलता से, तो कभी दुर्बलता से, परंतु स्वतंत्र रूप से राज्य करते थे। वहाँ का अंतिम हिंदू राजा सेनदेव था। तत्कालीन कल्हण पंडित नामक प्रसिद्ध विद्वान् ने 'राजतरंगिणी' नामक ग्रंथ में कश्मीर के इन हिंदू राजाओं का इतिहास लिखा है। यहाँ पर केवल इतना ही उल्लेख करना आवश्यक है कि इस सेनदेव ने शहामीर (मिर्जा) नामक किसी मुसलमान व्यक्ति को अपनी राजसभा में महत्त्वपूर्ण पदों पर नियुक्त करते समय अंत में उसे अपना प्रधान अमात्य बनाया था। सेनदेव की मृत्यु के बाद जैसी अन्यत्र अनेक घटनाएँ हिंदू राज्यों के इतिहास में हुई थीं, वैसी ही घटना यहाँ पर भी घटित हुई। इस मुसलमान मुख्यमंत्री ने पहले से ही षड्यंत्र रचकर कश्मीर के हिंदू राजा के साथ विश्वासघात कर उसका अंत किया और वह स्वयं 'शमसुद्दीन' उपाधि धारण कर हिंदू राज्य कश्मीर का स्वामी बन गया।

८२१. अंत में, जिस प्रकार हिंदुओं ने सारा हिंदुस्थान मुसलमानों से वापस जीत लिया, उसी प्रकार हमारे सिख और डोगरा हिंदू वीरों ने मुसलमानों से केवल कश्मीर ही नहीं जीता, अपितु उसके भी आगे एक तरफ लद्दाख तक, तो दूसरी तरफ गिलगित तक आक्रमण कर वहाँ भी हिंदू विजयध्वज फहराया!...परंतु यह सबकुछ शताब्दियों में हुए अनेक युद्धों के उपरांत ही हुआ।

□

प्रकरण—७

विजयनगर का विजयशाली स्वतंत्र हिंदू राज्य

८२२. पाठकों की सुविधा के लिए पिछले प्रकरण की कुछ घटनाओं के कालदर्शक वर्षों का उल्लेख आरंभ में ही करना आवश्यक है। दक्षिण भारत पर विदेशियों का, विशेषत: परधर्मियों का जो प्रथम आक्रमण हुआ, वह सुलतान अलाउद्दीन खिलजी द्वारा ई.स. १२९४ में देवगिरि पर किया गया आक्रमण था। तत्पश्चात् एक के बाद एक मुसलिम सुलतानों के मलिक काफूर, खुशरु खान आदि पराक्रमी, क्रूर और हजारों हिंदुओं को बलपूर्वक भ्रष्ट करनेवाले सेनापतियों के तीन-चार प्रचंड आक्रमण ई.स. १३१८ तक दक्षिण में हुए। इन पच्चीस वर्षों में मुसलमानों ने सारा दक्षिण देश पदाक्रांत कर डाला और देवगिरि से मलाबार तक के पाँच-छह विशाल, प्राचीन और प्रबल विख्यात हिंदू राज्यों को जीतकर ध्वस्त कर डाला।...

पिछले प्रकरण में वर्णित यह ऐतिहासिक सत्य हमारे हिंदू राष्ट्र के स्वाभिमान को जितना ठेस पहुँचानेवाला है और हमारे इतिहास का जितना एक लांछनीय आश्चर्य है, उतनी ही इन राक्षसी म्लेच्छ शत्रुओं के प्रलयंकारी निरंकुश प्रचंड वेग से उफनते सेना-सागर को हमारे दाक्षिणात्य हिंदू वीरों ने अगस्त्य के समान एक आचमन में पीकर दिल्ली की सुलतानी सत्ता की धज्जियाँ अगले केवल दस-बारह वर्षों के भीतर ही उड़ा डालीं और हिंदू राष्ट्र का कम-से-कम दक्षिण में पुनर्निर्माण करनेवाले विजयनगर के एक विजयशाली नए हिंदू साम्राज्य की स्थापना की। यह ऐतिहासिक घटना भी हमारे इतिहास का एक भूषणास्पद आश्चर्य है। उसपर हमारा हिंदू राष्ट्र जितना भी गर्व करे, कम ही होगा।

८२३. कारण, ई.स. १३१८ में मुसलमानों द्वारा सारा दक्षिण देश पदाक्रांत करने से पहले ही उनके मलाबार के हिंदू राज्य पर आक्रमण कर आए प्रबल सेनापति खुशरु खान के साथ ही दक्षिण में पुन: शीघ्र ही हिंदू सत्ता स्थापित करने की दुर्दम्य महत्त्वाकांक्षा रखनेवाले कुछ हिंदू नेताओं ने संपर्क साधकर गुप्त रूप से तालमेल बैठाना प्रारंभ किया

था। खुशरु खान तब दिल्ली वापस लौटकर, वहाँ के सुलतान का वध कर स्वयं ही सुलतान बनने की योजना अपने मन में बना रहा था। उसकी इस साहसपूर्ण, भयंकर योजना में उसे सुलतान के कट्टर मुसलिम सरदारों की सहायता मिलनी असंभव थी। हाँ, हिंदू राजाओं और सरदारों की सक्रिय अथवा निष्क्रिय सहायता मिलनी संभव थी। कारण, उस समय खुशरु खान स्वयं को बलपूर्वक पहनाए गए 'इसलाम' के आवरण को फाड़कर-फेंककर अपने मूल हिंदू रूप में प्रकट होने के लिए आतुर था। खुशरु खान के और उसके द्वारा पराजित हिंदू राज्य के नेताओं के बीच कोई गुप्त षड्यंत्र रचा जा रहा है—इसकी वार्त्ताएँ और शिकायतें सीधे दिल्ली दरबार में सुलतान तक उसके शत्रुओं द्वारा पहुँचाई जाती रहीं। हमने इस सारे प्रकरण का यथासंभव प्रामाणिक वृत्तांत समन्वित करके उसे सुसंगत इतिहास के रूप में पिछले अध्याय में (परिच्छेद ७०७ से ७८० तक) प्रस्तुत किया है। पाठक चाहें तो उसे पुनः पढ़ें। तत्कालीन इतिहास की समीक्षा की दृष्टि से यहाँ पर निम्नलिखित संक्षिप्त वृत्तांत देना ही पर्याप्त होगा।

८२४. यादव कुल के संगम नामक व्यक्ति के दो पुत्र हरिहर और बुक्का अनागोंदी के राजा के यहाँ नौकरी करते थे। अलाउद्दीन के राज्यकाल में देवगिरि और वारंगल पर जब सफल मुसलिम आक्रमण हुए थे, उसी धुमश्चक्री में मुसलमानों ने अनागोंदी के राजा को भी पराजित किया था। रामायणकालीन बाली की प्रसिद्ध किष्किंधा नगरी आनागोंदी नगर में अथवा उसके समीपवर्ती किसी स्थान में स्थित थी—ऐसी दंतकथा है। ई.स. १३२७ में अनागोंदी के राजा को पराजित करने के बाद हरिहर और बुक्का—दोनों युवकों को बंदी बनाकर मुसलमान अपने साथ दिल्ली ले गए और वहाँ उन्हें बलपूर्वक भ्रष्ट कर मुसलमान बनाया। ई.स. १३३१ में सुलतान मुहम्मद तुगलक ने जब दक्षिण पर पुनः आक्रमण करने के लिए विशाल मुसलिम सेना को भेजा, तब इन युवकों का कर्तृत्व और तेज देखकर इन्हें भी उस सेना में महत्त्वपूर्ण पद तथा अधिकार देकर उसके साथ भेज दिया, परंतु दक्षिण आते ही।...

८२५. बहुशः पूर्वसंकेतानुसार—उस काल में संकेश्वर के शंकराचार्य पीठ के अधिकारी राजकार्यधुरंधर श्री विद्यारण्य स्वामी से उनकी भेंट हुई। तब उन मुसलमान बनाए गए तेजस्वी युवकों को स्वयं शंकराचार्य द्वारा ही शुद्ध कर पुनः हिंदू बनाया गया। उन दोनों युवकों ने नवीन हिंदू सेना का निर्माण कर उनके अधीन दक्षिण के हिंदुओं पर आक्रमण करने के उद्देश्य से आई हुई मुसलिम सेना को युद्ध में पराजित कर ध्वस्त कर डाला। तत्पश्चात् उन्होंने संकेश्वर पीठ के तत्कालीन शंकराचार्य श्री विद्यारण्य स्वामी तथा कुछ अन्य धुरंधर हिंदू नेताओं से विचार-विमर्श कर एकमत से तुंगभद्रा नदी के किनारे, दिल्ली की अथवा अन्य किसी भी मुसलिम सत्ता के अधीन न हो, ऐसा संपूर्ण रूप से स्वतंत्र और सार्वभौम नवीन हिंदू राज्य स्थापित करने का निश्चय किया। तदनुसार तुंगभद्रा के किनारे हिंदुओं की विजय का द्योतक विजयनगर नामक एक नगर निर्मित

कर उसे नवीन हिंदू राज्य की राजधानी बनाया गया। ई.स. १३३६ में हरिहर को उस हिंदू राज्य का राजा और उसका मुख्यमंत्री श्री विद्यारण्य स्वामी को बनाया गया।

८२६. इन सब घटनाओं के विषय में इतिहासकारों को बहुधा जिस गूढ़ रहस्य का पता नहीं चला, वह यह है कि मुहम्मद तुगलक को यद्यपि इतिहासकार 'पागल' कहते हैं, तथापि वह पागल नहीं, कुछ सनकी या अव्यावहारिक था। वह अपनी राजधानी दिल्ली से देवगिरि ले गया। इतिहासकार वर्णन करते हैं कि उसका वह कृत्य केवल पागलपन के दौरे में किया हुआ कृत्य नहीं था। उसके पीछे मुख्य विचार यह था कि सुलतान ने दक्षिण में जो नए प्रदेश जीते हैं, उन्हें सलतनत में अच्छी तरह पचाकर समाविष्ट करने के लिए यदि केंद्रीय राजधानी दक्षिण में ही, इन विजित प्रदेशों के पास, होगी, तो वहाँ पर सुलतान का शासन दृढ़ और शक्तिशाली हो जाएगा।

इसी महत्त्वपूर्ण उद्‍देश्य से उसने अत्यंत कष्ट सहकर भी जो देवगिरि को अपनी राजधानी बनाया, वह पागलपन के झटके में नहीं बनाया था। कुछ ही दिनों में उसे अपनी राजधानी पुनः दिल्ली वापस ले जानी पड़ी। इस उठापटक में प्रजा को अत्यधिक कष्ट और दुःख भोगने पड़े। पुनः दिल्ली को ही राजधानी बनाना भी पागलपन या सनक नहीं थी। वस्तुस्थिति यह थी कि दक्षिण में पिछले बीस-पच्चीस वर्षों से स्थापित सुलतानी सार्वभौम सत्ता वहाँ के हिंदुओं को असह्य और अपमानजनक लगती थी। इसलिए उसका उच्छेद करने के लिए समस्त हिंदू राजा, धर्मगुरु और हिंदू जनता गुप्त रूप से एक विशाल विद्रोह की तैयारी कर रहे थे। उस सशस्त्र विद्रोह के भय से मुसलिम सेना भी भयभीत थी। ऐसी विस्फोटक स्थिति में यदि वह जान-बूझकर हिंदुओं के उस विद्रोही जाल में फँस जाए तो उसके प्राणों पर भी संकट आ सकता है—यह वास्तविकता मुहम्मद तुगलक समझ गया था। इसीलिए वह पुनः इतनी शीघ्रता से अपनी राजधानी वहाँ से दूर उत्तर में दिल्ली वापस ले गया। उसके इन उलटे-सीधे, घबराहट भरे, विक्षिप्त-से लगनेवाले कार्यों के पीछे वास्तविक कारण पागलपन या सनक नहीं, बल्कि हिंदुओं की बढ़ती हुई शस्त्रशक्ति का भय ही था।

८२७. इस प्रसंग में एक और भी महत्त्वपूर्ण घटना है, जिसका रहस्य तथा मर्म अधिकतर इतिहासकार समझ नहीं पाए। वह रहस्य इतना आश्चर्यजनक है कि हम उसकी उपेक्षा नहीं कर सकते। वह रहस्य यह है कि मुसलिमों द्वारा पकड़कर भ्रष्ट किए गए हरिहर और बुक्का—इन दोनों युवकों के पिता संगम यादव अनागोंदी और वारंगल के राजकुलों के निकटवर्ती संबंधी थे। अतः उनके ये दोनों पुत्र भी उन राजकुलों से संबद्ध थे। उनका यह राजनीतिक महत्त्व देखकर ही मुहम्मद तुगलक ने उन्हें दिल्ली बुलवाकर मुसलमान बना लिया और अपनी सेना में नियुक्त कर लिया।

उस काल में इस प्रकार बलपूर्वक मुसलमान बनाए जाने का संकट अनेक हिंदू राजाओं पर आया था; परंतु ऐसे भयंकर संकट से मुक्त होने पर भी उन्हें हिंदू धर्म में

वापस लिये जाने की कोई आशा नहीं दिखती थी। कारण था 'शुद्धिबंदी!' इस पुस्तक के पूर्वार्द्ध में परिच्छेद ४५६ से ४६५ तक हमने इस विषय पर विस्तृत चर्चा की है। ऐसी विकट परिस्थिति में भी बलपूर्वक भ्रष्ट करके मुसलमान बनाए गए हरिहर और बुक्का—दोनों तरुण वीरों के मन में पुन: हिंदू बनने की जो आशा और साहस निर्मित हुआ तथा विद्यारण्य आदि शंकराचार्य ने शुद्धि विरोधी तत्कालीन जनमत और कलियुग-वर्ज्य आदि प्रक्षिप्त, परंतु रूढ़ शास्त्राचार के घोर विरोध की उपेक्षा और अवहेलना कर उन दोनों को शुद्ध कर पुन: हिंदू बना लेने का जो साहसिक कार्य किया और इस नए उपक्रम का अनेक हिंदू नेताओं और धुरंधरों ने जो हार्दिक स्वागत तथा समर्थन किया—इन सबकी प्रेरणा उन सारे हिंदुओं को किस कारण से प्राप्त हुई थी?

८२८. इसका सीधा और स्पष्ट उत्तर हमें उस घटना के केवल दस-बारह वर्ष पहले हिंदू सम्राट् श्री 'धर्मरक्षक' (नासिरुद्दीन) द्वारा प्रत्यक्ष राजधानी दिल्ली में की गई अभूतपूर्व राज्य-क्रांति और धर्म-क्रांति में ही प्राप्त होता है। कारण, सुलतान नासिरुद्दीन भी मूलत: हिंदू ही था। उसे भी बलपूर्वक भ्रष्ट कर मुसलमान बनाया गया था, परंतु उसे सुलतान अलाउद्दीन और उसके पुत्र सुलतान मुबारक—दोनों का अत्यधिक प्रेम प्राप्त था। उसे 'खुशरु खान' उपाधि प्रदान कर सरदार बनाया गया। उसकी पदोन्नति होते-होते एक दिन उसे विशाल मुसलिम सेना का सेनापति बनाकर दक्षिण पर आक्रमण करने के लिए भेजा गया। इतनी सामर्थ्य प्राप्त होने तक यह खुशरु खान ऊपर से दिखावे के लिए कट्टर मुसलमान ही बना रहा; परंतु इस दक्षिण-विजय अभियान में अपूर्व सफलता प्राप्त कर दिल्ली वापस आते ही उसने अकस्मात् विद्रोह कर मुसलिम सुलतान मुबारक का वध किया और 'मैं मूलत: हिंदू था, इसलिए अब पुन: हिंदू धर्म को ही स्वीकार कर रहा हूँ'—यह घोषणा कर उसने एक हिंदू सम्राट् के रूप में दिल्ली के सिंहासन पर आरोहण किया।

यही नहीं, उसने भ्रष्ट किए गए सैकड़ों हिंदुओं की 'सामुदायिक' शुद्धि की, अनेक मसजिदों के मंदिर बनाए! मुसलिम साम्राज्य और मुसलिम धर्म—दोनों पर हिंदुत्व का ऐसा अपूर्व आक्रमण करनेवाले इस हिंदू सम्राट् द्वारा की गई इस अद्‌भुत क्रांति की वार्त्ताओं ने पूरे भारत में हलचल मचा दी थी। इसलिए जब सुलतान मुहम्मद ने हरिहर और बुक्का को मुसलमान बनाकर तीन वर्षों तक दिल्ली में रखा, तब उन्होंने दिल्ली के घर-घर में चल रही केवल दस-बारह वर्ष पहले घटित उस अद्‌भुत हिंदू धर्मक्रांति की चर्चाएँ सुनी ही होंगी। उनसे ही प्रेरणा प्राप्त कर उन्होंने ऐसा विचार किया होगा कि मुसलमानी राजसत्ता और धर्म से मुक्त होकर पुन: हिंदू बनने का प्राय: असंभव कार्य संभव करने के लिए अधीनस्थ सेना के साथ वापस दक्षिण जाना ही एकमात्र उपाय है। उसके अनुसार उन्होंने मुसलिम सुलतान मुहम्मद तुगलक का विश्वास पूर्ण रूप से प्राप्त कर उसके मन में ऐसा आभास उत्पन्न किया होगा कि वे दोनों कट्टर मुसलमान हैं।

इसीलिए सुलतान ने उन्हें एक विशाल मुसलिम सेना का सेनापति बना दिया।

जिस समय मुहम्मद तुगलक अपनी राजधानी देवगिरि से दिल्ली वापस लाया, उस समय उसने दक्षिण में सुलतानी सत्ता सँभाल सकने लायक पर्याप्त मुसलिम सेना छोड़ी नहीं थी। ऐसे में हिंदुओं के इस संभाव्य विद्रोह की वार्त्ताएँ पहुँचीं। इसीलिए सुलतान ने विचार किया कि दक्षिण में मुसलिम सत्ता पुनः प्रबल करने के लिए मूलतः दक्षिण के राजकुलों से संबंधित, परंतु अब कट्टर मुसलमान बने हुए इन दोनों होनहार, कर्तृत्ववान वीर युवकों को ही भेजा जाए।

हरिहर और बुक्का इसी अवसर की प्रतीक्षा कर रहे थे। उन्होंने बाहर से ऐसा दिखाया कि सुलतान के आदेश का पालन करने के लिए वे दोनों अत्यंत उत्साह और निष्ठा से दक्षिण जा रहे हैं। भ्रष्ट कर मुसलिम बनाए गए हिंदुओं को मुसलिम सत्ता को बढ़ाने के लिए भेजने की परिपाटी दिल्ली के सुलतानों की थी ही। मलिक काफूर जैसे सेनापतियों ने यह कार्य अत्यंत सफलता से किया भी था। सुलतान के आदेशानुसार दक्षिण के हिंदू राजाओं के विद्रोह का दमन करने के लिए हरिहर और बुक्का गए, तो सीधे अपने मूल अनागोंदी से वारंगल तक के प्रदेश में ही पहुँचे।

८२९. संभवतया दक्षिण में आने से पूर्व ही उन बंधुओं ने अपनी इच्छा और योजना की गुप्त सूचना श्री विद्यारण्य स्वामी तथा अन्य हिंदू राजाओं और नेताओं को दी होगी। वे दक्षिण में आते ही सुलतान की प्रवंचना कर प्रकट रूप से हिंदू धर्म को अपनाने जा रहे थे, उसकी प्रेरणा प्रत्यक्ष हिंदू सम्राट् धर्मरक्षक (नासिरुद्दीन) द्वारा दिल्ली में की गई हिंदू धर्म-क्रांति से दक्षिण के नेताओं और शंकराचार्य आदि धर्मगुरुओं को पहले से ही प्राप्त थी। इसलिए स्वामी विद्यारण्य ने अन्य हिंदू नेताओं की सम्मति से हरिहर और बुक्का दोनों को समारोहपूर्वक शुद्ध कर हिंदू बना लेने का निर्णय किया।

८३०. पाँचवें अध्याय के अंत में हमने कहा था कि 'हिंदू सम्राट् श्री धर्मरक्षक द्वारा दिल्ली में की गई हिंदू राज्य-क्रांति के महान् प्रयोग के दूरगामी परिणाम हुए थे।' हमारा यह विधान कितना सत्य है, यह उस महान् घटना का विजयनगर की राज्य-क्रांति के लिए जो प्रेरक परिणाम हुआ, उसी से सिद्ध होता है। तथापि आज तक इतिहासकारों ने उस महान् घटना का उल्लेख केवल कुछ तुच्छ और लांछनास्पद शब्दों में ही किया है। इससे यह सिद्ध होता है कि आज के इतिहास-ग्रंथ हिंदू-दृष्टि के अभाव में ऐसे कुछ प्रकरणों में पूर्ण रूप से अंधे हो गए हैं।

८३१. विजयनगर का यह नया हिंदू राज्य स्थापित करनेवाली हिंदू पीढ़ी के कर्तृत्व का जितना सम्मान हिंदू इतिहास में होना चाहिए था, उतना अभी भी नहीं हुआ है। श्रीमान माधवाचार्य अर्थात् संकेश्वर के शंकराचार्य श्री विद्यारण्य स्वामी का ही उदाहरण है! यह अलौकिक पुरुष किस प्रकार एक महान् राज्य-क्रांति का सूत्रधार था—यह हमने ऊपर बताया है। वह उतना ही धर्मक्रांतिकारी भी था, यह इससे स्पष्ट

होता है कि उसने तत्कालीन रूढ़ शास्त्रों की अवहेलना और उल्लंघन कर हरिहर तथा बुक्का की जो 'शुद्धि' की, इसी प्रकार ज्ञान में भी वह तत्कालीन विद्वानों का मुकुटमणि था। उसने संस्कृत भाषा में अनेक विषयों पर अनेक ग्रंथ लिखे हैं। उनमें से 'सर्वदर्शन संग्रह' और 'पंचदशी' ग्रंथ सुविख्यात हैं।

वास्तव में आदि शंकराचार्य के पश्चात् ऐसा सुयोग्य शंकराचार्य शृंगेरी पीठ पर ही नहीं, अपितु किसी भी धर्मपीठ पर आरूढ़ हुआ हो—ऐसा दृष्टिगत नहीं होता। उसने इस नवीन प्रस्थापित हिंदू राज्य के अनुभवी, वीर युवक राजा हरिहर का मुख्यमंत्रित्व स्वीकार कर इस राज्य के प्रारंभ की अत्यंत कठिन परिस्थितियों में प्रचंड मुसलिम विरोध का सामना करते हुए भी राज्य का सर्वांगीण विकास करने में जो राजकार्य की निपुणता और कूटनीतिक कुशलता प्रकट की, वह अतुलनीय है। जिस प्रकार हिंदू राष्ट्र में महाराणा प्रताप, राजा छत्रसाल, गुरु गोविंदसिंह, चैतन्य महाप्रभु, बंदा वैरागी आदि नाम तत्कालीन महापुरुषों के रूप में समस्त हिंदुओं को परिचित और प्रिय हैं, उसी प्रकार विजयनगर के राज्यकाल के स्वामी विद्यारण्य वीरवर हरिहर, वीरवर बुक्का, महाराजाधिराज हरिहर द्वितीय, उसका मुख्यमंत्री सायणाचार्य, महाराजाधिराज कृष्णदेवराय तथा महाराजाधिराज रामराय के नाम भी हिंदू राष्ट्र के इतिहास के महापुरुषों के रूप में सर्वपरिचित और लोकप्रिय होने चाहिए।

श्री सायणाचार्य स्वामी विद्यारण्य का बंधु था। उसने वेदों पर जो महाभाष्य लिखा है, वह आज भी अधिकृत माना जाता है। रामराय ने तत्कालीन महाराष्ट्र की निजामशाही, आदिलशाही इत्यादि पाँचों 'शाहियों' के सुलतानों का पराभव अनेक बार किया। तब उन सबने एकत्र होकर रामराय पर आक्रमण किया। इस घमासान युद्ध में, राक्षसभुवन में अंत में युद्धरत रामराय का शिरच्छेद शत्रुओं द्वारा किया गया! 'दंतच्छेदो हि नगाणां श्लाघ्यो गिरीविदारणे' (अर्थात् पर्वत को चूर करते समय हाथी के दाँत टूट जाएँ, तब भी वह श्लाघ्य-प्रशंसनीय है)। इस न्याय से रामराय भी महापुरुष ही हैं! परंतु आज उत्तर भारत के तो अधिकतर हिंदुओं को इन नामों का पता भी नहीं है और दक्षिण भारत में भी हजारों में एक हिंदू को इन नामों की अस्पष्ट-सी जानकारी है। यह लज्जास्पद स्थिति अब बदलनी चाहिए।

८३२. बहामनी (बहमनी) राज्य की स्थापना—विजयनगर में हिंदू राज्य की स्थापना होने के बाद दिल्ली के सुलतान की सार्वभौम सत्ता दक्षिण में भंग हो गई है, यह देखकर सुलतान मुहम्मद तुगलक ने अपनी राजधानी देवगिरि से दिल्ली वापस ले जाते समय पीछे दक्षिण में अपने जिस 'हसन गंगू' नामक प्रभावशाली सरदार को सूबेदार नियुक्त किया था, उसने भी अपने स्वामी दिल्ली के सुलतान के विरुद्ध विद्रोह किया। उसने ई.स. १३४६ में नर्मदा नदी के दक्षिण में कृष्णा नदी तक के प्रदेश में 'बहमनी' नामक स्वतंत्र मुसलिम राज्य स्थापित कर 'गुलबर्गा' को अपनी राजधानी बनाकर स्वयं

को उस 'बहमनी' राज्य का सुलतान घोषित कर दिया। विजयनगर के हिंदू राज्य के बाद केवल दस-ग्यारह वर्षों में ही इस मुसलिम 'बहमनी' राज्य की स्थापना होने से दक्षिण में दिल्ली के सुलतान की सत्ता का संपूर्ण उच्छेद हो गया और दक्षिण में दो ही प्रमुख राज्य रह गए। एक 'बहमनी' राज्य और दूसरा 'विजयनगर' राज्य।

'बहमनी' राज्य के संस्थापक हसन गंगू ने अपने राज्य को यह नाम क्यों दिया, इसके विषय में दो व्युत्पत्तियाँ इतिहास में प्रचलित हैं। हसन अपने प्रारंभिक जीवन में दिल्ली के गंगू नामक ब्राह्मण के घर में गुलाम के रूप में रहता था। उस विद्वान् गंगू ब्राह्मण ने अपने दास हसन की एकनिष्ठ सेवा से संतुष्ट होकर, उसकी कुंडली देखकर उसे आशीर्वाद दिया था कि 'तुम भविष्य में राजा बनोगे' (तुम्हारी कुंडली में राजयोग है)।

यह आशीर्वाद पाकर अत्यंत हर्षित एवं कृतज्ञ होकर हसन स्वयं को 'हसन गंगू' कहने लगा और जब उसे सचमुच ही दक्षिण में राज्य प्राप्त हुआ, तब उसे उस ब्राह्मण स्वामी का प्रसाद मानकर उसने उसका नाम 'बहामनी' (ब्राह्मणी) राज्य रखा। कुछ इतिहासकार दूसरी एक अन्य व्युत्पत्ति यह बताते हैं कि हसन स्वयं को ईरान के बहमन नामक राजकुल का वंशज मानता था। इसीलिए उसने अपने राज्य का नाम 'बहमनी' या 'बहामनी' रखा। परंतु फिर वह अपने नाम के साथ अंत तक 'हसन गंगू' क्यों लिखता था? और उसका ईरान के बहमनी राजवंश से संबंध था, इसका भी तो कोई प्रमाण उपलब्ध नहीं है।

८३३. इस बहमनी राज्य की सीमा विजयनगर की तुंगभद्रा नदी की सीमा से लगी हुई थी। इसलिए इन दोनों राज्यों में निरंतर युद्ध होते रहते थे। जिन पाठकों को विजयनगर के हिंदू राज्य का और उसके उस बहमनी मुसलिम राज्य के साथ हुए युद्धों का इतिवृत्त विस्तार से पढ़ने की इच्छा हो, उन्हें निम्नलिखित दो पुस्तकें अवश्य पढ़नी चाहिए—(१) The Forgotten Empire (२) The Never to be Forgotten Empire. पहला ग्रंथ एक ब्रिटिश विद्वान् ने लिखा है और दूसरा कुछ अंशों में उसे प्रत्युत्तर देनेवाला शोधपरक ग्रंथ एक अन्य विद्वान् ने लिखा है।

८३४. प्रस्तुत ग्रंथ का उद्देश्य उस सारे इतिहास का वर्णन करना नहीं है। हमारा यह ग्रंथ इतिहास-ग्रंथ नहीं, बल्कि इतिहास की समीक्षा करनेवाला ग्रंथ है, यह हमने प्रारंभ में ही स्पष्ट कर दिया है। तथापि समीक्षा के लिए आवश्यक कुछ उल्लेखनीय घटनाओं का वर्णन हम यहाँ कर रहे हैं।

८३५. विजयनगर की रचना—स्वामी विद्यारण्य आदि हिंदू तेजस्वी नेताओं ने विजयनगर राजधानी के नगर के लिए तुंगभद्रा के तट का जो स्थान चुना था, वह स्थापत्य शास्त्र और सैनिकी दृष्टि से इतना सुरक्षित तथा मजबूत था कि परकीय प्रवासी वास्तुविद् भी उसके संस्थापकों की सैनिकी शिल्पशास्त्रीय दृष्टि की प्रशंसा करते हैं। उस स्थान के तीनों ओर ऊँची-ऊँची पहाड़ियाँ हैं और चौथी ओर गहरी नदी बहती है।

इसलिए वहाँ पर स्थापित राजधानी के विशाल नगर को एक प्रकार से प्रकृति ने ही प्रचंड परकोटे बनाकर सुरक्षा प्रदान की थी। तब भी इस नगर के चारों ओर एक के भीतर दूसरा—इस प्रकार सात मजबूत तट बनाए गए थे। ऐसे प्रत्येक विभाग में एक से बढ़कर एक भव्य और सुंदर मंदिर, भवन, प्रासाद और जलाशय निर्मित किए गए थे। उन समस्त भवनों, मंदिरों और मुख्यतः राजप्रासाद पर भी विशाल स्वर्णकलश मंडित भगवा ध्वज फहरते रहते थे। कारण, हिंदू राज्य का जो परंपरागत भगवा ध्वज है, वही विजयनगर के हिंदू राज्य का भी अधिकृत राजनीतिक ध्वज था।

८३६. इन सब मंदिरों में जो अत्यंत भव्य और विस्तीर्ण मंदिर था, वह था श्री नृसिंह मंदिर। विजयनगर के राजाओं का कुलदेवता नृसिंह ही था। हिंदुस्थान में नृसिंह मंदिर कदाचित् ही कहीं दिखते हैं; परंतु विजयनगर के जिन राजाओं ने अनेक देवी-देवताओं तथा दैत्यों में से नृसिंह अवतार को ही अपना कुलदेवता, आराध्य और अपना आदर्श बनाया। उनकी प्रतिभा और समय-सूचकता निस्संदेह प्रशंसनीय थी।

८३७. वस्तुतः उस काल का बुद्धकालीन अतिरेकी अहिंसा के दुष्प्रभाव से सौम्य, दुर्बल और सहिष्णु बना हुआ हिंदू समाज तथा उसपर टूट पड़नेवाला धर्मांध, क्रूर, नृशंस, राक्षसी मुसलिम समाज, इनमें चल रहे सतत संघर्ष में हिंदुओं में प्रसंगोचित प्रत्याघातक, कूट राजनीति और क्रूर पराक्रम का स्फुरण तथा संचार करनेवाला यदि कोई जाग्रत् देवता हमारे पुराणों में है, तो वह श्री नृसिंह ही है।

व्रजन्ति ते मूढधियः पराभवं! भवन्ति मायाविषु ये न मायिनः॥
साध्वाचारः साधुना प्रत्युपेयः। मायाचारी मायया बाधितव्यः॥

८३८. नृसिंह की कथा स्पष्ट करती है कि क्रूर राक्षस हिरण्यकशिपु का वध प्रह्लाद की सद्‌गुण विकृति से नहीं, क्रूर तथा कूटनीति से हुआ था। भगवान् शंकर ने हिरण्यकशिपु को वर दिए थे कि तुम्हें न दिन में न रात्रि में, न अंदर न बाहर, न आकाश में न पृथ्वी पर, न अस्त्र से न शस्त्र से, न पशु न मनुष्य, कोई भी मार नहीं सकेगा! परंतु श्री विष्णु ने 'जैसे-को-तैसा' के न्याय से उन सारे वरों के लिए अनुक्रम से अगले विस्मयकारक उपायों का सहारा लेकर संध्याकाल में, देहरी पर, गोद में लेकर, अपने तीक्ष्ण नखाग्रों से, न पूर्णतः नर न पूर्णतः पशु, ऐसा नृसिंह रूप धारण कर उस देवों के शत्रु हिरण्यकशिपु का वध किया। उस दुष्ट दैत्य के शरीर से उठनेवाले रक्त के फव्वारे से जिसकी पूरी देह का रक्तस्नान हुआ है, जिसकी भयंकर सिंह गर्जनाओं से सारा ब्रह्मांड आतंकित और अस्त-व्यस्त हो गया है और जिसके क्रोध से स्फुरित, बड़े-बड़े अयाल से अत्यंत विकराल दिखनेवाले सिंह-स्वरूप को देखकर देवतागण भी भय से थरथर काँपते हुए 'शांत हो! शांत हो!' करते हुए उसकी प्रार्थना कर रहे हैं, उस नृसिंह की विकराल मूर्ति का ही, इस संघर्षसंकुल राक्षसी जग में, जिन राष्ट्रों को जीवित रहना

है, उन्हें अपने आराध्य देवता के रूप में राष्ट्रीय पराक्रम का आदर्श मानकर अपने राष्ट्रमंदिर में पूजन करना चाहिए।

८३९. इस कथा में एक और अति उदार मर्म निहित है। उपर्युक्त सिंह के समान निर्दय और अनिवार्य पराक्रम करनेवाले नृसिंह अवतार का मूर्त स्वरूप यद्यपि विकट विकराल है, तथापि उसका अंत:करण नर का, मानव का ही है। उसका वह क्रूर पराक्रम भी मानवता के विकास के लिए अत्यंत आवश्यक होने से अनिवार्य है। कारण, उसने देव, दैत्य और दानवों को भी आतंकित करनेवाले अन्यायी, लोक-उत्पीड़क और देवद्रोही हिरण्यकशिपु का पेट फाड़कर उसको मारने का जो अत्यंत उग्र कृत्य किया, वह भी प्रह्लाद जैसे देवपूजक होने के कारण ही दैवी-न्यायी सज्जन के रक्षण के लिए ही अपरिहार्य था, इसीलिए किया। मानवी सद्‌गुणों के विकास के लिए ही मानवों को दुर्बलता के शाप से पंगु बनानेवाली अहिंसा का प्रसंगोपात्त क्रूर हिंसा से भी विनाश करना चाहिए। मानवी विकास के लिए ऐसे प्रसंगों में वही सत्कर्म और सद्‌धर्म होता है। विश्व मानवजाति के तत्कालीन अपूर्ण विकास के स्तर पर राक्षसी हिंसा और स्वार्थी महत्त्वाकांक्षा से ग्रस्त तथा अभिभूत राष्ट्रों के आपसी संघर्ष की परिस्थिति में हिंदू राष्ट्रों को भी अपना अस्तित्व ही नहीं, अपितु अजेयत्व भी स्थापित करने के लिए नृसिंह जैसे आराध्य देवता की ही आवश्यकता थी।

८४०. विजयनगर के राजाओं ने अपने आराध्य कुलदेवता श्री नृसिंह का जो भव्य मंदिर अपनी राजधानी विजयनगर में बनाया था, वह आज पूर्ववत् अस्तित्व में नहीं है। मुसलमानों ने जब विजयनगर का विध्वंस किया तब नृसिंह के राजमंदिर को भी तोड़-फोड़कर नष्ट कर डाला। तथापि अत्यंत भग्न, विच्छिन्न अवस्था में भी उस मंदिर में नृसिंह की मूर्ति के जो अवशेष आज भी मिलते हैं, उनसे भी उस मूर्ति के मूल भव्य, भयंकर और प्रचंड स्वरूप की कल्पना की जा सकती है। यह नृसिंह का देवालय भी अपने मूल स्वरूप और वैभव में कितना प्रचंड, स्फूर्तिदायक और भारत के विशाल, उत्तम देवालयों में अपनी अप्रतिमता के कारण कितना वैशिष्ट्यपूर्ण रहा होगा—यह भी ध्यान में आता है।

८४१. बहमनी सुलतान का पराभव—वीरवर हरिहर की मृत्यु के बाद वीरवर बुक्का विजयनगर का राजा बना। यह बुक्काराय भी अत्यंत पराक्रमी था। उसने राजप्रासाद में बैठकर केवल राज्य का संरक्षण ही नहीं किया, अपितु ई.स. १३७४ के आस-पास बहमनी सुलतान मजाहिद शाह को भी बुरी तरह पराजित किया।

८४२. इस वीरवर बुक्काराय ने चीन के राजा के पास भी अपना एक प्रतिनिधिमंडल भेजा था, ऐसा उल्लेख मिलता है। इस प्रतापी बुक्काराय की मृत्यु ई.स. १३७९ में हुई। उस समय उसकी रानी गौरी गर्भवती थी। उसने जिस बालक को जन्म दिया, वह बड़ा होकर हरिहर द्वितीय के नाम से पैतृक राजसिंहासन पर आरूढ़ हुआ। उसके राज्यकाल

में हिंदुओं ने बार-बार मुसलमानों के प्रदेशों पर आक्रमण किए और उन्हें जीतकर विजयनगर के राज्य का विस्तार किया। तब हरिहर ने एक विशाल समारोह आयोजित कर 'महाराजाधिराज' की उपाधि धारण की। माधवाचार्य अर्थात् स्वामी विद्यारण्य के भ्राता श्री सायणाचार्य इस महाराजाधिराज हरिहर के मुख्यमंत्री थे। इसके विख्यात सेनापति का नाम 'सुद्ध' था। हरिहर की पट्टमहिषी का नाम 'मल्लंबिका इसम गुण्ड' था। महाराजाधिराज हरिहर के राज्यकाल में विजयनगर के राज्य का बहुत विस्तार हुआ था। गोमंतक (गोवा) पर भी विजयनगर की ही राज्यसत्ता थी। महाराजाधिराज हरिहर के ई.स. १३९१ के एक ताम्रपट में 'गोवाभिधां कोंकण राजधानीम्' उल्लेख मिलता है।

८४३. इस ग्रंथ में विजयनगर के अथवा किसी भी राजकुल के पुत्र-पौत्र आदि की नामावली अथवा विस्तृत वृत्तांत देना असंभव और अनावश्यक है। यहाँ इतना ही बता दें कि हरिहर द्वितीय के पश्चात् जो राजा हुए, वे भी विजयनगर के वैभव का संरक्षण और संवर्धन करनेवाले ही थे। इनमें अपवाद के रूप में एक ही दुर्बल और कुछ सीमा तक मूर्ख राजा हुआ था। उसका भी दुर्भाग्यपूर्ण उल्लेख करना आवश्यक है। देवराय नामक यह मूर्ख, दुर्बल राजा ई.स. १४०६ में विजयनगर के सिंहासन पर आरूढ़ हुआ। मुसलमानों के लिए उसके मन में तीव्र रोष था। मुसलमानों का दमन करने के लिए उसने जो विक्षिप्त उपाय सोचा और अपनाया, वह यह था कि जिस प्रकार मुसलिम सुलतान हिंदू सैनिकों को अपनी सेना में भरती कर अपना सैन्य-बल बढ़ाते थे, उसी प्रकार वह भी मुसलमान सैनिकों को अपनी सेना में भरती करेगा और अपना सैन्यबल बढ़ाएगा। उसके अनुसार देवराय ने कई मुसलमान सैनिकों को अपनी सेना में ऊँचे पदों पर रखा। परंतु देवराय का दुर्बल स्वभाव देखकर वे मुसलमान इतने अधिक उद्दंड हो गए कि उन्होंने भरे राजदरबार में महाराजा को 'मुजरा' करना भी अस्वीकार कर दिया और उद्दंडता से उत्तर दिया—"अपने धर्म के अनुसार हम एक अल्लाह को छोड़कर किसी के भी आगे सिर नहीं झुका सकते!" उनको संतुष्ट करने के लिए देवराय ने अपने सिंहासन के सामने एक ऊँचे पीठ पर 'कुरानशरीफ' का ग्रंथ रखवाया। इसलिए उसका स्वयं का सम्मान भी रह गया और उन मुसलमानों को भी संतोष हो गया कि वे राजा को नहीं, कुरान को मुजरा कर सिर झुका रहे हैं। उसी प्रकार मुसलमानों को प्रसन्न करने के लिए उसने विजयनगर में एक मसजिद भी बनवाई।

इस प्रकार सिर पर चढ़ाकर रखे मुसलमान सैनिकों ने युद्ध में ऐन मौके पर देवराय से विश्वासघात किया, यह बताना अनावश्यक है।

८४४. देवराय को इसका अनुभव थोड़े ही दिनों में हो गया। उस समय बहमनी राज्य का सुलतान फीरोज खान था। उसके साथ देवराय के अनेक युद्ध हुए और अंत में उसका पराभव हुआ। फीरोज खान ने देवराय के साथ इस शर्त पर संधि की कि देवराय अपनी कन्या का विवाह फिरोज खान से कर देगा। निरुपाय देवराय ने वैसा ही किया।

इस कन्यादानीय शरणागति की राजपूती प्रथा का अनुसरण सौभाग्य से उस दो-तीन सौ वर्षों के कालखंड में दक्षिण के केवल पाँच-दस राजाओं ने ही किया। अर्थात् यह भी ध्यान देने योग्य बात है कि उस काल में हिंदू राजाओं ने भी मुसलमानों पर अनेक बार विजय प्राप्त की; परंतु किसी भी राजा ने पराजित मुसलिम सुलतान अथवा बादशाह से उसकी कन्या नहीं माँगी। इसका कारण स्पष्ट है। किसी मुसलिम सुलतान की कन्या का विवाह करने से वह हिंदू राजा ही भ्रष्ट होकर मुसलमान हो जाता! हिंदुओं की इस 'सद्‌गुण विकृति' के धार्मिक दुर्गुण के दुष्परिणाम उन्हें किस प्रकार भोगने पड़े, इस विषय में शुद्धिबंदी विषयक अध्याय में इस ग्रंथ के पूर्वार्द्ध में (परिच्छेद ४१२ से ४६५ तक) हमने विस्तार से बताया है।

८४५. हिंदुओं ने मुसलमानों से प्रतिशोध लिया—तथापि देवराय की मृत्यु के बाद जो राजा सिंहासनारूढ़ हुए, उन्होंने शीघ्र ही इस पराभव का प्रतिशोध लेकर समस्त मुसलिम राजाओं पर पुनः अपने हिंदू राज्य का वर्चस्व स्थापित किया। विशेषतः ई.स. १४१७ में जब फीरोज खान ने तेलंगाना के प्रदेश पर आक्रमण किया, तब हिंदुओं ने उस युद्ध में उसके मुसलिम वजीर का ही वध कर, मुसलिम सेना को अस्त-व्यस्त कर बुरी तरह पराजित किया और पिछली पराजय का प्रतिशोध लिया।

८४६. ईसवी सन् १४६० के आस-पास विजयनगर के राजकुल में सत्ता के लिए संघर्ष होने लगा। इस अवसर का लाभ उठाकर विरुपाक्ष नामक राजा के राज्यकाल में उसके 'शाल्व नरसिंह' नामक एक शक्तिशाली सरदार ने राजा को पदच्युत किया और स्वयं ही राजसत्ता के सारे सूत्र हाथों में लेकर राज्यशासन सुव्यवस्थित करने के लिए प्रयत्न किए। इस प्रकार संगम यादव के मूल यादव राजवंश का अंत हुआ।

८४७. यूरोपीय राष्ट्रों का हिंदुओं पर आक्रमण—इसी कालखंड में यूरोप के पुर्तगाली लोगों (वास्को डि गामा) को हिंदुस्थान आने के जल-मार्ग का पता चल गया और हिंदुस्थान की राजनीति में उनका प्रवेश हो गया। यह प्रवेश विजयनगर के राज्य में नहीं, सुदूर दक्षिण सिरे पर सामुद्रीय (जाभोरीन) राजा के प्रदेश में हुआ था। उस काल की यह क्षुद्र प्रतीत होनेवाली घटना का केवल उल्लेख ही हम यहाँ कर रहे हैं। उसके पश्चात् अनेक यूरोपीय राष्ट्र टिड्डी दल की भाँति हिंदुस्थान पर आक्रमण करनेवाले थे। उस समग्र प्रकरण का परामर्श और समीक्षा हम इसी ग्रंथ में आगे यथासमय एक स्वतंत्र अध्याय में करेंगे।

८४८. महाराजा नरेश—यहाँ विजयनगर के कथासूत्र को आगे बढ़ाते हुए हम यह बता दें कि शाल्व नरसिंह के राजकुल का भी अंत एक-दो पीढ़ियों में ही हुआ। नरेश नामक सेनापति ने ई.स. १५०७ में तत्कालीन राजा का वध कर राजसिंहासन पर अपना आधिपत्य जमाया और अपने तीसरे राजवंश की सत्ता स्थापित की। इन तीनों राजवंशों के राज्यकाल में एक संतोषजनक बात यह थी कि तत्कालीन मुसलिम सुलतान

चारों ओर से इस हिंदू महाराज्य को ग्रस लेने की घात लगाए बैठे थे और उनके साथ इन राजाओं के सतत युद्ध भी होते रहते थे। तथापि विजयनगर की यह राज्य-क्रांतियाँ वहाँ के हिंदुओं में आपस में ही हुई थीं। मुसलिम सुलतानों को हिंदुओं के इन आपसी संघर्षों में किसी एक पक्ष को सहायता देने के बहाने हस्तक्षेप करने का भी अवसर कभी नहीं मिला और वे ऐसा करने का साहस भी नहीं कर सके।

८४९. बहमनी मुसलिम राज्य के पाँच टुकड़े—विजयनगर में तीसरे राजवंश की सत्ता स्थापित होने से पहले ही उसका शत्रु 'बहमनी' मुसलिम राज्य भंग हो गया और उसके पाँच टुकड़े हो गए। बहमनी सुलतानों ने प्रारंभ में नर्मदा के दक्षिण में तुंगभद्रा तक का प्रदेश जीत लिया था। उनके राज्य की सीमा विजयनगर के प्रबल हिंदू राज्य की सीमा से कृष्णा-तुंगभद्रा के दोआब तक फैली हुई थी। इसलिए इन दो राज्यों में बारंबार युद्ध होते रहते थे। ऐसे में विजयनगर के हिंदू राजाओं ने मुसलमानों पर अनेक बार विजय प्राप्त कर गोमंतक आदि प्रदेशों को भी जीतकर अपने राज्य में मिला लिया।

विजयनगर के 'रायों' की सत्ता उड़ीसा तक फैली हुई थी। इसलिए वह बहमनी मुसलिम राज्य पहले से भी दुर्बल हो गया था। ऐसी स्थिति में उसके अंतिम कुछ सुलतान नालायक सिद्ध हुए; परंतु उनका अंतिम वजीर 'मुहम्मद गवाँ' अत्यंत कर्तृत्ववान, वीर योद्धा था। उसकी प्रामाणिक सेवा, पराक्रम और बुद्धिमत्ता के बल पर वह मुसलिम राज्य किसी प्रकार ई.स. १४८४ से १५२६ तक टिका रहा।

उसी शाही दरबार के मुहम्मद गवाँ से ईर्ष्या करनेवाले उसके कुछ शत्रु मुसलिम सरदारों ने ही वृद्ध गवाँ की हत्या कर दी। यह ध्यान देने योग्य बात है कि मुहम्मद गवाँ वैसे कितना ही श्रेष्ठ पुरुष क्यों न हो, उसने अपने बहमनी राज्य में हिंदुओं पर धार्मिक अत्याचार करने में अन्य मुसलिम सुलतानों की अपेक्षा कोई कमी नहीं की थी। फिर भी उसका वध हिंदुओं द्वारा नहीं, उसके मुसलिम सहयोगियों द्वारा ही किया गया।

८५०. मुहम्मद गवाँ की मृत्यु से पहले बहमनी सुलतानों की राजधानी 'बीदर' नगर में हुआ करती थी। मुहम्मद गवाँ की मृत्यु के बाद वह दुर्बल मुसलिम राज्य भंग हो गया और उसके एक के बाद एक पाँच टुकड़े हुए, जो इस प्रकार थे—

क. बीजापुर की आदिलशाही।

ख. बरार की इमादशाही (ई.स. १४८४ से १५०३)।

ग. गोलकोंडा की कुतुबशाही।

घ. अहमदनगर की निजामशाही (ई.स. १४८९ से १६३७)।

च. बीदर की बेरीदशाही।

८५१. इस मूल बहमनी राज्य के जो पाँच टुकड़े हुए, उस प्रक्रिया में हिंदुओं के ध्यान देने योग्य दो घटनाएँ हुई थीं, जिनका वर्णन करना आवश्यक है। पहली घटना यह

थी कि उपर्युक्त दूसरे क्रमांक का राज्य 'बरार की इमादशाही' का संस्थापक मूलत: एक तेलंगी ब्राह्मण ही था। उसका पिता विजयनगर का ही निवासी था। एक बार विजयनगर के मुसलमानों के साथ हुए एक युद्ध में उस तेलंगी ब्राह्मण का यह पुत्र मुसलमानों द्वारा पकड़ा गया। मुसलमान उसे अपनी दुष्टतापूर्ण प्रथा के अनुसार बंदी बनाकर अपने साथ ले गए और उन्होंने उसे भ्रष्ट कर मुसलमान बना दिया। उस लड़के ने बड़ा होने पर अपनी योग्यता और मुहम्मद गवाँ की कृपा से बहुत उन्नति की तथा दरबार में महत्त्वपूर्ण स्थान प्राप्त किया। ई.स. १४८४ में वह विद्रोह कर बहमनी राज्य से अलग हुआ और 'इमादशाह' नाम धारण कर जिस बरार के सूबे का वह सूबेदार नियुक्त हुआ था, उसी पर स्वतंत्र सुलतान के रूप में राज्य करने लगा, परंतु रहा वह मुसलमान ही।

८५२. बहमनी राज्य के विभक्तीकरण में दूसरी उल्लेखनीय घटना उपर्युक्त चौथे क्रमांक की अहमदनगर की निजामशाही की स्थापना थी। विजयनगर में तिम्मप्पा बहिक (भैरव?) नामक एक ब्राह्मण रहता था। विजयनगर का सुलतान अहमदशाह के साथ जो युद्ध हुआ, उसमें मुसलमानों ने इस ब्राह्मण के पुत्र को बंदी बना लिया। अपनी रीति के अनुसार वे उसे भी अपने साथ ले गए और उन्होंने उसे मुसलमान बनाकर उसका नाम 'अहमद' रखा। बड़ा होने पर इस अहमद की वीरता और योग्यता के कारण एक बड़े मुसलिम सेनानायक के रूप में उसकी नियुक्ति की गई। इस सत्ता के आधार पर उसने ई.स. १४८९ में बहमनी राज्य से अलग होकर एक स्वतंत्र मुसलिम राज्य की स्थापना की। उसकी 'निजाम' उपाधि के कारण वह राज्य 'निजामशाही' के नाम से प्रसिद्ध हुआ। उसके जीते हुए प्रदेश में ही 'शिवनेरी' का सुप्रसिद्ध किला था। उस प्रदेश में ही दौलताबाद और जुन्नर के बीच विंकर नामक एक छोटा सा गाँव था। अहमद को वह गाँव, वह स्थान राजधानी बनाने योग्य लगा। इसलिए उसने वहीं पर अपनी राजधानी बनाई और उसका नाम अपने नाम पर 'अहमदनगर' रखा।

८५३. ध्यान देने योग्य बात यह है कि बहमनी राज्य के भंग होने पर उसके जो पाँच टुकड़े हुए, वे मुख्यत: मुसलमानों के आपसी कलह और संघर्ष के कारण ही हुए। इतना ही नहीं, उन पाँचों मुसलिम राज्यों से हिंदुओं के पक्ष से वह अनेक वर्षों तक रणभूमि में जूझता रहा। कम-से-कम अगले पचहत्तर वर्षों तक तो विजयनगर का यह हिंदू राज्य उन पाँचों मुसलिम राज्यों से अधिक शक्तिशाली बना रहा।

८५४. उस मूल बहमनी सुलतानशाही में कोई मुसलिम सरदार प्रबल होकर अपने सुलतान के विरुद्ध विद्रोह कर उसकी सलतनत के एक भाग में एक स्वतंत्र राज्य प्रस्थापित कर स्वयं ही उसका राजा या सुलतान बन बैठता था। क्रमश: वे पाँचों राज्य और उनके पाँचों सुलतान भी इसी प्रकार निर्मित हुए। अनेक लोग हिंदुओं को हीन समझते हुए मुसलमानों की प्रशंसा करते हैं कि वे आपस में कभी नहीं लड़ते। यह प्रशंसा कितनी झूठी है—इसका एक स्पष्ट और ज्वलंत उदाहरण बहमनी मुसलिम राज्य

का यह आपसी कलह है। यही नहीं, उनके आपसी संघर्ष में एक-दूसरे को पराजित करने के लिए वे मुसलिम सुलतान अनेक प्रसंगों में विजयनगर के इस प्रबल हिंदू राज्य से भी सहायता माँगते थे, इस वस्तुस्थिति का वर्णन हम शीघ्र ही करने वाले हैं। मुसलमान लोग आपसी कलह में हिंदुओं की सहायता नहीं लेते—यह वल्गना भी कितनी मिथ्या और निर्मूल है, यह बात इन पाँचों सुलतानों द्वारा अनेक बार विजयनगर के हिंदू राज्य से सहायता की भीख माँगने के प्रसंग से भी स्पष्टतया सिद्ध होती है!

८५५. महाराजाधिराज कृष्णदेव राय—उपर्युक्त विजयनगर के नरेश राजा के 'तुलुवी' घराने में ही ई.स. १५०९ से १५३० तक कृष्णदेव राय नामक एक अत्यंत प्रभावशाली और पराक्रमी राजा हुआ। वह अत्यंत विद्वान्, संभाषण-चतुर और सुंदर था। इसलिए बड़े-बड़े पंडित-विद्वान् भी उससे प्रभावित होते थे। उसकी राज्यसभा में संस्कृत, तेलुगु, तमिल और कन्नड़ भाषाओं तथा विद्याओं को उदारता से आश्रय मिलता था। उसकी राजसभा में आठ श्रेष्ठ कवि थे, जिन्हें वह 'अष्टदिग्गज' कहता था। वह स्वयं अच्छा ग्रंथकार था। उसका लिखा हुआ 'आमुक्तामाल्यदा' नामक तेलुगु ग्रंथ प्रसिद्ध है।

महाराज कृष्णदेव राय विद्वत्ता की भाँति शिल्पकला में भी अत्यंत कुशल था। विजयनगर का विख्यात राम मंदिर का निर्माण उसी के द्वारा करवाया हुआ है। यही नहीं, उसने समस्त राज्य में स्थान-स्थान पर सैकड़ों किले, गढ़, मंदिर, गोपुर, मठ और धर्मशालाओं का निर्माण करवाया था। वह ब्राह्मणों और देवालयों को उदारता से दान देता था। वह सभ्य, संभाषणपटु, पराकर्मी, राजकार्य में सुविचारी और दूरदर्शी परंतु शत्रुओं के प्रति कठोर था। इन विविध गुणों से उसका चरित्र विभूषित होने के कारण पाश्चात्य और अन्य परकीय इतिहासकारों ने भी एक स्वर से महाराजाधिराज कृष्णदेव राय की 'एक श्रेष्ठ और असाधारण राज्यकर्ता' के रूप में प्रशंसा की है।

८५६. महाराज कृष्णदेव राय सज्जनों के साथ 'मृदु' था, परंतु अपने धर्मशत्रु और राष्ट्रशत्रुओं से युद्ध करते समय वह वज्र से भी अधिक कठोर और पराक्रमी बन जाता था। बीजापुर के आदिलशाह के साथ हुए घमासान युद्ध में उसने आदिलशाह को पराजित किया। तब विजयी कृष्णदेव राय ने जिन शर्तों को मानने के लिए आदिलशाह को विवश किया, वे शर्तें उन म्लेच्छों के तब तक के सारे ऐश्वर्य और शान को चूर-चूर कर उनपर हिंदुओं का वर्चस्व स्थापित करनेवाली थीं। मुसलमानों ने निरुपाय होकर बड़े कष्ट से यह शरणागति स्वीकार की।

८५७. उसका सैन्यबल भी प्रचंड और शक्तिशाली था। उसमें सात लाख पादचारी, बाईस हजार घुड़सवार और पाँच सौ इक्यावन हाथी सदैव तैयार रहते थे।

८५८. महाराज कृष्णदेव राय के राज्यकाल में विजयनगर वैभव और सामर्थ्य की चरम सीमा पर पहुँच गया था। उसकी राजसभा में पधारे अनेक विदेशी प्रवासियों द्वारा लिखे हुए उसके और उसके राज्य के विस्तृत वर्णनों से यह निर्विवाद रूप से सिद्ध

होता है। उसके स्वरूप का भी वर्णन करते हुए कई प्रवासियों ने लिखा है कि 'वह सुंदर, कर्तृत्ववान, चुस्त और आकर्षक होने के कारण देखनेवाले के मन पर गहरी छाप छोड़ता था।'

८५९. वह स्वयं वैष्णव था, तथापि वह बहुसंख्य वैदिक पंथियों और अल्पसंख्यक जैन, लिंगायत, महानुभाव आदि विविध पंथियों, सभी हिंदुओं के साथ समान सहिष्णुतापूर्ण व्यवहार करता था और कुशल सामंजस्य से यथासंभव परस्पर संघर्ष टालकर सभी हिंदुओं में एकात्मता की भावना का संवर्धन करता था। विजयनगर राज्य की स्थापना के समय से ही शंकराचार्य स्वामी विद्यारण्य, श्री सायणाचार्य आदि धुरंधर हिंदू नेता हिंदुओं के विभिन्न पंथों के बीच कलह नहीं हो—इस प्रकार की समता और सहिष्णुता की राजनीति का अनुसरण करते थे। उन्होंने समस्त हिंदुओं में भी धर्म-प्रचार से 'हम सब हिंदू हैं' इस प्रकार की स्वधर्माभिमान और राष्ट्राभिमान से युक्त दृढ़ एकता की भावना का निर्माण किया। विदेशी प्रवासियों ने भी इस धर्म-सहिष्णुता और समता की भूरि-भूरि प्रशंसा की है।

८६०. विजयनगर के हिंदू राज्य का वैभव—विजयनगर के हिंदू राज्य के नागरिक और धार्मिक स्वातंत्र्य के विषय में ही नहीं, अपितु उस राज्य के वैभव और प्रभावशाली पराक्रम के विषय में भी विदेशी यात्रियों ने ऐसे ही गौरवपूर्ण उद्‍गार कहे हैं। उदाहरण के लिए, पुर्तगाली प्रवासी दुआर्ते बार्बोस जब विजयनगर के राज्य में कुछ दिन रहा था, तब उस राज्य का वैभव देखकर वह आश्चर्यचकित हो गया था। वह लिखता है—"विजयनगर के मार्गों पर सभी राष्ट्रों और सभी धर्मों के असंख्य लोगों के समूह आते जाते दिखाई देते हैं। विभिन्न देशों के अनेक व्यापारी और इस देश के अत्यंत उच्चवर्णीय लोग यहाँ एकत्र होते हैं। जिन्हें यहाँ रहना और व्यापार करना अत्यंत प्रिय है, ऐसे मूर-देश जैसे दूरस्थ अनेक देशों के असंख्य लोग यहाँ नगर के सभी भागों में अत्यंत सुरक्षा और स्वातंत्र्य का उपभोग करते हुए रहते हैं। उन्हें किसी से भी किसी प्रकार की कठिनाई या कष्ट नहीं होता। वे कहाँ से आए हैं, किस पंथ के अनुयायी हैं अथवा वे मुसलमान, यहूदी, ईसाई या दूरस्थ उच्चवर्णीय हिंदू हैं, इसके विषय में कोई भी न उनसे कोई प्रश्न करता है और न आक्षेप लेता है। उन सबको राज्य का कानून संपूर्ण और कठोर न्याय तथा सुरक्षा प्रदान करता है।

८६१. ईरान के शाह द्वारा भेजे हुए वकील (राजदूत) अबुल रज्जाक ने तो स्पष्ट शब्दों में कहा है—"ऐसा वैभवशाली नगर पूरी पृथ्वी पर ढूँढ़ने पर भी कहीं देखने को नहीं मिलेगा!" कुछ विदेशी प्रवासियों ने यह भी लिखा है कि "विजयनगर के राजप्रासाद के समीप चार विस्तीर्ण रत्नों और मोतियों की 'पण्यवीथिकाएँ' (बाजार) थीं। उस नगर में विचरण करनेवाले सहस्रों नागरिक सोने, मोती और रत्नों के आभूषणों से अलंकृत रहते थे।" पुर्तगाली यात्री पोएस ने लिखा है—"विजयनगर रोम के समान

ही विस्तीर्ण, भव्य नगर है।''

८६२. विजयनगर का यह हिंदू साम्राज्य महाराज कृष्णदेव राय के पूर्व से ही पूरे दक्षिण में अत्यंत प्रबल राज्य के रूप में विख्यात था। दक्षिण में नर्मदा से कृष्णा तक के प्रदेश में एक ही जगह पाँच सुलतान राज करने लगे। तब भी उनमें से अधिकतर सुलतानों के कुलों में भाई-भाई के बीच कुल की राजगद्दी के लिए आपसी संघर्ष चलते रहते थे और उसके साथ ही उन सुलतानों के एक-दूसरे से युद्ध भी होते रहते थे। मुसलमानी सत्ताओं के बीच हो रहे इन आपसी कलहों और युद्धों से विजयनगर के उस सुदृढ़ और रणशक्तिशाली हिंदू साम्राज्य को लाभ ही हुआ। सौभाग्य से ऐसे स्वर्णिम अवसर का लाभ उठाकर मुसलमानों को दंड देने और हिंदू साम्राज्य का विस्तार करने की सुबुद्धि भी तत्कालीन हिंदू राज्यकर्ताओं में थी। इसलिए ऐसी स्थिति हो गई थी कि ये मुसलिम सुलतान विजयनगर के 'रायों' की सहायता या अनुमति के बिना स्वतंत्र रूप से एक कदम भी नहीं चल सकते थे। मुसलिम सुलतानों के परस्पर संघर्षों में हर सुलतान यही प्रयास करता था कि विजयनगर के हिंदू राजा उसी की सहायता करें।

पहले एक बार उपर्युक्त दुर्बल और मूर्ख राजा देवराय के काल में विजयनगर की राजसभा में उच्च पीठ पर कुरान रखने जैसे मुसलिम अनुनय के जो निम्न स्तर के लज्जास्पद कृत्य हुए थे, उनको पूर्णत: त्यागकर अब हिंदू मन महाराजाधिराज कृष्णदेव राय के प्रताप से निर्भय होकर मुसलमानों को तुच्छ समझने लगा था। मुसलिम अनुनय के लिए और अपनी परधर्म-सहिष्णुता का दंभ दिखाने के लिए पूर्वकाल में हिंदू राजा स्वयं ही अपनी राजधानी में मुसलमानों के लिए मसजिद बनवा देते थे! परंतु अब वैसी सहिष्णुता की कायरता का त्याग कर हिंदू सेनाएँ मुसलिम प्रदेशों पर आक्रमण कर प्रतिशोध लेने हेतु प्रत्याचार के रूप में उनकी राजधानी में स्थित मसजिदों को धड़ाके से गिराती जाती थीं। सद्गुण विकृति की सहिष्णुता के स्थान पर अब 'जैसे-को-तैसा' वाली आक्रामकता ही सच्चा सद्गुण माना जाता था।

८६३. महाराज कृष्णदेव राय का देहावसान ई.स. १५३७ में हुआ। इसके कुछ ही वर्ष पूर्व दिल्ली में बाबर का प्रवेश हुआ था। राणा सांगा भी उसका समकालीन था। उसके पश्चात् उसका भाई अच्युतदेव राजा बना। उसका मुख्यमंत्री 'सालुव तिम्म' था। वही उसके बाद राज्य का प्रमुख सूत्रधार था।

अच्युतदेव की मृत्यु ई.स. १५४२ में हुई। उसके पुत्र की मृत्यु अल्प वय में ही होने के कारण उसके (अच्युतदेव राय के) बाद उसका भतीजा सदाशिव राय राजा बना। सदाशिव राय को राजसिंहासन पर बैठाने में उसके मुख्यमंत्री और राज्य के सूत्रधार तिम्म के पुत्र रामराय का बहुत बड़ा हाथ था। यह रामराय अत्यंत प्रबल और राजा होने के लिए सर्वथा योग्य था। अत: थोड़े ही दिनों में संपूर्ण राजसत्ता उसके हाथों में आ गई और वही राजा बन गया। इस रामराय को ही 'रामराजा' कहा जाता है।

८६४. वीरोत्तम धर्मवीर राजा रामराय—इस रामराय के पराक्रमी राज्यकाल में भी महाराष्ट्र के पाँचों सुलतान उनके बीच सतत चलनेवाले आपसी युद्धों में रामराय की प्रतापी सेना की सहायता लेने का प्रयास बारंबार करते थे। यद्यपि सारे मुसलिम सुलतान अपने मन में भलीभाँति जानते थे कि रामराय की प्रवृत्ति कट्टर हिंदुत्वनिष्ठ है और वह मुसलमानों को विश्वासघाती तथा हिंदूद्रोही मानकर सारी मुसलिम सत्ताओं से समान रूप से विद्वेष करता है और उन्हें तुच्छ समझता है, तथापि इस हिंदू धुरंधर की सहायता के बिना वे कुछ भी नहीं कर सकते, इस बात का अनुभव उन्हें अच्छी तरह हो गया था।

८६५. ईसवी सन् १५४३ में अहमदनगर का निजामशाह और गोलकुंडा का कुतुबशाह दोनों ने उनके शत्रु बीजापुर के आदिलशाह को पराजित कर सबक सिखाने का निश्चय किया। इसलिए उन्होंने रामराजा से इस काम में अपना नेतृत्व देने की प्रार्थना की। रामराजा ने उनकी प्रार्थना स्वीकार की और उन तीनों ने एकजुट होकर बीजापुर पर आक्रमण कर दिया। इस युद्ध में हिंदू सेना ने बीजापुर की मुसलिम सेना की घोर दुर्दशा की। विशेष बात यह हुई कि इस ग्रंथ में हमने परिच्छेद ४२१ से ४५५ तक हिंदुओं के जिन घातक दुर्गुणों की निंदा की है, उन दुर्गुणों से और 'सद्‌गुण विकृति' की व्याधि से अब हिंदू मुक्त हो गए हैं—इस सत्य का भी अच्छा अनुभव मुसलमानों को हो आया। कारण, इस युद्ध में हिंदुओं ने मुसलमानों के धार्मिक मोरचे पर भी आक्रमण कर, उन्होंने पहले हिंदुओं के मंदिरों का जो विध्वंस किया था, उसका प्रतिशोध लेने के लिए अनेक स्थानों पर उनकी अनेक मसजिदों को ध्वस्त किया। जिन मुसलिम बस्तियों में पहले हिंदुओं पर अत्याचार किए गए तथा हिंदू स्त्रियों को दासियाँ बनाकर रखा गया था, उन बस्तियों के मुसलमानों के घरों को हिंदू सैनिकों ने जलाकर भस्म कर डाला।

हिंदुओं के ऐसे धार्मिक प्रत्याचारों के कारण मुसलमानों में एक नया आतंक छा गया। अब वे हिंदुओं को पहले की तरह कीड़े-मकोड़े जैसा तुच्छ मानकर कुचलते नहीं थे, अपितु उनसे जीवित विषधर नाग की भाँति भयभीत होते थे। इस युद्ध में थोड़े ही समय में बीजापुर का आदिलशाह इस त्रिवर्ग की शरण में आ गया और उसने उनकी माँगें पूरी कर संधि कर ली।

८६६. तथापि यह तात्कालिक संधि उन मुसलिम सुलतानों के बीच चल रहे आपसी कलहों का शाश्वत समाधान नहीं थी। उसके अनुसार बीजापुर के आदिलशाह को कल्याणी और शोलापुर के दुर्ग निजामशाह को देने पड़े थे और यह काँटा उसके मन में सतत चुभ रहा था। इसलिए उन दुर्गों को वापस जीतने के लिए उसने निजामशाह पर आक्रमण करने का निश्चय किया। इस कार्य में सहायता करने के लिए ई.स. १५५७ में उसने विजयनगर के रामराय से अत्यंत आग्रहपूर्ण प्रार्थना की। उसको मान्य कर अब विजयनगर की हिंदू सेना ने बीजापुर की मुसलिम सेना से मिलकर निजामशाही पर

आक्रमण किया। ये सारे मुसलिम सुलतान अपने आपसी संघर्ष-निवारण के लिए सतत उनसे ही सहायता की भीख माँगते हैं, इस कल्पना से ही जिनके मन में हिंदू-वर्चस्व की भावना और भुजाओं में वीरश्री का संचार होता था, ऐसे तत्कालीन हिंदू सैन्य की ही नहीं, अपितु उस प्रदेश के उस काल के समस्त हिंदू समाज के ही मन से मुसलमानों के बारे में पहले छाई हुई भय की भावना अब स्वभावत: नष्ट हो गई थी। इसलिए निजामशाही पर किए गए इस आक्रमण में हिंदू सेना ने धार्मिक मोरचे पर भी निजामशाही के मुसलमानों पर, बीजापुर के मुसलमानों पर किए गए अत्याचारों से भी अधिक कठोरता से बड़ी मात्रा में अत्याचार कर उनके द्वारा पूर्व में हिंदुओं पर किए गए अत्याचारों का पूर्ण प्रतिशोध लिया।

८६७. मुसलिम समाज हिंदुओं के साथ जिस उद्दंडता और अन्याय का व्यवहार सदैव करता रहा, उसका प्रतिशोध लेने के लिए हिंदू सेना ने केवल युद्धभूमि में ही नहीं, अपितु मार्ग में भी मुसलमानों का यथेच्छ लूटमार किया और उन पर कठोर शासन किया। उन्होंने जिस प्रकार सर्वत्र हिंदू मंदिरों का विध्वंस किया था, उसी प्रकार अब हिंदू सेना ने भी अनेक स्थानों पर उनकी मसजिदों को गिराकार नष्ट कर डाला। युद्धभूमि में भी हिंदू सेनाएँ मुसलिम सेनाओं को ध्वस्त करती जाती थीं।

८६८. विजयनगर का विध्वंस—राजा रामराय द्वारा निजामशाह के किए गए उपर्युक्त पराभव, विशेषत: मुसलिम धर्म पर किए गए नवीन प्रत्याक्रमण से दक्षिण की चारों-पाँचों 'शाहियों' के सुलतान और उनकी मुसलिम प्रजा भय तथा आतंक से थर-थर काँपने लगी। साथ ही वे लोग दु:ख और संताप से अत्यंत क्षुब्ध भी हुए थे। वे इस सत्य को भलीभाँति जान गए कि यदि उनको मुसलमान के रूप में जीवित रहना है और अपनी सलतनतें टिकाए रखनी हैं, तो उनको अपने सारे वैर भूलकर, एक होकर विजयनगर के इस मदोन्मत्त हिंदू राजा पर आक्रमण करना होगा। कारण, रामराजा और उसकी प्रबल सेना को पराजित करना किसी अकेले सुलतान के वश की बात नहीं है, यह अनुभव उन्हें अनेक बार हुआ था। इसीलिए इस साहसी कार्य या अभियान का नेतृत्व बीजापुर के आदिलशाह और उसके वजीर खिजर खान ने स्वीकार किया। वजीर खिजर खान, निजामशाह, कुतुबशाह आदि सारे मुसलमानों से उनकी राजधानियों में जाकर मिला। उसके आह्वान के अनुसार, सारे महत्त्वपूर्ण मुसलिम सरदारों, सेनापतियों और मुल्ला-मौलवियों ने सर्वत्र 'जेहाद' (धर्मयुद्ध) का नारा लगाते हुए सारे मुसलमानों को एकत्र किया। उन मुसलिम सुलतानों की यह एकता यथासंभव हार्दिक और अभेद्य हो, इसके लिए उन्होंने परस्पर विवाह-संबंध जोड़कर रक्त के संबंध भी जोड़ लिये और इस प्रकार पूरी तैयारी करने के पश्चात् उन सुलतानों की संयुक्त सेना ने विजयनगर पर आक्रमण किया।

८६९. इधर, रामराजा भी आरंभ से शांत नहीं बैठा था। उसे मुसलिम सुलतानों

के इस षड्‌यंत्र के सारे समाचार मिलते रहते थे। इस प्रतापी राजपुरुष की आयु तब सत्तर वर्ष थी; परंतु उसके अंदर मुसलमानों से युद्ध करने की अभिलाषा जितनी तीव्र यौवनकाल में थी, उतनी ही अब भी थी। उसने भी बिना घबराए अपनी सेना की अच्छी तैयारी की। उसने अपनी विशाल सेना की दो बड़ी टुकड़ियों का नेतृत्व अपने दो वीर भ्राता तिरुमल्ल राय, व्यंकटादि को सौंपकर उन्हें दोनों ओर संरक्षण करने के लिए खड़ा किया और वह स्वयं सेनाधिपति बनकर मध्य भाग में समस्त सेना के बीचोबीच खड़ा रहा।

८७०. हिंदू और मुसलमानों की इन सेनाओं के बीच शुक्रवार, २ जनवरी, १५६५ को तालिकोटा के पास राक्षसभुवन में घमासान युद्ध हुआ। दोनों पक्षों के पास बड़ी संख्या में तोपें थीं। उन्हें सेना के आगे साँकल से बाँधकर रखा गया. था। प्रारंभ में कुछ समय तक घनघोर युद्ध हुआ, जिसमें मुसलमानों की हार होने लगी, ऐसा कुछ मुसलिम इतिहासकारों ने लिखा है। यह देखकर अत्यंत क्रोधित होकर और इस समय चूके तो उसके साथ ही समस्त मुसलिमों का सर्वनाश अटल है, यह अच्छी तरह जानकर सुलतान हुसैन निजामशाह हिंदू सेना के मध्य में स्थित राजा रामराय और उसकी निकटवर्ती सेना की टुकड़ी पर पूरे आवेश से टूट पड़ा तथा सैनिकों की रक्षापंक्ति को भेदकर राजा रामराय पर दौड़ा।

इस विकट समर प्रसंग में निश्चित रूप से क्या हुआ, इसके बारे में इतिहासकारों में मतभेद हैं। कुछ कहते हैं कि रामराय की ही सेना के एक मुसलिम सैनिक ने विश्वासघात कर रामराय का शिरच्छेद किया। कुछ कहते हैं कि रामराय पालकी से उतरकर सेना के मध्य में स्थित रत्नजड़ित सिंहासन पर बैठकर सैनिकों को उनकी वीरता के लिए स्वर्ण और रत्न पुरस्कार में बाँट रहा था तथा अपनी सेना को प्रोत्साहन दे रहा था। कुछ कहते हैं कि जब घमासान युद्ध चल रहा था, तब अचानक मुसलमानों ने रामराजा की शिविका पर एक मदोन्मत्त हाथी को छोड़ा, इसलिए उसका पराभव हुआ।

जो कुछ भी हुआ हो, इस विषय में सभी इतिहासकार एकमत हैं कि मुसलमानों ने रामराय को घेरकर पकड़ा और तत्काल उसका शिरच्छेद किया। महाराजाधिराज रामराय के उस कटे हुए रक्तरंजित मस्तक को एक लंबे भाले की नोक पर टाँगकर निजामशाह की आज्ञा से उसे पूरी सेना में घुमाया गया। यह दृश्य देखकर हिंदू सेना ने अपना धैर्य खो दिया और मुसलिम सेना तुमुल जय-जयकार करती हुई चारों ओर से हिंदू सेना पर टूट पड़ी।

८७१. तथापि उस भीषण संकट और कोलाहल में भी राजा रामराय का भाई और सेनापति तिरुमल्लराय राजपरिवार के अनेक पुरुषों के साथ शीघ्रतापूर्वक राजधानी विजयनगर गया और मुसलिम सेना वहाँ पहुँचे, इससे पहले ही वहाँ की अधिकांश राजसंपत्ति साढ़े पाँच सौ हाथियों पर लादकर, बची-खुची सेना और शेष घुड़सवारों को साथ लेकर वह सीधा दक्षिण में भाग गया। थोड़े ही समय बाद हिंदू सेना का पीछा करते

हुए विजयोन्मत्त सुलतान और उसकी सेनाएँ विजयनगर पहुँचीं। वहाँ उन्होंने विजयनगर को केवल जीता ही नहीं, अपितु मुसलिम क्रूरता की परंपरा के अनुसार उस नगर का घोर विध्वंस भी कर डाला; सुंदर उद्यान, पण्यवीथि (बाजार), प्रचंड मूर्तियाँ, पुतले—सभी को तोड़-फोड़कर ध्वस्त कर डाला! ग्रंथागार को जलाकर भस्मसात् कर डाला। करोड़ों की संपत्ति लूट ली। मुसलिम लेखकों ने बड़े गर्व से लिखा है कि हिंदुओं की उस अमरावतीतुल्य राजधानी में मुसलिम विध्वंसकों द्वारा लगाई गई आग भी पाँच-छह महीनों तक जलती रही। उन मुसलिम राक्षसों ने विजयनगर का ऐसा विध्वंस किया था!

८७२. फिर भी वहाँ की उल्लेखनीय बात यह है कि इस विजयनगर की हिंदू सेना ने कुछ वर्ष पहले मुसलिम सुलतानों के जो पराभव किए थे और उनके प्रदेशों में धार्मिक मोरचे पर भी मुसलमानों द्वारा हिंदुओं पर किए गए अत्याचारों का प्रतिशोध लेने के लिए मुसलिम समाज पर भी कुछ यथायोग्य प्रत्याचार किए थे, उसकी प्रतिक्रिया के रूप में मुसलमानों ने विजयनगर का विध्वंस इतनी क्रूरता से किया। इस प्रकार जो कुछ अपरिपक्व लेखक लिखते हैं अथवा सद्‍गुण विकृति की व्याधि से ग्रस्त हिंदू समाज का एक कायर वर्ग, जो सदैव इस प्रकार का रोना रोता रहता है, वह बिलकुल समर्थनीय नहीं है।

८७३. आजकल के विद्यालयीय इतिहासों के हिंदू लेखकों ने इस विषय में जो-कुछ लिखा है, उसका सारांश इस प्रकार है—''विजयनगर के रामराय ने बेचारे मुसलमानों और उनके सुलतानों पर आक्रमण कर उनपर जो धार्मिक अत्याचार किए, उनकी मसजिदें गिराईं, उनके घर जलाए, उसके कारण सारे मुसलमान अत्यंत क्षुब्ध हो गए। इसीलिए उन्होंने विजयनगर का ऐसा भयंकर, क्रूर विध्वंस किया।''

८७४. सद्‍गुण विकृति से कायर बने इन हिंदू लेखकों ने इतना भी नहीं सोचा और न स्मरण किया कि महमूद गजनवी, मोहम्मद गोरी, तैमूर लंग, बाबर आदि जिन अनेक अत्याचारी मुसलिम आक्रमणकारियों ने हिंदुस्थान पर आक्रमण किए, उन सबका हिंदुओं ने क्या पहले कुछ बिगाड़ा था? क्या हिंदुओं ने हिंदुस्थान से बाहर गजनी जाकर उनकी मसजिदें जलाई थीं? हिंदुओं ने उनकी कितनी मुसलिम राजस्त्रियों के साथ बलात्कार किया था? कितने लाख मुसलिम स्त्रियाँ उनके द्वारा दासियाँ बनाई गई थीं? हिंदुओं ने प्रथम आक्रमण कर मुसलिम धर्म पर कब, कौन से अत्याचार किए थे, जिसका प्रतिशोध लेने हेतु वे सारे क्रुद्ध मुसलमान आक्रमणकारी इतनी बार धार्मिक आक्रमण करने के लिए हिंदुस्थान आए थे? अरे उस गोरी, गजनवी, तैमूर लंग आदि प्रत्येक धर्मांध आक्रमणकारी ने भरी राजसभाओं में छाती ठोंककर प्रतिज्ञा की थी, 'हम इन हिंदू काफिरों का समूल नाश करने के लिए उनका शिरच्छेद कर अथवा बलपूर्वक उन्हें मुसलमान बनाकर उनको निर्वंश करने के लिए ही हिंदुस्थान पर आक्रमण कर रहे हैं!'

८७५. इस विजयनगर के विध्वंस के प्रसंग में भी केवल इतना ही सोचें तो

पर्याप्त होगा कि अलाउद्दीन खिलजी, मलिक काफूर आदि मुसलिम सत्ताधारियों ने जब अपनी सेनाओं के साथ दक्षिण पर आक्रमण किए थे, तब उससे पूर्वकाल में दक्षिण के हिंदुओं ने उत्तर में जाकर उनपर किसी प्रकार के धार्मिक अत्याचार किए हों—ऐसा उल्लेख तो कोई मुसलिम लेखक भी नहीं कर सकता। तब ये सारे मुसलिम आक्रमणकारी दक्षिण पर आक्रमण कर देवगिरि से लेकर वारंगल, मदुरई तक हम हिंदुओं की सारी राजधानियों का क्रूर विध्वंस विजयनगर की भाँति ही क्यों करते चले गए? उन मुसलिम नरराक्षसों ने असंख्य हिंदू स्त्री-पुरुषों पर धार्मिक अत्याचार कर हिंदू धर्म की ऐसी घोर विडंबना क्यों की? अर्थात् इसका कारण यह नहीं था कि हिंदुओं ने उनके प्रति पूर्वकाल में कोई धार्मिक अपराध किया था; उसका कारण हिंदुओं का उच्छेद करना ही हमारा 'मुसलिम धर्म' है—ऐसी उनकी 'धर्मनिष्ठा' और अटूट श्रद्धा थी।

८७६. उस काल के, उससे पहले के और उसके बाद के भी मुसलिम लेखकों की निर्लज्ज भूमिका सदैव यही रही है कि 'काफिरों का समूल उच्छेद करना हम अपना धर्म-कर्तव्य मानते हैं। हिंदू काफिरों के राज्य जीतना, उनकी राजस्त्रियों के साथ बलात्कार करना, अन्य लाखों हिंदू स्त्रियों को भ्रष्ट कर दासियाँ बनाना, हिंदुओं में से कुछ को अपनी पसंद के अनुसार गुलाम बनाना और शेष हिंदुओं का वध करना; हिंदुओं की राजधानियाँ, ग्रंथालय, मूर्तियाँ, मंदिर आदि सबको भस्मसात् कर देना—इस प्रकार के जो सत्कृत्य हमारे मुसलिम 'गाजी' (धर्मवीर) करते आए हैं, वे सारे कृत्य उन काफिरों को उनके 'अक्षम्य पापों' के लिए धर्म और न्याय के अनुसार ही दंड देने के लिए किए गए थे। उन पुण्यकृत्यों को जब ये काफिर 'अत्याचार' कहते हैं, तो उन्हें यह स्पष्ट रूप से बताना पड़ता है कि वे अत्याचार नहीं, दंडस्वरूप सदाचार करते थे! इस प्रकार काफिरों को यथासंभव दंड देना इसलाम के प्रत्येक एकनिष्ठ अनुयायी का आद्य धर्म-कर्तव्य है।

८७७. ''ये हिंदू काफिर हमारे उन न्याय दंडकृत्यों को 'अत्याचार' कहकर हम मुसलमानों पर उन अत्याचारों के विरोध में वैसे ही प्रत्याचार करने की हिम्मत करें, हमने उनके पापी मंदिर जलाए थे, इसलिए वे हमारी पवित्र 'मसजिदें' जलाएँ, यह तो सरासर अन्याय है! राक्षसी क्रूरता है! यही सच्चा अत्याचार है!''

८७८. चूँकि उस काल के मुसलमानों की 'धर्मनिष्ठा' ही इस प्रकार की थी। अतः उन्होंने रामराय के विजयनगर पर आक्रमण मुख्यतः इसलिए ही किया था कि वह हिंदुओं का राज्य था और वे हिंदू मुसलमान बनना अस्वीकार कर मुसलमानों की अवहेलना करते थे, यद्यपि विजयनगर की हिंदू सेना ने उस काल में मुसलमानों पर बारंबार आक्रमण कर हिंदुओं पर किए गए धार्मिक अत्याचारों का प्रतिशोध लेने के लिए उनकी मसजिदें गिराईं, घर जलाए और लूटमार कर उनपर भी वैसे ही प्रत्याचार तथा प्रत्याघात किए, तथापि वे वैसा कुछ भी नहीं करते, तब भी केवल वे हिंदू थे, उनके इस

घोर अपराध के लिए, वे सारे मुसलिम सुलतान अनुकूल अवसर मिलते ही विजयनगर पर वैसा ही आक्रमण करते और अपनी परंपरा के अनुसार उसका वैसा ही विध्वंस करते!

८७९. मुसलिम सेनाएँ विजयनगर से ही वापस क्यों—वास्तविकता यह है कि राजा रामराय के राज्यकाल हिंदू सेनाओं ने और हिंदू समाज ने निर्भय होकर परकीयों के आक्रमण तथा अत्याचार चुपचाप सहने की 'सहिष्णुता' त्यागकर मुसलमानों पर वैसे ही धार्मिक प्रत्याक्रमण करने की 'आक्रामक' वृत्ति को अपनाया था, इसी कारण विजयनगर को जीतकर उसका विध्वंस करने के पश्चात् भी वे मुसलिम सुलतान दक्षिण में आगे बढ़ने का साहस नहीं कर सके।

८८०. जैसाकि ऊपर बताया गया है कि रामराय का जो भाई और सेनापति तिरुमल्लराय मुसलिम सेनाएँ विजयनगर पहुँचने से पहले ही वहाँ की संपत्ति यथासंभव साथ लेकर ससैन्य दक्षिण में भाग गया था, उसने वहाँ पर युद्ध की पूरी तैयारी कर रखी थी। मुसलिम सेनाएँ यदि आगे बढ़तीं, तो उनका सामना तिरुमल्ल की इस सुसज्ज सेना से होता। अंशतः इसी भय से मुसलिम सुलतान यथासंभव लूटकर और उसपर ही संतोष कर अपनी सेनाओं के साथ विजयनगर से ही वापस लौट गया।

८८१. दूसरा कारण यह था कि विजयनगर पर विजय प्राप्त करने के पश्चात् तत्काल उन सुलतानों के बीच के आपसी झगड़े पुनः उभर आए। उनके बीच शिया और सुन्नी—इन दो मुसलिम धर्मापंथों में सदैव वैमनस्य और कलह होता रहता था। इस कारण हिंदुओं के विरुद्ध कुछ काल के लिए हुई उनकी एकता शीघ्र ही भंग हो गई, वे आपस में पुनः लड़ने लगे। कुछ काल पश्चात् ही उन मुसलिम सुलतानों के उत्तर भारत के प्रबल मुसलिम शत्रु मुगल बादशाह शाहजहाँ और औरंगजेब ने उनपर आक्रमण किए। तब इन बीजापुर, गुलबर्गा, अहमदनगर आदि के सभी सुलतानों को निरुपाय होकर उस समय महाराष्ट्र में शक्तिशाली बन रहे मराठों से सहायता लेनी पड़ी। बाहर उत्तर से मुगल बादशाहों की बलशाली सेनाओं के आक्रमणों से जर्जर होकर तथा अंदर से सहायता के लिए बुलाए हुए हिंदू मराठा सरदारों द्वारा कुरेदकर खोखली कर देने के कारण दक्षिण की ये सारी मुसलिम राजसत्ताएँ एक के बाद एक नष्ट होती गईं।

८८२. प्रतापी शहाजी (शाहजी)—तत्कालीन मराठी सरदारों में सबसे प्रमुख और प्रतापी और हिंदुओं की सत्ता स्थापित करने की सुप्त महत्त्वाकांक्षा से सदैव युक्त सरदार था 'शहाजी भोंसले!' विजयनगर के पराभव के बाद जो हिंदू राजपुरुष सेनापति तिरुमल्लराय के साथ दक्षिण में भाग गए थे, उन्होंने वहाँ पेनुकोंडा में ई.स. १५६७ में स्वतंत्र हिंदू राज्य की स्थापना की थी। तिरुमल्लराय के पश्चात् उसके पुत्र श्रीरंग ने ई.स. १५७९ में चंद्रागिरी को अपनी राजधानी बनाया।

८८३. विजयनगर के पराभव के बाद उस साम्राज्य के कुछ नायक (सूबेदार)

स्वतंत्र रूप से अपने सूबों में राज्य करने लगे थे। कुछ नायकों ने 'पालेदार' होकर जिंजी, तंजावूर आदि स्थानों में छोटे-छोटे हिंदू राज्य स्थापित किए थे। वास्तव में ये सारे राज्य विजयनगर के उस विशाल साम्राज्य के ही उस भीषण युद्ध में भंग होने से हुए टुकड़े थे। विजयनगर के विध्वंस के बाद भी विजयनगर के दक्षिण में रामेश्वरम् तक का सारा प्रदेश स्वतंत्र हिंदू राजसत्ताओं के ही अधीन था। आगे चलकर उस सारे प्रदेश पर बीजापुर के सुलतान की सत्ता नाममात्र को स्थापित हुई। वस्तुतः उसके सेनापति के नाते शहाजी राजा भोंसले ने उस प्रदेश में अपनी ही अधिसत्ता स्थापित कर उन समस्त छोटे-छोटे राज्यों को धीरे-धीरे एक सूत्र में पिरोया। अहमदनगर से रामेश्वर तक प्रत्येक मुसलिम राजसत्ता में शहाजी ने जो पराक्रम दिखाया, उसके कारण दिल्ली के मुगल बादशाहों से लेकर बीजापुर के मरणोन्मुख सुलतानों तक सर्वत्र शहाजी का राजनीतिक प्रभाव हिंदुओं के प्रबल पक्षपाती के रूप में था और उसकी कीर्ति तथा दबदबा छाया हुआ था। समस्त दक्षिण की राजनीति का वही सूत्रधार था। वह जैसा चाहता था, वैसा ही होता था। तत्कालीन एक हिंदी कवि की लिखी हुई जो काव्य-पंक्ति अत्यंत विख्यात और सर्वतोमुखी थी, वह इस प्रकार है—'उत शाहजहाँ, इत शाहजी हैं।' अर्थात् उत्तर में शाहजहाँ और दक्षिण में शाहजी! (दक्षिण और उत्तर के ये दो दिक्पाल सारी पृथ्वी का नियमन करते हैं!)

८८४. इस प्रकार विजयनगर के विध्वंस के पश्चात् जो छोटे-छोटे स्वतंत्र हिंदू राज्य दक्षिण में स्थापित हुए थे, उनको शहाजी ने मुसलिम सुलतान के नाम से, उसके लिए जीता, यह बात हमारे हिंदू मन को अत्यंत अयोग्य और दुःखदायी लगती है; परंतु हमें यह कठोर सत्य ध्यान में रखना चाहिए कि उस परिस्थिति में शहाजी ने उन सारे बिखरे हुए छोटे-छोटे हिंदू राज्यों को जीतकर जो अपने अधीन एक सूत्र में पिरोया, उसका गुप्त हेतु उन समस्त मुसलिम सुलतानों का उच्छेद कर एक विशाल एकसूत्र हिंदू राज्य पुनः स्थापित करना था। उसने ऐसा किया, इसीलिए वह मुसलिम सुलतानों का सेवक सरदार होते हुए भी उनपर भी रोब-दाब रख सका, इतना प्रबल हो सका और किसी स्वतंत्र हिंदू राजा की भाँति मैसूर में अत्यंत वैभव से रहकर राजकार्य कर सका। उसने अपने पास जिस हिंदू शक्ति को एकत्र किया था, उसी के आधार पर शहाजी कुछ समय पश्चात् अपने निकट भविष्य में एक स्वतंत्र, समर्थ और दिग्विजयी हिंदू साम्राज्य की स्थापना करने जा रहे महान्, परंतु मुसलिम सुलतानों को केवल एक उपद्रवकारी बागी या विद्रोही हिंदू युवक के रूप में अप्रिय लगनेवाले पुत्र को गुप्त रूप से इतनी सहायता दे सका, जिससे उसका विद्रोह एक अजेय स्वातंत्र्य युद्ध बन गया। शहाजी के उस महान् पुत्र का नाम हम न बताएँ, तब भी सुधी पाठकों के मन में बिजली की भाँति कौंध गया होगा। (जी हाँ, शिवाजी!)

८८५. ठीक ऐसी ही परिस्थिति में पाँचवें अध्याय में किए गए वर्णन के अनुसार

ई.स. १३१६ से १३३२ तक खुशरु खान ने अपनी स्वयं की हिंदू शक्ति सिद्ध न होने के कारण दिल्ली के मुसलिम सुलतान की ही पूरी सेना पर आधिपत्य स्थापित कर, स्वयं मुसलिम रहकर ही दक्षिण पर आक्रमण किए और वहाँ के सहसा एकत्र न होनेवाले बड़े-बड़े प्रमुख हिंदू राजाओं को जीतकर मुसलिम सुलतान के साम्राज्य के ही अधीन उन्हें बलपूर्वक एकत्र किया और तब अपने हिंदू-विद्रोह की सारी तैयारी गुप्त रूप से पूर्ण होने पर एक रात दिल्ली के मुसलिम सुलतान का वध कर, उसके 'मुसलिम' तख्त पर 'हिंदू सम्राट्' बनकर स्वयं ही आरूढ़ हुआ!

इस प्रकार उसने खिलजी वंश का लगभग अखिल भारतीय बना पूरा मुसलिम साम्राज्य केवल एक दिन में हिंदू साम्राज्य बना डाला! उसके कुछ काल पश्चात् वीरवर हरिहर और बुक्का ने मुसलमानों द्वारा भ्रष्ट कर, बंदी बनाकर दिल्ली लाए जाने के बाद इसी कौटिल्य नीति को अपनाया और दिल्ली के सुलतान मुहम्मद तुगलक के सामने उसके कट्टर मुसलिम सेवक होने का यशस्वी नाटक कर उसका विश्वास प्राप्त किया। फिर उसके आदेश से दक्षिण में हिंदुओं के विद्रोह का दमन कर मुसलिम सत्ता स्थापित करने, उसके सेनापति के रूप में उसकी मुसलिम सेना और संपत्ति लेकर वे दोनों दक्षिण आए। वहाँ अवसर पाकर वे उन हिंदू विद्रोहियों से ही जाकर मिल गए और स्वयं 'शुद्ध' होकर पुनः हिंदू बनकर उन्होंने विजयनगर के उस प्रबल तथा स्वतंत्र साम्राज्य की स्थापना की।

इसी कौटिल्य नीति से अब शहाजी ने भी बीजापुर के मुसलिम सुलतान की सेना और राजकोष के बल पर जिंजी, तंजावूर तक की हिंदू रियासतों को जीतकर उनको मुसलिम राज्य के भाग के रूप में एकत्र किया था। तत्पश्चात् अपनी हिंदू सैन्यशक्ति धीरे-धीरे बढ़ाता हुआ वह उचित अवसर की प्रतीक्षा करता रहा। विजयनगर के विध्वंस के पश्चात् एक नवीन, पूर्वकाल की समस्त 'हिंदू शक्तियों' से अधिक प्रबल और जिसके ललाट पर विधाता अंतिम हिंदू विजय का भाग्य अंकित कर रहा था, ऐसी उस उदीयमान 'महाराष्ट्रीय हिंदू शक्ति' के संभव होने के उस संकट के समय में भी वह यथायोग्य गुप्त पूर्व तैयारी कर रहा था।

८८६. इन सारी घटनाओं के प्रभाव से मुसलमानों द्वारा किया हुआ विजयनगर के विध्वंस का आघात भयंकर दुःसह था। फिर भी हिंदू राष्ट्र की दुर्दम्य और महत्त्वाकांक्षी इच्छाशक्ति ने उसे पचा डाला। मुसलमानों को तो विजयनगर का पराभव कर कुछ भी ऐसा लाभ नहीं हुआ, जो उनका भविष्य बदल दे।

□

प्रकरण—८

सोलहवीं शताब्दी के अंत तक और तत्पश्चात्

८८७. अब तक हमने सोलहवीं सदी के अंत तक के हिंदू राष्ट्र के इतिहास की समीक्षा हिंदू दृष्टि से की। तथापि उस सदी की कुछ समीक्षा की दृष्टि से आनुषंगिक घटनाएँ शेष हैं। उनकी तथा उसके पश्चात् की कुछ संबंधित घटनाओं की समीक्षा हम इस अध्याय में कर रहे हैं।

८८८. यूरोपीय जलदस्युओं का आक्रमण—हिंदुस्थान पर प्रथम आक्रमण करनेवाला यूरोपीय ईसाई राष्ट्र था पुर्तगाल। यूरोप से भारत आने का सीधा समुद्री जल-मार्ग सर्वप्रथम पुर्तगाल के वास्को डि गामा नामक नाविक ने खोजा। अफ्रीका के दक्षिण छोर 'केप ऑफ गुड होप' (उत्तमाशा अंतरीप) का चक्कर काटकर भारत आने का यह समुद्री मार्ग उसे—जो हिंदू व्यापारी नाविक वहाँ आया-जाया करते थे—उनमें से एक नाविक दल के नेता ने दिखाया था। ई.स. १४९८ में वास्को डि गामा हिंद महासागर से भारत के पश्चिमी तट पर 'कालीकत' बंदरगाह पहुँचा। उसने अपने आगमन का उद्देश्य प्रथमत: व्यापार ही बताया।

पुर्तगाली और उनके पीछे-पीछे आए हुए सभी यूरोपीय ईसाई राष्ट्रों का यह कथन केवल एक निमित्त ही रहता था कि हम व्यापार करने आए हैं। उनका मूल हेतु तो व्यापार के आवरण में भारतीय प्रदेशों पर अपनी राजसत्ता स्थापित करना रहता था। इसी हेतु से ई.स. १५०० में पेद्री अल्वारिस कॅब्रल नामक एक सिंधु सेनानी ने तेरह समुद्री युद्धपोतों का बेड़ा लेकर हिंदुस्थान पर जल-मार्ग से सशस्त्र आक्रमण किया। उसने सर्वप्रथम कोचीन जाकर वहाँ के हिंदू राजा से मैत्री की। कारण, वहाँ पर मुसलिम व्यापारियों के व्यापारिक प्रतिष्ठान पहले से ही स्थापित हो चुके थे। इसीलिए पुर्तगालियों को प्रारंभ में उनके ही साथ युद्ध करना पड़ा। वैसे भी मुसलमानों से पुर्तगालियों की पुरानी शत्रुता थी। इसका कारण यह था कि पूर्वकाल में स्पेन और पुर्तगाल पर मुसलमानों ने भयंकर धार्मिक और राजनीतिक आक्रमण किए थे। इस ग्रंथ के पूर्वार्द्ध में परिच्छेद

५९३ से ५९८ तक हमने उनका उल्लेख किया है। ई.स. १५०९ में पुर्तगाल के राजा ने भारत में पुर्तगाली प्रदेश के गवर्नर के रूप में अल्बुकर्क की नियुक्ति की। उसने ही ई.स. १५१० में बीजापुर के मुसलिम सुलतान से गोवा और उसके आस-पास का प्रदेश जीत लिया। इसी अल्बुकर्क ने पुर्तगाली भारत में स्थायी निवास करने के हेतु से उन्हें हिंदू कन्याओं के साथ आवश्यकता पड़ने पर बलपूर्वक भी विवाह करने के लिए प्रोत्साहन दिया। उसी काल में पुर्तगाली धर्माधिकारियों ने हिंदुओं को 'येन-केन-प्रकरेण' भ्रष्ट कर ईसाई बनाना ईसाइयों का मुख्य धर्म-कर्तव्य है, ऐसा प्रचार कर पुर्तगाल के राजा से वैसी राजाज्ञा दिलाई थी। राजसत्ता के बल पर पुर्तगालियों ने वहाँ के हिंदू स्त्री-पुरुषों पर उन्हें भ्रष्ट करने के लिए कैसे-कैसे भयंकर अत्याचार और बलात्कार किए थे, उसका वर्णन हमने इसी ग्रंथ में परिच्छेद ५०८ से ५१५ तक किया है। उसे पाठक एक बार पुनः अवश्य पढ़ लें।

८८९. इन पुर्तगालियों के धार्मिक अत्याचारों का जो मुख्य कर्ताधर्ता और पुरोहित 'सेंट जेवियर' था, उसको तत्कालीन उत्पीड़ित त्रस्त हिंदू, शैतान को भी लज्जित करनेवाला शैतान—'सेंट' (!)कहते थे। वह ई.स. १५४० में हिंदुस्थान आया था। वह हिंदुओं पर अनन्वित अत्याचार करने के अपने इस राक्षसी पराक्रम के विषय में स्वयं ही एक पत्र में लिखता है—''हिंदुओं को ईसाई बनाने के हमारे कार्य का प्रसार अत्यंत वेग से हो रहा है। हमारे प्रचारकों को देखते ही हिंदू गाँवों में लोग भयभीत होकर भाग-दौड़ मचाने लगते हैं। कारण, जो हिंदू स्वेच्छा से ईसाई नहीं बनते, उन्हें हम अत्यंत कठोर दंड देते हैं। नगर के धनी और संपन्न हिंदुओं को हम मार-मारकर अधमरा करते हैं, उनकी संपत्ति छीन लेते हैं, देवालय गिराते हैं, वहाँ की मूर्तियों को तोड़-फोड़ देते हैं, विरोधियों को कोड़ों से पीटकर उनके शरीर की त्वचा उधेड़ डालते हैं।''

जेवियर के ऐसे पत्रों को जो समग्र रूप में पढ़ना चाहते हैं, वे कृपया इसी ग्रंथ के ५१२ से ५१५ तक के परिच्छेद पुनः पढ़ें। जेवियर और उसके सैकड़ों साथी धर्म-प्रचारकों तथा सैनिकों ने मिलकर घोर राक्षसी अत्याचार कर असंख्य हिंदुओं को ईसाई बनाया। असंख्य हिंदुओं ने इन पुर्तगालियों के अत्याचारों से बचने के लिए आत्महत्या कर मृत्यु को लगे लगाया, परंतु अपने हिंदू धर्म का त्याग नहीं किया। इन पुर्तगालियों ने धीरे-धीरे दीव, दमन, साष्टी, वसई, चोल, मुंबई आदि पश्चिमी समुद्रतट के स्थान, मद्रास के पास सेंट होम और बंगाल में हुगली नामक स्थानों में अपनी सत्ता स्थापित की। पुर्तगाल के राजा ने इसमें से 'मुंबई' द्वीप इंग्लैंड के राजा को भेंट दिया था और उसने आगे चलकर ब्रिटिश ईस्ट इंडिया कंपनी को प्रतिवर्ष मात्र दस पौंड किराए पर इसका पट्टा दे दिया था। उपर्युक्त विजित स्थानों में से लगभग सभी स्थान मराठों ने पुर्तगालियों से युद्ध कर वापस जीत लिये थे। केवल गोमंतक के महत्त्वपूर्ण भू-प्रदेश पर ही अंत तक पुर्तगाली सत्ता स्थापित रही।

डच—पुर्तगालियों के पीछे-पीछे हॉलैंड के डच लोगों ने भी हिंदुस्थान में प्रवेश किया। उनकी 'डच ईस्ट इंडिया कंपनी' की स्थापना ई.स. १६०२ में हुई थी; परंतु भारत में उनका कारोबार ठीक से जम नहीं सका। जावा तथा सुमात्रा की ओर उन्हें अधिक अनुकूल परिस्थिति प्राप्त हुई। इसलिए उन्होंने अपना व्यापार वहीं पर फैलाया और बढ़ाया। वहाँ भी अंग्रेज उनके साथ प्रतिस्पर्धा करने लगे थे। एक बार अंबोयना द्वीप में डच लोगों ने अंग्रेज व्यापारियों को पकड़कर उनकी निर्मम हत्या कर डाली। उसके बाद वहाँ पर डचों का निरंकुश शासन स्थापित हो गया।

अंग्रेज—अंग्रेजों की ईस्ट इंडिया कंपनी की स्थापना यद्यपि ई.स. १६०० में ही हो गई थी, तथापि भारत में उसकी पहली अंग्रेजी कोठी १६०८ में खुली। ई.स. १६१३ में अंग्रेजों को सूरत में कोठी खोलने और व्यापार करने की अनुमति बादशाह जहाँगीर से मिली। आगे चलकर ई.स. १६८९ में इस ईस्ट इंडिया कंपनी में कुछ घपले होने के कारण इंग्लैंड के शासन ने उसकी व्यापारिक गतिविधियों पर रोक लगा दी। इसलिए एक दूसरी व्यापारिक कंपनी भारत में व्यापार करने के लिए स्थापित हुई। कुछ समय तक इन दोनों अंग्रेजी कंपनियों में प्रतिस्पर्धा चलती रही। इस आपसी प्रतिस्पर्धा से अंग्रेजी राष्ट्र का अहित हो रहा है—यह अनुभव कर ई.स. १७०७ में इन दोनों कंपनियों का एकीकरण कर 'यूनाइटेड ईस्ट इंडिया कंपनी' की स्थापना की गई।

८९०. चूँकि इसी अंग्रेजी ईस्ट इंडिया कंपनी का रूपांतरण अगली एक-दो शताब्दियों में ही एक भव्य परकीय 'इंडियन एंपायर' (भारतीय साम्राज्य) में होने वाला था। अतः उसके उस विस्तृत इतिहास की चर्चा और समीक्षा इस प्राथमिक परिचय में करना अनावश्यक भी है और असंभव भी। वैसे भी, समरभूमि में मराठों के साथ अंग्रेजों की शस्त्रास्त्रों की खनखनाहट में, तोपों की गड़गड़ाहट में और साम्राज्यों के आदान-प्रदान की शर्तें लगते हुए कई मुलाकातें होने ही वाली हैं। इसलिए उस समय उनकी यथावश्यक और यथासंभव चर्चा अवश्य करेंगे।

फ्रेंच—हिंदुस्थान में पुर्तगालियों का अनुसरण करते हुए जिन यूरोपीय राष्ट्रों ने आकर व्यापार और राज्य-विस्तार करने के लिए प्रयत्न किए, उन सब में कालानुक्रम से सबसे अंतिम फ्रांसीसी थे। कारण, 'फ्रेंच ईस्ट इंडिया कंपनी' की स्थापना ई.स. १६६० में हुई थी। उनका व्यापार बड़े वेग से विकसित हुआ। वैसे भी, भारत में छोटे-छोटे राज्य ही नहीं अपितु एक पूरा विशाल साम्राज्य स्थापित करना संभव है—यह महत्त्वाकांक्षा यहाँ की परिस्थिति देखने के बाद सर्वप्रथम यदि किसी यूरोपीय व्यक्ति के मन में जाग्रत् हुई और उसने भारत की राजनीति में दखल देते हुए बड़े पैमाने पर ससैन्य कार्यवाही प्रारंभ की, तो वह भारत में आया हुआ फ्रांसीसी सेनापति डुप्ले ही था। उसके बाद ऐसी ही प्रबल महत्त्वाकांक्षा जिस दूसरे यूरोपीय व्यक्ति में थी, वह था मूलतः एक आवारा अंग्रेज लड़का लॉर्ड क्लाइव, जो सैनिक बनकर भारत में आया और शीघ्र ही अपनी

योग्यता तथा साहस के बल पर प्रसिद्ध अंग्रेज सेनापति बन गया। उसने भारत में अंग्रेजी साम्राज्य की नींव रखी।

इन दोनों की साम्राज्य योजना का मूल सिद्धांत यह था कि यदि हम भारत में ही यहीं के भारतीय सैनिकों को यूरोपीय पद्धति में संचालित और संघटित (Drilled and disciplined) सैन्य प्रशिक्षण दें, तो हम अल्प अवधि में यहीं पर उनकी प्रशिक्षित सेनाएँ तैयार कर सकते हैं और यदि थोड़े से असली यूरोपीय सैनिक तथा सेनापति उनका नेतृत्व करने के लिए उनके बीच हम रख दें, तो इन्हीं भारतीय सेनाओं के बल पर हम भारत में अपना साम्राज्य स्थापित कर सकते हैं। उसकी इन योजनाओं और प्रयोगों को आगे चलकर कितनी सफलता मिली, इसकी समीक्षा हम यथास्थान करेंगे।

८९१. यहाँ फ्रांसीसी लोगों के विषय में थोड़ी सी चर्चा करना पर्याप्त होगा। कारण, अंग्रेजों तथा फ्रांसीसियों की अधीनस्थ सेनाओं के यद्यपि आपस में ही हिंदुस्थान में भी कुछ युद्ध हुए तथा यहाँ के देसी राजाओं के या राज्यों के आपसी कलहों में अंग्रेज यदि एक पक्ष की सहायता करते थे, तो फ्रांसीसी सदैव उसके विरोधी दूसरे पक्ष की ही सहायता करते थे—इस प्रकार की प्रतिस्पर्धा उनमें सदैव चलती रही, तथापि अंत में फ्रांसीसियों का पक्ष दुर्बल हो गया। ऐसे में यूरोप में इंग्लैंड और फ्रांस के बीच हुए युद्ध में फ्रांस का पराभव होने के कारण भारत में भी फ्रांसीसी सत्ता असमर्थ हो गई। इसके अलावा डुप्ले, बुसी, सफ्राँ आदि जिन फ्रांसीसी शासकों और सेनाओं ने हिंदुस्थान में फ्रांसीसी राजसत्ता स्थापित कर उसका विस्तार करने के लिए प्राणपण से प्रयास किए, उनके उन प्रयासों की सराहना उनके देश में जनता और शासन द्वारा नहीं की गई, उलटे उनके साथ बुरा व्यवहार किया गया। किसी ने भी उस समय उनकी न प्रशंसा की, न उन्हें समर्थन दिया। यहाँ हिंदुस्थान में फ्रांसीसियों द्वारा प्रशिक्षित फ्रांसीसी हिंदू सेना के मराठों से भी एक-दो बार युद्ध हुए, जिनमें फ्रेंच सत्ता बुरी तरह कुचल दी गई।

बाद में हिंदुस्थान में स्वतंत्र फ्रांसीसी राजसत्ता स्थापित होने की संभावना नष्ट हो गई। तब भी फ्रांसीसी एक क्षेत्र में भारतीय राजाओं और विशेषत: मराठों के लिए अत्यंत उपयोगी सिद्ध हुए। वह क्षेत्र था आधुनिक युद्धशास्त्र। यूरोप में विकसित नवीन युद्धतंत्र और नवीन प्रकार की तोपों जैसे शस्त्रास्त्रों के विषय में यहाँ के देशी राजाओं और उनकी सेनाओं को ज्ञान देने अथवा प्रशिक्षण देने के लिए अंग्रेज लोग अनुत्सुक रहते थे। परंतु विपुल धन-लाभ या भूमि-लाभ होने पर फ्रांसीसी लोग उस युद्धविद्या और साधनों का भारतीय राजाओं को उत्सुकता से और उनका अंग्रेजों से शत्रुत्व हो, तो सहर्ष दान और प्रशिक्षण देते थे। यूरोपीय लोगों का सैन्य-संचालन तथा उत्कृष्ट शस्त्र-निर्माण की विद्या का श्रेष्ठत्व और अपरिहार्यत्व अच्छी तरह समझकर मराठों ने शीघ्र ही अनेक फ्रेंच सेनानियों को अपनी सेना में, विशेष रूप से उच्च पदों पर, नियुक्त किया था। प्रथम उद्‌गीर के और उसके बाद पानीपत के युद्ध में मराठों का प्रचंड तोपखाना सँभालनेवाला

मुख्य अधिकारी इब्राहिम खान गार्दी फ्रांसीसियों द्वारा ही प्रशिक्षण पाकर उस विद्या में निपुण हुआ था। आगे चलकर महादजी सिंधिया (शिंदे) ने डी बॉयने, पेताँव आदि फ्रेंच सेनानियों को ही अपनी पलटनों और तोपखानों के प्रमुख अधिकारी के रूप में नियुक्त कर, अपनी पलटनों को यूरोपीय पद्धति का प्रशिक्षण दिलाकर, अपनी एक चतुरंग सेना निर्मित की। इसी सेना के बल और भय से उत्तर हिंदुस्थान के सारे विपक्षी शत्रु महादजी से डरते थे, क्योंकि अनेक युद्धों में महादजी उनका पराभव कर चुका था।

कुछ काल पश्चात् हिंदुस्थान में विचरण करनेवाले यूरोपीय राष्ट्रों ने आपस में एक अलिखित समझौता कर लिया था कि यदि उनमें से किसी की सेना का युद्ध हिंदुस्थान के देशी राजाओं के साथ होता है तो शेष राष्ट्रों में से कोई भी उस देशी राजा को सैनिक सहायता नहीं देगा। इसलिए जब अंग्रेजों के साथ सिंधिया का युद्ध हुआ, तब सिंधिया की सेना में हजारों रुपए वेतन पर नियुक्त फ्रेंच अधिकारी डी बॉयने ने अपनी पलटनों और तोपों को लेकर ऐन मौके पर अंग्रेजों के विरुद्ध युद्ध करने से साफ मना कर दिया। मराठे भी यह जानते थे कि उनकी सेना के ये वेतनधारी यूरोपीय सेनाधिकारी कभी-न-कभी इस प्रकार विश्वासघात अवश्य करेंगे। इसलिए उन्होंने अपने स्वदेशी सेनाधिकारियों को उत्कृष्ट तोपों, बंदूकों आदि शस्त्र-निर्माण की तथा यूरोपीय सैन्य-संचालन की विद्या का प्रशिक्षण दिलवाकर उन्हें भी यूरोपीय अधिकारियों की भाँति कुशल और निपुण बनाने के लिए यथाशक्ति प्रयत्न किए। उस युद्धसंकुल काल में ऐसी सारी आनुषंगिक बातों का आग्रह रखना मूर्खता ही सिद्ध होती। इसलिए अब जाटों जैसे द्वितीय स्तर के राजा भी अपनी सेनाओं में फ्रांसीसियों द्वारा प्रशिक्षित पलटनें रखने लगे थे। सिखों ने भी बाद में फ्रांसीसियों द्वारा अपनी पलटनों को प्रशिक्षण दिलवाया। इस प्रकार फ्रांसीसियों के युद्धनिपुण अस्तित्व का असर हिंदुस्थान में ब्रिटिश राजसत्ता के प्रसार में रोक लगाने में, यत्र-तत्र बाधा देने में ही अधिक हुआ। मराठा, टीपू सुलतान, सिख प्रभृति स्वदेशी राज्यों ने भी इस कार्य में उनका भरपूर सहयोग लिया।

८९२. दक्षिण पर लुटेरे राष्ट्रों का दोहरा आक्रमण—उस काल में हिंदुस्थान पर उपर्युक्त अनेक यूरोपीय राष्ट्रों के जो आक्रमण हुए, वे सब समुद्र-मार्ग से ही हुए। इसलिए उनके प्रचंड आघात पहले दो सौ वर्षों तक दक्षिण हिंदुस्थान को ही, और उसमें भी केवल मराठी सत्ता को ही, सहने पड़े तथा उनका प्रतिकार भी करना पड़ा। उसके पूर्वकाल में छह-सात शताब्दियों तक अकेले उत्तर भारत को समस्त एशिया के मुगल, तुर्क, पठान, अरब आदि लुटेरे आक्रमणों और धर्मांधता के राक्षसी उन्माद से स्फुरित मुसलिम राष्ट्रों के प्रलयंकर आघात झेलने पड़े थे और कई शताब्दियों तक उनका प्राणपण से प्रतिकार भी करना पड़ा था। आगे चलकर एशिया के वे सारे मुसलिम राष्ट्र और बर्बर जातियाँ दक्षिण को भी पदाक्रांत करने हेतु वहाँ टूट पड़ीं। जब वे सारे राष्ट्र एक के बाद एक आक्रमण कर रहे थे और दाक्षिणात्य हिंदू राज्य उनके साथ रक्तरंजित

युद्ध कर रहे थे, साथ ही मुसलमानों के धार्मिक अत्याचारों के प्रतिकार के लिए उत्तर भारत की भाँति दक्षिण भारत में भी हजारों हिंदू स्वधर्म-रक्षणार्थ प्राणार्पण कर रहे थे, तब उसी काल में दक्षिण भारत पर समुद्र-मार्ग से यूरोपीय राष्ट्रों का यह नया टिड्डी दल टूट पड़ा था। केवल उत्तर-पश्चिम और उत्तर-पूर्व दिशा से ही नहीं, अपितु उसके साथ पश्चिम दिशा से भी आक्रामक ईसाई जगत् प्रचंडता से दक्षिण भारत पर टूट पड़ा। केवल भूमि-मार्ग से ही नहीं, अपितु समुद्र-मार्ग से भी धर्मोन्मत्त मुसलिम और ईसाई राष्ट्र एक साथ एक ही समय दक्षिण के हिंदू राज्य और हिंदू धर्म का संपूर्ण नाश करने के लिए अपनी आसुरी (राक्षसी) प्रेरणाओं से उस समय टूट पड़े थे।

८९३. उत्तर भारत को केवल एशियायी मुसलिम राष्ट्रों का ही सामना करना पड़ा था। वह कार्य भी सरल और सामान्य नहीं था! देवासुर संग्राम में लड़नेवाले देवगणों को भी मात देनेवाला जो प्राणांतक और अनेक शताब्दी व्यापी महायुद्ध उत्तर भारत के हिंदुओं ने हिंदू धर्म, हिंदुत्व और हिंदू राष्ट्र के रक्षण के लिए मुसलमानों के साथ किया था, वह अवश्य ही अत्यंत अद्‌भुत और संकटों से युक्त था। दक्षिण भारत को उन समस्त मुसलिम राष्ट्रों के साथ ही समुद्र-मार्ग से आकर आक्रमण करनेवाले आततायी मुसलमानों से अधिक हिंदूद्वेष्टा और हिंदुओं को ईसाई बनाने के लिए शक्ति तथा क्रूरता की पराकाष्ठा करनेवाले पुर्तगाल आदि यूरोपीय ईसाई राष्ट्रों के साथ भी दोहरा महायुद्ध करना पड़ा था। उसमें दक्षिण के हिंदुओं, विशेषत: उनके अध्वर्यु बने मराठा वीरों ने एक साथ चारों दिशाओं से उठनेवाली इन भयंकर शत्रु-लहरों को रोकनेवाली अनुपम वीरता तथा दुर्दम्य साहस का परिचय दिया। जब एक ओर मुसलिम और पुर्तगाली ईसाइयों के सशस्त्र धार्मिक मोरचे पर हजारों हिंदू स्त्री-पुरुष-बालक स्वधर्मरक्षणार्थ प्राणाहुतियाँ दे रहे थे, तब दूसरी ओर राजनीतिक मोरचे पर भी दक्षिण के इन हिंदू वीरों ने एशियायी, यूरोपीय, सिद्दी आदि अफ्रीकी, इस प्रकार विश्व के समस्त लुटेरे, आक्रामक, अहिंदू राष्ट्रों के साथ भी जो प्रदीर्घ सशस्त्र महायुद्ध किया, वह विश्व के इतिहास में भी विशेषतापूर्ण और अत्यंत उल्लेखनीय है।

८९४. हिंदू विक्रमादित्य हेमू—दिल्ली के सिंहासन पर पुन: हिंदू साम्राज्य की प्रतिष्ठा करने की जो चिरंतन महत्त्वाकांक्षा राणा संग (सांगा) तथा समस्त चित्तौड़ राजवंश के हृदय में स्फुरित हो रही थी, उसकी ईर्ष्या से राणा सांगा के नेतृत्व में अनेक राजपूत तथा कुछ मुसलिम राज्यों की सेनाएँ एकत्र हुईं और उन्होंने खानवा में बाबर की सेना के साथ घमासान युद्ध किया। दुर्भाग्य से इस युद्ध में धर्मवीर राणा सांगा की पराजय हुई और बाबर ने दिल्ली में मुगल राजवंश की नींव रखी। ई.स. १५३० में बाबर की मृत्यु हुई। तब उसका पुत्र हुमायूँ बादशाह बना। परंतु सूर घराने के संस्थापक शेरशाह सूरी ने कुछ ही समय में हुमायूँ को पराजित कर दिल्ली को पदाक्रांत किया। इसलिए हुमायूँ को कई वर्षों तक ईरान आदि देशों में वनवास भोगना पड़ा। इस समीक्षात्मक ग्रंथ

में इन सब घटनाओं का विस्तृत वर्णन करने का न कुछ कारण है, न ही प्रयोजन। यहाँ केवल इतना ही बताना पर्याप्त होगा कि बादशाह शेरशाह के वंश में भी मुसलिम राजवंशों में होनेवाली हत्या, विद्रोह आदि की घटनाएँ हुईं और अंत में मोहम्मद आदिलशाह बादशाह बना।

८९५. इस मोहम्मद आदिलशाह ने अपना सारा राजकार्य अपने वजीर हेमू नामक हिंदू को सौंप दिया था। हेमू ने भी अपने हिंदू धर्म को लोशमात्र भी धक्का न पहुँचाते हुए बादशाह का सारा कारोबार बड़ी सक्षमता से सँभाला था।

८९६. हुमायूँ के समर्थक मुगल सरदारों को यह बात काँटे की भाँति चुभने लगी। हुमायूँ जिस काल में वनवास भोग रहा था, उसी काल में (ई.स. १५४५ में) उसे एक पुत्र हुआ, जो बड़ा होकर '(सम्राट्) शहंशाह अकबर' के नाम से विख्यात हुआ।

हुमायूँ ने ईरान के बादशाह से सैनिक सहायता लेकर हिंदुस्थान पर आक्रमण किया। उसने दिल्ली का साम्राज्य पुन: जीतकर, उसका विरोध करनेवाले अपने भाई की आँखें निकालीं और अन्य शत्रुओं को भी कठोर दंड देकर वह मुगल सलतनत के दिल्ली के तख्त पर पुन: विराजमान हुआ। उसके कुछ ही समय पश्चात् (ई.स. १५५६ में) अपने महल में संगमरमर की सीढ़ियों से पाँव फिसलने के कारण गिरकर उसकी मृत्यु हो गई। उसकी अचानक मृत्यु से राज्य में पुन: अराजकता फैली। साथ ही भीषण अकाल पड़ने से सर्वत्र वीरानी छा गई। हुमायूँ द्वारा पराभूत 'सूर' वंश का अंतिम बादशाह मोहम्मद अदिलशाह तो उस समय वायव्य प्रांत में भाग गया था, परंतु उसका कर्तृत्वशाली हिंदू वजीर हेमू दिल्ली प्रदेश में ही उस अवसर का लाभ उठाने के लिए रुका था।

८९७. उस हिंदू वीर पुरुष के विषय में मुसलिम इतिहासों में उसके पूर्व का और बाद का वृत्तांत अत्यंत अल्प शब्दों में लिखा है। उस काल में कोई हिंदू इतिहासकार था ही नहीं। जो हिंदू इतिहासकार बाद में हुए, उन्होंने भी हेमू के बारे में स्वतंत्र रूप से कुछ भी नहीं लिखा। उसके पहले पाँचवें प्रकरण में हिंदू सम्राट् धर्मरक्षक (नासिरुद्दीन) के विषय में लिखते हुए जिस प्रकार उसके द्वारा किए गए प्रत्यक्ष कार्यों के सबूत अन्य किसी भी कागजी सबूत से अधिक विश्वसनीय और प्रामाणिक मानना चाहिए, यह हमने सिद्ध किया है; उसी प्रकार वैसे ही प्रत्यक्ष कार्यों के सबूतों के आधार पर इस वीरवर हेमू का भी इतिहास जितना देना संभव है, उतना हम वर्णन कर रहे हैं।

८९८. हेमू की महत्त्वाकांक्षा हिंदू-साम्राज्य स्थापित करने की थी। उसे इस कार्य में बाबर के मुगल सरदारों के विरोधी अनेक अफगान मुसलिम सरदारों की सहायता मिली थी।

८९९. इस नियोजित हिंदू-स्वातंत्र्य युद्ध की प्रेरणा हेमू के मन में जाग्रत् होने और उसकी रूपरेखा बनाने में उसके पूर्व में हुए हिंदू सम्राट् धर्मरक्षक का चरित्र ही हेमू

का प्रेरणास्रोत बना होगा। श्री धर्मरक्षक को उस महान् प्रयत्न में यद्यपि अपयश मिला और स्वधर्म की रक्षा के लिए प्राण भी गँवाने पड़े, तथापि उस अपयश से अथवा राणा सांगा और उसके साथी महावीरों के खानवा में बाबर के साथ इसी (हिंदू साम्राज्य की) महत्त्वाकांक्षा के लिए हुए युद्ध में हुए पराभव से अथवा उसे पूर्वकाल में भी सैकड़ों बार इसी हिंदू-साम्राज्य स्थापना की महत्त्वाकांक्षा के कारण लाखों हिंदू स्त्री-पुरुषों को जो भयंकर दुःख और यातनाएँ भोगनी पड़ीं, जो भयंकर युद्ध लड़ने पड़े और आत्मरक्षा के लिए जो प्रचंड चिताएँ (जौहर के लिए) प्रज्वलित करनी पड़ीं, उनके परिणामस्वरूप हिंदू जाति की अंतरात्मा में उस राक्षसी मुसलिम सत्ता का उच्छेद कर संपूर्ण भारत में पुनः हिंदू साम्राज्यसत्ता स्थापित करने की साहसी ईर्ष्या, बार-बार बुझकर भी पुनः-पुनः प्रज्वलित होनेवाले जीवंत ज्वालामुखी की भाँति सदैव जाग्रत् और प्रज्वलित होती रही।

वही ईर्ष्या इस समय हिंदू वीरवर हेमू के मन में जाग उठी थी। उसने गुप्त रूप से युद्ध की सारी तैयारी की और उसने मुगलों के विरुद्ध सहायता करनेवाले मुसलमान सरदारों की मुसलिम सेनाएँ तथा अपनी-अपनी हिंदू सेना को एकत्र कर अकस्मात् दिल्ली पर आक्रमण किया। पहले जब वह दिल्ली में वजीर था, तब उसके अधीन काम करनेवाले सारे हिंदू और मुसलमान अधिकारी, राजनेता तथा जनता, विशेषतः हिंदू लोग उसके पूर्व-प्रभाव के कारण बिना विशेष विरोध के उसकी शरण में आ गए। उसने मुगल साम्राज्य की राजधानी दिल्ली को जीत लिया, इस कारण सर्वत्र खलबली मच गई।

१००. हेमू जन्मजात हिंदू था। मुसलिम बादशाह के राजकाल में वह अपनी योग्यता और पराक्रम से पदोन्नति पाता गया। अंत में अपने वैयक्तिक हिंदू धर्म की रक्षा करते हुए हिंदू रहकर ही वह उस दुर्बल बादशाह का वजीर बना और सारे राज्य का शासन सँभालने लगा। अब तो उसने प्रकट रूप में हिंदुत्व का झंडा फहरा दिया। सारी मुसलिम बादशाही का उच्छेद कर हिंदू साम्राज्य की स्पष्ट घोषणा कर दी। इसलिए सारे मुसलिम जगत् में 'इसलामी सलतनत डूब गई!' 'तौबा! तौबा! खालिस काफिरशाही आ गई?' इसका घोर हाहाकार मचा।

१०१. दिल्ली जीतने के बाद तत्काल वीरवर हेमू ने दिल्ली के 'बादशाही' तख्त पर प्रकट रूप में बड़े समारोहपूर्वक अपने हिंदुत्व की घोषणा करते हुए आरोहण किया। उसने स्वयं 'विक्रमादित्य' उपाधि धारण की। राज्य का थोड़ा स्थायी प्रबंध करके वह सेना के साथ आगे के प्रदेशों को जीतने के लिए दिल्ली से बाहर निकला। जब वह बादशाहत का वजीर था, तब उसने मुसलिम सूबेदारों तथा अन्य विद्रोहियों का दमन करते हुए पंद्रह-सोलह युद्ध जीते थे। इसलिए उसके मन में अपने रणकौशल का दुर्दम्य आत्मविश्वास था। वह निर्भयतापूर्वक दिल्ली से निकला और साम्राज्य के दूसरे अजेय दुर्ग माने जानेवाले 'आगरा' के दुर्ग पर ही सीधे आक्रमण किया। एक झटके में उसने

वह दुर्ग और नगर जीत लिया।

१०२. उस समय बादशाह अकबर की आयु केवल तेरह-चौदह वर्ष की थी। उसका लालन-पालन और साम्राज्य का संचालन उसका मुख्य वजीर बहराम खान (बैराम खाँ) करता था। हेमू की आगरा-विजय का समाचार सुनते ही बैराम खाँ ने सर्वप्रथम हिंदुओं के इस विद्रोह का दमन करने का निश्चय किया। परंतु राजस्थान से लेकर दक्षिण तक के अनेक छोटे-बड़े हिंदू और मुसलमान राज्य इस नवस्थापित मुगल बादशाही के विरुद्ध विद्रोह कर उठे थे। इसलिए पहले उन सबका दमन किया जाए और तब तक बालक बादशाह अकबर को दूर काबुल पहुँचाकर सुरक्षित रखा जाए—ऐसा अन्य मुसलिम सरदारों का मत और आग्रह था; परंतु धूर्त और चतुर बैराम खाँ ने उन्हें स्पष्ट रूप से बताया कि हेमू द्वारा घोषित हिंदू साम्राज्य के प्रबल विद्रोह का ही दमन सर्वप्रथम करना चाहिए। तदनुसार बैराम खाँ ने सुसज्ज सेना लेकर हेमू पर आक्रमण किया। उसने किशोर अकबर को काबुल न भेजकर अपने साथ ही सेना में रखा। विक्रमादित्य हेमू की सेना और बैराम खाँ की 'शाही' सेना का युद्ध पुनः पानीपत के पास ही हुआ। विक्रमादित्य हेमू की सेना ने अत्यंत वीरता से युद्ध किया। विजयश्री ने हेमू का वरण लगभग किया ही था कि अचानक हाथी पर बैठकर युद्ध करनेवाले विक्रमादित्य हेमू की ओर बैराम खाँ की सेना से छूटा हुआ एक तीर सनसनाता हुआ आया और सीधा उसकी आँख में घुस गया। उस आघात से हेमू मूर्च्छित होकर हाथी पर से गिर पड़ा। उसकी सेना में जो मुसलमान सैनिकों में से अधिकतर किराए के टट्टू ही थे, वे भागने लगे। जब हेमू मूर्च्छित होकर नीचे गिरा, तो उसकी हिंदू सेना में भी हाहाकर मच गया।

हेमू की सेना में भगदड़ मची हुई देखकर बैराम खाँ अपनी सेना के साथ और भी जोश से टूट पड़ा और सेना की दुर्दशा कर उसने आहत हेमू को जीवित पकड़ लिया। बैराम खाँ ने विक्रमादित्य हेमू को अकबर बादशाह के सामने प्रस्तुत कर बादशाह से कहा कि इस काफिर का सिर वह खुद अपने हाथों से काटे। परंतु किशोर अकबर को वैसा करने की हिम्मत नहीं हुई। तब क्रूर बैराम खाँ ने स्वयं ही अपनी तलवार से हेमू का शिरच्छेद तत्काल कर दिया!

१०३. विक्रमादित्य हेमू का यह बलिदान अन्य किसी भी हिंदू हुतात्मा की तरह हिंदू धर्म और हिंदू राज्यलक्ष्मी के गौरव तथा सौभाग्य के लिए ही था। हिंदू राष्ट्र को उसकी गौरवपूर्ण स्मृति में सदैव कृतज्ञ और नतमस्तक होना चाहिए। दुर्भाग्य से उसका नाम हिंदू राष्ट्र को ज्ञात और प्रचलित इने-गिने हुतात्माओं तथा वीरात्माओं की पावन नामावली में राष्ट्रवीर के रूप में नहीं लिया जाता। उसका स्मरण भी कभी नहीं किया जाता। नहीं किया जाता तो न सही! इस ऐसी कृतघ्न हिंदू जाति के करोड़ों आत्म-विस्मृत जीव भले ही उसे भूल जाएँ, परंतु हिंदू जाति और हिंदू राष्ट्र को सामुदायिक

रीति से तो यह ध्यान में रखना ही चाहिए कि मुसलमानों के राक्षसी सत्तापाश से हिंदू राष्ट्र को मुक्त कर हिंदू साम्राज्य स्थापित करने की महत्त्वाकांक्षा पीढ़ी-दर-पीढ़ी जीवित रही और अंत में मुसलिम राजसत्ता की धज्जियाँ उड़ाकर उसके शव पर अपना यशस्वी भगवा ध्वज फहरा सकी, वह केवल इसलिए कि आज विस्मृति की गर्त में पड़े विक्रमादित्य हेमू जैसे धुरंधर धर्मवीरों और साहसी 'दिल्लीन्द्र पदलिप्सुवों' की रणयज्ञ में दी गई प्राणाहुतियों के अन्न से उसका सतत पोषण होता रहा।

१०४. यहीं हम इस महान् विक्रमादित्य हेमू की स्मृति में अपनी भी श्रद्धांजलि अर्पित करते हैं। स्थानाभाव से अब हम अगला कथासूत्र हाथ में लेते हैं।

वीरांगना रानी दुर्गावती—अकबर को लेकर बैराम खाँ सीधा दिल्ली गया। उसने और अकबर ने मिलकर दक्षिण में ग्वालियर तक का प्रदेश जीतकर वहाँ के विद्रोहियों का दमन किया। परंतु शीघ्र ही (ई.स. १५६० में) अकबर का वैमनस्य बैराम खाँ से हो गया और उसने राज्यशासन के सारे सूत्र स्वयं अपने हाथ में ले लिये। बैराम खाँ ने अकबर के विरुद्ध विद्रोह किया; परंतु उसमें उसकी पराजय हुई। फिर भी अकबर ने उसे प्राणदान देकर मक्का (हज के लिए) जाने की अनुमति दे दी; परंतु मार्ग में ही बैराम खाँ की हत्या उसके किसी पुराने शत्रु ने कर दी।

१०५. ईसवी सन् १५६४ में अकबर ने गोंडवाना के विख्यात, स्वतंत्र राजपूत राजा वीरनारायण पर आक्रमण किया। राजा वीरनारायण अल्पवयस्क था। अत: राज्यशासन के सूत्र उसकी माता वीरांगना रानी दुर्गावती ही सँभालती थी। उसने अकबर की शरण में न जाते हुए उसकी बादशाही चतुरंग सेना के साथ युद्ध प्रारंभ किया। उस वीरांगना ने यथासंभव 'शाही' सेना को आगे बढ़ने ही नहीं दिया, बल्कि अपने प्रबल राजदुर्ग से सशस्त्र युद्ध करते हुए उसने दीर्घकाल तक अपने हिंदू-स्वातंत्र्य का रक्षण किया; परंतु अंत में जब अकबर की कई गुना अधिक विशाल सेना के सम्मुख उसके पराजित होने के लक्षण दिखने लगे, तब उसने क्या किया? क्या वह अकबर की शरण में गई? स्त्री होने के नाते उससे क्षमा-याचना की? अथवा मध्यकाल में अन्य कुछ राजपूत स्त्रियों ने जिस प्रकार किया, उस प्रकार अकबर को राखी भेजकर 'मुझे बहन मानो और मेरी रक्षा करो' कहकर हताश, निर्लज्ज स्नेह-याचना की? नहीं! नहीं!!

मुसलमानों द्वारा पकड़ी गई हिंदू राजस्त्रियों का शील भंग वे नृशंस राक्षस कितनी निर्लज्जता और निर्दयता से करते हैं और उनका जीवन नष्ट-भ्रष्ट करते हैं, इसके सैकड़ों उदाहरण उस वीरांगना रानी को ज्ञात थे। इसलिए वैसा कुछ भी न कर अंत में उसने प्रज्वलित रणकुंड में अपनी सहयोगी स्त्रियों के साथ कूदकर प्राणार्पण किया, 'जौहर' किया! उसके बाद भी राजा वीरनारायण ने मुसलिम शत्रुओं के साथ युद्ध बंद नहीं किया, जारी रखा। परंतु शत्रु की प्रचंड सैन्यशक्ति के सामने कुछ काल बाद युद्ध में टिकना असंभव हो गया और उसे पराजय स्वीकार करनी ही पड़ी। अंत में उसके राज्य

का समावेश मुगल साम्राज्य में हो गया।

१०६. उसके बाद अकबर, जिसे लंबे समय से पीढ़ी-दर-पीढ़ी मुसलमानों के युद्ध करते रहने से वितृष्णा-सी हो गई थी, ने ऐसे अनेक मृदु, लचीले स्वभाव के राजपूत राजाओं को स्नेह से वश में करने के लिए उन्हें मुगल साम्राज्य में स्नेह और सम्मान दिए जाने के मीठे, आकर्षक अभिवचन देने प्रारंभ किए। उसकी इस मेल-मिलाप की नीति के अनुकूल होते हुए भी अनेक राजपूत राजा चित्तौड़ के राणा के परंपरागत स्वाभिमान को देखकर पुनः-पुनः मुगल सत्ता से स्नेह-संबंध जोड़ने से कतराते हैं, हिचकिचाते हैं, शरमाते हैं। चित्तौड़ का महाराणा तो उसका अस्तित्व भी अमान्य कर कट्टर विरोध करना नहीं छोड़ रहा है, यह देखकर अकबर ने पहले चित्तौड़ को ही जीतने की योजना बनाई। साम-दाम-दंड-भेद किसी भी उपाय से जब चित्तौड़ अपना स्वातंत्र्य गँवाने के लिए तैयार नहीं हुआ, तब अंत में (ई.स. १५६७ में) अकबर ने चित्तौड़ पर आक्रमण कर उसे घेर लिया। उस समय बाबर के साथ युद्ध करनेवाले विख्यात वीर राणा सांगा का पुत्र उदयसिंह चित्तौड़ का राणा था। उसके अंदर अपने पूर्वजों का पराक्रम लेशमात्र भी नहीं था। वह जंगल में भाग गया।

लिहाजा चित्तौड़ की राजसत्ता, उसकी जिस रखैल (रक्षिता) के हाथों में थी, उसने सारे राजपूतों को पराक्रमपूर्वक युद्ध करने के लिए प्रेरित किया। इसलिए उदयसिंह के भाग जाने पर भी चित्तौड़ के जयमल, पट्ट आदि बड़े-बड़े सरदारों तथा नेताओं ने मुगलों के साथ घमासान युद्ध किया। युद्धभूमि में जयमल और पट्ट—दोनों मारे गए, यह देखकर वे राजपूत हिंदू वीर और भी क्रुद्ध हो उठे। 'हर-हर महादेव' का घोष करते हुए मुसलमानों पर आक्रमण कर उन्होंने असंख्य मुसलमान सैनिकों को मार डाला। उस घनघोर रणसंग्राम में अंत में जब अधिकतर राजपूत वीर मारे गए, तब वीर-परंपरा का पालन करते हुए चित्तौड़ की सारी राजपूत स्त्रियों ने पहले से ही रची गई प्रचंड चिता में आग लगाकर, स्वधर्म की जय-जयकार करते हुए प्राणपण से अपने बच्चों के साथ उस प्रज्वलित अग्निकुंड में कूदकर प्राणाहुतियाँ दे दीं! वे हिंदू वीरांगनाएँ जलकर भस्म हो गईं; परंतु उन्होंने अपनी देह को उन पापी, दुष्ट, म्लेच्छों का स्पर्श भी नहीं होने दिया। यह चित्तौड़ का तीसरा 'जौहर' था।

१०७. इस भीषण वास्तविकता को जानते हुए भी आज के लाचार हिंदू इतिहासकार जिसकी परम उदार, हिंदू-मुसलिम एकता के लिए हार्दिक प्रयास करनेवाला, तथा मधुर व्यवहार करनेवाला आदि वाक्यों द्वारा अत्यधिक प्रशंसा करते हैं, उसी सम्राट् अकबर ने चित्तौड़ में हिंदुओं में हाहाकर मचा दिया था।

१०८. चित्तौड़गढ़ के स्त्री-पुरुष-बालकों के इस भीषण हत्याकांड से भी संतुष्ट न होकर अकबर ने चित्तौड़ की रक्तरंजित नगरी में प्रवेश किया और वहाँ आक्रोश प्रकट कर रहे शेष हिंदू नागरिकों का—ध्यान दें—केवल पुरुष ही नहीं, हिंदू स्त्रियों का भी

उसने निरपवाद रूप से वध किया। चित्तौड़ के इस एक युद्ध में तीस हजार हिंदू मारे गए। तत्पश्चात् चित्तौड़ के मनुष्य ही नहीं, अपितु वहाँ के निर्जीव पत्थर भी मुसलमानों के शत्रु हैं, इस प्रकार की भावना से ही शायद उस राक्षसी विध्वंसक बादशाह अकबर ने दृष्टिपथ से आए हिंदुओं के मंदिर, मठ, राजप्रासाद, घर आदि सबको धड़ाधड़ गिराकर मिट्‌टी में मिला दिया। इस प्रकार उसने चित्तौड़ के नगरदेवता के मंदिर, मूर्ति और उस सारे परिवेश का घोर विध्वंस कर वहाँ के नगाड़े, दीप, नौबत (दुंदुभि), अलंकार, दरवाजे आदि समस्त मूल्यवान, प्रचंड और पूजनीय सामान को अपनी राजधानी आगरा भिजवा दिया। इस प्रकार चित्तौड़ की हिंदू राजधानी का अमानुषिक विध्वंस करने पर जब उसकी धर्मोन्मत्त पिपासा कुछ शांत हो गई, तब वह मुसलिम बादशाह अकबर अपने उस महान् 'सत्कृत्य' के लिए 'गाजी' की उपाधि धारण कर दिल्ली वापस गया!

१०९. और इधर उदयसिंह चार वर्षों तक वनों में भटकता रहा। अपनी राजधानी और राज्य के विध्वंस का प्रतिशोध लेने में अपनी असमर्थता के कारण दुःखद अवस्था में ई.स. १५७२ में उसकी मृत्यु हो गई।

११०. हिंदूकुलभूषण राणा प्रताप सिंह—उदयसिंह की मृत्यु के बाद उसका पुत्र प्रताप सिंह चित्तौड़ के अस्तित्वहीन काल्पनिक सिंहासन पर आरूढ़ हुआ। तथापि समस्त सच्चे, कुलीन राजपूतों के हृदयों के धर्मवीरत्व तथा अदम्य पराक्रम का सिंहासन ही उसे अर्पित हुआ था। इसलिए राणा प्रताप किसी सत्यासत्य राणा प्रताप के समान सच्चा सिंहासनाधीश्वर हो गया था। राणा प्रताप प्राण जाने पर भी परंपरागत 'राणा' की राजपूती आन-बान न त्यागनेवाला अत्यंत स्वाभिमानी वीर था। उसने अत्यंत कष्ट और यातनाएँ सहकर भी अकबर के साथ अपमानास्पद संधि या मैत्री नहीं की। इसके विपरीत उसकी दृढ़ धारणा यह थी कि स्वधर्म-स्वतंत्रता के लिए उस अत्यंत प्रबल मुसलिम बादशाह से शत्रुता करना ही गौरवास्पद है और उसी में उसके हिंदू जीवन और हिंदूनृपत्व की सच्ची सफलता तथा सार्थकता है!

१११. चित्तौड़ पर अकबर की सत्ता होने के कारण उस संकटकाल में राणा प्रताप मेवाड़ के अन्य गाँवों और वनों में भटकता रहा। धीरे-धीरे उसने एक शूर और स्वामिनिष्ठ भीलों एवं राजपूतों की सेना का निर्माण कर मुसलिम राजसत्ता से प्रदेश का बड़ा भाग मुक्त कराया। जहाँ वह रहता, वहीं उसकी राजधानी होती। इस काल में उसने जो रोमहर्षक युद्ध और पराक्रम किए, उनका रोचक वर्णन स्थानाभाव से हम यहाँ नहीं दे सकते।

११२. अंत में राजपूताने में राणा प्रताप का प्रभाव इतना बढ़ गया कि बादशाह अकबर को उसके दमन के लिए अपनी शाही सेना को भेजना ही पड़ा। बादशाह की आज्ञा से अकबर की शरण में आए जयपुर के राजा मानसिंह और भ्रष्ट होकर मुसलिम बने हुए राजपूत सरदार महाबत खान के साथ स्वयं शहजादा सलीम ने राणा प्रताप पर

आक्रमण किया। राणा प्रताप के साथ उसका जो युद्ध हुआ, वह 'हलदी घाटी की लड़ाई' के नाम से विख्यात है। युद्ध के आवेश में राणा प्रताप ने अपने घोड़े 'चेतक' को सीधा सलीम के हाथी पर चढ़ा दिया। उस इतिहासप्रसिद्ध घोड़े ने भी बिना हिचकिचाए उस हाथी की सूँड़ पर ही अपने पाँव जमा दिए। क्षणार्ध में राणा प्रताप का तेजस्वी खड्ग बिजली की तरह सलीम के कंठ के पास चमका, परंतु भाग्यवश सलीम उस वार से बच गया और पीछे हट गया। अपना वार विफल हुआ देखकर पल भर में राणा प्रताप अपने घोड़े के साथ पुनः रणभूमि में घुसकर अदृश्य हो गया।

११३. इस अनिर्णीत युद्ध के बाद राणा प्रताप बच निकला, तो उसने अपने जैसे ही स्वातंत्र्य प्रिय, पराक्रमी और स्वामीनिष्ठ चित्तौड़ के हजारों राजपूत वीर साथियों को लेकर पूरे मेवाड़ में छापामार युद्धों द्वारा मुसलमानों का विध्वंस करते हुए प्रलय मचाया। एक चित्तौड़ नगर को छोड़कर सारे मेवाड़ राज्य को उसने स्वतंत्र कराया। अंत में राणा प्रताप ने उदयपुर में अपनी राजधानी स्थापित की। उसे अकबर अंत तक जीत नहीं सका। धूर्त अकबर ने राणा प्रताप से मैत्री करने के अनेक प्रयत्न किए; परंतु राणा प्रताप किसी भी उपाय से उसके वश में नहीं हुआ।

राणा प्रताप के राज्यकाल में इतने अद्भुत, रोमहर्षक, स्वदेशाभिमान और स्वधर्माभिमान से ओतप्रोत, साधारण मेवाड़ी राजपूत नागरिकों से लेकर मेवाड़ के उस अलौकिक राणा तक के अद्वितीय कृत्यों से युक्त इतने प्रसंग घटित हुए हैं कि उनके आरकानों का पठन हमारे हिंदू युवकों को रामायण अथवा महाभारत के वीरोत्तमों के आख्यानों के समान ही करना चाहिए। सौभाग्य से आज भी भूषण कवि के काल तक के राजपूत वीरभाटों द्वारा रचित ऐसे वीररसपूर्ण 'रासो' ग्रंथ उपलब्ध हैं। उनको माध्यमिक विद्यालयों के पाठ्यक्रम में अपरिहार्य रूप में समाविष्ट करना चाहिए। हमारे इस समीक्षात्मक ग्रंथ में उनके उद्धरण देने के लिए भी स्थान नहीं है। और अब मेरे जीवन के इस अंतिम, अस्तप्राय काल में मेरे पास इतना समय भी नहीं बचा है। इस महान् हिंदूकुलभूषण राणा प्रताप की शीघ्र ही (ई.स. १५८१ में) मृत्यु हो गई।

११४. नवीन हिंदू शक्ति सिख संप्रदाय का उदय—पंजाब में 'श्री गुरु नानक' नामक सत्पुरुष ने पंद्रहवीं सदी के अंत में एक धर्मपंथ की स्थापना की। उनके अनुयायी या शिष्यों का एक संघ बना। वे स्वयं को श्री गुरु नानक के शिष्य होने के नाते 'सिख' कहते थे। श्री गुरु नानक स्वयं भी गृहस्थाश्रमी ही थे। वे उपदेश देते थे कि ईश्वर की आराधना और जनसेवा भक्ति-मार्ग से ही सुसाध्य है। उनके अनुसार, मनुष्यमात्र इस भक्ति-मार्ग का अधिकारी है। उस काल में केवल पंजाब में ही नहीं, पूरे भारत में मुसलमानों ने हिंदू धर्म का उच्छेद करने और मुसलिम साम्राज्य की स्थापना करने के लिए निरंतर आक्रमण कर विध्वंस मचा दिया था। हिंदू राज्यकर्ता और जनता युद्धभूमि में सर्वत्र कड़ा मुकाबला भी कर रहे थे। अलाउद्दीन आदि प्रबल सुलतानों के मुसलिम

साम्राज्य को खंड-खंड कर हिंदुओं ने विजयनगर जैसे स्वतंत्र और प्रबल हिंदू राज्य की भी पुन: स्थापना की थी—यह सब हम पहले बता ही चुके हैं। राजस्थान तथा गोंडवाना में प्रतापी हिंदू सेनाओं ने कई बार मुसलमानों को पराजित कर धूल चटाई थी।

श्री गुरु नानक—उस समय पंजाब में कोई ऐसा हिंदू नहीं था, जो वहाँ मुसलिम राजसत्ता को कड़ी चुनौती देता। ऐसी परिस्थिति में पंजाब में श्री गुरु नानक उपदेश देने लगे कि ईश्वर की दृष्टि में हिंदू और मुसलमान—दोनों एक समान हैं। मेरे इस भक्ति-मार्ग को अपनाने से दोनों मोक्ष प्राप्त कर सकते हैं। दोनों भाई-भाई ही हैं। अपने पंथ में मैं हिंदू और मुसलमान का भेद नहीं मानता। यद्यपि गुरु नानक संपूर्ण हृदय से यह सदुपदेश देते थे, तथापि उनके शिष्य वर्ग में क्वचित् हजारों में एक मुसलमान कहीं दृष्टिगत होता था। शेष सभी हिंदू उनके पंथ में थे। श्री गुरु नानक स्वयं वैश्य (बनिया) जाति के थे। उनकी मृत्यु ई.स. १५३८ में हुई। उनके स्वयं के पुत्र उनके धर्मपंथ के अनुकूल नहीं थे। इसलिए उन्होंने अपने प्रिय शिष्य 'अंगद' को ही अपने धर्मपंथ के गुरु पद पर अपना उत्तराधिकारी बनाया। गुरु नानक की मृत्यु तक उनके इस पंथ का स्वरूप मुख्यत: एक भक्तिपंथ, एक भजनी संप्रदाय जैसा ही था और उसकी संख्या भी राजनीतिक दृष्टि से नगण्य ही थी। तथापि उनके वचनों— 'बानी'—में उस काल की हिंदुओं की शोचनीय स्थिति के विषय में कई शोकपूर्ण उद्गार मिलते हैं। उदाहरणार्थ—

क्षत्रियां ही धरम छोडियां, म्लेच्छ भाखा गही।
सृष्टी सब इकवर्ण हुई, धर्म की गति रही।
नीलवर्ण के कपड़े पहने, तुरक पठाणी अमल भया॥

९१५. ऐसे कई चरण उनके द्वारा रचित मान लिये गए हैं और उनके नाम पर लोगों में प्रचलित हैं। अन्य साधु-संतों की भाँति उन्होंने भी समाज की अनेक मूर्ख एवं भोली मान्यताओं, कुरीतियों और रूढ़ियों का निषेध किया है।

९१६. गुरु अंगद के बाद सिखों के तीसरे गुरु अमरदास हुए। उनके बाद सन् १५७४ में चौथे गुरु रामदास हुए। ऐसा कहा जाता है कि गुरु रामदास और बादशाह अकबर की भेंट हुई थी। बादशाह ने गुरु से प्रभावित होकर उन्हें एक विशाल भूमिखंड इनाम में दिया था। गुरु रामदास ने उसी भूमि पर एक सुंदर सरोवर और उसके तट पर भव्य मंदिर का निर्माण कराया। वही आज 'अमृतसर' और 'स्वर्णमंदिर' के नाम से विख्यात है। ई.स. १५८१ में गुरु रामदास की मृत्यु हुई। उनके बाद पाँचवें गुरु 'अर्जुनमल' बने। उनके ही समय में 'सिखों' की संख्या में तेजी से वृद्धि हुई। कारण, अब उन्हें 'अमृतसर' में एक सार्वजनिक केंद्र प्राप्त हो गया था। अपने इस वृद्धिशील पंथ को आधार देने के लिए एक मुख्य 'प्रमाण ग्रंथ' चाहिए—इस हेतु से गुरु अर्जुन ने श्री गुरु नानक के यथासंभव सारे वचन एकत्र कर, उनके साथ तत्कालीन कुछ अन्य संतों के

वचनों को भी सम्मिलित कर, सभी सिखों के लिए प्रमाणभूत एक ग्रंथ का निर्माण किया और उसे ही 'गुरुग्रंथ' अथवा 'आदिग्रंथ' नाम दिया। इस ग्रंथ में संत कबीर के वचन भी हैं।

महाराष्ट्र के प्रसिद्ध संत नामदेव जब तीर्थयात्रा के लिए पंजाब गए थे, तब वहाँ पर उनके भक्ति-मार्ग का और पदों का बहुत प्रचार हुआ था। श्री गुरु नानक की शिक्षा और संत नामदेव की शिक्षा में बहुत समानता है, यह देखकर संत नामदेव के भी कुछ मराठी पदों (अभंगों) का समावेश 'गुरुग्रंथ' में किया गया है। यह ग्रंथ प्राकृत में है। इस प्राकृत को आजकल 'पंजाबी' कहते हैं। उसका उपयोग पंजाब में विद्वान् वर्ग केवल शास्त्रीय विषयों के लेखन के लिए ही करता था। इसलिए जिसे 'शास्त्री लिपि' कहा जाता था, उस देवनागरी लिपि में वह ग्रंथ मूलतः लिखा ही नहीं गया था। हमारे यहाँ महाराष्ट्र में जिस प्रकार कुछ समय पूर्व तक पत्र-व्यवहार आदि के लिए सामान्य जन 'मोडी' लिपि का प्रयोग करते थे, उसी प्रकार पंजाब में वहाँ के जनसाधारण 'लुंडोमुंडी' नामक प्राकृत लिपि का प्रयोग करते थे। उस प्राकृत लिपि में ही वह ग्रंथ लिखा गया था। जब उस लिपि में 'गुरुग्रंथ' लिखा गया, तब गुरु द्वारा स्वीकृत लिपि होने से उसको विशेष गौरव प्रदान करने के लिए सिखों ने उस लिपि का नाम 'गुरुमुखी' रखा।

११७. जहाँगीर जब बादशाह बना, तब कुछ काल बाद उसके ज्येष्ठ पुत्र खुसरो ने उसके विरुद्ध विद्रोह किया। खुसरो भागकर पंजाब जा पहुँचा। तब तत्कालीन सिख गुरु अर्जुनदेव ने उसे अपने यहाँ आश्रय दिया। इसलिए क्रोधित होकर जहाँगीर ने अर्जुनदेव को पकड़कर उनका वध किया। सिखों के इतिहास में मुसलमानों से लड़ते हुए स्वधर्म के लिए अपने प्राणों का बलिदान करनेवाला गुरु अर्जुन ही पहला वीर गुरु है। इसी गुरु अर्जुन के काल में सिखों में एक स्वतंत्र सशस्त्र संगठन के रूप में स्थापित होने की ईर्ष्या का जन्म हुआ और ऐसी प्रथा आरंभ हुई कि प्रत्येक सिखपंथीय व्यक्ति को एक नियत धार्मिक-कर गुरु को देना ही चाहिए। साथ ही पंथ में सैनिक शक्ति बढ़ाने के लिए एक सैनिक मोरचा भी बनाया गया।

११८. उनके गुरु के वध के कारण सिखों में मुसलमानों के विरुद्ध तीव्र रोष निर्माण हुआ। दिनोदिन वह गुप्त रूप से बढ़ता ही जा रहा था। उसके अनुयायियों में उस काल में और अंत तक जुझारू हिंदू जाट जाति के किसानों की ही अधिकता होती थी। ये हिंदू जाट उस पंथ में समाविष्ट होकर सबल हो गए थे। इसलिए उस पंथ के प्रति पंजाब के सभी हिंदुओं में ममता और एकात्मता की भावना थी। सिखों में मुगलों के धार्मिक अत्याचारों के परिणामस्वरूप हिंदू होने, हिंदू धर्म के संरक्षक होने और सिख पंथ के कट्टर अनुयायी होने के कारण जैसे-जैसे सैनिक प्रवृत्ति और संगठन का प्रचार होता गया, वैसे-वैसे वह पंथ एक उपद्रवी हिंदू सैनिक संगठन के रूप में मुगल शासक को खटकने लगा।

९१९. कुछ समय बाद ही गुरु अर्जुन के पुत्र गुरु हरगोविंद ने बादशाह को कर देना अस्वीकार कर दिया। तब उसे बंदी बनाकर बादशाह ने बारह वर्षों तक कारागार में रखा। कारावास से मुक्त होते ही उसने तत्कालीन मुगल बादशाह शाहजहाँ के विरुद्ध खुलकर विद्रोह कर दिया। उसे महत्त्वपूर्ण प्रबल विरोधी न मानकर शाहजहाँ ने उसके दमन के लिए एक छोटा सा 'शाही' सैन्य दल भेजा। संग्राम में सिख अकस्मात् इतने वेग और पराक्रम से लड़े कि मुसलिम सेना पराजित हुई। इससे पंजाब के हिंदुओं को यद्यपि आनंद और आश्चर्य हुआ, तथापि बादशाह ने उस ओर विशेष ध्यान नहीं दिया। ई.स. १६४५ में गुरु हरगोविंद की मृत्यु हो गई।

उनके बाद हरराय, हरकिशन और तेजबहादुर (तेगबहादुर) क्रमशः सिखों के गुरु बने। इस गुरुपीठ को सच्चा तेज और नैतिक सामर्थ्य वस्तुतः गुरु तेजबहादुर के धर्मकार्य के हेतु किए गए देदीप्यमान बलिदान से ही प्राप्त हुआ। गुरु तेजबहादुर का निवास आनंदपुर में हुआ करता था। हिंदुओं को बलपूर्वक भ्रष्ट कर मुसलमान बनाने के अत्याचार पंजाब में सर्वत्र बार-बार होते रहते थे। गुरु तेजबहादुर तथा उनके सिख सैनिकों ने इस कार्य में मुसलमानों का अनेक बार प्रतिकार किया था। इसी समय नरराक्षस औरंगजेब ने संपूर्ण हिंदू जगत् का समूल उच्छेद करने का अघोरी निश्चय किया था। हिंदू जगत् ने भी सारे भारत में उसके इस घोर दुष्कृत्य का तीव्र प्रतिकार और विरोध करना प्रारंभ कर दिया था। तभी औरंगजेब ने कश्मीर के समस्त ब्राह्मण वर्ग पर धर्मांतरण की धारदार तलवार उठाकर आज्ञा दी कि कश्मीर के श्रेष्ठ माने जानेवाले सभी ब्राह्मण या तो मुसलमान बनें या फिर उसके द्वारा लगाया हुआ असह्य कर दें। इस बादशाही आदेश से सर्वत्र हाहाकार मच गया। ऐसे कठिन प्रसंग में गुरु तेजबहादुर ने किसी धैर्यमेरु की भाँति दृढ़ता से हिंदुओं से कहा—"(कर) मत दो! स्वधर्म के लिए प्राण त्याग दो, परंतु स्वधर्म का त्याग मत करो!"

जब हिंदुओं ने ऐसी तेजस्वी वाणी में स्वाभिमानपूर्ण उत्तर देना प्रारंभ किया, तब औरंगजेब ने क्रुद्ध होकर गुरु तेजबहादुर को बंदी बनाया और यह दंड दिया कि 'तुम 'इसलाम' का वरण करो अथवा मृत्यु के लिए तैयार हो जाओ!' इसपर धर्मवीर गुरु तेजबहादुर ने अत्यंत तेजस्विता से उत्तर दिया—"मैं हिंदू धर्म का त्याग कभी भी नहीं करूँगा! तुम्हारी जो इच्छा हो, वह तुम कर लो!" तब और भी क्रुद्ध होकर औरंगजेब ने इस स्वाभिमानी, तेजस्वी गुरु तेजबहादुर का तत्काल शिरच्छेद कर दिया। यह घटना ई.स. १६७५ में हुई। इस बलिदान प्रसंग में गुरु तेजबहादुर के साथ उनके अनेक हिंदू शिष्यों को भी पकड़कर बंदी बनाया गया था। उन सभी ने मुसलमान बनना अस्वीकार किया था। इसलिए उन सबको भयंकर दुर्दशा करके मारा गया था। अनेक वीरों का शिरच्छेद किया गया और कुछ प्रमुख हिंदू वीरात्माओं को, उनके मस्तकों को आरी से काटकर दो-दो टुकड़े कर उन्हें तड़पाकर मारा गया था।

इन्हीं हिंदू हुतात्माओं में से एक थे 'भाई मतिदास।' मतिदास के कुल को 'भाई' प्रेममय उपाधि सिख गुरु द्वारा अर्पित की गई थी। इसी हुतात्मा भाई मतिदास के कुल में हमारे पंजाब के अर्वाचीन हिंदू राष्ट्रभक्त भाई परमानंद का जन्म हुआ था। पुण्यप्रतापी हिंदू राष्ट्रवीर श्री गुरु गोविंदसिंह इन्हीं वीर गुरु तेजबहादुर के पुत्र हैं।

१२०. हिंदू राष्ट्रवीर श्री गुरु गोविंदसिंह—सिख संप्रदाय को अक्षरश: खड्ग की धार चढ़ाकर उसका फौलादी, अभेद्य और जुझारू दुर्ग बनाने का महत्कार्य करने और पंजाब में महाराजा रणजीतसिंह के काल में सिखों की प्रबल तथा स्वतंत्र राजसत्ता स्थापित करने के हिंदूराष्ट्रकार्य की मूल, शक्तिशाली प्रेरणा देनेवाले महापुरुष श्री गुरु गोविंदसिंह ही थे। वे सिखों के दसवें गुरु थे। इसलिए उन्हें सिख ही नहीं, पंजाब के समस्त हिंदू बड़े प्रेम और आदर से 'दशम् बादशाह' कहते थे। इस सत्य को विशद करने के लिए उस महापुरुष के जीवन की अनेक पराक्रमी और रोमांचकारी घटनाओं में से कम-से-कम एक घटना का उल्लेख यहाँ करना समीचीन प्रतीत होता है।

१२१. गुरु नानक के बाद प्रत्येक बड़े धार्मिक संप्रदाय की भाँति गुरु नानक के शिष्यों में भी अनेक पंथोपपंथ निर्मित हुए; परंतु वे सभी शिष्य हिंदू समाज का ही जीवन व्यतीत करते थे। विवाह आदि मांगलिक कार्यों और सामाजिक व्यवहारों में वे हिंदू समाज से अलग नहीं हुए थे। हिंदू समाज के प्रत्येक संप्रदाय की भाँति उनके भी अपने कुछ विशेष धार्मिक मत होते थे। 'गुरुग्रंथ' में कबीर, नामदेव आदि अनेक हिंदू संतों के वचनों का भी एकत्र समावेश स्वत: गुरु नानक के वचनों के साथ किया गया है। सिखों के धर्मपीठों (गुरुद्वारों) में गुरु नानक के काल से आज तक उस 'आदिग्रंथ' का पाठ करते समय सभी वाणियों को समान रूप से पवित्र मानकर उनका पाठ किया जाता है। गुरु नानक के एक पुत्र ने ही एक पंथ स्थापित किया था। ऐसे उपपंथ उत्पन्न होते-होते जब सिखों पर सिख धर्म के, पर्याय से हिंदू धर्म के रक्षण के लिए मुगलों से युद्ध करने का विकट अवसर आया, तो उनको सिखों की शस्त्रसज्ज सेना तैयार करनी पड़ी। तब कुछ समय पश्चात् गुरु गोविंदसिंह के मन में स्वराज्य स्थापित करने की महत्त्वाकांक्षा जाग्रत् हुई। उसके लिए उन्हें गुरु के लिए प्राण भी देनेवाले, सशस्त्र युद्ध के लिए जीवन अर्पण करनेवाले और अत्यंत संगठित चुने हुए सिखों की एक स्थायी सेना स्थापित करने की आवश्यकता प्रतीत हुई।

१२२. तब गुरु गोविंदसिंह ने सर्वसाधारण सिखों की एक विशाल महासभा आमंत्रित की। उस अवसर पर लगभग उसी काल में सिखों द्वारा लिखे हुए पद्यमय ग्रंथों में हिंदुओं के पुराणों की शैली के बड़े सरस वर्णन मिलते हैं। यहाँ हम उसका इतिहास द्वारा प्रमाणित सारांश ही दे रहे हैं।

१२३. सिखों की उस विशाल महासभा में गुरु गोविंदसिंह ने सबसे कहा कि मैं स्वधर्म के लिए हर समय प्राण त्याग करने के लिए तत्पर रहनेवाले तथा सैनिक जीवन

को ही अपना पूर्णकालीन व्यवसाय बनाने के लिए तत्पर सिखों की एक स्थायी सेना बनाना चाहता हूँ। जो सिख इसके लिए आवश्यक कठोर व्रत स्वीकार करने के इच्छुक हों, वे मुझे अपने नाम बताएँ।

गुरु के पास जो अनेक नाम आए, उनमें से प्रथम पाँच सिखों को गुरु ने चुना। इन पाँचों सिखों पर गुरु गोविंदसिंह ने पहला संस्कार यह किया कि एक धारदार खांडे (छोटा खड्ग) को पानी में डुबोकर मंत्र पाठ करते हुए पानी में उसे चलाया और फिर उस मंत्रित फौलादी पानी से उन पाँचों सिखों के मस्तकों पर अभिषेक किया। इसका हेतु यह था कि उनमें से प्रत्येक का मन और प्रवृत्ति फौलाद की भाँति दृढ़ तथा खांडे की भाँति तीक्ष्ण और तेजस्वी बने। इन पाँचों सिखों को गुरु ने कुछ नियम या व्रत बताए—वे सदैव अपनी कटि में कृपाण बाँधेंगे। वे कभी अपने सिर के केश नहीं काटेंगे। अपने केशों में वे सदैव कंघा धारण करेंगे। वे हाथ में अपने जुझारू व्रत के प्रतीक के रूप में फौलादी कड़ा धारण करेंगे। वे सदैव कच्छा (लँगोट) धारण करेंगे।

इस प्रकार प्रत्येक व्रतस्थ मंत्रित सिख को केश, कंघा, कच्छा, कृपाण और कड़ा—ये पाँच चिह्न दिए गए। इन्हीं पाँच चिह्नों को 'पाँच कक्के' कहते हैं। इन पाँच सिखों के पश्चात् गुरु ने इसी प्रकार और भी कुछ सिखों को चुनकर ऐसी ही दीक्षा दी। गुरु द्वारा चुने गए व्रतस्थ, दीक्षित सिखों के उस विशिष्ट वीरदल को 'खालसा' नाम दिया गया, जो आगे चलकर पूरे भारत में विख्यात हुआ। 'खालसा' उर्दू शब्द है, जिसका मूल अर्थ ही 'चुने हुए' (चुनिंदा) है।

१२४. गुरु गोविंदसिंह को वांछित संख्या में ऐसे 'खालसा' सैनिक जैसे ही प्राप्त हुए, वैसे ही उन्होंने पंजाब की हिंदू और मुसलिम छोटी-छोटी रियासतों तथा प्रदशों को जीतने और लूटने का उपक्रम प्रारंभ किया। तब तत्कालीन मुगल बादशाह औरंगजेब, जिसने गुरु गोविंदसिंह के पिता गुरु तेजबहादुर का भी वध हिंदू धर्म नहीं त्यागने के कारण किया था, ने गुरु गोविंदसिंह को भी पकड़ने के लिए पंजाब में मुगल सेना भेजी। 'खालसा' सेना की जो लड़ाइयाँ मुगल सेना से हुईं, उनके कारण गुरु ने अपनी सुरक्षा के लिए आनंदपुर किले में आश्रय लिया। मुगल सेना ने तत्काल किले पर घेरा डाला। किले में गुरु के समवेत जो खालसा सेना युद्ध कर रही थी, उसमें गुरु के चार पुत्र—अठारह वर्ष से अधिक आयु के दो पुत्र और अठारह से कम आयु के दो पुत्र थे।

एक दिन गुरु ने अपने पुत्रों की परीक्षा लेने तथा अपनी सेना को प्रोत्साहन देने के उद्देश्य से अपने बड़े ज्येष्ठ पुत्रों को खालसा सेना के साथ किले के बाहर मुगल सेना से युद्ध करने के लिए भेजा। उस अत्यंत प्रबल मुगल सेना से युद्ध करते समय अनेक खालसा सैनिकों के साथ गुरुजी के दोनों पुत्र मारे गए। यह समाचार सुनकर भी उस अलौकिक वीर पिता ने 'वाहे गुरु दी जय, वाह! वाह!' का जयघोष करना चालू रखा। रात होने पर सदा की भाँति युद्ध बंद हुआ और शेष जीवित खालसा सैनिक

चोरी-छिपे चुपचाप किले में घुस गए। उन 'खालसा' (चुने हुए) सैनिकों में से कई सिखों का धैर्य रणभूमि में ही नष्ट हो चुका था। उनकी वह हताश अवस्था देखकर गुरु ने उनसे स्पष्ट शब्दों में कहा, "जो सिख अपनी प्राण रक्षा के लिए मुझे छोड़कर जाना चाहते हैं, वे 'खालसा दल' से निकलकर यथाशीघ्र किले के बाहर चले जाएँ! मैं बहुधा इस किले से बाहर निकलकर भी यह युद्ध इसी प्रकार चालू रखूँगा।" तब उन सैनिकों में से अनेक गुरु गोविंद को छोड़कर रातोरात किले के बाहर चले गए। तत्पश्चात् शीघ्र ही रात के अँधेरे में गुरु गोविंदसिंह अपने शेष प्रामाणिक 'खालसा' सिखों को भी विदा कर अपनी पत्नी और दो छोटे पुत्रों को लेकर किले से निकलकर मुसलमानी घेरे से बाहर निकल गए।

९२५. दुर्भाग्य से उस काली रात के घोर अंधकार में जंगल में सपरिवार भटकते हुए गुरु गोविंदसिंह के वे दोनों छोटे पुत्र उनसे बिछुड़ गए और अंत में मुगल सेना द्वारा पकड़े गए। दुष्ट मुसलमानों ने दस-बारह वर्ष से भी छोटी आयु के उन बालकों को धमकाते हुए कहा कि "बच्चो, तुम लोग हिंदू धर्म का त्याग कर मुसलमान बन जाओ, अन्यथा हम तुम्हारी भयंकर दुर्दशा कर तुम्हें मार डालेंगे।" तब उन दोनों सिंहशावकों ने निर्भयता से गर्जना कर तेजस्वी उत्तर दिया—"हम स्वधर्मार्थ मरने के लिए तैयार हैं।"

तब मुगल सेनाप्रमुख ने क्रोधित होकर आदेश दिया—"इन काफिर बच्चों को जिंदा दीवार में चुनवाकर मारा जाए!" तब सिर तानकर सीधे खड़े उन दोनों निर्भय बालकों के चारों ओर ईंट-चूने की पक्की दीवार बनाई गई। दीवार बंनाते समय उनसे बार-बार पूछा गया, "बोलो, क्या अब भी तुम मुसलमान बनने के लिए तैयार हो?" हर बार उन वीर बालकों ने उत्तर दिया, "नहीं, कभी नहीं!" अंत में गला दबाकर प्राण लेनेवाली अंतिम ईंटें रखने से पहले उनसे फिर पूछा गया, "ऐ काफिर बच्चो, क्या अब भी तुम हिंदू धर्म नहीं छोड़ोगे?" तब ऐसी प्राणघातक स्थिति में भी उन वीर सिंहशावकों ने वही उत्तर दिया, "नहीं, नहीं! हम अपने हिंदू धर्म का त्याग कदापि नहीं करेंगे!!" वे वीर हुतात्मा यथासंभव उच्च स्वर में हिंदू धर्म (सिख धर्म) का जयघोष करते रहे। तभी उन मुसलिम राक्षसों ने उनके मुखकमलों को दबानेवाली अंतिम ईंटें उनके सिरों पर रखकर उन्हें दीवार में चुनकर मार डाला!!

९२६. हिंदुओं के इतिहास में हिंदू-धर्मार्थ किए गए बलिदानों के जो कुछ अमर, भूषणास्पद अवसर हैं, उनमें गणना करने योग्य यह प्रसंग भी है। सिखों के हृदयों पर तो वह प्रसंग मानो रक्त के रंगों से चित्रित किया गया है। ऐसा उसपर लिखे गए काव्यों और इतिहासों से प्रतीत होता है। उपर्युक्त संक्षिप्त वर्णन उसी की एक अस्पष्ट-सी छाया मात्र है। ऐतिहासिक दृष्टि से यह घटना एक सत्य है। दुःख का विषय यह है कि उसका चित्रित वर्णन केवल काव्य के रंगों में ही उपलब्ध है!

९२७. कुमार हकीकत राय—इसी काल में कुमार हकीकत राय नामक एक

हिंदू बालक ने पाठशाला में सरस्वती-पूजन के दिन पटिया पर देवी का चित्र बनाया। उसे देखकर उस घोर अपराध (?) के लिए वहाँ के मुसलिम अधिकारियों ने उस बालक को मुसलमान बनने का दंड सुनाया। उसने मुसलमान बनना अस्वीकार किया, तो उसे मार डालने की धमकी दी गई। तब भी वह बालक अपना हिंदू धर्म छोड़कर मुसलमान बनने के लिए तैयार नहीं हुआ। तब भयंकर रीति से उसका वध किया गया। उस वीर हुतात्मा हिंदू बालक का स्मृति-दिवस आज भी पूरे पंजाब के हिंदू प्रतिवर्ष किसी धार्मिक त्योहार की तरह ही मनाते हैं।

९२८. गुरु गोविंदसिंह का अंत—इस प्रकार गुरु गोविंदसिंह के पुत्रों का हृदयविदारक वध होने के पश्चात् पंजाब के वनों में भटकनेवाले हताश, त्रस्त गोविंदसिंह ने बादशाह औरंगजेब को एक करुण प्रार्थनापत्र भेजा। राजनीति में ऐसे दाँव-पेंच चलते ही रहते हैं। बादशाह ने भी इस पत्र का उत्तर दिया। अंत में इस शर्त पर समझौता हुआ कि गुरु पंजाब छोड़कर अन्यत्र चले जाएँ। तब गुरु गोविंदसिंह पंजाब से निकलकर घूमते-घूमते महाराष्ट्र में नांदेड़ नामक स्थान पर पहुँचे और वहीं रहने लगे। वहाँ उनके दो पठान कर्मचारी युवकों ने षड्यंत्र रचकर उनपर तलवार से प्राणघातक वार किया। इससे गुरु गोविंद के जीवन का अंत हो गया।

९२९. गुरु गोविंदसिंह को बचपन में उनकी सुरक्षा के लिए पंजाब में नहीं, पटना में रखा गया था। बाल्यावस्था वहाँ व्यतीत होने के कारण गुरु गोविंदसिंह को भारतीय भाषा से बड़ा लगाव हो गया; उसपर उनका विद्वत्तापूर्ण अधिकार भी था। उनका लिखा हुआ अपना 'आत्मचरित्र' विचित्र नाटक हिंदी में ही है, गुरुमुखी यानी पंजाबी भाषा में नहीं। इस महत्त्वपूर्ण ग्रंथ के अलावा उन्होंने देवी चंडिका पर भी अनेक वीररसपूर्ण कविताएँ हिंदी में ही रची हैं। उन्होंने प्रत्यक्ष खड्ग को चंडिका का प्रतीक मानकर उसका सम्मान करने के लिए एक छोटा स्तोत्र रचा है। उसके कुछ वीररसपूर्ण उद्धरण हमने अपने अन्य ग्रंथों में भी 'जय तेगम्' (जय खड्गम्) शीर्षक से दिए हैं। इन दशम् गुरु अर्थात् वीर गुरु गोविंदसिंह की वाणी (बानी) हिंदी में है और खालसा पंथ को दी हुई उनकी दीक्षा भी परंपरावादी नानकपंथी सनातनी सिखों को मान्य उनका जो उपर्युक्त आदिग्रंथ 'गुरु ग्रंथ' है, उसमें अन्य नौ गुरुओं की वाणी एकत्र की है, परंतु दशम् गुरु गोविंदसिंह के ग्रंथों का समावेश नहीं किया गया है। इस आंतरिक कलह के कारण ही खालसा पंथ ने 'दशम् गुरु' नामक ग्रंथ में केवल गुरु गोविंदसिंह की वाणी का ही संकलन किया है।

९३०. हिंदुत्व की दृष्टि से दूसरी महत्त्वपूर्ण बात यह हुई कि खालसा पंथ की उत्पत्ति के कारण सिखों में सहजधारी और केशधारी—ये दो पंथ प्रचलित हुए। सहजधारी सिख केवल नानकपंथी आचारों का पालन करते हैं। वे केश नहीं रखते। वे अन्य 'कक्कों' का भी पालन करते ही हों, ऐसा भी नहीं है। सिख आचारों का भी पालन

करनेवाले हजारों हिंदुओं का अंतर्भाव इसी सहजधारी पंथ में होता है। ध्यान में रखनेवाली बात यह है कि यदि किसी ने सिखों को वीर वृत्ति का फौलादी रसायन पिलाकर उन्हें एक जीवंत, जुझारू और पंजाब की प्रबल मुसलिम सत्ता का भी संपूर्ण उच्छेद शस्त्रबल से करनेवाला हिंदू उपराष्ट्र बनाया तो केवल गुरु गोविंदसिंह ने ही बनाया है।

१३१. श्री वीर बंदा वैरागी—हिंदू राष्ट्र के इतिहास में अमर हुए वीरात्माओं और हुतात्माओं में जिसका नाम कभी भी छूटना नहीं चाहिए, ऐसा पंजाब के अत्याचारी मुसलमानों का हिंदू प्रतिशोध लेनेवाला पहला प्रत्याचारी और केवल पराक्रमी ही नहीं, अपितु प्रत्याक्रमी हिंदू पुरुष वीर बंदा वैरागी ही है। श्री गुरु गोविंदसिंह ने पंजाब का त्याग कर जब महाराष्ट्र के नांदेड़ नगर में स्थायी रूप से निवास किया, तब एक बार उनकी भेंट वहाँ के विख्यात वैष्णव साधु बाबा बंदा वैरागी से हुई। परिचय होने पर गुरु ने बंदा वैरागी को धीरे-धीरे पंजाब में हिंदुओं की हो रही घोर दुर्दशा का, मुसलमानों द्वारा किए जा रहे हिंदुओं के बलपूर्वक मुसलिमीकरण का, गुरु के अपने कुल पर आई हुई अनर्थ और संकट-परंपरा का और उसके प्रतिकार के लिए उनके स्वत: किए हुए घोर युद्ध का मर्मभेदी वृत्तांत विस्तार से बताया। उनके चार पुत्रों की क्रूर हत्या का प्रतिशोध ले सकनेवाला कोई भी हिंदू पंजाब में शेष नहीं रहा।

श्री गुरु गोविंदसिंह की यह मार्मिक व्यथा सुनकर वैरागी बंदा का भी रक्त खौल उठा। उसने अपना पूर्वाश्रम का शस्त्र धनुष-बाण पुन: धारण किया। गुरु गोविंदसिंह ने अपने समस्त शिष्यों के पास पत्र लिखा कि वे वीर बंदा की सर्वतोपरि सहायता करें। वह पत्र लेकर तथा हिंदुओं पर किए गए अत्याचारों का मुसलमानों पर भी वैसे ही प्रत्याचार कर प्रतिशोध लेने का दृढ़ निश्चय कर यह हिंदू वीर बंदा पंजाब गया।

१३२. परंतु क्या करें? स्थानाभाव से और अब किसी भी प्रकरण में अधिक लेखन करना हमारे लिए असंभव होने से जो कुछ लिखा है उसका समारोप करने के लिए ही जितना आवश्यक है, उतना ही लेखन कर यह ग्रंथ पूर्ण करना हमारी बाध्यता है, अन्यथा बाबा बंदा वैरागी द्वारा पंजाब में की गई मुसलमानों की घोर दुर्दशा का, उनके किए हुए शिरच्छेदों का, मुसलमानों द्वारा किए गए हिंदू स्त्रियों के अपमान का उसी प्रकार से लिये हुए प्रतिशोध का, जिस सरहिंद नगर में गुरु गोविंदसिंह के दो नन्हे वीर पुत्रों को मुसलमानों ने दीवार में चुनवाकर मार डाला था, उस सरहिंद नगर को जीतकर, उसकी मुसलिम बस्तियों को जलाकर, उन मुसलिम सरदारों के स्त्री-बच्चों को भी तपती कड़ी धूप में नंगे पाँव घुमाकर और मुसलमानों ने हिंदू धर्म का त्याग न करनेवाले हिंदुओं को जो असह्य यातनाएँ दी थीं, वैसी ही कठोर असंख्य यातनाएँ उनको भी देकर, सारे पंजाब में हिंदू राजसत्ता की जो यशस्वी दुंदुभि बजाई थी, उसका संक्षिप्त वर्णन हम अवश्य ही करते। इस ग्रंथ के पूर्वार्द्ध में प्रकरण छह में यह बताया गया है कि हिंदुओं ने भी क्वचित् प्रसंगों में मुसलमानों पर जो धार्मिक प्रत्याचार किए थे,

उनके कारण मुसलमान किस प्रकार भयभीत हुए थे।

पंजाब में बाबा बंदा के भी वैसे ही प्रत्याचारों से भयभीत होकर वहाँ के मुसलमान काँप उठे थे। अंत में दिल्ली के बादशाह ने उसके दमन के लिए पंजाब में बड़ी सेना भेजी। वीर बंदा के सैनिक पथकों ने छापामार युद्ध कर उस विशाल शाही सेना को अनेक स्थानों में पराजित किया। वीर बंदा स्वयं को 'हिंदुओं का सेनापति' कहलाता था—यह बात खालसा पंथ के सिखों को चुभने लगी। धीरे-धीरे यह वैमनस्य बढ़ने लगा, जिससे वीर बंदा द्वारा एकत्र हिंदू सिख सेना में फूट पड़ी और खालसा सिख सैनिक उस प्रतापी सेनापति वीर बंदा को त्यागकर चले गए।

उस अकेले खालसा पंथ में मुसलमानों से युद्ध कर जीतने की शक्ति नहीं थी। इसलिए मुगल सेना प्रबल हुई और उसके साथ एक घनघोर युद्ध किया, जिसमें वह पराक्रमी वीर सेनापति बंदा वैरागी मुसलमानों द्वारा पराभूत होकर अपने एकमात्र पुत्र और निकटवर्ती सहयोगियों सहित बंदी बनाया गया। वीर बंदा के अंदर कोई अद्‍भुत जादू है—ऐसा भय अधिकतर मुसलमानों के मन में समाया हुआ था। बड़े-बड़े मुसलिम अधिकारियों में भी ऐसी धारणा प्रचलित थी कि वीर बंदा के पाँवों में बेड़ियाँ ठोंकने के बाद भी वह जादू से किसी भी समय बिल्ली का रूप धारण कर भरी सेना के मध्य से भाग सकता है। इस जादू के बल पर वह देखते-ही-देखते कहीं भाग न जाए—इस भय से बंदा वैरागी को लोहे के एक विशाल मजबूत पिंजड़े में उसके हिंदू साथियों के साथ बंद कर मुसलिम सेना की विशाल टुकड़ी के संरक्षण में दिल्ली भेजा गया।

दिल्ली में जब उसे बादशाह के सामने प्रस्तुत किया गया, उस समय का वह भीषण प्रसंग!! वीर बंदा, उसका एकमात्र नन्हा पुत्र और उसके लगभग सौ हिंदू शिष्यों का, जिन्होंने हिंदू धर्म का त्याग नहीं किया, इसलिए किया गया आराद्य, भीषण उत्पीड़न और क्रूर वध! उनके रक्त की बहाई गई नदियाँ! वीर बंदा का तो शिरच्छेद न कर असह्य यातनाओं द्वारा वध करने के हेतु से किया गया उत्पीड़न, उसके शरीर को तप्त, लाल, तीक्ष्ण संडसी से गोद-गोदकर निकाले गए मांस के टुकड़े!! प्रत्येक कृतज्ञ, जिज्ञासु हिंदू को सिखों के तथा स्वत: मुसलिमों के तत्कालीन ग्रंथों में जो वर्णन दिया गया है उसे अवश्य पढ़ना चाहिए!

१३३. हमने लिखा था सिखों का वह इतिहास—हमें दु:ख इस बात का है कि पाठकगण हमारे लिखे हुए सिखों के इतिहास से वह वर्णन पढ़ें, ऐसा आज हम नहीं कह सकते। इसका कारण भी यहाँ हम संक्षेप में बता दें। इंग्लैंड से साधारणत: सन् १९०९ में राज्य-क्रांति की हलचल में जब हम फ्रांस गए थे, तब एक-दो महीने मैडम कामा के घर में रहे थे। उस काल में हमने अपने संग्रह किए हुए साधनों और सामग्री का उपयोग कर मराठी में सिखों का लगभग दो सौ पृष्ठों का सप्रमाण और खून खौलानेवाला उत्तेजक इतिहास लिखा था। इसे लिखने के पूर्व में हमने सिखों के साहित्य

का प्रथम ग्रंथ 'भाई बाबा की जनम साखी' अर्थात् गुरु नानक के प्रत्यक्ष जीवन की भाई बाबा नामक शिष्य द्वारा लिखी हुई गाथा से लेकर दशम् गुरु के दशम् ग्रंथ तक प्रामाणिक मूल पुस्तकों का अध्ययन किया था। कनिंघम अंग्रेज लेखकों द्वारा लिखे हुए सिखों के इतिहास तो हमने पढ़े ही थे। महाराजा रणजीतसिंह ने पंजाब से मुसलिम राजसत्ता का उच्छेद कर शतद्रु (सतलज) से सिंधु तक तथा ऊपर जम्मू-कश्मीर तक विस्तारित नया हिंदू राज्य स्थापित किया था और जयपाल तथा अनंगपाल के प्राचीन पराभव का प्रतिशोध लिया था। उस महाराज्य की स्थापना तक के वृत्तांत का वर्णन हमने इस ग्रंथ में किया था। परंतु इस इतिहास की पांडुलिपि संभवतया अंग्रेजों के हाथों पड़ी और नष्ट हो गई। यह दु:ख हमें आज भी व्यथित करता है। यह भी संभव है कि जिसके साथ हमने वह पांडुलिपि प्रकाशनार्थ गुप्त रूप से भारत भेजी थी, उसने ही अंग्रेजी पुलिस (आरक्षक) के भय से 'समुद्रास्तृप्यंतु' किया होगा अर्थात् समुद्र को अर्पित कर दी होगी। अर्थात् हमारा वह मराठी ग्रंथ प्रकाशित होने से पूर्व ही लुप्त हो गया। संभवतया नष्ट ही हो गया।

१३४. फिर भी जिसे वीर बंदा और उसके हिंदू सैनिक साथियों के अमर बलिदान की वह भीषण कथा पढ़ने की उत्सुकता हो, वह इसी प्रसंग पर अंडमान में लिखी हुई हमारी कविता, जो आज भी उपलब्ध है, को अवश्य पढ़े।

१३५. वीर बंदा के शिष्यों में प्रचलित आख्यायिका के अनुसार, उपरोक्त भीषण उत्पीड़न के बाद वीर बंदा को मृत समझकर उन क्रूर मुसलिम राक्षसों ने उसका शरीर दिल्ली से बाहर कूड़े पर फेंक दिया। बंदा के कुछ शेष शिष्यों ने उसे कुछ अद्भुत वनस्पतियाँ खिलाईं, जिसके परिणामस्वरूप उसके शरीर में पुन: चेतना आई। तब वे शिष्य उसे लेकर गुप्त रूप से पंजाब चले गए। आगे चलकर वहाँ पर उसका एक गुरुपीठ 'बंदई' स्थापित हुआ। आज भी वीर बंदा के वंशज 'बंदई' नामक यह गुरुपीठ चला रहे हैं और सैकड़ों सिख उसके अनुयायी हैं। वे स्वयं को रामसिंह गुरु के कूका सिख संप्रदाय की भाँति कट्टर हिंदू समझते हैं।

१३६. वीर बंदा की मृत्यु के बाद सिखों के खालसा पंथ में तथा बंदई, सहजधारी आदि अन्य पंथों-उपपंथों में कहीं भी राजनीतिक और सैनिक बल शेष नहीं बचा। पंजाब में सर्वत्र फूट और अराजकता मची थी। इसके विपरीत बंदा वीर तक हिंदुओं से संघर्ष करते-करते मुसलमानों की भी राजसत्ता जर्जर हो गई थी। वही दशा दिल्ली की भी थी। उस समय समस्त भारत में अधिकाधिक समर्थ हो रही हिंदुओं की नवीन शक्ति, मराठों की राजनीतिक और सैनिक शक्ति तथा महत्त्वाकांक्षा प्रबलतर होती जा रही थी। प्रत्यक्ष दिल्ली में तथा पंजाब से मुलतान, कश्मीर, कंधार आदि प्रांतों में मुगल बादशाह का शासन नाममात्र को ही था। हर स्थान पर स्थानीय गुंडों का ही राज चलता था।

१३७. तत्पश्चात् सिखों की सत्ता का विकास किस प्रकार हुआ, पंजाब से

कश्मीर तक सारे प्रांतों में मुसलिम राजसत्ता का किस प्रकार अंत हुआ और महाराजा रणजीतसिंह की स्वतंत्र हिंदू राजसत्ता की स्थापना किस प्रकार हुई—इन समस्त वृत्तांतों की केवल सूचना ही यहाँ दी जा सकती है। कारण, ये घटनाएँ इस समीक्षा-ग्रंथ के संकलित काल के पश्चात् घटित ऐतिहासिक घटनाएँ हैं।

९३८. इस पंजाबी इतिहास के काल के बारे में दो-तीन महत्त्वपूर्ण विधेय (मुद्दे) सूत्र रूप में यहाँ बताना संभव है और आवश्यक भी।

अ. पंजाब में मुसलिम राजसत्ता का उच्छेद कर उसे स्वतंत्र करने का प्रथम यशस्वी प्रयास मराठों ने किया। सिखों के इतिहास में अथवा अन्य भारतीय इतिहासों में भी सिखों ने सर्वप्रथम पंजाब से मुसलिम राजसत्ता का उच्छेद किया—इस प्रकार का जो अनुत्तरदायित्वपूर्ण छिछला विधान किया गया है, वह भ्रांतिपूर्ण और मिथ्या है। सिख राजसत्ता जब अपने चरमोत्कर्ष पर पहुँच गई थी, तब भी वह अपने पड़ोस के दिल्ली राज्य को पूर्णतः जीत नहीं सकी थी—इस सत्य का कथन करने में सिखों को दोष देने का या नीचा दिखाने का उद्देश्य कदापि नहीं है; परंतु मराठों के सच्चे राष्ट्रीय पराक्रम को मिथ्या वल्गनाओं द्वारा तुच्छ समझनेवाले निंदकों का मुँह बंद करने का हेतु अवश्य है। यह निर्विवाद है कि पंजाब में मुगल बादशाही का उच्छेद कर महाराजा रणजीतसिंह के राज्य के समान स्वतंत्र हिंदू राज्य स्थापित करने का मुख्य श्रेय हमारे सिख संगठन को ही है। उसके साथ ही यह भी निर्विवाद है कि उन सात शताब्दियों के हिंदुओं के इतिहास में पुणे से निकलकर नीचे दक्षिण में तंजावूर तक और ऊपर उत्तर में सिंधु एवं उसके भी उस पार हिंदू राष्ट्र का जुझारू और आरोही ध्वज ले जाकर फहरानेवाले तथा दिल्ली के मुसलिम बादशाहों को नाममात्र का 'कठपुतली' बादशाह बनानेवाले मराठों का प्रचंड पराक्रम अतुलनीय है।

आ. नेपाल का स्वतंत्र हिंदू राज्य—हमारे यहाँ के (भारतीय) अधिकांश इतिहास-ग्रंथों में अथवा विद्यालयीय पुस्तकों में अन्य सारे भारतीय प्रदेशों का उल्लेख रहता है; आश्चर्य की बात यह है कि उनमें नेपाल के प्रदेश का तथा वहाँ के शूर हिंदू राज्य का नाममात्र का भी उल्लेख नहीं रहता। मानो नेपाल का भारतीय हिंदू राष्ट्र से कुछ संबंध ही नहीं है! परंतु वास्तविक रूप से महाराष्ट्र, पंजाब अथवा मद्रास प्रदेश जिस प्रकार और जितने हिंदू राष्ट्र के अविभाज्य अंग हैं, उसी प्रकार उतना ही नेपाल भी हिंदू राष्ट्र का अविभाज्य अंग और अंश है। इस प्रांत अथवा उस प्रांत में प्रसंगोपात्त विभिन्न राजसत्ताएँ रही होंगी; परंतु राष्ट्र की दृष्टि से ये सारा उपभाग इस हिंदू राष्ट्र का ही अंगभूत है, हिंदू राष्ट्र से ही एकजीव, एकरूप हो गया है।

भारत के अन्य प्रांतों पर उन नौ-दस शताब्दियों में एशियाई मुसलमानों और

यूरोपीय म्लेच्छों के अनेक आक्रमण तथा युद्ध सतत होते रहे; परंतु सौभाग्य से नेपाल को उन म्लेच्छों के राजनीतिक और धार्मिक आक्रमणों से उतना उपद्रव नहीं हुआ। कुल मिलाकर नेपाल में सारे हिंदू धर्म और हिंदू-स्वातंत्र्य म्लेच्छों के उपद्रवों का यशस्वी प्रतिकार कर निर्बाध रूप से बना रहा। इस कारण सच कहें तो नेपाल को हिंदू राष्ट्र का उत्तमांश ही माना जाना चाहिए। हमारे हिंदू राष्ट्र के इतिहास में ससम्मान प्रथम प्रणाम नेपाल को ही किया जाना चाहिए! परंतु हमारी विवेकशून्यता के कारण वस्तुतः परिणाम विपरीत ही हुआ है। अन्य भारतीय प्रांतों की भाँति नेपाल पराधीनता के कीचड़ में नहीं धँसा, वहाँ की हलचल या उथल-पुंथल से उसका विशेष संबंध नहीं रहा। इसलिए हमारे इन उथले-छिछले इतिहास-ग्रंथों में नेपाल का नाम ही नहीं रहता; अगर रहता भी है, तो कभी भूले-भटके अपवादस्वरूप ही।

९३९. इस स्वाभिमानशून्य विपरीतता को निरस्त करने के लिए हमने ई.स. १९२४ में अंडमान से मुक्त होते ही पूरे हिंदुस्थान-नेपाल के लिए एक हिंदू संगठित स्वतंत्र अभियान चलाया था, यह प्रसिद्ध है। उस समय हमने 'नेपाली आंदोलन का इतिहास' नामक स्वतंत्र ग्रंथ भी लिखा। उसमें नेपाल के पराक्रमी इतिहास का तथा उसके द्वारा किए गए हिंदू-स्वातंत्र्य के संरक्षण का वृत्तांत भी दिया है। इस समीक्षात्मक ग्रंथ में स्थानाभाव के कारण वह वृत्तांत देना अब संभव नहीं है और उसकी यहाँ आवश्यकता भी नहीं है। पिछली दस शताब्दियों के प्रारंभ में नेपाल में पहले हमारे नेवारी हिंदुओं का राज था। उसके पश्चात् राजस्थान में मुसलमानों के उपद्रव के कारण जो पराक्रमी राजपुरुष मेवाड़ से निकलकर भाग्योदय अन्यत्र करने गए, उनमें से एक पराक्रमी राजपूत नेता अपने अनुयायियों के साथ हिमालय में नेपाल की ओर गया। वहाँ उसने एक छोटे से स्वतंत्र हिंदू राज्य की स्थापना की। आगे चलकर इन राजपूतों ने काठमांडू तक के प्रदेश को जीता और काठमांडू नगर को ही अपनी राजधानी बनाया। उन्होंने जिस प्रबल हिंदू राज्य की स्थापना की थी, वह आज का यह नेपाल का राज्य है। भारतीयों का ध्यान नेपाल के महत्त्व तथा उसके हिंदू राष्ट्र के साथ एकात्मता और एकरूपता के नाते की ओर आकर्षित करने के लिए नेपाल के इतिहास का इतना संक्षिप्त उल्लेख ही पर्याप्त है। ये राजपूत कट्टर गोरक्षक होते थे। फलतः धीरे-धीरे उनका जातिवाचक नाम ही 'गोरक्षक'—'गोरखा' पड़ गया।

९४०. यद्यपि कालक्रम के अनुसार वह आगे की घटना है, तथापि यहाँ पर यह बताना उचित होगा कि जब भारत पर अंग्रेजों का राज था, तब अंग्रेजी सेना के सैनिकों के रूप में सारे विश्व में फैले हजारों गोरखा सैनिकों ने यूरोप के दोनों महायुद्धों में अत्यंत शौर्य दिखाया और इंग्लैंड, अमेरिका तथा जर्मनी के भी सैनिकों को आश्चर्यचकित करनेवाला सैनिक कौशल दिखाया। इस कारण आज के सारे विश्व में गोरखा अर्थात् उत्कृष्ट सैनिक यह समीकरण बन गया है।

इ. **अकबर का परवर्ती जीवन**—अकबर ने अपने पूर्वजीवन में हिंदू धर्म और हिंदू राज्यों का उच्छेद करने के लिए जो क्रूरता दिखाई और जो नृशंस अत्याचार किए, उनका इस ग्रंथ में किया हुआ उपर्युक्त संक्षिप्त उल्लेख भी यह सिद्ध करने के लिए पर्याप्त है कि अकबर भी राक्षसी धर्मोन्माद तथा हिंदू-द्वेष से उतना ही ग्रसित था, जितना अलाउद्दीन या औरंगजेब।

१४१. अकबर अन्य मुगल अथवा मुसलिम बादशाहों जैसा आततायी नहीं था, अपितु वह हिंदू धर्म का द्वेष न करनेवाला, न्यायप्रिय, हिंदू या मुसलमान ऐसा क्षुद्र भेदभाव न रखनेवाला, समता से राज्यशासन चलानेवाला एक महान् मुगल बादशाह था। इसलिए हिंदू लोगों को उसके विषय में अपार आदर और कृतज्ञता का भाव मन में रखना चाहिए—इस प्रकार आज तक के यूरोपीय और हिंदू इतिहास-ग्रंथ एकमुख से अकबर का सतत जयघोष और गुणगान करते आए हैं।

वस्तुत: इसका कारण केवल परकीय इतिहासकारों की मायावी प्रवृत्ति और स्वकीय इतिहासकारों की दास्यप्रवण तथा विवेकशून्य प्रवृत्ति और रीति है। हम हिंदू या तो राणा प्रताप के प्रति आदर और पूज्यभाव रख सकते हैं अथवा फिर उसके शत्रु अकबर के प्रति। उन दोनों के साथ हम समान आदरभाव कैसे रख सकते हैं? देव और दैत्य की पूजा एकसाथ कैसे कर सकते हैं? कहाँ राणा प्रताप जैसे तेजस्वी हिंदू राजाओं का स्वातंत्र्य भी छीनकर उन्हें अपने सत्तापाश में, दासता में जकड़नेवाला और हिंदू धर्म का मानभंग करने के लिए हिंदू राजा अपनी कन्याएँ भी उसे दें, उसके जनानखाने में ठूँस दें, ऐसी अत्याचारी माँग स्पष्ट रूप से करके उनका क्रूर उच्छेद करनेवाला धर्मांध मुसलिम अकबर और कहाँ हमारे हिंदू राष्ट्र के, राज्य के और धर्म के रक्षणार्थ लड़ते हुए प्राण-त्याग करनेवाले राणा प्रताप, रानी दुर्गावती आदि हजारों हुतात्मा और वीरात्मा!

१४२. हमारे इन अधिकतर भोले, लांगूलचालक हिंदू लेखकों के ध्यान में दूसरा जो महत्त्वपूर्ण मुद्दा (विधेय) नहीं आया, वह यह है कि अकबर सर्व प्रजाजनों के साथ समता का व्यवहार करनेवाला और मनुष्यमात्र की समता का सम्मान करनेवाला श्रेष्ठ बादशाह हो गया—ऐसा जो स्कूलों में भी सिखाया जाता है, वह पूर्णत: तथ्यहीन और मिथ्या है। वह मुसलिमों की व्यर्थ स्तुति करने की प्रवृत्ति का परिणाम है। कारण, अकबर एक मुगल सम्राट् था। उसके मुगल साम्राज्य का विरोध कर उसके अधीन होनेवाले प्रत्येक शत्रु का वह क्रूरता से भी दमन करने में हिचकिचाता नहीं था, चाहे वह शत्रु मुसलमान ही क्यों न हो।

अब सारे मुसलमान तो मुगल नहीं थे। अफगान और तुर्क सुलतानों के हिंदुस्थान में जो राज्य या 'शाहियाँ' थीं, उनका विनाश करके ही अकबर ने मुगल साम्राज्य का विस्तार किया। इसीलिए वे मुगलों से अत्यंत द्वेष करते थे। अर्थात् अकबर अपने मुगल साम्राज्य के विस्तार के लिए केवल हिंदू राज्यों के ही नहीं, अपितु मुसलिम राज्यों के भी

विरुद्ध किसी भी वैयक्तिक महत्त्वाकांक्षा रखनेवाले सम्राट् की भाँति युद्ध करता था, उन्हें जीतकर अपने राज्य का विस्तार करता था। अर्थात् वह समस्त मुसलमानों से भी समता का व्यवहार नहीं करता था। उसने अनेक मुसलिम राज्यों को भी कुचल डाला, नष्ट किया। केवल अपना अकेले का साम्राज्य टिकाए रखने के लिए ही अकबर ने अपने उत्तर-जीवन में हिंदुओं पर 'जजिया' आदि प्रक्षोभक धार्मिक कर नहीं लगाए अथवा लाखों हिंदुओं को शस्त्रबल से मुसलमान बनाने के अभियान नहीं चलाए। उसका मुख्य उद्देश्य हिंदू और मुसलमानों के साथ समतापूर्वक व्यवहार करना नहीं था। सत्य तो यह है कि पूर्वकाल में जब-जब मुसलिम सुलतानों ने हिंदुओं पर ऐसे प्रत्यक्ष धार्मिक अत्याचार किए, तब-तब हुए उसके भयंकर परिणामों से अकबर भलीभाँति परिचित था। वैसे, अत्याचार करनेवाली उत्पीड़क धर्मांध मुसलिम सुलतानशाहियाँ हिंदू असंतोष की अग्नि में कभी-कभी पूर्णत: जलकर भस्म हो गई थीं! इसलिए अकबर ने अपने उत्तर-जीवन में अपने लगभग संपूर्ण उत्तर भारत के एकच्छत्र साम्राज्य में शांति बनाए रखने के लिए हिंदू तथा मुसलमान—सारी प्रजा के साथ क्रूर, वैयक्तिक न्याय आदि प्रकरणों में किसी औरंगजेब की तुलना में बहुत ही सौम्य, निरुपद्रवी और उदार व्यवहार किया। वह बरताव हिंदू-मुसलमानों की धर्मनिरपेक्ष एकात्मता और समता की भावना अथवा मनुष्य मात्र की स्वतंत्रता के आदरभाव से से प्रेरित नहीं था अथवा 'हिंदू धर्म' 'काफिरों' का धर्म है—ऐसी उसकी आंतरिक भावना नहीं थी।

१४३. परंतु ऐहिक राजसत्ता में सर्वसत्ताधीश, सम्राट्, सर्वेसर्वा बनने के पश्चात् अकबर की दुर्दम्य महत्त्वाकांक्षा और भी अधिक जाग्रत् हुई। मैं इस लोक में ऐहिक सम्राट् तो बन गया, परंतु परलोक में भी मैं ही सम्राट् बनूँ, मैं जगत् का पैगंबर भी बनूँ, यह इच्छा उसके मन में जाग्रत् हुई। इस दृष्टि से उसने हिंदू और मुसलिम दोनों धर्मों से अलग 'दीने इलाही' नामक एक धर्म चलाने का प्रयास किया।

यहाँ ध्यान देने लायक बात यह है कि पहले के मुसलिम सुलतानों ने अथवा बाद के औरंगजेब जैसे बादशाह ने, जिस प्रकार हिंदुओं को बलपूर्वक मुसलमान बनाया, वैसा करना असंभव होने के कारण ही अकबर ने 'दीने इलाही' द्वारा युक्ति से हिंदू धर्म का ही उच्छेद करने का प्रयास किया था। कारण, इस धर्म का मुख्य पैगंबर 'अकबर' ही माना जाता था। इस धर्म को स्वीकार करनेवाले हिंदुओं को अभिवादन करने के लिए 'जय गोपाल' या 'नमस्कार' कहना पर्याप्त नहीं होता था, अपितु 'अल्ला हो अकबर' का घोष करना पड़ता था। उस धर्म की भाषा भी पर्शियन, अरेबिक ही थी।

इस विषय में इतना ही कहना पर्याप्त होगा कि अकबर की मनुष्यजाति का पारलौकिक सम्राट् बनने की यह 'शेखचिल्ली' जैसी महत्त्वाकांक्षा भी पूर्णत: विफल होकर मिट्टी में मिल गई। कारण, अकबर के इस नए धर्म को हिंदू और मुसलमान—दोनों धर्मों के बहुत कम अनुयायी मिले। जिन थोड़े लोगों ने अकबर को प्रसन्न करने के

लिए इस धर्म को स्वीकार किया था, वे भी अकबर की मृत्यु के बाद लापता हो गए।

१४४. तथापि तत्कालीन विश्व के यूरोप, अफ्रीका और एशिया के महाद्वीपों में जो महान् बादशाह, सम्राट् और राज्यकर्ता हुए, उनमें अकबर भी एक कुशल शासक, कूटनीतिज्ञ, एक विशाल साम्राज्य का विजेता और नियंता, विद्याओं और कला-कौशल का भोक्ता तथा कुछ इतिहासकारों के मतानुसार, जिसे स्वयं एक अक्षर भी लिखना-पढ़ना नहीं आने के बावजूद जिसने बड़े-बड़े विद्वानों तथा गुणीजनों को अपने दरबार में रखकर उनके द्वारा श्रेष्ठ ग्रंथों की रचना करवानेवाला एक श्रेष्ठ, महान् बादशाह हो गया। उसकी इतनी ही सापेक्ष स्तुति इतिहास कर सकेगा। वह जितना श्रेष्ठ था, उतना श्रेष्ठ या महान् तो हम भी उसे कहते हैं; परंतु उसके भी आगे जाकर हम हिंदुओं की दृष्टि से वह परकीय, परधर्मीय, अत्याचारी और अधम था। इसलिए हम हिंदुओं को उसका धिक्कार ही करना चाहिए।

□

प्रकरण—९

मुसलिम राजसत्ता के महाकाल मराठे

१४५. वस्तुतः इतिहास घटित घटनाओं का वर्णन सीधी-सपाट गद्य जैसी रूक्ष और त्रोटक भाषा में हो—ऐसी सर्वसाधारण प्रचलित धारणा है। वह अधिकांश सत्य भी है। जो केवल काल्पनिक एवं काव्यमय है और जो केवल घटित ही है, उसका वर्णन भिन्न-भिन्न प्रकार का होना ही चाहिए। उनकी उत्कृष्ट अभिव्यक्ति सालंकृत काव्य अथवा सीधे-सपाट रूक्ष गद्य जैसे भाषा-प्रकारों से ही हो सकती है। केवल घटनाओं के संवत् देना, अमुक व्यक्ति की मृत्यु हुई, अमुक का जन्म हुआ, अमुक लड़ाई हुई, अमुक संवत् में बड़ा अकाल पड़ा—इस प्रकार का केवल घटित घटनाओं का सपाट लेखन इतिहास का मूलाधार अवश्य है, परंतु वह इतिहास नहीं है। उसे 'संवतावली' (सनों की सूची) कहा जा सकता है।

विशुद्ध इतिहास और काव्य के बीच भी कुछ भाग ऐसा होता है कि उसकी यथार्थ अभिव्यक्ति इतिहास और काव्य के उचित सम्मिश्रण से ही हो सकती है। उसके बिना उस प्रसंग के वर्णन में सरसता तथा जीवंतता आती ही नहीं है। ऐसे प्रसंग में इतिहास अकस्मात् अपने-आप काव्यमय हो जाता है। ऐसे प्रसंग में पुराणों के अद्‌भुत रूपकों की दैविक वर्णन-शैली का अवलंबन लिये बिना उन घटनाओं की अलौकिकता की उचित मात्रा में रसपूर्ण अभिव्यक्ति की ही नहीं जा सकती।

मनुष्य साधारण घटनाओं का वर्णन यथातथ्य सीधी-सपाट गद्य भाषा में कर सकता है। ईश्वर ने उसकी प्रकृति और स्वभाव ही ऐसा बनाया है कि उत्कट, भव्य, अलौकिक जैसी किन्हीं भावनाओं को उद्‌दीपित करनेवाली घटना का, चाहे वह बिलकुल साधारण घटना ही क्यों न हो, तब भी वह सीधे-सपाट शब्दों में, रूक्ष गद्य में वर्णन कर ही नहीं सकता। वह घटना ऐसे रूखे शब्दों में समाती ही नहीं है। यही कारण है कि मनुष्य अकस्मात् खिलखिलाकर हँसता है, फूट-फूटकर रोता है, आनंद से नाचता है, क्रोध से भड़क उठता है अर्थात् वह उत्कट भावनाओं की ही भाषा में बोलने लगता है।

ऐसी उत्कट भावनाओं की नैसर्गिक भाषा ही 'काव्य' है (फिर प्रसंगोपात्त वह गद्य में भी हो सकता है। ऐसा गद्य उपमा, उत्प्रेक्षा, रूपक आदि अलंकारों से, आभूषणों से किसी राजराजेश्वर की भाँति सुसज्जित रहता है।

'निषाद विद्धाण्डजदर्शनोत्थ: श्लोकत्वमापद्यत यस्य शोक: ॥'

१४६. क्या यह उस आदि कवि का ही प्रत्यक्ष प्रमाण नहीं है कि मूल श्लोक का, आदि काव्य का जन्म ही सीधे-सपाट शब्दों में न समानेवाली अत्युत्कट भावना से हुआ था!

१४७. परंतु ऐतिहासिक, अलौकिक घटनाओं का भावनात्मक वर्णन करते समय इतनी सावधानी अवश्य रखनी चाहिए कि उसके कारण कहीं मूल घटनाओं का स्वरूप ही विकृत न हो जाए। उस यथोचित भावनात्मक दर्पण में भी साधार इतिहास का स्वरूप स्पष्ट दिखाई देना चाहिए।

१४८. अब हम इस ग्रंथ में भारतीय इतिहास के जिस काल की चर्चा करेंगे, वह काल भी हिंदू राष्ट्र की दृष्टि से कुछ ऐसी अलौकिक, हृदयद्रावक घटनाओं से सज्जित है कि उनका वर्णन करते समय भावनाओं की काव्यमयी भाषा ही उनकी यथार्थ और जीवंत अभिव्यक्ति कर सकेगी।

१४९. इस ग्रंथ के आठवें अध्याय में हिंदू और मुसलमानों के छह-सात शतकों से चल रहे महायुद्ध का साधारणत: सोलहवीं सदी की समाप्ति के बाद सत्रहवीं सदी में प्रवेश हुआ था। इतनी सदियाँ बीतने पर भी समस्त एशिया के अरब, अफगान, पठान, तुर्क, मुगल आदि सारी मुसलमान जातियों के राजनीतिक और धार्मिक भीषण आक्रमणों से बार-बार जर्जर होने के बावजूद हिंदू राष्ट्र सत्रहवीं सदी के प्रारंभ तक उत्तर या दक्षिण भारत में नामशेष नहीं हुआ था। उलटे उस विपरीत स्थिति में रणभूमि में आहत होकर भी वह सतत युद्धरत रहा था।

इसके विपरीत ई.स. ६०० से १६०५ (अकबर की मृत्यु) तक—दस शताब्दियों तक हिंदू राष्ट्र से सतत संघर्ष करते-करते सारे एशिया के उपर्युक्त मुसलिम शत्रु राष्ट्रों की ही आक्रामक शक्ति क्षीण होती जा रही थी। प्रकरण छह में समस्त भारत को व्याप्त करने जा रही 'मुसलमानी सत्ता' की इतिश्री शीर्षक में उल्लिखित अथश्री (प्रारंभ) ईसवी सन् के चौदहवें शतक से ही किस प्रकार हो गया था और विजयनगर के विजयशाली नए हिंदू राज्य की स्थापना होने की संभावना किस प्रकार बनती जा रही थी—इस वस्तुस्थिति का दिग्दर्शन हमने पूर्व में किया है।

१५०. हिंदुओं की वही पुनरुज्जीवन की सामर्थ्य बढ़ती रही और अब हम ईसवी सन् की सत्रहवीं शताब्दी के जिस क्षण तक पहुँचे हैं, उस क्षण में हिंदुओं की उस वृद्धिशील सामर्थ्य का धुरंधरत्व अंतिमत: संपूर्ण भारत में जो कर सकेगा, ऐसे एक

अपूर्व और अलौकिक हिंदू वंश के प्रादुर्भाव की आवश्यकता इतिहास गर्भ, पौराणिक भाषा में कहा जाए तो भारत की अधिष्ठात्री देवी को ही अधिक प्रतीत हुई। प्राचीनकाल में शक, हूण आदि म्लेच्छों का निर्दलन करने के लिए भारत की अधिष्ठात्री देवी को जब इसी प्रकार की आवश्यकता की अनुभूति हुई थी, तब उसने आबू पर्वत पर एक महायज्ञ कर किस प्रकार चार भारतीय वीर पुरुष उत्पन्न किए थे—इस कथा का चाँद भाट (चंदबरदाई ने) अपने महाकाव्य के 'अग्निकुल की कथा' अध्याय में वर्णन किया है। परंतु दुर्भाग्य से, हम जिस काल (सत्रहवीं शताब्दी) के बारे में लिख रहे हैं, उसके काल में भारत में होनेवाले हिंदू-मुसलिम महायुद्ध में मुसलिम राजसत्ता के समूल उच्छेदन के लिए केवल चार दैवी वीर पुरुषों की उत्पत्ति पर्याप्त नहीं थी। उस महत्कार्य के लिए दैवी वीर पुरुषों की एक संपूर्ण जाति उत्पन्न करने की आवश्यकता थी। महाकवि चाँद भाट के पौराणिक, परंतु इतिहास गर्भ रूपक में ही कहें तो भारत की अधिष्ठात्री देवी ने इस अपेक्षा से पूरे भारत पर दृष्टि डाली। दस शताब्दियों तक चल रहे इस हिंदू-मुसलिम महायुद्ध का एकबारगी अंत कर मुसलिम राज्यसत्ता का संपूर्ण अंतिम निर्दलन करने के लिए अधिकतर समर्थ ऐसे हिंदू वीरों की संपूर्ण जाति उत्पन्न करने के लिए आबू पर्वत का वह छोटा सा यज्ञकुंड कैसे पर्याप्त होगा? उसके लिए तो दक्षिण का सह्याद्रि ही उचित तेजोमंडित यज्ञभूमि है, ऐसा सोचकर भारत की उस क्रुद्ध अधिष्ठात्री देवी ने मंत्रोदक का सिंचन दक्षिण में सह्याद्रि पर्वत पर ही किया। और अकस्मात् पूरा-का-पूरा सह्याद्रि पर्वत सुलगकर प्रज्वलित हो उठा। एक के बाद एक अग्निकल्लोल प्रज्वलित होते गए और उनमें से सैकड़ों, हजारों, लाखों सशस्त्र वीर पुरुषों का संपूर्ण समूह, जाति और राष्ट्रकुल प्रादुर्भूत हुआ। उसमें से प्रत्येक वीर पुरुष ने उन ज्वालाओं की मलिकाओं में से एक-एक ज्वाला उखाड़कर, उसका ही अपने हाथ में भगवा ध्वज बनाकर उठा लिया और वे पूरे भारत में मुसलमानी राजसत्ता के समूल नाश के लिए 'हर-हर महादेव' का रणघोष करते हुए संचरण करने लगे। इस राष्ट्रकुल का नाम था 'शिवकालोत्पन्न महाराष्ट्र'!

९५१. विश्व के अहिंदू शत्रुओं से अकेले हिंदू महाराष्ट्र का युद्ध—इसी काल में इस दश शताब्दीव्यापी हिंदू-मुसलिम महायुद्ध के रण-कोलाहल के साथ ही एक ऐसा भीषण संकट भारत पर, विशेत: महाराष्ट्र पर आया था, वैसा प्राणघातक भीषण संकट-प्रसंग विश्व के भी बहुत कम, अपवादात्मक राष्ट्रों पर ही आया था, ऐसा इतिहास से ज्ञात होता है।

समस्त एशिया के अत्याचारी मुसलिम राष्ट्र भारत पर उत्तर से एक के बाद एक कैसे टूट पड़े थे—यह हमने बताया ही है। परंतु एशिया के अरब, पठान, तुर्क, अफगान, मुगल आदि मुसलिम राष्ट्रों के साथ ही इस काल में भारत पर, विशेषत: दक्षिण भारत पर समुद्र-मार्ग से पुर्तगाली, डच, फ्रांसीसी, अंग्रेज आदि प्रबल और आक्रामक यूरोपीय

राष्ट्रों के सैनिक टिड्डी दलों की भाँति हिंदू राष्ट्र और हिंदू धर्म का समूल नाश करने की प्रतिज्ञा लेकर आए थे और टूट पड़े थे। उस यज्ञोत्थित शिवकालोत्पन्न महाराष्ट्र को ही विश्व के इन सारे लुटेरे अहिंदू राष्ट्रों के भयंकर आक्रमणों का सामना अकेले करना पड़ा था। विश्व के इतिहास की एक महान् आश्चर्य-कथा यह है कि इस 'यज्ञोत्थित महाराष्ट्र' ने विश्व के उन सारे अहिंदू राष्ट्रों के समस्त भीषण आक्रमणों को सफलतापूर्वक टक्कर दी और उसने उन सारे परशत्रुओं की छुट्टी कर दी। उसने दिल्ली के मुगल बादशाही तख्त के टुकड़े-टुकड़े कर पूरे भारत में तत्कालीन मुसलिम राजसत्ता की इतिश्री भी की।

९५२. महाराष्ट्र के इस अलौकिक पराक्रम की गाथा उसके सत्य स्वरूप में कम-से-कम महाराष्ट्र के लोगों को तो साधारणतः ज्ञात हो ही गई है। मराठों के इतिहास का यह सत्य, दिव्य और भव्य भारतीय स्वरूप प्रकट करने का श्रेय रानडे, खरे, राजवाड़े, इतिहासाचार्य सरदेसाई आदि महान् लेखकों और इतिहास शोधकर्ताओं को है। रानडे का अपवाद छोड़कर अन्य सबके ग्रंथ मराठी भाषा में हैं। मराठी के अतिरिक्त विश्व की अंग्रेजी आदि अन्य भाषाओं में भी मराठों के इतिहास लिखे गए हैं। परंतु वे मुसलमान, पुर्तगाली, अंग्रेज आदि हमारे पूर्व शत्रुओं द्वारा जान-बूझकर तथा हमारे भारत के ही अन्य प्रांतों के देश-बंधुओं में अधिकतर अज्ञान के कारण अत्यंत गलत ढंग से लिखे गए हैं।

९५३. इसलिए विद्यार्थी काल से ही मेरी बड़ी हार्दिक इच्छा थी कि महाराष्ट्र का यह शिवोत्तरकालीन इतिहास उसके अधिक संशोधन स्वरूप में अंग्रेजी भाषा में लिखा जाए और उसे पढ़कर पूरे विश्व की आँखें खुल जाएँ! परंतु प्रारंभ से ही हमने अपना स्वयं का कार्यक्षेत्र कर्तव्य-भावना से इतिहास काल की अपेक्षा वर्तमान काल के स्वराष्ट्र के शत्रु से संघर्ष करना ही चुना था, इसलिए हम ब्रिटिश-विरोधी राज्य-क्रांति के कोलाहल में व्यस्त हो गए। इसीलिए हमें महाराष्ट्र के पुराने इतिहास के बारे में कुछ लिखने के लिए अंडमान के 'काले पानी' से मुक्त होकर स्वदेश वापस आने तक का समय ही नहीं मिला। फिर हमने यह भी सोचा कि इतिहास को ही संपूर्णतः समर्पित श्रद्धेय श्री सरदेसाई जैसे इतिहासकार द्वारा ही यह महत्कार्य संपन्न होना अधिक श्रेयस्कर और श्रम-विभाजन की दृष्टि से अधिक सुविधाजनक होगा। हम उस दिशा में प्रयास भी करते रहे।

९५४. श्री सरदेसाई से भेंट—विषय निकला ही है तो इस संबंध में एक रोचक संस्मरण यहीं सुनाना उचित होगा। रियासतकार सरदेसाई से मिलने की उत्कट इच्छा हमें अपनी युवावस्था से ही थी। कारण, उनके ही द्वारा लिखे गए इतिहास को हम सतत पढ़ते रहते थे। परंतु हम ठहरे विद्रोही राज्य-क्रांतिकारी, और वह थे एक उच्च पदस्थ राजलेखक, भले ही बड़ौदा जैसी रियासत के ही क्यों ने हों! वह आयु में भी

हमसे बहुत बड़े थे। उसके बाद हमें अंडमान का कारावास भोगना पड़ा। सन् १९२४ में हम वहाँ से मुक्त होकर स्वदेश लौट आए। हमारे क्रांतिकाल के अनेक कृत्यों को सरदेसाई ने 'पराक्रम' कहकर गौरवान्वित किया है कि ऐसा सुना था। जब हम रत्नागिरी में रहते थे, तब भी हमारी यह उत्कट इच्छा रहती थी कि सरदेसाई अंग्रेजी में 'मराठों का इतिहास' लिखें! हमने उन्हें वैसे मौखिक संदेश कई बार भेजे, परंतु उनके पास पत्र लिखने का साहस हम नहीं कर सके। कारण, हमारा हस्ताक्षर या हस्तलेख का अर्थ था आग की चिनगारी! हो सकता था कि उनके जैसे सरकारी अधिकारी के घर को वह आग ही लगा दे! हमारे क्रांतिकारी आंदोलन के समय में ऐसे कई उदाहरण होते थे। इसलिए हम चुप रहे।

एक दिन हमारे रत्नगिरी के घर में, हमने श्री नाना पटवर्धन का जो मकान किराए पर लिया था, उस किराए के घर में एक वृद्ध सज्जन द्वार खोलकर अंदर आए। हमने उन्हें आदरसूचक उत्थापन देते हुए प्रश्न किया, "कौन?"

उन्होंने कहा, "मैं हूँ बड़ौदा का सरदेसाई। आप मुझे इतिहास-लेखक के रूप में जानते हैं।"

"तो क्या आप रियासतदार सरदेसाई हैं?" हमने एकदम चौंककर पूछा।

उन्होंने 'हाँ' कहा। तब हमने अत्यंत आनंद से उनका स्वागत करते हुए उन्हें बताया कि किस प्रकार विद्यार्थी जीवन में ही हमने उनका महाग्रंथ 'मुसलमानी रियासत' पढ़ा था और तब से हमारे मन में उनके प्रति नितांत आदरभाव है। हमने उनके आज तक प्रकाशित सारे ग्रंथ पढ़े हैं। उनसे हमारा एक साग्रह विनम्र निवेदन है कि अनेक देशों में अनेक अमराठी विद्वानों के बीच रहने का अवसर प्राप्त होने के दौरान हमें यही दृष्टिगत हुआ कि उन्हें मराठों के इतिहास की महानता की जानकारी तो दूर, उस इतिहास का पूरा ज्ञान भी नहीं होता। अनेक विद्वानों के मन में तो मराठों के प्रति एक प्रकार का द्वेष ही रहता है। इसलिए उनसे हमारी प्रार्थना है कि वह स्वयं ही अपने मराठी इतिहास का संकलन कर एक अधिकृत साधार मध्यम आकार का, सरल इतिहास अंग्रेजी में लिखें, जिसे पढ़कर अमराठी जगत् को भी उसके सत्य स्वरूप की जानकारी होगी।

उसपर उन्होंने उत्तर दिया, "यह कार्य अब कोई दूसरा करे।" तब हमने पुन: निवेदन किया, "जी नहीं, हमारी दृष्टि में आप ही आज तक के ऐसे एकमात्र अधिकारी लेखक हैं, जो यह कार्य कर सकते हैं। यद्यपि वृद्धत्व के कारण अब यह कार्य करना आपके लिए कठिन होगा, तथापि इसे अंतिम स्वर्णकलश के रूप में आप स्वीकार कर प्रारंभ करें। यह कार्य अवश्य पूर्ण होगा। कारण, ईश्वर ने आपको दीर्घायुष्य का वरदान दिया है—यह स्पष्ट है। इसलिए अंग्रेजी में ऐसा इतिहास लिखना आप यथाशीघ्र प्रारंभ कर दें!"

इसके पश्चात् कुछ अन्य साधारण औपचारिक बातचीत हुई और वह विदा होने

लगे। तब उनका सम्मान करते हुए हमने कहा, "आप जैसे महान् इतिहास-लेखक का दर्शन आज हुआ—इस बात का हमें अत्यंत आनंद है।" हमारा वाक्य पूरा भी नहीं हो पाया कि उन्होंने तत्काल उत्तर दिया—"जी नहीं, सच्चा आनंद तो मुझे हो रहा है! मैं तो केवल इतिहास-लेखक हूँ, परंतु आप इतिहासकार, इतिहास बनानेवाले हैं! आप इतिहास बनाते हैं, तब हम उसे केवल लिखकर रखते हैं। आप एक इतिहास-निर्माता हैं, इसीलिए मैं आज आपसे मिलने आया हूँ।" इसके बाद हमने एक-दूसरे से साभार विदा ली।

९५५. यहाँ पर यह बताना भी उचित होगा कि हमारी उस भेंट के पंद्रह-बीस वर्ष पश्चात् ही सही, इतिहास-लेखक सरदेसाई ने अपनी जीवन साधना के परिपक्व फल के रूप में अंग्रेजी भाषा में ही मराठों का विस्तृत इतिहास तीन खंडों में लिखा।

९५६. ईसवी सन् १९२४ में अंदमान से छूटकर भारत आने के बाद भी राजनीति में प्रत्यक्ष भाग लेने की पाबंदी लगाकर हमें रत्नागिरी में स्थानबद्ध करके रखा गया था। वहाँ भी संचारबंदी का पालन करना हमारे लिए अनिवार्य था। केवल रत्नागिरी में ही संकुचित, सीमित उस जीवन में ग्रंथ आदि साधनों का अभाव होते हुए भी हमने यह निश्चय किया कि हम स्वयं ही शिवोत्तरकालीन महाराष्ट्र के असामान्य पराक्रम का तथा उसने मुसलिम राजसत्ता का निर्दलन कर हिंदू राष्ट्र का जो विमोचन किया उसकी विशेषता बृहत्महाराष्ट्र के अन्य भाषिक प्रांतों और विश्व के परराष्ट्रों को निवेदन करने हेतु अंग्रेजी भाषा में मराठों का विस्तृत (detailed) इतिहास नहीं; परंतु उस इतिहास की हमारे दृष्टिकोण से आलोचना करनेवाला एक समीक्षा ग्रंथ लिखेंगे। अपने उस निश्चय के अनुसार हमने वह ग्रंथ लिखकर फरवरी १९५२ के पूर्व में ही पूरा भी किया।

९५७. हिंदू पदपादशाही—हमने उस ग्रंथ का नाम 'मराठों का इतिहास' न रखकर 'हिंदू पदपादशाही' रखा। कारण, हमारे विचारानुसार मराठों ने महासंग्राम केवल महाराष्ट्र के लिए या उनके घर के आँगन या खेती-बाड़ी की सुरक्षा के लिए नहीं, अपितु इस कारण लिखा था कि उन्हें मूलतः हिंदू धर्म और हिंदू राष्ट्र से प्रेम था और महाराष्ट्र भी उसी हिंदू राष्ट्र का एक भाग था। इसलिए जो 'हिंदू' शब्द उनके मुख में रामनाम की भाँति रूढ़ था, उस हिंदू धर्म और हिंदू राष्ट्र को मुसलमानों की दासता से मुक्त कर पूरे हिंदुस्थान में हिंदू राज्य 'स्वराज्य' स्थापित करना ही उनका उद्देश्य था। दिल्ली की मुसलिम बादशाही का सर्वनाश कर हिंदू पदपादशाही का हिंदू धर्म महामंदिर निर्मित करना ही उस नवीन महाराष्ट्र के इतिहास की प्रमुखतम और प्रबलतम आंतरिक प्रेरणा थी। श्री समर्थ रामदास स्वामी ने लिखा है—

'या सकल भूमंडलाचे ठायी।
हिंदू ऐसा उरला नाही॥'

—इस समस्त भूमंडल में कोई सच्चा हिंदू शेष नहीं रहा! इन शब्दों में अभिव्यक्त

की हुई तीव्र आंतरिक व्यथा से ही मराठों का अगला सारा इतिहास रचा गया। रामदास स्वामी कहते हैं—

'प्रस्तुत यावनांचे बंड। हिंदू उरला नाही चंड।
बहुता दिसाचे भुंड। शास्ता न मिले तयासी॥'

—यवनों का उपद्रव (चारों ओर) प्रस्तुत है, कोई चंड (प्रबल) हिंदू बचा नहीं है; बहुत दिनों से ये यवन उद्दंडता कर रहे हैं, परंतु उन्हें कोई शास्ता (दंडित करनेवाला) नहीं मिल रहा है।

९५८. हिंदू मन की इसी व्यथा से पूरा महाराष्ट्र आक्रोश से भर उठा था। उस शतक में समस्त हिंदुस्थान को व्याप्त करनेवाले हजारों महाराष्ट्रीय आंदोलन, षड्यंत्र, अभियान, युद्ध, आक्रमण, प्रत्यावर्तन, इन सबके सुसंगत और असंगत समस्त ऐतिहासिक वृत्तांतों तथा घटितों का साध्य आज तक के बड़े-बड़े इतिहासकारों के लिए भी अबूझ और असाध्य बना हुआ समन्वय 'हिंदू राष्ट्र' और 'हिंदू पदपादशाही'—इन दो मंत्रमय शब्दों से होता है। इसीलिए उस हिंदू-मुसलिम संघर्ष के सहस्रवर्षव्यापी इतिहास पर वह महायुद्ध जीतकर समाप्ति की हिंदू विजयमुद्रा अंकित करनेवाला यह 'हिंदू पदपादशाही' शब्द ही हमें अपने मराठों के इतिहास के समीक्षा-ग्रंथ के लिए शीर्षक लगा और हमने अपने ग्रंथ का वही नाम रखा।

९५९. अपने इस ग्रंथ में हमने मराठों का सारा इतिहास संपूर्ण विवरणों के साथ नहीं दिया है। कारण, इतिहासकारों ने इसके पूर्व भी इस दिशा में विपुल परिश्रम किए हैं। अंग्रेजी में श्री जदुनाथ सरकार ने और मराठी में श्री सरदेसाई ने उन विस्तृत साधन संशोधक परिश्रमों का संकलन और यथासंभव समन्वय भी करनेवाले महत्त्वपूर्ण ग्रंथ पहले ही लिखे थे। इसलिए पुनरुक्ति से बचने के लिए हमने मराठों का ऐसा विस्तृत इतिहास लिखने का यत्न नहीं किया। पुनश्च, हमारे स्नेही श्री विष्णुपंत दामले ने उस स्थानबद्धता के प्रसंग में भी हमें रत्नागिरी के समीप शिरगाँव नामक छोटे से गाँव में रहने के लिए जो एक छोटा सा कक्ष दिया था, उसमें बैठकर संदर्भ ग्रंथों जैसे साधनों के अभाव में वैसा ग्रंथ लिखना संभव भी नहीं था।

९६०. हिंदू राष्ट्र—अँधेरी रात में वन में भटका हुआ पथिक जब अपने पास की बिजली की बत्ती (torch) निकालकर चारों ओर उसका प्रकाश डालता है, तब उसे समस्त वस्तुजगत् स्पष्ट और यथावत् दिखाई देता है और उस प्रकाशमयी स्थिति में उसके मन को अपना मार्ग स्पष्ट रूप से ज्ञात होता है। उसी प्रकार अपने महाविद्यालयीय काल में जब हमने उस समय उपलब्ध मराठी इतिहास के विस्तृत, परंतु अस्त-व्यस्त ग्रंथसंभार पर हिंदू राष्ट्र दृष्टि की विद्युत्लता का तीव्र प्रकाश डाला, तब हमारा मन भी अकस्मात् प्रकाशमय हुआ। हिंदू राष्ट्र को उस दीप्तिमय दृष्टिकोण से देखते ही मराठी

इतिहास का वह अस्त-व्यस्त, असंगत और बिखरा हुआ प्रपंच हमें सुसंगत तथा सुसमन्वित लगने लगा। उसके सच्चे यथार्थ, उसके अलोकसामान्यत्व का दर्शन हमें उसी समय हुआ। उसे केवल 'मराठों का इतिहास' के रूप में पढ़ने पर श्री जदुनाथ सरकार सहित अधिकतर इतिहास-लेखकों को वह एकांगी, स्वार्थी, लुटेरा, कलहप्रिय और भुक्खड़ प्रतीत हुआ हो—ऐसा वह कदापि नहीं है। उस काल में हमारे महान् हिंदू राष्ट्र पर समस्त एशिया, यूरोप और अफ्रीकी महाद्वीपों के, अर्थात् तत्कालीन समस्त ज्ञात विश्व के परधर्मीय और परकीय अहिंदू शत्रु जब लगातार आक्रमण कर रहे थे और उनके साथ उनके दमन के लिए हिंदू जाति द्वारा दस शताब्दियों तक घोर महायुद्ध किए जाने पर भी किसी हिंदू राजा या हिंदू समूह वर्ग द्वारा उस महायुद्ध को जीतकर समाप्त करने का कोई चिह्न दिखाई नहीं दे रहा था, तब उस महायुद्ध को जीतकर समाप्त करने का दायित्व अब उसे अकेले ही स्वीकार करना होगा—ऐसा दृढ़ निश्चय कर उठ खड़े हुए, जाग्रत् महाराष्ट्र का सम्यक् दर्शन हमें उसी समय हुआ।

९६१. हिंदू स्वातंत्र्य युद्ध—साधारणत: सत्रहवीं शताब्दी के आरंभ से मराठों द्वारा किए गए इस हिंदू-स्वातंत्र्य युद्ध के इतिहास पर इस हिंदू राष्ट्रीय दृष्टिकोण से हमारा अंग्रेजी में लिखा हुआ उपर्युक्त 'Hindu Pad Padshahi' (हिंदू पदपादशाही) ग्रंथ प्रत्येक हिंदुत्वनिष्ठ व्यक्ति अवश्य पढ़े, ऐसी विनम्र प्रार्थना हम स्वयं दंभपूर्ण विनय छोड़कर राष्ट्रीय कर्तव्य के लिए करते हैं। कारण, यथाशक्ति त्रयस्थ, तटस्थ दृष्टि से देखने पर भी हमें स्वयं को ही अपना वह ग्रंथ मराठों के तत्कालीन इतिहास पर आज जितने ग्रंथ उपलब्ध हैं, उन सबमें अत्यंत मार्मिक और हिंदुत्व के उस छलकते हुए राष्ट्रीय जीवन-रस से परिपूर्ण लगता है। मराठों के राजारामकालीन इतिहास को 'बाजारू लुटेरों की धमाचौकड़ी' कहनेवाले विदेशियों और स्वकीयों को भी मुँहतोड़ उत्तर देते हुए श्री रानडे ने उसे 'महाराष्ट्र का स्वातंत्र्य युद्ध' कहा है।

९६२. तत्पश्चात् राजाराम के काल के बाद लगभग एक शताब्दी तक मराठों ने जो यह अक्षरश: महाभारतीय युद्ध किया, वह केवल 'महाराष्ट्रीय स्वातंत्र्य युद्ध' नहीं, अपितु 'महाभारतीय स्वातंत्र्य युद्ध' था। हमारा लिखा हुआ 'हिंदू पदपादशाही' समीक्षा-ग्रंथ उस महायुद्ध का एक स्मारक, एक 'स्वर्ण मंदिर' है। उस महायुद्ध देवता की अजंता के रंगशिल्प जैसी ही एक मनोहारी मूर्ति है।

९६३. फिर भी उस ग्रंथ के हर परिच्छेद का एक-एक वाक्य साधार है। उनमें प्रामाणिक इतिहासकारों के वाक्यों के उद्धरण हैं, इसलिए वे साधार हैं। यही नहीं, इस पुस्तक में हमने इस काल में राजनीति के सूत्रधार तथा प्रत्यक्ष रणभूमि में युद्ध करनेवाले वीर पुरुषों द्वारा समय-समय पर उच्चारण किए हुए वाक्य ज्यों-के-त्यों दिए हैं तथा उनके द्वारा अपने हाथों से लिखे हुए अद्यावत् पत्रों के उद्धरण भी दिए हैं। इसलिए यह पुस्तक जितनी पठनीय है, उतनी ही विश्वसनीय भी है। ऐसी बात नहीं है कि प्रतिभाशाली

इतिहास-लेखक श्री राजवाड़े को महाराष्ट्र के उस इतिहास के अखिल भारतीय हिंदू स्वरूप की जानकारी बिलकुल ही नहीं थी, परंतु उनके लेखन में उसका सर्वांगीण समन्वय जैसा होना चाहिए था, वैसा नहीं हुआ था। क्वचित् यह भी संभव है कि उनका ग्रंथसंभार अतिशय प्रचंड होने के कारण उसका सप्रमाण अवलोकन एक दृष्टि में समग्र रूप में से करना उनकी जैसी विशाल बुद्धिमत्ता को भी साध्य नहीं हुआ होगा। इसलिए उस इतिहास की उनकी समीक्षा कई स्थानों पर अधूरी और विसंगत लगती है। ऐसे में अंग्रेज, मुसलमान आदि शत्रु पक्षीय इतिहासकारों का तो इस प्रकरण में नाम ही लेना व्यर्थ है। इसलिए ऐसी परिस्थिति में मुसलिम राजसत्ता का संपूर्ण नाश कर उस महाभारतीय युद्ध को जीतनेवाले उस इतिहास की हिंदू राष्ट्रीय दृष्टिकोण से समीक्षा करनेवाला हमारा 'हिंदू पदपादशाही' ग्रंथ ही अद्वितीय है। प्रत्येक हिंदुत्वनिष्ठ व्यक्ति को उसे पढ़ना ही चाहिए—ऐसा हमारा आग्रहपूर्वक निवेदन है।

९६४. इस कारण से तथा हमारा स्वास्थ्य क्षीण होने से हम वह समीक्षा यहाँ पुनः उद्धृत नहीं करेंगे। जिज्ञासु पाठक उसे हमारे 'हिंदू पदपादशाही' अंग्रेजी ग्रंथ से पढ़ सकते हैं। इस ग्रंथ का मराठी अनुवाद भी श्री ग.पां. परचुरे ने प्रकाशित किया है। 'छह स्वर्णिम पृष्ठ' ग्रंथ में अब उस सहस्रवर्षव्यापी हिंदू-मुसलिम महायुद्ध में हिंदुओं ने अंत में मुसलिम राजसत्ता का संपूर्ण नाश कर जो अंतिम महान् विजय प्राप्त की, उस उत्कर्ष बिंदु तक पहुँचानेवाले घटनाक्रम की केवल अनुक्रमणिका की स्वर्णशृंखला का प्रदर्शन ही आवश्यक है। नीचे अब हम वही कर रहे हैं।

९६५. असामान्य घटनाओं की अनुक्रमणिका—हमने अब तक इस ग्रंथ में प्रकरण आठ तक इस हिंदू-मुसलिम महायुद्ध की समीक्षा सत्रहवीं शताब्दी के प्रारंभ तक की है। उसके आगे सत्रहवीं शताब्दी की पहली महत्त्वपूर्ण घटना थी ई.स. १६२७ अथवा १६३० में शिवाजी का जन्म होना।

९६६. शिवाजी का जन्म—शिवाजी के पिता शहाजी राजा भोंसले की गणना उस काल के राजकार्य निपुण और युद्ध कुशल श्रेष्ठ मराठा सरदारों में होती थी। उस काल के सारे मराठा सरदारों को महाराष्ट्र पर उस समय शासन करनेवाली पाँच मुसलिम सुलतानशाहियों में से किसी-न-किसी के अधीन होकर ही रहना पड़ता था। पूरे महाराष्ट्र में हिंदुओं की बित्ता भर स्थान पर भी स्वतंत्र सत्ता बची नहीं थी। शहाजी राजा भोंसले के उस समय जन्म लेनेवाले छोटे पुत्र शिवाजी के भाग्य में आगे चलकर उसके ही नेतृत्व में मुसलिम राजसत्ता का शिरच्छेद करने के लिए प्रवाहित उष्ण रक्त से हिंदू स्वातंत्र्य का उद्घोषक स्वराज्यतिलक लगना लिखा हुआ था!

९६७. आश्चर्यजनक संयोग—दैवयोग हो अथवा ईश्वरीय इच्छा के अनुसार हो, काकतालीय न्याय से हो या बोए हुए प्रयत्नों की एक ही समय में उग आई लहलहाती फसल के रूप में हो, जिजामाता ने जब शिवाजी को जन्म दिया, उस समय से हिंदू-

मुसलिम संघर्ष की राष्ट्रीय रणभूमि में भी एक आश्चर्यकारक परिवर्तन घटित हुआ।

९६८. ईसवी सन् ६०० से लेकर सत्रहवीं सदी के आरंभ तक साधारणत: जहाँ-जहाँ भी हिंदुओं और मुसलमानों की प्रचंड सेनाओं में युद्ध हुए, जहाँ-जहाँ भी उनके बीच राष्ट्रों और राज्यों पर निर्णायक परिणाम करनेवाले युद्ध हुए, वहाँ-वहाँ कुछ थोड़े अपवाद छोड़कर हिंदू सेना की संपूर्ण पराजय और मुसलिम नेताओं को संपूर्ण विजय ही बहुधा निष्ठुर रणदेवता का अंतिम निर्णय रहता था। कोई हाथी पर बैठा—इसलिए, तो कोई पालकी में बैठा—इसलिए, कहीं अकस्मात् विश्वासघात हुआ—इस कारण, तो कहीं हिंदुओं के हाथ विजय आने पर भी केवल संयोगवश, अंत में हिंदू सेना का संपूर्ण पराभव ही हो जाता था। वीर दाहिर का युद्ध, वीर जयपाल का युद्ध तथा वीर अनंगपाल, वीर पृथ्वीराज, वीर महाराणा सांगा, इन सबके द्वारा शताब्दियों तक किए गए घमासान युद्धों से लेकर विजयनगर के वीर रामराजा द्वारा सन् १५६५ में तालिकोटा में किए हुए युद्ध तक प्रत्येक निर्णायक युद्ध के निष्ठुर रणदेवता का निर्णय हिंदूपक्ष के विरुद्ध ही रहा और उन सभी युद्धों में अटल रूप से हिंदुओं का पराभव ही हुआ।

९६९. सत्रहवीं शती—साधारणत: शिवाजी के जन्म से हिंदू-मुसलिम संघर्षों में उसी निष्ठुर रणदेवता के निर्णय में अकस्मात् अत्यंत आश्चर्यजनक परिवर्तन दृष्टिगत होने लगा कि पूर्वकाल में हिंदू-मुसलिम युद्धों में हिंदुओं का ही पराभव होता रहा, उसी प्रकार अब इसके पश्चात् जितने भी हिंदू-मुसलिम युद्ध हुए, उनमें हिंदुओं की विजय और मुसलमानों की पराजय निश्चित रूप से होने लगी। सत्रहवीं शताब्दी के आरंभ से जहाँ-जहाँ भी मुसलमानों का सामना युद्ध में हुआ, वहाँ-वहाँ हिंदुओं ने उन्हें खदेड़कर कुचल डाला। महासंग्राम हों अथवा छिटपुट लड़ाइयाँ हों, उनमें हिंदू सेना की विजय और मुसलिम सेना की पराजय होगी—यह प्राय: निश्चित ही रहता था। हमने अपने 'हिंदू पदपादशाही' ग्रंथ में महाराष्ट्र की भूमि पर ही नहीं, अपितु पंजाब से लेकर दक्षिण समुद्र तक और पश्चिम से पूर्व समुद्र तक सैकड़ों युद्धों में मराठों द्वारा मुसलमानों के किए हुए पराभवों की लंबी विजय-सूची, जो हिंदुओं की छाती गर्व से चौड़ी करनेवाली है, दी है। उसे प्रत्येक हिंदू युवक को अवश्य पढ़ना चाहिए।

९७०. संरक्षण नहीं, आक्रमण—मराठों द्वारा समस्त हिंदू राष्ट्र का नेतृत्व स्वीकार करने के पश्चात् हिंदू-मुसलिम संग्रामों में (ऊपर बताए तथ्यों के अनुसार) पूरे भारत में सर्वत्र जो हिंदुओं की ही विजय और मुसलमानों की पराजय होती गई, उसका एक मुख्य कारण यह था कि शत्रु पर भी सैनिक आक्रमण करना नैतिक दृष्टि से अश्लाघ्य है, पाप है, स्वधर्मानुकूल नहीं है—इस प्रकार की क्षत्रियत्व की विकृत निष्ठा और सद्‌गुण विकृति के रोग ने अधिकांश हिंदू समाज को मध्यकाल में जो ग्रस्त किया था, उस रोग से मराठों ने अपने साहसी पराक्रम से हिंदू मन को शीघ्र ही मुक्ति दिलाई।

९७१. वस्तुत: शत्रु हम पर आक्रमण करे, उससे पहले ही हम स्वयं उसपर

आक्रमण करें—यही राष्ट्रीय शस्त्रबल का मुख्य सिद्धांत है। हिंदुओं में मुसलमानों के विरुद्ध ऐसी आक्रामक प्रवृत्ति का पुनर्संचार करने का सक्रिय प्रयोग मराठों से पूर्व केवल विजयनगर के हिंदू राज्य की स्थापना के समय हिंदुओं ने यशस्विता से किया था; परंतु वह केवल दक्षिण में ही रह गया था और तालिकोटा की भीषण पराजय के बाद हताश हिंदू मन को मुसलमानों पर आक्रमण करने में पुनः संकोच तथा भय की अनुभूति होने लगी थी। ऐसे समय में मराठों ने मुसलमानों पर आक्रमण कर हिंदुओं में पुनः रण-चैतन्य का संचार किया।

१७२. शत्रुओं पर सैनिक आक्रमण करना ही राष्ट्रीय शस्त्रबल का मुख्य धर्म है। जो राष्ट्र केवल अपने संरक्षण योग्य ही यथावश्यक शस्त्रबल रखता है, उसे आक्रमणक्षम नहीं बनाता, और ऐसा करना अधर्म मानता है, उस राष्ट्र की वह निष्ठा या तो भ्रांत है अथवा वह भीतर से भीरु और कायर है। वैसी निष्ठा इस अंदरूनी भीरुता को छिपाने के लिए की गई एक वल्गना होती है। जिस राष्ट्र का सैनिक बल प्रकट रूप से आक्रमण-क्षमता की नींव पर टिका हुआ और उस प्रमाण में रणसज्ज सिद्ध होता है, उसमें संरक्षण क्षमता तो निश्चित रूप से होती ही है।

१७३. पुनः उस काल में मुसलमानों की आततायी राजसत्ता के उच्छेद के लिए हिंदुओं द्वारा किया गया यह आक्रमण मूलतः अन्यायपूर्ण नहीं था। वस्तुतः मुसलमानों ने हिंदुओं के देश पर जो आक्रमण किए थे, मूलतः वे ही अन्यायपूर्ण थे। उस आततायी मुसलिम सत्ता के विरुद्ध हिंदुओं के किए हुए आक्रमणों को 'द्रोह' या 'बगावत' नहीं कहा जा सकता। क्योंकि हिंदू राष्ट्र की स्वतंत्रता के विरुद्ध—उसकी न्यायसत्ता पर मुसलमानों द्वारा किए हुए आततायी आक्रमण ही असली द्रोह था। चोरों द्वारा स्वामी के विरुद्ध किए गए अतिक्रमण को 'द्रोह' कहा जाता है। चोर को दंडित करने के लिए स्वामी का किया हुआ आक्रमण 'द्रोह' नहीं है। इसलिए उस काल में जब संपूर्ण भारत के अधिकतर हिंदू भयग्रस्त और हताश हो गए थे, तब उनके अंदर पुनः धैर्य का संचार करने के लिए समर्थ रामदास स्वामी ने सह्याद्रि के प्रत्येक शिखर से रणघोषणा की थी कि 'प्रस्तुत यवनांचे बंड' द्रोह यवनों ने किया है, हिंदुओं ने नहीं। उन द्रोही (आततायी) म्लेच्छों को भरपूर दंड देने के लिए उनपर चारों ओर से आक्रमण करो!

'धर्मासाठी मरावें। मरोनि अवध्यांसि मारावें।
मारिता मारिता ध्यावें। राज्य आपुले॥'

(—धर्म के लिए मरो! मरकर भी सारे (शत्रुओं) को मारो! मरते-मरते भी अपना राज्य वापस जीत लो!)

१७४. मराठों द्वारा अवलंबित इस आक्रामक रणनीति का प्रमुख तंत्र या हथियार भी उस समय के हिंदुओं के लिए नवीन और अपरिचित ही था। इसके पूर्व में हिंदू इस

युद्ध-तंत्र से अभ्यस्त नहीं हुए थे। यह हथियार या युद्ध-तंत्र था 'वृकयुद्ध' अथवा 'छापामार युद्ध!' इस वृकयुद्ध की मार से ही मराठों ने असंख्य सेना के साथ किए गए विशाल मुसलिम आक्रमणों को भी पराभूत और विफल कर दिया। इस वृकयुद्ध की नीति के अनुसार मराठे अपनी छोटी सी सेना की टुकड़ियों के साथ शत्रु की चतुरंग विशाल सेना का कभी आमने-सामने से मुकाबला नहीं करते थे, अपितु कभी पीछे से, कभी दाएँ से, तो कभी बाएँ से, सतत 'छापामार' आक्रमण कर उसपर टूट पड़ते थे।

९७५. यह भी ध्यान में रखना चाहिए कि इस प्रकार छोटी-छोटी सैनिक टुकड़ियों के साथ छापे मारकर विशाल मुगल सेनाओं की दुर्दशा करते-करते जब मराठी सेनाओं की संख्या और शक्ति पर्याप्त रूप से बढ़ती थी, तो मराठे इसी वृकयुद्ध के उत्तर भाग के रूप में मुगलों की विशाल सेनाओं पर आक्रमण कर आमने-सामने युद्ध करने में जरा भी नहीं डरते थे। मराठी सेनाओं में जब वृद्धि हुई; उनके अधीनस्थ राज्यों, प्रदेशों, दुर्गों की संख्या जब बढ़ गई, तब भी उनके विभिन्न सैन्य ठिकानों पर या छोटी-बड़ी राजधानियों में ही आराम नहीं करते रहते थे। तब भी उनमें से प्रत्येक अपने समीपस्थ अथवा दूरस्थ मुगल प्रदेश पर पैनी निगाह रखता था और जैसे ही वर्षा काल समाप्त होता, वैसे ही इससे पहले कि मुसलिम शत्रु उसके छोटे से राज्य, रियासत, किला या जागीर पर आक्रमण करे, वह स्वयं ही शत्रु के मुसलिम प्रदेशों पर आक्रमण करने, छापे मारने घुस जाता था! मराठी सेनाएँ उनपर आक्रमण करनेवाले मुसलिम नवाबों, निजाम आदि शत्रुओं को ढूँढ़-ढूँढ़कर घर से बाहर निकालकर उनपर टूट पड़ती थीं।

इन मराठों का वास्तव्य उनके ग्राम, किले या छोटे-बड़े शहरों के उनके स्थायी निवासों में बहुत कम होता था। मुसलमानों पर आक्रमण करने के अभियान पर जाते समय वे मराठी वृकयुद्ध-कुशल सेनाएँ अपने घर मानो अपने घोड़ों की पीठ पर लादकर ही मुगलों के अधीनस्थ प्रदेशों में दूर तक युद्ध करते, लूटमार करते चली जाती थीं। इन मराठी सैनिकों के स्थायी और असली ठिकाने उनके मुगल प्रदेशों में बने हुए चल-सैनिक शिविर ही होते थे।

९७६. मराठों के इन छापामार युद्धों से जर्जर होकर मुगलों की विशाल सेनाओं और अभियानों की कैसी दुर्दशा होती थी—यह राजारामकालीन औरंगजेब के अभियान के एक उदाहरण से स्पष्ट होगा। औरंगजेब की विशाल सेनाएँ मराठों का पीछा करती हुई, उनके प्रदेशों को जीतती हुई एक ओर से दक्षिण में जिंजी तक गईं। जब उन्होंने पीछे मुड़कर देखा, तब उन्हें पता चला कि मराठों की अनेक छोटी-बड़ी सेनाएँ नर्मदा नदी पार कर गुजरात प्रांत में घुसी हैं और वहाँ के मुसलिम सूबेदार की दुर्दशा कर रही हैं। उसके आगे के मध्य प्रांतों से भी इतस्तत: मराठों के टिड्डी दलों जैसे आक्रमणों के नित्य नए समाचार उस बौखलाए हुए त्रस्त मुगल बादशाह को सतत सुनने को मिलते थे। अंत में उस दहकते अंगारे जैसे महाराष्ट्र को छोड़कर अपने जले हुए हाथों को

सहलाती वह विशाल मुगल सेना यथाशीघ्र दिल्ली वापस चली गई।

९७७. जब तक मराठों का सैन्यबल अथवा राजसत्ता स्थायी, प्रबल और विस्तृत नहीं हुई थी, तब तक ही उन्होंने यह आक्रमण की युद्धनीति अपनाई थी—ऐसा नहीं है। जब उनमें से अनेक मराठा सरदारों के अधीन दस-दस, बीस-बीस हजार चतुरंग दल तैयार होकर जूझते थे और जिंजी से गुजरात तथा मध्य प्रदेश तक मराठों की ही राजसत्ता स्थापित हो गई थी, तब तो और अधिक ईर्ष्या से हिंदू पदपादशाही की ध्येयसिद्धि के लिए बाजीराव पेशवा (प्रथम) जैसे धुरंधर सेनापति और राज्यकर्ता के आधिपत्य में मराठी सेनाएँ शेष मुसलिम प्रांतों में स्वयं ही आक्रमण करती रहीं! पूरे भारत में 'हिंदू पदपादशाही' की स्थापना करने के लिए 'जितना है, उतने का ही' जतन करना पर्याप्त नहीं था, अपितु महाराष्ट्र के बाहर जाकर 'पुणे आणिक मेलवावे' अर्थात् आगे और अधिक प्राप्त करो, इस सूत्र के अनुसार मराठों की आक्रामक रणनीति बराबर जारी रहती थी। उन मराठी वीरों की अदम्य इच्छा भी धर्मशत्रुओं पर उस प्रकार टूट पड़ने की होती थी।

९७८. मराठों की आक्रामक रणनीति—मराठों की इस आक्रामक रणनीति से हिमालय की ओर से होनेवाले शत्रुओं के आक्रमण बंद हो गए। मराठों ने बाजीराव पेशवा के नेतृत्व में दिल्ली तक विजयी आक्रमण कर मुगल साम्राज्य को झकझोर डाला है और अस्त-व्यस्त कर दिया है; अब वे विशाल सेनाओं के साथ पंजाब पर भी आक्रमण करने वाले हैं—यह समाचार जब हिमालय के उस पार के मुसलिम राज्यों तक पहुँचा, तब उन काबुल, गजनी, ईरान, तुरान, बल्क, बुखारा, अरबस्थान आदि मुसलिम राज्यसत्ताओं को भी मराठों की शक्ति का धक्का पहुँचे बिना नहीं रह सका।

९७९. मराठों का उदय होने से पहले हिमालय के उस पार के यही अरब, ईरान, तुर्क, मुगल आदि मुसलिम जातियों के लोग हिमालय लाँघकर हिंदुस्थान पर कैसे राक्षसी आक्रमण करते थे, यह इस ग्रंथ में अनेक बार बताया गया है। हिंदुओं के राज्यों को नष्ट करते हुए, हिंदू धर्म का उच्छेद करते हुए और हिंदुओं पर अमानुषिक धार्मिक अत्याचार करते हुए इन मुसलिम आक्रमणों में से कोई सीधा दक्षिण तक चला जाता था, तो कोई दिल्ली में ही अपना स्वतंत्र और स्थायी राज्य स्थापित कर अलाउद्दीन की भाँति दक्षिण के सिरे तक आक्रमण कर हिंदू धर्म का उच्छेद करता था।

९८०. तथापि उस काल के हिंदू राजा, ये राक्षसी मुसलमान आक्रांता हिंदुस्थान पर आक्रमण करें, उससे पहले ही स्वयं हिमालय पार कर ईरान, तुर्कस्थान, अरबस्थान आदि देशों पर आक्रमण नहीं कर सके। इन मुसलिम आक्रमणकारियों को उनके घर में ही कुचलकर नष्ट नहीं कर सके।

९८१. नादिरशाह और अब्दाली—इस दस सहस्रवर्षव्यापी हिंदू-मुसलिम महायुद्ध में जब से मराठों ने हिंदुओं का अखिल भारतीय नेतृत्व स्वीकार किया और

उनके प्रबल आक्रमणों से दिल्ली के तट भी ढहने लगे, तब एशिया के उपर्युक्त मुसलिम राज्यों और जातियों की पूर्वापर की महमूद गजनबी की भाँति हिंदुओं का दमन करने की घोषणाएँ और वल्गनाएँ करते हुए बारंबार भारत पर आक्रमण करने की दुष्टतापूर्ण आदत दूर हो गई, जब मराठों की सेनाओं ने दिल्ली पर आधिपत्य जमाकर वहाँ का राजकार्य बाजीराव प्रथम जैसे पराक्रमी पेशवा के निर्देशन में चलाया।

तत्पश्चात् हिमालय के उस पार से एक ईरान का नादिरशाह और दूसरा अहमदशाह अब्दाली, ये दो ही मुसलिम आक्रांता पूर्वकाल की परंपरा से हिंदू धर्म का और हिंदुओं का उच्छेद करने के लिए तथा हिंदुस्थान का बादशाह बनने के लिए हिंदुस्थान आए। परंतु वे भी केवल सत्ता प्राप्ति हेतु या धर्मोन्मादवश यहाँ नहीं आए थे। मराठे पूरे भारत में अपनी हिंदू राजसत्ता स्थापित करते हुए दिल्ली तक पहुँच गए हैं और वे आगे भी बढ़ने वाले हैं, यह समाचार सुनकर नादिरशाह और अब्दाली—दोनों मन-ही-मन मराठों से भयभीत हुए थे। हिंदुस्थान से दिल्ली और पंजाब के मुसलिम सरदारों तथा क्वचित् बादशाह के भी गुप्त निमंत्रण के कारण ही नादिरशाह और अब्दाली हिमालय लाँघकर हिंदुस्थान पर आक्रमण करने का साहस कर सके। रुहेले, पठान, मुगल आदि अनेक मुसलिम जातियों के सरदारों ने उनके पास इस आशय के गुप्त पत्र भेजे कि 'मराठों ने हमें खा डाला है। पूरे हिंदुस्थान में काफिरशाही तीव्र हो रही है। इसलिए दिल्ली की मुसलिम बादशाही की रक्षा करने के लिए हम आपसे 'इसलाम के त्राता' के रूप में सहायता के लिए याचना कर रहे हैं। आप यहाँ शीघ्र आक्रमण करने के लिए आएँ। हम आपको ही दिल्ली का बादशाह बनाएँगे!'

इस प्रकार हिंदुस्थान से मिले स्थानीय मुसलिम सरदारों के बल और सहायता के आश्वासन पर निर्भर होकर ही वे दोनों अत्याचारी हिंदुस्थान पर आक्रमण कर सके।

९८२. नादिरशाह का आक्रमण—नादिरशाह को मराठों का विनाश करने के लिए गुप्त रूप से आमंत्रण देनेवालों में निजाम-उल-मुल्क प्रमुख था। भोपाल के युद्ध में बाजीराव ने इसी निजाम की घोर दुर्दशा कर उसे पराजित किया था। इसलिए निजाम के मन में यह आशा थी कि नादिरशाह मराठों का समूल उच्छेद करेगा। फिर आगे जो होगा, वह देखा जाएगा!

नादिरशाह ई.स. १७३९ में अटक पार कर लाहौर पहुँचा। दिल्ली के बादशाह ने अपनी सेना के साथ उसका सामना करने का प्रयत्न किया, परंतु पहले ही युद्ध में उसकी पराजय और दुर्दशा हो गई। नादिरशाह ने बादशाह को बंदी बनाया। उसने निजाम को भी फटकारते हुए पूछा, "तुम इतने बड़े सरदार होकर भी मराठों को कैसे नहीं जीत सके?" निजाम ने कई करोड़ रुपए देना स्वीकार किया था। उसे न दे पाने पर उसे भी नादिरशाह ने बंदी बना लिया। उसके बाद नादिरशाह ने सीधे दिल्ली पर आक्रमण किया। मार्च १३३९ में नादिरशाह ने मुगल सत्ता का अंत कर स्वयं की ईरानी बादशाही की घोषणा

कर दी और वह स्वयं ही दिल्ली के तख्त पर बैठ गया। उसने तत्काल मुसलिम बादशाहों की परंपरा और कुलाचार (?) के अनुसार दिल्ली में अनन्वित अत्याचार कर प्रलय मचाया। उसने अपने सैनिकों के साथ लूटमार, कत्ल और आगजनी से कहर ढाया। तथापि सारे मुसलमानों को यह आशा थी कि नादिरशाह मराठों का तो समूल नाश करेगा ही, परंतु नादिरशाह ने खुद मराठों को जरा भी नहीं छेड़ा। यही नहीं, दिल्ली में लूटमार और कत्ल करते समय उसने हिंदुओं और मुसलमानों में भेदभाव भी नहीं किया। उसने मुसलमानों पर भी अत्याचार किए। निजाम को तो उसने गधे पर बैठाकर नगर में घुमाया और खूब अपमानित किया।

९८३. इसी समय दिल्ली में यह समाचार पहुँचा कि मराठों ने पुर्तगालियों पर महान् विजय प्राप्त कर वसई का प्रसिद्ध जलदुर्ग उनसे जीत लिया है। वहाँ का पुर्तगीज सेनापति अपनी सेना के साथ मराठों का शरणागत बन गया है। इसलिए अब निश्चिंत और निष्कंटक होकर स्वयं बाजीराव एक अत्यंत विशाल मराठी सेना लेकर दिल्ली पर आक्रमण करने आ रहा है।

९८४. बाजीराव की ललकार—''अरे, देखते क्या हो? चलो, दिल्ली पर आक्रमण करें! अब 'हिंदू पदपादशाही' में क्या देर है?'' उत्तर भारत के मराठा सरदार तथा बाजीराव द्वारा सर्वत्र रखे गए राजनीतिज्ञों की भी यही इच्छा थी कि नादिरशाह को पूरी तरह पराभूत कर अच्छी तरह सबक सिखाया जाए। उन्होंने विभिन्न स्थानों से पत्र भेजकर बाजीराव को नादिरशाह की और हिंदू राज्यों की स्थिति की पूर्ण सूचना दी थी। उन अनेक प्रतिवृत्त लेखकों में से एक ने अपने पत्र में लिखा है—''यह कुली खान (नादिरशाह) कोई देवता तो है नहीं, जो सारी पृथ्वी को काट डालेगा! यह जबरदस्त (प्रबल) से सुलह ही करेगा, इसलिए आप शक्तिशाली (मातबर) फौज लेकर आइए। पहले जबरदस्ती (पराक्रम) और फिर सुलह! यदि सारे राजपूत और स्वामी (बाजीराव) इकट्ठे आएँगे, तो इस प्रकरण का उचित निर्णय अवश्य होगा। बुंदेले आदि समस्त हिंदुओं को एक जगह (इकट्ठा) लाकर बड़ा आक्रमण करना चाहिए। उसके बिना नादिरशाह वापस नहीं जाएगा। उलटे वह हिंदू राज्यों पर आक्रमण करेगा। 'राया' (सवाई जयसिंह) की इच्छा है कि 'राणाजी' (उदयपुर के महाराणा) को दिल्ली के सिंहासन पर आरूढ़ किया जाए। सवाई (जयसिंह) आदि सारे हिंदू राजा स्वामी के ससैन्य आगमन की प्रतीक्षा कर रहे हैं। स्वामी द्वारा पुष्टि होते ही जाट आदि की फौजों को दिल्ली भेजकर सवाईजी स्वयं दिल्ली जाएँगे…''

९८५. उत्तर भारत के मराठी नेताओं के उपर्युक्त आशय के अनेक पत्र आते रहे। इन पत्रों के ही आधार पर बाजीराव ने छत्रपति शाहू के मंत्रिमंडल में उसके पाँव नीचे खींचनेवाले और उसकी आक्रामक वीरता को अपशकुन करनेवाले लोगों को संबोधित कर बड़े आवेश से कहा था, ''वीरो, विचार और शंकाएँ करते हुए क्या बैठे

हो? चलो, सब एकजुट होकर आक्रमण करो और फिर 'हिंदू पदपादशाही' का स्वर्ण-दिवस अब उदित हुआ ही समझो! मैं तो नर्मदा पार कर चंबल तक सारी मराठी सेना को फैला दूँगा; फिर देखता हूँ कि नादिरशाह कैसे नीचे दक्षिण में आता है।''

९८६. मराठे उत्तर में उसपर प्रत्याक्रमण करने आ रहे हैं—यह समाचार सुनकर नादिरशाह का पूर्व के ईरानी, तुर्क आदि आक्रमणकारियों की भाँति हिंदुस्थान में दक्षिण तक आगे घुसने का उत्साह ही नष्ट हो गया। मराठी सेनाओं के दिल्ली पहुँचने से पहले ही वहाँ से चले जाने का निर्णय लेकर उसने बादशाही तख्त छोड़ दिया। उसने स्वयं ही पहले के मुगल बादशाह की उस तख्त पर पुनः स्थापना की। उसने समस्त राजा-महाराजाओं को उस मुगल बादशाह की आज्ञाओं का पालन करने का कठोर आदेश दिया। तत्पश्चात् नादिरशाह ने, उसे दिल्ली की लूट में प्राप्त हुई लगभग पचास-साठ करोड़ की संपत्ति और मयूर सिंहासन जैसी अनुपम कलात्मक वस्तुओं को लेकर, स्वदेश ईरान के लिए प्रस्थान किया—केवल मराठों के आक्रमण के भय से!

९८७. हिंदुस्थान के राजा—महाराजाओं के पास नादिरशाह ने जो आदेशपत्र भेजे थे, उनमें छत्रपति शाहू को भेजे हुए पत्र में उसने लिखा था—''समस्त हिंदू दिल्ली के मुगल बादशाह के आज्ञाकारी बनकर रहें। जो उसकी आज्ञा को भंग करेगा, उसे भयंकर दंड दिया जाएगा।'' उसने मूर्खता से उपर्युक्त आशय का पत्र भेजा और बुद्धिमानी से भारत छोड़कर स्वदेश प्रयाण किया। अर्थात् नादिरशाह के उस आज्ञापत्र की संपूर्ण अवज्ञा की गई और मराठों के छत्रपति शाहू ने सन् १७३९ में आयोजित जो विशेष 'राजदरबार' में स्पष्ट रूप से घोषणा की कि 'नादिरशाह मराठों के भय से हिंदुस्थान से भाग गया है!'

९८८. अहमदशाह अब्दाली काबुल का बादशाह—नादिरशाह की सेना में उसके अधीन अहमदशाह अब्दाली नामक एक अफगान सरदार था, जो अपने कर्तृत्व से पदोन्नति पाकर नादिरशाह का दाहिना हाथ बन गया था। नादिरशाह के उपर्युक्त भारत-अभियान में अब्दाली उसके साथ ही था। ईरान वापस लौटने के बाद ई.स. १७४७ में नादिरशाह का वध हुआ। उसके बाद उसकी सेना में जो अराजकता फैली उसका लाभ उठाकर अहमदशाह ने सारी सत्ता अपने अधीन कर ली और स्वयं को बादशाह घोषित कर पठान होने के कारण उसने काबुल को अपनी राजधानी बनाया।

९८९. रुहेले पठान—हिंदुस्थान में पंजाब, दिल्ली, फर्रुखाबाद से रुहेलखंड तक के पट्टे में मुसलिम राजसत्ता का संचालन कर रहे मुसलिमों में मुख्य रूप से मुगल और अफगान (पठान) इन दो मुसलिम जातियों में ही आंतरिक द्वेष और बादशाही तख्त के लिए कभी प्रकट रूप से, तो कभी गुप्त रूप से तीव्र प्रतिस्पर्धा चलती रही। दिल्ली की पूर्व की सुलतानशाही अफगानों की थी। उस सुलतानशाही के अंतिम अफगान वंश का उच्छेद करके ही मुगल विजेता और आक्रमणकारी बाबर ने दिल्ली की बादशाहत

जीती थी—यह हमने इस ग्रंथ में पहले ही बताया है।

इस परिस्थिति में भी, उस मुगल बादशाही में अनेक अफगान सरदारों का वर्चस्व कायम रहा। इन अफगानों के वर्ग में रुहेले और पठानों की छोटी-बड़ी रियासतें थीं। कुछ समय के पश्चात् मराठी सेनाएँ हिंदुस्थान में सर्वत्र प्रदेशों को जीतकर वहाँ हिंदू राज्यों की स्थापना करती हुई दिल्ली आ पहुँचीं। दिल्ली की राजनीति में उनके बिना पत्ता भी नहीं हिल सकता था—ऐसी स्थिति जब आ गई, तब वे सारे प्रतिस्पर्धी पक्ष मराठों का बादशाही से उच्छेद करने हेतु प्रारंभ में तो 'एकजुट' होते थे, परंतु कुछ समय पश्चात् उनमें से कुछ कुटिल, षड्यंत्रकारी मुसलिम नेता गुप्त रूप से मराठों की सहायता लेकर एक-दूसरे का पराभव करने का प्रयत्न करते थे।

९९०. अहमदशाह अब्दाली का हिंदुस्थान पर आक्रमण—दिल्ली की इन गतिविधियों पर अब्दाली का पूरा ध्यान था। वहाँ के रुहेले पठान भी मराठों के प्रति द्वेषभाव रखते थे और मुगल बादशाही का उच्छेद कर पूर्व की भाँति भारत में सर्वत्र पठान सलतनत स्थापित किए बिना मराठे उनका भी अस्तित्व नहीं रहने देंगे—इस चिंता से घिरे रहते थे। अब्दाली यह अच्छी तरह जानता था। रुहेलों को इस संकट से बचने का एक ही मार्ग सूझ रहा था। उसके अनुसार इन पठान, रुहेलों के नेताओं ने आज तक उन्हें सहायता देनेवाले पठानों के इस नए स्वजातीय बादशाह के पास पत्र लिखे कि 'हिंदुस्थान में इसलाम को जीवित रखना है तो आप शीघ्र दौड़े आइए!'

अहमदशाह अब्दाली के भी मन में हिंदुस्थान की इस मरणोन्मुख मुगल सत्ता को नष्ट कर, वहाँ पूर्व की भाँति पठानी बादशाहत स्थापित करने की उत्कट महत्त्वाकांक्षा थी। वह पहले भी नादिरशाह के साथ हिंदुस्थान आया था। उसे मराठों की वृद्धिशीलता और प्रबलता की पूर्ण कल्पना थी। इसलिए वह अत्यंत सावधानी से आगे कदम बढ़ा रहा था। वह दोआब के रुहेले पठानों को गुप्त रूप से सैनिक सहायता करता रहा। अंत में जनवरी १७४८ में उसने स्वयं लाहौर पर आक्रमण कर उसे जीत लिया। यही उसका हिंदुस्थान पर किया हुआ पहला आक्रमण था।

९९१. मुगल बादशाह की सेना ने लाहौर के समीप ही उसकी सेना को पराजित किया और उसका दिल्ली का मार्ग अवरुद्ध कर दिया। उधर, उसे मालूम हुआ कि उसके पीछे उसका शत्रु, ईरान का बादशाह भी काबुल पर आक्रमण करने वाला है। मुगल बादशाह ने भी उसके मुकाबले के लिए मराठों को तत्काल बुलाया है और वे ससैन्य दिल्ली आ रहे हैं—यह समाचार भी उसने सुना था। इसलिए दिल्ली पर आक्रमण करने के लिए उस समय को उचित न समझकर वह धूर्त सेनापति वापस काबुल चला गया; परंतु जाने से पहले उसने पूरे हिंदुस्थान में यह घोषणा करवा दी कि 'पूरे पंजाब पर उसके अफगान राज्य का शासन है।'

९९२. शरणागति का मराठों से पहला करार—इस बीच दिल्ली के मुगल

बादशाह ने मराठों के साथ बड़े आग्रहपूर्वक अनुनय कर करार किया और उत्तर भारत के बंगाल, बिहार, उड़ीसा, सिंध (मुलतान सूबा), संपूर्ण पंजाब, रुहेलखंड, दोआब आदि समस्त प्रदेश और दक्षिण के समस्त सूबे अर्थात् पूरे हिंदुस्थान का राज्यशासन मराठों को सौंप दिया।

९९३. बादशाह के साथ हुए इस लिखित करार के अनुसार मराठे ही हिंदुस्थान के वास्तविक राज्यसत्ताधीश हुए थे और मुगल बादशाह केवल एक नामधारी 'कठपुतली' बादशाह रह गया था।

९९४. मराठों को प्राप्त हुए उपर्युक्त बादशाही राजसत्ता के संपूर्ण अधिकारों के बदले में उन्हें प्रचंड दायित्व स्वीकार करना पड़ा था। यह कि मराठे किसी भी आंतरिक उपद्रव से या बाहरी विदेशी शत्रु के आक्रमण अथवा उपद्रव से मुगल बादशाही का संरक्षण करेंगे। यह दायित्व प्रचंड होते हुए भी उसे स्वीकार करने की सामर्थ्य हिंदुओं में से 'हिंदू पदपादशाही' लगभग स्थापित कर चुके मराठों में ही था। इसीलिए उन्होंने इस शर्त को किसी वरदान की भाँति तत्परता से स्वीकार कर लिया।

९९५. अब्दाली का दूसरा आक्रमण—इस करार की सूचना अब्दाली को छह-सात महीने पूर्व ही मिल चुकी थी। इसलिए उसने केवल मराठों का प्रतिरोध करने के लिए ई.स. १७४९ में हिंदुस्थान पर दूसरा आक्रमण किया। तब पंजाब में मुगल बादशाह मीर मन्नु नामक अधिकारी ने निरुपाय होकर अब्दाली को ठट्टा, सिंध (मुलतान), पंजाब ये सूबे और इनके आस-पास के अन्य कुछ प्रदेश सौंप दिए और वहाँ अब्दाली की अधिसत्ता स्वीकार कर ली। परंतु मीर मन्नु की इस शरणागति से मुगल बादशाह द्वारा किया गया मराठों को इसी सारे प्रदेश की राज्यसत्ता सौंपने का करार भंग हो गया। इसी उपलब्धि पर संतोष मानकर और आगे बढ़ने के लिए उस समय को प्रतिकूल मानकर अब्दाली पुनः काबुल चला गया।

९९६. बादशाही अधिकारी के इस दोगलेपन से यह समझकर कि बादशाह ने भी उसे गुप्त संपत्ति दी है, इस विश्वासघात से मराठे अत्यंत क्रोधित हुए। साँप की पूँछ पर जान-बूझकर पाँव रखने जैसा, मराठों के साथ हुए बादशाही करार को तुच्छ मानकर उसी सिंध, पंजाब जैसे प्रदेशों को पुनः जीतकर छीन लेने का जो कृत्य अब्दाली ने किया, उसका प्रतिशोध लेने के लिए क्रुद्ध मराठे आतुर हो उठे। उस समय दक्षिण में भी मुसलमानों एवं पुर्तगालियों के साथ तथा अपने आंतरिक गृहकलहों के राजनीतिक संघर्षों में मराठे व्यस्त थे। इसलिए तत्कालीन पेशवा नाना साहब ने उत्तर में प्रारंभ से युद्धरत और वहाँ का संपूर्ण अनुभव रखनेवाले प्रमुख मराठी वीर मल्हार राव होलकर और जयाजी राव सिंधिया को वहाँ का सारा प्रबंध सँभालने की आज्ञा दी। उसके अनुसार उन दो मराठी वीरों ने सेना के साथ तत्काल यमुना नदी पार की और कादरगंज में जो पचास-साठ हजार पठान-रुहेलों की सेना थी, उसपर २० मार्च, १७५१ को

अकस्मात् आक्रमण कर दिया। पठानों ने बड़ी वीरता से सामना किया; परंतु अंततः मराठों ने उस अस्सल 'पठान-रुहेल' संयुक्त सेना का संपूर्ण पराभव कर दिया।

इस विजय के तत्काल बाद फर्रुखाबाद में सशस्त्र आक्रमण करने के लिए तत्पर अहमद खान बँगला नामक पठान पर भी मराठों ने वैसा ही धावा बोल दिया। फर्रुखाबाद में अहमद खान की सेना के प्रवेश करते ही रुहेलों की एक दूसरी बलशाली सेना भी उसकी सहायता करने पहुँच गई। परंतु मराठी सेना उन दोनों एकत्र 'अस्सल' पठान-रुहेला सेनाओं को अप्रैल १७५१ में एक साथ रणभूमि में घेरकर उनपर टूट पड़ी और २८ अप्रैल, १७५१ को घमासान युद्ध कर उनका संपूर्ण पराभव कर दिया। बीस-पचीस हजार पठानों को समरभूमि में ही काट डाला। उनका शिविर भी लूट लिया। लूट में हजारों घोड़े, ऊँट, हाथी और तोपखाना हाथ लगा। जयाप्पा सिंधिया ने अपने पत्र में लिखा है कि 'वह सारी लूट हरिभक्तों ने बाँट ली।'

९९७. इन युद्धों की विजय-वार्त्ता जब नाना साहेब पेशवा को ज्ञात हुई, तब उन्हें स्वयं को भी मराठों के इस पराक्रम और कर्तृत्वपूर्ण उपलब्धि पर अत्यंत गौरव और धन्यता की अनुभूति हुई। उन्होंने अपने सरदारों और सेना को प्रोत्साहन देने हेतु भेजे गए पत्र में स्वयं लिखा था—"आपकी हिम्मत और दिलेरी रुस्तुमी (वीरता) को शाबाश! दक्षिण की फौजें गंगा-यमुना पार कर पठानों से घोर युद्ध कर विजय प्राप्त करें—यह सामान्य कार्य नहीं है। आप एकनिष्ठ कृतकर्मी और 'दौलत' (राज्य) के आधार स्तंभ हैं। ईरान-तुर्की तक अपनी लौकिक कीर्ति पहुँची है। (मुगल) वजीर भाग गया, तब भी आपने विजयश्री को खींच लिया।"

९९८. मुसलिमों का मराठों द्वारा गर्वहरण—हिंदुओं के, विशेषतः मराठों के पराक्रम को यथासंभव तुच्छ समझकर उनके दोष ही दिखाने का प्रयत्न करनेवाले मुसलिम, अंग्रेज, पुर्तगाली आदि मराठों के शत्रुओं के लिखे हुए इतिहासों में ही नहीं, अपितु हम हिंदुओं की दास्य सुलभ वृत्ति से देश-विदेश में लिखे गए इतिहासों में भी एक ऐसा विधान सदा पाया जाता है कि 'हिंदुस्थान में मुसलमानों की जो सदैव पराजय होती गई और उनके साम्राज्य को मराठे जर्जर कर सके, उसका एक महत्त्वपूर्ण कारण यह था कि पूर्वकाल में हिंदुस्थान पर आक्रमण करनेवाले अरब, मुगल, तुर्क, ईरानी, अफगान आदि सारे लोग उन मूल वंशों और जातियों के विशुद्ध रक्त और जाति गुणों के लोग थे। हिमालय के उस पार के देशों की स्वस्थ (तगड़ी देहवाली) जलवायु, विशाल नदियाँ, बर्फीले भू-प्रदेश तथा वहाँ के निवासियों की मूलतः लंबी और सतत युद्धरत जीवन-शैली के कारण कठोर और सुदृढ़ बनी हुई देह इत्यादि परिस्थितियों के कारण उन कठोर, सुदृढ़, बर्बर लोगों के आक्रमणों में उनके सामने हिंदुस्थान के सापेक्षतः सुसंस्कृत, परंतु इसी कारण सौम्य प्रवृत्ति के और 'दुर्बल' हिंदू युद्ध में टिक नहीं पाते थे।

अनेक शतकों के पश्चात् हिमालय के उस पार के उन उग्र जाति के मुसलमान

हिंदुस्थान में वंश-परंपरा से रहने लगे और उनमें से अनेक वंश यहाँ राज्य भी करते रहे। इसलिए उन हिंदुस्थानी मुसलमानों में भी आलस्य, सौम्यता और सुख-लोलुपता आ गई। रणभूमि में विजयी बनानेवाली पहले जैसी दृढ़ता, कठोरता और कट्टरता अब उनमें नहीं रही। हिंदुस्थान की 'निकृष्ट' जलवायु का प्रतिकूल प्रभाव उनके सुदृढ़ शरीर पर पड़ता गया। कुल मिलाकर वे कुलीन अस्सल मुसलमान लोग हिंदुस्थान में रहने के कारण कमअस्सल होते गए। इसी कारण आगे चलकर मराठा लोग उनका पराभव कर सके।

९९९. यह विधान कितना अधूरा और अवास्तविक है—यह सिद्ध करने के लिए दोआब में रुहेले-पठानों के साथ हुआ मराठों का संग्राम और उसमें एक दिन में मराठों द्वारा बीस हजार पठानों के रणसंहार की एक घटना ही पर्याप्त है। ये दोआब से रुहेलखंड तक राज करनेवाले तत्कालीन पठान-रुहेले स्वयं को 'अस्सल अफगान' मानते थे। मुगल और तुर्क सरदारों पर भी उनके अस्सल खानदानीपन का दबदबा रहा था। इन अफगानों का संबंध हिमालय के उस पार के मूल पठानों से अविच्छिन्न रूप से होता रहता था। वहाँ के 'अस्सल और अव्वल' पठानों में से सैकड़ों लोग प्रतिवर्ष दोआब के इस 'पठानिस्तान' में आकर बस जाते थे। यहाँ के भी अनेक अफगान वहाँ जाते थे। अर्थात् दोआब से रुहेलखंड तक के प्रदेश के हजारों पठान-रुहेले उस समय तक अस्सल पठान ही थे, अफगान ही थे! परंतु मराठे तो मूलतः हिंदुस्थान में ही, हिंदुस्थान के शत्रु जिसे 'निकृष्ट' कहते हैं, उस जलवायु और वातावरण में जनमे और पले-बढ़े लोग थे। फिर भी उन्होंने समरभूमि की पराक्रम की अंतिम सच्ची परीक्षा में बार-बार उन 'अस्सल' कहलानेवाले पठानों, रुहेलों को 'कमअस्सल' सिद्ध किया था। जब नादिरशाह सहस्रों 'अस्सल' पठानों की सेना लेकर दिल्ली पर टूट पड़ा था और उसे जीतकर, स्वयं बादशाह बनकर महमूद गजनवी की भाँति दक्षिण तक पूरे भारत को पदाक्रांत करने की महत्त्वाकांक्षा पालने लगा था, तब 'अब मराठों से सामना है, अब वह महमूद गजनवी का समय नहीं रहा, इस कठोर, कड़वी वास्तविकता का सप्रमाण अनुभव होने के कारण ही वह 'अस्सल ईरानी आक्रामक' इतनी शीघ्रता से हिंदुस्थान छोड़कर चला गया था। वह गया भी केवल मराठों के भय से।

उसके बाद अहमदशाह अब्दाली ने भी अस्सल तुर्क, ईरानी, पठान आदि की पचास-पचास हजार की संख्या की सम्मिश्र सेनाओं को लेकर हिंदुस्थान पर तीन-चार बार आक्रमण किए; परंतु हर बार उसे मराठों के ही प्रत्याक्रमण के कारण किस प्रकार हिंदुस्थान छोड़कर वापस जाना पड़ा, जय-पराजय की इस उथल-पुथल में पानीपत के तीसरे युद्ध के बाद भी अंत में दिल्ली की मुसलिम बादशाही की सारी सत्ता का संपूर्ण संचालन मराठों के ही हाथों में होगा और वह उसमें लेशमात्र भी हस्तक्षेप नहीं करेगा—इस प्रकार के संधिपत्र पर हस्ताक्षर कर, स्वयं ही दिल्ली का अनियंत्रित बादशाह बनने

की महत्त्वाकांक्षा को तिलांजलि देकर, अंत में अहमदशाह अब्दाली को मराठों के सामने किस प्रकार सिर झुकाना पड़ा, इसका वर्णन हमारे 'हिंदू पदपादशाही' ग्रंथ में प्रत्येक हिंदू को अवश्य पढ़ना चाहिए। उसका कुछ उल्लेख हम इस ग्रंथ में भी करेंगे।

१०००. वैयक्तिक द्वंद्वयुद्ध में शारीरिक लंबाई-चौड़ाई जैसे घटकों का कुछ महत्त्व होता है। तथापि वह निरपवाद नियम नहीं है, इसका साक्ष्य प्रतापगढ़ की तलहटी में बनी उस दैत्याकार अफजल खान की कब्र आज भी है। परंतु राष्ट्रों के बीच के द्वंद्व में व्यक्तियों के शारीरिक आकार और दृढ़ता के आधार पर उस प्रमाण में राष्ट्रों के जयापजय का प्रमाण निश्चित नहीं किया जा सकता। वे 'अस्सल' पठान भी जिनके आगे 'बौने' लगेंगे—ऐसे लंबे, गोरे दैत्याकार रूसी सैनिकों के राष्ट्र को क्या ठिगने 'जापानी' राष्ट्र ने पहले महायुद्ध में पूर्ण रूप से पराजित नहीं किया था? हमारे हिंदू गोरखाओं की देहयष्टि मराठों जैसी ही छोटी है, परंतु क्या इन्हीं गोरखा सैनिकों ने इटालियन, ऑस्ट्रियन और हिटलर तक के लंबे-तगड़े जर्मन सैनिकों को भी दोनों महायुद्धों में अनेक अवसरों पर पराजित नहीं किया था? पूरे विश्व में उनकी कीर्ति 'हिंदू गोरखा' अर्थात् 'शूर सैनिक' के रूप में फैली हुई है। जर्मन, रूसी आदि समस्त लंबे, तगड़े यूरोपीय लोगों के राष्ट्रों का अपराजित सम्राट् किसी समय ठिगने फ्रेंच सैनिकों का ठिगना सेनापति 'नेपोलियन' ही था।

१००१. अब्दाली का तीसरा आक्रमण—मुगल बादशाह ने गाजीउद्दीन को मुख्य वजीर नियुक्त किया था। गाजीउद्दीन ने फरवरी १७५६ में पंजाब में सरहिंद तक जाकर वहाँ मुगल बादशाह के प्रांताधिकारी के रूप में अदिना बेग की नियुक्ति की। गाजीउद्दीन को मराठों का ही मुख्य सहारा था। गाजीउद्दीन का यह कार्य इस बात का द्योतक था कि अब्दाली का छीना हुआ पंजाब प्रांत मुगल बादशाह ने पुन: जीतकर अपनी सत्ता में मिला लिया। दिल्ली में अफगान पक्ष का अस्तित्व नामशेष होकर मराठों के बल पर वजीर गाजीउद्दीन का शब्द ही मुगल बादशाही का शब्द बन गया था। इस परिस्थिति से घबराकर बादशाही जनानखाने की एक वृद्ध, कुटिल राजवंशीय स्त्री और प्रमुख संचालिका मलिका जमानी ने और मराठों के कट्टर शत्रु तथा हिंदुस्थान के तत्कालीन रुहेले पठानों के प्रमुख अत्यंत क्रूर रुहेल नजीब खान ने मिलकर अहमदशाह अब्दाली को गुप्त पत्र भेजे कि 'यदि कोई हिंदुस्थान में अब इसलामी सत्ता की रक्षा कर सकता है, तो वह आप ही हैं। इसलिए यह पत्र मिलते ही पूरी तैयारी कर हिंदुस्थान पर चढ़ाई कर दीजिए। इस समय मराठों की विशाल सेनाएँ दक्षिण में व्यस्त हैं। दिल्ली का मैदान वैसे तो साफ है, परंतु मुगल बादशाह ने मराठों को शीघ्र दिल्ली चले आने का संदेश पहले ही भेज दिया है। इसलिए यदि आप आक्रमण करने में थोड़ी भी देर करेंगे, तो मराठों के साथ बादशाह के हुए पक्के करार के अनुसार पंजाब, ठठा और सिंध (मुलतान) तक मराठों की राजसत्ता प्रत्यक्ष रूप से स्थापित हो जाएगी—यह निश्चित

रूप से समझ लीजिए। मराठे अत्यंत विशाल सेना के साथ पंजाब और दिल्ली के प्रदेशों पर आक्रमण करने वाले हैं।

१००२. यह समाचार सुनते ही अहमदशाह अब्दाली अत्यंत क्रोधित हुआ। मुगल बादशाह ने मराठों के साथ करार कर पंजाब आदि प्रांतों के राज्यशासन का भार उन्हें सौंपा था, इस बात से रुष्ट होकर प्रतिशोध लेने हेतु अब्दाली ने कुछ समय पूर्व ही आक्रमण कर मुगल बादशाह से पंजाब, सिंध आदि प्रांतों की सत्ता छीनकर उन्हें अपने अधीन कर लिया था। गाजीउद्दीन ने उसे बिना बताए उन सारे प्रदेशों को पुनः मुगल साम्राज्य में समाविष्ट कर लिया और उसकी सत्ता का उपहास किया।

इस काम में अब्दाली का क्रुद्ध होना स्वाभाविक ही था। इसलिए अब्दाली स्वयं हिंदुस्थान पर आक्रमण करने हेतु नवंबर १७५६ में पेशावर पहुँचा। उसने अपने पुत्र तैमूर शाह और सेनापति जहान खान को सेना के साथ लाहौर भेजा। मुगल अधिकारी अदिना बेग ने तैमूर शाह के साथ युद्ध किया, परंतु बुरी तरह पराजित हुआ। अफगान सेनाएँ बड़े आवेश से लूटमार करती हुई लाहौर से सतलज तक जा पहुँचीं, फिर भी किसी ने उनका प्रतिरोध नहीं किया। दिल्ली की मुगल सत्ता की यह दुर्बलता ध्यान में आते ही अब्दाली ने तेजी से उसके साथ ही अस्सी हजार सेना को लेकर जनवरी १७५७ में पेशावर से निकलकर बिना कहीं रुके सीधे दिल्ली पर आक्रमण कर दिया। लगभग बिना किसी बाधा के उसने दिल्ली को जीत लिया। उसने तत्काल वहाँ के बादशाही तख्त पर सत्ता जमाकर बादशाह अहमदशाह अब्दाली के नाम से ही राजशासन करना प्रारंभ कर दिया।

१००३. मुसलिम धर्मशास्त्र के अनुसार जो प्रत्येक नए बादशाह का प्रथम बादशाही कृत्य होना चाहिए, वह प्रथम धर्मकृत्य अब्दाली ने भी तत्काल पूर्ण किया। वह प्रथम धर्मकृत्य उसकी प्रतिष्ठा के अनुरूप हो—इसलिए वह यःकश्चित् कारण से अत्यंत क्रोधित हुआ। बादशाही की संपूर्ण राजसत्ता उसके हाथों में है—यह सिद्ध करने के लिए तथा जनता पर आतंक फैलाने के लिए उसने दिल्ली की जनता का सामुदायिक कत्लेआम करने की आज्ञा दी। इस आज्ञा का पालन करते हुए उसके उन 'अस्सल और अव्वल' अफगान सैनिकों ने कुछ ही घंटों में अठारह हजार से अधिक निष्पाप, निरपराध लोगों को काटकर रक्तस्नान कराया। उसके बाद शास्त्रोक्त पद्धति से स्वयं का राज्याभिषेक करवाने का जो तत्कालीन मुसलिम बादशाहों का दूसरा धर्मकृत्य उतना ही महत्त्वपूर्ण माना जाता था, भी अब्दाली ने पूर्ण किया। सिंहासनारूढ़ होते समय उसने भी 'इसलाम का नम्र बंदा (सेवक) होने के नाते मैं हिंदुस्थान से हिंदू काफिरों का और उनके मठ-मंदिरों जैसे धर्मस्थानों का आमूल उच्छेद और विध्वंस करूँगा।' यह जितनी भयंकर थी, उतनी ही बेहूदा (अवाच्य)—घोषणा की थी।

१००४. उस घोषणा के अनुसार कार्यवाही भी उसने तत्काल प्रारंभ कर दी। उसकी आज्ञा से हिंदुओं के घर, मंदिर, देवमूर्तियाँ आदि धड़ाधड़ गिराकर, तोड़-फोड़कर,

जलाकर नष्ट किए गए। बादशाह अब्दाली को, मराठों ने कुछ ही समय पहले मथुरा, प्रयाग आदि हिंदू तीर्थक्षेत्रों को मुसलिम सत्ता से मुक्त कर स्वतंत्र किया था, इस बात पर विशेष क्रोध हुआ था। इसलिए उसने कटाक्षपूर्वक ऐसे हिंदू तीर्थक्षेत्रों को भ्रष्ट कर ध्वस्त करना शुरू कर दिया। इतिहास में ऐसे प्रसंगों में उन राक्षसी, क्रूर आक्रामक विजेताओं की दिल्ली को जीतने के बाद कुदृष्टि सर्वप्रथम दिल्ली के पास की बेचारी 'मथुरा' नगरी पर पड़ी। धन्य है पुण्यवती मथुरा नगरी को, उसने भी किसी चित्तौड़ की वीरांगना की भाँति या मूर्तिमंत चित्तौड़ नगरी की भाँति बारंबार अग्नि दिव्य में आत्माहुति दी; परंतु इस बार उसने पहले की तरह बिना किसी प्रतिरोध के मुसलमानों के क्रूर धार्मिक अत्याचारों के आगे आत्म-बलिदान नहीं दिया। यहाँ कम-से-कम इतना तो बताना आवश्यक है ही कि लगभग पाँच हजार हिंदू जाट नागरिकों ने उस असंख्य और संगठित मुसलिम सेना के साथ प्राणांतक युद्ध किया। प्रत्येक हिंदू धर्मवीर मरते दम तक म्लेच्छों को मारता गया।

मथुरा को इस प्रकार रक्तस्नान कराकर और उसे ध्वस्त देवालयों के मलबे के नीचे गाड़कर वह दुष्ट राक्षस अब्दाली उसके पास के हिंदुओं के दूसरे पवित्र क्षेत्र 'गोकुल-वृंदावन' पर टूट पड़ा। इस क्षेत्र पर भी उसका विशेष रोष इसी कारण से था कि मराठों ने उसे भी कुछ समय पूर्व मुसलमानों से छीन लिया था। उसके इस अकस्मात् राक्षसी आक्रमण का प्रतिकार करने वाले और स्वधर्म के लिए मरते दम तक लड़ने की प्रतिज्ञा करनेवाले वहाँ के सुप्रसिद्ध नंगे गुसाइयों के अखाड़े के दो हजार से भी अधिक शूर गुसाईं अब्दाली की मुसलिम सेना पर टूट पड़े। उन वैरागी गुसाइयों का आक्रमण इतना आकस्मिक, संगठित, तीव्र और भयंकर था कि अब्दाली की सेना को पीछे ही हटना पड़ा। मुसलिम सेना के हजारों सैनिक मारे गए। उन धर्मवीर गुसाइयों में से भी अनेक हताहत हुए। दिन भर इस प्रकार तुमुल रणसंग्राम होने के बाद मुसलमान वह नगर छोड़कर पीछे मुड़कर चले गए और गोकुलनाथ का इस प्रकार संरक्षण करने के लिए स्वयं को धन्य माननेवाले उन वीर नंगे वैरागी संप्रदाय के लोगों के जयघोष से समस्त गोकुल-वृंदावन गूँज उठा।

१००५. वहाँ से अब्दाली सीधा आगरा गया और उस सुदृढ़ दुर्ग को घेर लिया। उसी दुर्ग में पठानों का परमद्वेषी और हिंदुस्थान में मुगल बादशाही कायम रखने के लिए पूरे मन से प्रयत्न करनेवाला वजीर गाजीउद्दीन शाही सेना का नेतृत्व कर रहा था और प्रतिपल अपने मुख्य सहायक तथा संरक्षक मराठों के आगमन की प्रतीक्षा आतुरता से कर रहा था।

१००६. हिंदू धर्म पर जब ऐसा विकट संकट आया था, तब उस आपत्तिकाल में जयपुर, जोधपुर, उदयपुर और उसके आस-पास के अन्य प्रांतों के लाखों, करोड़ों हिंदू लोग, सैनिक और राजे-महाराजे क्या कर रहे थे? उनकी आँखों के सामने अब्दाली

हजारों गायों को, हिंदू स्त्रियों को और स्वधर्म के लिए जूझनेवाले हजारों हिंदुओं को निर्दयता से कत्ल कर उपर्युक्त हिंदू हुतात्माओं के रक्त की वर्षा से सारे तीर्थक्षेत्रों को रक्तरंजित करता जा रहा था, तब उपर्युक्त लाखों-करोड़ों हिंदुओं में साधारण जनता तो, मराठे कब आते हैं और हमको तथा हमारे धर्म को इन मुसलिम अत्याचारियों से मुक्ति दिलाते हैं—केवल इसी की अपलक आतुरता से प्रतीक्षा कर रही थी और हिंदू राजे, महाराजे, जागीरदार तथा उनकी सेनाएँ मराठों से द्वेष करते थे। यदि अब्दाली के हाथों मराठों का विनाश होता तो सारे राजपूत प्रसन्नता से तालियाँ बजाते। वहाँ के अनेक छोटे-बड़े राजाओं ने तो अब्दाली के साथ गुप्त संपर्क भी स्थापित किया था; परंतु उत्तर भारत के इन हिंदू-मुसलिम राजा-महाराजाओं की इच्छा के अनुसार यदि अहमदशाह अब्दाली सिंध-मुलतान से लेकर उत्तर हिंदुस्थान में रुहेलखंड तक और उसके आगे नेपाल की सीमा तक मराठों का राजनीतिक प्रभुत्व नष्ट कर देगा, तो क्या होगा? यह प्रश्न उन मूर्ख और ईर्ष्यालु हिंदुओं के मन में नहीं उठा। क्या उन हिंदू माताओं के पूतों में एक भी ऐसा था, जो मराठों के पश्चात् उस पूरे प्रदेश में मुसलमानी सत्ता का उच्छेद कर विजयी होता और पुनः हिंदुओं का प्रभुत्व स्थापित करता? नहीं! तब यदि अब्दाली द्वारा मराठों का विनाश होता और उसकी मुसलिम बादशाही सत्ता पुनः पूरे हिंदुस्थान में स्थापित होती, तो इन मराठों से घोर विद्वेष करनेवाले राजपूत और अन्य हिंदू राजाओं को तथा उत्तर के अकर्मण्य हिंदुओं को क्या लाभ होता? केवल किसी नए अलाउद्दीन या नए औरंगजेब का मुसलिम साम्राज्य स्थापित होता और हिंदू धर्म तथा हिंदू राज्यों पर लाखों हिंदुओं का रक्तपात होता! यही न?

१००७. मुसलिम सत्ता का सत्यानाश हो—ऐसी सुप्त, किंतु तीव्र इच्छा जिसके हृदय में थी और ऐसा करने के लिए समर्थ हिंदू केवल मराठे ही हैं, ऐसा निश्चित रूप से जानकर उनके आगमन की जो चातक की भाँति आतुरतापूर्वक गुप्त रूप से प्रतीक्षा कर रही थी, परंतु असंगठित होने के कारण स्वयं कुछ भी नहीं कर पा रही थी, ऐसी जो साधारण हिंदू जनता वहाँ लाखों की संख्या में थी, उस जनता की इच्छाशक्ति से अथवा हिंदू राष्ट्र की मूल जीवनी शक्ति से ऐसा कुछ भी अनिष्ट घटित नहीं हुआ।

१००८. कारण, नाना साहब पेशवा ने मराठा सरदारों के और गाजीउद्दीन जैसों के उपर्युक्त पत्रों के कारण अपने भाई रघुनाथराव के नेतृत्व में मल्हारराव होलकर को तत्काल विशाल सेना के साथ उत्तर में भेजा। उत्तर के गोविंद पंत बुंदेले, बर्वे आदि सरदारों और मराठी नेताओं के पास भी रघुनाथराव की सहायता करने के आदेश-पत्र पेशवा ने भेजे थे। रघुनाथराव अपनी सेना के साथ इंदौर से आगे बढ़े ही थे कि उन्हें समाचार मिला कि अहमदशाह अब्दाली मराठों के आक्रमण अभियान का समाचार सुनते ही अपने जीते हुए मथुरा, वृंदावन आदि सभी हिंदू क्षेत्र और प्रदेश छोड़कर आगरा से दिल्ली लौट गया और वहाँ से लूटी हुई सारी संपत्ति साथ लेकर काबुल वापस भाग

गया। जाते समय उसने अपने द्वारा जीते हुए हिंदुस्थान के समस्त प्रदेशों की सत्ता अपने पुत्र तैमूर शाह को सौंप दी और उसके अधीन दस हजार सैनिकों की सेना सरहिंद में रखी। उसी प्रकार पंजाब से आगे वापस जाते समय उसने महत्त्वपूर्ण स्थानों पर अपने अधिकारी भी नियुक्त किए।

१००९. इधर, रघुनाथ राव के नेतृत्व में उत्तर भारत के विभिन्न मराठा सरदारों की जो सेनाएँ एकत्र हुई थीं, उन्हें लेकर उसने अब्दाली के भरोसे मराठों के विरुद्ध द्रोह करनेवाले उत्तर भारत के समस्त विद्रोहियों के सिर कुचलना प्रारंभ किया। सखाराम भगवत, गंगाधर यशवंत तथा अन्य मराठा सरदारों ने दोआब में घुसकर रुहेले और पठानों को पुनः पराजित किया। अब्दाली के पक्ष के लोगों ने वजीर गाजीउद्दीन को बंदी बनाकर रखा था। उसे मराठों ने मुक्त किया। स्वयं विट्ठल शिवदेव ने दिल्ली पर आक्रमण किया और पंद्रह दिनों तक घमासान युद्ध कर अब्दाली पक्ष की सेना का संपूर्ण पराभव करके राजधानी में पुनः प्रवेश किया। उसने सबसे महत्त्वपूर्ण कार्य यह किया कि मराठों के कट्टर शत्रु और अब्दाली के दाहिने हाथ नजीब खान रुहेले को जीवित पकड़ा। इसलिए अब्दाली ने उस प्रदेश का बादशाह बनकर जो कुछ भी प्रबंध किया था, वह अकस्मात् ही अस्त-व्यस्त हो गया।

दिल्ली से आगे सरहिंद में अब्दाली ने अपने प्रभुत्व की रक्षा के लिए अब्दुल समद नामक सेनापति के अधीन जो दस हजार पठान सैनिकों की सेना रखी थी, उसका भी धैर्य टूट गया। इतने में मराठे दिल्ली से सरहिंद आ धमके। तब युद्ध प्रारंभ होने से पहले ही मुसलमानी सेना घबरा गई और मराठों ने कुछ छिटपुट युद्धों में ही उसका संपूर्ण पराभव कर उसके सेनापति को जीवित पकड़ लिया। बादशाह अब्दाली द्वारा पंजाब में नियुक्त उसके पुत्र और प्रमुख प्रतिनिधि तैमूर शाह और उसका सेनापति जहान खान—इन दोनों को जब सरहिंद की पराजय का समाचार मिला, तब उन्होंने लाहौर में मराठों से युद्ध करने का निर्णय बदला और मराठों के इस प्रभावी तथा वेगवान प्रत्याक्रमण से घबराकर उनका सामना करने का साहस भी न करते हुए, वे दोनों अपनी सेना के साथ मराठों के लाहौर में प्रवेश करने से पहले ही काबुल की ओर चले गए। अब्दाली ने उनको कठोर निर्देश दिए थे कि उनके पास अभी भी जो करोड़ों की लूट की संपत्ति थी, उसकी सुरक्षा वे अच्छी तरह करें और उसको शत्रुओं के हाथों में न पड़ने दें।

तैमूर शाह और उसकी सेना ने व्यवस्थित ढंग से प्रत्यावर्तन करते हुए उस लूट की करोड़ों की संपत्ति को सुरक्षित ले जाने के भरपूर प्रयत्न किए; परंतु मराठी सेना ने लाहौर के भी आगे तक उनका पीछा करते हुए उनकी ऐसी घोर दुर्दशा कर दी कि हाथी, घोड़े, ऊँट, नकद आदि सब संपत्ति को मार्ग में छोड़ते हुए तैमूर जब अटक पार कर किसी प्रकार अपने देश की ओर भाग गया, तब उसके पास भारत में लूटी हुई विशाल संपत्ति में से कुछ भी शेष नहीं बचा था, केवल उसके प्राण ही बचे थे। मराठों ने उसकी

सारी संपत्ति लूट ली। जो अफगान सैनिक उसकी भाँति अपने प्राण बचाते हुए भाग सके, वे ही जीवित काबुल पहुँच सके। अब्दाली ने अपने पीछे दिल्ली-पंजाब में हिंदू धर्म और हिंदू लोगों का विनाश करने के लिए जो पंद्रह-बीस हजार 'अस्सल-अव्वल' पठानों की सेना रखी थी, उसे भी मराठों ने अलग-अलग स्थानों में घेरकर अंत में १७ मार्च, १७५८ तक संपूर्ण पराभव का मुख दिखा दिया।

१०१०. इस प्रकार मराठों ने अहमदशाह अब्दाली का अत्यंत लांछनास्पद पराभव कर उसके द्वारा अपनी अफगानी सलतनत में जोड़े हुए सिंध से मुलतान तक और मुलतान से सरहिंद तक के समस्त प्रदेश को अपने पौरुष से जीता और जिस विस्तृत प्रदेश की राजसत्ता तथा राज्यशासन का अधिकार पूर्व में मुगल बादशाह ने उन्हें लिखित कागजी करार द्वारा सौंपा था, उस राजसत्ता को अब प्रत्यक्ष रूप से प्राप्त किया।

यही बात तत्कालीन मुगल बादशाह और उसके वजीर गाजीउद्दीन के हित में थी। वे भी इस बात को भलीभाँति समझते थे। इसलिए पंजाब की राजधानी लाहौर में प्रत्यक्ष राजकार्य सँभालने के लिए रघुनाथराव पेशवा प्रवेश करेंगे, तब उस प्रसंग में उनके सम्मान तथा स्वागत के लिए एक विशाल शाही उत्सव किया जाए—ऐसी आज्ञा दिल्ली के बादशाह ने ही दी। पूरा पंजाब और उसके आस-पास के प्रदेशों को जीतनेवाले मराठों का पराक्रम देखकर, उससे पहले पंजाब में केवल स्थानीय धमाचौकड़ी मचानेवाले कश्मीरी डोगरा प्रभृति हिंदू राजा, सिखों की 'मिसलें' (संघ) और मुसलमानों के अमीर-उमराव, निजाम, नवाब आदि तथाकथित बड़े लोग आश्चर्य और भय से चकित हो गए। वे अब दबकर और आतंकित भाव से आकर रघुनाथराव से मिलने लगे।

उस काल में पंजाब में सिखों का महत्त्व धीरे-धीरे बढ़ता जा रहा था। ऐसे में इस बार अब्दाली ने मराठों के भय से काबुल वापसी के मार्ग में सिखों के मुख्य क्षेत्र अमृतसर के स्वर्णमंदिर को तोड़-फोड़कर गिरा डाला और उसके मलबे से उस पवित्र सरोवर को पूर दिया। इसलिए अब सिख भी अब्दाली के कट्टर शत्रु बन गए थे। सिखों की तत्कालीन मिसलों में से एक प्रबल 'मिसल' का नेता आलासिंह जाट (जिसे मराठे अपने पत्रों में 'आला जाट' कहते थे) सरहिंद के युद्ध में मराठों से आकर मिला था। इस प्रकार पंजाब की राजनीति में महत्त्व रखनेवाले अधिकतर नेता और पक्ष अब रघुनाथराव के अनुकूल हो गए थे। उन सबने यह निर्णय लिया कि जब रघुनाथराव सिंधु प्रदेशों की विजय का अपना अभियान पूर्ण कर मराठी सेना के साथ लौटते हुए निरीक्षण करने के लिए लाहौर आएँगे, तब उसी समय यह 'शाही स्वागत समारोह' किया जाएगा।

१०११. पंजाब में रघुनाथराव पेशवा का विजय-प्रवेश—तैमूर शाह लाहौर से भागते समय अपने साथ जो लूटी हुई अपार संपत्ति ले जा रहा था, उसे वापस छीनने के लिए रघुनाथराव भी उस भागती हुई पठान सेना का पीछा करते हुए पंजाब में आगे तक घुसा। आधे से अधिक पंजाब को जीतकर, अब्दाली की उस सेना की घोर दुर्दशा

कर उसे सीमा पार खदेड़कर, शेष बचा हुआ सीमा-विजय का कार्य मराठों की अनेक सैनिक टुकड़ियों को सौंपकर विजित प्रदेश में मराठों की राजसत्ता सुदृढ़ करने के लिए रघुनाथ राव पेशवा पंजाब की राजधानी लाहौर की ओर लौटा। उसने ११ अप्रैल, १७५८ को लाहौर में अपनी मराठी सेना के साथ विजय-प्रवेश किया।

१०१२. उसके इस विजय-प्रवेश का अभिनंदन और सम्मान करने के लिए लाहौर में एक बड़ा उत्सव आयोजित किया गया था। स्वयं रघुनाथराव 'शाही महल' में ही ठहरा था। मराठी सेना के प्रमुख अधिकारी भी लाहौर के बड़े प्रासादों और हवेलियों में रुके थे या लाहौर के परिवेश में शिविर बनाकर ठहराए गए थे। सैकड़ों सुसज्जित हाथी, घोड़े, ऊँट और पुष्ट वृषभ यत्र-तत्र शोभा दे रहे थे। समारोह के दिन दोपहर में आयोजित भव्य राजसभा में विभिन्न स्थानों के हिंदू-मुसलिम अधिकारी, अमीर-उमराव, नवाब, निजाम, राव, राजे-रजवाड़े सभी उपस्थित थे। पुणे के जिस पेशवा को पंजाब की समस्त राजसत्ता और राजकार्य का शाही सेना सहित आधिपत्य उन सबने अर्पित किया था, उसके विजयी प्रतिनिधि के नाते इस राजसभा में रघुनाथराव पेशवा का अभिनंदन किया गया। सभी लोगों ने श्रद्धाभाव से रघुनाथराव को मूल्यवान उपहार अर्पित किए। रात को नगर में दीपोत्सव किया गया। जो आतिशबाजी की गई, वह भी अत्यंत प्रेक्षणीय थी। लाहौर के पास के अन्य नगरों में भी ऐसे ही बड़े दीपोत्सव कर आतिशबाजी की गई।

१०१३. हिंदुओं, मराठों के विजयोत्सव की यह राजसभा और दीपोत्सव कहाँ संपन्न हुए थे? वे संपन्न हुए थे मुगल शाही खानदान के अकबर, औरंगजेब जैसे मुसलिम बादशाहों के सुप्रसिद्ध विलास-स्थान लाहौर के प्रसिद्ध शालीमार बाग के भव्य मैदान में! मराठों ने मुसलिम राजसत्ता को इस प्रकार अपनी दासी बनाया था।

१०१४. मराठों की इस भव्य विजय का समाचार सुनकर दक्षिणोत्तर और पूर्व-पश्चिम भारत में सर्वत्र मराठों के 'हिंदू पदपादशाही' के लिए प्राणपण से किए गए पराक्रम के बारे में उत्सुक शुभचिंतक और स्वयं भी उसी दिशा में प्रयत्नशील लाखों राजे, महाराजे, छोटे-बड़े सरदार, शास्त्री तथा पंडित के अतिरिक्त निरीच्छ साधु-महात्माओं ने भी रघुनाथराव पेशवा पर अभिनंदन-पत्रों की वर्षा की। हमारे द्वारा इस ग्रंथ में पूर्व में किए वर्णनानुसार हिंदुओं की इस कल्पनातीत विजय से उन पत्र-लेखकों की भावनाएँ इतनी उत्कट और उद्दीपित हुई थीं कि उनकी पूरी अभिव्यक्ति गद्य की सीधी-सपाट शैली में हो ही नहीं पाई। उन्हें उसके लिए दैवी पौराणिक वर्णन-शैली को अपनाना पड़ा। उदाहरणस्वरूप—पेशवाओं के दिल्ली के सेनापति अंताजी माणकेश्वर जैसे केवल सादे प्रतिवृत्त (Political reports) लिखने का अभ्यास रखनेवाले उच्चाधिकारी ने रघुनाथराव के पास ५ मई, १७५८ को जो पत्र लिखा था, वह यहाँ प्रस्तुत है।

१०१५. "स्वामी ने सेवक के पास जो कृपापत्र (१८ अप्रैल का) भेजा, वह

प्राप्त हुआ। उसमें लाहौर-विजय का और शत्रु का दमन कर वहाँ का प्रदेश जीत लेने का विस्तृत समाचार पढ़कर जो परम आनंद हुआ, उसे पत्र में कैसे, कहाँ तक व्यक्त करूँ? पूरे हिंदुस्थान में स्वामी की प्रचंड कीर्ति व्याप्त हुई। राजे-रजवाड़े, अमीर-उमराव, सूबेदार आदि सबको दहशत हुई है। स्वामी ने अकेले अब्दाली से पूरे हिंदुस्थान का प्रतिशोध लिया। उसके कारण पर्वतप्राय यश मिला। स्वामी यशस्वी ही हैं। उसका विस्तृत वर्णन करने की सामर्थ्य सेवक की लेखनी में कहाँ है? यह समाचार सुनकर वजीर (गाजीउद्दीन) को अत्यंत हर्ष हुआ। स्वामी तो अवतारी पुरुष हैं। उनकी स्तुति मनुष्य कहाँ तक और कैसे कर सकते हैं? इस सेवक को स्वामी के चरणों के बिना दूसरा आश्रय नहीं है। स्वामी यदि लाहौर प्रांत में छावनी करेंगे, तो वजीर बादशाह को लेकर स्वामी के पास आएगा। वजीर और सारे छोटे-बड़े सरदारों का कहना है कि यदि खास (स्वामी की) छावनी लाहौर में नहीं रही, तो पठान बरसात (वर्षाकाल) में पुनः लाहौर प्रांत में घुसेंगे। लोग जो कहते हैं, वह मैंने लिखा है। करना-न करना स्वामी के अधिकार में है। वजीर और बादशाह स्वामी के पास किस प्रकार आएँ, इसका निश्चय कर सेवक को कृपया वैसी आज्ञा लिख भेजें। उसके अनुसार विट्ठल शिवदेव उनको लेकर सेवा में उपस्थित होंगे। उसके अनुसार ही कृष्णराव (काले) भी आएँगे। सभी विनती करेंगे।" (५.५.१७५८)

१०१६. सेनापति रघुनाथराव पेशवा का प्रतिवृत्त—अब पुणे से श्रीमंत नाना साहब पेशवा के रघुनाथराव को ससैन्य वर्षाकाल से पहले दक्षिण वापस आने के लिए लगातार पत्र आने लगे थे। पंजाब में मराठों ने जो विस्तीर्ण प्रदेश जीता था, उसका पूरा और पक्का राज्य प्रबंध तत्काल करना भी अत्यंत आवश्यक था। उसके लिए रघुनाथराव का ससैन्य पंजाब में और चार महीने रहना अत्यंत आवश्यक था। इसलिए उत्तर हिंदुस्थान के समस्त मराठा सरदारों और कर्ता-पुरुषों का आग्रह था कि रघुनाथराव मल्हारराव होलकर के साथ अभी कुछ समय तक दक्षिण वापस न जाएँ। स्वयं रघुनाथराव और मल्हारराव की भी प्रबल इच्छा अब वापस घर लौटने की थी। ऐसे में जब श्रीमंत पेशवा ने ही पुणे से उन्हें वापस आने की आज्ञा दी तब रघुनाथराव ने मराठों के इस अभियान में जो अपूर्व विजय प्राप्त की थी, उसका अधिकृत प्रतिवृत्त (Official report) स्वयं लिखकर श्रीमंत पेशवा को पुणे भेज दिया और प्रत्यावर्तन किया। रघुनाथराव के साथ मल्हारराव होलकर और अन्य अनेक मराठा सरदार भी दक्षिण वापस लौटे। रघुनाथराव ने यथावश्यक सेना पंजाब में विभिन्न स्थानों में मराठी सत्ता दृढ़ करने के लिए रखी ही थी।

१०१७. यद्यपि इस पंजाब-विजय अभियान में मराठों का पराक्रम किसी वीर काव्य के सर्ग के समान भव्योदात्त शैली में वर्णन करने योग्य था, तथापि रघुनाथ राव ने उसका जो प्रतिवृत्त स्वयं लिखकर पुणे भेजा था, वह कितना सैनिकी शैली का, लेशमात्र

भी आत्मस्तुति, विस्तार अथवा मिथ्या वल्गनाओं से रहित, केवल घटनाओं और अपरिहार्य राजनीतिक चर्चाओं से ही युक्त था—यह देखने योग्य है। इसलिए वह प्रतिवृत्त रघुनाथराव के ही शब्दों में यथावत प्रस्तुत कर रहे हैं।

१०१८. रघुनाथराव ने श्रीमंत नाना साहब पेशवा को दिनांक ४.५.१७५८ को लिखा था—"अटक के इस पार के लाहौर, मुलतान, कश्मीर आदि सूबों और प्रदेशों का बंदोबस्त कर वहाँ उचित शासनप्रबंध करना है। उसमें से कुछ हो चुका है, कुछ होना बाकी है, जो शीघ्र ही कर रहा हूँ। हम लोगों ने तैमूर शाह और जहान खान का पीछा कर उनकी फौज को लूट लिया। थोड़ी सी फौज के साथ गिरते-भागते अटक पार कर किसी प्रकार वे पेशावर पहुँचे। अब्दाली ने ईरान पर आक्रमण किया था, परंतु वहाँ के बादशाह ने उसकी फौज को लूट लिया। अब्दाली कंदहार (कंधार) आया, तो ईरानी फौज भी उसका पीछा करती हुई वहाँ आई है। इस प्रांत के सरदार और जमींदार जबरदस्त खान और मुकरब खान, जो अब्दाली की जबरदस्ती के कारण उसके अधीन हुए थे, भी अब बदलकर हंगामा कर रहे हैं। 'हम आपके (अधीन) रफीक होकर आपकी सेवा करेंगे और अब्दाली को धमकी देकर सबक सिखाएँगे'—इस आशय की उनकी कई अर्जियाँ हमारे पास आई हैं। अब्दाली ने धैर्य खो दिया है। सारांश यह है कि अब उधर उसका कोई जोर नहीं है। उस ओर से ईरान के शाह ने उसे जेरबस्त किया है, इस ओर से हम और जोर लगाकर सरकार का अमल अटक के उस पार तक कायम करें। उसका भतीजा और दौलत का वारिस स्वामी के पास देश (पुणे) पहुँचा था। उसे स्वामी ने हमारे पास भेज दिया था। उसे अटक के इस पार बैठने के लिए थोड़ा सा स्थान देकर अटक के उस पार का काबुल-पेशावर का सूबा दे देते हैं। सरहिंद में अब्दाली की सेना में अब्दुल समद खान सेनापति था, जो अब हमारी सरकार के अधीन है। उसके साथ हमारी कुछ सेना और कुछ ईरानी मुगल सेना देकर उसे वहाँ रवाना करते हैं। वे लोग वहाँ शत्रुओं का दमन उत्तम रीति से कर वहाँ हमारी पैरवी करेंगे और अटक के उस पार हमारा अमल पक्का करेंगे। लाहौर प्रांत में हमने रेणके अनाजी और रायजी सखदेव दोनों को नियुक्त किया है। गोपालराव गणेश बर्वे का भी पैगाम है कि वह भी वहाँ रहेंगे। ईरान के बादशाह के खुद लिखे हुए स्वशैली के पत्र भी हमारे और मल्हारराव (मल्हारराव होलकर) के पास आए हैं कि हम शीघ्र कंधार पहुँचें और अब्दाली का संपूर्ण दमन कर अटक की सीमा निर्धारित करें। स्वामी ने काबुल के जिस अब्दुल रहीम खान को हमारे पास भेजा है, उसे हम थोड़ी फौज देते हैं, थोड़ी-बहुत साधन सामग्री देकर आर्थिक सहायता भी करते हैं। परंतु काबुल और कंधार के अटक पार के जो सूबे अकबर से आलमगीर (औरंगजेब) तक हिंदुस्थान के अधीन थे, उन्हें हम 'विलायत' (विदेशी ईरान) को क्यों दें? अभी इस समय तो वहाँ ईरान का अमल है। इसलिए हम उनको मीठा जवाब ही भेजेंगे। जंबू-(जम्मू) कश्मीर आदि के तमाम वकील आए हैं।

उनके साथ बातचीत कर अटक के इस पार का अमल और शासन पक्का करते हैं। अटक के उस पार का अमल और शासन अभी संभव नहीं है। हमारे अगले अभियान में जो प्रबल नेता आएगा, वह उसका बंदोबस्त करेगा। वैसे, यह मुल्क (प्रदेश) दो सौ करोड़ की वसूली का है, परंतु यहाँ के जमींदार बड़े विकट हैं। हम उनसे नाममात्र को ही धन ले रहे हैं। यहाँ तो पचीस लाख का मुल्क होते हुए भी एक-दो लाख भी वसूल पाना कठिन है। अभी तो हम स्वामी की आज्ञा के अनुसार वापस लौट रहे हैं। इसलिए जितना सहज संभव है, उतना ही कर रहे हैं। जोर-जबरदस्ती नहीं कर रहे हैं। अभी तो हमने सारा अख्तियार (अधिकार) अदिना बेग को ही सौंपा है। वही लाहौर-मुलतान का भावी सरदार होगा। इस वर्ष तो सारा लश्कर (सेना) नीचे दक्षिण ही जाएगा। कारण, सेना का निर्वाह करना ही कठिन होगा। दो-तीन वर्षों में कुछ प्रबंध हो सकेगा। स्वामी को सबकुछ निवेदन किया है।''

१०१९. मराठों की मूर्खता—लांछनास्पद बात यह है कि मराठों ने भी दक्षिण वापस लौटते समय मुसलमानों का धार्मिक प्रतिशोध नहीं लिया। इस ग्रंथ में इस दूसरे भाग के पूर्वार्ध में हमने उल्लेख किया है कि हिंदू समाज सद्‌गुण विकृति की दुष्टतापूर्ण व्याधि से किस प्रकार ग्रस्त था और इस कारण मुसलमानों ने हिंदू धर्म पर जो असह्य अत्याचार किए, उनका जरा भी प्रतिशोध हिंदुओं ने पुन: शक्ति प्राप्त करने पर भी नहीं लिया। उस काल के राक्षसी धार्मिक अत्याचारों को ही स्वधर्म समझनेवाले शत्रुओं पर भी उन्होंने हिंदू धर्म पर जैसे अत्याचार किए, वैसे या उनसे भी अधिक कठोर प्रत्याचार कर हिंदुओं ने हिंदुस्थान को किस प्रकार निर्मुसलिम नहीं किया और स्पेन, बल्गेरिया, पुर्तगाल, ग्रीस आदि देशों ने अपने राष्ट्रों को निर्मुसलिम कर जिस प्रकार ईसाई धर्म को संकट मुक्त किया, उस प्रकार हिंदुओं ने हिंदुस्थान को निर्मुसलिम कर हिंदू धर्म को संकट मुक्त कैसे नहीं किया—यह सब भी विस्तारपूर्वक बताया है। परधर्मियों ने हमारे धर्म पर कितने ही अत्याचार क्यों न किए हों, हमें उन आक्रांता परधर्मियों पर उनका प्रतिकार करने के लिए भी प्रत्याक्रमण नहीं करना चाहिए—ऐसी परधर्म-सहिष्णुता ही हमारा स्वधर्म है, सद्‌गुण है। इस प्रकार की परधर्म-सहिष्णुता की जो आत्मघातक और विकृत व्याख्या हिंदुओं के रोम-रोम में व्याप्त थी, इसके कारण ही राजनीतिक क्षेत्र में मुसलमानों पर बड़ी विजय प्राप्त करने के उपरांत भी धार्मिक क्षेत्र में लेशमात्र भी प्रतिकार न करने के कारण धार्मिक मोरचे पर हिंदुस्थान से मुसलिम धर्म और मुसलमानों का उसी समय उच्छेद नहीं हो सका और जिस प्रकार ग्रीक, शक, हूण आदि का अस्तित्व ही तत्कालीन हिंदुओं ने मिटा डाला था, उस प्रकार मुसलमानों का अस्तित्व हिंदुस्थान से मिटाया नहीं जा सका।

१०२०. हिंदू राष्ट्र के लिए अत्यंत घातक सिद्ध हुई इस सद्‌गुण विकृति की व्याधि का एक और उदाहरण हिंदुओं द्वारा मुसलमानों पर प्राप्त की गई पंजाब के इस

राजनीतिक विजय के उत्कर्ष-बिंदु के प्रसंग में ही घटित हुआ। उसका उल्लेख किए बिना आगे बढ़ना कर्तव्यच्युति ही होगी।

१०२१. जिस समय रघुनाथराव अब्दाली पर आक्रमण करने के लिए पुणे से ससैन्य निकला और १४ फरवरी, १७५७ के आस-पास इंदौर पहुँचा, उस समय अत्याचारी अब्दाली ने दिल्ली में हिंदू धर्म और हिंदू स्त्रियों की घोर विडंबना की थी, और मराठों ने बादशाही सत्ता से मथुरा, कुरुक्षेत्र आदि हिंदुओं के पवित्र क्षेत्र छीनकर मुक्त किए थे। इस बात का प्रतिशोध लेने हेतु उसने उन क्षेत्रों में अपने क्रूरतम मुसलिम सेनापतियों को भेजा था। उन मुसलिम सेनापतियों को अब्दाली ने स्पष्ट रूप से कठोर निर्देश दिया था कि हिंदुओं के मथुरा आदि समस्त पावन तीर्थक्षेत्रों को ध्वस्त कर, यथाशक्ति अधिक-से-अधिक हिंदुओं का वध करके उनके कटे हुए सिरों की ढेरियाँ लगाना मुसलमान होने के नाते उनका धार्मिक कर्तव्य है। उनमें से जो भी मुसलमान किसी हिंदू का सिर उसे काफिर समझकर काटेगा, उस सच्चे 'ईमानदार' मुसलमान को प्रत्येक कटे हुए हिंदू सिर के लिए पाँच रुपए 'इनाम' दिया जाएगा।

१०२२. अब्दाली के इस आदेश से उत्तेजित हुए वे मुसलिम भेड़िए मथुरा आदि क्षेत्रों पर कैसे टूट पड़े—इसका वर्णन हमने इसके पूर्व परिच्छेद १००३ से १००५ तक किया है। तदनुसार उन मुसलिमों ने पूर्णतः निरपराध हिंदुओं के मथुरा क्षेत्र पर अकस्मात् आक्रमण किया और वहाँ के हिंदुओं का वध करना प्रारंभ किया। उन्होंने हिंदुओं के विशाल देवालयों को तोड़-फोड़कर गिरा डाला, हिंदू स्त्री-पुरुषों, आबालवृद्धों के रक्त की नदियाँ घर-घर में और समस्त मार्गों में बहाईं, हर तरुण स्त्री को देखते ही पकड़कर भ्रष्ट किया और एक भी गाय जीवित नहीं छोड़ी। वहाँ पानी की भाँति गो-रक्त बह रहा था।

इतने पर भी उन मुसलिम पिशाचों को उस क्रूरता से घृणा या वितृष्णा नहीं हुई। उलटे उस क्रूरता को कला और मनोरंजन के रंग में रँगने की इच्छा से उस समय पड़े हिंदुओं के होली के त्योहार की विडंबना करने के लिए उन्होंने भी होली मनाई। परंतु कैसी? उन्होंने स्थान-स्थान पर हिंदुओं के रक्त से भरे हुए बड़े-बड़े कड़ाह और हंडे रखे और मुसलिम सैन्य हाथों में बड़ी-बड़ी पिचकारियाँ लेकर नगर के सारे मार्गों में और घरों में घुसकर हिंदुओं को उन्हीं के रक्त से सींचकर भिगोता, रक्तरंजित करता चला। उन्होंने मथुरा की जो दुर्दशा की थी, वैसी ही दुर्दशा उसके आगे के गोकुल-वृंदावन की भी की थी। परंतु इतने में उन तक यह समाचार पहुँचा कि मराठों की प्रबल सेना रघुनाथराव पेशवा के नेतृत्व में उनका दमन करने आ रही है और वह इंदौर से आगे पहुँच चुकी है। स्वयं को शहंशाह कहलाने वाला अहमदशाह अब्दाली तब प्राणभय से अपनी उस समस्त सेना के साथ दिल्ली वापस गया, वहाँ से लाहौर गया और फिर सीधा काबुल भाग गया।

१०२३. जिन्होंने अब्दाली को अपने पराक्रम से इस प्रकार रणभूमि में मार-मारकर सीमा के पार खदेड़ दिया, उन्हीं मराठों की सेनाएँ पंजाब विजय के पश्चात् सन् १७५८ में दक्षिण वापस लौटते समय उन्हीं मथुरा, गोकुल, वृंदावन आदि तीर्थक्षेत्रों के दर्शन कर जब वहाँ स्नान-संध्या, पूजा-पाठ, व्रत-उपवास आदि कर रही थीं, तब केवल एक वर्ष पहले मुसलमानों ने वहाँ हिंदू धर्म पर किए गए क्रूर अत्याचारों की करुण और रोमांचक कहानी सुनकर भी, मुसलमानों द्वारा हिंदुओं के रक्त से रँगे गए मथुरा के घाट पूर्णत: सूखे नहीं थे, तब भी मार्गों में स्थान-स्थान पर गो-रक्त से भरे हुए गड्ढे सड़कर दुर्गंध फैला रहे थे, तब भी अपने पवित्र क्षेत्रों में मुसलमानों द्वारा किए गए इन धार्मिक अत्याचारों से उस हिंदू सेना के मुख क्रोध-संतप्त नहीं हुए। उनमें से कोई भी क्रोध से आगबबूला नहीं हुआ। कोई भी धार्मिक प्रतिशोध लेने के लिए क्रोधोन्मत्त नहीं हुआ। मुसलमानों ने हिंदुओं पर और हिंदू धर्म पर जो अत्याचार किए, वैसे ही प्रत्याचार तुम भी मुसलमानों पर करो। मुसलमानों ने जिस प्रकार हिंदू स्त्रियों की घोर विडंबना की, उसी प्रकार तुम भी मुसलिम स्त्रियों की वैसी ही घोर विडंबना करो। हिंदू होने के नाते हिंदू धर्म का इस प्रकार प्रतिशोध लेना ही तुम्हारा परम कर्तव्य है। जिस प्रकार अब्दाली ने अपनी मुसलिम सेना को आदेश दिए थे, उस प्रकार उपर्युक्त कठोर, कटु आदेश विजयी हिंदू सेना के धुरंधर रघुनाथराव ने अपनी हिंदू सेना को नहीं दिए।

१०२४. सद्‌गुण विकृति की इस प्राणघातक व्याधि से हिंदू समाज की कितनी भयंकर हानि हुई है—इसका इतना अधिक वर्णन हमने इस भाग के पूर्वार्द्ध में किया है कि अब यहाँ उसकी द्विरुक्ति करने का कोई औचित्य नहीं है। प्रत्येक पाठक से हमारा आग्रहपूर्ण निवेदन है कि वह यहाँ पर इस भाग के पूर्वार्द्ध के सद्‌गुण विकृति विषयक चौथे अध्याय के परिच्छेद ४२१ से ४६६ तक, ४१३ से ४२० तक, परिच्छेद ५१९, ५२० और ५२१ तथा परिच्छेद ५६५ से ५९८ तक की गई समीक्षा को पुनः-पुनः अवश्य ध्यान से पढ़े।

१०२५. हिंदुओं के परम सौभाग्य की बात इतनी ही थी कि उनके धार्मिक मोरचे के इस मूर्खतापूर्ण भोलेपन से हिंदू धर्म और हिंदू राष्ट्र के प्राणों पर जो भीषण संकट आया था, वह उनके, विशेषत: मराठों के, राजकीय मोरचे के प्रत्याघातक पराक्रम से केवल पूँछ गँवाकर ही टल गया। यद्यपि धार्मिक भोलेपन के कारण मराठों ने पंजाब विजय के उपरांत दक्षिण वापस लौटते समय मुसलमानों से मथुरा-वृंदावन के विध्वंस का प्रतिशोध न लेने का घोर प्रमाद किया, तथापि मुसलमानों से एक वर्ष से सतत चल रहे हिंदुओं के इस महायुद्ध में उन्होंने मुसलमानों का जो घोर पराभव किया, विशेषत: मराठों ने पंजाब अभिमान में विजय प्राप्त कर मुसलिम साम्राज्यसत्ता का जो समूल उच्छेद किया और हिंदू राष्ट्र का राजनीतिक स्वातंत्र्य प्रस्थापित किया, उसके कारण मुसलमानों ने जिस प्रकार पर्शिया के अन्य प्राचीन राष्ट्रों की दुर्दशा की, उन्हें समूल नष्ट

कर डाला, उस प्रकार हिंदुस्थान का समूल नाश वे नहीं कर सके। बेबिलोन का जैसे बगदाद हुआ, वैसे मथुरा का मक्का नहीं हुआ। दस शताब्दियों के निरंतर चले संग्राम में सतत आघात सहकर भी मथुरा हिंदुओं की ही नगरी रही। मुसलमानों की राजसत्ता का नामचिह्न भी मिट गया; परंतु लाखों हिंदू तीर्थयात्रियों के कंठों से यमुना के घाटों पर और मथुरा के समस्त मंदिरों में श्रीकृष्ण की जय-जयकार सतत निर्बाध रूप से गूँजती ही रही है।

□

प्रकरण—१०

अटक के उस पार भी!

सरदार पदरचे कसे कुणी सिंह जसे कुणी शार्दूल गेंडे।
अरे ज्यांनी अटकेत, पाव घटकेत रोविले झेंडे॥

—*प्रभाकर*

१०२६. शाइर (शायर) प्रभाकर अपने (वीरकाव्य) 'पोवाडा' में कहता है कि मराठों के सरदार कैसे थे? तो जैसे सिंह, शार्दूल और गैंडे! अरे, जिन्होंने (केवल) पाव घटिका में अटक में अपने झंडे फहराए (ऐसे वीर थे वे!)।

पिछले प्रकरण में किए गए वर्णनानुसार पंजाब विजय संपादन कर उसके उपरांत मराठी सेनापति रघुनाथराव अपने अनेक सरदारों और सेना के साथ जब दक्षिण वापस लौट रहा था, तब महाराष्ट्र में पहुँचने से पूर्व ही उनकी विजयों के समाचार समय-समय पर महाराष्ट्र में प्रसृत होते रहे। आज इंदौर में सारी मराठी सेनाएँ एकत्र हुई हैं। कल वे राजपूताने में 'चौथ' की वसूली कर रही हैं। अब वे आगे अंतर्वेद (दोआब) में घुसकर रुहेले पठानों को अब्दाली से मिलने के अपराध के लिए दंड दे रहे हैं। तत्पश्चात् वे प्रत्यक्ष दिल्ली को जीतकर अब्दाली द्वारा घोषित उसके सम्राट् (बादशाह) पद की अंत्येष्टि कर, मुगल बादशाह को उसके (पठानों के) कारावास से मुक्त कर उसे 'कठपुतली' बादशाह के रूप में दिल्ली के सिंहासन पर पुन: स्थापित कर रहे हैं। उसके बाद तत्काल पंजाब पर आक्रमण कर रघुनाथराव की मराठी सेना अब्दाली द्वारा सरहद की रक्षा करने के लिए नियुक्त की गई दस हजार काबुली पठानों की सेना की रणभूमि में दुर्दशा कर रही है। अब्दाली का पुत्र तैमूर शाह और सेनापति जहान खान मराठों से युद्ध किए बिना ही अपने प्राण बचाने के लिए लाहौर छोड़कर काबुल की ओर सरपट भाग रहे हैं और रघुनाथराव ससैन्य उनका पीछा कर, उन्हें मारपीट कर पंजाब से बाहर खदेड़ रहा है। तत्पश्चात् पंजाब की राजधानी लाहौर में विजयी रघुनाथराव ससैन्य प्रवेश कर रहा है और अपूर्व विजयोत्सव मनाया जा रहा है—इस प्रकार की पग-पग पर

मिलनेवाली विजयों की तथा सभी शत्रुओं का दमन करनेवाले मराठों के पराक्रम की वार्त्ताएँ महाराष्ट्र में निरंतर फैलती रहीं, जिन्हें सुनकर सारा महाराष्ट्र गर्व और हर्ष से झूमता रहा। रघुनाथराव ने पुणे से लेकर ठेठ सिंधु नदी तक छलाँग मारकर किए गए इस अव्याहत, अप्रतिहत विजयी अभियान द्वारा विश्व के नामवंत, श्रेष्ठ, दिग्विजयी सेनापतियों में स्थान प्राप्त कर लिया था। उस अप्रतिहत विजयी अभियान के—सह्याद्रि के इस गरुड की हिमालयी उड़ान के विषय में सारा महाराष्ट्र जो आश्चर्य और धन्यता का अनुभव कर रहा था, उसकी अभिव्यक्ति करने, वह जाने-अनजाने रघुनाथराव को प्यार भरे संबोधन 'राघो भरारी' (उड़नछू रघु) से पुकारने लगा। सेनापति रघुनाथराव को मिली प्यार की यही उपाधि इतिहास में चिरंतन हो गई।

१०२७. अटक पर भगवा लहराया—सेनापति रघुनाथराव ने पंजाब से दक्षिण वापस लौटते समय कुछ मराठा सरदारों को मराठी सेना के साथ पंजाब में, विशेषत: सिंधु नदी के परिवेश में सारी सीमा पर, जो मुसलिम अमीर-उमराव, गुंडे-लफंगे, फकीर आदि लूटमार कर अराजकता फैला रहे थे, उनका संपूर्ण दमन कर मराठी राजसत्ता को दृढ़ता से स्थापित करने और मराठों के राजस्व की पूरी वसूली करने के लिए नियुक्त किया था। उनमें से तुकोजी होलकर, साबाजी शिंदे और गोपालराव बर्वे आदि सरदारों के नेतृत्व में मराठी सेना ने इस सिंधु नदी के परिवेश की नाक अटक के किले पर आक्रमण कर उसे मुसलमानों से जीत लिया। जुलाई १७५८ में मराठों ने मुसलमानों का हरा ध्वज उखाड़कर फेंक दिया और हिंदुओं का भगवा 'जरीपटका' (जरीवाला ध्वज) 'हर-हर महादेव' की गर्जनाओं के बीच अटक के किले पर फहराया! मराठों अर्थात् हिंदुओं के घोड़ों ने पुन: सिंधु का जल स्नान किया।

१०२८. अंत में अटक (पार न करने) का हिंदुओं पर हिंदुओं के ही शास्त्रों द्वारा लगाया गया 'अटकाव' (बंधन) उस दिन हिंदुओं के ही शस्त्र ने तोड़ डाला! यही नहीं, अपितु मराठी सेनाएँ सिंधु पार कर कंधार तक म्लेच्छों का पीछा करती हुई चली गईं।

१०२९. अटक नगर का 'अटक' नाम कब और क्यों पड़ा था, इसके संबंध में दुर्दैवी वृत्तांत हमने इसी भाग में परिच्छेद ४९५ से ५०७ तक दिया है।

१०३०. मराठों ने अटक का गढ़ जीतकर वहाँ पर 'जरीपटका' फहराया—यह समाचार जब महाराष्ट्र में पहुँचा, तब मराठों का विजयानंद आकाश को छूने लगा। मराठों ने प्रत्यक्ष काबुल-कंधार तक मुसलमानों की दुर्दशा करते हुए उन्हें खदेड़कर उनके हाथों से सारे हिंदुस्थान की वास्तविक साम्राज्यसत्ता छीनकर दस शताब्दियों के पश्चात् उनसे हिंदू प्रतिशोध लिया था।

१०३१. यही स्वर्णिम पंचम पृष्ठ है—अटक विजय की यह अलौकिक घटना घटित होने पर सहस्र वर्षव्यापी हिंदू-मुसलिम महाराष्ट्र में अंत में हिंदुओं को यह महान्

विजय प्राप्त हुई और हिंदुस्थान की मुसलिम साम्राज्यसत्ता को हिंदुओं ने पदाक्रांत किया, यह वृत्त हिंदू राष्ट्र के इतिहास के जिस पृष्ठ पर अंकित हुआ है, वही हिंदू राष्ट्र के इतिहास का पंचम (पाँचवाँ) स्वर्णिम पृष्ठ है!

यद्यपि जिस प्रकार मरणोन्मुख मनुष्य भी मरते समय कुछ काल तक हिचकियाँ लेता है और कभी एकाध बार सन्निपात में उछलकर उठने का भी प्रयास करता है, परंतु अंत में मरता ही है अथवा अरण्य में विचरण करनेवाले प्रचंड, दीर्घकाय, बीस-बीस हाथ लंबे और वटवृक्ष के तने जैसे मोटे सर्प सिर कुचल जाने पर भी तत्काल पूर्णत: अचेतन नहीं होते, अपितु उनका शरीर कुछ काल तक हलचल करता रहता है और कभी उछलकर आगे बढ़ने का यत्न भी करता है, परंतु अंत में वह दीर्घकाय जीव मरकर निष्प्राण होता ही है, उसी प्रकार यद्यपि मराठों ने सिंधु के परिवेश में मुसलिम साम्राज्यसत्ता का सिर कुचलकर, उसे रणभूमि में पराभूत कर मरणोन्मुख कर दिया, तथापि इतस्तत: कुछ काल तक उसकी हलचल होती रही और उसके प्रचंड मरणोन्मुख शरीर ने पानीपत के तीसरे युद्ध जैसी एकाध उछाल भी ली, तथापि अंत में वह गतप्राण होकर नष्ट हो ही गई।

१०३२. और अंत में समस्त हिंदुस्थान पर स्वतंत्र हिंदू साम्राज्यसत्ता का ध्वज लहराने लगा। सिंधु नदी से ही नहीं, अपितु काबुल नदी से लेकर संपूर्ण पंजाब, जम्मू और कश्मीर की सीमा तक फैला महाराजा रणजीत सिंह का निर्मुसलिम हिंदू-सिख महाराज्य, उसके आगे दिल्ली से रामेश्वरम् तक शेष हिंदुस्थान में दिग्विजयी हिंदू मराठों का निर्मुसलिम राज्य और ऊपर नेपाल का स्वतंत्र हिंदू राज्य—इस प्रकार हिंदुस्थान में सर्वत्र पुन: हिंदू राज्यसत्ता स्थापित हुई, और मुसलिम राजसत्ता जो मरी, तो फिर मर ही गई।

१०३३. इसलिए जिस दिन मराठों ने अटक के किले पर से मुसलिम राजसत्ता का हरा ध्वज उखाड़ फेंका और अपना विजयी भगवा ध्वज 'जरीपटका' फहराया, उसी दिन हिंदुओं ने मुसलिम राजसत्ता पर सच्चा प्राणांतक प्रहार कर उसका अंत कर दिया।

१०३४. श्री सरदेसाई जैसे संतुष्ट, सावधान इतिहास-लेखक ने भी लिखा है—"All Maharashtra felt electrified with the proud performance of Raghunathrao and his bands having reached the extreme frontier of India and bathed their horses in Indus." (New History of Maharashtra, Vol. I, page 401)

१०३५. इस प्रदीर्घ हिंदू-मुसलिम महायुद्ध में मराठों द्वारा मुसलमानों पर की गई इस अंतिम विजय का समाचार जब महाराष्ट्र में पहुँचा, उस काल में वहाँ अत्युत्कट राष्ट्रीय भावनाओं की अभिव्यक्ति करनेवाले प्रमुख वीर कवि 'गोंधकी' (भाट-चारण) ने अपने वीर रस से परिप्लुत पोवाडे जैसे वीरकाव्यों से महाराष्ट्र के प्रत्येक गाँव को

गुंजित कर वहाँ का वातावरण विजयोल्लास से भर डाला। मराठी सेना का यह अपूर्व पराक्रम सुनकर जिसकी भुजाएँ नहीं फड़कीं, ऐसा एक भी स्वाभिमानी मराठा नहीं था। उस दिन महाराष्ट्र का जो मानस था, उसकी यथावत् अभिव्यक्ति का रोमहर्षक चित्र मानस (काव्य) की भाषा में ही व्यक्त किया जा सकता है। इसलिए हमने अपने 'गोमंतक' काव्य में तत्कालीन भाट-चारणों के प्रतीक के रूप में कल्पित 'महाराष्ट्र भाट' के मुख से उसे अभिव्यक्त करवाया है। उसी 'महाराष्ट्र भाट का विजयगीत' के कुछ चरण हम नीचे दे रहे हैं।

(वीर सावरकर रचित 'गोमंतक' महाकाव्य में यह विजयगीत संपूर्ण दिया गया है।)

१०३६. महाराष्ट्र भाट का विजयगीत—

'ऐका-ऐका हिंदूमात्रहो! वार्त्ता विजयाच्या आल्या;
उभ्या दहा शतकांचा उगवे सूड जिंकिले जेत्याला
करा महोत्सव हिंदूमात्रहो! तुमच्या हौतात्म्ये आला
विजय तयाच्या महोत्सवाचा हक्कचि आहे तुम्हाला
तथापि अजुनी कार्य न सरले इच्छित; हाता तट आला
परंतु अजुनी चढुनि दुर्ग हा कुशल पोचणें असे घरा!
आज हिंदुपदपादशाहिचा योग सत्यची हा आला
तथापि अजुनी समारंभ तो संपूनि निर्विघ्न न गेला!
शककर्त्वासम परंतु विजया करी पाहिजे राखियला!
शककत्वसिम सत्यचि आम्ही धन्य विजय हा उपार्जिल
आज दहा शतकाने विजयी मिरवित सोनेरी तोडा
पिओ सिंधूचे पाणी पुनरपि हिंदु सैनिकाचा घोडा
सागरसंगत भागीरथि ये कावेरीच्या पूतजला
सिंधु, शतद्रु, त्रिवेणि, यमुने, गोदे, कृष्णे या सकला
हे तीर्थांनो, हे क्षेत्रांनो, अखिल भारती भूमितल्या
हरिद्वार, कैलास, काशिके, पुरी द्वारके या सान्या
ऐका-ऐका लोमहर्षणा वार्त्ता विजयाच्या आल्या
उभ्या सात शतकांचा उगवे सूड जिंकिले जेत्याला
हिंदु वीरांचा की श्रीशे असे यशस्वी हट केला
आज हिंदवी जरिपटका की पुन्हा पोचला अटकेला।'

(—सुनो-सुनो, हिंदू मात्र हो, सुनो! विजय वार्त्ताएँ आई हैं। पूरे सहस्र वर्षों का प्रतिशोध लेकर हिंदुओं ने जेताओं (मुसलमानों) को जीत लिया है। हिंदू मात्र हो,

महोत्सव करो। तुम्हारे हौतात्म्य से जो विजय प्राप्त हुई है, उसका महोत्सव मनाने का पूरा अधिकार तुमको है। तथापि अभी तक इच्छित कार्य समाप्त नहीं हुआ है। अभी तो केवल तट हाथ में आया है, यह दुर्ग चढ़कर सकुशल घर पहुँचना अभी शेष है। सचमुच, आज हिंदू पदपादशाही स्थापित होने का सुयोग आया है, तथापि वह समारोह अभी तक निर्विघ्न रूप से संपन्न नहीं हुआ है। यह सत्य है कि हमने किसी शककर्ता की भाँति यह धन्यतापूर्ण विजय उपार्जित की है, परंतु शककर्ता की भाँति ही हमें उसे सतत बनाए रखना होगा। आज सहस्र वर्षों के पश्चात् किसी हिंदू सैनिक का विजयी घोड़ा स्वर्ण अलंकारों से सज्जित होकर पुनः सिंधु नदी का जल पी रहा है। सागर के साथ हे भागीरथी, तुम आओ। हे पूत (पवित्र) जल कावेरी, सिंधु, शतद्रु, त्रिवेणी, यमुना, गोदावरी, कृष्णा—तुम सब आओ। अखिल भरतभूमि के हरिद्वार, कैलाश, काशी, पुरी, द्वारका आदि समस्त तीर्थों और क्षेत्रो, तुम सब आओ और विजय की लोमहर्षक वार्त्ताएँ सुनो! सुनो-सुनो, पूरी सात शताब्दियों का प्रतिशोध लेकर जेता को विजित ने जीत लिया है। श्रीश (ईश्वर) ने हिंदू वीरों का हठ यशस्वी किया और आज हिंदवी जरीपटका पुनः अटक पर फहरा रहा है।)

□

स्वर्णिम पृष्ठ

प्रथम

अंग्रेज भी गए; हिंदू राष्ट्र का स्वातंत्र्य सिद्ध हुआ

१०३७. हम 'हिंदू राष्ट्र के इतिहास के छह स्वर्णिम पृष्ठ' नामक यह जो ग्रंथ लिख रहे हैं, उसके छठवें स्वर्णिम पृष्ठ का यह प्रकरण अंतिम ही है।

१०३८. इस ग्रंथ के पूर्व में प्रकाशित हो चुके प्रथम भाग के प्रारंभ में हमने इस समग्र ग्रंथ का विषयक्षेत्र स्पष्ट रूप से बताया है। उसके अवलोकन से यह सूचित हो ही गया है कि इस छठवें स्वर्णिम पृष्ठ में भी, अंग्रेजों ने हिंदुस्थान में अपना शक्तिशाली साम्राज्य स्थापित किया था, तब भी उस प्रबल पराधीनता से हिंदू राष्ट्र ने स्वयं को किस प्रकार मुक्त किया और आज वह हिंदू राष्ट्र पुनः एक स्वतंत्र और सार्वभौम प्रजासत्तात्मक महाराज्य के रूप में विश्व में किस प्रकार प्रतिष्ठित है, इसका विस्तृत इतिहास बताने का कुछ भी प्रयोजन नहीं है। केवल अंग्रेजों के साथ हुए हिंदू राष्ट्र के उस स्फूर्तिदायक स्वातंत्र्य युद्ध की हिंदुत्व की दृष्टि से महत्त्वपूर्ण होते हुए भी अन्य अधिकतर विदेशी अथवा स्वदेशी इतिहासकारों में से अनेक द्वारा, अनजाने वर्ज्य की हुई अथवा अज्ञानवश उपेक्षित विशेषताओं की समीक्षा करना ही इस ग्रंथ का एकमात्र उद्देश्य है।

१०३९. जहाँ तक हमारा संबंध है, हमने यह कार्य अधिकतर अपने अन्य ग्रंथों में यथावश्यक पहले ही किया है। वह इस प्रकार है—

(क) पिछले प्रकरण के अंत में हमने यह उल्लेख किया है कि हिंदुओं ने अंत में हिंदुस्थान से विदेशी मुसलिम राजसत्ता को पूर्णतः उखाड़ फेंका और अटक से असम तक तथा कश्मीर, लद्दाख से रामेश्वरम् तक सर्वत्र पुनः हिंदू राज्यों की स्थापना की थी। हिंदुस्थान की एक अँगुल भूमि पर भी मुसलमानों की सत्ता शेष नहीं रही थी; परंतु मुसलिम अधिसत्ता का इस प्रकार संपूर्ण विनाश करने के लिए हिंदुओं को जो हजारों वर्षों तक प्रचंड महायुद्ध करना पड़ा था, उसमें जब हिंदू राष्ट्र का सारा बल और जीवन व्यग्र था, तब यूरोप के पुर्तगाल, फ्रांस, हॉलैंड और विशेषतः इंग्लैंड—ये राष्ट्र भी हिंदुस्थान में अपनी-अपनी राजसत्ताएँ स्थापित करने के प्रकट या गुप्त प्रयत्न कर रहे

थे। उस काल में हिंदू राष्ट्र का नेतृत्व करनेवाले मराठों ने रणभूमि में उन सबका सामना एक साथ किया और अंत में पुर्तगाल, फ्रांस तथा हॉलैंड, इन तीनों राष्ट्रों के आक्रमणों का यद्यपि पर्याप्त मात्रा में सफल प्रतिकार किया, तथापि अंग्रेजों ने यह देखकर कि मराठे मुसलमानों के साथ युद्धों में बुरी तरह व्यस्त हैं, इस अवसर का लाभ उठाकर बंगाल की ओर से वहाँ के दुर्बल मुसलिम नवाबों को पैरों तले रौंदते हुए हिंदुस्थान के उस भाग में धीरे-धीरे अपनी राजसत्ता प्रस्थापित की। उसके बल पर आगे भी सशस्त्र आक्रमण कर उन्होंने दिल्ली तक के सारे भूभाग पर भी नाम से भले ही न हो, परंतु वस्तुतः अपना ही स्वामित्व स्थापित किया। अर्थात् हिंदू राष्ट्र का राजनीतिक नेतृत्व करनेवाले मराठों के साथ शीघ्र ही उनका प्रत्यक्ष युद्ध प्रारंभ हुआ। उन अनेक युद्धों में, पहले और दूसरे अंग्रेज-मराठा युद्धों में, मराठों ने अंग्रेजों का कैसा और कहाँ तक पराभव किया, इसकी यथावश्यक समीक्षा हिंदू दृष्टिकोण हमने अपने 'हिंदू पदपादशाही' ग्रंथ में की है। उसका मराठी अनुवाद भी प्रकाशित हो गया है। जिज्ञासु पाठक वह विवरण उन पुस्तकों से पढ़ सकते हैं।

१०४०. उस समीक्षा से निम्नलिखित दो मुख्य विधेय (मुद्दे) स्पष्ट होते हैं। पहला विधेय यह है कि जब से अंग्रेज हिंदुस्थान में आए, तब से मुसलमानों ने हिंदुस्थान के राजनीतिक स्वातंत्र्य के लिए अंग्रेजों से युद्ध किया ही नहीं। केवल मैसूर राज्य के हैदर और टीपू के अल्पकालीन अपवाद को छोड़कर, हिंदुस्थान के सार्वभौमत्व के लिए अंग्रेजों को सभी युद्ध हिंदुओं के साथ ही करने पड़े। इस बात से भी यही सिद्ध होता है कि हिंदुओं ने हिंदुस्थान की मुसलिम राजसत्ता का वस्तुतः संपूर्ण उच्छेद कर वह सार्वभौम सत्ता पुनः अपने हाथों में ली थी।

दूसरा विधेय यह है कि मराठों ने दिल्ली के मुगल बादशाह को 'हिंदुस्थान के बादशाह' के रूप में नाममात्र की मान्यता केवल उन परिस्थितियों में सुविधाजनक एक राजनीतिक चाल या दाँव के रूप में दी थी। कारण, जब अंग्रेजों ने मराठों से दिल्ली को जीत लिया और पूरे हिंदुस्थान में वस्तुतः अपना ही आधिपत्य स्थापित किया, तब उन्होंने भी उसी प्रकार मुगल बादशाह को अगले पचास वर्षों तक 'नाममात्र के बादशाह' के रूप में दिल्ली के तख्त पर रहने दिया, यह ध्यान देने लायक बात है।

१०४१. मराठों ने मुगल बादशाह को राजनीतिक चाल के रूप में नाममात्र का 'कठपुतली बादशाह' बनाए रखा था। इसलिए जो अंग्रेजभक्त लोग मराठों को दोष देकर उनपर हँसते हैं, उनका अज्ञान उपर्युक्त विधेय से स्पष्ट सिद्ध होता है। कारण, अंग्रेजों को भी वही राजनीतिक चाल अपनाना सुविधाजनक लगा था; परंतु वे ही अंग्रेजभक्त अदूरदर्शी लोग इस दुर्बलता के लिए अंग्रेजों को दोष नहीं देते, उनपर नहीं हँसते।

(ख) **सिख हिंदुओं के साथ अंग्रेजों का युद्ध**—मराठों के पेशवा की हिंदुस्थान की राजनीतिक अधिसत्ता का उच्छेद कर, शेष मराठी राज्यों और रियासतों को अपने अधीन कर ई.स. १८१८ में अंग्रेजों ने हिंदुस्थान पर वस्तुत: अपना आधिपत्य जमाया ही था कि उन्हें एक नवोदित हिंदू शक्ति से युद्ध करना पड़ा। वह शक्ति पंजाब में ई.स. १८१८ के बाद उदित हुए महाराजा रणजीतसिंह का हिंदू-सिख विशाल राज्य ही थी। महाराजा रणजीतसिंह की मृत्यु के बाद भी काबुल नदी से शतद्रु (सतलज) नदी तक और ऊपर कश्मीर से लद्दाख तक फैले हुए सिख, जाट और डोगरा जैसी पराक्रमी हिंदू जातियों की सामूहिक राजशक्ति से अंग्रेजों को युद्ध करना पड़ा। इस युद्ध में अंत में अंग्रेजों की विजय हुई और पंजाब से कश्मीर तक भी ई.स. १८५० के आस-पास अंग्रेजों की अर्धसत्ता स्थापित हुई।

१०४२. मेरा नष्टीकृत सिख इतिहास ग्रंथ—'हिंदू पदपादशाही' अपने इस अंग्रेजी ग्रंथ में जिस प्रकार हमने मराठी साम्राज्य के कालखंड की समीक्षा की है, उसी प्रकार मराठी में लिखे हुए 'शिखांचा इतिहास' (सिखों का इतिहास) नामक ग्रंथ में हमने मराठी कालखंड के पश्चात् आनेवाले इस सिख हिंदू महाराज्य के कालखंड की भी समीक्षा की थी; परंतु ई.स. १९०९-१० के आस-पास हम पेरिस में अंग्रेजों के विरुद्ध की गई जिस राज्यक्रांति के आंदोलन में व्यस्त थे, उसी की धूमधाम में 'शिखांचा इतिहास' नामक इस मराठी ग्रंथ की पांडुलिपि ही अंग्रेजी गुप्तचर विभाग के हाथों लगकर प्रकाशन से पूर्व ही नष्ट कर दी गई। तथापि रणजीतसिंह का वह महाराज्य ई.स. १८५० के आस-पास जब संपूर्णत: नष्ट हुआ, तब तक के कालखंड की सभी सिख-हिंदू दृष्टिकोण से उल्लेखनीय और महत्त्वपूर्ण अधिकांश घटनाओं की चर्चा हमने अपनी 'पृष्ठभूमि' तथा प्रस्तुत 'छह स्वर्णिम पृष्ठ' में की है। जिज्ञासु पाठक उसे अवश्य पढ़ें।

(ग) **नेपाल के स्वतंत्र हिंदू राज्य के साथ अंग्रेजों का युद्ध**—अंग्रेजों को उनकी अधिसत्ता पूरे हिंदुस्थान में स्थापित करने के लिए जिस तीसरी हिंदू शक्ति के साथ लड़ना पड़ा, वह शक्ति नेपाल का स्वतंत्र हिंदू राज्य थी। उस काल में नेपाल के स्वतंत्र और बलशाली महाराजा के साथ अंग्रेजों का जो युद्ध हुआ, उसमें अंतत: अंग्रेजों की ही विजय हुई; परंतु वह विजय नेपाल का स्वतंत्र हिंदू राज्य नष्ट करने जैसी प्रबल नहीं थी। केवल नेपाल के हिंदू राजा को अंग्रेजों का अधीनत्व स्वीकार करना पड़ा। उतना छोड़कर उसकी आंतरिक स्वतंत्रता हर प्रकार से अबाधित रही थी। पुन: नेपाल के हिंदू राज्य के ऐसे अस्तित्व की अंग्रेजों को हिंदुस्थान की साम्राज्य सत्ता के लिए आगे पर्याप्त समय तक आवश्यकता भी रही। कारण, अंग्रेजी सेना को अत्यंत शूर और कठोर हिंदू गोरखा सैनिकों की माँग की सतत पूर्ति करनेवाली

नेपाल सर्वाधिक उर्वर क्षेत्र था। यह हिंदू गोरखा सेना हिंदुस्थान में ही नहीं, अपितु यूरोप जैसे अन्य महाद्वीपों में भी फ्रेंच, जर्मन आदि अंग्रेजों के समबल गोरे शत्रुओं का सामना करने के लिए समर्थ सिद्ध होती थी। इसके अतिरिक्त अंग्रेजों को भारतीय साम्राज्य की उत्तर सीमा पर आक्रमण कर सकनेवाले और वैसी इच्छा रखनेवाले तत्कालीन अत्यंत शक्तिशाली रूसी साम्राज्य के आक्रमण का सतत भय रहता था। उस रूसी साम्राज्य का और हिंदुस्थान के ब्रिटिश साम्राज्य का यह संभाव्य संघर्ष यथासंभव अकस्मात् और सहज न हो, इसलिए उन दोनों के मध्य में नेपाल जैसी एक संघर्षशील युयुत्सु शक्ति कीलक राज्य (Buffer state) के रूप में अस्तित्व में रहे—यह तत्कालीन अंग्रेजी शासक चाहते ही थे।

१०४३. इस प्रकार मराठा, सिख और नेपाली—इन तीनों हिंदू राज्य-शक्तियों का पराभव करने के बाद उन युद्धों में अंतिम विजय प्राप्त करनेवाले अंग्रेजों का संपूर्ण राजनीतिक प्रभुत्व हिंदुस्थान पर स्थापित हुआ।

१०४४. जिस समय हिंदुस्थान में छत्रपति शिवाजी का उदय हो रहा था, लगभग उसी समय इंग्लैंड में ईस्ट इंडिया कंपनी नामक एक छोटी सी व्यापारिक कंपनी स्थापित हुई थी। हिंदुस्थान में केवल एक-दो कोठियों की स्वामी इस कंपनी की व्याप्ति इतनी बढ़ती गई कि उसने ई.स. १८५० के आस-पास हिंदुस्थान के समस्त महाराज्य का स्वामित्व प्राप्त कर लिया। मूलतः दस-बारह प्रमुख अंग्रेज व्यक्तियों द्वारा स्थापित एक साधारण सी व्यापारी मंडली यह ईस्ट इंडिया कंपनी केवल दो-ढाई सौ वर्षों में ही एक विशाल साम्राज्य की स्वामिनी बन बैठी! उसी अवधि में हमारे यहाँ हिंदुस्थान की अधिसत्ता के लिए स्पर्धा करनेवाले अनेक राजवंशों का उदय और अस्त हुआ। अनेक छोटे-छोटे राज्य स्थापित हुए, उनके आपस में हिंदुस्थान की राज्यसत्ता के लिए एक के बाद एक अनेक युद्ध हुए और समाप्त भी हुए; परंतु इस सारे संघर्ष में लड़-भिड़कर, समस्त प्रतिस्पर्धियों को पराभूत कर, इसी ईस्ट इंडिया कंपनी ने अंत में हिंदुस्थान की सार्वभौम सत्ता को जीतकर प्राप्त कर लिया।

जिस समय इस ईस्ट इंडिया कंपनी की स्थापना हुई थी, उस समय वह केवल मुट्ठी भर हितग्राहियों की एक व्यापारिक संस्था मात्र थी, परंतु उसके बाद प्रतिवर्ष पिछले वर्ष के 'बकाए' को नई पूँजी में जोड़ते हुए दो-ढाई सौ वर्षों के पश्चात् जब वह पूरे हिंदुस्थान के साम्राज्य को ही पूँजी बनाकर व्यापार करने लगी, तब तक के इन समस्त वर्षों के आय-व्यय के विस्तृत विवरण के सारे कागजात उसके लंदन स्थित कार्यालय में सुसंगत तरीके से सँजोकर रखे गए थे और जब ई.स. १८५८ में उस ईस्ट इंडिया कंपनी का विसर्जन हुआ और ब्रिटिश सरकार ने हिंदुस्थान का साम्राज्य स्वयं सम्राज्ञी विक्टोरिया के नाम से अपने हाथों में लिया, तब ईस्ट इंडिया कंपनी के समस्त

हितग्राहियों को प्रारंभ से अंत तक अखंड, नियमित रूप से रखे गए आय-व्यय पत्रकों के अनुसार उनके हिस्से की पूरी रकम दी गई और अन्य भी सारे कर्ज चुकाकर उस कंपनी का किसी भी अन्य व्यावसायिक व्यापारी कंपनी की भाँति विधिवत् विसर्जन किया गया।

१०४५. कहाँ अंग्रेजों की कार्य-प्रणाली का यह अनेक शतकों तक स्थायी रहनेवाला सातत्य, सुव्यवस्था, प्रशासन-कुशलता तथा संगठन-क्षमता और कहाँ हमारे यहाँ की उस काल की अंधेर नगरी जैसी अव्यवस्था, अराजकता, राजनीतिक अस्थिरता और संगठनशून्यता! यद्यपि ऐसे एकांगी और सापेक्षतः यःकश्चित् उदाहरण द्वारा तत्कालीन ब्रिटिश राज्य और हमारा यह हिंदू राष्ट्र—इनमें साम्य और विरोध स्थापित करना असमर्थनीय है, तथापि पके हुए चावल के एक दाने से पूरे चावल या पुलाव की परीक्षा करने के न्याय से मूलतः अत्यंत क्षुद्र और साधारण सी ईस्ट इंडिया कंपनी अंत में पूरे हिंदुस्थान की साम्राज्यसत्ता सँभालनेवाली 'दि ऑनरेबल कंपनी सरकार बहादुर' बन गई। यह उदाहरण एक छोटे से, परंतु परिणामकारी प्रतीक के रूप में निश्चय ही उपयुक्त सिद्ध होगा।

१०४६. अंग्रेजों (ब्रिटिशों) ने हमारे हिंदू राष्ट्र का इस प्रकार जो संपूर्ण पराभव किया था, वह हमारे हृदय में किसी जहरीले काँटे की भाँति सतत चुभता रहा। फिर भी अंग्रेजों ने हम पर जो विजय प्राप्त की थी, उसके लिए हमने उन्हें श्राप देकर, उनपर मिथ्या दोषारोपण कर उसे कभी अस्वीकार नहीं किया था अथवा छिपाया भी नहीं था। कारण, हमारे अंदर अपने हिंदू राष्ट्र के पराभव का प्रतिशोध लेने की जो शक्ति थी, वह अभी तक नष्ट नहीं हुई थी। हम यह स्पष्टतः समझते थे कि ब्रिटिश राष्ट्र हिंदू मल्ल-कुश्ती के दाँव-पेंचों में तथा सामर्थ्य में अधिक निपुण और प्रबल था। अतः उसका अर्थात् ब्रिटिश राष्ट्र का विजयी होना स्वाभाविक ही था। रणभूमि में होनेवाले जयापजय वस्तुतः न्याय-अन्याय की पोथी के अनुसार नहीं होते, यह हम भी जानते थे।

१०४७. इसीलिए समरभूमि में विजयी हुए ब्रिटिश राष्ट्र को समरभूमि में भी युद्ध द्वारा चारों खाने चित करने के लिए पुनः कोई नृसिंहीय आक्रमण और पराक्रम करने का रण-कंकण हिंदुस्थान की अंतःस्थ वीरवृत्ति ने ब्रिटिशों की साम्राज्यसत्ता हिंदुस्थान में स्थापित होते ही तत्काल बाँध लिया था।

१०४८. हिंदुस्थान का साम्राज्य ब्रिटिशों ने हिंदू राष्ट्र से छीन लिया। उसके पश्चात् वह पराभूत हिंदू राष्ट्र कुछ समय तक निष्प्राण होकर पड़ा रहा। विस्फोट के बाद ज्वालामुखी भी कुछ समय तक ठंडा और हतप्रभ हो जाता है; परंतु यदि उस ज्वालामुखी का वह विस्फोट अंतिम ही न हो, तो उसके गर्भ के उन भयंकर विस्फोटक घटकों की अंदर-ही-अंदर सतत हलचल होते रहने से उसके दाहक रसायनों में पुनः-पुनः उबाल आता रहता है। उसी प्रकार ब्रिटिशों द्वारा वह हिंदू राष्ट्र केवल पराभूत हुआ

था, नष्ट नहीं हुआ था। इसलिए उस विजेता ब्रिटिश राष्ट्र से पुन: टक्कर लेने के लिए उसके अंतरंग के अनेक वीरात्मा रूपी विस्फोटक घटक शीघ्र ही हलचल करने लगे, उबलने लगे।

१०४९. ब्रिटिश सत्ता के विरुद्ध भारत का पहला प्रचंड विस्फोट—महाराजा रणजीतसिंह का पंजाब का वह अंतिम स्वतंत्र राज्य अंग्रेजों ने जीत लिया। इस बात को दस-बारह वर्ष भी नहीं हुए थे कि हिंदुस्थान में स्थापित ब्रिटिश साम्राज्य का उच्छेद करने हेतु हिंदुस्थान में हिंदू-मुसलमानों का एक प्रचंड संयुक्त आंदोलन प्रारंभ हुआ और ई.स. १८५७ में हिंदुस्थान के स्वातंत्र्य के लिए अंग्रेजों के विरुद्ध किए गए महान् क्रांतियुद्ध का रणकुंड प्रज्वलित हुआ।

१०५०. क्रांतियुद्ध की प्रमुख विशेषता यह थी कि इस प्रसंग में हिंदू और मुसलमान—दोनों ने आपस का कई शतकों का सांप्रदायिक वैर भूलकर, एक संयुक्त राजनीतिक मोरचे के रूप में एकत्र और संगठित होकर अंग्रेजों के विरुद्ध देशव्यापी महायुद्ध किया।

१०५१. उस प्रचंड क्रांतियुद्ध का इतिहास हमने विस्तारपूर्वक अपने 'हिंदुस्थान का १८५७ का स्वातंत्र्य समर' (Indian War of Independence of 1857) नामक लगभग पाँच सौ पृष्ठों के मौलिक ग्रंथ में सन् १९०८-१९०९ में ही लिखा है। उसमें हमने उस क्रांतियुद्ध की हिंदू राष्ट्र के दृष्टिकोण से संपूर्ण समीक्षा की है, इसलिए अब यहाँ उसकी पुनरुक्ति करने की आवश्यकता नहीं है।

१०५२. उस क्रांतियुद्ध में केवल दो-तीन वर्षों के घनघोर संग्राम में अंग्रेजों की इतनी भयंकर हानि हुई कि हिंदुस्थान के साम्राज्य के लिए मराठा, सिख और नेपाली—इन तीनों हिंदू जातियों से हुए युद्धों में जितने ब्रिटिश सैनिक मारे गए थे, उनसे कई गुना अधिक ब्रिटिश सैनिक और गोरे लोग उस संग्राम में क्रांतिकारियों द्वारा मारे गए। उतने ब्रिटिश शत्रुओं का वध क्रांतिकारियों ने किया। अंग्रेजों के कप्तान, लेफ्टिनेंट, कलेक्टर, मजिस्ट्रेट आदि छोटे अधिकारियों की तो बात ही छोड़ें, कर्नल ह्वाईट, जनरल नील, सर हेनरी लॉरेंस, जनरल आउट्रम, कमांडर इन चीफ ॲन्सन आदि अनेक अंग्रेज धुरंधर अधिकारी और नेताओं का वध उस संग्राम में क्रांतिकारियों द्वारा किया गया। क्रांतिकारियों ने उनमें से अधिकतर गोरों को रणभूमि में चुन-चुनकर, पकड़कर मार डाला। भारतीय क्रांतिकारी पक्ष के भी लगभग एक लाख जुझारू, वीर पुरुषों का वध इस युद्ध में अंग्रेजों ने किया—ऐसा क्रांति के धुरंधर नानासाहब पेशवा ने स्वयं कहा है।

१०५३. उस क्रांतियुद्ध के अंत में क्रांतिकारियों को जो प्रत्यक्ष अंग्रेजी सरकार ही लगती थी, इसलिए भारतीय लोग जिससे अत्यधिक द्वेष करते थे, उसको अर्थात् 'दि ऑनरेबल ईस्ट इंडिया कंपनी सरकार बहादुर' को भी विसर्जित कर ब्रिटिशों ने उसको प्रत्यक्ष रूप से बलि चढ़ाया। ब्रिटिशों ने सोचा कि इस कंपनी का विसर्जन कर उसकी

सत्ता नष्ट करने से क्रांतिकारियों को पर्याप्त संतोष होगा और उनको यह लगेगा कि अंग्रेजों ने उनकी इच्छानुसार एक महान् कार्य किया। इसलिए ब्रिटिश सरकार ने बड़े ठाठ-बाट से और जोर-शोर से यह घोषणा की कि ईस्ट इंडिया कंपनी को पदच्युत कर विसर्जित किया जाता है और इसके आगे ब्रिटिश सम्राज्ञी विक्टोरिया ही स्वयं हिंदुस्थान की भी सम्राज्ञी बनकर हिंदुस्थान की सार्वभौम राजसत्ता प्रत्यक्ष रूप से अपने हाथों में ले रही हैं। इस प्रकार क्रांतिकारियों द्वारा तीन वर्षों तक किए गए उस भीषण रणसंग्राम ने अंत में 'दि ऑरनेबल ईस्ट इंडिया कंपनी सरकार बहादुर' के नाम से राज्य करनेवाली उस दंभी ईस्ट इंडिया कंपनी का तो अंत कर ही दिया।

१०५४. ब्रिटिशों ने इसके भी आगे जाकर हिंदुस्थान की इस नई सम्राज्ञी विक्टोरिया के नाम से एक घोषणापत्र पूरे हिंदुस्थान में प्रसिद्ध किया। उसमें क्रांतिकारियों को लक्ष्य कर और उन्हें कुछ सीमा तक संतुष्ट करने हेतु यह घोषित किया कि अब अंग्रेजों के साथ चल रहा वह युद्ध समाप्त हो गया है, ऐसे में जो भी 'बागी' (क्रांतिकारी) प्रत्यक्ष अथवा अप्रत्यक्ष रूप से अपने हथियार डाल देंगे और कोई उपद्रव न कर अपने-अपने घर में शांतिपूर्वक जीवनयापन करेंगे, उन सबको उनकी पिछली विद्रोही गतिविधियों के विषय में बिना किसी पूछताछ के राजनीतिक क्षमा प्रदान की जाएगी।

१०५५. उपर्युक्त दो प्रकरणों में अप्रत्यक्ष रूप से ही क्यों न हो, परंतु क्रांतिकारियों के आगे स्पष्ट रूप से शरणागति स्वीकार करने के बाद समस्त हिंदुस्थान की जनता को शांत करने और क्रांति की आग का पूर्ण रूप से शमन करने के लिए हिंदुस्थान की इस नवीन सम्राज्ञी ने अपने घोषणापत्र में आगे का महत्त्वपूर्ण अभिवचन दिया था कि ब्रिटिश सरकार अथवा कोई भी स्थानीय गोरा अधिकारी अथवा मिशनरी ब्रिटिश हिंदुस्थान के 'नेटिवों' (मूल निवासियों) के धर्मों में किसी भी प्रकार से हस्तक्षेप नहीं करेगा। हिंदुस्थान की सम्राज्ञी और उसकी सरकार अपने हिंदू, मुसलिम, ईसाई आदि सभी धर्मों के प्रजाजनों के साथ समान व्यवहार करना चाहती है। उनमें से किसी भी धर्म के लोगों को अन्य किसी से भी यह सम्राज्ञी उपद्रव नहीं होने देगी। क्रांति के मूल कारणों में से एक महत्त्वपूर्ण कारण यह था कि कंपनी सरकार हम हिंदू-मुसलमानों को भ्रष्ट कर बलपूर्वक ईसाई बनाएगी—ऐसा भय भारतीय लोगों के मन में समा गया था। इसलिए इसके आगे यह कारण, यह भय शेष न रहे, इसी उद्देश्य से सम्राज्ञी के घोषणापत्र में यह अभिवचन दिया गया था। यह भी एक प्रकार से ब्रिटिशों द्वारा क्रांतिकारियों के सम्मुख स्वीकार की हुई शरणागति ही थी।

१०५६. उसी प्रकार बिना कुछ कहे और भी एक महत्त्वपूर्ण शरणागति अंग्रेजों ने इस घोषणापत्र में चुपचाप स्वीकार की थी। वह यह कि ईस्ट इंडिया कंपनी ने देसी राजा-महाराजाओं की संतान को दत्तक (गोद) लेने का अधिकार अमान्य कर उनकी रियासतों को ब्रिटिश साम्राज्य में विलीन करने का जो उपक्रम तेजी से चलाया था, उसे

इस घोषणापत्र द्वारा स्पष्टत: वैसा न कहते हुए भी, बंद कर दिया गया था। कारण, इस घोषणापत्र में स्पष्ट रूप से कहा गया था कि राजा-महाराजाओं के दत्तक लेने के अधिकार का सम्मान किया जाएगा। उनके दत्तक पुत्रों को भी वंश-परंपरा से जो राज्यविषयक अधिकार प्राप्त होते थे, वे प्राप्त होते रहेंगे।

१०५७. इस सारे प्रकरण में क्रांति के इस भयंकर विद्रोह के लिए जो कारण निमित्तभूत हुए थे, जैसा ब्रिटिशों ने सोचा था, उन सबका उन्होंने इस घोषणापत्र द्वारा निराकरण किया था। तथापि उस घोषणापत्र का सबसे महत्त्वपूर्ण और अंग्रेजों के मत से सभी भारतीय प्रजाजनों को पूर्ण रूप से संतुष्ट करनेवाला अभिवचन यह था कि सम्राज्ञी विक्टोरिया उसके समस्त भारतीय प्रजाजनों के साथ ब्रिटिश प्रजाजनों की भाँति ही संपूर्ण समानता का व्यवहार करेगी। सम्राज्ञी के साम्राज्य में भारतीय प्रजाजन भी सारे अधिकारों का जाति, धर्म, वर्ण, रंग आदि भेदों के निरपेक्ष समान रीति से, वैध रूप से उपभोग कर सकेंगे।

१०५८. क्रांतिकारी संतुष्ट नहीं—ब्रिटिश सम्राज्ञी के इस घोषणापत्र का कुछ भी प्रभाव क्रांतिकारियों पर नहीं हुआ। यही नहीं, उन्होंने उलटे इस घोषणापत्र के प्रत्युत्तर में एक कठोर दाहक प्रतिघोषणापत्र भी प्रकाशित किया था। वह कितना मार्मिक था, इसकी चर्चा हमने अपने 'सत्तावन' के क्रांतियुद्ध के इतिहास में की है। उसका मुख्य सूत्रवाक्य ही इस प्रकार था कि 'हमारा यह क्रांतियुद्ध केवल इसलिए नहीं था कि हिंदुस्थान से ब्रिटिश ईस्ट इंडिया कंपनी की अधिसत्ता नष्ट हो जाए और यहाँ हमारे ऊपर ब्रिटिश सम्राज्ञी की साम्राज्यसत्ता स्थापित हो। हमें अपने देश में कोई भी विदेशी राज्यसत्ता—ब्रिटिश राज्य भी—नहीं चाहिए। हम सभी प्रकार की राजनीतिक दासता से मुक्त, स्वतंत्र स्वराज्य चाहते हैं। इसी उद्देश्य से हम इस राज्यक्रांति के रणांगण में लड़ते आए हैं।'

यद्यपि सम्राज्ञी का वह प्रसिद्ध घोषणापत्र पूरे हिंदुस्थान में प्रत्येक दीवार पर चिपकाया गया था, तथापि उसका लाभ न उठाकर हजारों क्रांतिकारी और उनके तात्या टोपे, नाना साहब पेशवा, बाबा साहेब, रामभाऊ, अमरसिंह, फीरोजशाह आदि क्रांति के धुरंधर सेनापति आगे भी कई महीनों तक ब्रिटिशों के विरुद्ध लड़ते रहे। उनमें से अधिकतर क्रांतिकारियों ने लड़ते-लड़ते उस क्रांति के अग्निकुंड में अपना बलिदान कर दिया। उसके बाद ही धीरे-धीरे वह यज्ञकुंड शांत हो पाया।

१०५९. तथापि अंग्रेजों द्वारा आगे शीघ्र ही स्थापित किए गए विद्यालयों और महाविद्यालयों में पढ़नेवाले हजारों भारतीय युवकों की पीढ़ी पर तथा अंग्रेजी सरकार के वेतनभोगी हजारों भारतीय अधिकारियों और सेवकों पर हिंदुस्थान की इस नवीन सम्राज्ञी के घोषणापत्र के अंतिम दो-तीन अभिवचनों का ब्रिटिशों को अनुकूल परिणाम अवश्य हुआ। विशेषत: जहाँ पर ब्रिटिश राज्य के सुधारों का मायाजाल सन् १८५७ के बहुत

पहले से फैला था, ऐसे कलकत्ता, मुंबई, मद्रास आदि मुख्य नगरों के तत्कालीन भारतीय नेता तो 'यह सम्राज्ञी अपने भारतीय और ब्रिटिश प्रजाजनों को साम्राज्य के सभी अधिकारों का समानता से उपभोग करने देगी'—इस अभिवचन से इतने प्रसन्न हुए कि उन्होंने 'विद्रोह' (क्रांति) का दमन होने के आनंद में आयोजित विशाल सभाओं में 'अब यह ब्रिटिश साम्राज्य जितना ब्रिटिशों का है, उतना ही हमारा भी साम्राज्य हो गया है'—ऐसे धन्योद्गार अपने मुख से निकाले।

सच देखा जाए तो जिस प्रकार क्रांतिकारियों का दमन करने के लिए ब्रिटिशों ने 'दंड' का भयंकर उपयोग किया था, उसी प्रकार अब भारतीय जनता को शांत करने के लिए 'साम' का भी उपयोग करने के लिए ही वस्तुतः यह घोषणापत्र निकाला गया था। भविष्य में उसके अनुसार ब्रिटिश राजनीति का संचालन करने का लेशमात्र भी उद्देश्य ब्रिटिशों के मन में नहीं था। यह हमने इसके आगे के इतिहास पर लिखे हुए अपने ग्रंथों में ब्रिटिशों के उद्गारों से ही सिद्ध किया है; परंतु उस काल में उपर्युक्त जो विदेशी भाषा पढ़े-लिखे और अंग्रेजी सेवा में संलग्न भारतीय लोगों का वर्ग था, उसके भोले और संकुचित मस्तिष्क में ब्रिटिशों का यह कूटनीतिक उद्देश्य बिलकुल नहीं आया था। यही नहीं, हिंदुस्थान के सम्राट् पद पर स्वयं ही विजयोन्मत्त आरोहण करनेवाली सम्राज्ञी विक्टोरिया के उस घोषणापत्र से अभिभूत होकर उन भोले भारतीय नेताओं ने उस घोषणापत्र को 'यह देखिए हमारा मैग्नाकार्टा' कहकर भरी सभाओं में और वृत्तपत्रों में उसका सम्मान करना प्रारंभ कर दिया। कहाँ वह इंग्लैंड के इतिहास का असली 'मैग्नाकार्टा', जिसके द्वारा इंग्लैंड की जनता ने अपने ही राजा से संघर्ष कर उसके द्वारा अपने प्रजातांत्रिक अधिकार मान्य करवाए और कहाँ वह सम्राज्ञी का छद्म पोषणापत्र, जिसके द्वारा हमारे स्वदेश के पाँवों को ब्रिटिश पारतंत्र्य की शृंखलाओं में लोहे की कीलों से पहले से भी अधिक दृढ़ता से जकड़कर उनपर केवल सोने का मुलम्मा चढ़ाया गया था और उनका उल्लेख अलंकारों के रूप में किया गया था।

१०६०. हमने अपने आत्मवृत्त की 'पूर्वपीठिका' पुस्तक में सन् १८५७ की क्रांति का तात्कालिक उपक्रम होने के पश्चात् जब ब्रिटिश राजसत्ता पूरे हिंदुस्थान में अबाधित रूप से स्थापित हुई उसके बाद के हिंदुस्थान के राजनीतिक इतिहास की समीक्षा हिंदू दृष्टिकोण से समग्र रूप से जितनी आवश्यक थी, उतनी की हुई है। इसलिए यहाँ उसकी पुनरुक्ति करने का कुछ भी प्रयोजन नहीं है।

१०६१. ब्रिटिश राजनीति का काल—सन् १८५७ के क्रांतियुद्ध का उपशमन लगभग ई.स. १८६० तक हुआ। तब से साधारणतः ई.स. १९०० तक के कालखंड के हिंदुस्थान के राजनीतिक इतिहास की विशेषता यह रही कि मुख्यतः ब्रिटिश साम्राज्य में रहकर ही हमारा पुनः भाग्योदय हो सकेगा और हमें उसके लिए प्रयत्न करना चाहिए—ऐसी विचारधारा के राजनेताओं के नेतृत्व में देशव्यापी आंदोलन चल रहे थे। इसलिए

इस कालखंड को साधारणत: 'ब्रिटिशनिष्ठ राजनीति का काल' कहा जा सकता है। उस कालखंड में भी ब्रिटिशों की दासता से मुक्त होने के लिए सशस्त्र क्रांति करना ही अत्यावश्यक है—ऐसा माननेवाली वीरवृत्ति की परंपरा पूर्ण रूप से अस्तंगत नहीं हुई थी। वह कभी गुप्त रूप से, तो कभी साहसपूर्ण विद्रोहों द्वारा व्यक्त होती ही रही। यही नहीं, उसके ऐसे तात्कालिक विस्फोटक भी हिंदुस्थान की राजसत्ता को धक्का देकर हिंदुस्थान की जनता में तात्कालिक क्षोभ और स्फूर्ति का निर्माण करते रहे।

ऐसी सशस्त्र क्रांति के विद्रोहों के केवल दो उदाहरण ही प्रस्तुत करना यहाँ पर्याप्त होगा। पंजाब में ई.स. १८७० से १८७४ के बीच रामसिंह कूका के नेतृत्व में ब्रिटिशों और मुसलमानों के विरुद्ध स्वराज्य तथा स्वधर्म की रक्षा के लिए जो हिंदुत्वनिष्ठ विद्रोह किया गया था, वह पहला प्रमुख उदाहरण है। उससे भी अधिक व्यापक प्रमाण में और अधिक प्रभावकारी ढंग से महाराष्ट्र में वासुदेव बलवंत फड़के के नेतृत्व में ब्रिटिशों के विरुद्ध हिंदुस्थान के संपूर्ण स्वातंत्र्य के लिए किया हुआ धमाकेदार सशस्त्र विद्रोह दूसरा प्रमुख उदाहरण है। इन घटनाओं की भी समीक्षा हमने अपने उपर्युक्त 'आत्मचरित्र की पूर्वपीठिका' नामक पुस्तक में की है।

१०६२. इसके पश्चात् ही 'तिलकपर्व' का उदय हुआ और क्रांतिवीर चापेकर बंधुओं द्वारा अंग्रेज अधिकारियों पर किए गए सशस्त्र आक्रमण तथा स्वराज्य के लिए गुप्त संगठनों द्वारा की गई सशस्त्र क्रांति का पर्व प्रारंभ हुआ।

१०६३. ई.स. १९०० के पश्चात् की हिंदुस्थान की राजनीति—ई.स. १९०० के अंत तक उपर्युक्त ब्रिटिश राजनिष्ठ राजनीति का काल समाप्त हुआ और जिसे उस समय उग्रवादियों (गरम दल) की राजनीति कहा जाता था, उस लोकमान्य तिलक की, प्रत्यक्ष क्रांतिमय न होते हुए भी, क्रांतिप्रवण राजनीति का तथा संपूर्ण स्वतंत्रता-प्राप्ति के लिए सशस्त्र क्रांतिकारी संगठनों और सशस्त्र क्रांतिकार्यों का काल प्रारंभ हुआ। इस काल के साथ हुतात्मा चापेकर के विद्रोह के समय से ही मेरी बाल्यावस्था में ही मेरे जीवन के सूत्र पिरोए गए थे और बाद में तो मेरा सारा जीवन उसी क्रांतिकार्य को समर्पित रहा। इस कारण मेरा जीवनचरित्र अर्थात् इन अंग्रेजों के विरुद्ध हुए स्वातंत्र्य-युद्ध का एक महत्त्वपूर्ण प्रदीर्घ पर्व ही हुआ। इसलिए इस कालखंड की देशव्यापी घटनाओं की हिंदुत्व के दृष्टिकोण से जो समीक्षा करना आवश्यक था, वह मैंने अपने 'आत्मचरित्र' के विस्तृत ग्रंथ में की हुई है और आगे भी संभव हुआ तो कदाचित् और भी ग्रंथ लिखकर करूँगा। इस पारतंत्र्य-विमोचन के आंदोलन में मुझसे श्रेष्ठ ज्येष्ठ अधिकतर नेताओं के साथ मेरा संबंध, जब मैं बीस वर्ष से भी कम आयु का था, तब से बना रहा।

१०६४. ब्रिटिशनिष्ठ राजनीति के आद्य संस्थापकों में से एक, अत्यंत पुराने नेता, जिनको बाद में 'राष्ट्रीय पितामह' की उपाधि से गौरवान्वित किया गया, दादाभाई

नौरोजी के साथ भी, जब वे अस्सी वर्ष के थे, तब मेरा अपनी युवावस्था में, जब मैं इंग्लैंड गया था, तब राजनीतिक आंदोलन के संदर्भ में प्रत्यक्ष संबंध रहा था। यही नहीं, वहाँ के ब्रिटिशनिष्ठ पक्ष के साथ मेरे सशस्त्र क्रांतिनिष्ठ पक्ष का प्रत्यक्ष संघर्ष भी, इंग्लैंड में भारतीय राजनीति का धुरीणत्व किसके पास होना चाहिए—इस मुद्दे पर हुई रस्साकशी में ही हुआ था। राष्ट्रपितामह दादाभाई नौरोजी की अगली पीढ़ी के भारतीय राजनेताओं में से बंगाल के सम्माननीय और यशस्वी नेता श्री सुरेंद्रनाथ बनर्जी, रमेशचंद्र दत्त आदि से भी इंग्लैंड में मेरा प्रत्यक्ष संबंध रहा है। उसी कालखंड के, परंतु उनकी अपेक्षा छोटी आयु के ब्रिटिशनिष्ठ राजनीति के विरोधी उग्रवादी अथवा 'गरम' राष्ट्रीय पक्ष के नेताओं में से तो अधिकतर नेताओं के साथ मेरा व्यक्तिगत और वैचारिक संबंध रहा ही था। पं. श्यामजी कृष्ण वर्मा, लाला लाजपतराय, विपिनचंद्र पाल, नामदार गोखले आदि अखिल भारतीय नेताओं से लेकर विभिन्न प्रांतों के सैकड़ों नेताओं तक से मेरा व्यक्तिगत संबंध रहा और अनेक प्रसंगों में राजनीतिक दृष्टि से संघर्ष भी होता रहा। लोकमान्य तिलक, शिवरामपंत परांजपे, श्रीमंत दादा साहब खापर्डे, डॉ. मुंजे और महाराष्ट्र के अन्य अनेक प्रभावशील नेताओं से मेरा व्यक्तिगत रूप से इतना घनिष्ठ परिचय हो गया था कि उनमें से कुछ और अन्य प्रांतों के उग्रवादी नेताओं में से कुछ नेता मुझसे पितृतुल्य प्रेम करते थे। उदाहरणार्थ जब श्री विपिनचंद्र पाल इंग्लैंड में रहते थे, तब मैं उनके ही घर में उनके सुपुत्र निरंजन पाल के साथ कुछ समय रहा था। उस समय विपिन बाबू ने स्वयं अपने हाथों से मांस और मछली के विविध बंगाली व्यंजन बनाकर बड़े प्यार से आग्रहपूर्वक मुझे खिलाए थे और मुझ शाकाहारी महाराष्ट्रीय ब्राह्मण को भ्रष्ट करने का पुण्य प्राप्त किया। अहिंसात्मक सत्याग्रह और असहयोग आंदोलन के धुरंधर आचार्य के रूप में बाद में विख्यात हुए 'महात्माजी', जब केवल 'बैरिस्टर गांधी' के रूप में जाने जाते थे, तब एक बार इंग्लैंड आए थे। उस समय मेरा उनके साथ वहीं पर व्यक्तिगत स्नेहपूर्ण परिचय हुआ था और आगे चलकर हिंदुस्थान में राजनीति के अखाड़े में मेरा उनके साथ उनके जीवन के अंत तक संबंध और संघर्ष होता रहा।

सशस्त्र राज्य-क्रांतिकारियों के पक्ष के बारे में तो कुछ कहना अनावश्यक ही है। हिंदुस्थान के हुतात्मा और वीरात्मा चापेकर बंधुओं के पश्चात् सशस्त्र राज्य-क्रांति का भारतीय नेतृत्व करने का महत्कार्य प्रथम बार महाराष्ट्र में और तत्पश्चात् इंग्लैंड में संयोगवश मुझे ही करना पड़ा। इसलिए उस पक्ष के हजारों हुतात्मा, वीरात्मा और क्रांतिकार्यरत युवकों से मेरा घनिष्ठ परिचय हुआ था। श्यामजी कृष्ण वर्मा, मैडम कामा, बै. राणा आदि मुझसे आयु में बड़े, परंतु सशस्त्र क्रांतिकार्य की दीक्षा मेरी प्रेरणा और प्रचार से, मेरे ही हाथों से लेनेवाले अखिल भारत के अनेक महान् व्यक्तियों के साथ मेरा केवल परिचय ही नहीं था, अपितु व्यक्तिगत स्नेह भी था। मेरी 'अभिनव भारत' नामक संस्था के प्रारंभ के भगूर और नासिक के सदस्यों से लेकर बाद में उसकी विदेशों

में भी फैली शाखाओं के हजारों छोटे-बड़े सदस्यों को तो मैंने बहुधा व्यक्तिगत रूप से ही क्रांति की दीक्षा दी थी। हुतात्मा मदनलाल धींगरा, लाला हरदयाल, श्री चट्टोपाध्याय, सेनापति बापट, इतिहासकार डॉ. जायसवाल, भाई परमानंद, त्रिमलाचार्य, ऋषि अय्यर—ऐसे कितने नाम गिनाऊँ?

आगे चलकर जब मुझे आजीवन कारावास भोगने के लिए अंदमान जाना पड़ा, तब तो बंगाल की अनुशीलन समिति के प्रमुख पुलिन बिहारी दास, युगांतर समिति के वीरेंद्र घोष, उपेंद्रनाथ बनर्जी, आशुतोष लाहिड़ी, हेमचंद्र दास आदि अनेक बंगाली क्रांतिकारी तथा पंजाब के गदर पक्ष के एवं अन्य पक्षों के जिन क्रांतिकारियों को पहले फाँसी का दंड मिला था, परंतु बाद में जिन्हें आजीवन कारावास में परिवर्तित किया गया था, ऐसे सिख और इतर सौ से भी अधिक क्रांतिकारी मेरे साथ अंदमान के उस 'काले पानी' के कारावास में देश के स्वातंत्र्य के लिए अत्यधिक कष्ट भोगते हुए कई वर्षों तक इकट्ठे रहे थे।

अंदमान से वापस लौट आने के बाद उस ब्रिटिश-विरोधी सशस्त्र क्रांतिकार्य के साथ ही उसके ही एक अपरिहार्य परिणाम और अंग के रूप में विकसित इसलाम-विरोधी अखिल भारतीय हिंदू संगठनों के प्रचंड आंदोलन में भी पूरे भारत के लाखों हिंदुत्वनिष्ठ व्यक्तियों से मेरा दृढ़ संबंध रहा। यहाँ सबका नामोल्लेख करना भी संभव नहीं है। फिर भी हम यह विशेष रूप से कहना चाहते हैं कि जिनके नामों का उल्लेख हम नहीं कर सके, उनके कार्य जिनके नामों का उल्लेख हमने किया है, उनसे कम महत्त्वपूर्ण थे, ऐसा कोई भी न समझे।

१०६५. ईसवी सन् १८५७ के क्रांतियुद्ध की विफलता के पश्चात् हिंदुस्थान की राजनीति के जिन तीन-चार महत्त्वपूर्ण पड़ावों का उल्लेख हमने ऊपर किया है, उनमें ब्रिटिशनिष्ठ (नरमपंथी), निःशस्त्र राष्ट्रनिष्ठ (गरमपंथी), सशस्त्र क्रांतिनिष्ठ और हिंदुत्वनिष्ठ—ऐसे सभी पक्षों के साथ मेरा साधारणतः सोलह वर्ष की आयु में, जब मैं सक्रिय राजनीति में आया था, तब से उपर्युक्त वर्णनानुसार अत्यंत निकट एवं व्यक्तिगत संबंध रहा और कभी-कभी कठोर संघर्ष भी होता रहा। हिंदुस्थान के इस कालखंड के सारे इतिहास का संकलन और समीक्षा मैं पिछले पचास-साठ वर्षों से निरंतर अपने लेखों और भाषणों में अपने हिंदुत्वनिष्ठ दृष्टिकोण से करता रहा हूँ। इसलिए मेरे द्वारा रचित उस समस्त साहित्य में वह परिपूर्ण रीति से अंकित हुआ ही है। उनमें से मेरे सैकड़ों लेख, भाषण और संभाषणों को छोड़ भी दें तथा मेरे विस्मृत अथवा नष्ट किए गए साहित्य को भी छोड़ दें, तब भी आज मेरे द्वारा निर्मित साहित्य के न्यूनतः जो सात-आठ सहस्र पृष्ठ उपलब्ध हैं अथवा ग्रंथ रूप में प्रचलित हैं, उनकी अपेक्षा इस विषय पर एक अक्षर भी अधिक लिखने की आवश्यकता मुझे नहीं है और अब अस्सी वर्ष की इस आयु में, क्षीण और रुग्ण अवस्था में उसकी पुनरुक्ति करने की शारीरिक शक्ति भी

मुझमें शेष नहीं रही।

१०६६. समारोप—ब्रिटिश साम्राज्यसत्ता के नागपाश से छूटकर स्वतंत्र होने के लिए हिंदुस्थान ने मुख्यत: ई.स. १८५७ के प्रचंड क्रांतियुद्ध से लेकर दूसरे विश्वयुद्ध के अंत तक अर्थात् ई.स. १९४६ तक लगभग सौ वर्षों तक ब्रिटिशों के साथ सशस्त्र और नि:शस्त्र मार्गों से यह जो विकट और कठोर संग्राम निरंतर किया, उसमें हमारे हिंदू राष्ट्र को अपना राजनीतिक और राष्ट्रीय स्वतंत्रता प्राप्त कर महान् विजय प्राप्त करने का स्वर्णिम अवसर उस दूसरे विश्वयुद्ध के प्रारंभ होते ही मिल गया।

१०६७. इस महासंग्राम में हमें यदि किसी परराष्ट्र और उसके नेता की अत्यंत परिणामकारी रूप से सहायता मिली थी, तो वे थे जर्मनी के सर्वेसर्वा हिटलर और जापान के रणधुरंधर प्रमुख नेता टोजो। ब्रिटिशों के साथ युद्धरत हिंदुस्थान के सशस्त्र क्रांतिकारी पक्ष को प्रारंभ से अर्थात् 'अभिनव भारत' के यूरोप के सशस्त्र आंदोलन से लेकर दूसरे विश्व महायुद्ध के समय भारतीय सेनापति सुभाषचंद्र बोस द्वारा ब्रिटिशों के विरुद्ध घोषित किए गए महायुद्ध तक थलसेना, नौसेना और वायुसेना के समस्त अद्यावत् अस्त्र-शस्त्रों की सहायता जर्मनी और जापान—इन्हीं दो देशों ने दी थी। इसीलिए सिंगापुर तथा मलाया में मात्र चालीस-पचास हजार सशस्त्र भारतीय सैनिक ब्रिटिशों के विरुद्ध विद्रोह कर सके और सेनापति सुभाष के नेतृत्व में हिंदुस्थान को स्वतंत्र कराने हेतु 'चलो दिल्ली' की रणगर्जना करते हुए हिंदुस्थान की ओर बढ़ आए। उसी समय हिंदुस्थान में ब्रिटिशों के अधीनस्थ थलसेना, नौसेना और वायुसेना (विशेषत: नौसेना) के भारतीय सैनिकों ने भी इस स्वातंत्र्य-संग्राम में सहयोग देने के लिए षड्यंत्र रचा है, यह ब्रिटिशों के स्पष्टत: ध्यान में आया। हिंदुस्थान के करोड़ों नागरिकों ने तो पहले ही ब्रिटिशों के विरुद्ध संग्राम छेड़ दिया था। कोई भूमिगत होकर क्रांतिकारी आंदोलन कर रहे थे, तो कोई ब्रिटिश शस्त्रागारों पर अचानक आक्रमण कर उन्हें लूट रहे थे, तो कुछ लोग विभिन्न स्थानों में छोटी-छोटी प्रति-सरकार स्थापित कर उतने भाग में ब्रिटिश राजसत्ता का उच्छेद कर रहे थे। इस प्रकार चारों ओर से त्रस्त हुए, यूरोप में दो महायुद्ध लड़ने से क्षीणशक्ति हुए, हिंदुस्थान को कसनेवाले उस क्षत-विक्षत ब्रिटिश साम्राज्य की सत्तापाश अंत में ढीली पड़ गई। उसका साम्राज्य मद चूर्ण हुआ। सारा अवसान ही नष्ट हुआ। तब अंत में ई.स. १९४७ में ब्रिटिश वाइसराय ने हिंदुस्थान के नेताओं के साथ इस प्रकार की बातचीत करना प्रारंभ किया कि हमें हिंदुस्थान की स्वतंत्रता स्वीकार कर अपनी राजसत्ता छोड़ना मान्य है।

१०६८. अंग्रेजों को हिंदुस्थान की राजनीति के जो पक्ष प्रारंभ से ही तत्त्वत: भ्रांत, स्वभावत: भीरु, साधारणत: ब्रिटिशानुकूल, मुसलिमों के सामने भीगी बिल्ली बनकर काँपनेवाले तथा किसी प्रकार जितनी मिल सकेगी, उतनी राजसत्ता हथियाने के लिए आतुर लगे, उनको ही उन्होंने हिंदुस्थान के नेताओं के रूप में मान्यता दी और

उनके ही साथ इस राजनीतिक सत्तांतरण के विषय में सारी बातचीत की। अर्थात् ये पक्ष भी देशभक्त ही थे और उन्होंने भी वैध और नि:शस्त्र मार्गों से ही क्यों न हो, परंतु अपार कष्ट सहे थे।

१०६९. अंग्रेजों द्वारा प्रारंभ की गई इस सत्तांतरण की वार्त्ता में एक अत्यंत कपटपूर्ण और भयावह शर्त रखी गई थी। वह इस प्रकार थी—ब्रिटिश विरोधी स्वातंत्र्य-संग्राम में तथा सन् १८५७ के पश्चात् जिन मुसलमानों ने देशद्रोही सहायता की थी और उसके पुरस्कारस्वरूप हिंदुस्थान के दो टुकड़े कर मुसलिम-बहुल प्रदेश का राज्य उन्हें स्वतंत्र रूप से तोड़कर दिया जाए, जो मुसलमान ऐसा हठ कर रहे थे, उन मुसलमानों की उस हिंदूद्रोही और देशद्रोही दुराग्रही माँग का समर्थन कर उनके द्वारा दी गई सहायता का ऋण चुकाने तथा भावी स्वतंत्र हिंदू राष्ट्र को सदैव के लिए एक शत्रु निर्माण करने के दुष्टतापूर्ण हेतु तथा कूटबुद्धि से ब्रिटिशों ने हिंदुस्थान के विभाजन का आग्रह किया।

१०७०. ब्रिटिशों का यह आग्रह मूलत: यहाँ के मुसलमानों की ही आग्रहपूर्ण माँग थी कि हिंदुस्थान के दो टुकड़े कर उसमें से मुसलिम-बहुल प्रदेश उनको स्वतंत्र राज्य 'पाकिस्तान' के रूप में मिलना चाहिए। मुसलमानों की इस माँग का कट्टरता से समर्थन भारत के यच्चयावत् मुसलमानों ने किया। परंतु हिंदुस्थान के सारे हिंदुओं ने मुसलमानों की 'पाकिस्तान' की इस माँग का कट्टर विरोध नहीं किया। केवल कुछ अपवाद छोड़कर हिंदुस्थान के सारे पक्षों का यही मत था कि देश का विभाजन कर मुसलमानों को 'पाकिस्तान' दे दिया जाए और यह झगड़ा सदा के लिए समाप्त किया जाए। अर्थात् पूरा पंजाब और बंगाल पाकिस्तान को दिया जाए। इसके बाद भी मुसलमानों की एक तीसरी तीव्र माँग यह थी कि पंजाब और बंगाल के उनके दो मुसलिम प्रदेशों को जोड़ने के लिए गलियारे 'Corridor' के रूप में पंजाब से बंगाल तक जानेवाला उत्तर हिंदुस्थान का एक पूरा पट्टा उन्हें दिया जाए।

१०७१. मुसलमानों की इन दुराग्रही माँगों का कट्टर विरोध हिंदुस्थान के जिस एकमात्र पक्ष ने अंत तक किया था, वह पक्ष हिंदुत्वनिष्ठ पक्ष था। उन्होंने हिंदुस्थान के इस विभाजन के विरुद्ध अखंड भारत के लिए हिंदू महासभा के नेतृत्व में तीव्र आंदोलन किया। उन्होंने यथासंभव तीव्र प्रतिकार किया। हिंदूद्रोहियों ने, मुसलमानों ने, ब्रिटिश सरकार ने हिंदुत्वनिष्ठों के इस प्रबल आंदोलन का दमन करने के लिए उनका कठोरता से उत्पीड़न किया, उन्हें कारावास में रखा, स्थान-स्थान पर रक्तपात हुआ। उन वीर हिंदुत्वनिष्ठों ने अल्पसंख्य होते हुए भी पूरे देश में उन शत्रुओं के अत्याचारों का सामना प्राणपण से किया। जहाँ संभव था, वहाँ उन्होंने हिंदुओं के रक्तपात का प्रतिशोध, हिंदुओं के शत्रुओं का रक्तपात करके लिया और प्रसंगोपात्त उन्होंने हिंदूद्रोहियों का शिरच्छेद भी किया।

१०७२. सौभाग्य से हिंदुत्वनिष्ठों द्वारा प्राणपण से किया गया यह प्रतिकार

पूर्णतः विफल भी नहीं हुआ। कारण, यद्यपि ब्रिटिश सरकार ने हमारी इच्छा के विरुद्ध हिंदुस्थान का विभाजन करने का निर्णय लिया था, तथापि मुसलमानों की माँग के अनुसार पूरा पंजाब और पूरा बंगाल उनको न देकर उनका केवल मुसलिम-बहुल भाग अर्थात् पश्चिम पंजाब और पूर्व बंगाल ही पाकिस्तान को दिया जाए और पूर्व पंजाब तथा पश्चिम बंगाल जैसे हिंदू-बहुल भागों का समावेश भारत में किया जाए, हिंदुत्वनिष्ठों की इस न्यूनतम माँग को ब्रिटिश सरकार को स्वीकार करना पड़ा। 'Let us vivisect their proposed Pakistan before they vivisect our Hindusthan.' हिंदुत्वनिष्ठों की यह माँग यशस्वी हो गई। उसके भी आगे जाकर मुसलमान और भी अधिक भयावह माँग यह कर रहे थे कि पंजाब से बंगाल तक एक गलियारे के रूप में उत्तर भारत का एक पूरा-का-पूरा पट्टा ही उनके पाकिस्तान को दिया जाए। उस अघोरी माँग पर तो सत्तांतरण की वार्त्ताओं और चर्चाओं में हिंदुत्वनिष्ठों के प्रखर विरोध के फलस्वरूप विचार भी नहीं किया गया।

१०७३. उसी समय हिंदुस्थान के केंद्रीय और प्रांतीय विधानमंडलों के लिए जो सार्वजनिक (आम) चुनाव हुए, उनमें विजयी अधिकतर प्रतिनिधि पाकिस्तान देने के लिए अनुकूल पक्ष के ही थे। इसलिए उन्हें मत देकर विजयी बनानेवाले बहुसंख्य मतदाता ही अखंड भारत का घात करने के घोर राष्ट्रीय महापाप के असली अपराधी थे।

१०७४. स्वतः हिंदुत्वनिष्ठ पक्ष भी अपने मन में यह भलीभाँति जानते थे कि यह 'पाकिस्तान' हिंदुओं द्वारा पूर्वजन्मों में किए गए सद्गुण विकृति, शुद्धिबंदी आदि सामाजिक और धार्मिक महापापों का अवश्यंभावी परिणाम ही था। उन घातक रूढ़ियों के परिणामस्वरूप हिंदुओं ने नगर-नगर में जो छोटे-बड़े 'पाकिस्तान' निर्मित कर रखे थे, उन सामाजिक पापों का यह परिपाक कभी-न-कभी तो भोगना ही था। हमने पूर्वार्द्ध में इसकी विस्तृत चर्चा की है।

१०७५. जब हिंदुस्थान में यह सारी उथल-पुथल हो रही थी, तब उसके मतितार्थ पर ध्यान देकर स्वयं ब्रिटिश मंत्रिमंडल ने ब्रिटिश पार्लियामेंट में 'Independence of India Act' का प्रस्ताव रखा। वह एकमत से पारित हुआ। उसके अनुसार, अंत में १५ अगस्त, १९४७ को दिल्ली में ब्रिटिश गवर्नर जनरल ने उपर्युक्त सार्वजनिक चुनाव में चुने गए हिंदुस्थान भर के प्रतिनिधियों की सहमति से यह घोषणा की कि ब्रिटिश राष्ट्र अपनी हिंदुस्थान की साम्राज्यसत्ता का त्याग कर समस्त हिंदुस्थान को राजनीतिक स्वतंत्रता दे रहा है। हिंदुस्थान के दो मुसलिम-बहुल प्रदेशों पश्चिम पंजाब और पूर्व बंगाल का एक स्वतंत्र मुसलिम राज्य 'पाकिस्तान' स्थापित होगा और शेष सारे हिंदुस्थान का स्वतंत्र 'भारतीय राज्य' स्थापित होगा।

१०७६. इस प्रकार अंत में ब्रिटिश साम्राज्य की दासता से भारत मुक्त हुआ और यह भारतीय महाराज्य स्थापित हुआ। तब राजनीतिकुशल हिंदुत्वनिष्ठों ने भी विचार

किया कि वर्तमान स्थिति में इतना जो प्राप्त हुआ है, वह भी कुछ कम नहीं है। पूर्ण रूप से अखंड भारत नहीं, तीन चतुर्थांश भारत आज स्वतंत्र हो रहा है—यह भी महान् भाग्य है। लगभग एक हजार वर्षों के पश्चात् हमारे हिंदू राष्ट्र के इतिहास में यह महान् राष्ट्रीय पर्व उदित हुआ है। इसलिए अब आज प्रथमत: प्राप्त इस भारतीय महाराज्य को आत्मसात् कर लेना ही हिंदुत्व-हित की और हिंदुत्व-गौरव की दृष्टि से सच्ची राजनीति है। फिर शेष एक-दो टुकड़ों के प्रश्न को भी कल सुलझाया जा सकेगा।

१०७७. तत्काल, पिछले सौ-डेढ़ सौ वर्षों से साम्राज्यमद से मत्त जो ब्रिटिश ध्वज (यूनियन जैक) भारत की छाती पर फहरा रहा था, उस फिरंगी ध्वज को उखाड़ डाला गया और दिल्ली के लाल किले पर भारतीय स्वातंत्र्य के तुमुल जयघोष में इस भारतीय सर्वतंत्र स्वतंत्र महाराज्य का सुदर्शन चक्रांकित ध्वज फहराया गया।

१०७८. जिस पश्चिम समुद्र से ब्रिटिश साम्राज्यसत्ता ने 'हम खड्ग से ही साम्राज्य जीतेंगे और खड्ग से ही उसे चलाएँगे'—ऐसी मदोन्मत्त घोषणा करते हुए हमारे हिंदुस्थान पर आक्रमण और ठेठ दिल्ली के सिंहासन पर आरोहण कर डेढ़ सौ वर्षों तक आसन जमाया, उस ब्रिटिश साम्राज्यसत्ता को दिल्ली के सिंहासन से पुन: नीचे खींचकर तथा उसके उस गर्वीले खड्ग के टुकड़े-टुकड़े कर हमने उसे पुन: अपने पश्चिमी समुद्र तट तक खदेड़ा और उसी पश्चिम समुद्र में डुबो दिया। पराभूत ब्रिटेन के अंतिम सैनिकों को हमें पीठ दिखाकर और सिर झुकाकर उस पश्चिमी समुद्र से वापस जाते हुए हमने स्वयं देखा।

१०७९. इस प्रकार हिंदुस्थान के ऐतिहासिक काल के दो हजार वर्षों में उसपर जो विदेशी आक्रमण हुए, उनमें सर्वाधिक शक्तिशाली ब्रिटिशों के इस छठवें परचक्र की भी दुर्दशा हिंदुस्थान ने कर दी और उनकी राजनीतिक दासता के टुकड़े-टुकड़े कर डाले।

१०८०. इस प्रकार अंग्रेजों का महाबली राज्य गया, वह भी इतनी जल्दी तथा संपूर्ण रूप से कि एक प्रचंड साम्राज्य का यह सत्तांतरण सत्तांतरण न लगकर केवल एक स्वप्नांतरण लगे। कल-परसों तक अंग्रेजों की आज्ञा के बिना इस देश में एक पत्ता भी नहीं हिलता था, आज अंग्रेज अधिकारी या अंग्रेज (सत्ताधारी) इस हिंदुस्थान में नाम मात्र को भी शेष नहीं रहा।

१०८१. अंग्रेजों पर प्राप्त की हुई यह अश्वमेधीय विजय अब हम जिस पृष्ठ पर अंकित कर रहे हैं, वह वही पृष्ठ है—हिंदू राष्ट्र के इतिहास का छठवाँ स्वर्णिम पृष्ठ!

□□□